Eva-Isabel Schmid

Paracelsus

Auf der Suche nach der unsterblichen Seele

Eva-Isabel Schmid

Paracelsus

Auf der Suche nach der
unsterblichen Seele

PIPER

Mehr über unsere Autoren und Bücher: www.piper.de

Wenn Ihnen dieser Roman gefallen hat, schreiben Sie uns unter Nennung des Titels »Paracelsus – Auf der Suche nach der unsterblichen Seele« an empfehlungen@piper.de, und wir empfehlen Ihnen gerne vergleichbare Bücher.

ISBN 9978-3-492-50400-3

Redaktion: Ulla Mothes
Satz auf Grundlage eines CSS-Layouts von
digital publishing competence (München), mit abavo vlow (Buchloe)
Covergestaltung: FAVORITBUERO, München
Covermotiv: Bilder unter Lizenzierung von Shutterstock.com genutzt
Printed in Germany

Meinem geliebten Florian
Für seine fürsorgliche Unterstützung
Bei diesem Buch
Und an jedem Tag

Paracelsus

»So helft ihm doch! Tut doch endlich etwas!«

Die Bauersfrau rannte unablässig in ihrer kargen Stube hin und her und hörte nur auf, sich zu bekreuzigen, um Paracelsus zu beschimpfen.

Der Junge am Boden röchelte. Und wimmerte. Blau waren seine Lippen. Er war ganz blass. Und schwitzte stark.

Der Bauer stand reglos in einer Ecke und war in sich zusammengesackt. »Er ist mir vom Karren gefallen! Direkt auf die Egge! Tausend Mal habe ich ihm gesagt, er soll die Sachen nicht auf dem Felde liegenlassen, und aufgeräumt hat er trotzdem nie! Und dann ist er einfach draufgefallen!«

Der Bauer schluchzte. Er starrte ungläubig auf den Boden und schüttelte unentwegt den Kopf.

Paracelsus schielte entnervt zu ihm hinüber. Das hatte der Mann ihm auf dem Weg hierher schon ein Dutzend Mal erzählt. Der Bauer war mit seinem Jungen schon beim Morgengrauen auf dem Feld gewesen und hatte Paracelsus direkt aus dem Bette nach außerhalb, ins Basler Umland, gezerrt. Und doch wiederholte er es unablässig. Fast als müsse er sich selbst wieder und wieder erklären, wie es denn zugegangen sei.

»Wir hätten einen richtigen Arzt holen sollen! Und nicht – ihn!« Die Bäuerin warf Paracelsus einen vernichtenden Blick zu.

»Einen richtigen Arzt können wir uns aber nicht leisten, Weib!«, raunzte der Bauer.

Paracelsus ignorierte sie beide. Spätestens seit seiner Zeit in Salzburg brachte ihn nichts mehr so leicht aus der Ruhe. Dennoch – seine Hände wurden feucht, als er sich das Kind, das da am Boden lag, genauer ansah. Sein Puls raste. Verzweifelt japste der Junge nach Luft. Er mochte sieben oder acht Jahre alt sein, jetzt aber hatte er das Gesicht eines Kleinkindes. Paracelsus besah den Hals des Jungen. Die Blutgefäße traten deutlich hervor.

Was war das bloß?

»Bitte, bitte! Rettet mein Kind! Er ist mein Ältester! Mein einziger Sohn! Wie sollen mir denn die Töchter helfen?«

Der Bauer verließ seine Ecke nicht. Zwei der Mädchen harrten verstört bei der Feuerstelle aus und senkten schuldbewusst ihr Haupt, die dritte Tochter war noch ein Säugling und lag auf einem Strohbettchen in einer selbstgezimmerten Wiege.

Paracelsus besah die Einstichstelle der Egge: Ein kleines Loch in dem Brustkorb des Jungen. Es blutete. Aber nicht sehr. Wie konnte diese unscheinbare Wunde solch ein Leiden erklären?

Irgendetwas … Paracelsus hätte schwören können, er hätte es gerade gehört.

»Da lag ein Riesenstein im Weg! Dieses Mistvieh von einem Ochsen hat uns über den einzigen Stein weit und breit gezogen!« Heiße Tränen liefen jetzt über das rote Gesicht des Bauern. »Da hat der Karren geruckelt, und dann ist er einfach runtergefallen! Direkt auf die verfluchte Egge!«

Paracelsus beugte sich über den Jungen. Dessen Augen starrten schon ins Leere. Kaum mehr war er bei Bewusstsein. Er hustete.

»Große Steine sind gefährlich. Für die Achsen der Karren. Deshalb hab ich alle aufgesammelt! Ich halte meine Felder sauber. So etwas gibt es bei mir nicht.«

Da! Paracelsus horchte auf. Da war es wieder! Was war das?

»Aber dann holst du diesen Stümper herbei! Einen Studenten! Nicht mal einen richtigen Arzt!« Die Bauersfrau spuckte aus. »Für dein eigen Fleisch und Blut!«

Eines ihrer Mädchen wollte zu ihr und schrie auf, als sie weggestoßen wurde. Der Bauer rief seiner Frau Rechtfertigungen entgegen. Die Bauersfrau keifte zurück. Das Mädchen war gefallen und bejammerte lautstark sein aufgeschürftes Knie. Der Säugling war aufgewacht und schrie.

»Jetzt reicht es! Verdammt noch eins!« Zornig sah Paracelsus hoch. Seine bräunlich-grünen Augen funkelten. »Ihr haltet jetzt endlich Euer Mundwerk!«, bellte er dem Vater entgegen.

Dann wandte er sich an das Weib: »Und Ihr bringt jetzt sofort Eure Mädchen nach draußen! Sie haben hier nichts zu suchen! Ihr dürft dann wieder herein, wenn Ihr stillschweigen könnt! Ansonsten bleibt an der frischen Luft und betet für Euer Kind! Dann richtet Ihr zumindest keinen Schaden an!«

Der Bauer nickte schuldbewusst und wimmerte nurmehr leise. Die Bäuerin starrte Paracelsus mit offenem Munde an. Dann huschte sie mit dem Säugling hinaus. Die anderen beiden Töchter folgten ihr wie die Küken der Henne.

Paracelsus befühlte den Brustkorb des Jungen. Er war seltsam geschwollen. Die Rippen zeichneten sich nicht mehr ab, obgleich er zaundürr war. Ein Tropfen Schweiß von Paracelsus' Stirn tropfte auf die Haut des Bauernjungen. Seine Finger waren schon blau. Die Zeit rann ihm davon! Woher nur kam dieses Geräusch? Paracelsus legte sein Ohr auf die Brust des Jungen. Das war es nicht. Im Gegenteil – Paracelsus hörte gar nichts! Dort, wo seine Lunge sein sollte. Keine Atmung. Nichts. Allein sein Röcheln wurde immer lauter und sein Atem immer schneller!

Aber – doch! Paracelsus legte sein Ohr nun direkt über die Einstichstelle. Da hörte er ein Saugen. Ein Pfeifen. Unbestimmt.

Paracelsus runzelte seine Stirn. So etwas hatte er noch nie gesehen. Misstrauisch hielt er seinen Zeigefinger über die Wunde. Ein Luftzug! Ganz leicht. Kaum spürbar. Und doch – bei jedem verzweifelten Atemzug des Kleinen! Allein heraus kam sie nicht mehr …

Paracelsus schluckte. Ob in Tübingen, Leipzig oder München, an keiner Hochschule hatte man ihm von so etwas berichtet. In keinem seiner Bücher hatte er davon gelesen.

»Was meint Ihr, Doktor?« Die Stimme des Bauern war kloßig. Nun störte sie Paracelsus nicht mehr. Die Bäuerin war zurück, blieb aber brav und schweigend im Türrahmen stehen.

»Ich denke, Euer Junge wird sterben.«

Die Bäuerin seufzte auf und blickte zum Himmel.

»Außer ich hole die überschüssige Luft aus ihm heraus.«

»Überschüssig?« Nun war das Weib wieder zum Leben erwacht. »Ja, seht ihn Euch doch an! Sieht er aus, als hätte er zu viel an Luft?« Jetzt stürzte sie zu ihrem Buben und strich ihm über seine nasse Stirn.

Paracelsus hörte sie kaum. Ein Moment des Zögerns. Dann griff er entschlossen zu seinem Skalpell. Gnadenlos funkelte es im düsteren Zimmer auf.

»Nein! Das dürft Ihr nicht!« Die Bäuerin griff nach Paracelsus' Arm. Ihre Fingernägel rammten sich in seine Haut wie die Krallen eines Raubvogels. Entgeistert sah sie auf die Klinge.

»Sonst wird er sterben, guter Mann.« Flehend blickte Paracelsus über seine Schulter zu dem Bauern. Eine Diskussion mit der Mutter brachte gar nichts.

Der Vater atmete durch. Schluckte.

»Lass ihn, Weib!«

»Er bringt ihn um«, antwortete die Frau.

»Ja, sieh ihn dir doch an! Was sollte es denn schlechter machen? Zum Mittagessen ist er längst gewesen!« Der Bauer verließ nun seinen Zufluchtsort und zerrte die Frau von dem Kinde weg. Sie schrie und fluchte. Der Bauer musste sie nach draußen schleifen.

»Wenn du mein Kind abstichst, töte ich dich!«, kreischte die Bäuerin, sich windend in den Armen ihres Mannes.

»Bleib da draußen, Weib! Oder ich schlag dich heut' noch tot!« Der Bauer knallte die Türe zu. Und nickte angstvoll zu Paracelsus. »Tut, was Ihr denkt, Doktor. Meinen Segen habt Ihr.«

Paracelsus holte tief Luft. Dann legte er den rechten Arm des Jungen nach oben, um ihn aus dem Weg zu haben.

»Braucht Ihr was?«, fragte der Bauer besorgt.

Paracelsus schüttelte nur seinen Kopf. Er hatte sein Werkzeug bei sich. Extra für ihn angefertigt, von einem dankbaren Schmied aus Kleinbasel, dem er regelmäßig seine Feigwarzen wegschnitt.

Die Klinge in seiner Hand zitterte. Paracelsus konnte sie kaum ruhig halten! Dennoch setzte er beherzt einen tiefen Schnitt unter der Achsel des Jungen. Eine Daumenlänge lang, entlang der Rippen. Ungefähr auf Höhe der Brustwarze. Die Haut klaffte sofort auseinander. Und mit ihr das wenige Fett, das der Junge in seinem mageren Leben angesammelt hatte. Es blutete. Der Junge aber zuckte nicht einmal. Er spürte es nicht mehr. Dann nahm Paracelsus eine große, kupferne Zange. Sie war für das Präparieren seiner Leichen gedacht. Eigentlich. Die Enden waren gebogen und stumpf, um das Gewebe nicht zu beschädigen. Damit spreizte er die Muskelfasern vorsichtig auseinander. Er musste in den Brustkorb gelangen! Ohne den Jungen dafür gänzlich aufzuschneiden.

Immer weiter ließ er die Zange sich vorwühlen. Durch das Fleisch. In den Jungen hinein. Es war Metzgersarbeit! Paracelsus hörte den Bauern würgen. Fast erging es ihm ebenso.

Jetzt höhlte er sich seinen Weg zwischen den Rippen mit dem bloßen Finger. Es reichte nicht! Er kam nicht durch! Der Junge lag im Sterben! Ratlos sah er zu dem Vater auf.

Der war kaum noch anwesend inzwischen. Mit verhangenem Blick stand er da und musste sich selbst stützen. Der Versuch eines Gebetes wanderte leise über seine Lippen.

»Gott, vergib mir!«, rief Paracelsus aus. Er bekreuzigte sich. Dann nahm er ein spitzes, schräg angesägtes Kupferröhrchen hervor. Er hatte es sich für den Aderlass anfertigen lassen, als er noch daran geglaubt hatte. Paracelsus atmete durch. Presste es zwischen die Rippen und rammte es in des Kindes Brust. Das Gewebe gab nach.

Der Bauer kam zu sich. Schrie auf. Der Jungenkörper zuckte zusammen. Dann – zischte es! Paracelsus konnte die Luft durch das Röhrchen entweichen spüren.

»Gelobt sei Gott, der Herr!«, flüsterte er zu sich selbst.

Jetzt musste er nur noch das Röhrchen fixieren und die eigentliche Wunde verschließen. Dann wäre das Schlimmste vorüber.

Paracelsus musste sich beeilen. Die Toten erwarteten ihn.

Paracelsus

Paracelsus lehnte sich weit aus dem obersten Fenster im Dachgeschoss der Universität zu Basel und rang nach Luft. Dieser beißende Gestank war nicht zu ertragen! Die Übelkeit trieb ihn, oft unter dem spöttischen Gelächter seines Mitstreiters, immer wieder ans Fenster. Nur um dort seine Nase nicht sehr viel Besserem auszusetzen:

Zu den Füßen des ehrwürdigen Gebäudes bahnte sich Vater Rhein träge und friedlich seinen Weg. Im Hochsommer war die Lebensader der Stadt jedoch mehr eine grünlichbraune Kloake denn ein majestätischer Fluss. Das warme Wasser konnte kaum die Fäkalien von Menschen, Schweinen und Rindern abtransportieren. Zusätzlich dazu Schutt, Tierkadaver und Unrat jeglicher Art. Aus ganzen sechzehn Dohlen nahm der Fluss das Abwasser der Stadt auf, ebenso die Färber- und Gerberabfälle aus den Armenvierteln der Steinenvorstadt und der Flanknerstraße. Die obere School, ein riesiges Schlachthaus, war geschickt über einen Nebenarm gebaut worden, um die Schlachtabfälle einfach nach unten ins Wasser werfen zu können. Am nahen Münsterhügel ergoss sich die stinkende Brühe also in den Rhein. So reichte im Sommer das Wasser kaum, um den ganzen Abfall wegzuschwemmen.

Sicherlich, es gab Gesetze gegen diese Art der Müllentsorgung. Ebenso einige Bauvorhaben zum Schutz des lebenswichtigen Gewässers. Aber Erstere scheiterten am Pragmatismus und Zweitere am Geiz der Basler Bevölkerung. Aufgetrieben von der gnadenlosen Hitze waberte so eine stinkende Dunstwolke über dem Fluss, stieg hinauf am alten Gemäuer der Universität zu ihrem anatomischen Theater und – zu Paracelsus' Riechorgan.

Die Sonne brannte auf dessen braune Locken. Das Gesicht des angehenden Arztes war markant, die Wangenknochen hoch und die grünlich-braunen Augen leuchteten stets, ganz so, als würden sie fortwährend etwas Wunderbares entdecken. Allein seine Nase war etwas schief, was ihn für immer an eine unschöne Prügelei in einem Wirtshaus in Wien erinnern sollte. Und das sehr schöne Weib, für das er sie angezettelt hatte ...

Paracelsus lächelte zufrieden zum weiten Horizont empor. Wahrlich, es war eine Zeit des Aufbruchs! Christoph Kolumbus hatte eine neue Welt entdeckt. Johannes Gutenberg den Buchdruck erfunden. Martin Luther in Wittenberg und Huldrych Zwingli in Zürich predigten eine neue Kirche. Und Paracelsus war mitten im Geschehen! Basel war die größte Stadt der Schweiz und galt spätestens seit der Ankunft des Erasmus von Rotterdam als humanistisches Zentrum und Hauptstadt Europas.

Paracelsus ließ seinen Blick über die mittelalterliche Stadt schweifen: Enge Häuser vor schmalen, grünen Gärten schienen sich umeinander zu winden und um jeden Zentimeter kostbaren Bodens zu ringen. Verschachtelte Gässchen bogen sich schlecht gepflastert, geschunden von Wagen, Kutschen, Tierhufen und aufgeregt umhertrampelnden menschlichen Füßen. Spitz zulaufende Dächer konkurrierten mit einigen kleineren Türmchen und Giebeln, überragt von den imposanten Kirchtürmen der Clara- und Theodorskirche.

An Paracelsus' Ohren drangen die Rufe der Marktfrauen und das Lachen der Kinder, das Knarren von Rädern und Hufgeklapper. Die Glocken des benachbarten Münsters läuteten unablässig, um freudig die Wahl des neuen Bischofs zu verkünden.

Drinnen ertönte ein dumpfer Schlag. Dann ein lautes Klirren. Paracelsus fuhr herum.

»Caspar! Verdammt! Pass doch auf!«

»Entschuldige vielmals«, antwortete Caspar verlegen und setzte ein gewinnendes Lächeln auf. Er war sein bester Freund und für Paracelsus wie ein kleiner Bruder, der ständig Unsinn anstellte.

Caspar hatte den Meißel noch in der Hand und zuckte schuldbewusst mit den Schultern. Eine noch fast frische Leiche – ein stattlicher Mann von gut zwei Zentnern – war ihm soeben vom Seziertisch gefallen. Gemeinsam mit allerlei Messern, Lanzetten, Spachteln und Pinzetten, die nun verstreut auf dem Boden lagen. Paracelsus verzog angewidert sein Gesicht. Auch eine große Schüssel hatte der Tote mit sich gerissen, das Destillat verteilte sich gerade über die Fliesen. Und mit ihm eine zerstückelte Leber, die Gallenblase und eine der Nieren.

Paracelsus seufzte auf. »Wenigstens nicht sein Gedärm«, murmelte er mürrisch in sich hinein. Den Steinboden von eröffnetem Dickdarm zu säubern, war für ihn die bislang schlimmste Prüfung seines gesamten Medizinstudiums gewesen. Er hatte sich anschließend sechs Stunden lang übergeben.

»Erst kommst du Stunden zu spät. Jetzt genießt du die Aussicht. So werden wir niemals fertig, Paracelsus!«

Wann immer Caspar sich über seinen Freund aufregte, nannte er ihn bei seinem Spitznamen. Das verfehlte seine Wirkung nie: Paracelsus ärgerte sich grün und schwarz.

Getauft war Paracelsus auf den Namen Theophrastus Bombastus von Hohenheim, stellte sich selbst den Menschen als Theo vor und musste sich nun mit einem ihm verhassten Spitznamen arrangieren. Der sich mehr und mehr einbürgerte.

Caspar hatte ihn nach einer durchzechten Nacht erfunden, in der sich Theo stundenlang über die medizinischen Vorlesungen aufgeregt hatte. Im Speziellen über die lateinische Sprache, in der sie gehalten wurden. Lieber hätte er deutsch gesprochen und gehört und wurde nicht müde, dies zu betonen. Paracelsus nun war nichts weiter als eine lateinische Abwandlung seines Familiennamens. Was Theo rasend machte – und Caspar mehr als amüsierte.

»Theo, los! Nun hilf mir doch endlich!« Caspar blies genervt seine Wangen auf und begann, an der Leiche zu zerren. Paracelsus verdrehte die Augen. »Er läuft uns doch nicht davon, Mann.« Widerwillig griff er den Toten bei den Achseln. Der Verwesungsgeruch traf ihn abermals wie ein Schlag.

Vor einem knappen Jahr war es noch erträglicher gewesen. Damals waren sie im Keller des unteren Flügels einquartiert gewesen und hatten die Sektionen bewusst im dunklen Kämmerlein durchgeführt, damit nur keiner Anstoß daran nehme. Eine Entlüftung im engeren oder weiteren Sinne hatte es zwar auch dort nicht gegeben – die Luft war ebenso stickig gewesen – aber der Gestank der Leichen war in den kühleren Kellergemäuern doch um ein Vielfaches weniger beißend gewesen.

Dann aber hatte Bischof von Utenheim aus einer Laune heraus beschlossen, dass seine Schützlinge so nah wie möglich bei Gott arbeiten sollten. Im Dienste des Herrn. Weshalb Paracelsus und Caspar sich nun bei brütender Hitze zehn Stunden am Tag ein kleines Labor unter der Dachschräge mit fünf bis acht verwesenden Körpern teilten. Den Misserfolgen des klösterlichen Spitals entsprechend. Stehende Luft reagierte überhaupt nicht auf geöffnete Fenster, musste Paracelsus feststellen.

»Du sollst ziehen, verdammt!«, rief er und stemmte sich gegen den Toten.

»Das tu ich doch!«, schrie Caspar und stöhnte.

Die Leiche landete wieder auf der Bahre. Zu schmal für diesen Mann.

»Ich mach das, Junge.« Paracelsus griff sich den Meißel und schlug mit aller Kraft zu, um ihn in die Schädelkalotte des Toten zu treiben. Eine bessere Möglichkeit, den massiven menschlichen Schädel zu eröffnen, hatten die Kollegen bislang nicht gefunden. Kreisrund arbeitete er sich vor.

»So!«, rief er schließlich aus. Er lächelte stolz. Endlich hatte er es geschafft, die Kalotte abzunehmen, und das Gehirn von der Schädelbasis gelöst. Nun hielt er es, nassgeschwitzt und außer Atem, aber dennoch triumphierend in die Luft. Caspar wandte sich angewidert ab. Paracelsus lachte und balancierte das Organ ausgelassen unter seiner Nase umher.

»Hör gefälligst auf damit! Das ist widerlich«, mokierte sich Caspar.

»Ach, komm schon.« Paracelsus warf das Gehirn in die Luft und fing es wieder auf. Caspar würgte.

»Dann schlüpf doch unter den Unterrock deiner Mutter und überlass den Männern diese Arbeit.«

Paracelsus selbst schreckte mittlerweile vor gar nichts mehr zurück. Er hatte die letzten zwei Jahre als hochoffizieller Bediensteter des Fürstbischofs viel gesehen. Hunderte von Körpern hatte er gehäutet, aufgeschnitten und zerlegt. Jetzt übergab er sich bloß noch selten und schloss nurmehr vereinzelt die Augen, während er das Skalpell führte. Einzig seine Gebete für die Toten wurden niemals weniger. Wenn Caspar nicht hinsah.

»An das Gehirn werde ich mich niemals gewöhnen«, jammerte der. »Diese Konsistenz! Wie ein hart gekochtes Ei.«

Caspar rümpfte die Nase. Paracelsus aber blickte auf Caspars Leiche. Es war eine ältere Frau, noch verschmutzt von der Arbeit auf dem Felde. Sie sah ängstlich aus. Und irgendwie gelb. Caspar hatte die ersten Schnitte – von den beiden Schlüsselbeinen schräg in Richtung Brustbein und dann hinunter zum Schambein hin – schon gesetzt. Als Nächstes würde er den Bauchraum eröffnen.

»Junge, da ist mir das hier wahrlich lieber«, rief Paracelsus aus und strich sanft über die Hirnwindungen. Sie sahen aus wie die Oberfläche einer Walnuss, weshalb er postulierte, dass der Genuss dieser Frucht unterstützend für die Hirnleistung sei und Kopfschmerzen bekämpfen könne.

»Dann lass uns mal sehen, was wir da drinnen finden.« Paracelsus pfiff gut gelaunt durch seine geschürzten Lippen. Er würde den restlichen Körper noch säuberlich präparieren müssen, aber das Gehirn interessierte ihn am meisten. Er verzog sich mit dem entnommenen Organ, einem langen, scharfen Präpariermesser und einem Apfel in den hinteren Teil des Labors.

Gerade trennte Paracelsus versiert beide Gehirnhälften voneinander ab, als Jacob Göttisheim – der Dekan der medizinischen Fakultät – den Sektionssaal betrat.

»Theophrastus, Caspar! Gott sei gegrüßt.«

Sofort ließ Caspar sein Messer sinken, eilte zum Dekan und begrüßte seinen obersten Lehrmeister mit einem devoten Kopfnicken. Paracelsus blieb sitzen. Misstrauisch beäugte er Göttisheim. Noch nie war er zu ihnen nach oben gekommen.

Der Dekan trat nervös von einem Bein aufs andere.

»Ich habe euch eine Mitteilung zu machen, welche euch wahrlich nicht erfreuen wird.« Er bemühte sich um einen geschäftsmäßigen Tonfall, brach dann aber bekümmert ab.

Caspar trat beunruhigt näher. Theo hielt liebevoll sein Gehirn in der Hand und ließ sich nichts anmerken. Dennoch waren seine Muskeln gespannt.

Göttisheim holte so tief Luft, wie es ihm und seinem Magen möglich war: »Leider sind die Umstände dieses Treffens ...«

Der Dekan unterbrach sich erneut. Der Gestank machte dem alten Herrn zu schaffen. Fast hätte Theo schmunzeln müssen und biss sich auf die Lippen. Göttisheim schluckte einige Male hastig und zog ein parfümiertes Seidentaschentuch unter dem weiten Ärmel seines scharlachroten Talars hervor.

Die anderen Professoren und Würdenträger der Universität trugen ihre Amtstracht nur bei feierlichen Anlässen. Dekan Göttisheim aber hatte wohl zu viele Opfer gebracht, um sie nicht jeden Tag zur Schau zu tragen. Er war kein Adliger und auch nicht reich geboren. Ein Jude noch dazu! Er habe sich selbst – aus eigener Kraft – den Weg ins Bildungsbürgertum erkämpft, so hatte er Paracelsus stolz erzählt. Als Sohn eines einfachen Stadtschreibers die Doktorwürde zu erlangen, war gewiss kein Spaziergang gewesen. Nun hatte Göttisheim es bis zum Dekan der ältesten Universität der Schweiz gebracht und wollte, dass man ihm das ansah.

Göttisheim räusperte sich und nahm einige tiefe Atemzüge mit Salbei- und Lavendelduft.

»Meine Herren, wie ihr ja sicher wisst, ist unser gesegneter Bischof von Utenheim letzten Dienstag von seinen heiligen Ämtern zurückgetreten. Das Domkapitel hat sich unlängst, heute in den frühen Morgenstunden, auf einen Nachfolger geeinigt. Diese Woche noch werden sie Philipp von Gundelsheim offiziell wählen.«

Der Dekan atmete nochmals angestrengt in sein Taschentuch. Er sah gehetzt aus. »Ich komme gerade aus einer unschönen Unterredung mit selbigem. Leider ...«

Abermals stockte der Akademiker. Traurig sah er von Paracelsus zu Caspar und dann zu Boden. Paracelsus bemühte sich, möglichst gleichgültig auszusehen. Dennoch spitzte er argwöhnisch seine Ohren.

»Leider teilt unser gesegneter neuer Bischof und Reichsfürst die Auffassung seines Vorgängers zu unseren Studien nicht.«

Göttisheim sah sich in dem stickigen Raum um. Die Leber und große Teile des anatomischen Bestecks lagen noch auf dem Boden. Caspar sah peinlich berührt zu Paracelsus. Der setzte einen geraden Schnitt in den Frontallappen des Gehirns vor ihm, um seine Anspannung zu überspielen. Ihm stockte der Atem.

»Er befiehlt euch, ich darf zitieren, eure ketzerische Arbeit sofort einzustellen.« Der Dekan atmete aus.

»Was?« Paracelsus sprang so plötzlich auf, dass sein Stuhl umfiel. Er umklammerte das Gehirn vor ihm wie einen Schatz. »Das kann er nicht machen!«, schrie er entrüstet. »Wir dienen der Wissenschaft! Wir dienen der Forschung! Wir dienen Gott!«

»Theophrastus, beruhigt Euch!« Auch Göttisheim hatte seine Stimme erhoben, obschon das nicht seine Art war. Paracelsus löste das in den Menschen aus. Der Dekan fixierte das Gehirn in dessen Hand.

»Von Gundelsheim sieht das anders. Er sagt, wir vergehen uns hier an Gott und seinen Untertanen. Mir passt das auch nicht, das können meine werten Herren mir glauben, aber wir müssen uns fügen!«

»Bei allem Respekt, Herr!« Caspar sah mit offenem Mund abwechselnd zu Göttisheim, seiner Leiche und zu Paracelsus. Er bemühte sich um einen sanfteren Ton, aber auch seine Stimme überschlug sich: »Wir haben damals den Auftrag vom Bischof persönlich bekommen. Und jetzt soll alles, wofür wir in den letzten zwei Jahren gearbeitet haben, plötzlich falsch sein?«

»Es ist nicht falsch, es ist Blasphemie. Seit heute Morgen. Das Wort des Fürstbischofs ist Gesetz.«

Der Dekan starrte Caspar einen Moment lang direkt in die Augen. Dann wandte er sich ab und murmelte, mehr zu sich selbst, als zu den Studenten: »Es ist ja nicht so, als ob ihr großartig etwas gefunden hättet, in all den Monaten.«

»Wie bitte?« Caspar deutete mit ausgestrecktem Zeigefinger auf das kleine Tischchen in der Ecke, auf dem sich all seine anatomischen Skizzen, Schemata und Zeichnungen stapelten. Während Paracelsus selbst wie besessen die Gehirne studiert hatte, hatte sein Freund in stundenlanger

Feinarbeit neue Arterien und Sehnen isoliert und kunstvoll aufgezeichnet. Penibel genau hatte er die Funktionsweise von Muskeln und Gelenken erklärt. Caspars Blick war triumphierend und flehend zugleich.

»Ich höre nicht auf. Keinesfalls!«, rief Paracelsus. »Dann mach ich halt unentgeltlich weiter, ich brauche die Münzen der Kirche nicht. Und die Euren auch nicht!« Trotzig verzog er sein Gesicht und stapfte wie ein Kleinkind mit einem Bein auf, das Organ in seiner Hand fester umklammert denn je.

Jacob Göttisheim hielt, halb geduckt, einige Schritte auf ihn zu. Vor lauter Aufregung vergaß er, durch sein Taschentuch zu atmen. Er versuchte zu flüstern und schrie dennoch: »Ja glaubt Ihr denn, dass es hier um ein paar Gulden geht? Um Eure Anstellung?« Der Dekan starrte seinen besten Studenten an, als wäre dieser dem Wahnsinn verfallen.

»Nein, meine Herren!« Der alte Mann rannte nun kopfschüttelnd und wild gestikulierend in dem beengten Labor auf und ab.

»Theophrastus, seht Ihr denn nichts vor lauter Sturheit? Es geht um Ketzerei! Ja, glaubt Ihr denn, ein zukünftiger Fürstbischof, Domherr und Beschützer der Stadt, gebraucht so ein Wort leichtfertig? Der hat mich noch vor seinem Amtsantritt zu sich zitiert, so sehr echauffiert er sich über eure Studien. Er sagt, ihr vergeht euch am Fleische Jesu höchstpersönlich!« Der Dekan schnaufte durch. Er musste würgen. »Herrgott, der verbrennt uns alle auf dem Scheiterhaufen, wenn wir nicht aufpassen.« Göttisheim sah seine Schützlinge eindringlich an. »Hattet ihr hier schon einmal eine Leiche, die den Feuertod starb? Kein schöner Anblick, das sage ich euch, meine Herren Studenten! Kein schöner Anblick.«

Die Angst war dem Dekan ins Gesicht geschrieben. Paracelsus sah es ganz deutlich in seinen Augen. Er kannte den Ausdruck von den Toten. Der Griff um das Organ in seinen

Händen lockerte sich unmerklich. Zum ersten Mal seit langer Zeit war Paracelsus sprachlos.

Göttisheim starrte ihn genau so lange an, bis er sicher sein konnte, dass seine Worte Gehör gefunden hatten. Ein Trick, den er sich im Laufe der Jahre beim Umgang mit den heranwachsenden Burschen angewöhnt hatte. Dann wandte er sich unvermittelt ab. »Ich schicke heute Nachmittag ein paar Kohlenberger vorbei, die das alles hier entsorgen.«

Beim Hinausgehen blickte er nochmals über seine Schulter. »Und das war es dann mit unseren Seelen.«

Paracelsus seufzte lautstark, streckte sich demonstrativ und lächelte: »So, wie geht's jetzt weiter mit uns beiden Hübschen?«

Liebevoll setzte er das Gehirn wieder zurück auf das kupferne Tablett und trennte sorgsam das Kleinhirn ab. Eine einzelne kleine Träne sammelte sich in einem Augenwinkel. Er versuchte, sie vor Caspar zu verbergen.

»Was machst du?« Caspar baute sich vor dem Tischchen auf und stemmte die Arme in beide Hüften. »Was um alles in der Welt tust du da?«

Paracelsus sah ihn unschuldig an. »Ich arbeite.«

Ein weiterer geübter Schnitt, der den Temporallappen abtrennte, folgte. Seine Hände zitterten. Stumm schluchzte Paracelsus in sich hinein.

»Spinnst du, Mann! Hast du Göttisheim nicht gehört? Wo warst du denn gerade?« Caspar stützte sich mit beiden Armen auf den Tisch und beugte sich vor. »Theo! Hör auf!«

»Nein.« Paracelsus sah nicht hoch. Dann würde Caspar seine Tränen sehen.

»Komm schon, Kamerad!« Caspar klopfte einige Male mit der Faust auf den Tisch. »Heute Abend ist das alles sowieso weg. Lass uns wenigstens die Skizzen und das Besteck in Sicherheit bringen.«

»Deine Skizzen interessieren mich einen Fliegenschiss«, murmelte Paracelsus ganz ruhig, ohne den Blick von seiner Arbeit abzuwenden. Sein Herz schmerzte in seiner Brust.

»Die nehmen dir die Leichen weg! Was willst du denn dagegen machen, hä?«

»Ich lasse sie nicht rein.«

Paracelsus blickte noch immer nicht auf, nahm aber das längste Messer auf dem Tisch und fuchtelte damit in der Luft herum. Er war verzweifelt.

Caspar beäugte ungläubig die scharfe Klinge.

»Du Narr! Bringst dich noch ins Gefängnis! Uns beide!« Caspar sprang mit einem Satz nach vorn und fegte mit einer Hand das Tablett mit chirurgischem Besteck vom Tisch. Der Aufschlag lärmte. Paracelsus sah hoch. Ausdruckslos.

Caspar bemühte sich um einen versöhnlichen Gesichtsausdruck und flüsterte nach einer Weile: »Die zünden uns an, Theo.«

Paracelsus ließ Pinzette und Hirnstamm fallen. Wasser sammelte sich in seinen Augen. Er wusste, dass Caspar recht hatte. Und Göttisheim auch. Gegen das bischöfliche Wort war nicht anzukommen.

»Zum Henker! Verdammt!« Wenn er jetzt sowieso als Ketzer galt, konnte er auch fluchen, so viel er wollte.

Theo fuhr hoch und ging Leiche für Leiche in dem kleinen Zimmer ab, ohne etwas Bestimmtes mit ihnen zu tun. Die Arbeit hier hatte seinem Leben einen Sinn gegeben! Das war seine Chance gewesen! Und jetzt war alles für die Katz!

»Hör mal. Wir können doch weiter gemeinsam forschen, wir beide«, versuchte ihn Caspar aufzumuntern. »Ich wollte schon längstens alle Heilpflanzen katalogisieren. Das wäre sinnvoll.«

»Ich möchte keine Pflanzen malen!« Paracelsus griff sich eine Knochensäge, nur um sie laut krachend auf eine Bahre zu werfen.

Caspar hob einige von Paracelsus äußerst lieblos angefertigte Zeichnungen hoch. »Wir haben doch so viel erreicht«, sprach er mitleidig.

»Nichts! Nichts haben wir erreicht!« Jetzt schrie Paracelsus, so laut er nur konnte. Vor Wut schäumend trat er gegen die Schale am Boden, in der die Leber gelegen hatte. Er ließ seinen Tränen freien Lauf.

»Wir haben sie noch nicht gefunden, Caspar.«

Caspar runzelte die Stirn. »Was?«

Er trat auf Paracelsus zu und ergriff ihn sanft an beiden Schultern.

»Unsere Seelen, Caspar! Wir haben sie nicht gefunden. Und jetzt nehmen sie uns die Körper weg.«

Paracelsus schluchzte laut. Caspar schüttelte ihn sanft, wie man es mit den Verrückten machen sollte.

»Theo, das kann doch nicht ... Das ist doch nicht dein Ernst!«

Caspar ließ seinen Kumpan los und suchte Schutz in der Nähe seiner anatomischen Skizzen. »Sich von der Kirche für die Suche nach der menschlichen Seele bezahlen zu lassen, ist das eine. Sie wirklich finden zu wollen, etwas anderes. Paracelsus! Ich dachte, da wären wir uns einig.« Caspar atmete durch. »Es ging doch um die Erlaubnis zu forschen. Um das hier!« Er hielt Theo einige seiner Zeichnungen vor die Nase. »Nicht um Aberglaube und Hokuspokus!«

Fassungslos starrte Caspar seinen Freund an.

»Das ist kein Hokuspokus!« Paracelsus raufte sich verzweifelt sein Haar. Wie konnte er es nur erklären?

»Ich bin ... sieh doch!« Er nahm die Schädelkalotte zur Hand und hämmerte mit seinen Knöcheln dagegen. »Ich weiß, dass es sie gibt. Und ich weiß, dass sie da drin ist! Irgendwo! Versteckt!«

Paracelsus nickte eifrig, um sich selbst davon zu überzeugen. Er schlug mehrmals mit dem Knochen auf die Kante einer Bahre.

»Da drin! Meinst du, Gott hätte den Schädelknochen so massiv gemacht, wenn sie nicht da drin wäre? Nicht mehr als das?« Er nahm einen Teil des Frontallappens in die Hand und streckte Caspar die unscheinbare Masse entgegen.

Paracelsus' Lippen begannen zu zittern. Verzweifelt schüttelte er seinen Kopf.

»Ich kann sie finden, Caspar. Ich weiß, dass ich unsere Seelen finden kann.« Er fühlte sich wie ein kleines Kind, das sehr, sehr einsam war. Caspar seufzte auf.

»Komm, Theo.« Er nahm seinen Freund am Arm und platzierte ihn unter dem offenen Fenster. Paracelsus bemerkte es kaum. Er hatte den Gestank vergessen.

Caspar hob zwei lose Fliesen an und holte einen noch halb vollen Beutel mit Esther Göttisheims selbstgebranntem Zwetschgenschnaps hervor. Margrets und Laurencz' Mutter. Das Versteck war genial, Margret hatte die Idee gehabt.

Hätte der Dekan gewusst, dass sie hier regelmäßig Schnaps tranken, hätte er sie aus dem anatomischen Theater geworfen. Hätte er gewusst, dass sie hier regelmäßig den Schnaps seiner eigenen Frau tranken, hätte er sie von der Universität geworfen.

Caspar nahm einen großen Schluck, hustete kurz und reichte den Beutel seinem Freund. Paracelsus nahm schweigend davon und sackte in sich zusammen. Er fühlte sich leer. Und hilflos.

»Theo. Das ist nicht das Ende der Welt. Wir haben unschätzbare Erkenntnisse für die Medizin gewonnen! Ich kann nicht begreifen, dass dir das so gleichgültig ist.«

Paracelsus schielte zu Caspar hinüber. Der blickte routiniert auf das Häufchen Elend neben sich. Es war nicht das erste Mal, dass Paracelsus mit viel Schnaps und gutem Zureden von Caspar getröstet werden musste.

Paracelsus trank, schlug gegen die Wand und trank erneut. Unvermittelt sprang er auf.

»Du hast recht, Caspar. Das ist nicht das Ende der Welt. Der Bischof kann mich mal!«

Er schmiss den Beutel gegen die Wand. Der fiel zu Boden. Der Schnaps ergoss sich über die vergessene Gallenblase. »Alles für die Katz hier!«

»Herzlichen Dank auch, Paracelsus! Ich wollte ohnehin nichts mehr trinken«, fauchte Caspar und bückte sich, um den Rest Schnaps zu retten.

Paracelsus strich sich die unzähmbaren Locken aus den grünlich schimmernden Augen. Sie hatten ihr Feuer wiedergefunden.

»Oh, mein Guter, du kriegst noch mehr als genug.« Paracelsus lachte laut auf und reichte Caspar seine Hand, um ihn hochzuziehen. »Wir haben gerade unsere Anstellung verloren. Und ich den Sinn meines Lebens. Komm, lass uns feiern! Geht alles auf mich! Wir stoßen an! Auf den neuen Bischof! Auf die Toten!«

Caspar

Caspar hatte sich nur mit viel Mühe und etwas Gewalt aus den enthusiastischen Armen seines Freundes losreißen können. Den ganzen Nachmittag hatte er damit zugebracht, zwischen anatomischem Theater und der Domuncula posterior, ihrer Studentenunterkunft, hin und her zu laufen. Um seine kostbaren Skizzen und das wertvolle anatomische Besteck in Sicherheit zu bringen vor den achtlosen Händen der Kohlenberger.

Bald hatte er alles säuberlich in einer großen Truhe neben seinem Strohbett verstaut, die sich nun nur noch mit Mühe schließen ließ. Alsdann hatte er sich in einer kleinen Waschschüssel zumindest Gesicht und Hände gewaschen und anschließend ein paar Bissen trockenes Brot mit gewürzten Linsen heruntergewürgt, gemeinsam mit seinen Kommilitonen, auf dass sein späteres Fehlen nicht gleich schon auffiele. Schlimm genug, dass Paracelsus nicht in der kleinen, dunklen Gemeinschaftskammer beim Abendessen zu finden war. Das war nämlich verboten, es gab feste Essenszeiten mit Anwesenheitspflicht. Aber die Kommilitonen hatten sich allesamt daran gewöhnt, dass Paracelsus ihnen nur manchmal beiwohnte, und waren eigentlich recht froh darüber. Ohne ihn gab es weniger Streit.

Die Professoren sahen darüber hinweg, wegen Paracelsus' guter Noten und der glänzenden Karriere, die sie ihn anstreben sahen. So waren alle Beteiligten mit der Lösung ganz zufrieden, und Paracelsus' Fehlen wurde schon lange nicht mehr gemeldet.

Allein Caspar war heute Abend etwas nervös, weil Theo schon eine Weile ohne ihn im Wirtshaus saß und er sich allein hinausschleichen musste. Was seinen Nerven nicht gut bekam nach diesem Tag.

Die Domuncula posterior war ein kleines Haus mit Garten, direkt angrenzend an das Hauptgebäude der Universität. Die Studenten durften dort verbilligt schlafen und essen. Um den Preis ihrer Freiheit: Punkt acht wurde das eiserne Gartentor verschlossen und die Herren Studenten hatten zu Hause zu sein und sich ihrer Literatur zu widmen. Kerzen aus Hammeltalg waren hierfür bereitgestellt. Einige Kommilitonen hielten sich daran und benutzten sie.

Das Tor war jedoch lediglich eine mentale Hürde. Mit etwas Geschick konnte ein gesunder Mann darüberklettern und nur beim Rückweg – nach allzu viel süßem Wein oder schalem Bier – kam es hin und wieder zu kleinen Unfällen. Welche die Mediziner dann hilflos zur Kenntnis nahmen. Wunden heilen konnte noch keiner von ihnen. Außer Paracelsus.

Caspar fasste sich schließlich ein Herz und schlich in den kleinen Garten davon. Lautlos und geduckt. Mit zwei Tritten kletterte er rasch über das Tor und schlenderte jetzt unauffällig, aber zügig, in die beginnende Dämmerung.

Abends wurde Basel angenehm ruhig. Fast friedlich. Caspar liebte seine Stadt um diese Zeit! Die Hektik, das Geschrei und das Getrappel des Tages flauten langsam ab. Nur vereinzelt zog nun ein Ochse gemächlich einen letzten Karren oder es tänzelte ein stolzes Pferd mitsamt Reiter über das Kopfsteinpflaster. Ein Mädchen versuchte noch die letzten übriggebliebenen Eier zu verkaufen. Ein paar Hunde bellten unschlüssig. Einem Huhn war die Flucht geglückt, und es gackerte und pickte nun verwirrt in der Gosse nach Futter. Mit sinkender Temperatur klarte die Luft unmerklich auf, und der üble Fäkaliengestank wurde ab und an von den würzigen Aromen schmackhaft zubereiteter Speisen überdeckt. Aus den kleinen Kaminen stieg Rauch auf, genährt von offenen Feuerstellen für die Zubereitung von Eintöpfen, gekochtem Gemüse oder – mit etwas Glück – gebratenem Fleisch mit Zwiebeln.

Caspar passierte das Rheintor mit seinen Gefängniszellen und sinnierte wie immer über deren Insassen nach. Was hatte sie dazu verleitet, gegen Gottes- und Menschengesetz zu verstoßen? Gab es Unschuldige unter ihnen? Wie würde ihre Strafe aussehen? Er passierte die Brücke, vorbei an der kleinen Kapelle, dem Käppelijoch, welches ihm sofort traurige Antwort gab: Das Käppelijoch war Gebetshaus und Hinrichtungsstätte zugleich. Gestern erst war die letzte Kindsmörderin hier ertränkt worden. Das Käppelijoch, so liebreizend es auch aussah, kannte kein Erbarmen.

Begnadigt wurde nur, wer beim Erreichen der Stadtgrenze lebend aus dem Fluss gefischt werden konnte. Dann galt die Gnade als Wille Gottes. Caspar sah den glitzernden Wellen des Rheins nach. Oft hatte er Leichen seziert, die Gott für schuldig befunden hatte. Würde dieses Schicksal auch ihnen blühen? Wenn Paracelsus sich mit dem neuen Bischof anlegte? Der Seelen wegen? Theo war kühn und dumm genug dafür!

Das Wirtshaus Zum Goldenen Ochsen lag auf der anderen Rheinseite in Kleinbasel. Dorthin gingen die Studenten und die Lehrlinge, bevor sie einer Zunft beitreten konnten, weil es an diesem Ufer billiger war und die Essensportionen größer. Golden war im Ochsen aber nichts, außer der Name. Die Wirtsstube und die darüberliegenden Fremdenzimmer lagen in einem schmalen Fachwerkhaus mit hohem Schindeldach. Schlampig verfüllter Lehm wurde von dunklen Holzbalken durchzogen. Der Boden des Goldenen Ochsen bestand lediglich aus gestampfter Erde. Über manche Stellen waren mehr oder weniger sorgsam einige Binsen gestreut worden. Dennoch standen die Gäste bei Regenwetter im Matsch.

Trotz aller Mängel breitete sich in Caspar ein Gefühl des Wohlbefindens aus, als er durch die enge Tür hereintrat. In der Mitte des Gastraumes loderte ein Feuer und verlieh ihm Gemütlichkeit. Beruhigend züngelten die Flammen einen großen, gusseisernen Kochtopf empor, dem Geruch nach gefüllt mit Hühnerbrühe. In der restlichen Stube waren Binsenlichter verteilt, die den Gastraum zwar nicht gerade hell erleuchteten, aber darauf legten die meisten Gäste ohnehin keinen großen Wert.

Der Schein des Feuers glänzte auf Caspars hellbraunen Locken. Das Gesicht des Mediziners war freundlich und fast kindlich geblieben. Und doch zeugten seine filigranen Gesichtszüge von einem messerscharfen Verstand, die blauen Augen strahlten wach und verständig.

Caspar gefiel die beschauliche Stimmung hier. Rauch und verschüttetes Bier zogen ihm sofort in die Nase. Und auch sonst fühlte es sich beruhigend heimisch an, Paracelsus saß nämlich wie üblich an dem Tisch mit dem lautesten Gelächter und dem geringsten Abstand zum Tresen.

Laurencz hatte gerade einen Witz erzählt. Paracelsus trank schon seit dem frühen Nachmittag Bier und Schnaps in sich hinein und schüttelte sich daher geradezu vor Lachen, während seine Hand langsam über Margrets Oberschenkel glitt. Caspar konnte nicht anders, sein Blick verharrte auf dieser Hand. Fast unmerklich runzelte er seine Stirn. Er biss sich auf die Unterlippe.

Margret und Paracelsus hatten nie darüber gesprochen. Es natürlich auch nicht abgestritten. Es kam innerhalb ihrer Vierergruppe ganz einfach niemals zur Sprache. Und doch wusste es Caspar. Er spürte es. Sie scherten sich beide viel zu wenig um Konventionen und Sitten, um es nicht zu tun. Warum Margrets Zwillingsbruder, stark wie ein Stier und völlig vernarrt in seine hübsche Schwester, sich deshalb nicht mit Theo anlegte, war Caspar ein Rätsel. Sicher, man suchte nicht gern Streit mit Paracelsus, obwohl er eigentlich von eher schmächtiger Statur war. Aber es war wie eine brennende Lunte in ein Fass mit Schwarzpulver zu werfen. Die Explosion konnte gewaltig sein. Darüber hinaus hatte Laurencz in ihrer Gruppe vermutlich schlichtweg zu viel Spaß, um sich das zu verderben, und so ließ er die beiden in Ruhe, bei was auch immer.

»He, da ist er ja endlich!« Theo hatte seine Hand von Margrets Rock gelöst und winkte Caspar fröhlich zu.

»Mann, was ist mit dir? Willst du hier nur rumstehen oder auch was mit uns trinken?«

Theo lallte schon ein wenig, lächelte Caspar jedoch herzlich an. Sein Blick strotzte so vor Leben und Energie, dass man nie wusste, ob er sich nun über die Maßen freute, eine brillante Idee hatte oder gerade wahnsinnig wurde. Meistens traf alles zugleich zu, hatte Caspar herausgefunden.

Laurencz stand auf, um ihn zu umarmen. Margret küsste ihn auf die Wange. Caspar wurde rot. Sie war neben der Wirtin die einzige Frau in der Stube, und ihre üppigen Hüften sowie ihr pralles Dekolleté zogen recht viel Aufmerksamkeit auf sich.

»Jetzt setz dich, Kamerad! Wir feiern heut.« Theo zog ihn hinunter auf einen leeren Stuhl und stellte ihm einen randvollen Krug Bier vor die Nase.

»Auf eure Entlassung«, rief Laurencz und prostete Caspar zu.

»Auf die Toten.« Margret lächelte fröhlich und nahm einen großen Schluck. Wenn sie Alkohol trank, röteten sich ihre Wangen, und ihre Lippen erschienen noch voller als gewöhnlich.

Caspar stutzte. Als er vor vier Jahren ihre Bekanntschaft gemacht hatte, war ihm so etwas noch nicht aufgefallen. Damals hatte Margret gerade angefangen, sich in die Medizinvorlesungen zu schleichen. Sicher, sie würde niemals an einer Prüfung teilnehmen oder einen Abschluss erreichen können. Aber wer konnte der Tochter des Dekans der medizinischen Fakultät verbieten, sich in den Hörsaal zu stehlen? Da sich Laurencz vehement weigerte, auch nur eine Sekunde lang seine Nase in ein Buch zu stecken, tolerierte es Göttisheim.

Also war Margret weit und breit die einzige Frau auf dem Campus und ihre Freundschaft zu den beiden Medizinern leicht erklärt: Paracelsus war der einzige Bursche überhaupt gewesen, der es gewagt hatte, mit der schönen Frau zu sprechen. Und nicht peinlich berührt zu Boden gesehen hatte beim Anblick eines Weibes innerhalb der universitären Gemäuer. Schnell waren sie ins Gespräch gekommen, hatten sich angefreundet und – mehr.

Caspar leerte den halben Krug auf einmal. Dabei stand er seinem besten Freund nicht nach.

»Und wisst ihr, wo er die Sau versteckt hat?« Laurencz sah die Gruppe erwartungsvoll mit großen Augen an. Paracelsus grinste. »In seinem Schlafzimmer. Zugedeckt mit dem Bettzeug seiner Frau. Hahaha!« Margret prustete vor Lachen, Laurencz klopfte sich herzhaft auf die Schenkel. »Er dachte, da würd keiner nachsehen! Hahaha! Aber dem Schwein war's zu heiß, da hat's zu laut gegrunzt. Hahaha! Der Hauptmann hat solche Augen gemacht!« Paracelsus kippte fast vom Stuhl. »Ich hab die Sau runtertragen müssen. Kein Mensch weiß, wie er sie die Treppe raufbekommen hat. Hahaha!«

Seitdem sich Laurencz der Stadtwache angeschlossen hatte, unterhielt er die Gruppe gern mit mehr oder weniger amüsanten Geschichten von törichten Räubern, geahndeten Affären oder zänkischen Nachbarschaftsquerelen.

Dekan Göttisheim hätte für seinen einzigen Sohn natürlich lieber eine Akademikerlaufbahn auserkoren, dachte sich Caspar. Statt Medizin wohl auch eher die Juristerei. Laurencz aber war ein Raufbold, wie er im Buche stand. Ärger schien bei seinen hormongefluteten Muskeln ohnehin unvermeidbar, und so musste Göttisheim hoffen, dass sein Sohn zumindest auf der richtigen Seite stünde, wenn es einmal darauf ankam.

Caspar schmunzelte leicht und trank seinen Krug aus. Er war noch nicht betrunken genug und dachte an das Käppelijoch. Der arme Tropf. Viehdiebstahl war eine ernste Sache.

Theo hatte rasch sein Gleichgewicht wiedererlangt und schlug mit der Faust laut auf den Tisch. »Wirtin! Wir brauchen Fleisch. Meine Freunde haben Hunger. Und noch mehr Bier. Rasch! Wollt Ihr, dass wir unter Eurem Dach verhungern und verdursten?«

Die rotbackige Wirtin verdrehte ihre Augen, schickte sich aber an, eine neue Runde zu bringen. Sie war Paracelsus' Ton gewohnt und ignorierte ihn. Er war ein guter Kunde.

Seit geraumer Zeit schon hatte er samstags einen eigenen Stand auf dem Markt und verkaufte dort genügend Tinkturen und Salben, um einer der besten Gäste im Goldenen Ochsen zu sein. Spendabel wie er war, finanzierte er den Rest der Gruppe gleich mit.

Paracelsus' Heilmittel waren großteils nicht anders als die der Apotheken. Hinter seinem bunten, zerfransten Vorhang aber säuberte Paracelsus sorgfältig faulige Wunden, schiente fachmännisch gebrochene Arme, spaltete eitrige Abszesse und stach routiniert den Star.

Für solche Anliegen war sich die Schweizer Ärzteschaft ansonsten zu schade, fühlte sich nicht zuständig oder schreckte aus Ekel davor zurück. Etliche fürchteten schlicht einen Konflikt mit der Kirche – chirurgische Eingriffe waren den Ärzten verboten. Sie überließen es den Badern, sich die Hände schmutzig zu machen. Oder einfachen Wundärzten, die nie eine Universität von innen gesehen hatten.

Nicht so Paracelsus. Nur deshalb kauften seine Patienten vor lauter Dankbarkeit innerhalb von Stunden den ganzen Stand leer.

Ein großes Stück gebratener Hammel in Dunkelbiersud wurde serviert. Der Geruch ließ Caspar das Wasser im Munde zusammenlaufen. Besser als die Linsen in der Domuncula, fürwahr! Der Tisch mampfte glücklich das zähe, aber gut gewürzte Fleisch. Laurencz war nach einem Tag voll körperlicher Arbeit der dankbarste Esser und bekam ganz rosige Wangen. Paracelsus rülpste zufrieden. Margret berührte seinen Arm.

»Auf eure Seelen«, rief Caspar und leerte den zweiten Krug. Aus den Augenwinkeln sah er Paracelsus unmerklich zusammensacken. Margret ließ seinen Arm los. Sofort tat es Caspar leid, dass er damit angefangen hatte.

Margret sah betreten zu Boden. »Was wollt ihr denn jetzt machen, ohne Bischof von Utenheim?«

Paracelsus raufte sich die Haare und schüttelte traurig seinen Kopf: »Das weiß ich nicht. Alles für die Katz.« Er seufzte auf und starrte ins Leere.

»Ach, komm schon, Theo!« Laurencz nagte hastig seinen letzten Knochen ab und schnipste ihn achtlos auf den Boden. »Wer weiß denn schon, wie's weitergeht? Am Ende ist von Gundelsheim schon nächstes Jahr die längste Zeit Bischof gewesen.«

Paracelsus sah ihn ungläubig an. Margret drückte ihre Schultern durch und beugte sich ein wenig vor. Mit gedämpfter Stimme flüsterte sie: »Er hat recht! Seitdem Luther seine Thesen an diese Kirchentür genagelt hat, ist alles möglich! Zwingli hat in Zürich immensen Zulauf, und er hat auch Freunde hier in Basel.«

»Das ist so ungewiss, darauf kannst du doch nicht bauen«, mischte sich Caspar ein. »Niemand weiß, wie so was ausgeht.«

»Wieso ungewiss? Die Leute haben die Schnauze voll von eurer Kirche. Und vom Papst«, antwortete Laurencz. Zu laut.

Mit einem Mal wurde der belebte Gastraum still. Alle Köpfe drehten sich in Richtung Laurencz. Der biss sich auf die Lippe. Die Christen waren sehr empfindlich, wenn es um ihren Papst ging.

»Psst!«, zischte Caspar. Zum zweiten Male an einem Tag sah er sich auf dem Scheiterhaufen und verfluchte die Auswahl seiner Freunde.

»Da sieh an! Der große Quacksalber und seine Gefolgschaft.« Ein stattlicher Bursche war aus einer Ecke der Wirtschaft gekommen und baute sich nun vor ihrem Tisch auf. »Könnt eure Fresse wieder nicht halten, oder?«

Es war Martin Clauberg, ein Medizinstudent aus einer der anderen Bursen. Er hatte ein grobes Gesicht mit einer flachen Nase. Caspar hatte ihn noch nie gemocht. Weitere Männer seines Tisches traten heran. Ihre Blicke waren düster. Ihre Fäuste geballt.

»Verzieh dich, Clauberg!«, rief Paracelsus und rutschte mit seinem Stuhl zurück, noch bevor Caspar ihn zu fassen bekam. »Bring lieber ein paar Menschlein ins Grab mit deiner Stümperei.«

»Damit du ihre Körper schänden kannst, du Missgeburt?«, schrie ein anderer Student und baute sich neben Clauberg auf.

»Darf er ja nicht mehr«, antwortete Clauberg lachend. »Jetzt, da Utenheim weg ist, kehrt wieder Recht und Ordnung hier ein. Der neue Bischof wird dir was posaunen, von Hohenheim. Pass nur auf.«

Laurencz stützte sich auf den Tisch und winkelte sprungbereit die Beine ab. Caspar sah ihn ein Messer im noch verbliebenen Hammelfleisch fixieren und wünschte, er könnte Margret von hier wegschaffen. Fünf von Claubergs Anhängern hatten sich nun versammelt. Clauberg selbst war in Fahrt gekommen.

»Wie lange glaubst du denn, dass sich der Jude unter einem richtigen Bischof halten kann? Der wirft diesen stinkenden Dekan raus, bevor er Scheiße schreien kann! Und dann fliegst du von der Universität, Freundchen. Ohne deinen Doktortitel. Und das war's dann mit dem Wunderheiler.« Clauberg funkelte Paracelsus feindselig an, der Rest der Gruppe lachte schadenfroh auf. Einer johlte.

Paracelsus erwiderte gespielt gelassen: »Das ist wirklich ein Jammer für die Basler. Wenn du erst mal an ihnen rumpfuschen darfst, sterben sie wie die Fliegen.«

Clauberg kniff die Augen zu kleinen Schlitzen zusammen. Die Wirtin eilte davon, um ihren Mann zu holen.

»Bei Gott, ich hoffe wirklich, er hängt dich auf. Dich und deine Judenhure!«

Laurencz sprang so blitzschnell auf, dass Caspar ihn nicht zurückhalten konnte. Er nahm seinen Stuhl und holte Richtung Clauberg aus. Paracelsus machte einen Satz nach vorn, schubste Margret zur Seite und eilte zu Laurencz. Clauberg drehte sich weg. Der Stuhl krachte auf seinen Rücken. Er jaulte auf. Und fiel auf alle viere. Paracelsus drosch mit seiner Linken auf Claubergs Nachbarn ein. Caspar blickte zum steckengebliebenen Messer im Hammel und hechtete um den Tisch herum. Clauberg richtete sich auf und erwischte Laurencz mit seiner rechten Faust am Kinn, sodass der rücklings auf den Tisch fiel. Paracelsus trat jemandem in den Bauch. Caspar teilte ungezielt einen Haken aus und wollte zu Laurencz. Und dem Messer. Wenn er töricht genug wäre, es zu benutzen ...

Laurencz kämpfte mit Händen und Füßen gegen zwei Männer, die sich erbittert zu wehren versuchten. Die anderen Gäste jubelten. Einer warf einen Tisch um. Geschirr zersprang. Die Wirtin fluchte. Der Wirt eilte herbei.

Dann – knallte es in Caspars Schädel. Der Schmerz war hell. Und beißend. Sein Jochbein pochte! Blut lief über sein Auge. Caspar konnte es fühlen. Warm. Und schwer. Er taumelte. Zwinkerte. Und fiel.

Er hörte, wie Paracelsus aufschrie. Sah verschwommen, wie er auf sein Gegenüber eindrosch und dann auf ihn zu rannte. Caspar versuchte, sich aufzurichten, aber ihm war schrecklich übel und schwindelig. Er blinzelte nach oben: Einer packte Paracelsus. Clauberg hielt ihn fest. Ein Dritter ergriff einen Zinnkrug. Massiv. Mit spitzem Deckel.

»Nein!«, schrie Caspar am Boden. »Theo!«

Laurencz boxte sein Gegenüber. Aber kam nicht von ihm los. Der Krug krachte auf Theos Schädel hinunter. Mit voller Wucht. Und der Spitze voran. Dumpf war der Aufschlag. Und knatternd. Wie wenn Holz bricht.

»Theo!«, rief Caspar. Der verdrehte die Augen. Blut spritzte aus seinem Schädel. Er wurde ganz bleich. Margret kreischte. Der Wirt holte seine Axt. Sein Weib schrie auf. Theo sackte zusammen und verlor das Bewusstsein. Seine Gegner hielten ihn wie eine kaputte Puppe. Ratlos. Keiner setzte mehr nach. Im Gastraum war es auf einmal totenstill. Niemand jubelte mehr. Caspar spürte den Schmerz, als wäre es der seine.

Der Angreifer starrte fassungslos auf Theo hinab. Er ließ den Krug fallen. Sein Gesicht war voll von Theos Blut. Kurz suchte er Margrets Blick. Öffnete seinen Mund. Und schloss ihn wieder. Dann floh er. Niemand hielt ihn auf.

Clauberg selbst war kreidebleich geworden und schubste den bewusstlosen Paracelsus erstaunlich fürsorglich in Laurencz' Arme. Dann rannten er und alle seine Kumpane dem Ersten hinterher. Flohen vor Laurencz. Und ihrem Gewissen.

»Raus hier, ihr Störenfriede!« Der Wirt fuchtelte mit der Axt in der Luft herum und wandte sich Caspar und Laurencz zu.

»Wir sind die Störenfriede?«, fragte Caspar und rappelte sich auf. Verzweifelt besah er Paracelsus. »Denen solltet Ihr nacheilen! Mit der Axt! Seht ihn Euch an!«

Der Wirt zuckte mit den Schultern und spuckte aus. Die Gäste murmelten altkluge Kommentare vor sich hin und glotzten dämlich. Keiner half ihnen. Sie wollten hier essen und trinken, der Rest scherte sie nicht. Die Wirtin fing an, die Scherben aufzusammeln. Sie jammerte kaum. Sie war es gewohnt.

Der Wirt stellte die Axt weg und stemmte mitleidslos die dicken Hände in die Hüften. »Ihr schafft den da jetzt nach draußen! Sofort! Und kommt mir nie wieder. Das ist ein anständiges Gasthaus.«

Margret riss die Türe auf, um den nächsten Streit zu vermeiden. »Kommt jetzt! Caspar, du musst ihn verarzten. Zu Hause.«

Laurencz und Caspar schleppten ihren blutüberströmten Freund keuchend durch halb Basel und über die Rheinbrücke. Laurencz schnaufte schwer. Caspar taumelte noch und stolperte ab und an. Er hatte wahrlich Mühe, Theo zu tragen, biss aber die Zähne zusammen.

Es war schon dunkelste Nacht. Der Mond spendete gerade genug silbernes Licht, um dem größten Unrat auf der Straße ausweichen zu können. Margret hielt Ausschau nach dem Nachtwächter. Eile war geboten. Sie hatten keine Zeit, unnötige Fragen zu beantworten.

»Wie heißt dieser Hundsfott, Caspar? Du kennst die doch alle. Wer war das?«, schrie Laurencz, außer sich vor Zorn.

»Psst! Sei leise! Wir brauchen jetzt nicht noch mehr Ärger«, flüsterte Caspar und blickte um sich.

Ein Betrunkener torkelte an ihnen vorbei, lallte Unverständliches, bemerkte sie aber kaum. Eine Hure bot am Flussufer ihre Dienste an und kreischte schrill auf, als sie nahe genug war, um Paracelsus' Gesicht zu sehen. In der Ferne wieherte ein Pferd. Eine Tür knallte. Margret schluchzte. Ansonsten war das nächtliche Basel totenstill. Woher Laurencz den Atem nahm, weiterhin zu schimpfen, war Caspar ein Rätsel. Ihm war ganz schlecht vor Anstrengung.

»Ich bring sie um. Ich schwör's. Clauberg heißt der eine, oder? Ich schlag ihm seinen Schädel ein!«

»Hör auf!«, rief Margret halblaut. Sie konnte gut schritthalten. »Du siehst doch, wohin das führt. Ich will dich nicht auch so sehen müssen.«

»Dann zeige ich sie an. Die werden allesamt vom Käppelijoch geworfen. Ich bin Mitglied der Stadtwache, verflucht noch eins!«

»Du hast doch selber angefangen! Glaubst du, die geben dir noch mal eine Waffe in die Hand, wenn du das jetzt an die große Glocke hängst?« Caspar rang nach Luft. Er war noch benommen von dem Schlag und lange nicht so kräftig wie Laurencz. »Und jetzt um Himmels willen sei leise! Der Nachtwächter steckt uns ins Loch, wenn er uns sieht.«

»Dieser vermaledeite Hund hat meine Schwester beleidigt. Und meinen Vater auch«, murrte Laurencz unbeeindruckt in die Nacht hinaus.

Caspar gab schließlich auf und ließ Laurencz die wüstesten Flüche gen Himmel schießen. Die Jungfrau Maria musste sich ihre Ohren heute zuhalten, dachte er. Dennoch kamen sie schneller voran, als man hätte meinen sollen, und schafften es schließlich, den leblosen Körper über das verschlossene Gartentor der Domuncula zu bugsieren. Fast lautlos schlichen sie durch den Garten und in ihre Stube. Nichtstudenten war der Zutritt zur Domuncula strengstens untersagt. Laurencz und erst recht Margret durften überhaupt nicht hier sein, schon gar nicht nachts. Aber keiner der beiden hätte Caspar jetzt mit Paracelsus alleingelassen, und Caspar war dankbar dafür.

Gemeinsam drapierten die Männer den bewusstlosen Körper auf sein Bett. Sofort färbte sich das Laken rot.

Kurz hatte Caspar überlegt, den Freund ins Hospital zu bringen. Dieses aber wurde von Mönchen und Nonnen geführt, und sie übernahmen auch die Patientenversorgung. Der Arzt ließ sich nur per Boten über die Kranken unterrichten und gab seine Therapieempfehlung schriftlich zurück. Niemals war er vor Ort. Paracelsus hatte sich letztes Semester wahnsinnig darüber aufgeregt und war mit Caspar und einigen Schützlingen der jüngeren Jahrgänge aufgebrochen, um sie direkt am Menschen zu unterrichten. Er hatte die Therapieschemata des zuständigen Arztes demonstrativ in der Luft zerrissen und den Schwestern selbst Anweisungen zur Pflege gegeben.

Nur Paracelsus schaffte es, eine Klosterschwester zum Fluchen zu bringen. Binnen kürzester Zeit war dort ein solcher Aufruhr entstanden, dass man sie schließlich hinausgeworfen hatte. Paracelsus hatte Hausverbot bekommen. Das hier war zwar wohl eine andere Situation, meinte Caspar. Aber Theo – sollte er überleben – hätte sich dort bestimmt nicht wohlgefühlt. Und die Meinung eines Mediziners wäre vermutlich erst eingetroffen, wenn sein Freund schon längst verblutet gewesen wäre.

Also lag es an Caspar. Er umrundete das Bett und begutachtete den leblosen Körper. Ratlos. Und ängstlich. Laurencz räusperte sich dezent. Margret keuchte. Caspar wurde an ihre Gegenwart erinnert und versuchte, fachkundig auszusehen. Es misslang. Die beiden starrten ihn an. Nervös wischte er sich den Schweiß von der Stirn.

Was würde Paracelsus jetzt tun? Der hätte sicherlich einen Weg zu seiner Rettung gekannt. Caspar – nicht.

»Was sollen wir tun, Mann! Sag!«, rief Laurencz.

Caspar sah Margrets zweifelnden Blick und riss sich zusammen. »Laurencz, du holst mir eine kleine Schale mit Wasser und die saubersten Tücher, die du finden kannst. Margret, koch Wasser auf!«

Caspar selbst kramte das anatomische Besteck aus seiner Truhe hervor, das er erst heute Nachmittag darin verstaut hatte – nicht ahnend, wie schnell er es wieder gebrauchen würde. Paracelsus rang nach Luft. Er atmete angestrengt.

»Halt durch, Bruder«, sprach ihm Caspar ermutigend zu. »Wir schaffen das. Wie immer.«

Caspar griff nach einem kleinen Skalpell und schnitt des Freundes Haar so nahe wie möglich an der Kopfhaut ab, um sich einen besseren Überblick über die Wunde machen zu können. Halbwegs saubere Tücher wurden rasch gereicht. Caspar versuchte, so viel Blut wie möglich aufzusaugen, aber sofort rann neues nach und verweigerte ihm die Sicht.

»Laurencz, drück so fest wie möglich drauf.« Caspar führte Laurencz' Hand. Der gehorchte freudig. Das war eine Aufgabe, bei der er so gut wie nichts falsch machen konnte, und daher annähernd perfekt!

Caspar nahm die Wasserschüssel und stellte sie auf Theos Brust. Sie hob und senkte sich schnell, aber regelmäßig. Theo atmete. Noch. Laurencz starrte.

Caspar seufzte auf. Bloß gut, dass Theo sein ratloses Gesicht jetzt nicht sehen konnte. Bis ins Grab hinein hätte er ihn dafür verspottet!

Er löste Laurencz' Hand und begutachtete die Wunde erneut. Es hatte funktioniert, das Blut floss jetzt nur noch in einem kleinen Rinnsal. Caspar sah, was er befürchtet hatte: Die Spitze des Kruges hatte ein Loch in Theos Schädelkalotte geschlagen! Unwillkürlich musste Caspar an ihre Anstrengungen im anatomischen Theater denken. Leicht war der Knochen nicht zum Bersten zu bekommen.

»Um Himmels willen!«, rief Caspar aus. Was bei allen Heiligen sollte er denn gegen ein Loch im Schädel tun? Caspar musste würgen.

»Was ist denn?«, fragte Laurencz besorgt. Im Grunde wollte er die Antwort aber gar nicht wissen und trat unsicher zwei Schritte zurück.

Der Schwindel setzte wieder ein. Caspar zitterte. Noch niemals hatte er chirurgisches Besteck an einem Lebenden verwendet. Und hier lag sein bester Freund. Mit einem Loch im Kopf. Er rieb sich die Augen und murmelte ein kurzes

Gebet. Dann reinigte er die Wunde dürftig mit etwas kaltem Wasser und fing an, mit einer kleinen Pinzette die Knochensplitter zu entfernen. Kaum bekam er sie zu fassen, so unruhig war seine Hand. Caspar schwitzte. Theo röchelte. Wie sehr wünschte sich Caspar, es wäre andersherum. Paracelsus würde ihn irgendwie retten, und alles wäre wieder gut.

Caspar hatte gerade den letzten sichtbaren Splitter entfernt und zu einer Lanzette gegriffen, um damit die ausgefransten Wundränder entfernen zu können, als er aufschreckte.

Draußen im Gemeinschaftsraum erklangen aufgeregte Rufe und unsicher tapsende Schritte. Dazwischen Margrets Stimme: »Nein, ich gehe ganz bestimmt nicht! Wenn ihr den Pedell holen wollt, bitte. Der kann mich gern an meinen Haaren hinausschleifen.«

»Um Himmels willen. Nicht auch noch das.« Caspar stöhnte.

Hitziges Getuschel folgte.

»Ihr könnt da nicht rein, wir haben hier einen Notfall!«, rief Margret.

Jemand polterte gegen die Tür.

»Lasst Caspar in Ruhe arbeiten. Paracelsus liegt im Sterben.«

Das war das falsche Stichwort. Denn einen Augenblick später standen alle Bewohner der Domuncula in ihrem kleinen Zimmer. Und glotzten. Fragend, teils mitleidig, teils neugierig. Unschlüssig. Und hilflos.

»Helft ihm oder geht«, sagte Laurencz und baute sich vor den Studenten auf, während sich Margret mit einem dampfenden Topf Wasser an ihm vorbeidrängte.

Das waren die magischen Worte gewesen. Jeder wollte helfen. Ein knappes Dutzend engagierter Medizinstudenten, die sich alle nützlich machen wollten, verwandelten das Krankenzimmer in ein Wespennest. Jeder wollte schnellstmöglich etwas ganz Wichtiges holen oder suchen. Die Akademiker rannten kopflos umher und schubsten sich gegenseitig zur Seite. Jeder versperrte dem anderen den Weg. Einer rammte versehentlich das Krankenbett, und die Wasserschale auf Theos Brust fiel zu Boden.

Caspar, die Lanzette noch in der zitternden Hand, musste sich abenteuerliche Ratschläge anhören, wie der Kranke zu behandeln war. Herrman meinte, man müsse ihm Brechmittel einflößen, um schnellstmöglich die Schadstoffe aus seinem Körper zu befördern. Thomas glaubte gelesen zu haben, Paracelsus müsse jetzt Eselsmilch direkt aus dem Euter trinken, und starrte den Bewusstlosen erwartungsvoll an. Der junge Simon wollte ihm einen Einlauf mit Salz und Seife verpassen und eilte los, um eine Schweineblase dafür zu suchen. Wilhelm nahm die Anzahl der Buchstaben seines vollen Namens und berechnete mit einer komplizierten Formel, dass Paracelsus ohnehin sterben würde.

»Es reicht jetzt!«, schrie Margret endlich.

Die Prophezeiung von Paracelsus' nahem Tode war zu viel für sie gewesen. Margret übertönte die Männer mühelos. »Caspar ist sein bester Freund. Er entscheidet, was getan werden soll.«

Die Burschen starrten das junge Weib mit offenen Mündern an. Laurencz stellte sich demonstrativ an ihre Seite, um seiner Schwester Autorität zu verleihen. Es gelang. Artig standen die Mitbewohner nun in Reih und Glied. Und warteten. Aller Augen waren auf Caspar gerichtet. Dieser starrte ausdruckslos zurück. Ihm war nicht wohl. Er war nicht Paracelsus. Und hatte keine Ahnung.

»Nehmt eure Astrologiebücher und berechnet mir die genaue Position von Merkur und Jupiter zur Sonne. Bitte.«

So. Das war schwer! Damit sollten sie nun eine gute Weile beschäftigt sein. Hatten die Studenten erst einmal angefangen, die Planeten zu befragen, hörten sie so schnell nicht wieder auf damit. Die Berechnungen waren so kompliziert, dass sie sich ständig in Widersprüche verstrickten und jeder auf ein anderes Ergebnis kam. So endete es immer. Und sie mussten von vorn beginnen. Gut so, dachte sich Caspar. Jupiter und Merkur waren ihm gerade herzlich egal. Er blickte auf Paracelsus' Schädel. Er musste dieses Loch stopfen. Wie auch immer.

Dankbar für ihre Aufgabe liefen die Studenten hinaus. Medizin war viel aufregender, wenn es um einen echten Patienten ging, den es zu retten galt!

Caspar blickte mit leeren Augen zu Margret und Laurencz.

»Ich habe keine Ahnung, wie ich ihm helfen soll«, gestand er und ließ die Schultern hängen.

Margret fing an zu weinen.

Laurencz trat auf Caspar zu: »Dann denk nach, Mann! Du bist Arzt.«

»Nein.« Caspar schüttelte seinen Kopf. »Ich bin Medizinstudent. Ich habe meine Zeit mit Leichen und Bücherlesen verbracht. Nicht mit Löchern in Köpfen.«

Laurencz verdrehte ungeduldig die Augen. Margret besah ihn mit strengem Gesicht.

»Er …« Caspar räusperte sich. Die pure Verzweiflung übermannte ihn. »Er hat mir mal eine Geschichte erzählt, von einem schwäbischen Feldarzt.« Caspar hielt inne. Es war zu absurd. »Der hatte auch einen Patienten mit einem Loch im Kopf.« Unsicher sah er die beiden an. »Er hat einfach eine Silbermünze hineingeschlagen.« Caspar atmete aus.

»Du spinnst ja!«, schrie Margret entsetzt. Ihre Brüste wippten vor lauter Aufregung hoch und nieder.

»Da hat er dich hochgenommen, Mann.« Laurencz lachte verzweifelt auf. »Im Goldenen Ochsen! Theo war total besoffen. Ich war dabei.« Laurencz legte bestimmt die Hand auf Theos Bett. »Er hat sich einen Scherz mit dir erlaubt, nichts weiter.«

Caspar blickte ratlos auf Theo. Der Wundarzt hatte laut Theo behauptet, dass der Fremdkörper nach und nach von körpereigenem Gewebe überwuchert würde. Und das Loch wäre geschlossen.

»Ihm läuft die Zeit davon, Caspar. So tu doch endlich etwas«, flüsterte Margret. »Ohne ihm den Kopf einzuschlagen!«, fügte sie hinzu.

Der junge Simon stürmte ins Zimmer.

»Ich hab eine gefunden.« Simon präsentierte ihnen stolz die Schweineblase. »Und Seifenlauge hab ich auch.« Sofort befüllte er sie eifrig für Theos Einlauf. Caspar schüttelte sich angewidert. Margret wimmerte.

Laurencz hob die Oberlippe an. Er sah zu Caspar und zuckte mit den Schultern.

»Na, wenn das die Alternative ist, Junge! Dann nur zu.« Laurencz gab Theos Bett frei.

Margret schüttelte entgeistert ihren Kopf.

»Wir müssen es wagen.« Caspar krempelte seine Ärmel zurück.

Margret schluckte. In Ermangelung einer Alternative schwieg sie.

Caspar befummelte nervös seinen Lederbeutel am Gürtel. Er war vollkommen leer. Wie immer.

»Laurencz, hast du eine Silbermünze?«

»Gestern hab ich meinen Sold bekommen«, antwortete dieser. Er hielt Caspar seinen Beutel artig vor die Nase. Der griff sofort nach der größten der wenigen Münzen. Laurencz verzog fluchend sein Gesicht, widersprach aber nicht. Caspar nahm mit zwei Fingern Maß. Die Größe sollte in etwa passen.

»Das hier ist nichts für unschuldige Augen.« Unwirsch schubste Laurencz den jungen Simon nach draußen. Der ließ den Einlauf neben Theos Bett liegen, für alle Fälle.

Caspar atmete tief durch. Das konnte etwas werden! Die zweifelhafte Geschichte eines schwäbischen Feldarztes, im Suff erzählt! Das war alles, was Caspar hatte.

Er steckte das Metall auf die klaffende Wunde. Laurencz hielt Paracelsus' Kopf und würgte. Caspar klopfte unschlüssig mit der Zange auf der Münze herum. Margret musste sich am Bett abstützen. Die Münze fiel auf das Leintuch zurück. Ratlos sahen die Geschwister zu Caspar.

»Es tut mir leid, Theo«,rief er aus.

Dann hielt er die Münze mit einer Hand fest und griff sich einen Hammer. Margret schrie auf. Laurencz stotterte Unverständliches. Caspar holte aus. Donnernd traf der Hammer Theos Kopf. Und die Münze. Sie verkeilte sich. Theo wimmerte auf. Es war geschehen.

Caspar fuhr mit dem Finger zufrieden über Theos Schädel. Die Münze hob sich kaum mehr ab.

»Jetzt ist sie ein Teil von dir, Bruder«, rief Caspar aus. Er hatte nicht die geringste Ahnung, ob er seinen Freund gerade getötet oder ihn gerettet hatte.

»Gott, Allmächtiger!«, rief Margret aus und sank neben dem Bett auf die Knie.

Laurencz blickte verlegen in eine leere Zimmerecke. Caspar versuchte, sich zu konzentrieren. Er ließ sich von dem eifrigen Simon Nadel und Faden bringen und vernähte die Wundränder, um es Theos Körper so einfach wie möglich zu machen. Stich für Stich. Gewissenhaft und präzise. Laurencz klatschte anerkennend und fing an, vor Erleichterung zu pfeifen.

Als die Kommilitonen mit ihren astrologischen Berechnungen hereinkamen, hatte Caspar seine Arbeit längst beendet. Der Rest lag bei Theo allein.

Jacob

»Er hat gesagt, er wolle es mit der Mutter Maria treiben. Mit der heiligen Jungfrau höchstpersönlich! Wenn sie noch lebte.«

»Nein. Das hat er nicht. Nichts dergleichen.«

»Und der andere hat behauptet, Gottes auserwählte Kinder hätten gar keine unsterbliche Seele, die zum Himmel auffährt. Und wir wären wie die Tiere, die sich im eigenen Dreck suhlen.«

Empört blickte der bischöfliche Inquisitor zu Jacob Göttisheim. Mit dessen Brief an ihn war Laurencz' loses Mundwerk zum Problem seines Vaters geworden. Ein strenger Unterton lag in der Stimme des Kirchenmannes. Seine schwarze Soutane gab seine Stimmung wieder. Jacob zuckte bei jedem seiner Worte zusammen.

»Mitnichten! Er hat lediglich gesagt, er habe sie nicht finden können. Das ist ein Unterschied. Ich verbürge mich für beide. Meine eigene Tochter hat mir über die Vorkommnisse dieser Nacht berichtet. Mein eigen Fleisch und Blut. Denkt Ihr, Margret lügt mich an? Johan, bei Gott, die wollen ihre eigene Haut retten, deshalb verbreitet Martin Clauberg diese Abscheulichkeiten! Das müsst Ihr doch begreifen!«

»Und Ihr müsst begreifen, dass unter gewissen Umständen zwischen Wahrheit und Behauptung kein Unterschied ist. Jedenfalls wenn es um Ketzerei und Gotteslästerung geht.«

Jacob Göttisheim ließ seinen Kopf auf die Brust sinken und raufte sich die Haare. Jeder Zentimeter seines Gesichts war von Sorgenfalten gezeichnet. Er war in den Bischofspalast geladen worden. Geladen – nicht einbestellt. Das, so wusste er, hatte er ausschließlich seinem Freund und Kollegen Johan von Müllenberg zu verdanken. Ebenso die Tatsache, dass sie dieses Gespräch hier, in der großen Halle führten, und nicht etwa in von Müllenbergs Büro über den Kerkern, wo er für gewöhnlich die Inquisition vornahm.

In den letzten Jahren, unter von Utenheims Herrschaft, hatten kaum Verhöre stattgefunden, was von Müllenberg sicherlich ganz recht gewesen war. Er war ein liberaler Geist, saß öfters mit Erasmus von Rotterdam zusammen und wollte keiner Menschenseele schaden. Aber von Müllenberg war auch ein strenggläubiger Katholik, der nicht davor zurückschreckte, das Kirchengesetz durchzusetzen, sofern es gerecht war. Und er war nicht nur Professor für Theologie an der Universität, was zu einer langjährigen, wertschätzenden Bekanntschaft mit Göttisheim geführt hatte, sondern als Domherr auch direkt dem Bischof unterstellt.

Göttisheim war zwar heilfroh gewesen, seinen Kollegen hier anzutreffen, anstatt den Bischof persönlich, denn der jüngste Disput mit Letzterem saß ihm noch in den Knochen. Aber er wusste dennoch um die Ernsthaftigkeit dieses Gesprächs. Immerhin wurde jedes Wort von einem Schreiber aufgezeichnet. Nicht umsonst, nahm Göttisheim an.

Schon allein die Größe der Palasthalle reichte aus, um ihn vor Angst erzittern zu lassen. Winzig kam er sich unter dem grauen Deckengewölbe vor. Jedes ihrer Worte hallte von den steinernen Wänden wider. Durch die schmalen, grün verglasten Fenster fiel nur wenig Tageslicht. Die an den Wänden befestigten Fackeln suchten dies vergeblich auszugleichen und erzeugten dabei viel Ruß und allerlei Schatten, welche die düstere Grundstimmung der Halle nur noch unterstrichen. Die teuren Teppiche, kunstvoll bestickt, und allerlei farbenfrohe Gemälde der Heiligen vermochten die Düsternis nicht abzumildern. Zwei Engelsstatuen sollten lieblich aussehen, schienen aber im Halbschatten zu weinen. Jacob fühlte mit ihnen.

Die beiden Professoren hatten auf Ledersesseln vor dem großen Kamin Platz genommen. Der Schreiber stand verstohlen in der Ecke vor einem Pult aus Holz. Über dem Kamin hing drohend eine riesige Wappenfahne des Herrschers: der rote Bischofsstab auf silbernem Grund. Göttisheim schauderte es.

»Johan, dieser Bursche hat ihm mit voller Wucht den Schädel eingeschlagen. Und mein Junge soll jetzt der Bösewicht sein?«

Von Müllenberg lehnte sich aufgeregt vor. »Das ist ja das Problem! Jacob, wisst Ihr denn nicht, wer der Bursche war? Das war Steffan von Bärenfels. Ein Bärenfels!« Von Müllenberg riss die Augen auf. »Denen gehört die halbe Stadt!«

Göttisheim sank ermattet in seinen Sessel und wischte sich mit der Hand über das Gesicht. Das hatte er nicht gewusst. Wahrlich, es war schlimmer als gedacht. Misstrauisch starrte ihn das Bischofswappen an.

Von Müllenbergs Stimme überschlug sich. »Mehrere Gäste des Wirtshauses haben ausgesagt, dass er die Jungfrau Maria persönlich beleidigt hat. Das ist ein ernster Vorwurf, Jacob!«

»Dann haben sie die eben gekauft«, erwiderte Göttisheim atemlos.

»Ja.« Von Müllenberg nickte aufgeregt. »Und wenn schon? Unser neuer Bischof hat sich seinen neuen Landsitz durch die Ablasszahlungen derer von Bärenfels finanziert. Denkt Ihr, das verbessert die Situation für die jungen Männer?«

Schweigen folgte. Göttisheim musste eine Träne der Wut hinunterschlucken. Wo war die Gerechtigkeit Jesu Christi geblieben, von der die Katholiken zu sprechen pflegten?

»Johan, Paracelsus liegt im Sterben.« Göttisheim sah den Inquisitor flehend an.

»Das wäre dann wohl das Einfachste.« Resigniert schlug von Müllenberg die Hände auf seine Schenkel. Er seufzte.

»Hört zu, Jacob. Ich will Euch nichts Böses. Nur wegen unserer Kameradschaft habe ich zunächst Euch vorgeladen und nicht gleich Euren Sohn.«

»Das weiß ich wohl zu schätzen. Vielen Dank«, entgegnete Göttisheim rasch. Laurencz und sein Mundwerk bei einem Verhör. Das mochte er sich gar nicht ausmalen!

»Aber Euch muss klar sein«, fuhr von Müllenberg fort, »Euer einziges Glück ist, dass der neue Bischof sein Amt noch nicht angetreten hat. So habe ich einen gewissen Spielraum und muss vielleicht – versprechen kann ich es nicht – keine offizielle Untersuchung einleiten.« Von Müllenberg blies müde seine Wangen auf und blickte ins Feuer. »Unzucht treiben mit der Heiligen Mutter Maria! Jesus erbarme dich.«

»Das hat er doch gar nicht gesagt! Johan, er hat lediglich …« Göttisheim sah gerade noch rechtzeitig zu seinem Kollegen, der eifrig den Kopf schüttelte. Alsdann folgte er von Müllenbergs Blick zu dem Schreiber in der Ecke und unterbrach sich rechtzeitig.

»Nichts dergleichen hat er gesagt, und von Hohenheim auch nicht. Das schwöre ich.«

»Wieso in aller Welt verbürgt Ihr Euch für diesen Querulanten? Von Hohenheim macht überall Ärger, wo er auch hingeht. Als wäre das nicht bekannt.« Von Müllenberg sah den Dekan ungläubig an.

Dieser zuckte unschlüssig mit den Schultern. »Johan, er ist ein guter Junge und ein gläubiger Diener Gottes. Er hat sein Herz am rechten Fleck. Das müsst Ihr mir glauben.«

Der Domherr besah kritisch den Mönch in der Ecke. Er überlegte. Schließlich befahl er, so gebieterisch als möglich: »Bruder Otto, lasst uns allein.«

Der Schreiber zögerte. Starrte verdutzt zu seinem Herrn. Nein, das war nicht üblich bei Verhören. Ganz und gar nicht.

Gerade öffnete er seinen Mund, um daran zu erinnern, doch von Müllenberg kam im zuvor. »Ich habe mit dem Dekan Vertrauliches zu besprechen! Ihr seid entlassen!«

Bruder Otto ließ rasch seine Feder fallen und eilte hinaus. Wenn er das nicht zu Papier brachte, war es auch nicht passiert, dachte Göttisheim bei sich. So einfach war das.

Die beiden Professoren entspannten sich ein wenig. Man wusste nie, wer die Protokolle eigentlich las.

Mit gesenkter Stimme führte von Müllenberg das Gespräch fort: »Mein lieber Jacob, ich sorge mich um Euch und Eure Familie. Eine Bürgschaft für so einen aufmüpfigen Kerl? Wisst Ihr wirklich, was Ihr da tut? Von Hohenheim ist seiner Exzellenz in den letzten Jahren mehrmals negativ aufgefallen. Der Fürst hat sich sogar seinen Namen gemerkt. Und das will etwas heißen, er ist schließlich bloß ein einfacher Student! Unter uns, ich glaube, er sähe ihn gerne am Galgen.« Von Müllenberg beugte sich so weit zu dem Dekan wie möglich: »Und Euch auch.«

Die Stimme des Domherrn hatte sich zu einem leisen Flüstern verjüngt. Die Wände des Bischofspalasts lauschten jeder Silbe, ein Schreiber war da nicht vonnöten.

»Jahrelang habt Ihr mit ihm debattiert, wegen der Sektionen! Als er noch Großarchidiakon war. Er hat es Euch nie verziehen, dass Ihr Euch bei von Utenheim gegen ihn durchgesetzt habt. In seinem Stolz habt Ihr ihn gekränkt. Meint Ihr, er vergisst das jetzt, da er Bischof ist?« Bangend sah sich der Theologe in dem dunklen Saale um. »Die Zeiten werden rauer, mein Freund. Ich weiß nicht, ob Ihr hier noch eine sichere Zukunft habt.«

Jacob blickte den Inquisitor dankbar an. Seite an Seite saßen sie im großen Rat der Stadt. Er war wahrlich ein Freund und riskierte gerade einiges für ihn.

»Johan, ich habe mir hier zu vieles aufgebaut, um jetzt zu gehen.« Der Dekan schüttelte beinahe unmerklich seinen Kopf. »Wir haben immer einen Weg gefunden.«

»Immer einen Weg?« Von Müllenberg schnaubte. »Ja, unter von Utenheim vielleicht. Jacob, der war ja selber ein Reformer! Der hat keiner Fliege etwas zuleide getan, aber von Gundelsheim ist anders. Er will Verfehlungen des Glaubens mit aller Macht sühnen, das hat er schon angekündigt.«

Von Müllenberg hielt sich zusätzlich die Hand vor den Mund. Misstrauisch sah er hinter sich. Jacob folgte seinem Blick. Hatte sich gerade jemand hinter dem Vorhang bewegt? Oder war es die Zugluft gewesen?

»Heute erst hat er elf vermeintlich Abtrünnigen die Nase und die Lippen abschneiden lassen. In Lörrach. Habt Ihr's nicht gehört? Noch bevor der Papst seine Wahl überhaupt bestätigt hat! Könnt Ihr das glauben?«

Jacob seufzte auf. Er antwortete nicht. Die traurige Wahrheit war, dass es ihn kaum überraschte.

Von Müllenberg berührte freundschaftlich den Arm des Kollegen. »Jacob, nach dem Streit der Sektionen wegen und jetzt dieser Geschichte ... Geht! Nach Tübingen oder Köln, ja nach Paris, wenn Ihr wollt! Eine Anstellung findet Ihr überall! Aber nehmt Eure Familie zusammen und geht! Meinetwegen mitsamt Eurem widerspenstigen Zögling, falls von Hohenheim überlebt.«

Von Müllenbergs Blick hing an Jacobs Lippen. Der griff nach der Hand des Freundes und sah ihn traurig an.

»Hier ist mein Zuhause, Johan.« Göttisheim nickte, um sich von den eigenen Worten zu überzeugen.

»Euer Zuhause?«, antwortete von Müllenberg entrüstet, »Das ist doch kein ... Himmel, selbst ich überlege zu gehen.« Der Domherr holte tief Luft. Er hatte vergessen zu flüstern und rief laut aus: »Ihr seid ein Jude, verdammt!«

So, jetzt war es ausgesprochen. Der Theologe rang um Beherrschung und fuhr mit etwas gesenkter Stimme fort: »Ihr habt nicht den Schutz der Christengemeinde!«

»Den hat doch auch kein armer Tropf in euren Kerkern«, konterte Göttisheim verächtlich.

Von Müllenberg schnaufte laut auf und bemühte sich um einen versöhnlichen Ton: »Was meint Ihr, wie schnell es gefährlich werden kann, wenn die Stimmung kippt. Man ist extrem nervös wegen den Vorfällen in Wittenberg. Luther macht sie alle verrückt. Von Gundelsheim wird hart durchgreifen. Jacob, die Stimmung wird kippen, so oder so! Seht zu, dass Ihr außerhalb des Bistums seid, wenn es so weit ist. Das ist mein guter Rat für Euch.« Von Müllenberg starrte auf das bischöfliche Wappen an der Wand. »Was die Sache in dem Wirtshaus betrifft: Ich notiere Eure Bürgschaft und schließe den Fall ab. Betet, dass der Bischof nach Amtsbeginn zu beschäftigt sein wird, um nachzufragen. Aber seht zu, dass Euer Sohn und dieser Bengel keinen weiteren Ärger machen. Sonst kann ich nichts mehr für Euch tun.« Von Müllenbergs Tonfall wurde traurig, als er seinen Gedanken zu Ende brachte. »Und ich kann weder Euch noch Eure Familie schützen, ist der Bischof erst einmal hier.«

Caspar

Caspar erwachte auf einem schlecht zusammengezimmerten Holzstuhl in ihrer Stube in der Domuncula. Goldenes Licht fiel durch das kleine Fenster, es musste bereits später Nachmittag sein. Die liebliche Gestalt vor ihm wusch gerade einen Schwamm in einer Messingschüssel aus und summte ein beruhigendes Kinderlied. Es war Margret. Sofort färbte sich das Wasser in der Schüssel rot.

»Darf das noch bluten, Caspar?«, fragte sie unschlüssig.

»Nein. Darf es nicht.« Caspar seufzte. »Ich habe ihn umgebracht.«

Margret ignorierte die Antwort und bereitete sorgsam einen neuen Verband vor. Caspar prophezeite Theos Tod immer, kurz nachdem er aufgewacht war. Bald schon würde er das Gegenteil behaupten. Sobald er etwas gegessen hatte.

»Wunden, die im Zorn geschlagen werden, heilen viel schlechter. Hat Paracelsus immer gesagt.« Caspar seufzte auf. »Ich habe ihm eine Münze in den Schädel geschlagen, und jetzt wird er sterben.« Eine neue Träne brannte in Caspars Augen.

»Das wird er nicht. Du hast ihn verarztet. Seine Wunden geflickt. Und jetzt wird er genesen. Punkt.« Margret schüttelte ärgerlich ihren Kopf. »Du kennst Theo wahrlich besser: Er ist einfach zu stur zum Sterben. Nur der Teufel persönlich kann ihn ins Jenseits bringen. Ein Loch im Schädel ist für ihn nur ein Kratzer.«

So sprach sie unermüdlich sich und allen Mut zu. Ansonsten tat es niemand. Der junge Simon hatte schon den Priester holen wollen. Der Pedell suchte bereits nach einem neuen Zimmergenossen für Caspar. Der wiederum fand stündlich etwas, das er falsch gemacht haben könnte bei seinem Eingriff.

Paracelsus selbst war seit fünf Tagen bewusstlos. Er fieberte.

»Die Nähte sind aufgeplatzt, deshalb blutet es immer noch. Und entzündet sind sie auch. Ich habe nicht Theos Geschick, und das ist nun sein Untergang.«

Margret verdrehte die Augen und legte einen kalten Wickel mit klein geschnittenen Salbeiblättern auf Theos Wunde, wie Caspar es ihr gezeigt hatte. Bislang ohne Wirkung. Caspar blickte unglücklich auf die klaffende Wunde. Anklagend starrte sie zurück. Blutig und eitrig zeugte sie von seinem Unvermögen. Die Silbermünze war noch immer deutlich sichtbar. Caspar hatte nicht die geringste Ahnung, ob das normal war, und kannte niemanden in Basel, den er hätte fragen können. Außer Paracelsus.

Der Mediziner senkte schuldbewusst den Kopf. Seine Schläfen schmerzten. Er schlief nicht mehr in seinem Bett, sondern auf dem harten Stuhl direkt neben Theo. Tag und Nacht wich er ihm nicht von der Seite, sprach ihm gut zu, las ihm vor oder schimpfte mit ihm. Theo schwieg zur Antwort.

Aber auch ansonsten war das Krankenzimmer gut besucht. Ihre Kommilitonen erkundigten sich eifrig nach Theos Gesundheitszustand. Simon betete stündlich ein Vaterunser am Krankenbett. Einige Professoren kamen der Neugierde wegen. Dann überschütteten sie Caspar mit Ratschlägen oder belehrten ihn, Paracelsus gehöre ins Spital.

Professor Hartmann hatte seine Studenten beauftragt, die Stadt nach Schwalbenkot abzusuchen, und bestand darauf, ihn in Mengen auf Paracelsus' Wunde zu geben, um sie eitern zu lassen. Caspar hatte sich über Theos Schädel lehnen und im Stroh des Bettes festkrallen müssen, um nicht von ihm beiseitegedrängt zu werden. Nur so hatte er die Exkremente von der Wunde des Freundes fernhalten können. Hartmann war mehr als gekränkt von dannen gezogen.

Professor Wölflin war gar mit einer toten Ziege angekommen, solch große Stücke hielt er auf Paracelsus. Man solle sie häuten, Theo die Haut überziehen, und ihn in ihrem Blut baden. Hatte er gelesen. Zum Glück war Margret im Zimmer gewesen und hatte bei der Schilderung der Prozedur hysterisch angefangen zu schreien. Kleinlaut war der Professor hinausgelaufen. Die Ziege hatte er dagelassen. Caspar hatte sie gegen etwas Alraune getauscht, als Theo angefangen hatte, vor Schmerz zu grimassieren.

Theo brauchte vor allem Ruhe. Das hatte Caspar beschlossen. Und da in ganz Basel getuschelt wurde, Caspar habe ihm eine Münze aus purem Gold ins Hirn gepflanzt, respektierte jeder, Professor oder nicht, seine Entscheidungsgewalt in dieser Frage. Hatte er doch ein Vermögen investiert!

Einzig nützlich war Dekan Göttisheim gewesen, der noch in jener Nacht losgeeilt war, um weißen Mohn gegen Theos Qualen zu besorgen. Der war teuer, selten und kaum erhältlich. Und eigentlich dem Leid des Hochadels allein vorbehalten. Es gab in ganz Basel nur eine Apotheke, die ihn führte. Göttisheim hatte ihn nur bekommen, weil er eine Zeit lang in seinen Vorlesungen die gemahlene Mumienasche des Apothekers als Allheilmittel empfohlen hatte. Dessen teuerste Ware.

Caspar sah in das schmerzverzerrte Gesicht des Bewusstlosen. Inzwischen war der Mohn aufgebraucht. Alraune war nicht halb so wirksam. Paracelsus zitterte. Caspar konnte es kaum mitansehen.

»Er wird es schaffen, Caspar.« Margret gab eine Kompresse auf Theos Wunde und griff nach Caspars Hand. »Er hat einen guten Leibarzt.« Ihre Berührung war wohlig warm. Caspars Hand wurde feucht. Sofort schämte er sich dafür und zog sie zurück. Paracelsus stöhnte. Verlegen blickte Caspar zur Seite.

Margret leistete ihnen in jeder Minute, in der sie sich von zu Hause fortstehlen konnte, Gesellschaft. Sie war wahrlich eine gute Krankenpflegerin. Sie wusch Paracelsus' Wunde, versuchte ihm immer wieder etwas Fleischbrühe einzuflößen und sah auch zu, dass Caspar zumindest ein paar Bissen aß.

Seit jener Nacht war die Hausgemeinschaft stillschweigend übereingekommen, dass die Zwillinge ob ihrer Hilfe in der Not zur Domuncula gehörten wie ein jeder der Studenten. Die Geschwister kamen und gingen fortan, wie es ihnen gefiel. Niemand gab dem Pedell Meldung.

So kam auch Laurencz vor und nach jeder Schicht bei der Wache vorbei, blickte peinlich berührt zu Boden, erzählte Theo einen schlechten Witz und flüchtete wieder. Er fühlte sich schuldig. Zu Unrecht, wie Caspar dachte. Wäre Laurencz nicht schneller gewesen, hätte Paracelsus selbst die Schlägerei begonnen. Mit Sicherheit.

»Es ist meine Schuld, Margret. Ich hätte den Streit sofort im Keim ersticken müssen.« Caspar seufzte auf und legte seine Hand auf Theos Stirn. »Laurencz und Theo und ein Haufen Betrunkener. Es wäre an mir gewesen, zur Vernunft zu mahnen.«

Margret schüttelte ihre rotbraunen Locken und berührte seinen Arm. Caspar bekam Gänsehaut. »Sag das nicht. Du bist ganz gewiss nicht schuld an diesem Unglück. Und Laurencz auch nicht.« Margret biss sich auf ihre Unterlippe, bis sie blutete. »Allein meinetwegen liegt er erschlagen da«, flüsterte sie schuldbewusst.

Caspar hatte ihr kaum zugehört und hakte auch nicht nach. Stattdessen starrte er Theo beschwörend an. Wie immer. Stunde um Stunde. Tag um Tag. Als könne sein bloßer Blick ihn zum Erwachen bringen.

Vier Jahre lang waren Paracelsus und Caspar nun Zimmergenossen und beste Freunde. Theo war Caspar als Tutor zugeteilt worden, noch bevor das Dekanat hatte wissen können, was für ein Störenfried von Hohenheim war. Paracelsus hatte seine eigenen Ansichten über die Medizin, die allzu oft von der gängigen Lehrmeinung abwichen. Was ihm völlig gleich war. Meist machte er das in unangebrachter Lautstärke deutlich. Hätte sich das Dekanat bei seinen früheren Hochschulen über Theo informiert, wäre ihm niemals ein Schützling zugeteilt worden, den er hätte verderben können. Caspar nun war gründlich verdorben worden. Bereitwillig. Paracelsus hatte ihn unter seine Fittiche genommen, als wäre er sein kleiner Bruder.

Caspar selbst war bei ihrem Kennenlernen erst dreizehn Jahre alt gewesen, ein schmächtiger Junge noch. Seiner Familie waren auf fürstlichen Erlass hin die meisten Lehen entzogen worden, und die wenigen verbliebenen Felder brachten nicht genug hervor, um auch noch die jüngeren Söhne zu ernähren. Nur Heinrich, der älteste Sohn der von Eschenbachs, hatte auf dem ländlichen Gutssitz bleiben dürfen. Caspars jüngeren Bruder hatte man für wenige Gulden in ein politisch belangloses Kloster eingekauft. Eine wirkliche Karriere war dort zwar nicht zu erwarten, aber er würde sein Leben lang versorgt sein. Immerhin.

Caspar nun sollte zur Universität, weil er der Klügere von beiden war und seine Eltern bei ihm die größere Chance sahen, sich seinen Lebensunterhalt eines Tages selbst verdienen zu können. Das Geld für Caspars Immatrikulation hatte sich seine Mutter leihen müssen. Sie erwartete es zurück, eines Tages. Das hatte sie ihrem Sohn zum Abschied ins Ohr geflüstert.

Ein Weinhändler auf der Durchreise hatte den verschüchterten Jungen, der nie mehr als sein Heimatdorf gesehen hatte, mit in die Großstadt genommen. Kränklich, hungrig und mutterseelenallein hatte er die Domuncula betreten. Da hatte Theo bloß verständig genickt, ihm einen Krug Bier gegeben und fortan pausenlos von seinen Reisen erzählt, ohne Punkt und Komma. Bis Caspar vergessen hatte, wie einsam er war.

Theo war damals mit seinen siebzehn Jahren schon ein Mann gewesen, hatte bereits als Kind seinen Vater zu Patienten begleitet und allerlei Gebrechen selbst geheilt. Während Caspar bis zu seiner Immatrikulation noch nie eine Nacht von zu Hause weg gewesen war, gab sich Theo schon als echter Weltenbürger. Auf Flussschiffen war er über Rhein, Donau und Elbe gereist und erzählte Caspar von wilden Abenteuern mit Wegelagerern oder schlimmeren Halunken. Und Ungeahntes über Wein und Weiber. Caspar glaubte fest daran, dass nicht alles frei erfunden war.

Theo hatte bereits berühmte deutsche Hochschulen wie Leipzig, Frankfurt und München besucht, in Wittenberg sogar die Vorlesungen Luthers gehört. Mit dem Baccalaureat in Wien war der erste Teil seines Studiums bereits abgeschlossen gewesen, während Caspar noch nicht einmal fließend Latein gesprochen hatte.

Wortgewandt weihte Theo den staunenden Caspar in eine Heilkunst ein, die er auf Jahrmärkten und Messen erlernt hatte. Erzählte fabelhafte Geschichten über Okulisten und Zahnbrecher, Scherer und Bader, die Weisheit alter Weiber und der Schwarzkünstler. Strahlend vor Begeisterung hielt er nach den eigentlichen Vorlesungen noch Unterricht für eine handvoll faszinierter Sprösslinge. Mehr oder weniger heimlich.

Er sprach dann von den Gefahren der Gewässer- und Luftverschmutzung durch den Bergbau. Lehrte sie die Wirkung von heilsamen Quellen und Bädern auf den Körper.

Und erklärte ihnen, dass es nicht nur eine, sondern mehrere Ursachen für eine Erkrankung gab und man diese alle berücksichtigen musste. Dass etliche Krankheiten vom Essen und Trinken herrührten. Und dass der Geist eines Menschen allein seinen Körper krank machen konnte. Weshalb man den Patienten als Ganzes ansehen sollte, nicht nur die Krankheit, sondern auch sein Leben. Mit allem Einfühlungsvermögen, das man aufbringen konnte.

Den Professoren war Paracelsus' Privatunterricht und so manch andere Marotte nicht entgangen. Aber da Paracelsus' Spott mit einem unbestreitbaren Wissen und guten Prüfungsergebnissen einherging, ließen sie ihn gewähren. Paracelsus brauchte den Doktortitel dringend, um eines Tages selbst an der Universität lehren zu können, weshalb er es nicht allzu sehr übertrieb. Allein Göttisheim mochte wohl ahnen, dass Paracelsus in den Prüfungen log und den Dozenten wider seiner Überzeugung lediglich erzählte, was sie hören wollten. Und dem war es gleich. Er hatte selbst so manchen Zweifel an der ein oder anderen gängigen Theorie.

Caspar jedenfalls hatte von Theo mehr gelernt als von irgendeinem Professor. Über die Medizin. Und das Leben an sich. Er seufzte leise auf. Sollte dies nun alles vorbei sein?

»Du kannst ihn nicht gesundstarren!«, sagte Margret schließlich. Besorgt strich sie über Caspars Wange. »Sieh dich doch an! Du siehst aus wie ein Gespenst. Du musst mal raus aus diesem Zimmer, an die frische Luft. Wer weiß, wie lange es noch dauert. Du kannst nicht für immer hierbleiben.«

»Da hat sie wohl recht, Junge.« Dekan Göttisheim trat herein. »Ihr solltet wirklich wieder die Vorlesungen besuchen, Caspar. Noch seid Ihr Student an dieser Universität. Und nicht von Hohenheims Leibarzt.«

»Gott zum Gruß, Dekan«, sprach Caspar müde. Der Dekan würde ihn niemals zwingen, das Zimmer zu verlassen und zur Vorlesung zu gehen. Er war zu gutmütig dafür. Das wusste Caspar ganz genau und ignorierte den Tadel.

Göttisheim gab seiner Tochter einen flüchtigen Kuss auf die Wange. Er hatte zu viel Mitgefühl, um seines Amtes zu walten und sie hochkant aus der Domuncula zu werfen. Wie sie es eigentlich verdient hätte.

»Wie geht es ihm?« Besorgt trat der Dekan an Theo heran.

Caspar schüttelte traurig seinen Kopf: »Unverändert, fürchte ich.«

»Ich habe etwas Berberitze gegen das Fieber mitgebracht.« Göttisheim reichte Margret den Beutel und beäugte den Bewusstlosen fachmännisch, als dieser hustete. Etwas Speichel, gemischt mit Blut, rann aus Paracelsus' Mund und über sein Kinn. Der Dekan nahm einen Schwamm und säuberte sorgfältig Theos Gesicht.

Margret versuchte mit einem Holzspatel, etwas zermahlene Berberitze in Theos Mund zu geben, als die Tür abermals aufgerissen wurde.

»Theo, ich hab grad' den Busen eines Waschweibs gesehen. Weiß und prall! Wenn du jetzt gleich aufwachst, kann ich ihn dir zeigen. Aber du musst dich schon beeilen.«

Laurencz blieb wie angewurzelt im Türrahmen stehen, als er seinen Vater am Kopfende des Bettes erblickte. Prompt trat der auf ihn zu und verpasste ihm eine schallende Ohrfeige. »Du sprichst nicht so! Nicht vor deiner Schwester, und nicht in diesem Haus.«, sprach der Dekan streng.

Laurencz aber wollte noch den Fröhlichen spielen und trat an Theo heran. »Solche Dinger, Kamerad!« Er fuchtelte mit den Armen vor Theos Gesicht herum. »Mit rosa Warzen! Überleg's dir. Ich bring dich zu ihr, versprochen. Aber du musst jetzt aufwachen dafür.«

Laurencz bekam gleich die zweite Ohrfeige hinterher. Aber nicht mehr ganz so fest. Er sah gespielt geläutert zu Boden, grinste aber noch mehr. Caspar musste laut lachen. Margret auch. Ihr Vater konnte es sich verkneifen. Geradeso.

Theo zuckte. Röchelte. Hustete. Und – öffnete die Augen.

Laurencz' Triumphschrei war bis in den Goldenen Ochsen zu hören.

Margret

Der Einzug des neuen Fürstbischofs war der eines Königs. Die Glocken von Barfüßer- und Theodorskirche läuteten schon seit dem Morgengrauen, die des Münsters sollten erst beim Weihgebet zum Lobpreis seiner Exzellenz mit einstimmen.

Große, seidene Fahnen mit dem Wappen der Stadt – ein schwarzer Krummstab auf silbernem Grund – wehten majestätisch im Wind und wiesen dem Festzug den Weg. Von Norden her sollte dieser über das Sankt-Johanns-Quartier in die Stadt gelangen, am Rhein entlang, vorbei an Universität und Rathaus und schließlich feierlich auf das Münster zuhalten. Wo die bischöfliche Weihe vollzogen werden würde. Ein hellblauer Himmel krönte den Fürsten und seine Stadt. Die mächtige Sommersonne strahlte vor Glück, ebenso die Bürger zu ihren Füßen. Es war ein Festtag.

»Lass uns noch weiter nach vorn gehen.« Margret ergriff Caspars Hand und zog ihn durch die Menschenmenge. Ganz Basel war hier versammelt.

»Bitte Margret, nein.« Caspar zögerte. »Dieses Gedränge ist mir zuwider.«

»Komm schon, ich will Laurencz zuwinken können!«, nörgelte Margret. »Ich hab's ihm versprochen.«

Laurencz als Mitglied der Stadtwache durfte selbst am Festzug teilnehmen und hatte sich darauf gefreut wie ein kleines Kind. Auch wenn er das niemals zugegeben hätte.

Entschlossen drängte sich seine Zwillingsschwester an dicken Bäuchen und knochigen Schultern vorbei. Jedermann von jung bis alt war auf den Beinen, um dem neuen Herrscher und geistlichen Führer zujubeln und sein reich besticktes Gewand bestaunen zu dürfen.

Das Volk hatte sich für seine bischöfliche Exzellenz tunlichst herausgeputzt. Das Haar hatte man sich mit Zimt oder Kreuzkümmel gewaschen und die Zähne mit Kardamom und Süßholz geputzt. Ja, sogar Lavendel- oder Rosenwasser hatte man aufgetragen für den neuen Fürsten. Wenn man es sich leisten konnte. Ansonsten hatte man im Rhein gebadet. Extra.

Die Bauern der umliegenden Dörfer hatten sich zumindest Hände, Füße und Gesicht saubergewaschen. Das musste genügen, um ihren neuen Lehnsherren zu begrüßen. Wer ein Gewand zum Wechseln besaß, hatte das Bessere an oder vielmehr das weniger Schlechte. Die ärmeren Bauern und Knechte trugen ungefärbte Hemdkittel, zerschlissene weiße Hosen und vielleicht noch eine ärmellose Weste.

Die Mitglieder der wohlhabenden Zünfte aber boten dem Fürstbischof ein farbenfroheres Publikum. Scharlachrote Strumpfhosen und gemusterte, mit Knöpfen versehene Schecken über puffärmeligen Hemden reihten sich Schulter an Schulter am überfüllten Rheinufer. Feine ältere Herren nutzten den Anlass, um lange Schleppen oder Mäntel aus Samt und Seide zu tragen, und hatten sich die Haarsträhnen mit Brenneisen und Eiweiß gelockt.

Auch das andere Geschlecht wusste man trickreich zu beeindrucken. Ein auffälliger Hosenlatz, der mit Schleifen und Glöckchen das Geschlecht des Mannes betonte, erzürnte die Blicke der Kirche ebenso wie das immer tiefer geschnittene Dekolleté der Damen. Von Utenheim hatte seine friedliche Amtszeit genutzt, um Monat für Monat strengere Kleiderordnungen zu erlassen. Keine hatte Früchte getragen. Die Leute bezahlten bereitwillig jedes Bußgeld, um attraktiv zu sein.

Margret selbst trug ein hellbraunes Mieder, zum Weinen eng geschnürt, mit einem ledernen Gürtel um die schmale Taille. Ein weiter Rock mit grün gestreiften Falten war mittig aufgeschlitzt und ließ das seidene Unterkleid hervorblitzen. Die feingewebte Bluse bedeckte ihre Schultern nicht. Ihre prallen Brüste schimmerten im Sonnenlicht. Margret bemerkte wohl, wie sehr Caspar sich bemühte, nicht hinzusehen. Und scheiterte. Ein perlenbesetztes Haarnetz hielt Margrets wilde Locken im Zaume. Der Wohlstand ihres Elternhauses war ihr wahrlich anzusehen.

Mitleidig blickte sie an Caspars schäbigem Wams und der schlichten Pumphose hinunter. Von allzu grober schwarzer Seife war der Stoff zerschlissen. Allein die roten Wollstrümpfe waren neu. Befremdet rätselte Margret, ob er damit versuchen wollte, sie zu beeindrucken.

Zum ersten Mal überhaupt war Margret mit Caspar allein unterwegs. Er benahm sich seltsam. Ständig zupfte er an diesen hässlichen Wollstrümpfen herum! Seine Hände waren schwitzig, seine Augen starrten angestrengt an Margrets Dekolleté vorbei, und wenn er überhaupt mit ihr sprach, dann redete er Unsinn. Sonst hatten sie sich stets in ihrer Vierergruppe getroffen. Caspar war viel fröhlicher, wenn die anderen dabei waren. Und nicht so angespannt.

Nun aber war Laurencz Teil des Festzugs und Paracelsus verhindert. Der war zwar schon recht gut genesen, aß und trank in Mengen und verlangte immer seltener nach Arzneien, um Nerven und Schmerzen zu beruhigen. Dennoch hatte er sie nicht begleiten wollen.

Margret selbst war zwiegespalten. Wäre Laurencz nicht gewesen, wäre sie dem Einzug des neuen Bischofsfürsten demonstrativ ferngeblieben. Finster dreinblickend stach sie aus der fröhlichen Menschenmenge heraus.

Margret hatte ihre Eltern belauscht, von der Warnung von Müllenbergs erfahren und die Gegenargumente ihres Vaters angehört. Nächtelang hatte sich Esther Göttisheim mit ihrem Mann gestritten und ihn angefleht, mit ihnen die Stadt zu verlassen. Dieser hatte sich geweigert, erklärt, getröstet, selbst vor Angst geweint und wieder getröstet.

Göttisheim war keineswegs so heimatverbunden wie seine Frau oder Margret selbst. Es war vielmehr der Stolz des Rechtschaffenen, der ihn davon abhielt zu fliehen. Er war ein ehrbarer Bürger dieser Stadt, hatte sich nichts zuschulden kommen lassen und beanspruchte daher das Recht, in Frieden leben zu können, komme was da wolle.

Heute kam er also. Der Racheengel der Hölle. Margret schluckte Galle hinunter. War von Gundelsheim erst der gesalbte Fürstbischof, konnte er in Basel schalten und walten, wie es ihm gefiel. Sicher, rein formal war der Fürst an die Gesetze der Stadt gebunden. Bischof von Utenheim hatte sich auch mehr oder weniger an die Handfeste gehalten. Aber für einen Fürstbischof gab es alle erdenklichen Mittel und Wege, sie zu umgehen – wenn er denn wollte. Sollte einem wirklich nichts Besseres einfallen, konnte man immer noch »Ketzer« rufen, und alle Rechte waren dahin. Von Gundelsheim hatte dieses Wort seit jeher gern in den Mund genommen. Nach dem heutigen Tage würde sich das wohl kaum ändern, dachte Margret. Verächtlich besah sie die heitere Versammlung. Basel bejubelte hier seinen eigenen Untergang. Und war zu dumm, das zu begreifen.

»Pass doch auf, Mann!« Margret wurde von einem halbwüchsigen Burschen mit viel zu langem Hemd angerempelt, als der sich an ihnen vorbeidrängeln wollte. Sie hatten schließlich einen Platz weit vorn an der Prachtstraße ergattert, aber das Rheinufer füllte sich minütlich mehr, bald trat sich das gut gelaunte Volk gegenseitig auf die Füße.

Thomas und Simon aus der Domuncula winkten ihnen von der anderen Straßenseite aus fröhlich zu.

»Sieh nur«, rief Caspar bemüht heiter und winkte lächelnd zurück. Margret registrierte ihn kaum. Ihre Stirn lag in Falten.

Ein Mädchen suchte wohlriechende, in Honig gebackene Äpfel zu verkaufen, und kämpfte sich unbeholfen durch die Menge. Auf der anderen Flussseite wurden Ziegen und Schweine unter freiem Himmel gebraten und Gaukler boten einige kleine Kunststückchen dar. Die Professoren Hartmann und Wölflin hatten sich zur Feier des Tages je einen Beutel Rotwein mitgebracht und wurden immer lustiger. Es herrschte Jahrmarktstimmung. Die Menge schwatzte ausgelassen. Man war gespannt auf den Bischof und mutmaßte, welche Kleidung die Ehrenbürger wohl tragen würden.

Allein zwischen Caspar und Margret herrschte holpriges Schweigen.

»Wenn es dir hier zu eng wird, können wir gern etwas nach hinten gehen«, meinte Caspar irgendwann unbeholfen.

»Und Laurencz verpassen? Der schlägt dir vor Wut den Schädel ein«, rief Margret und biss sich sofort auf die Lippen. Sie dachte an die Silbermünze.

Caspar schwieg.

Ein Tusch ertönte. In der Ferne begann eine Blaskapelle zu spielen. Man stellte sich auf die Zehenspitzen und reckte den Hals in die Luft.

»Es geht los«, flüsterte Margret. Ihr wurde übel. Der Tusch verkündete das Ende ihrer aller Freiheit. Nur schien das außer ihr niemanden zu kümmern.

Ein paar Mädchen in der Nähe hüpften dämlich auf und ab. Margret beäugte sie. Angewidert zog sie eine Lippe nach oben. Von den angrenzenden Häusern der wohlhabenden Kaufleute aus begann man, rote Rosenblätter aus den Fenstern zu werfen. Taschentücher wurden gezückt. Bald war er in Sichtweite: ein riesiger Festzug, begleitet von Vertretern der Gilden und des kleinen Rates, den Oberhäuptern der Patrizier- und Adelsfamilien, voran eine Hundertschaft an Fahnenträgern, Rittern und Söldnern, die dem Bischof die Treue geschworen hatten. Von Gundelsheim verstand es, seine Macht zu zeigen. Ein Raunen ging durch die Menge.

Ein dicker Mann wollte in die Hände klatschen und stieß Margret dabei seinen Ellenbogen in die Rippen. Sie trat ihm dafür mit aller Kraft auf den Fuß.

Die Trommeln kamen näher. Dem Mädchen wurden im Trubel die Äpfel von seinem Bauchladen geschlagen. Es weinte.

Jetzt jubelte Margret unvermittelt laut auf, pfiff so burschikos als irgend denkbar zwischen zwei Fingern und fing an, laut zu applaudieren: »Sieh, dort!«

Laurencz ritt mit stolzgeschwellter Brust an ihnen vorbei. Ganz Stadtwächter, winkte oder lächelte er nicht. Er trug ein geliehenes Kettenhemd, an dem das Wappen des Bischofs befestigt war. So sah er noch stärker aus als sonst. Ein Mädchen quiekte vor Begeisterung. Ein schmächtiger Fahnenträger stolperte und sorgte kurz für Unruhe. Ein Pferd wieherte und scheute, war aber schnell wieder unter Kontrolle.

Dann sah man ihn. Basel hielt den Atem an: Sein Fürst hielt Einzug. Philipp von Gundelsheim war wahrlich eine imposante Gestalt. Die Zuschauer jubelten. Ganz ungewöhnlich für den Anlass hatte er keinen Schimmel gewählt, sondern ritt kerzengerade auf einem pechschwarzen Ross.

Margret hatte nie ein mächtigeres Pferd gesehen. Oder einen stolzeren Fürsten auf dessen Rücken. Das weiße Chorhemd war mit einer Borte aus purem Gold verziert. Eine purpurrote Casula aus Samt glitzerte in der Sonne. Der Kragen war aus schwarzem Pelz gefertigt. Die seidenen Pontifikalhandschuhe hatte sich von Gundelsheim mit Diamanten und Rubinen besetzen lassen. Alles von den Ablasszahlungen bangender Seelen, dachte Margret verächtlich. Einige Bürger fielen in Ekstase auf die Knie. Viele bekreuzigten sich. Neben ihnen betete jemand ein Vaterunser.

Margret schauderte es. Ihr erschien die Gestalt auf dem Ross wie Satan persönlich. Hektisch blickte sie umher, suchte die Umgebung nach einem Wunder ab, das sie alle retten würde. Noch trug dieser Teufel die Mitra nicht. Die

Bischofsmütze würde ihm erst nach der Weihe gemeinsam mit Bischofsring und -stab übergeben werden. Dann waren sie verloren. Margret schnaufte angestrengt. Wer konnte es noch verhindern? Ihr Herz pochte. Angewidert blickte sie nach oben in das Gesicht des Bischofs. Musterte seine schwarzen Augen. Und sah eine Teufelsfratze. Die Menge jubelte! Margret wurde schwindelig.

Einige Rosenblätter rieselten auf das Haupt des Erwählten. Basel huldigte seinem neuen Herrscher. Ohne einen Blick an die Menge zu verschwenden, zog die prächtige Gestalt an ihnen vorbei. Von Gundelsheims Ross schnaubte. Die Hufe des Tieres grollten wie Donner in Margrets Ohren, obschon tausendfach übertönt vom allgemeinen Lärm. Ratlos blickte sie ihm nach. Eine Träne lief über ihre Wange. Was konnte sie noch tun? Drüben im Münster, nur noch einige hundert Meter entfernt, wartete der Bischof von St. Gallen bereits, um von Gundelsheim die Hand aufzulegen. Dann war es geschehen. Margret sah ihre Mutter auf dem Scheiterhaufen brennen und ihren Vater am Galgen baumeln.

»Lass uns gehen, Caspar«, flüsterte sie und stützte sich auf ihn.

»Jetzt? Der Zug ist doch noch lang, Weib!« Caspar sah sie enttäuscht an. Bestimmt dachte er, es läge an ihm.

»Wir haben Laurencz gesehen, nur darum ging es«, antwortete Margret resigniert und blickte ängstlich umher.

»Was hast du, Margret?«, fragte Caspar unsicher und nahm sie am Arm.

»Nichts weiter. Ich … mir ist nicht wohl.« Margret versuchte, besänftigend zu lächeln. Es misslang. Ihre Lippen gefroren. Ihr Blick erstarrte.

»Steffan?«, flüsterte sie zu sich selbst.

Steffan von Bärenfels! Er ritt nur einige Meter hinter dem Fürstbischof, inmitten seines engsten Gefolges.

»Bei Gott, Margret. Was ist mit dir?« Caspar strich ihr liebevoll über die Stirn.

Margret antwortete nicht. Mit offenem Mund starrte sie auf den Festzug. So groß sollte sein Einfluss nun sein?

Steffan blickte voll Genugtuung auf sie herab. Sein Grinsen war entstellt von Eitelkeit. Margret löste sich instinktiv von Caspars Arm. Sie taumelte.

»Hat Gott uns nicht genug geprüft?«, murmelte sie.

Der Boden unter ihren Füßen schien nachzugeben. Fassungslos starrte sie zu dem Reiter hinauf. Von Bärenfels musterte sie. Ihre Blicke trafen sich. Er zwinkerte ihr zu. Schelmisch. Margret wurde speiübel. Sein spöttisches Lächeln traf ihren Körper wie ein Blitz.

Sie wandte sich ab. Der Lärm um sie herum wurde dumpf und leise. Sie hörte Caspar sprechen, verstand aber die Worte nicht. Die spottende Gestalt zu Pferde verlor an Kontur. Ihre Knie sackten ein. Alles wurde schwarz. Margret fiel. Caspar griff nach ihr, aber sie sackte zu Boden. Die Menge schloss sich über ihr. Ein Fuß rempelte gegen ihren Schädel. Margret bekam keine Luft. Sie sah den Himmel nicht mehr. Einer trat auf ihre Hand. Ein Stiefel krachte gegen ihre Flanke. Ein letztes Mal stöhnte sie auf. Dann verlor sie das Bewusstsein. Gegen diese Gegner war nicht anzukommen.

Paracelsus

Paracelsus hielt sich mühsam an den wackeligen Brettern seines Standes fest. Auf der einen Seite lagerte er, mehr oder weniger heimlich, sein chirurgisches Besteck. Auf der anderen Seite befand sich eine nicht sehr ebene, aber dafür saubere Patientenliege aus dunklem Holz. Hinten gab es die Schubladen mit den Kräutern, Salben und Essenzen. Nach hinten und zu den Seiten hin wurde der Stand durch einen Vorhang abgeschirmt – grün und rot gestreift. Paracelsus hatte damals möglichst auffällige Farben gewählt, um die Kundschaft anzuziehen. Das hatte sich als unnötig erwiesen. Von der ersten Stunde an hatten ihm die Basler seinen Stand eingerannt. Mit oder ohne bunten Vorhang.

Mittlerweile stellte er ihn deshalb nicht mehr auf dem belebten Kornmarkt auf, sondern lieber in einer kleinen, ruhigen Seitengasse. Seine Patienten wussten ohnehin, wo er zu finden war, und schätzten die Privatsphäre einer stillen Gasse sehr, wenn es juckte, wo es nimmer nicht jucken sollte.

Gerade war ein greiser Krämer vom Kornmarkt herübergekommen und stülpte seine seidenen Strümpfe nach unten.

»Hier. Seht Ihr?« Er deutete unglücklich auf seine Beine. »Doktor Theophrastus! Bitte! So sollte das doch nicht sein!«

Paracelsus schielte in sein aufgeregtes Gesicht und dann auf dessen monströse Unterschenkel. Fast glaubte er, die Haut müsse platzen, so geschwollen waren sie. Er drückte die Schenkel mit Daumen und Zeigefinger beherzt zusammen. Eine große Delle blieb zurück.

»Jeden Sommer ist das so«, jammerte der Alte. »Im Winter ist es fast gut. Aber diese Hitze! Dann ist es, als würden tausend Ameisen unter meiner Haut kriechen. Das halte ich nicht mehr aus!« Fast weinte der Mann.

Paracelsus sah auf eine kleine Wunde am Schienbein. Wasser und Blut rannen heraus.

»Ist es morgens besser? Kurz nachdem Ihr erwacht seid?«

»Ja. Ja, ist es!«, rief der Krämer aus.

Paracelsus sah mitleidig auf seine grauen Haare.

»Es ist Euer Alter, mein Herr. Ihr habt die Wassersucht. Das Salz Eurer Glieder schmilzt.«

»Die Wassersucht, meint Ihr?« Der greise Krämer schluckte. »Mit meinen Jahren komme ich gut zurecht.« Trotzig hob er sein Kinn. »Wenn Ihr nur meine Beine richten könntet!«

»Hier«, sprach Paracelsus und kramte in einer seiner Schubladen. »Quecksilber. Es treibt den Harn. Nehmt wenig davon. Nur so viel Eure Beine brauchen. Lasst Euch engere Strümpfe machen. Und zieht sie gleich morgens an.« Wieder kramte er etwas hervor. »Tupft Kamille auf die Wunde. Gebt acht, dass sie sich nicht entzündet. Wenn Eure Beine erst wieder schlank sind, wird sie heilen.«

»Und die Ameisen verschwinden?« Der Krämer schielte Paracelsus verzweifelt an.

Der nickte zuversichtlich. Dankbar schlich der alte Mann davon.

Paracelsus trank einen halben Beutel mit Wasser leer. So wie er es schon vielen Patienten heute geraten hatte, die mit Schwindel kamen. Er war taumelig auf den Beinen. Und sein Kopf schmerzte. Lieber wäre er noch im Bett geblieben, aber er musste dringend seinen Münzbeutel auffüllen.

Seit er wieder bei Bewusstsein war, dachte er fieberhaft über neue Möglichkeiten nach, das Geheimnis der Seelen zu lüften. Bislang ohne Erfolg. Zunächst hatte er es nochmals mit der Bibel versucht, aber die Ausführungen dort waren allzu vage. Dann hatte er sich viel von der Medizin der Araber versprochen. Deren Bücher aber waren schwer erhältlich und noch schwerer zu lesen. Außer Sagen und Gerüchten hatte er dort keine Spur gefunden.

Sein jetziger Weg war riskant – und teuer.

Die nächste Kundin trat an seinen Stand. Eine Frau aus der Gerbergasse, das roch Paracelsus sofort.

»Keine Nacht schläft er mehr! Hält mich wach. Mich und das ganze Haus. Dieser Bengel!«

Die Gerbersfrau schlug ihrem Bub mit der Hand auf den Hinterkopf. Der schielte misstrauisch zu Paracelsus hoch und wand sich. Paracelsus strafte die Mutter mit einem strengen Blick. Der Junge streckte ihm seine Arme entgegen. Übersät waren sie von roten Kratzspuren! Paracelsus strich mit seiner Hand über die Haut. Staubtrocken war sie und feuerrot.

»Und von den Mitteln der Gerberei bekommt er nichts ab?«, fragte Paracelsus streng.

»Nein, Doktor!«, rief die Gerbersfrau sofort. »Da hat sich der Junge noch nie blicken lassen. Das schwöre ich.«

»Sind noch andere Stellen befallen?«

Der Junge nickte: »Hinter meinen Ohren. Und auf der Brust.«

»Die Arme sind am schlimmsten! Kratzt sich die ganze Nacht und gönnt uns keine Ruhe«, rief das Weib dazwischen.

Der Junge blickte beschämt zu Boden. »Es juckt so, Doktor Theo!« Jetzt schluchzte er.

Paracelsus nickte und tätschelte dem armen Jungen kurz seinen Kopf. »Das glaub ich dir wohl.« Dann holte er eine Dose von hinten.

»Ein Balsam. Aus Gänseblümchen, Ringelblumen und Johanniskraut. Es lässt den Ausschlag abheilen. Und der Spuk ist vorbei.« Paracelsus zwinkerte dem Jungen aufmunternd zu. Der setzte zu einem Lächeln an, traute sich dann aber offenbar nicht.

Das Gerbersweib sah auf den Balsam. Dann zu Paracelsus. Dann seufzte sie: »Das können wir uns nicht leisten, Doktor! Habt Ihr nichts ... Billiges?«

Entschuldigend sah sie auf die Kratzspuren ihres Sohnes. Dessen Hemd war zerschlissen. Die Frau selbst war fast in Lumpen gekleidet. Zaundürr waren die beiden und rochen nach dem Gestank der Gerberei.

»Ist gut, Weib.« Theo dachte bedauernd an seinen leeren Münzbeutel. »Ich schenk ihn Eurem Jungen.«

Die Frau schrie vor Freude auf. Der Bub griff blitzschnell nach der Dose.

»Gott zum Dank, Doktor Theophrastus! Gott zum Dank! Gesegnet sollt Ihr sein!« Sie wollte mit ihren schmutzigen Händen ein Kreuz auf Theos Stirn malen, aber der drückte geschickt ihre Hand beiseite.

»Es ist gut, Weib. Bringt ihn wieder, wenn es nicht besser wird. Und um Himmels willen, haltet ihn von der Gerberei fern!«

Göttisheim hatte schon oft gemeint, Theo würde es nie zu etwas bringen, wenn er nicht endlich aufhörte, seine Patienten unentgeltlich zu behandeln. Öfters hatte ihm Theo brav zugestimmt. Und sich nie daran gehalten. Jetzt rechnete er: Er hatte heute mehrere kleine Wunden versorgt, eine gebrochene Nase reponiert, einen verstauchten Arm geschient, eine Salbe aus Terpentin, Weinsteingeist, Ziegenmehl und allerlei Essige verkauft. Gut die Hälfte hatte er verrechnen können. Allzu schlimm sollte die Bilanz also nicht werden.

»Es kommt in Schüben! Wie Wallungen! Dann läuft mir alles Wasser runter.«

Die nächste Frau vor ihm war aufgebracht und laut. Ihr dicker Kehlkopf wippte aufgeregt auf und ab. Ihre wohlgenährten Wangen waren puterrot vor Erregung. Jedes Wort schrie sie Paracelsus entgegen, als wäre es allein seine Schuld.

Der sah verständnislos auf den dicken Nerzkragen der Patrizierin. Allein der Anblick trieb ihm den Schweiß auf die Stirn.

Ihre strengen Augen bemerkten es wohl: »An der Mode liegt es nicht«, tadelte sie ihn gereizt. »Sonst wäre ich ja zu einem Schneider gegangen.«

Paracelsus atmete geduldig ein. Früher hätte er sie noch besänftigen wollen. Mittlerweile hatte er zu viel gesehen.

»Habt Ihr Krämpfe? Im Unterleib?« Sein Ton war sachlich.

»Und wie!« Die reiche Dame blickte misstrauisch über beide Schultern, um sicher zu sein, dass sie niemand belauschte. Paracelsus rätselte, weshalb sie keinen Leibarzt hatte.

»Ich blute! Unregelmäßig. Aber wenn, dann ...« Das Weib presste mürrisch die Lippen zusammen. »Das geht Euch gar nichts an!«

Paracelsus nickte. Er traute sich fast nicht zu fragen, tat es dann aber doch. »Und Eure Stimmung, Teuerste?« Paracelsus kniff seine Augen zusammen, als müsse er sie schützen. Die Schimpftirade der Patrizierin folgte prompt. Das hatte er wissen wollen. Reizbar war sie wohl.

Paracelsus reichte ihr tapfer ein Fläschchen mit Melissenessenz. Deren Herstellung war mehr als aufwendig: Paracelsus durfte dafür das Labor eines befreundeten Apothekers nutzen. Für ein Drittel des Gewinns.

Zunächst erntete er die frischen Pflanzen, wenn sie in der Blüte standen, weil sie da am meisten Lebenskraft enthielten. Dann reinigte und zerkleinerte er sie gründlich, setzte sie mit Wasser und Hefe an und ließ die Pflanzen gären. Mercurius, der Geist, und Sulfur, die Seele der Pflanze, lösten sich. So befreite Paracelsus die Heilstoffe der Pflanze von ihrem Festkörper und verstärkte ihre Wirkung. Danach erfolgte durch ein mildes Feuer die Wasserdampfdestillation. Das Destillat fing Paracelsus mit Alkohol auf und verdünnte diesen anschließend. Alles Giftige oder Unnütze sollte dann von der Flüssigkeit getrennt sein. Den Pflanzenrückstand trocknete Paracelsus behutsam und verbrannte ihn alsbald zu Asche. Die durch das Feuer geläuterte Asche, mit wichtigen Mineralien und Spurenelementen, sollte die Lebensprozesse des Menschen anregen. Er gab sie anschließend in das Destillat und filtrierte es nach einiger Zeit. Paracelsus glaubte, durch diese Vereinigung die größtmögliche Reinheit und Heilkraft der Pflanze zu gewinnen. Die Erfahrung gab ihm recht.

»Das wird Euer Leiden lindern, Gnädigste«, sprach Paracelsus laut. Und das Eures strapazierten Gatten auch, dachte er bei sich.

Barsch entriss ihm die Patrizierin das Fläschchen und warf ihm eine Silbermünze auf den Tisch. Dann strich sie stolz ihr schweißnasses Haar zurecht, schürzte ihren Rock und raschelte mürrisch davon.

Es war Abend geworden. Paracelsus sah in seinen Beutel: Vereinzelt gesellten sich jetzt wenigstens ein paar Silbermünzen zu den unscheinbaren Rappen. Das sollte reichen, um das Treffen mit dem Hexenmeister zu bezahlen.

Caspar

»Margret sagt, jetzt fehlt nur noch ihr Bruder, dann hast du uns allen das Leben gerettet, du Halunke!«

Theo saß gut gelaunt auf seinem Bett und lachte. Ein seltener Anblick dieser Tage. »Mensch, du musst nicht unbedingt den Helden spielen, Caspar! Wenn du Angst um dein Seelenheil hast wegen der Leichenschändung, kannst du dich auch einfach freikaufen. Luther bringt sie so weit, Rabatte zu vergeben, hab ich gehört! Für ein paar Gulden bist du für immer raus, wenn du versprichst, jedes Flugblatt von Zwingli zu zerreißen, das du findest!«

»Blödsinn! Man muss sagen, dass einen die Bibel auf Deutsch überhaupt nicht interessiert und man gern hungert, damit sich die Geistlichkeit von unserem Korn mästen kann«, scherzte Caspar und fügte dann bescheiden hinzu: »Ich habe sie doch nicht gerettet, sondern nur hochgezogen. Ihr war der ganze Trubel zu viel, das ist alles.«

»Nun ja. Sie sagt, die hätten sie totgetrampelt, ohne deine Hilfe.« Paracelsus nickte ihm anerkennend zu. »Du bist ihr Retter. Meint Margret. Und mir hast du eine Münze in meinen Schädel geschlagen. « Theo klopfte sich mit der Faust einige Male gegen den Kopf. »Macht meine Gedanken ganz wirr manchmal.«

Caspar grinste. »Das ist aber wahrlich nichts Neues, Bruder. Ganz klar im Kopf warst du noch nie.«

Theo lachte laut auf. »Meinst du, ich bin jetzt insgesamt ... sagen wir, sieben Schilling wert? Gut dreimal so viel als zuvor vermutlich. Eine wahre Meisterleistung, Herr Doktor!

Einen Tunichtgut so aufzuwerten.« Paracelsus sah nachdenklich hinaus in den verregneten Garten. »Ertränken werden sie mich wohl nicht mehr können, dazu sind sie zu geizig.«

Caspar räusperte sich und blickte etwas beschämt zu Boden. Seit jener Nacht beschäftigte ihn eine Frage. »Hast du diesem schwäbischen Feldarzt die Geschichte von der Münze im Kopf eigentlich geglaubt?«

Paracelsus sah ihn einige Augenblicke schmunzelnd an, dann prustete er los. Und krümmte sich sogleich. Das Lachen bereitete seinen geprellten Rippen immer noch Schmerzen.

»Kein Stück, du Irrer! Hahaha! Wie soll das denn funktionieren? Hahaha! Eine Münze im Schädel!« Paracelsus verdrehte die Augen, ließ seine Zunge heraushängen und drehte den Kopf wieder und wieder herum. »Man verliert ein bisschen das Gleichgewicht, weißt du?«

Caspar lachte und atmete erleichtert auf. Wie ihm diese Gespräche fehlten! Seit jener Nacht hatte ihre Freundschaft an Ungezwungenheit verloren. Paracelsus war niemandem gern etwas schuldig, das wusste Caspar. Aber es steckte noch mehr dahinter. Der Freund hatte sich verändert.

Während die Zwillinge und er selbst so lautstark und trinkfest wie gewohnt Theos Überleben und die wiedergewonnene Sorglosigkeit feierten, verschanzte sich Paracelsus immer öfter allein in der engen Kammer. Tagelang versank er in sonderbar aussehenden alten Büchern, deren Sprache Caspar nicht verstand. Er blieb nächtelang verschollen, ja tauchte gar nach Tagen erst wieder auf – mit neuen Büchern, verziert mit unheilvollen Runen, oder seltsamen Bündeln unterm Arm, die nach fremdländischen Gewürzen stanken. Alsbald versteckte er sie unter seinem Bett und verbot Caspar ungewohnt streng, sie jemals zu begutachten. Noch hielt sich Caspar daran. Aber jedes Mal, wenn er Paracelsus verstohlen um sich blickend nach Hause schleichen sah, wuchs seine Neugierde.

»Willst du wirklich nicht mitkommen? Die Vorlesung soll gut sein. Wölflin erzählt heute über die selteneren Miasmen.«

Caspar hatte sich bereits fertig angekleidet, gekämmt und gewaschen, während Theo noch sein Schlafgewand trug und unschlüssig auf seinem Bett saß. Seit seiner Verletzung war Paracelsus in keiner einzigen Vorlesung mehr gewesen. Er schüttelte trotzig den Kopf und winkte ab. »Es gibt fünf Gründe, warum ein Mensch krank wird. Fünf verschiedene. Alle greifen sie ineinander. Und dieser Trottel spricht über nichts anderes als über Miasmen!«

Caspar verdrehte genervt seine Augen. Er kannte Theos Theorie mittlerweile auswendig: *Ens astrale, Ens veneni, Ens naturale, Ens spirituale, Ens dei …*

Äußere Einflüsse, Lebensgewohnheiten, Konstitution, Geist, und der Wille Gottes selbst.

Letzten Herbst hatte Paracelsus von nichts anderem mehr gesprochen und sie alle damit wahnsinnig gemacht.

»Ich weiß, aber …«

Paracelsus ließ ihn nicht ausreden. »Daraus ergibt sich doch die Heilung erst! Gleiches muss durch Gleiches geheilt werden! Wölflin kennt nur die Säfte und Miasmen! Und bringt die Menschen damit ins Grab!«

Caspar ging nicht darauf ein. Sonst stünde er noch in Stunden hier.

»Du kannst dich aber nicht für immer hier verkriechen! Dafür ist das Zimmer einfach … zu hässlich.« Er versuchte es mit Humor. Und scheiterte.

»Ich verkrieche mich hier, so lange es mir gefällt oder bis sie in den Vorlesungen irgendetwas Nützliches unterrichten! Tun sie aber nicht! So lange kann ich gut dem Regen vor dem Fenster zusehen, da habe ich mehr davon.« Paracelsus ließ sich demonstrativ auf sein Strohkissen zurücksinken.

»Du brauchst aber deinen Doktortitel, darf ich dich daran erinnern? Wenn du ihnen nicht mehr zuhörst, geben sie ihn dir nie!«

Caspar zerrte an Theos Bettdecke. Der hielt sie fest.

»Und wenn schon. Einen Brief von diesen Narren brauche ich nicht.«

»Den brauchst du wohl!« Caspar schnaubte. Dieser arrogante Narr! »Der macht nämlich den Unterschied zwischen dem Arzt, der die Medizin Europas für immer verändern wird und irgendeinem weiteren Spinner.« Caspar blies seine Wangen auf. »Dem niemand ernsthaft zuhört.« Sofort biss er sich erschrocken auf seine Zunge. Er war zu weit gegangen. Das würde Theo treffen. Caspar wollte sich entschuldigen. Aber es blieb ihm im Halse stecken.

Paracelsus sah ihn mit großen Augen an. Er schluckte. Dann zog er die Bettdecke noch weiter hinauf. »Lass das mal meine Sorge sein, Junge. Deine Ratschläge brauche ich nun wirklich nicht.« Paracelsus hob sein Kinn ein wenig an. Wie immer, wenn er recht bekommen wollte. »Kümmere du dich lieber mal um deine Margret.« Theo gähnte – demonstrativ gelangweilt.

»Was soll denn das heißen?«, rief Caspar empört. Sofort wurden seine Wangen scharlachrot. »Meine Margret?«

Wie angewurzelt stand er da. Vier lange Jahre hatten sie es vermieden, über sie zu sprechen. Jetzt fühlte er sich nackt und bloßgestellt.

Paracelsus funkelte Caspar an. »Das soll heißen, dass du sie ficken willst. Jeder weiß es. Sogar Laurencz hat's begriffen. Glaubst du wirklich, sie selbst weiß das nicht?« Theo verschränkte mürrisch seine Arme und starrte an die Wand. »Bitte, tu dir keinen Zwang an, Caspar! Sie schwärmt von dir und deinen Heilkünsten! Du bist ihr neuer Held! Ich wünsche euch viel Vergnügen. Mir ist es gleich.«

»Es ist dir gleich?« Caspar hatte seine Stimme wiedergefunden. Jetzt schrie er aus voller Kehle. Seit vier Jahren warteten die Worte darauf, ausgesprochen zu werden: »Ja, das merkt man! Du nimmst sie dir, ohne Rücksicht auf irgendjemand sonst. Ob ich sie wollte oder nicht, war dir völlig egal. Und jetzt wirfst du sie weg. Einfach so.« Caspar schnipste mit den Fingern.

»Das sagt sie?«, rief Theo aus.

»Meinst du, sie würde jemals schlecht über ihren großen Paracelsus sprechen?« Caspar schnaubte. »Aber sie wird traurig, wenn ich sie nach dir frage, und schweigt. Und du machst nur noch ... dieses Zeugs!«

Caspar deutete unter Theos Bett. Der würdigte ihn keines Blickes.

»Du hast es doch nie ernst mit ihr gemeint«, fuhr Caspar fort. »Für dich sind wir alle nur Figuren in deinem Kartenhaus, während du auf deinem Weg zu Größerem wandelst. Deine Arroganz ist so zum Kotzen, Paracelsus!« Angestrengt schnappte er nach Luft. Wie sehr er Theo manchmal hasste. »Du kränkst sie, wenn du sie so behandelst. Sie links liegenlässt. Ist dir das auch gleich? Wir kleinen Seelen spielen doch in deinem Kosmos überhaupt keine Rolle.«

»Pah!« Jetzt fixierte Theo Caspars Blick. »Ich bin sicher, dass du dich gut um sie kümmern wirst. Komm, rette sie! Vor mir. Vor meinem Kartenhaus. Ich weiß, nur der unantastbare Caspar allein ist zu wahren Gefühlen fähig. Wir Schweine hier unten wollen nur bumsen und saufen, und alles andere schert uns nicht. Willst du das hören, he?« Paracelsus lächelte feindselig. »Niemand ist so gut wie du. Du kannst ihr ja deinen Heiligenschein überstülpen, vielleicht färbt etwas auf sie ab.« Theo lachte auf.

»Es geht nicht um einen Heiligenschein, du Sau!« Caspar trat drohend an Theos Bett heran. »Es geht darum, keine Frau zu entehren und dann nicht einmal einen Gedanken daran zu verschwenden, sie zu ehelichen. Hast du dir mal überlegt, was los ist, wenn sie schwanger wird? Oder hast du da auch schon mit einem deiner Zaubermittel Abhilfe geschaffen?« Caspar war außer sich. Er spürte, wie ihm das Blut aus dem Gesicht wich.

Paracelsus richtete sich in seinem Bett auf. »Genau! Über Recht und Unrecht richtet der heilige Caspar allein. Die einzige Instanz für Anstand und Moral weit und breit. Was weißt du schon, worüber ich mir Gedanken mache?« Theo blinzelte zornig. »Vielleicht hab ich sie ja durchgepflügt, immer und immer wieder! Und sie hat mir dabei nicht mehr bedeutet als eine billige Straßenhure. Und trotzdem hat sie mich genommen, und nicht dich. Wie findest du das, Junge? Willst du das hören?« Er holte Luft. »Soll ich dir erzählen, wie ihr Loch schmeckt?«

Caspar ballte die Fäuste, doch Theo bemerkte es nicht.

»In einer Welt, in der ich sie nicht liebe, lebt sich's viel leichter für dich, was? Du denkst, ich habe sie dir damals weggenommen, oder? Willst du die Wahrheit wissen, du Wicht? Du hättest sie auch ohne mich nie bekommen, weil sich eine solche Frau einfach nicht für einen Langweiler wie dich interessiert. Aber jetzt ...« Theo breitete die Arme aus und versuchte, seine Wut mit einem süffisanten Lächeln zu überspielen. »... Jetzt bist du unser aller Held. Caspar der Heilige. Vielleicht hast du jetzt wirklich eine Chance bei ihr«, flüsterte Theo leise. »Es wird ohnehin Zeit, dass du deine erste Frau abbekommst! Sie weiß schon was mit dir anzufangen, das sag ich dir.«

Paracelsus' Lippen verzogen sich zu einem Grinsen. Seine Augen aber schäumten vor Zorn. Caspar tat zwei hastige Schritte auf das Bett zu, packte Theo bei seinem Nachtgewand, zog ihn etwas vom Laken hoch und schlug ihm mit der Faust ins Gesicht. Dann stürmte er aus dem Zimmer. Diese Wunde würde er nicht verarzten.

Jacob

»Ich werde nicht vor diesem Tyrannen niederknien. Niemals! Und ich werde ihm gewiss nicht die Treue schwören.«

Wilhelm Burri, der Zunftmeister der Metzger und Kuttler, hielt entschlossen eine speckige Faust in die Luft und funkelte seine Kollegen im großen Rat der Stadt streitlustig an. Sie waren ins Kapitelhaus des Augustinerklosters gerufen worden.

»Dann verzichtet doch auf Eure Wahl nächstes Jahr und verlasst die Stadt. Ansonsten werdet Ihr Euch gefälligst mäßigen und unseren Herren nicht in diesem Gotteshaus beleidigen«, gab ein Ritter barsch zurück.

»Mein Herr ist der Allmächtige selbst. Ihm allein gehorche ich, und dem Gesetz dieser Stadt!«

»Der Bischof ist die Stadt«, schrie ein aufgebrachter Domherr.

»Längst nicht mehr. Längst nicht mehr. Die Zeiten der Unterdrückung sind vorbei und kehren nicht zurück.«

Jacob Göttisheim schloss einen Moment lang die Augen und wünschte, er könnte Gleiches mit seinen Ohren tun.

Philipp von Gundelsheim hatte seine Amtszeit mit einem wahren Paukenschlag begonnen. Er wollte sich die bereits verpfändeten Hoheitsrechte der Stadt wieder einverleiben. Zum einen ging es um das Zollrecht, das jeden einzelnen Reisenden und Händler dazu zwingen sollte, dem Bischof selbst Abgaben zu zahlen. Was vor allem die vier handeltreibenden Herrenzünfte auf die Barrikaden trieb.

Zum anderen forderte er das Münzregal zurück. In der Vergangenheit aber hatte das klerikale Recht zur Münzprägung zu sehr prächtigen Kathedralen und sehr hungrigen Katholiken geführt und gefiel daher niemandem, der sich vor Bauernaufständen fürchtete.

Drittens wollte er die Gerichtsbarkeit Basels wieder allein dem Fürsten unterstellen. Sich selbst. Das insbesondere bereitete Göttisheim Magenschmerzen. Wäre der Schultheiß erst wieder Beamter des Fürstbischofs, nicht der Stadt, wären sämtliche Dämme gebrochen. Alle beim Fürsten in Ungnade Gefallenen wären der entfesselten Doppelspitze aus Inquisition und willkürlicher Rechtsprechung schutzlos ausgeliefert. Dann müsste man die Fantasie der Gläubigen mit satanischen Schauermärchen nicht länger strapazieren, um sich eines unliebsamen Geistes zu entledigen, dachte sich Göttisheim. Und bangte wieder einmal um die Gesundheit seiner Familie.

Mit seinen Sorgen war der Dekan keineswegs allein. Die Gelehrten schlugen Alarm. Die Basler Bürgerschaft war in Aufruhr. Vorgestern hatte sich der kleine Rat zerstritten: Achtburger, Oberzunftmeister und Bürgermeister hatten wutentbrannt das Rathaus verlassen, um stundenlang auf dem Kornmarkt auf und ab zu laufen und sich gegenseitig anzubrüllen. Notgedrungen hatte man für heute den Großen Rat einberufen, um zu schlichten. In die Bürgervertretung Basels aber war eine bunte Mischung aus Zünftlern, Kaufleuten, Adligen, Patriziern, und Geistlichen gewählt worden und eine Einigung allein deswegen unwahrscheinlich. Und schon ging es weiter:

»Ich zahl ihm keine Zölle! Soll er sein Geld selbst verdienen, dieser Schurke!«, schrie ein Tuchhändler.

»Man sollte Euch aufhängen wegen solcher Worte. Größere Menschen sind wegen Geringerem verbrannt worden«, entgegnete ein greiser Adliger.

»Zu einer anderen Zeit. Seht Ihr denn nicht? Es liegt an uns. Jetzt können wir uns wehren«, rief der Metzgermeister Burri. Seine dicken Wangen waren gerötet.

»Wessen wollt Ihr Euch denn erwehren? Gottes Ordnung? Gottes Gesetz?«

»Das ist mitnichten Gottes Gesetz! Wenn überhaupt ist es das Gesetz des Papstes, und noch nicht einmal das.«

»Der Pontifex Maximus ...«

»Ist unnötig für mein Seelenheil und das Eure!«

Jetzt brach der Streit vollends aus: Die Reformer verachteten die Katholiken. Die Altgläubigen hielten die Evangelischen für Ketzer. Domherren beschimpften Patrizier. Handwerkerzünfte beschimpften Herrenzünfte. Und alle gemeinsam beschimpften sie die Ritter. Das eigentliche Bildungsbürgertum war in dieser zweihundert Mann starken Runde nur spärlich vertreten und schwieg.

Göttisheim saß resigniert auf einer harten Holzbank neben Professor Wölflin, der hin und wieder verstohlen an einem Lederbeutel, dem Geruch nach mit Schnaps gefüllt, nippte und sich ansonsten die Hände vors Gesicht schlug.

Man hatte improvisieren müssen und im Kapitelhaus des Klosters für die betuchten Hinterteile viel zu billige Holzbänke aufgestellt. Manche Ratsherren erhoben sich zwischendurch, nur um ihrem Hintern eine kurze Pause vom Schmerz zu gönnen. Eigentlich kam das einer Wortmeldung gleich, wurde aber im allgemeinen Chaos ohnehin ignoriert.

Der heilige Augustinus hätte sich beim Zählen der Flüche im Grabe umgedreht. Aber der Palast der Herren am Kornmarkt hatte nicht genug Platz für den Großen Rat geboten, und den friedliebenden Mönchen war nichts anderes übriggeblieben, als den Fremden Zugang zu gewähren. Wurden sie doch vom Rat regelmäßig mit Baumaterialien, Messgewändern und Wein versorgt.

Göttisheim wusste diese Ehre wohl zu schätzen und begutachtete dankbar das beeindruckende Rippengewölbe des

Kapitelsaals, getragen von reich geschmückten Säulen. Darüber lagen nachts die frommen Mönche in ihrem Dormitorium mit direktem Zugang zu der einschiffigen Klosterkirche und ihrem warmen, holzverkleideten Intérieur, welches Göttisheim in der Mittagspause schon bestaunt hatte. Alsdann hatte er das Privileg genutzt und war im angrenzenden Kreuzgang gewandelt. Im Klostergarten hatte er sogar etwas Ruhe finden können. Doch nun? Wo sonst in feierlicher Zeremonie der neue Abt gewählt wurde, plärrten zweihundert gewählte Stimmen aufeinander ein. Seit der Pause hatte man es aufgegeben, über die eigentlichen Forderungen des Bischofs zu diskutieren, und debattierte nun über Standesrechte, Religion und die Welt im Allgemeinen.

»Ja, wollt Ihr denn diese Stadt vernichten? Das ganze Land? Wir brauchen den Bischof. Die kaiserliche Ordnung. Sonst macht doch ein jeder, was er will.«

»Wir brauchen das Reich nicht mehr. Auch nicht den Kaiser. Basel ist der Eidgenossenschaft nicht umsonst beigetreten«, rief Konrad Egg, der Zunftmeister der Schneider.

»Und die Eidgenossenschaft ist noch immer Teil des Heiligen Römischen Reiches. Meint Ihr, Ihr seid sicher ohne den Kaiser? In Eurem Bette, wenn sich die Bauern nochmals erheben?«

»Der Kaiser krümmt keinen Finger für uns. Die Eidgenossenschaft ist sich selbst überlassen. Und die Bauern erheben sich allein, weil ihnen Mutter Kirche mit ihren Abgaben nichts mehr zum Fressen lässt«, antwortete Michael Frei von den Steinmetzen.

»Alles werden sie Euch nehmen! Unsere Häuser anzünden und unsere Töchter vergewaltigen. Der Pöbel kennt keine Sitte und Moral«, rief ein unbedeutender Ritter aus. Die Angst stand ihm ins Gesicht geschrieben.

»Dieser Pöbel schlägt Euer Feuerholz und erntet Euer Korn«, empörte sich da der Steinmetz.

»Verbünden müssen wir uns mit der Kirche und dem Bischof. Ich sag's noch mal: Geben wir ihm, was er will. Nur vereint sind wir stark.«

»Vereint heißt für unsereins nichts anderes als Knechtschaft«, konterte der Schneidermeister. Sein spitzes Kinn bebte nun vor Aufregung.

»Nur gemeinsam können wir gegen die Aufständischen kämpfen, seht ihr das denn nicht?«, rief ein völlig aufgelöster Domherr aus. Er war den Tränen nahe.

»Gemeinsam kämpfen? Ja, wer bezahlt denn die Wachdienste, um den Frieden zu wahren? Die Zünfte sind das, nicht der Klerus.« Der Metzgermeister Burri stapfte zornig mit dem Fuße auf, ohne dass es jemand hätte hören können. »Sie werden Ruhe geben, wenn wir sie schützen vor diesem Wahnsinnigen! Weisen wir von Gundelsheim in die Schranken. Ein für alle Mal!«

Der Oberzunftmeister versuchte verzweifelt, den Rednern einem nach dem anderen das Wort zu erteilen und etwas Ordnung in die Diskussion zu bringen. Vergebens. Die Elite Basels schrie wild durcheinander. Die Gemüter waren erhitzt.

Jacob schielte hinüber zu Arnold zum Luft, seinem Rektor an der Universität. Tiefe Falten durchzogen sein Gesicht. Wenn er nachdachte, was bei dessen wachem Verstand eigentlich immer der Fall war, gruben sie sich noch tiefer in seine Stirn ein. Jetzt waren sie zu wahren Schluchten geworden. Kein Wort hatte er bislang gesprochen. Allein seine schlauen Augen rätselten im Blick eines jeden Redners. Konzentriert verfolgte er das Treiben.

Jacob selbst hielt dieses Treffen für sinnlos. Der Große Rat war herzlich geladen, seine Meinung zu äußern. Dies würde aber rein gar nichts ändern. Die eigentliche Stadtregierung war der kleine Rat. Und der würde den bischöflichen Forderungen ganz gewiss nachgeben. Die beiden Köpfe des kleinen Rates nämlich waren Bürgermeister und Oberzunftmeister und diese wurden beide vom Bischof persönlich ernannt. Dessen schien sich Rudolf von Rotberg, seit drei Jahren fest im Amte des Bürgermeisters, sehr wohl bewusst: »Es steht dem Fürsten zu, seine Rechte zurückzuverlangen, wenn er das wünscht. Man hat sie der Stadt nur verliehen, niemals abgetreten. Rechtlich, fürchte ich, haben wir keine Wahl.«

»Sie sind uns verkauft worden! Und von Gundelsheim besitzt nicht so viel Geld, sie auszulösen. Mit Recht hat das nichts zu tun, sondern mit Willkür«, rief der Zunftmeister der Schuhmacher und Gerber. »Wir dürfen uns das nicht bieten lassen!«

Viele klatschten in die Hände.

»Seine ...« Von Rotberg räusperte sich und zog unbeholfen einen Brief mit bischöflichem Siegel aus seiner weiten Robe hervor: »Seine bischöfliche Gnaden beruft sich auf Paragraf vierzehn der Handfeste, in der es heißt, dass«, der Bürgermeister war gezwungen abzulesen, »seine Exzellenz sämtliche Maßnahmen ergreifen darf, die er zum Schutze von Stadt und Volk für verhältnismäßig ansieht, wenn der gottgewollte Frieden seiner Untertanen, sei es vom Inneren sowie vom Äußeren, bedroht wird.«

»Niemand bedroht die Bürger Basels, außer dieser Schurke selbst!« Der Metzgermeister Wilhelm Burri war wieder aufgesprungen und drängte sich in die Mitte der Runde. Stolz leuchtete das Zunftwappen der Metzger und Kuttler – ein Widder auf rotem Grund – auf dessen Schecke.

»Dieser Mistkerl will uns unsere Rechte stehlen. Jawohl – stehlen, sage ich! Unsere Stadt um Jahrhunderte in der Geschichte zurückwerfen. Sich in einem Handstreich zum alleinigen Herrscher machen und uns alle unterjochen.« Die dicken Wangen des Metzgers glühten. Schon war er außer Atem. »Und unser Bürgermeister steht seelenruhig da und liest uns seine Lügen vor. Pfui Teufel!«

Der Zunftmeister spuckte aus. Ein Raunen ging durch die Menge. Viele stimmten Burri zu. Manche riefen bestätigende

Worte hinter vorgehaltener Hand. Einige wagten nur, kurz zu nicken. Wölflin nahm einen tiefen Schluck zur Beruhigung.

Göttisheim bekam Mitleid mit dem armen Burri. Meinrad von Bärenfels, der amtierende Schultheiß Basels, fixierte den stämmigen Metzger wie die Schlange das Kaninchen. Schwarzer Samt schloss dessen teure Lederweste zum schlanken Halse hin ab. Eine massive Goldkette zierte seine Brust. Die Saphire darauf glänzten in der Bescheidenheit des Augustinerklosters. Er war eine imposante Gestalt. Allein sein Haupthaar war schon im Jugendalter allzu schütter geworden, was der reiche Adlige stets mit allzu auffälligem Kopfschmuck zu überspielen versuchte. Heute war es eine schwarze Kappe mit Fasanenfedern.

»Danke, mein lieber Mitbürger.« Von Rotberg rang sichtlich um Fassung. »Seine Exzellenz begründet sein Vorgehen«, abermals zog er den Brief zurate, »durch die Beobachtung ketzerischer Umtriebe auf den Gassen, in denen nachts die Flugblätter Satans verteilt und unschuldige Christenleute verführt werden zum falschen Glauben. Er ...«

»Weiß nichts über den wahren Glauben und wird keine Menschenseele je verstehen, die wahrhaft nah bei Gott sein will.« Der Schneidermeister Konrad Egg war aufgesprungen und blickte nun etwas betreten in die fassungslosen Gesichter der Domherren. Sein Kinn zitterte. Er erschrak vor den eigenen Worten und nahm schnell wieder Platz. Von Bärenfels nickte kurz und kniff seine Augen zusammen, als würde er eine geistige Liste vervollständigen.

Der Bürgermeister machte einen zweiten Versuch. »Er berichtet in seinem Schreiben über die Schändung christlicher Leichen und okkulte medizinische Praktiken an der Universität.«

Ein Domherr schrie auf. Professor Wölflin stöhnte. Aller Augen richteten sich auf Göttisheim. Der zuckte zusammen. Damit hatte er nicht gerechnet. Einen Moment lang herrschte angespanntes Schweigen. Ihren alten Zwist jetzt zur Durchsetzung seiner Forderungen zu benutzen, war sogar für den Fürstbischof erbärmlich.

Die Stimme des Dekans erklang klarer als erwartet: »Die Obduktion der Verstorbenen geschah im direkten Auftrag unseres ehrwürdigen Bischofs von Utenheim im Dienste der Christenheit.«

»Was weißt du von Jesus Christus, du verdammter Jude!«

Göttisheim konnte nicht erkennen, von wem der Zwischenruf gekommen war. Und er war froh darüber. So gelassen wie möglich fuhr er fort: »Danach sind alle ordnungsgemäß und ihrem Glauben nach bestattet worden. Von Okkultismus innerhalb der Universitätsgemäuer weiß ich nichts.«

»Doch, doch«, schrie ein klein gewachsener Patrizier. »Das wissen doch alle! Dieser junge Magier hat dem anderen Gold in den Schädel gepflanzt und dann Pech in die Augen gegossen. Und hat dabei zu Luzifer selbst gesprochen. Dann ist sein Kollege wieder auferstanden.«

Schreckenslaute hallten durch die Reihen.

»Ich bitte Euch, das ist doch ganz und gar absurd.« Jacob seufzte. »Von Eschenbach hat ...«

»Hat er oder hat er nicht Hand in das Innere eines Menschen gelegt, obschon der Heilige Stuhl dem Arzte unmissverständlich befiehlt, den Körper des Menschen unangetastet zu lassen?« Meinrad von Bärenfels erhob sich nicht. Seine Stimmgewalt reichte, um sich Gehör zu verschaffen. »Die Entscheidung über Leben und Tod obliegt Gott, nicht uns Sündern.« Der Schultheiß saß im Gegensatz zu allen anderen auf einem samtenen Sessel, den seine Dienerschaft herbeigetragen hatte. Angriffslustig funkelte er Jacob an.

»Gott und dem Zinnkrug Eures Sohnes obliegt sie, meint Ihr?«, entgegnete dieser. Göttisheim spürte Professor Wölflin neben sich zusammenzucken. Widerworte gegen den Schultheiß waren ungewöhnlich.

»Zumindest ist es an Eurem Sohne, unsere heilige Jungfrau zu beleidigen, wie ich höre«, gab von Bärenfels zurück.

»Das ist eine Lüge. Erfunden von Eurer Sippschaft, um von der wahren Schuld abzulenken.« Göttisheim biss sich sofort auf die Zunge. Johann von Müllenberg, der Inquisitor, saß ihm gegenüber. Aufgeregt bedeutete ihm dieser zu schweigen. Und recht hatte er damit. Dies nun vor aller Augen zu diskutieren, würde Laurencz und ihn selbst in noch mehr Schwierigkeiten bringen.

Professor Wölflin atmete lautstark ein und erhob sich langsam, aber entschlossen von seinem Stuhl. Er hatte die Not des Kollegen begriffen. »Ich selbst bin von Eschenbachs Lehrmeister und Professor.« Wölflin lallte ein wenig, aber seine Augen waren wach und klar. Er zwinkerte Jacob zu. »Der Junge hat sich sehr wohl an die Gesetze des Heiligen Vaters gehalten. Er hat mitnichten direkt Hand an von Hohenheim gelegt.« Wölflin räusperte sich. »Er hat einen Hammer benutzt.«

Dem Schultheiß klappte die Kinnlade herunter. Jacob kniff die Augen zusammen. Sollte es das nun besser machen? Die Zuhörerschaft schrak abermals auf. Wölflin hatte seine Argumente unglücklich gewählt, aber es hatte geholfen. Göttisheim war aus der Schusslinie.

Der Bürgermeister nutzte den Moment der Verwirrung, um abermals das Wort ergreifen zu können. »Der Oberzunftmeister«, er nickte seinem Kollegen kurz zu, »und ich halten jedenfalls den Ausnahmefall nach Paragraf vierzehn für hinreichend begründet.«

»Wie könnt Ihr Eure Stadt dermaßen verraten?« Wilhelm Burri war wieder in den Vordergrund getreten und erntete Applaus. »Ihr habt auf das goldene Kreuz unseres Münsters geschworen, für das Recht Eurer Bürger einzustehen, so gut Ihr könnt. Und jetzt tretet Ihr es mit Füßen! Schämt Ihr Euch denn nicht?«

»Ich habe«, die Stimme des Bürgermeisters überschlug sich, »dem Herren Basels und seinem Gotteshause die Treue beim Blute Christi geschworen! Keinesfalls werde ich diesen Eid brechen und mein Seelenheil aufs Spiel setzen.«

»Ach kommt mir doch nicht mit Eurer Seele, wenn Ihr genau diese der Bequemlichkeit wegen verkauft.«

Der Metzger war flink im Geiste, stellte Göttisheim fest.

»Ihr habt am wenigsten von der heiligen Seele zu sprechen.« Der Oberzunftmeister machte einen Satz auf Burri zu. »Ihr habt Euch in der Fastenzeit vor aller Augen ein Spanferkel gebraten. Unter freiem Himmel. Nur um den heiligen Stuhl zu ärgern. Wir wissen, dass Ihr Gott und Kirche verachtet, das habt Ihr zur Genüge bewiesen«, fügte er hinzu.

»Ja, wollt Ihr denn wissen, wie köstlich die Sau war?« Der Metzgermeister lachte und ging seinerseits einen Schritt auf den Oberzunftmeister zu. »Zart war sie. Und saftig. Und mich hat immer noch nicht der Schlag getroffen. Trotz Eurer Fastenzeit.« Burri ballte demonstrativ seine Fäuste. Der Oberzunftmeister wich einen Schritt zurück. Dann riefen wieder alle wild durcheinander.

»Ruhe jetzt!« Nun erhob sich Meinrad von Bärenfels doch. Zu guter Letzt. Seine goldbesetzte schwarze Schleppe wurde sichtbar und zwang den Ratsherren Demut auf. Sofort war es still im Kapitelsaal. Die Räte fürchteten ihn – wegen des Privilegs zur Rechtsprechung, seines Reichtums und seiner Grausamkeit gleichermaßen.

Göttisheim schauderte es. Dem Bischof treu ergeben, wünschte von Bärenfels nichts sehnlicher, als dass sein Schultheißamt dem Fürsten unterstellt würde.

»Der Große Rat hat seinem Bürgermeister und dem Oberzunftmeister zu folgen. Die Stadt Basel folgt seinem Fürstbischof. So war es immer. So wird es immer sein. Dass Ketzer und Aufrührer unseren Frieden stören wollen, ist wenig verwunderlich. Man wird sie angemessen bestrafen.« Er warf einen durchdringenden Blick zu Wilhelm Burri, der sofort kreidebleich wurde und seine Fäuste sinken ließ. »Warum ich hierherzitiert werde, um über Spanferkel und dahingemetzelte Bauern zu philosophieren, begreife ich nicht. Wenn die werten Herren nichts weiter zu berichten haben, werde ich mich nun wieder meinen Geschäften zuwenden und mich über die Praktiken in den Gemäuern unserer Universität informieren.« Der Schultheiß funkelte den Dekan an. Er tat ein paar große Schritte in die Mitte des Saals, dann blieb er unvermittelt stehen. »Jeder, der üble Nachrede gegen die Mitglieder meiner Familie betreibt, wird umgehend vor Gericht gestellt.« Ein drohender Blick über seine Schulter folgte, abermals in Richtung Göttisheim. »Im Übrigen gedenke ich jeden zu erhängen, der die unantastbare Ordnung dieser Stadt zu stören wagt.«

Von Bärenfels bedeutete dem Bürger- und Oberzunftmeister mitzukommen. In Eintracht verließen die drei obersten Ämter der Stadt das Kapitelhaus. Der Große Rat hatte getagt.

Paracelsus

Balthazar. So nannte er sich selbst. Zu Ehren der phönizischen Gottheit Baal. Welchen Namen ihm seine Mutter im Kindbett gegeben hatte, wusste niemand mehr. Aber mit wem auch immer Paracelsus gesprochen hatte – ob mit verängstigten Priestern, schweigsamen Gelehrten, verstohlen dreinblickenden Reisenden, Möchtegern-Zauberern oder selbst ernannten Hexen – immer war ein Name geflüstert worden, als seine Fragen konkret geworden waren: Balthazar.

Theo beäugte den Mann, der da mit dem Rücken zu ihm in einem nur durch ein qualmendes Feuer erleuchteten Gastzimmer stand, misstrauisch und versuchte angestrengt, Sage und Legende, Gerücht und Realität gegeneinander abzuwägen.

Balthazar stamme von einer punischen Priesterin ab, so hieß es. Aus Karthago nach Sizilien verschleppt, ob ihrer Schönheit willen und der Magie in ihren Adern. Mit der Billigung ihrer Herren, um sich die Insel als Kornspeicher für die wachsende Metropole zu sichern. Eine Frau als Unterpfand für die Handelsroute über das Mittelmeer. Die Priesterin fügte sich in ihr Schicksal, jedoch nicht ohne ihre Meister für den Verrat verflucht zu haben. Sie habe sich dem Göttersohn Eschmun selbst hingegeben, so die Sage. Dafür habe Eschmun die überlebenswichtigen Handelswege – nach Leptis, Kyrene, Sardinien und Kreta – versiegen lassen und Jahrhunderte später ein römisches Heer gegen Karthago versammelt. Damit war der Untergang Karthagos besiegelt gewesen.

Balthazar nun solle aus der Vereinigung der schönen Priesterin mit Eschmun abstammen, so flüsterte die Nacht. Welcher Teil der Geschichte tatsächlich sizilianische Legende war und welchen Balthazar selbst in die Köpfe der Menschen gepflanzt hatte, wusste Paracelsus nicht. Unstrittig schien aber, dass Nostradamus einige Jahre sein Schüler gewesen war. Das reichte Theo als Referenz.

Der verheißungsvolle Mann hatte Quartier in Räumlichkeiten über der wohl schäbigsten Taverne Basels bezogen, gleich neben dem großen Schlachthaus im Metzgersviertel, im Singenden Erwin. Die Huren hier waren hässlich, das Bier verwässert und das Essen geschmacklos. Der Schmutz von Jahrzehnten hatte sich im Gastraum festgesetzt, es stank bestialisch. Hier mischten sich Diebe unter Wegelagerer und Vergewaltiger unter Mörder. Aus nur einem einzigen Grund kamen sie alle her: Der Singende Erwin sang nicht. Niemals. Der Wirt war berühmt dafür. Seine Lippen waren versiegelt, was auch immer man ihm erzählte oder dafür bot. Niemand sah hier niemanden. Namen gab es nicht. Innerhalb des Gastraums war die eigene Lebensgeschichte ausgelöscht. Und blieb es auch. Bis man am nächsten Morgen wieder nüchtern wurde.

Theo hatte es schon beim Betreten der Taverne mit der Angst zu tun bekommen. Dunkle Augen hatten ihn angestarrt. Leise Stimmen hatten getuschelt. Theo gehörte nicht hierher. Seine Kleidung war zu sauber. Sein Gesicht zu unschuldig. Seine Anwesenheit störte. Die Namenlosen.

Mit jedem Schritt die schmale Treppe hinauf zu den Gästezimmern hatte sich seine Kehle weiter zugeschnürt. Nun, da er vor dem Magier stand, stockte Theos Atem vollends. Balthazar war groß, aber dürr. Unter einem samtenen, schwarzen Kapuzenmantel standen ungelenke Knochen hervor. Fast schien es Theo, als könne er jede Rippe einzeln durch den dicken Stoff erkennen. Als stünde ihm der Tod selbst gegenüber. Der rote, breite Gürtel war doppelt um eine magere Taille geknotet. Dunkle Haut umspannte eingefallene Wangen. Die Totenbeschwörung zollte ihren Tribut, dachte Paracelsus.

»Nun, da sie Euch keine Christenkinder mehr ans Messer liefern, schneidet Ihr tote Katzen auf, zerteilt Würmer und denkt, Ihr werdet dadurch erleuchtet?«

Balthazar hatte die Frage anstelle einer Begrüßung gewählt. Sein Akzent war eigenartig. Theo vermochte nicht, ihn zuzuordnen.

»Woher wisst Ihr, wer ich bin?«

»Der Mediziner, der das Interesse an der Medizin verloren hat. Und stattdessen toten Tieren die Gedärme herausschneidet.«

Balthazar wandte sich Theo noch immer nicht zu. Der lief scharlachrot an. Er hatte unlängst so manches getan, worauf er nicht stolz war. Um einen Weg zu den Seelen zu finden. Nichts von alldem hatte ihn weitergebracht.

Balthazar wusch hellrotes Blut von einer Art anatomischem Besteck aus wertvollem Silber, versehen mit kunstvollen Tiergestalten und Inschriften. Theo betrachtete es fast neidisch.

»Dann wisst Ihr also, was ich suche?« Seine Nerven waren gespannt. So schnell wie möglich wollte er hier wieder weg. Das Gästezimmer war nicht weniger furchteinflößend als der Knochenmann, der es bewohnte: Ein Feuer qualmte in einer eisernen Schale in der Mitte des Raumes. Finster huschten die Rauchschwaden durch weit geöffnete Fenster. Die Wände waren mit Worten einer fremden Sprache verunstaltet. Schäbigstes Mobiliar mischte sich mit teuren unheilvollen Utensilien. Ein Kerzenständer an der Wand war mit alten Runen versehen und mochte aus purem Gold sein. Auf der anderen Seite stand eine halbverfaulte Kommode aus Holz, die fast auseinanderfiel. Darauf grinste Paracelsus ein

Totenkopf voller Spott entgegen! Ein schwarzes Pentagramm wiegte sich vor dem Fenster in der Zugluft. Ein abgetrennter Finger auf der Kommode war mit Kräutern umwickelt. Theo schluckte Galle hinunter. Ihm schauderte.

Balthazar zischte: »Jedes Waschweib dieser Stadt weiß, was Ihr sucht. Ihr solltet um ein Vieles mehr diskret sein, mein ehrgeiziger Freund.«

Er goss das Gemisch aus Blut und Wasser ins Feuer. Die Flammen heulten. Grauer Rauch stieg auf.

»Könnt Ihr mir helfen oder nicht?«, rief Paracelsus ungeduldig.

Balthazar wusch sich behutsam die blutigen Hände und flüsterte dabei unheilvoll klingende Worte in einer fremden Sprache.

Paracelsus wurde wütend. Betteln hatte er müssen um ein Gespräch mit dem Zauberer! Sich nächtelang mit Abschaum betrinken, um den Leuten ihr Halbwissen zu entlocken. Scharlatane und Diebe bestechen. Alles nur für dieses Treffen. Und der dunkle Gernegroß vor ihm – betete? Beschwor? Verfluchte? Ein eisiger Schauer lief über Theos Rücken, den nur sein Zorn zu mildern vermochte.

Balthazar trocknete sich langsam die Hände an einem Lumpen und warf ihn alsdann auf den Boden. Eine junge Frau, die die ganze Zeit über schweigend in einer Ecke des engen Zimmers gestanden hatte, eilte sofort herbei und hob ihn auf. Sie trug ebenfalls einen schwarzen, samtenen Mantel. Der ihrige aber war weit geöffnet, bis zum Bauchnabel. Kaum verdeckte er ihre Brüste. Eine Schönheit war sie, mit schwarzen Locken und ebenmäßigen Gesichtszügen. Traurig wissend hatte sie Paracelsus von der Ecke aus beäugt. Als sie sich bückte, sah Theo tiefe Narben unter dem weiten Kragen ihres Mantels, die ihren Rücken übersäten. Balthazar hätte der Frau den Lumpen ebenso gut reichen können, dachte er.

Doch für weitere Gedanken blieb keine Zeit, denn jetzt wandte der Meister sich Theo zu. »Ich kann so manche Hilfestellung leisten bei vielerlei Angelegenheiten. Ob ich Euch zu helfen vermag, weiß ich nicht. Was wollt Ihr?« Balthazar sah Theo jetzt direkt in die Augen. Die seinen schimmerten golden-gelblich im Schein des Feuers. Eine seltsame Farbe.

»Ich dachte, das wisst Ihr längst?«

»Sprecht es aus«, flüsterte Balthazar und senkte unmerklich seinen Kopf. Er lächelte. Theo blickte zu der Frau. Sie war in ihre Ecke zurückgekehrt und horchte still ihren Worten.

»Ich will die menschliche Seele finden«, hauchte Paracelsus mehr zu den Flammen als zu seinem Gegenüber.

»Was gedenkt Ihr denn mit den Seelen zu tun, wenn Ihr sie gefunden habt?« Balthazar hob neugierig den Kopf.

»Was?« Paracelsus stutzte. Diese Frage hatte er sich noch nie gestellt. Er lebte für die Wissenschaft. »Ich weiß nicht. Nichts.«

»Dann wollt Ihr sie freilassen? Ziehen lassen mit dem Wind? Das teuerste Gut der Menschen?«

Balthazar funkelte Paracelsus aus seinen goldenen Augen herausfordernd an. Es fühlte sich falsch an, darauf zu antworten.

»Ich will sie finden. Ihre Existenz beweisen, weiter nichts.« Theo schnappte nach Luft. Kaum konnte er sich auf den Beinen halten. Es war hier brütend heiß.

»Einen Schatz wollt Ihr suchen und ihn dann nicht bergen? Einen Schlüssel finden und ihn dann nicht benutzen? Nein, mein Freund. Ich kann Euch nicht helfen. Das Gespräch ist beendet.«

Balthazar drehte sich um und nahm ein Christenkreuz und eine Phiole mit schwarzem, breiigem Inhalt mit sich. Unaufgefordert öffnete ihm die Frau eine schmale Tür. Theo stützte sich unbeholfen an der Wand ab.

»Wartet! Meister! Ich habe viel für dieses Gespräch bezahlt.«

»Und Ihr habt es bekommen. Meine Götter danken Euch.« Balthazar lachte.

Theo holte tief Luft. Balthazar war die einzige wirkliche Spur, die er hatte.

»Wofür könnte man sie denn gebrauchen?«, rief Paracelsus hektisch in den Türrahmen hinein.

Balthazar lachte wieder auf. Zumindest blieb er stehen. »Ach, seht an! Dann habt Ihr also doch Interesse?« Er blickte zu Theo wie zu einem ungelehrigen Schuljungen. »An dem Schloss, das der Schlüssel sperrt, und der Tür, die er öffnet?«

Paracelsus schwor sich, nie wieder so von oben herab mit Caspar zu sprechen. Unschön war das. Und nicht fein.

»Ja, Herrgott! Bitte, bleibt! Ich komme allein nicht weiter.«

Balthazar machte tatsächlich kehrt. Ärger lag in seiner Stimme. »Selbstverständlich kommt Ihr so nicht weiter! Tiere aufschneiden und Schlangen zerteilen.« Balthazar zog missfällig seine Oberlippe nach oben. »Wo sollen sich die Seelen denn befinden, wenn das Herz ihres Wirtes zu schlagen aufgehört hat?« Die gelben Augen leuchteten. Theo sah beschämt zu Boden.

»Ich ... ein Nekromant von den Pyrenäen hat mir ...«

»Ein Nekromant von den Pyrenäen! Ha!« Balthazar spuckte aus. »Und wenn ich Euch jetzt sage, Ihr müsst Schafkot essen, um sie zu finden, glaubt Ihr mir das auch? Von Utenheim und Ihr! Ein gar irrwitziger Weg, den ihr da eingeschlagen habt.«

Paracelsus zuckte zusammen beim Namen des ehemaligen Bischofs. Er hatte Gerüchte gehört, der Gottesmann hätte Balthazar in die Stadt bestellt, damit er ihm den Beweis für die Existenz der Christenseelen liefere. Andere behaupteten, er habe den Zauberer zum rechten Glauben bekehren wollen. Paracelsus glaubte beides nicht. Für Ersteres war von Utenheim nicht skrupellos und fürs Zweite nicht dumm genug gewesen. Trotzdem hätte er diesen Balthazar nur allzu gern gefragt, was zum Teufel er eigentlich in Basel zu suchen hatte.

Da hob dieser den Deckel von einer Holzkiste am Boden und zog ein Kaninchen an seinen Ohren heraus. Das Tier strampelte in seiner Hand. Entschlossen kämpfte es um sein Leben. Chancenlos. Der Zauberer zog ein Messer aus einer Schublade.

»Nehmen wir also an, das ist kein unnützes Vieh, sondern ein Geschöpf Gottes, und es hat seine Seele irgendwo unter diesen langen Ohren.« Balthazar schnitt dem Kaninchen mit einem Handstreich die Kehle durch. Das unglückliche Geschöpf wimmerte ganz kurz.

»Wo ist die vermeintliche Seele jetzt?« Balthazar hielt Theo das getötete Tier dicht unter seine Nase. Das Blut tropfte in einem Rinnsal auf seine Schuhe. Speiübel war ihm.

»Nicht mehr da, nehme ich an.« Balthazar hatte seine Frage selbst beantwortet. Spott lag in seiner Stimme. Er warf das Kaninchen neben das Feuer. Die Frau in der Ecke rührte sich keinen Deut. Balthazar blickte nach oben zur Zimmerdecke, als würde er etwas suchen, und breitete dabei theatralisch seine Arme aus. »Freigelassen. Ziehen gelassen.« Er ließ die Arme wieder sinken. »Vergeudet.« Bedächtig ging er zur Kommode und legte das Messer zurück.

»Wir dachten, die Seelen würden wohl ihre Spuren hinterlassen«, stotterte Theo kleinlaut. Wirklich, nie wieder würde er sich Caspar, Simon und den anderen gegenüber so aufspielen. Wie hässlich das war!

Balthazar starrte in die Flammen und schüttelte den Kopf. »Nein, mein Freund. Wenn Ihr die Existenz unserer Seelen beweisen wollt, müsst Ihr sie schon bei den Lebenden suchen. Menschen würde ich empfehlen. Mit Getier scheint mir die Fragestellung doch schon etwas weiter gefasst.« Balthazar lachte verächtlich.

Theo konnte es kaum mehr ertragen. Der Mann widerte ihn an.

»Nein ... das ... das kommt überhaupt nicht infrage.« Mit zitternder Hand fuhr er sich durch sein Haar. »Was Ihr da redet! Ich bin Arzt! Mein Bestreben ist es, den Menschen zu helfen, und nicht ...« Paracelsus atmete stinkende Luft aus und wieder ein. Er ekelte sich vor seinem Schuhwerk. Und vor diesem Gespräch.

»Nicht was?«, unterbrach ihn der Magier. »Ich möchte hinzufügen, dass ich Euch weder zu einem Verbrechen angestiftet noch meine Hilfe dazu angeboten habe. Ich habe Euch lediglich einen ganz simplen Sachverhalt erklärt.«

»Ja, ja«, murmelte Theo in sich hinein, »ich melde Euch nicht dem Bischof, keine Sorge.«

»Zum gegenwärtigen Zeitpunkt wohl eher nicht, nicht wahr?«, flüsterte Balthazar amüsiert. »Bei Eurer unschönen Meinungsverschiedenheit.«

Er war gut informiert. »Schluss mit dem Geplänkel.« Etwas in Theo sträubte sich, den Namen auszusprechen. »Balthazar! Ich kann nicht tun, was Ihr da verlangt. Gibt es denn wirklich keinen anderen Weg?« Ein Flehen lag in Paracelsus' Stimme. Etwas leiser fügte er hinzu: »Ich muss sie finden.«

Wieder grinste sein Gegenüber. »Ihr wollt sie finden, aber nichts dafür tun. Kein Geheimnis der irdischen Welt wird Euch je enthüllt werden, ohne Opfer zu bringen. Das muss Euch klar sein.«

»Ich kann Opfer bringen!« Paracelsus wurde laut. Seine Lippen zitterten. »Aber ich will niemanden sonst opfern, das ist doch ein Unterschied. Versteht Ihr?« Er wollte nach dem Arm des Meisters greifen, scheute aber davor zurück. Nur Haut und Knochen und Bosheit war er.

»Das macht es kaum leichter, Ihr Narr!« Balthazar sah zu der Frau hinüber, dann zu dem Kaninchen. Wieder war er kurz davor zu gehen, das erkannte Paracelsus ganz deutlich in den gelben Augen.

»Eine Möglichkeit gäbe es vielleicht noch.« Balthazar zögerte. »Aber ob diese Eurer ärztlichen Ethik und Eurer christlichen Moral mehr behagt, möchte ich bezweifeln.«

Jetzt erwachte die schöne Frau in der Ecke zum ersten Mal an diesem Abend zum Leben. Paracelsus hätte es nicht benennen können. Ihre Mimik änderte sich und tat es doch nicht. Einen Moment schien sie die Luft angehalten zu haben, jetzt atmete sie ganz ruhig weiter. Ihre Muskeln schienen angespannt, dennoch stand sie still.

Auch Balthazar fiel auf, dass Theo die Frau beäugte. Er warf ihr einen drohenden Blick zu und sprach: »Mir jedenfalls wäre die erste Möglichkeit um Vieles lieber. Und das mag, bei allen Göttern, die man je erfunden hat, wohl etwas heißen.«

»Ich habe keine Angst«, rief Theo und hob den Kopf. Er glaubte sich selbst nicht. Und seiner Stimme war das anzumerken.

»Nein? Solltet Ihr aber«, erwiderte Balthazar. »Und es wird teuer. Ich weiß nicht, ob ein Medizinstudent sich derartige Dienste leisten kann.«

»Ich habe genug Münzen«, rief Theo stolz.

»Weil Ihr auf dem Markt Pickel zum Platzen bringt. Ja. Ich hörte davon.« Balthazar rümpfte despektierlich die Nase.

Paracelsus konnte sich nicht erwehren. Schäumende Wut packte ihn. Gekränkter Stolz. Balthazar hatte seine Achillesferse getroffen. Der Magier trat ganz nahe an ihn heran. Er konnte seinen fauligen Atem riechen.

»Seid Ihr wirklich bereit für den nächsten Schritt, Junge? Bereit, Großes zu vollbringen? Bereit, ein großer Mann zu werden? Und Euer altes Leben hinter Euch zu lassen?«

Paracelsus schwieg einen Moment. Er schluckte. Sein Stolz war alles, was er hatte: »Ja.«

»Und bereit, teuer dafür zu bezahlen, mit mehr als Geld? Bereit, wirkliche Opfer zu bringen und nicht nur damit zu prahlen?«

Paracelsus besah die Frau in der Ecke. Diese schüttelte unmerklich ihren Kopf. Er sah an ihr vorbei. Sein Stolz wollte bewahrt werden, alles andere war unwichtig: »Ja. Meister.«

Die Frau zuckte zusammen. Kurz musste sie zwinkern.

Balthazar prüfte Paracelsus' Augen. Ein böses, gelbes Funkeln traf sie. Dann nickte er zufrieden und verließ unvermittelt den Raum. Die Frau in der Ecke beäugte Paracelsus neugierig. Dieses Mal hatte sie ihrem Meister nicht die Tür geöffnet.

»Dazu hat er dich gebracht, Paracelsus. Du weißt es selbst. Er hat dich manipuliert. Noch kannst du zurück, aber bald schon wird es entschieden sein.«

Paracelsus hätte nicht sagen können, ob das seine eigenen Gedanken waren oder ob die Frau sie ihm zuflüsterte, ohne ein Wort zu sprechen. Er wusste nur, dass sie dasselbe dachte: Paracelsus selbst würde das Kaninchen sein. Und auch noch dafür bezahlen. Ihm wurde kalt, obwohl er schwitzte. Alle Poren seiner Haut öffneten sich. Seine Knie schlotterten vor Angst. Was plante dieser Mensch mit ihm?

Balthazar kehrte zurück. Ein unscheinbares Pergamentkuvert hielt er Paracelsus nun vor die Nase. Der besah es ungläubig. Er zitterte am ganzen Körper. Balthazar lächelte ihn beruhigend an wie zuvor das Kaninchen.

»Mit dem Inhalt ist nicht zu scherzen, rate ich«, mahnte Balthazar tonlos. Neugierig schlug Paracelsus eine Ecke des Kuverts zurück. Vorsichtig. Mit zusammengekniffenen Augen.

Ein kupfernes Amulett grüßte ihn. Misstrauisch. Und voll des Argwohns.

ASTAROTH.

Formten die Buchstaben im Inneren.

»Astaroth«, flüsterte Paracelsus. Der Raum schien die Silben aufzusaugen wie ein Schwamm das Wasser. Das Feuer hielt inne und lauschte. Die Frau in der Ecke zuckte zusammen.

»Wer seid Ihr, ihren Namen auszusprechen?«, raunzte Balthazar geringschätzig.

»Wer ...« Paracelsus wollte behutsam über das kühle Metall streichen. Kunstvoll ziseliert war es. »Wer ist sie?« Fast war es ein Wimmern.

Balthazar aber schlug das Pergament wieder über das Amulett, ehe Theo es berühren konnte. Das Feuer prasselte weiter.

»Berührt es nicht mit bloßen Händen. Blickt niemals länger als einen Augenblick ohne mein Beisein darauf. Versteckt es gut, bis wir uns wiedersehen.«

»Wann«, Paracelsus zuckte zurück, »sehen wir uns denn wieder?« Er vermochte nicht, den Widerwillen in seiner Stimme zu verbergen. Er hatte sich nicht auf eine längere Beziehung zu diesem Menschen eingestellt. Seine Nackenhaare stellten sich auf.

»Steht Euch der Sinn etwa danach, sie allein anzurufen, Junge?«, erwiderte Balthazar trocken.

»Was?«, fragte Paracelsus ungläubig.

Die Frau schüttelte ihren Kopf. Entschieden diesmal.

»Nein!«, entgegnete Theo schnell. Wie sehr er diese gelben Augen verfluchte! »Wen anrufen? Was bedeutet dieser Name?« Ohne Umschweife würde er künftig auf Caspars Fragen antworten, das schwor er sich.

Balthazar lächelte düster: »Das Tor zu einer anderen Welt. Das Ihr so sehr ersehnt.« Er sah ihn durchdringend an. »Wenn ich mit Euch hindurchgehen soll, wird Euch das alles kosten, was Ihr besitzt. Ganz gleich, wie groß Euer Vermögen sein mag. Aber das sollte Euch ja nicht grämen, wollt Ihr doch ein Opfer bringen, das Euch nachts ruhig schlafen lässt, nicht wahr?«

Paracelsus hasste diesen Mann. »Allein könnte ich es nicht?«, fragte er.

»Sie wird Euch kaum zuhören, ohne die Formeln.« Der Magier beäugte Paracelsus missfällig. »Ihr braucht einen Beweis für meinen Wert?«

Theo schüttelte instinktiv den Kopf, aber Balthazar löste schon eine Kette von seinem Hals. Ein goldener Schlüssel war daran befestigt. Er sprach unverständliche Worte, deren Klang Theo das Blut in den Adern gefrieren ließ. Die Frau wiederholte sie hastig. Sie wurde nervös. Theo fühlte es. Balthazar schloss die unterste Schublade der Kommode auf. Theo bekam Gänsehaut. Zum Vorschein kam ein kleines Buch, gebunden in schwarzes Leder. Keine Inschrift. Keine Gravuren. Keine Zeichen. Nur schwarz. Dennoch schauderte ihm bei dem Anblick. Irgendetwas stimmte nicht damit. Fast war Theo, als würden die Seiten zu ihm sprechen. Und – sie waren ihm nicht wohlgesonnen. Balthazar bemerkte seine Reaktion mit Genugtuung.

Behutsam strich er über das kühle Leder. »Damit wird sie uns vielleicht anhören. Vielleicht auch nicht«, wisperte er.

Paracelsus versuchte es erneut: »Wer ist sie? Von wem sprecht Ihr, Balthazar?«

Jetzt sah dieser ihn erstaunt an. Als hätte man ihn gefragt, warum die Sonne scheint.

»Astarte ist eine Gottheit aus meiner Heimat. Die Herrin einer zerstörten Welt. Sie weiß Antwort. Auf alle Fragen. Auch auf Eure.«

»Sie wird mir sagen, wo unsere Seelen sind?«, flüsterte Paracelsus ungläubig und beäugte misstrauisch den schwarzen Einband.

Balthazar antwortete ihm nicht. Dafür sprach er einige liebevolle Worte zu dem Buch, als wäre es lebendig. Dann verneigte er sich davor und verstaute es sogleich wieder sorgsam.

»Und ich kann das Buch nicht erwerben?«, fragte Paracelsus bangend. So unheimlich diese Seiten auch sein mochten, er wusste nun, dass er eine Seele hatte, weil sich diese so sehr sträubte, Balthazar wiedersehen zu müssen.

Der lachte laut auf: »Ich fürchte, dieses Buch ist um ein Vielfaches mehr wert, als Ihr jemals besitzen werdet. Es ist mehr wert als alles Leben in dieser jämmerlichen Stadt zusammen.«

Paracelsus stutzte nur kurz. Mit etwas anderem hatte er nicht gerechnet.

Balthazar band sich den Schlüssel sofort wieder um seinen mageren Hals. Mit dem Rücken zu Paracelsus gewandt sagte er: »Ihr braucht Schlangen. Sie sind Auferstehung. Und menschliches Fleisch. Meinetwegen auch von den Toten, wenn es sein muss. Und sie mag Taubenopfer. Geht welche fangen. Und betet zu irgendeinem Gott, an den Ihr glaubt.«

Wieder öffnete der Zauberer eine seiner Schubladen. Der entnommene Gegenstand blieb Paracelsus' Blick verborgen.

»Wir sehen uns bald. Sofern Ihr das morgen noch wünscht«, fügte Balthazar hinzu.

Er näherte sich Paracelsus langsam. Dieser musste tatsächlich an eine Schlange denken. Die Galle kam ihm hoch. Dicht vor seinem Gesicht blieb der Magier stehen. Theo fühlte seinen heißen Atem auf der Haut.

»Eine Kleinigkeit noch, Paracelsus. Für die Gültigkeit unseres Vertrages.«

Blitzschnell packte er ihm beim Arm. Paracelsus wollte sich befreien und konnte nicht. Der knochige Mann hatte übermenschliche Kraft. Paracelsus war wie gelähmt. Gelbe Augen beherrschten ihn. Das Messer zerschnitt sein Hemd so schnell, dass er kaum die Klinge sah. Balthazars Mimik blieb reglos. Unbeteiligt. Paracelsus wusste nicht, wie ihm geschah. Die Klinge grub sich in seine Haut. Er schrie auf. Sein Arm brannte. Vor Paracelsus' Augen verschwamm die Welt. Sein Herz pochte. Balthazar lachte.

Ein grelles Wimmern entsprang den Flammen. Oder kam es von dem Kaninchen daneben? Schatten tanzten. Im Nebenzimmer jaulte etwas. Paracelsus riss sich los. Fast übermannte ihn der Schwindel. Dunkles Blut strömte aus der Schnittwunde an seinem Arm. Er stürzte aus dem Zimmer. Niemand hielt ihn auf.

Er stolperte die schäbige Treppe zum Lokal hinunter. Besah angewidert das eigene Blut und rempelte gegen Schultern. Verstörte Blicke folgten ihm. Theo bemerkte sie kaum und scherte sich nicht darum. Die Mörder im Gastraum fürchtete er nicht mehr. Oben in den Gästezimmern lauerte Schlimmeres.

Paracelsus holte erst Luft, als er wieder unter freiem Himmel stand. Es war schon finsterste Nacht. Er besah den Schnitt an seinem Unterarm. Die Wunde klaffte. Er presste sein Hemd dagegen, aber es war sofort durchtränkt. Ungläubig schüttelte er seinen Kopf. Was von alldem hatte er sich eingebildet? Welch Bestie wimmerte dort in den Flammen? Welches Geschöpf schuf solch unnatürliche Augen? Gott oder der Teufel oder Schlimmeres?

Paracelsus atmete tief. Ihm war schlecht. Der Geruch von altem Blut aus den Schlachthäusern überdeckte den seines eigenen Blutes. Er sah den seichten Birsig vor ihm mit gerümpfter Nase vorüberfließen. Paracelsus seufzte. Er würde die Wunde selbst nähen müssen. Caspar konnte er nicht darum bitten.

»Ihr dürft die Wunde nicht verschließen. Sie muss ausbluten.«

Paracelsus zuckte zusammen. Die Stimme war hell und klar. Erschrocken wandte er sich um. Es war Balthazars Dienerin. Ihr roter Gürtel funkelte im Mondschein. Paracelsus wollte weglaufen und traute sich noch nicht einmal das. Langsam trat sie auf ihn zu.

»Sagt mir, warum Ihr die Seelen sucht, Paracelsus.«

Wie angewurzelt stand er da. Wie schön ihre Augen waren! Ein tieferes Blau hatte Paracelsus niemals gesehen. Kaum konnte er sich sattsehen. Sein Mund öffnete sich unwillkürlich. Allein die Worte fehlten. Er bestaunte ihren Körper unter dem wenigen Samt, der ihn umspielte. Sie war perfekt.

»Warum wollt Ihr unser aller Geheimnis so dringend lüften? Sagt es mir«, wiederholte die Frau geduldig. Mit schneeweißen Zähnen lächelte sie ihn an. Sie stand nun direkt vor ihm. Paracelsus konnte den Duft ihrer Haut riechen. Er schwitzte.

»Ich bin Arzt«, murmelte er schließlich. Paracelsus konnte nicht anders, als zu Boden zu starren. Ihrem Blick hielt er nicht stand. »Wir sind mehr als Muskeln, Blut und Knochen. Das weiß ich genau! Unsere Seele ist das, was uns ausmacht. Was uns zu Gottes Geschöpfen macht. Und wir wissen nichts über sie. Solange das so ist, muss alle Medizin im Dunkeln tappen. Solange sind wir ausgeliefert. Unserem Gott. Unserem Teufel. Krankheit. Und Tod.«

Paracelsus holte Luft. So. Nun war diese fremde, sonderbare Frau der einzige Mensch, dem er je davon erzählt hatte. Von seinem großen Traum. Aus welchem Grund auch immer.

Diese aber lachte zynisch auf: »Gott schätzt es aber nicht, wenn man sich einmischt. Und der Teufel auch nicht.«

Fast erinnerte sie Paracelsus nun an Balthazar selbst. Er zog den Kopf ein. Dann aber nickte sie verständig und nahm Theos Gesicht zärtlich in ihre Hände. Der ließ es geschehen. Er konnte nicht anders.

»Ich könnte heilen mit dem Wissen«, flüsterte er den Tränen nahe. Liebevoll streichelte sie über seine Wange.

Nach einer Weile sprach sie sanft: »Und Euer Ruhm würde ewig währen, nicht wahr?«

Empört sah Paracelsus zu ihr auf. Dann aber nickte er langsam. Er war nicht imstande, sie zu belügen.

Blaue Augen funkelten ihn an. Mit dem Zeigefinger strich sie sachte über seine Stirn. Sie war ganz in Gedanken. »Ihr werdet sie schließlich finden, Paracelsus.« Unhörbar seufzte die Frau auf. Keine Sekunde ließ sie Theo aus den Augen. Sie blinzelte nicht. Atmete kaum. Er konnte spüren, wie sehr sie sich konzentrierte.

»Aber der Preis dafür wird hoch sein, Paracelsus. Zu hoch vielleicht. Dunkel ist die Magie, die es dafür braucht.«

»Kein Preis ist zu hoch dafür«, flüsterte Paracelsus. Sofort erschrak er sich vor den eigenen Worten.

»Entscheidet Ihr das für die Menschen, die das Opfer bringen werden?« Die Frau lächelte traurig. Ihre Augen trafen sich. Paracelsus antwortete nicht. Plötzlich gaben ihre Hände sein Gesicht frei. Nie waren seine Wangen wärmer gewesen. Unvermittelt griff sie unter ihr Kleid.

»Seine Klinge war nicht unberührt, Paracelsus. Trinkt das!« Sie drückte ihm ein kleines Fläschchen mit farblosem Inhalt in die Hand.

»Was ist das?«, fragte Paracelsus angewidert und misstrauisch zugleich.

»Trinkt es! Glaubt mir. Sonst erscheint er Euch in Euren Träumen. Gibt Euch nachts Befehle. Trinkt es, wenn Ihr Euer eigener Herr bleiben mögt«, sprach sie und wandte sich unvermittelt ab. Raschen Schrittes lief sie zurück in Richtung Taverne.

»Wartet!«, rief Theo ihr nach. Er hatte so viele Fragen, dass er sie nicht mehr hätte zählen können. Mit der einfachsten wollte er beginnen: »Wie ist Euer Name?«

Balthazars Dienerin drehte sich noch einmal um. »Wendet ihm nicht den Rücken zu, Paracelsus.«

Margret

Basel hätte wunderschön sein können zu dieser Jahreszeit. Die neue Stadtmauer, erbaut nach dem großen Erdbeben, bot in ihrem Schutz Platz für zahlreiche Gärten und Grünanlagen. Die Bäume hatten jüngst angefangen, sich dem beginnenden Herbst zu beugen, und stellten prächtige Orange-Gelb- und Rottöne zur Schau. Die vielen Sträucher trugen allerlei süße Beeren. Quirlige Eichhörnchen fraßen sich an den zahlreichen Haselnüssen satt. Margret war am Vormittag durch die farbenfrohe Stadt spaziert und hatte gierig die vom Regen gesäuberte Luft eingesogen, um einen klaren Kopf zu bekommen.

Nun stand sie inmitten des belebten Kornmarkts und lauschte der Stimme eines Sängerknaben, der hoffte, von der Laufkundschaft der Krämer ein paar Rappen abzubekommen. Für einen Moment hatte Margret ihre vollbepackten Strohkörbe abgestellt, um sich zu erholen. Eier, Obst und Butter hatte sie schon am nahe gelegenen Münsterplatz gekauft, nun sollte sie noch etwas Wildbret für die Mutter besorgen. Der ganze Rathausplatz war gesäumt von den Geschäften der Krämer, die aus den geöffneten Fensterläden ihre Ware im Überfluss anboten. Die zahlreichen Händler, die sich tagtäglich am Kornmarkt trafen, feilschten lautstark mit der Kundschaft. Der Duft von gebratenem Fleisch und geräucherten Würsten mischte sich mit dem von süßen Nusszöpfen und Lebkuchen. Margret hatte diesen Ort geliebt – früher.

Heute verbrannte ein Priester der Barfüßerkirche auf einem großen Stein in der Mitte des Platzes evangelische Schmähschriften, wobei er wilde Flüche gegen Luther vor sich hin wimmerte. Vorgestern hatte der Bischof dort vier Ketzer nacheinander köpfen lassen, die Schreie der Witwen hatte Margret bis auf den Nadelberg gehört. Der Regen hatte das Blut noch nicht vollständig vom Pflaster abwaschen können. Einige Meter weiter baumelten zwei Anführer von aufständischen Bauern aus dem Umland am Galgen. Sie hatten in Basel um Zuflucht gebeten. So sah die Antwort des Fürstbischofs aus.

Der Junge versuchte, den beginnenden Stimmbruch durch tiefere Tonlagen zu kaschieren. Margret legte einen frisch gebackenen Wecken in den Sack zu seinen Füßen. Der Bursche freute sich. »Vergelt's Gott!«, bedankte er sich artig.

Gerade hatte Margret ihre Körbe wieder hochgenommen und kehrtgemacht, als ihr ein mächtiger Hengst laut wiehernd den Weg abschnitt.

»Vorsicht, Weib!«, schrie ein Kuttler von einem gegenüberliegenden Stand aus. Eine Bauersfrau schrie schrill auf. Margret ließ vor Schreck einen der Körbe fallen. Die Eier zerplatzten auf dem Pflaster. Das Pferd wieherte. Es war ein majestätischer Fuchs. Einen halben Meter weiter, und er hätte Margret erfasst. Fast wäre sie selbst gestürzt und fand erst im letzten Moment ihr Gleichgewicht wieder. Margret blickte verängstigt auf zu dem Reiter vor ihr – und sah sich einem Gespenst aus anderen Zeiten gegenüber. Ihr Herz pochte bis zum Hals.

»Du?«, flüsterte sie und erblasste. Luzifer persönlich wäre Margret lieber gewesen.

Es war Steffan von Bärenfels, der da voll Genugtuung auf das junge Weib herabblickte. Er ließ sein Ross tänzeln, um Margret immer wieder zum Ausweichen zu zwingen. Die Bauersfrau schüttelte mürrisch den Kopf und ging ihres Weges. Der Kuttler wandte sich ab und schwieg. Von Bärenfels trug einen edlen Tasselmantel aus Pelz und Seide, zusammengehalten durch eine massive goldene Brosche. Ein teurer Filzhut krönte das Haupt des Adligen. Selbst das Geschirr des Pferdes war mit Gold verziert.

»Sieh an!« Steffan schnalzte mit der Zunge. »Die Jungfer Göttisheim! Kaufst du ein für eure Henkersmahlzeit?« Angriffslustig blinzelte er zu ihr hinunter. Der Sängerknabe packte rasch seinen Sack und lief davon. Niemand wollte einem wütenden Adligen in die Quere kommen.

»Ich weiß nicht, wovon du sprichst«, stammelte Margret unsicher und bückte sich, um ein paar Äpfel vom Boden aufzuklauben – wenigstens die. Ihre Hand zitterte. Der Schreck saß ihr noch in den Gliedern. Sonst hatte sie es immer geschafft, Steffan aus dem Weg zu gehen. Seit Jahren hatten sie kein Wort gewechselt.

»Ich spreche von der nahenden Hinrichtung deines Vaters und Bruders.« Von Bärenfels ließ eine kurze Pause folgen, bevor er flüsternd hinzufügte: »Und deines Geliebten.« Erneut sah Margret zu Steffan auf. Bitterkeit verzerrte seine Gesichtszüge. Der Kuttler beschloss, sich taubzustellen, und sortierte seine Waren.

»Du hast ja schon selbst versucht, dich darum zu kümmern, nicht wahr?« Margret hatte ihre Courage wiedergefunden und richtete sich nun zu voller Größe auf. Der Fuchs trat unruhig mit den Hufen.

»Dass du so weit gehen würdest, Steffan!« Margret schüttelte erbost ihren Kopf. »Jemandem aus Eifersucht den Schädel einschlagen. Pfui Teufel!« Sie spuckte dem Pferd vor die Hufe. Ekel stieg in ihr hoch. Und Schuld. Nie hätte sie gedacht, dass Steffan von Bärenfels ein gewöhnliches Wirtshaus aufsuchen würde und nichts Besseres zu tun hatte, als sich mit Martin Clauberg anzufreunden.

»Und wenn schon. Was kümmert's dich?« Steffan trat dem Ross aus Spaß in die Flanken. »Ist der eine ein Krüppel mit Metall im Hirn, hast du doch schon den nächsten, du Dirne!«, rief Steffan von Bärenfels.

Aus dem Augenwinkel sah Margret, wie der Kuttler beschämt zu Boden sah. Sie lachte wütend auf. »Ich weiß beim besten Willen nicht, was sich dein niederträchtiger Verstand da ausmalt.« Verwundert war sie nicht. Steffan hatte Caspar vom Festzug aus angesehen, als wolle er ihn erschlagen. Nur weil er ihr den Arm geboten hatte!

»Machst die Beine breit für jeden dahergelaufenen Hund!«

Der Kuttler hüstelte. Margret erstarrte eine Sekunde lang. Dann straffte sie ihre Bluse und hob ihr Kinn an. »Nur ein Hund, Steffan«, wisperte sie kaum hörbar. »Und das bereue ich zutiefst.«

»Als ob es dir damals nicht gefallen hätte!«

Der Kuttler spitzte die Ohren.

»Gebettelt hast du darum!« Von Bärenfels' Gesicht war rot angelaufen vor Zorn.

Margret hingegen wurde kreidebleich. Solche Worte an sie zu richten! In der Öffentlichkeit noch dazu. Sie versuchte, sanft zu klingen, aber der Gram lag deutlich in ihrer Stimme. »Ich war jung, Steffan. Und dämlich obendrein.« Ihre Unterlippe begann zu zittern. Sie starrte an Steffan vorbei auf das gegenüberliegende Rathaus.

Der stutzte für einen Moment, dann setzte er nach: »So schraubst du mit den Jahren deine Ansprüche zurück, was?«

»Steffan, ich, lass mich ...« Margret drehte sich um und wollte der Unterhaltung entfliehen, aber das Ross verwehrte ihr abermals die Flucht.

»Ja, was hast du denn mit dem Schwächling gemacht beim Festzug?« Theatralisch legte Steffan seinen Kopf schief. »Ich bitte dich, Margret. Von Eschenbach ist nun wirklich die Krönung deines Abstiegs.«

»Ha!« Margret griff in die Mähne des Fuchses. Das Tier ließ es geschehen. »Du befindest ihn offensichtlich als wichtig genug, um ihn bei deinem Freund, dem Bischof anzuschwärzen. Caspar und schwarze Magie! Dass du nicht errötest bei jeder deiner Lügen. Und das Gerücht über Laurencz hast auch du in die Welt gesetzt, du Hetzer! Oder war das dein Schoßhündchen Clauberg?«

Steffan lächelte. Das war sein Stichwort gewesen. »In einem hast du zumindest recht, meine Schönheit. Der Bischof ist unser Freund. Und ich kann dich, deine Familie und deine lächerlichen Freunde jederzeit an den Galgen bringen, einfach so.« Von Bärenfels grinste grausam und schnippte mit den Fingern.

Margrets Puls raste. Sie konnte ihn in ihren Ohren hören. Fast hätte sie der Schwindel übermannt, wie damals beim Festzug. Sie hielt sich an dem Pferd fest.

»Warte nur, bis der Fürst die Gerichtsbarkeit wieder innehat, dann kann mein Vater mit euch machen, was er will«, rief von Bärenfels genüsslich aus. »Die Stadt wird euch Pack nicht länger schützen können, du wirst sehen.«

»Noch hat er sie aber nicht! Gott selbst wird das verhindern!«, rief Margret unbeherrscht. Vor Wut zitterte sie am ganzen Körper. Dem Kuttler stand der Mund offen. Ein Dutzend Köpfe drehte sich nach ihnen um.

Steffan lächelte amüsiert. »Er wird sie bekommen. Frag deinen Vater, dem ist es schon sonnenklar. Der kleine Rat hat zugestimmt, der Rest ist nur Formalität.«

Margret nahm alle Kraft zusammen und sah Steffan direkt in die grauen Augen. Plötzlich war alle Wut verflogen. Sie fühlte nur noch Trauer in ihrer Brust. Wo war der Mann geblieben, den sie geglaubt hatte zu kennen? Leise flüsterte sie: »Dann willst du mich also wirklich hängen sehen? Steffan? Nach allem?«

Von Bärenfels seufzte. Margret hielt den Atem an.

Steffan und sie hatten sich schon in Kindertagen kennengelernt. Beide kamen aus den wenigen besseren Familien Basels, und Margret hatte mit Steffans kleiner Schwester

Anna die Zither erlernt. Die Mädchen hatten sich sofort gemocht und viele fröhliche Nachmittage lang im Palast der von Bärenfels musiziert.

Mit den Jahren schließlich hatte Steffan immer häufiger unter irgendeinem Vorwand das Musikzimmer aufgesucht. Alsbald hatte er Margret mit der ein oder anderen ulkigen Geste zum Lachen gebracht und sich immer öfter, voll des Lobes für das Talent der Mädchen, von ihnen vorspielen lassen. Eines Tages hatte Margret bemerkt, Steffans Interesse gelte wohl weniger der Musik als ihr selbst. Was für eine Ehre! Ein von Bärenfels! Ein waschechter von Bärenfels, der da um sie warb! Margret, damals schon eine bildhübsche junge Frau, hatte ihr Glück kaum fassen können. Steffan war durchaus charmant gewesen, steinreich noch dazu, und hatte blendend ausgesehen. Sein muskulöser Körperbau und seine blonden Locken hatten ihr ungeahnte Gedanken entlockt. Nachts. In ihrer Kammer.

Aufmerksam und galant war er gewesen. Bei jedem ihrer Treffen schenkte er Blumen, bunte Haarschleifen, seidene Stoffe oder kleine Schmuckstückchen. Kein Tag verging ohne eine kleine Gunstbezeugung seinerseits. Margret hatte sich wahrlich wie eine Prinzessin gefühlt. Und es mit Liebe verwechselt …

Unschuldigen Spaziergängen waren leidenschaftliche Küsse gefolgt. Und, mit den Regungen der Jugend – mehr. Als Margret zum ersten Mal Steffans Glied gesehen hatte, hatte sie herzhaft lachen müssen. Zunächst hatte sie den nackten, männlichen Körper seltsam und ein wenig abstoßend gefunden. Steffan aber hatte schon Erfahrungen mit einigen Kammermädchen sammeln können und seine Geliebte schnell eines Besseren belehrt. Noch heute fühlte Margret nachts manchmal Steffans rauen Bart zwischen ihren Schenkeln. Vollzogen hatten sie den Geschlechtsakt nie. Aber Steffan hatte ihr rasch beigebracht, was Margret in der Zwischenzeit für seine Befriedigung so alles tun konnte. Und er für die ihre – bis sie verheiratet wären.

Steffan hatte noch nicht den Stand gehabt beim Vater, ihn darum bitten zu können, so dachte er damals. Der Entschluss, eine bürgerliche Jüdin, weit unter seiner gesellschaftlichen Stellung zu ehelichen, würde den strengen Patriarchen sicher erzürnen. So hatte das Paar beschlossen, die Verlobung geheimzuhalten, bis Steffan sich bewiesen haben würde – in Standesgeschäften und im Militär – und als Mann akzeptiert werden müsse.

Die Dienerschaft schwieg und wechselte still die Laken. Sie kannten das Prozedere längst von den Gespielinnen des Herren selbst. Anna war eingeweiht gewesen, sie hätte ihre beste Freundin niemals dem Zorn des Vaters preisgegeben. Vielmehr war sie erpicht darauf, von Margret die letzten Geheimnisse der menschlichen Natur zu erfahren.

Dieser war es im Geheimen noch ganz lieb gewesen. Ihren Vater hätte vor Aufregung schier der Schlag getroffen. Seine Tochter eine verheiratete von Bärenfels! Jacob Göttisheim wäre am Ziel seiner Träume gewesen. Margret hatte seine Nerven nicht unnötig strapazieren wollen, solange Meinrad von Bärenfels nicht eingewilligt hatte.

Also liebten sie sich heimlich, trafen sich in den Zimmern der Dienstboten oder in den Wäldern und taten vor aller Augen so, als wären sie gute Bekannte. Das war romantisch und spannend zugleich, und die beiden waren glücklich damit gewesen.

Bis zu dem Tage, an dem Margret die Zither und die Stickerei zu langweilig geworden waren und sie beschlossen hatte, ihre Zeit lieber in der Universität zu verbringen.

Eigentlich hatte sie damals eine Vorlesung der Philosophie besuchen wollen, sich aber in den alten Gemäuern der Universität gehörig verlaufen und sich schließlich in den falschen Hörsaal gesetzt.

Da hatte sie ihn getroffen. Würfel fielen. Türen öffneten sich. Es stürmte und blitzte im strahlenden Sonnenschein. Margrets Welt stellte sich auf den Kopf. Was immer sie gedacht hatte, für Steffan zu empfinden. Mit einem Mal wurde sie Lügen gestraft. Ob nun Himmel oder Hölle ihn ausgespuckt hatte, Margret wusste es bis heute nicht. Aber da war er: Paracelsus.

Er sprach anders. Dachte anders. Bewegte sich anders. Und sah anders aus als jeder andere Mann in Basel – ach, der ganzen Welt! Dieser Mann pfiff auf alles und jeden. Stets schien er überlegen. Auf alles wusste er Antwort. Er schwebte über allen Dingen. Ohne viel Geld, nur seines Verstandes wegen.

Margret hatte sich sofort verliebt und fühlte nun, was ihr bei Steffan fehlte …

Lange hatte sie sich dagegen gewehrt. Ihre Schuldgefühle Steffan gegenüber erdrückten sie schier. Sie hatte aufgehört zu essen und aufgehört zu sprechen. Hatte Theo und Steffan, sie beide, wochenlang gemieden. Die Gewissensbisse hatten nachts in Albträumen und tagsüber in finsteren Gedanken zu Margret gesprochen. Sie sah sich selbst in der Ecke stehen, unfähig sich zu bewegen. Aber es war unausweichlich: Paracelsus entfachte einen Freiheitsdrang, der nicht zu bändigen war. Er entführte sie in eine Welt voller Möglichkeiten. An seiner Seite war nichts gewöhnlich. Nichts selbstverständlich. Margret war im Rausch. Gefangen. Und frei!

Sie konnte nicht anders. Und löste die Verlobung. Brach sich selbst das Herz damit. Und das seine. Steffan hatte getobt. Weinend hatte er das kostbare Mobiliar des Musikzimmers zerstört. Im Wahnsinn hatte er ihr die Kleider vom Leib gerissen. Sie und sich selbst geschlagen. Sie alsdann leidenschaftlich geküsst. Und grausam in sie eindringen wollen. Margret hatte sich mit Leibeskräften zu wehren versucht. Aber Steffan war stärker gewesen und hatte die Brutalität des Irren in sich. Der Schmerz war unbeschreiblich gewesen. Endlich hatte Anna die verzweifelten Hilfeschreie der Freundin gehört. Erst das schrille Weinen der kleinen Schwester hatte Steffan schließlich dazu gezwungen, von seiner Geliebten abzulassen. Er schwor Rache. Gekränkt und gedemütigt, wie er war. Margret hatte seither die Zither nicht mehr gespielt. Und aus Scham nie wieder mit ihrer Freundin Anna gesprochen. Steffan selbst hatte sie nur manchmal aus der Ferne gesehen. Bis zu jenem Abend im Goldenen Ochsen.

»Willst du mich wirklich hängen sehen, Steffan?«, wiederholte Margret ruhig. Eine Träne kullerte über ihre Wange. »Mich und meine Familie?«

Es waren weniger Worte, als vielmehr ein leises Zischen, das Steffans Lippen entwich: »Nein. Ich will dich haben. Lebend.«

Margret stockte der Atem. Hörte und sah den Trubel am Kornmarkt nicht mehr. Eine Sekunde dauerte eine Ewigkeit. Vor Margrets geistigem Auge durchlebten sie in einem einzigen Wimpernschlag nochmals ihrer beider glücklichen Jahre. Konnte es wirklich sein? War da noch Liebe? Nach allem? Das Paar von damals sah sich ausdruckslos an.

»Du kannst noch zurück, Margret«, hauchte Steffan sanft. »Noch ist es nicht zu spät für deine Familie. Heirate mich. Und du wirst sie alle retten.« Beschwörend starrte er auf Margret herab. »Ein Wort von mir, und der Bischof wird den Groll gegen deinen Vater vergessen. Ein kleiner Zwist mit einem Juden. So viel liegt ihm nicht daran.«

Heiße Tränen liefen über Margrets Wangen.

»Steffan, das kann ich nicht.« Margret schluchzte. Plötzlich hatte sie Mitleid mit dem edlen Mann da oben. Waren die Wunden noch immer nicht verheilt?

»Wieso zur Hölle kannst du das denn nicht?«, rief Steffan ungläubig. Er entriss ihr die Mähne seines Pferdes. »Bevor dieser Scharlatan aufgetaucht ist, hast du dir nichts sehnlicher gewünscht!«

Margret sah ihn traurig an: »Ich liebe dich nicht.« In ihrer Antwort lag ein Flehen. Warum nur begriff er das nicht? Die hübsche Frau weinte nun hemmungslos. Das Herz schmerzte in ihrer Brust. Ihre Beine waren so schwach, dass sie kaum mehr stehen konnte.

»Herrgott, jetzt habe ich den einen doch erledigt. Dann gibst du dich stattdessen mit diesem Schwächling von Eschenbach ab, ja? Den kannst du lieben? Der ist dir lieber als ich? Ein Wurm ist er. Nichts weiter. Eine Made zu meinen Füßen.«

Da erinnerte sich Margret an Steffans schändlichen Angriff. Die Kraft kehrte in ihre Glieder zurück. Dieser Teufel hatte Theo den Schädel eingeschlagen! Er beschmutzte den Ruf ihres Bruders. Und benutzte den unschuldigen Caspar für seine Ränkespiele. Dieser Hund hatte ihr Mitgefühl nicht verdient. Sollte er glauben, was er wollte. Sie wischte sich die Tränen aus dem Gesicht und strich ihr Haar zurecht.

»Ja. Er ist mir lieber als du. Fürwahr.«

»Wieso? In aller Teufels Namen! Weib?« Steffan besah hilflos seine goldene Brosche.

Nein, das war keine Liebe, dachte Margret, als sie den stattlichen Reiter hoch oben auf seinem Ross beäugte. Es ging um Sieg und Niederlage allein. Um Triumph. Und Besitz.

Margret sah Steffan direkt in die Augen. Sie hob ihr Kinn und ergriff ihre Körbe: »Er wäre vom Pferd abgestiegen. Das ist der Grund.«

Steffan hatte keine Antwort. Margret schritt hastig davon. Sie hatte soeben ihre Familie gerichtet.

Paracelsus

Paracelsus schielte hinauf. Michael Frei biss entschlossen in den Lederriemen. Er starrte tapfer auf den bunt gestreiften Vorhang von Paracelsus Marktstand und nicht – nach da unten. Das Skalpell war angesetzt. Rot war die Geschwulst. Und hühnereigroß.

»Aaah!« Michael Frei schrie am Lederriemen vorbei. Paracelsus hatte ihm vorab Alraune gegeben, doch konnte die den Schmerz nur leicht lindern.

Die Geschwulst platzte auf unter der Klinge. Grünlich-gelber Eiter rann nun über den Oberschenkel des Steinmetzes. Er stank.

»Gleich habt Ihr's geschafft, Meister.«

Michael Frei nickte dankbar. Seine Stirn war schmerzverzerrt. Eine Träne lief seine Wange hinunter.

Paracelsus kratzte die Wunde mit einem Spatel aus, dessen Enden scharf zugeschnitten waren. Der Eiter vermischte sich dort mit aufgelöstem Gewebe. Die Konsistenz war wie Matsch.

»Ich muss gehen können, Doktor Theophrastus. Ich brauche dieses Bein. Ohne verhungert meine Familie.« Der Steinmetz hatte den Lederriemen ausgespuckt.

»Ihr werdet das Bein nicht verlieren, Meister! Das verspreche ich Euch.«

Paracelsus seufzte. Gerne hätte er das dem armen Tropf erspart. Er mochte die Chirurgie nicht sonderlich. Zuallererst solle man die Selbstheilungskräfte des Körpers stärken und versuchen, den Patienten von innen heraus zu heilen, meinte Paracelsus. Zwei Wochen lang hatte er die heiße Beule mit kühlenden Kräuterwickeln behandelt. Dennoch war sie immer weiter angeschwollen. Also war ihm keine Wahl geblieben.

»Die nächste Woche müsst Ihr trotzdem im Bett bleiben.« Der Steinmetz verzog murrend sein Gesicht. Paracelsus ignorierte es. »Ich komme jeden zweiten Tag bei Euch vorbei, um die Wunde zu spülen.« Er goss immer weiter abgekochtes Wasser über die Wunde, um sie so gut wie möglich zu säubern. Alsdann tränkte er eine Leinenkompresse in Alkohol und band sie über das Bein.

»Könnt Ihr aufstehen?«

Mühsam kletterte Michael Frei von Paracelsus' hölzerner Liege. Humpelnd trat er auf.

»Hier habt Ihr noch Öl vom Bilsenkraut gegen die Schmerzen. Tränkt jeden Tag Tücher in Alkohol und verbindet es neu. Euer Weib kann Euch helfen.«

»Vergelt's Gott, Doktor! Tausend Mal.« Der Steinmetz bemühte sich zu lächeln und konnte doch nicht.

»Wir sehen uns übermorgen, Meister.«

Paracelsus reinigte die Liege vom Eiter. Darauf hatte er heute Morgen schon die Hämorrhoiden eines Bierbrauers mit Hanffasern ligiert, eine Fistel ausgeschält und einen fauligen Zahn gezogen. Es war nasskalt geworden. Zwei Dutzend Basler Bürger mit Fieber hatten vor seinem Stand ausgeharrt. Siebzig Arten von Fieber gab es. Und doch war es immer nur die eine, zu dieser Jahreszeit. Es war viel zu viel zu tun. Aber Paracelsus war es lieb so. Die Arbeit lenkte ihn ab. Von Balthazar, Astaroth, und diesem verwunschenen Amulett. Paracelsus schüttelte sich angewidert, allein beim Gedanken daran. Noch hatte er diesen verfluchten Hexenmeister nicht wiedergesehen. Und Paracelsus war fest entschlossen, es dabei zu belassen. Zu sehr hatte ihn dieser Abend verängstigt.

Theo hatte sich belesen. Astarte war tatsächlich eine Göttin aus Balthazars Heimat. Eine alte phönizische Himmelskönigin, Göttin der Liebe und Fruchtbarkeit und – viel wichtiger für Paracelsus – Hüterin aller Geheimnisse. Das war aber nur die halbe Wahrheit: Zumindest im Christentum war man sich einig, dass Astarte aus dem Himmel verbannt worden war. Warum auch immer. Seitdem war sie in männlicher Gestalt in der Hölle zu Hause. Astaroth war ein Dämon und Höllenfürst. Astaroth stand auf Theos Amulett! Wollte man die Göttin Astarte befragen, musste man sich wohl auch mit diesem Teufel einlassen. Und das wollte Theo ganz bestimmt nicht.

»Habt Ihr Zeit für einen sterbenden Mann, Doktor Theophrastus?«

Ein bekanntes Gesicht lächelte Paracelsus an. Seine Wangen waren gelb. Seine Augen waren gelb. Und seine Zähne auch.

»Kommt, mein Freund«, antwortete Paracelsus freundlich und legte dem alten Schuhmacher liebevoll eine Hand auf die Schulter. »Die Liege ist gerade wieder frei.«

Eifrig kletterte der Schuhmacher auf die Liege, so gut er noch konnte. Er atmete schwer. Sein Geschäft hatte er inzwischen seinem Sohne übergeben. Weswegen Theo stets trockene Füße hatte.

»Nun läuft es immer schneller nach, Doktor«, sprach der alte Mann. Er klang nicht ängstlich dabei. Längst hatte er seinen Frieden mit sich und der Welt gemacht.

»Das habe ich befürchtet, Meister«, antwortete Paracelsus und besah ihn kritisch. Erst vor einer Woche hatte er den Alten vom Bauchwasser befreit, und doch sah er schon wieder aus, als träge er ein Kind aus. »Das Quecksilber nehmt Ihr?«

Der Alte nickte brav: »Das schwöre ich! Bei der heiligen Barbara.«

Paracelsus lobte seinen Patienten stumm. Stets hielt er sich an seine Anweisungen. Er schob das Hemd des Kranken hoch wie schon so oft. Alsbald rüttelte er sanft an dem Mann. Sofort schlug die Haut über seinem Bauch Wellen, als treibe sie auf einem See. Schon vor einem Jahr hatte Paracelsus einen harten Klumpen unter den Rippen dort getastet, wo er eine prall-elastische Leber hatte finden wollen.

»Es wird etwas schmerzen, Meister«, warnte Paracelsus und griff zu seinem Skalpell.

»Nicht der Rede wert, Theophrastus.« Ruhig schloss der Schuhmacher seine Augen. Er kannte die Prozedur.

Paracelsus machte einen kleinen Hautschnitt links unterhalb des Bauchnabels. Dann nahm er ein schmales, spitzangesägtes Kupferröhrchen und zwängte es beherzt durch die Bauchwand. Vor einer gefühlten Ewigkeit hatte es noch zwischen den Rippen des Bauernjungen gesteckt, dachte Theo bei sich.

Er drückte das Röhrchen tiefer hinein. Das Gewebe gab nach. Schon bald schoss ihm Flüssigkeit entgegen. Sie war klar, nur ein wenig gelblich, was Paracelsus etwas beruhigte. Der Schuhmacher tat kaum einen Mucks. Paracelsus band gereinigten Tierdarm an das Röhrchen, um die Flüssigkeit aufzufangen.

»Lange wird es nicht mehr gehen, Doktor. Ich fühle es in meinen Gliedern.« Der Schuhmacher seufzte leise.

Paracelsus sah mitleidig auf seinen Patienten.

»Dem ist leider so, mein Freund.« Er zog sich einen Stuhl zurecht und legte behutsam seine Hand auf die Stirn des Mannes. So saßen sie oft eine ganze Weile beisammen, bis genügend Flüssigkeit herausgeflossen war. Theo kannte den Schuhmacher mittlerweile recht gut.

»Meine Jüngste hat sich endlich verlobt, hab ich's Euch erzählt?«, fragte der Schuhmacher.

»Nein. Das ist ja wunderbar!« Das Mädchen war hässlich wie die Nacht. Lange hatte der Alte gebangt, er würde niemals einen Gatten für sie finden. Bei jeder Konsultation hatte Theo mitgefiebert. »Gott sei gelobt!«

»Ja, Doktor.« Das Leben kehrte in die gelben Augen zurück. »Wenn Er mich nur noch die Hochzeit erleben lässt.« Besorgte Blicke trafen sich. »Dann kann ich in Frieden gehen.«

Theo sah wohlwollend auf den Bauch seines Patienten. Schon war er viel dünner. Sanft drückte er darauf, um den Strom des Wassers nicht versiegen zu lassen.

»Atmet Ihr schon leichter, Herr?«

Der Schuhmacher nickte, fast zufrieden. Theo hatte nichts anderes erwartet. Das Wasser in dem Bauch des Mannes staute sich nach oben, und engte die Lungen ein. Das war das eigentliche Martyrium.

»Und die Leichen, Theophrastus?« Schon schien die Stimme des Mannes kräftiger. »Habt Ihr sie zurück?«

Theo schüttelte traurig seinen Kopf.

»Noch nicht, mein Herr.«

»Dieser vermaledeite Bischof! Mein Sohn hasst ihn auch. Wir brauchen keinen Bischof, der unchristlicher ist als jeder seiner Bauern.« Zornig streckte der Schuhmacher eine Faust in die Höhe.

Theo musste schmunzeln. Fürwahr! Noch steckte Leben in den alten Knochen.

»Das genügt für heute, Meister. Sonst wird Euch nur wieder schwindelig.« Paracelsus zog das Röhrchen aus dem Bauch und verband die Wunde. Dankbar setzte der Alte sich auf und atmete tief durch.

»Viel besser, Doktor.«

Paracelsus nickte zufrieden. Er gab ihm noch genügend Schöllkraut für die nächsten zwei Wochen mit und verabschiedete ihn herzlich. Jedes ihrer Treffen konnte das letzte gewesen sein.

Mit ehrfürchtigem Abstand wartete bereits sein nächster Kunde auf ihn. Ein Fischer, der mit seiner Tochter erschienen war. Nach der Begrüßung kam er gleich zur Sache.

»Sie isst nicht. Und kommt kaum mehr aus dem Bette. Reglos liegt sie da. Tagein, tagaus.«

Der Fischer schob seine Tochter zu Paracelsus hinein. Nicht unbedingt sanft. Diese sah zu Boden.

»Ein Gift wühlt sich durch ihren Körper. Raubt ihr alle Kraft. Bestimmt.«

Paracelsus besah sich das Mädchen. Vierzehn Jahre alt mochte sie sein. Sie war blass und dünn. Ihr blaues Leinenkleid schlotterte an den Rippen. Ungewaschen war sie und schmutzig ihre Hände. Ihr blondes Haar war verfilzt.

»Seit wann geht das so?«, fragte Paracelsus das Mädchen.

Ihr Vater antwortete: »Seit Beginn des Sommers. Davor war sie noch voller Leben. Ist mit mir zum Fluss runter, immer ein Lied summend. Dann ist sie nicht mehr mitgekommen. Und jetzt ist sie ... so!«

Der Fischer deutete auf seine Tochter, als sei sie eine Aussätzige. Diese errötete.

Paracelsus tastete das Herz der Fischerstochter. Es schlug schnell, aber stark und regelmäßig. Auch ihre Atmung war nicht ungewöhnlich.

»Kannst du schlucken, bitte?«

Paracelsus befühlte die Drüse an ihrem Hals. Sie war nicht vergrößert.

»Darf ich deinen Mund sehen?«

Das Mädchen streckte widerwillig ihre Zunge heraus. Trocken war sie. Aber ansonsten war alles gut.

»Warum ist sie nicht mehr mit Euch zum Fluss?«, fragte Paracelsus beiläufig.

»Das weiß ich nicht. Spricht ja kein Wort mehr«, rief der Fischer verärgert. Das Mädchen aber lief noch röter an.

Sachte hob Paracelsus ihr Gesicht. Jetzt erst blickte das Mädchen ihn an. Der Kummer war deutlich in ihren Augen zu lesen. Sie waren gerötet. Und geschwollen. Nein, ein Gift war wohl nicht der Grund des Übels. Allerdings wusste Theo nicht, ob er froh darüber sein sollte.

»Ich denke, es ist ihre Seele, die Eure Tochter krank macht, Herr«, erklärte Paracelsus.

»Ihre Seele?« Der Fischer schielte misstrauisch zu seiner Tochter. »Wie sollte sie denn ihre Seele krank machen? Vergiftet ist sie, sag ich Euch.«

Paracelsus schüttelte entschieden seinen Kopf. Allzu gern hätte er das Mädchen gefragt, was sie so grämte. Aber die starrte schon wieder zu Boden, entschlossener denn je. Vielleicht hätte sie mit Theo gesprochen, unter vier Augen. Aber den Fischer loszuwerden, schien aussichtslos.

»Hört Ihr sie weinen nachts?«, fragte Paracelsus ernst. Er hasste es, über den Kopf der Kranken hinweg mit ihren Nächsten zu sprechen. Das Mädchen aber tat so, als ginge sie das alles nichts an.

»Nun ja ...« Der Fischer zögerte. »Manchmal. Vielleicht.«

Zornig sprach er mehr zu seiner Tochter als zu Paracelsus: »Grund hat sie aber nicht dafür! Alles kriegt sie von uns. Was sie nur will.«

Jetzt biss das Mädchen sich auf die Unterlippe. Sie tat Theo leid.

»Also gut ...« Der Fischer seufzte ärgerlich auf. »Wie könnt Ihr sie heilen? Wenn es denn wirklich ihre Seele ist?« Er zog dabei abschätzig seine Oberlippe nach oben, als hätte er gerade von etwas Ekelhaftem gesprochen. Das Mädchen rührte sich nicht.

Paracelsus zögerte. Ratlos sah er in die traurigen Augen.

»Rote Koralle soll fröhlich machen«, antwortete er unsicher. Der Fischer bemerkte es und kniff argwöhnisch die Augen zusammen.

»... Johanniskraut. Zum Einnehmen. Oder Ihr könnt einen getrockneten Strauß unter ihr Kopfkissen legen – oder ihn an die Wand hängen. So wirkt es aus der Ferne.«

Nun erröteten Paracelsus' Wangen.

»Und das soll ihr helfen? Eine Pflanze unter ihrem Kopfkissen?« Der Fischer vergaß, wütend auf seine Tochter zu sein. Paracelsus allein reichte.

»So ist es beschrieben, Herr.«

Paracelsus konnte seine Zweifel nicht länger verbergen und wandte sich ab, um das Johanniskraut zu suchen. Weder Korallen noch Steine noch Kräuter würden dem Mädchen ausreichend nützen. Dessen war sich Paracelsus sicher. Aber helfen konnte er nicht anders, solange niemand des Menschen Seele je gesehen oder untersucht hatte. Arzneien herzustellen für etwas Unbekanntes war unmöglich.

Paracelsus schloss seine Schublade wieder, ohne das Johanniskraut hervorzuholen. Er atmete tief durch.

»Herr, ich habe keine Arznei, die genügend wirksam wäre.« Er seufzte entschuldigend. »Sprecht mit Eurer Tochter. Hört Euch an, was sie zu sagen hat. Euer Ohr und Mitgefühl wird ihr Leiden lindern.«

Jetzt erwachte das Mädchen zum Leben. Gespannt beobachtete sie Theos Lippen. Fast spitzte sie die Ohren.

»Sorgen wollen ausgesprochen werden, Herr. Habt Ihr sie denn je gefragt, was los ist?«

Das Mädchen sah hinüber zu ihrem Vater. Sie hielt den Atem an.

Doch der Vater bemerkte es nicht. »Ein Stümper seid Ihr! Ein Scharlatan! Anderen Ratschläge zu erteilen, wie sie mit ihrem eigen Fleisch und Blut umgehen sollen. In unangebrachter Weise und ungefragt.«

Der Fischer spuckte Theo vor die Füße. »Niemals hätte ich Euch meine Tochter bringen dürfen. Ich werde dem Rathaus melden, was sich hier Medizin schimpft. Seid Euch dessen gewiss.«

Erbost hetzte der Fischer davon. Das Mädchen trottete gewohnheitsmäßig hinterher. Kurz traute sich Theo, nach ihrem Arm zu greifen.

»Ich bin samstags hier. Komm allein, wenn du meine Hilfe brauchst. Es bleibt vertraulich. Das verspreche ich.«

Tränen standen in den Augen des Mädchens. Sie nickte schüchtern.

Paracelsus schloss seinen Stand. Es half nichts. Er musste zu Balthazar. Um ihretwillen.

Caspar

»Welches sind die drei höheren Planeten?«

»Saturn, Jupiter und Mars, werter Professor.«

»In welchem Sternzeichen ist deren Konjunktion besonders unheilbringend?«

»Im Sternzeichen des Wassermanns, Herr Professor.«

»Und was nun bewirkt dieses teuflische Zusammenspiel?«

»Schädliche Dämpfe und verderbliche Fäulnis, Herr.«

»Sehr gut, Clauberg. Sehr, sehr gut. Wisst Ihr denn auch noch, was der Fäulnis entgegenzuwirken vermag?«

»Gottes Wohlwollen allein.«

Caspar blickte verächtlich auf Claubergs flache Nase und seufzte unhörbar auf. Der große Hörsaal der medizinischen Fakultät hatte sich nicht verändert: Die Holzverkleidung war hell und freundlich. An den Wänden reihten sich kunstvolle Zeichnungen von Sternbildern an Skizzen von menschlichen Körpern, versehen mit Aderlassmodellen und komplizierten Symbolen des Tierkreises. Ein düsteres Gemälde der heiligen Barbara, der Beschützerin der Sterbenden, mahnte zur Demut. Über dem Rednerpult thronte das rote Bischofswappen.

In den Regalen zu beiden Seiten fanden sich unzählige Phiolen mit allerlei Heiltränken und -tinkturen, sorgsam verwahrte Kräuter und getrocknete Pflanzen aus fernen Ländern, sowie kleinste Dosen, befüllt mit unbekannt duftenden Gewürzen, denen diese oder jene Wirkung – je nach Gutdünken des Dozierenden – nachgesagt wurde.

Eine große Truhe neben der Tür beherbergte zermahlene Knochen verschiedener Tiere für alltägliche Leiden. So sollten zwei gehäufte Löffel Bärenknochen, in lauwarmem Wasser gelöst, dem Patienten seine Kraft zurückgeben, ein halber Löffel der Gebeine eines Fuchses Vergesslichkeit bekämpfen.

Caspar blickte gelangweilt umher und legte seine Stirn in Falten. Die heilige Barbara erwiderte seinen Gruß so betrübt wie eh und je – und doch war alles anders, seit Paracelsus nicht mehr da war. Seit Stunden dozierte Professor Hartmann schon über die Phasen des Mondzyklus und die Position der Planeten, ohne auch nur ein einziges Wort über die Kranken zu verschwenden. Wäre Theo hier gewesen, hätte er nach zehn Minuten schon nach einer etwaigen Konsequenz für den Patienten gefragt.

Nun aber genoss Hartmann sichtlich seine jüngst gewonnene Freiheit und las Stunde um Stunde aus einem selbst verfassten Buch vor. Was Martin Clauberg in die Hände spielte: Er war sich nicht zu schade, heimlich daraus abzulesen, um sich bei Professor Hartmann einzuschmeicheln.

Caspar hatte das Buch noch nicht einmal aufgeschlagen. Sie sollten sich nicht länger mit dem Himmel beschäftigen, sondern mehr das Leid der Irdischen diskutieren, fand er. Aber er schwieg. Er hatte nicht Theos Temperament.

»Welcher Planet kontrolliert die Leber?«

»Der Jupiter, Herr Professor.«

Die Vorlesung hatte sich zu einem Zwiegespräch zwischen Hartmann und Clauberg entwickelt.

»Und das Gehirn?«

»Der Merkur, Herr Professor.«

Hartmann klatschte in die Hände: »Sehr gut, Clauberg! Weiter so, weiter so. So werdet Ihr noch Jahrgangsbester.« Ein fast entschuldigender Blick zu Caspar folgte. »Den jüngsten Entwicklungen nach.«

Clauberg zwinkerte Caspar schadenfroh zu. Dem Jahrgangsbesten war nach seinem Abschluss eine Professorenstelle gewiss. Jene, die sich Paracelsus so sehr gewünscht und mit Sicherheit bekommen hätte. Wäre ihm das Schicksal gewogen gewesen – und dieser Narr nicht so dumm, sämtlichen Vorlesungen fernzubleiben!

Seit ihrem Streit hatte Caspar den Freund nicht mehr gesehen. Caspars Wut war glühend, nach wie vor. Aber dass gerade Martin Clauberg durch pure Niedertracht und Anbiederei nun der neue Musterschüler werden sollte, das schnürte einen großen Knoten in Caspars Magen.

»... Und deshalb sollte man den Aderlass im Sternzeichen des Wassermanns nie an der Vena basilica durchführen.« Endlich verstummte Hartmanns heisere Stimme, und die Burschen durften sich erheben. Clauberg rempelte Caspar beim Hinausgehen mit voller Wucht an, sodass dieser ins Straucheln geriet und seine Unterlagen fallen ließ.

»Hast gehört, Schwächling? Ich werd der nächste ordentliche Professor hier. Wie gefällt dir das, he?«

Caspar ballte unmerklich seine Fäuste: »Ja, weil du die Konkurrenz erschlagen lässt. Sehr ehrenwert für einen Arzt. Pfui Teufel!«

»Du hast deinen Liebhaber doch gerettet, oder? Haben deine Zitzen Milch gegeben, als du ihn hast daran saugen lassen?« Clauberg lachte spöttisch auf. Eine Handvoll Kommilitonen tat es ihm gleich. Nur die Kameraden aus Caspars Domuncula schwiegen verlegen.

»Von Eschenbach, hört endlich auf, Zwietracht zu sähen! Oder soll ich mit dem Rektor Euren Ausschluss diskutieren?« Hartmann hatte noch ein kurzes Gebet zur Heiligen Barbara gesprochen, aber nicht vertieft genug, um sich eine Einmischung schenken zu können.

Caspar öffnete seinen Mund zum Protest und starrte abwechselnd zum Professor, zu Martin Clauberg und wieder zurück. Er holte tief Luft, besann sich dann aber eines Besseren. Hartmann würde sich in jedem Fall auf die Seite seines neuen Lieblingsschülers stellen. Also schickte sich Caspar schweigend an, seine spärlichen Unterlagen vom Boden aufzusammeln. Viel hatte er sich in dieser Stunde nicht notiert. Clauberg aber wollte es nicht gut sein lassen und beugte sich ein wenig zu ihm herunter. Mit gesenkter Stimme zischte er boshaft: »Halbtot tanzt von Hohenheim jetzt lieber mit Dämonen, anstatt seinen Abschluss zu machen, wie man hört.«

Das war es. Caspar war wie vom Schlag getroffen. Mit großen Augen starrte er zu seinem spöttisch grinsenden Kommilitonen hinauf.

»Du ... äh ...« Caspar wollte ihn als Lügner beschimpfen, doch das Wort blieb ihm im Halse stecken. Simon hatte erzählt, Paracelsus einmal nachts in einer finsteren Gasse mit einem dunkelhäutigen Mann mit Turban auf dem Kopf feilschen gesehen zu haben. Auch solle er in den Armenvierteln der Steinenvorstadt zur Unzeit herumstreunen. So das Gerücht. Mehr als ein peinliches Stottern wollte nicht über Caspars Lippen kommen.

»Was? Keine Widerworte? Haben dir von Hohenheims Teufel deine Stimme geraubt?« Clauberg lachte abermals laut auf. Der halbe Hörsaal schloss sich an. Hartmann hörte weg. Spottend verließ Clauberg den Saal. Der Rest folgte ihm.

Caspar blieb allein zurück. Verunsichert. Und einsam. War tatsächlich etwas dran an diesen scheußlichen Gerüchten? Was konnte Paracelsus nachts in den Armenvierteln treiben? Und wo schlief er, wenn nicht in der Domuncula?

Wenig später lief Caspar gedankenversunken durch den strömenden Regen nach Hause. Der Spätherbst war nass und kalt. Seit Tagen schüttete es wie aus Kübeln. Die wenigen Meter vom Hauptgebäude der Universität zu ihrer Unterkunft reichten aus, dass Caspar bis auf die Knochen durchnässt wurde. Der Regen war eiskalt und schmerzte auf seiner Haut. Dankbar betrat Caspar den Gemeinschaftsraum und fühlte die Wärme der lodernden Feuerstelle.

Doch in den Genuss erholsamen Aufwärmens kam er nicht. Im Gemeinschaftsraum herrschte helle Aufregung.

Die Kameraden liefen aufgeregt hin und her und stritten miteinander. Der junge Simon kniete vor dem hölzernen Abbild der Mutter Maria und bekreuzigte sich unablässig. Thomas saß bei dem großen Tisch, hatte sein schmales Gesicht in den Händen vergraben und raufte sich die krausen Haare. Herrman hockte ihm gegenüber und starrte schreckerfüllt auf ein schmutziges, durchnässtes Leinenbündel. Sein Gesicht war kreidebleich.

»Wir sind verflucht! Wir alle! Das Haus! Wir müssen schleunigst hier weg«, rief Wolfgang, unablässig den Tisch umrundend, wie ein Huhn, das vor seinem Schlachter flieht.

»Nichts als Aberglaube. Bauernbräuche«, suchte Frantz zu beschwichtigen, tippelte aber von einem Bein aufs andere, was die vermeintliche Gelassenheit seiner Stimme Lügen strafte. Sommer wie Winter stank er nach Schweiß. Jetzt war es klatschnass unter seinen Achseln.

»Das ist kein Aberglaube. Das ist Schicksal. Böses wird über uns kommen«, meinte Thomas resigniert.

»Blödsinn«, rief Frantz. »Das heißt nur, dass uns jemand etwas Böses wünscht. Nicht mehr.«

»Schlimm genug!«, rief Wolfgang und beschleunigte seinen Schritt.

»Wer nur könnte uns böse Geister auf den Hals hetzen wollen?«, fragte Simon, der sein Gebet unterbrochen hatte und sich nun angsterfüllt und mit Tränen in den blauen Augen zu seinen Freunden umsah. »Und warum?«

»Was ist hier los?«, fragte Caspar, der nach Paracelsus' Rettung so etwas wie eine Autorität im Kreis der Kommilitonen geworden war, und trat weiter in den Raum hinein. Seine Mitbewohner verstummten. Das einzig verbleibende Geräusch im überfüllten Raume war das Knarren des Holzes im Feuer. Und Caspars pochendes Herz. Er schluckte und tat zögerlich einige Schritte auf den Tisch zu.

In angsterfüllter Vorahnung schlug er vorsichtig – nur mit den Fingerspitzen – das Leinen auf. Angewidert verzog er sein Gesicht. Der Kopf eines Raben starrte ihn drohend aus toten Augen an. Sein schwarzer Körper lag traurig daneben. Ebenfalls in dem Bündel enthalten war die Wurzel einer Alraune, gespickt mit einem Dutzend Nägeln. Und – noch sonderbarer – ein ordinäres, faseriges Stück Holz, jedoch in kostbares Gold gefasst.

»Was in Gottes Namen soll das sein?«, flüsterte Caspar in die Runde, tat es Simon gleich und bekreuzigte sich.

»Das ist unser aller Tod«, antwortete Thomas und hielt sich die Hände vor sein schmales Gesicht.

Ein aufgeregter Bericht Wolfgangs brachte Caspar Gewissheit dessen, was er schon geahnt hatte. Als die Studenten nach der Vorlesung nach Hause gekommen waren, hatte ein Stück Leinen aus dem Matsch, in den sich der Boden vor ihrer Türschwelle inzwischen verwandelt hatte, hervorgeragt. Wolfgang hatte nur den Unrat entfernen wollen, stattdessen war aber dieses Objekt der Heimtücke zum Vorschein gekommen.

Ein totes Tier vor der Türschwelle des Feindes zu vergraben, das brachte eine Wende zum Schlechten in dessen Leben, so wusste ein jeder hier. Dieser Zauber und die Angst, die er schürte, waren aber so stark, dass kaum ein Bürger es wagte, ihn anzuwenden.

Die Alraune war nicht minder bedrohlich. Die Ähnlichkeit ihrer Wurzel mit dem menschlichen Kopf war augenscheinlich. Und Nägel in sie zu schlagen daher in der Aussage selbsterklärend.

Was es mit dem vergoldeten Stück Holz auf sich hatte, konnte Caspar nicht sagen. Vorsichtig hob er es auf und betrachtete es voller Argwohn zwischen seinen Fingern.

»Was bei allen Heiligen ist das?«, murmelte Caspar mehr zu sich selbst als zu seinen Kameraden.

Zu seiner Überraschung bekam er Antwort von Herrman, der mittlerweile völlig lethargisch gegen die Wand starrte. »D-das i-ist ein St-Stück Galgen, Caspar!«, stotterte er durch zitternde Lippen. »M-meine Großmutter hat mir einmal von so etwas erzählt. Er soll die Leute verfluchen, die ihn bekommen.« Herrman sah mit großen Augen in die Runde und flüsterte: »Wisst ihr, wie sehr man sich versündigt, wenn man ein Stück Holz aus einem Galgen schlägt?«

Wolfgang schüttelte seinen Kopf wie in Trance. »Kein anständiger Bürger hätte die Nerven, so etwas Unchristliches zu tun.«

»Oder das nötige Geld, den Henker dafür zu bezahlen«, ergänzte Herrman verbittert.

»Wer in Gottes Namen will uns schaden?«, wiederholte Simon, vor Verzweiflung weinend. »Wir haben uns doch nichts zuschulden kommen lassen.« Er schluchzte.

»Dir will niemand schaden«, erwiderte Frantz streng. »Und mir auch nicht. Jeder hier weiß, wem das gilt. Und warum.« Wieder richteten sich aller Augen auf Caspar, die des Raben hatten sich niemals abgewandt.

»Theo und du! Ihr mit eurer schwarzen Magie! Und wir anderen müssen's ausbaden. So war es mit diesem Unruhestifter schon immer. Und jetzt sind wir alle mit einem dunklen Fluch belegt. Wegen euch.«

»Ich dachte, du glaubst nicht daran? Und genauso solltest du's mit den Gerüchten halten, Frantz«, erwiderte Caspar, so gefasst als möglich, obwohl sich auf seiner Stirn Schweißtropfen bildeten.

»Nein, ich glaube nicht daran«, konterte Frantz zunächst etwas verlegen, fand die Schärfe seiner Stimme aber sofort wieder. »Aber ich glaube an die Macht des Bischofs, an seine Söldner und seine Henker und seinen Schultheiß.« Frantz trat Caspar mit glühenden Wangen und weit aufgerissenen Augen entgegen. Sein Schweißgeruch war unerträglich. »Jetzt hat Paracelsus, dieser vermaledeite Narr, sie alle gegen sich aufgebracht. Und gegen uns. Weil wir ihn gerettet haben. Wie viele Männer in Basel kann es geben, die pures Gold wegwerfen? Der Fluch eines Bauern ist das gewiss nicht. Das hier …«, Frantz hob den toten Rabenkörper auf und hielt ihn Caspar vors Gesicht, »… ist der Hass der Mächtigen. Bei allen Erzengeln, ich sterbe nicht wegen der Sünden dieses Irren.«

Caspar antwortete kühl: »Ich habe ihn gerettet, so sagt man doch? Du hast in einem Buch gelesen derweilen.«

»Ja, so sagt man. Mit der Hilfe des Teufels, der in diesem Haus ein und aus gehen soll, wie es ihm beliebt.«

Caspar verdrehte die Augen. »Das ist doch …«

»Unsinn, ja?« Frantz warf den toten Vogel auf den Tisch zurück. »Und was treibt dein Freund die ganze Zeit? Wieso setzt er den Gerüchten nichts entgegen? Man sagt, er habe sich dem Bösen zugewandt, seit du sein Hirn geschändet hast, und damit seine Seele zerstört. Ein Blinder soll ihn nachts Katzen verbrennen sehen haben, am Flussufer!«

»Ein Blinder?« Caspar zwinkerte. »Hörst du dich selber reden?«

Frantz wandte sich dem verstörten Simon zu: »Du hast ihn doch auch gesehen, oder? Erzähl's ihm, Kleiner. Mach schon.«

»Ich, ich weiß nicht.« Simon stammelte ängstlich. Er vergötterte Paracelsus und sein Wissen um den Menschen. »Da war ein fremder Mann, und er …«

»Ich kenne die Geschichte, danke«, unterbrach ihn Caspar ungewöhnlich barsch. Das war ihm zu viel. Wenn Frantz schon das Gefühl hatte, er müsse für Paracelsus' Taten büßen, was sollte Caspar selbst da sagen?

»Nichts als Lüge und Verleumdung.« Caspar blieb tapfer und bemühte sich, Frantz dabei direkt in die Augen zu sehen. »Martin Clauberg und Steffan von Bärenfels verpesten die ganze Stadt damit, und Theos eigene Freunde plappern es ihnen nach!«

»Mitnichten ist er mein Freund«, rief Frantz, »Das war er nie! Man hat mich nur gezwungen, mit ihm zu wohnen.

Wenn du ihm in den Abgrund hinterherspringen magst, ist das deine Sache, aber mich zieht ihr da nicht mit rein.«

Der Streit der Wohngemeinschaft ging bis tief in die Nacht. Einige meinten, Caspar und Theo sollten sofort ausziehen. Andere wollten den Bischof höchstpersönlich bitten, das Haus zu segnen und die bösen Geister wieder auszutreiben. Die meisten wollten die Studentenverbindung wechseln und bei der von Martin Clauberg Anschluss finden. Dort wäre man im Schulterschluss mit den von Bärenfels besser aufgehoben und könne Beziehungen zum Bischof knüpfen.

Sein Bündel schnürte in dieser Nacht aber keiner. Die Akademiker waren nicht für ihre Entschlossenheit bekannt.

Ermattet zog sich Caspar endlich auf sein Zimmer zurück und fiel todmüde auf sein Strohbett. Er hatte sich einen heißen Stein mit ins Bett genommen, zitterte aber dennoch am ganzen Körper. Allen Ängsten zum Trotz hielt er das Stück Galgen in seinen Händen und betrachtete es ratlos. Wer bloß konnte ihnen böse Geister auf den Hals hetzen wollen?

Caspar fuhr mit einer Fingerspitze über das kühle Gold und runzelte die Stirn. Frantz hatte vermutlich recht: Das Werk eines einfachen Bürgers war das hier nicht. Der Bischof? Als späte Antwort auf die ihm verhasste Leichensezierung? Caspar schüttelte entschieden den Kopf. Nein, von Gundelsheim hätte ihnen gleich seine Henker auf den Hals gehetzt und brauchte für ihr Verderben weder Fluch noch Zauber.

Martin Clauberg oder Steffan von Bärenfels erschienen ihm als die wahrscheinlicheren Täter, da hatten Caspars Mitbewohner schon recht. Aber irgendwie glaubte Caspar nicht daran, ganz einfach deshalb, weil beide es mit Magie nun wirklich nicht hatten, eher mit Fäusten.

Caspar schloss kurz die Augen und biss sich auf die Lippen. Keiner der Kommilitonen wusste von dem Streit zwischen ihm und Theo. Sicher, die ungleichen Freunde hatten sich schon öfters gezankt, Paracelsus war ein Hitzkopf und zuweilen unfähig zu jeder Diplomatie. Aber noch niemals so. Und sie hatten sich nie geschlagen. Caspar schmeckte Blut in seinem Mund. Der Verdacht hatte sich den ganzen Abend über heimlich in sein Gehirn geschlichen, war als absurd hinausgeworfen worden, nur um sich erneut hineinzuschleichen. Und zu bohren. Und zu quälen. Caspar umschloss das Holz so fest, dass es schmerzte. Konnte es wirklich sein? Kam auch Theo als Täter infrage?

Entschieden schüttelte sich Caspars Kopf, ohne dass er selbst etwas dazu tat. Sicher, sie hatten sich im Unfrieden getrennt, aber ... Caspar ließ das Holz durch seine Finger gleiten. Offenbar hatte sein Freund Zugang zu solchen Dingen erhalten. Er war nicht mehr er selbst, seit ihm von Gundelsheim die Leichen weggenommen hatte. War das die Handschrift seines besten Freundes? Wenn die Gerüchte nur zu Hälfte wahr wären ...

Caspars Blick schweifte immer wieder zu Theos Bett und dem, was darunter war. Darunter lauerte. Caspar stöhnte auf. Theo hatte ihm ausdrücklich verboten, unter das Bett zu sehen. Aber all die Gerüchte über Paracelsus' Treiben! Der Freund selbst, der kein Wort mit ihm darüber gewechselt hatte. Caspar atmete flach. Was konnte Theo ihm schon verbieten? Das Stück Galgen in seiner Hand funkelte ihn herausfordernd an. Hatte Caspar selbst Theos Seele verdorben in jener Nacht? Durch die Münze in seinem Kopf? Die Wahrheit lag verschnürt unter diesem Bette.

Caspar sprang auf. Er musste einfach wissen, wie schlimm es um Theo bestellt war. Dicke Bücher in moderigen Schubern zog er unter dem Bette hervor. Er roch altes Leder und teures Pergament. Caspars Augen hetzten durch die Seiten. Er hatte so viele Kerzen entzündet, wie er nur hatte finden können, und doch konnte er nichts davon entziffern. Caspar kniff die Augen zusammen. Waren das arabische Schriftzeichen? Oder die tote Sprache eines toten Volkes?

Caspar tastete tiefer unter das Bett. Ein Schauer lief über seinen Rücken. Draußen peitschte ein Ast im Wind an das Fenster. Caspar hielt inne. Was bei allen Heiligen war das? Er zog hervor, was er zu fassen bekommen hatte. Zum Vorschein kamen Dosen mit grauer und schwarzer Asche. Unwillkürlich atmete Caspar schneller. Was mochte da verbrannt worden sein? Katzen? Caspar hörte Paracelsus draußen im Wind lachen. Kinder? Und Luzifer persönlich lachte mit. Oder nur Theos Pflanzen?

»Theo, in was bist du da hineingeraten?«, flüsterte Caspar und zog gierig einen Stapel klebriger Textseiten hervor. Kurz atmete er auf. Es waren bloß Paracelsus' eigene Aufzeichnungen, hastig niedergeschrieben, oft nicht einmal ganze Sätze, sondern nur flüchtige Gedanken. Unleserlich und unverständlich. Für Caspar zumindest. Titel wie: *Paramirum* oder *De tinctura physicorum* warteten vergebens auf ihre Fertigstellung. Theo hatte ihm zur Genüge die Ohren damit vollgejammert.

Im nächsten Bündel fand Caspar zwei Scheren, einige Zangen verschiedener Größe, ein Dutzend Skalpelle und eine Knochensäge: Theos anatomisches Besteck, wie ein Schatz gehütet. Caspar fluchte. Dieser Narr! Theo durfte das Zeug gar nicht mehr besitzen, laut Befehl des Bischofs. Es zu verstecken – hier, in ihrer Stube, war so töricht und arrogant, wie nur Paracelsus sein konnte! Caspar selbst war zumindest klug genug gewesen, das seine hinten im Garten zu vergraben. Vorerst. Bis sich die Zeiten wieder änderten.

Wütend warf Caspar die Säge zu Boden. Spähte hinter sich. Versuchte, sich selbst zu beruhigen. Atmete durch. Nurmehr ein Leinenbündel lag noch unter dem Bett. Ganz hinten. Unscheinbar. Und unschuldig. Immerhin, dachte Caspar: Alte Bücher, etwas Asche und medizinisches Besteck. Bis jetzt hatte er nichts gefunden, was Theo vor ihm und seinem Herrgott nicht hätte erklären können. Des Pöbels Geschrei ... Vielleicht irrten sie doch. Caspar erhaschte das letzte Päckchen. Paracelsus hatte es, seiner Ungeduld schuldend, nur lose verschnürt. Es war nicht schwer, die Knoten des Bandes zu lösen, das es zusammenhielt. Und doch scheute Caspar davor zurück, es auszuwickeln. Mit zitternden Fingern schlug er das vergilbte Leinen auf. Keuchte vor Aufregung. Seine Hände griffen eine gewöhnliche Holzfigur, die obenauf lag: der heilige Bartholomäus – der Gehäutete. Nichts Besonderes. Viele Bürger gewährten dem Schutzpatron Obdach.

Aber dann – Caspar kniff seine Augen zusammen. Er blinzelte. Was in Gottes Namen war das? Der Wind draußen heulte auf. Der Regen prasselte unablässig auf das Holzdach. Caspar schluckte. Seine Augen weiteten sich. Schlangen! Schlangenkörper unter Theos Bett! Getrocknet und geköpft. Kalter Schweiß rann über Caspars Stirn.

»Um Himmels willen!«, rief er aus.

Daneben – Büschel von menschlichem Haar. Caspar übermannte der Ekel. Dreckige Fingernägel. Ausgerissen den Lebenden oder den Toten? Caspar musste würgen. Hastig sortierte er die Gegenstände. »Theo, was treibst du nachts damit?«, murmelte er vor sich hin. Der knöcherne Schädel eines Fuchses. Eine Dose mit geronnenem Blut, bereits dem Schimmel anheimgefallen.

Caspar hörte Engel weinen, die es nirgends gab. Was war das alles? Wofür war es zu gebrauchen? Ein menschliches Bildnis aus Wachs, auf sein lebendiges Abbild wartend. Das Feuer der Kerzen flackerte. Wem sollte sein Fluch gelten? Caspar blickte angsterfüllt um sich. Er war allein.

Skizzen von Dämonen, auf Böcken und Affen reitend, grinsten ihm unheilvoll entgegen. Darunter – Beschwörungsformeln. Das war nicht Paracelsus' Handschrift. Caspar wurde schwarz vor Augen. Hatte Theo diese Formeln ausgesprochen? Das war düsterste Magie! Das Feuer der Kerzen wimmerte. Noch einmal sah Caspar um sich. Etwas schien ihn zu beobachten. Zu beäugen. Wieder glitt sein

Blick hinab zu dem Bündel auf seinen Knien: Da! Das hatte er bislang übersehen. Das war es, das starrte ihn an.

Ein Amulett, kupfern, an einer ledernen Kette befestigt. Caspar wagte nicht, es zu berühren. Sein Puls raste. Langsam beugte er sich hinab. Hielt den Atem an. Es sah unschuldig aus, und doch ... Alle Haare seines Körpers stellten sich auf. Draußen schrie jemand. Caspar zitterte. Wollte flüchten. Zwang sich dennoch, das Schmuckstück zu begutachten. Auf dem Amulett fand sich ein kunstvoll ziselierter Drudenfuß, von zwei Kreisen gerahmt. Zwischen diesen stand, deutlich geformt in Druckbuchstaben: ASTAROTH.

Caspars Lippen bewegten sich unwillkürlich beim Entziffern des Geschriebenen. Die Buchstaben zwangen ihn dazu. Seine Stimme hauchte das Wort. Willenlos. Lautlos. Eine Kerze erlosch. Das Metall glänzte. Antwort gab ein Schatten an der Wand. Ein Flüstern im Raum. Ein Stöhnen in der Luft. Das Amulett fesselte seinen Blick. Wie von Sinnen griff Caspar nach dem kalten Metall.

»Fass es nicht an!«

Caspar schrak hoch. Sein Schrei erstickte sich selbst. Er fuhr herum. Die Tür der Kammer stand weit offen. Im Türrahmen stand Paracelsus.

»Was schnüffelst du in meinen Sachen?« Die Stimme war kalt und barsch. Die Kerzen warfen tiefe, schwarze Furchen in Paracelsus Gesicht. Seine grünlichen Augen funkelten dunkel.

Caspar fühlte sich ertappt und starrte erschrocken zur Tür. Da stand sein bester Freund. Er ängstigte ihn zu Tode.

»Theo!«, rief Caspar außer Atem, »Was ist das alles?«

»Ich habe dir verboten, darin zu stöbern«, antwortete Paracelsus trocken.

»Theo, was ist das hier?« Caspars Stimme überschlug sich. Hilflos hielt er den Fuchskopf in die Luft. Wer war dieser Mann, der da vor ihm stand? Mit wem hatte er jahrelang in einem Zimmer genächtigt?

»Das geht dich nicht das Geringste an, du Dummkopf!« Paracelsus trat hastig zu seinem Bett. Caspar hielt sich schützend die Arme vors Gesicht. Theo aber versuchte nur, alles wieder so schnell wie möglich in das Leinen zu verpacken. Die geöffnete Tür nicht außer Acht lassend. Kurz zögerte er, als er das Amulett erblickte. Ein Zucken ging durch Theos Körper, Caspar sah es ganz deutlich.

»Du beschäftigst dich mit – dem hier, und ich bin der Dummkopf? Theo, das ist Unrecht!« Caspar klammerte sich an Theos Arm. Der riss ihn weg.

»Lass mich! Ich habe dir gesagt, du sollst mich lassen«, rief Paracelsus und verschnürte das Leinenbündel. Das kupferne Amulett steckte er in seine Tasche.

»Du wendest dich dunklen Mächten zu, und ich soll dich lassen? Theo, das ist Hexerei! Das sind Dinge, von denen du nichts verstehst.«

»Was weißt du schon, wovon ich was verstehe.«

»Du setzt dein Leben aufs Spiel, Mann! Siehst du das denn nicht?« Caspar schrie. Tränen füllten seine Augen. Er war entsetzt von der Gestalt vor ihm. Theo war ihm völlig fremd.

Paracelsus schwieg einen Augenblick. Dann richtete er sich wieder zu voller Größe auf.

»Du spielst mit dem deinen, Caspar! Wenn du nicht aufhörst herumzuschnüffeln.«

»Drohst du mir? Wirklich, Theo? Deinem besten Freund?« Caspar erhob sich mühsam. »Oder bist du schon einen Schritt weitergegangen? Wolltest du mich loswerden? Weil ich zu viel weiß?« Er strauchelte und musste sich aufs Bett stützen.

»Was redest du, Mann?«, entgegnete Theo.

Caspar hielt ihm das Stück Galgen unter die Nase, ohne aufzublicken. Er konnte Paracelsus nicht in die Augen sehen. Leise keuchte er: »Warst du es, Theo? Wolltest du mich verfluchen?«

»Was?« Paracelsus stand wie versteinert da und starrte auf das Stück Holz. »Wie kommst du auf so was?«

»Man hat es vergraben, unter der Türschwelle! Das gleiche Zeugs wie ... das hier!« Caspar deutete auf das Leinenbündel in Theos Arm.

»Du hast das Holzstück unter unserer Türschwelle gefunden?«, fragte Theo ungläubig.

»Herrman meint, es sei von einem Galgen. Und ein geköpfter Vogel lag auch dabei. Das ist doch deine Handschrift, was? Um dich zu rächen, wegen Margret!« Caspar ballte seine Fäuste.

Theo wollte etwas sagen, aber Caspar ließ ihn nicht. »Das also ist jetzt deine Passion. Zauberei und Dämonen und auf deine Freunde scheißen.«

»Du spinnst doch«, murmelte Paracelsus und besah das kleine, goldgefasste Stückchen Holz.

»Seht her, das Genie!«, fuhr Caspar fort, »Häutet Schlangen und verbrennt Katzen.«

»Ich verbrenne was?«, fragte Paracelsus abwesend.

»Weißt du, was die Leute flüstern?«, entgegnete Caspar zornig.

»Was die Leute ...«

»Ist dir egal, ich weiß. Hahaha!« Caspar stemmte sich vom Bette auf. »Wie könnte dich die Meinung des Pöbels interessieren.«

»Gib mir das Galgenstück, Caspar.« Paracelsus sah den Freund streng an.

»Dass du's für deine dreckigen Machenschaften gebrauchen kannst? Niemals!«

»Gib es mir. Und den Vogel. Ich muss beides verbrennen.«

»Aha! Dann erkennst du das hier also? Warum wundert mich das nicht?« Der Galgensplitter schwang, Caspars Gestik folgend, wild durch die Luft.

»Caspar, bitte.«

»Nein! Du und deine Teufelei!«

»Caspar, du musst ihn mir geben«, mahnte Paracelsus bemüht ruhig. Er versuchte, Caspar sanft bei den Schultern zu packen, aber der riss sich los.

»In Gottes Namen, gib ihn mir, wenn du leben willst!«

»Sprich du nicht von Gott.«

»Caspar!« Paracelsus griff nach dem Holz.

»Nein!« Caspar drehte sich weg und umklammerte das Holz wie einen Schatz.

»Caspar! Was ist los? Brauchst du Hilfe?« Der junge Simon stürmte herein, ein kleines Kreuz mit zitternden Händen vor sich her tragend. »Ich ... ich hab Schreie gehört«, stammelte er verlegen. »Entschuldigung ... die Tür stand offen.« Simon starrte entgeistert zu Paracelsus.

»Siehst du, was für Angst du ihm machst?«, rief Caspar.

Theo zögerte kurz. Blickte vom zitternden Simon zu Caspar und dem Holz in seiner Hand.

»Herrgott noch eins!«, fluchte Paracelsus. »Dann hilf dir selbst, du Narr!«

Er umklammerte das Leinenbündel und zwängte sich an Simon vorbei zur Tür. Ehe er das Zimmer endgültig verließ, hielt er inne und suchte offenbar nach den richtigen Worten.

Caspar kam ihm zuvor. »Ich kenne dich nicht mehr!«, rief er aus.

»Vielleicht ist das auch besser so, mein Bruder.« Paracelsus verschwand. Und mit ihm Astaroths Amulett.

Jacob

Jacob Göttisheim schritt schweren Herzens durch die dunkle Aula der Universität. Er fröstelte. Der Winter hatte begonnen. In den ehrwürdigen Gemäuern war es bitterkalt. Kurzfristig war Jacob beim Rektor vorgeladen worden. Zu später Stunde. Die Uhrzeit wäre an sich nichts Ungewöhnliches gewesen, Arnold zum Luft pflegte bis spät in die Nacht hinein zu arbeiten. Dennoch beschlich Jacob ein seltsames Gefühl. Zu spät die Stunde. Die Universität schien schon verlassen.

Er stieg die breite, steinerne Treppe hinauf und hielt dann auf den Nordflügel des Gebäudes zu. Hier waren das Arbeitszimmer des Rektors, die Dienstwohnung des Pedells und – berüchtigt und gefürchtet – der Karzer untergebracht.

Der Karzer war das Arrestlokal der Universität. Angehörige der Lehranstalt waren nämlich nicht nur von Steuern und Zöllen befreit, sondern unterstanden auch einer eigenen akademischen Justiz. Der Rektor fungierte als Richter. War das die Lösung des Rätsels? Göttisheim wurde bange, als er den schmalen Gang zum Karzer hin kreuzte. Den städtischen Rechtshütern war der Zugriff auf Angehörige der Universität verwehrt – außer sie hatten das Einverständnis des Rektors. Sollte es nun so weit sein? Hatte der Bischof seinem Schultheiß den Befehl gegeben? Streckte Meinrad von Bärenfels nun endgültig seine Klauen gegen Theophrastus von Hohenheim und Caspar von Eschenbach aus? Oder gar gegen Jacob selbst? Wollte zum Luft ihm seinen Entschluss mitteilen, nachts, damit keiner der Kollegen Zeuge des Wortgefechts wurde?

Göttisheim schluckte einen Kloß in seinem Halse hinunter, nur damit dieser umso fester seinen Magen zuschnüren konnte. Was sollte zum Luft denn anderes tun? Sich Meinrad von Bärenfels widersetzen? Dem Bischof persönlich? Nein. Jacob verzieh dem Kollegen noch vor der Anklage. Es war nicht seine Schuld. Ein Wortgefecht sollte es nicht geben. Zumindest seine Würde wollte er behalten.

Der Dekan atmete tief durch, als er die verzierte Messingklinke des Rektorzimmers berührte. Er sprach ein kurzes Gebet zu Gott. Was immer ihm bevorstand, er würde es ertragen.

Göttisheim öffnete zögerlich die Tür und – staunte. Das Zimmer war von Kerzenschein spärlich beleuchtet. Der Rektor saß wie gewohnt an seinem hölzernen Schreibtisch. Aber sie waren nicht allein. Das schmale Zimmer war zum Bersten voll. Alle Männer schwiegen bei Jacobs Eintreten. Professor Wölflin und Werner Gruber von den Juristen gaben ihm ihre Hand zum Gruße. Der Rektor selbst lächelte freundlich und erhob sich. Allein die Falten auf seiner Stirn blieben ernst.

»Ah, Jacob, mein Lieber. Da seid Ihr ja. Guten Abend.«

Göttisheim aber hatte es die Sprache verschlagen. Er nickte kurz mit offenem Munde, woraufhin eifrig einige Professoren der freien Künste zurücknickten. Aber da war auch der Metzgermeister Wilhelm Burri und etliche andere Vertreter der Zünfte: der Schmied, ein Gastwirt, zwei Gerber, ein Zapfengießer und einige Kaufleute. Viele hier waren Mitglieder des großen Rates der Stadt. Dazu aufgeregt dreinschauende Bürger, die nicht einmal der Dekan kannte. Was bloß sorgte für diese bunte Versammlung nachts in des Rektors Zimmer?

Der Pedell schloss rasch die Tür hinter Göttisheim. Wilhelm Burri klopfte ihm mit seiner speckigen Hand gewohnt herzlich auf die Schulter.

Der Rektor ergriff das Wort. »Mein lieber Freund. Danke, dass Ihr gekommen seid. Vorweg seid darauf hingewiesen, dass alle hier versammelten Personen sich im Vertrauen treffen, und ich muss mir der Geheimhaltung gewiss sein. Ich kenne Euch als einen ehrenwerten Mann und braven Bürger unserer schönen Stadt und verlasse mich auf Euer Ehrenwort, Stillschweigen zu bewahren über alles, was Ihr hier erfahren werdet.«

Nicht einmal die Worte waren es, die Göttisheim nervös machten, sondern das leise Flüstern des Rektors, mit dem er sie aussprach. Zögerlich antwortete der Dekan: »Ihr habt mein Ehrenwort als Mann.«

»Schwört es bei Eurem Gott«, rief der Steinmetz Michael Frei.

»Psst, seid leise, Mann!« Wilhelm Burri boxte dem Steinmetz beherzt in die Flanke.

»Das Ehrenwort Jacob Göttisheims ist mehr wert als der Schwur von so manchen und genügt mir«, antwortete zum Luft. »Es ist Ehre und Bürde zugleich, hier geladen zu sein. Das werdet Ihr leider bald erkennen, mein Freund.«

»Kommt zur Sache, Rektor! Es ist schon zu viel Zeit für zu viele Worte vergeudet worden. Sie rinnt uns ohnehin davon«, rief Konrad Egg, der Zunftmeister der Schneider. Laute Ermahnungen zu leiseren Worten folgten von allen Seiten. Die Nerven der versammelten Herren lagen offenbar blank.

Zum Luft blickte kritisch zu dem Schneidermeister, wandte sich dann aber wieder mit besonnener Miene an Göttisheim. »Der Bischof hat diese Woche eine offizielle Anfrage sowohl an den Pontifex Maximus als auch an den Kaiser ausgesandt zur Billigung der Wiedererlangung seiner Hoheitsrechte. Der Bürgermeister und sämtliche Mitglieder des kleinen Rates haben unterzeichnet.«

Banges Nicken allerseits, einige sahen erwartungsvoll zu Jacob.

»Beim Allmächtigen, das darf nicht sein«, stammelte dieser zur Antwort.

»Sobald Antwort eintrifft, ist die Souveränität unserer Stadt dahin«, schloss der Rektor.

Göttisheim stand da wie vom Schlag getroffen. Dann konterte er hoffnungsvoll: »Woher wollt Ihr das denn wissen? Die klerikalen Rechte nochmals auszuweiten, das ist sicher nicht im Sinne des Kaisers.«

»Pah! Der Kaiser schert sich nicht um uns, das hat er schon bewiesen. Er hat genug Ärger vor seiner eigenen Haustür«, rief Wilhelm Burri.

»Psst!«

»Und er wird den Teufel tun und aktiv den Heiligen Stuhl schwächen, jetzt da Luther sein schönes Land mit nichts als ein paar unschönen Worten in den Grundfesten entzweit«, fügte Professor Wölflin hinzu.

Göttisheim stutzte: Er hatte seinen Kollegen gewiss für belesen und umsichtig gehalten, aber dem Alkohol doch zu sehr zugeneigt. Politisches Interesse oder gar noch eine politische Meinung hätte er nicht bei ihm vermutet.

»Die Antwort des Papstes wird Euch wohl klar sein. Wir haben Zeit, bis die Boten zurück sind. Danach ist es aus«, raunzte der Steinmetz resigniert.

»Was ... wollt Ihr denn ändern?«, fragte Göttisheim ungläubig. »Es ist doch schon entschieden?«

»Vom amtierenden Rat, jawohl. Nicht aber vom künftigen«, antwortete zum Luft. Die Falten in seinem Gesicht vertieften sich unmerklich.

»Wenn der neue Rat mit einem neuen Bürgermeister diesem Wahnsinn einen Riegel vorschiebt, noch bevor die Boten eintreffen, haben wir eine Chance«, rief Burri, gefolgt von aufgeregten Rufen, seine Stimme zu mäßigen.

»Der neue Rat? Der neue Bürgermeister?« Göttisheim suchte in seinem Geiste nach irgendetwas, das er übersehen hatte, aber allen anderen im Raume offensichtlich klar war.

»Der, der kleine Rat und sein Bürgermeister werden am Sonntag vor dem Johannisfest gewählt«, stammelte er verständnislos. »Die Gesandten werden weit vor Junianfang zurück sein.«

»Ja! Ha!« Wilhelm Burri lachte laut auf. Fast glühten seine roten Wangen vor lauter Freude, antworten zu dürfen. »Nicht wenn wir das Misstrauen aussprechen.« Burri starrte erwartungsvoll in Jacobs Augen und hielt den Atem an. Er strahlte wie ein Held nach gewonnener Schlacht.

Diese hatte aber noch gar nicht begonnen, dachte Göttisheim bei sich und antwortete: »Das Misstrauen aussprechen? Wie ... Ich bitte Euch! Das hat es noch nie gegeben.«

»Nein. Hat es nicht. Wir sind aber auch noch niemals von einem Schlächter und Tyrannen unverhohlen bestohlen worden«, rief Michael Frei.

»Wir brauchen achtzig Prozent«, erklärte zum Luft. »Wenn wir achtzig Prozent der Stimmen des großen Rates zusammenhaben, können wir Neuwahlen ausrufen. Noch vor dem Johannisfest. Rechtzeitig, um die Nachricht der Boten hinfällig zu machen – vielleicht.«

»Ihr wollt die Stadtregierung stürzen? Das ist Wahnsinn«, murmelte Göttisheim in die Runde.

»Wahnsinn ist, sich nicht zu wehren!«, rief Konrad Egg von den Schneidern. »Gerade Ihr solltet doch als Erster Interesse daran haben.«

»Was soll das denn heißen?«, fragte Jacob und runzelte seine Stirn ein wenig mehr.

»Nun ja ...«, zum Luft breitete beschwichtigend die Arme aus, »deshalb haben wir zunächst gezögert, Euch einzuweihen. Wir dachten, er klebt vielleicht schon an Euren Fersen.«

»Wer klebt an meinen Fersen?«, fragte der Dekan ungläubig.

»Von Gundelsheim will Euch hängen sehen, denke ich ... denken wir.« Zum Luft blickte verlegen zur Seite. »Nicht, weil Ihr ein Jude seid. Sondern weil Ihr ihm widersprochen habt, viele Male vor seiner Ernennung. Das kann er nicht ertragen. Und er wird Euch hängen sehen, mein Freund. Auch wenn Ihr Professor an meiner Universität seid. Er wird einen Weg finden, mich zu übergehen.« Zum Luft seufzte. »Wenn er die Gerichtsbarkeit wieder innehat. Wir denken … ich denke, er wartet nur noch, um dem Schultheiß die bürokratischen Scharmützel mit der Stadt zu ersparen.«

»Wenn die Gerichtsbarkeit dieser Stadt in seine Hände fällt, fallt Ihr als Erster!«, rief der Steinmetz.

»Michael, mäßigt Euch! Um Himmels willen.« Professor Wölflin wandte sich freundschaftlich an seinen Kollegen: »Jacob, vier von fünf Stimmen. Das ist möglich.«

»Adlige und Geistliche besetzen viele Stühle im großen Rat. Wie wollt Ihr die denn überzeugen? Kein vernünftiger Mensch beißt die Hand, die ihn füttert!«

»Ihr seid ein Schwarzmaler«, sagte der Metzger Burri, noch immer lächelnd. »Seht, viele Geistliche sind im Geheimen schon längst neuen Glaubens und warten nur darauf, diesen verfluchten Katholiken zu schwächen.« Burri nickte einem dürren, schuldig dreinschauenden Augustinermönch zu. »Und auch die dümmsten Hochgeborenen wissen, dass sich Titel und Ländereien vom Kerker aus nur schwerlich verwalten lassen.« Erneut lachte der Zunftmeister in sich hinein. »Von Gundelsheim hat einen Fehler gemacht. Er hat seine Schreckensherrschaft zu laut angekündigt. Wenn die Angst zu groß wird, vermag sie die Gefolgschaft nicht mehr zu binden, sondern vertreibt sie.«

Göttisheim starrte den Metzger einen Moment lang ungläubig an. Solche Worte aus dem Munde eines Fleischers? Sogleich verfluchte er sich für die Arroganz des Bildungsbürgers.

»Jacob, Ihr müsst uns helfen.« Wölflin trat an Burris Seite. »Wir müssen die Mitglieder des Rates einzeln überzeugen, rasch, heimlich. Wir haben nicht viel Zeit. Jede Stimme zählt.«

»Eben deshalb seid Ihr für die Unternehmung so wichtig. Gerade weil Ihr … Jude seid.« Zum Luft sah wiederum betreten zur Seite. Langsam stieß es Göttisheim sauer auf. Der Rektor sagte es in einem Ton, der klarstellte, dass dies zwar etwas Schlimmes war, er es aber verziehen hatte. »Seht, kein Katholik, so sehr er auch um seine Sicherheit oder sein Vermögen bangt, wird sich der Verschwörung eines Reformers anschließen. Die Christen in dieser Stadt sind zerstritten, es herrscht Misstrauen und Verdächtigung allüberall. Wir können sie nicht überzeugen. Würde ich beispielsweise mit den von Waldecks sprechen, hörten sie ja doch nur die Worte Luthers. Deshalb seid Ihr so wichtig, mein Freund: Ihr habt nichts zu schaffen mit dem Zwist der Christenheit.« Zum Luft versuchte, seinem Dekan aufmunternd zuzulächeln. »Euer Wort wird Gehör finden. Ihr seid außen vor.«

Wohl eher weit darunter, dachte Göttisheim bei sich.

»Das ist …« Er versuchte, seine Gedanken zu sortieren, während er in die erwartungsvollen Gesichter um sich blickte. »Waghalsig ist gar kein Ausdruck.« Jacob suchte gehetzt nach einem Gesicht, das ihn verstünde. »Wenn … wenn nur ein Einziger, zu dem Ihr sprecht, nicht überzeugt werden kann, rennt er sofort zu Seiner Exzellenz. Das war's dann. Das ist Hochverrat. Begreift Ihr? Ob nun kirchliches Recht oder weltliches, ob Richter, Vogt oder Schultheiß, ein jeder wird die Gedärme der Verschwörer vom Rheintor baumeln sehen wollen!«

»Deshalb brauchen wir mutige Männer«, entgegnete zum Luft. »Mit eloquenten Zungen.«

Göttisheim seufzte laut auf. Er starrte seinen Rektor an, als hätte er die Worte eines Schwachsinnigen gehört.

Professor Wölflin legte Jacob beruhigend seine Hand auf die Schulter. »Ihr müsst es tun, mein Freund. Sonst sind wir alle dem Untergang geweiht. Denkt an Euren Sohn!«

»Schluss mit diesem Gerede!«, plärrte Göttisheim in die Runde und schüttelte die Hand ab. Keiner beschwerte sich mehr über die Lautstärke. »Das kann nicht klappen. Die beste Zunge dieser Welt wird sie nicht alle überzeugen, ob Christ oder Jude oder Heide. Die Angst wird sie zum Verrat an euch zwingen.«

»Ich dachte, Ihr wäret ein größerer Mann und kämpft mit uns«, meinte Michael Frei enttäuscht.

»Das ist kein Kampf, das ist Selbstmord.« Betrübt sah Göttisheim in die Runde. Einige Male holte er Atem und haspelte ein paar Silben, bevor ein ganzer Satz daraus zu werden vermochte: »Ja selbst wenn ... selbst wenn ... was ich nicht glaube ... ihr es schafft, dass dieses Bündnis geheim bleibt und selbst wenn ihr vier von fünf armen Toren überzeugen könnt, ihr eigenes Todesurteil zu unterschreiben, seid ihr doch keinen Schritt weiter. Keinen Schritt. Die paar verrückten Umstürzler, die ihr finden könnt, wählen den alten Rat vielleicht ab. Den neuen wählen aber doch die Kieser. Nichts habt ihr dann gewonnen.«

Der Rektor erhob sich, und auch Wilhelm Burri setzte zur Gegenrede an, aber Göttisheim ließ sie nicht zu Wort kommen. Diese Narren wollten ihr eigenes Grab schaufeln! Und ihn nannten sie Feigling, weil er sich nicht dazulegen wollte?

»Das Kieserkollegium wählt Rat und Bürgermeister. Bestehend aus je zwei Achtburgern, Zünftlern, Rittern und Domherren. Bei Gott! Könnt ihr zählen? Könnt ihr rechnen? Selbst wenn ihr zwei lebensmüde Achtburger und Zünftler findet, die dumm genug sind, ihr Leben wegzuwerfen ... dann wird dennoch niemals, niemals, nie und nimmer ein Domherr oder ein Ritter mit dem Kieserprivileg gegen seinen Herrn stimmen. Das wird nicht passieren. Deshalb ernennt man sie ja zum Kieser.« Jacob riss seine Augen auf, als könne er so die des Metzgers öffnen. »Weil sie dem Fürstbischof gegenüber loyal sind.« Er hätte zum Luft am liebsten bei den Schultern gepackt und gerüttelt, traute sich dann aber doch nicht. »Und bei Stimmengleichheit obliegt es eurem geliebten Fürsten selbst, sein Votum zu geben. Er persönlich wird euch überstimmen. Vier zu vier. Dann besetzt von Gundelsheim selbst die Stadtregierung.« Jacob atmete aus. Er musste sich am Tisch des Rektors abstützen, so sehr hatte er sich echauffiert. Sein Puls raste. Eine Antwort blieb man ihm schuldig.

»Hä?«, rief Professor Wölflin plötzlich aus. Burri neben ihm schrak auf. Jacob zuckte zusammen. Es hatte an der Tür geklopft.

Der Schneidermeister stammelte noch unbeholfen ein hastiges »Psst!«, Michael Frei flüsterte angsterfüllt: »Wen erwarten wir denn noch?«

Zum Luft errang als Erster die Fassung wieder. »Herein!« Den fragenden Blicken der anderen entgegnete er: »Die Schergen des Bischofs würden wohl kaum an die Tür klopfen, oder?«

»Was?« Jacobs Schläfen pochten. Gleich würden sie zerspringen.

Da betrat Johan von Müllenberg das Zimmer. Professor der Theologie. Katholik. Domherr. Inquisitor. Sofort fiel sein Blick auf den Dekan. Jacob ward, als wäre es der Blick des Bischofs selbst.

»Johan, Ihr kommt spät«, rief zum Luft freundlich.

»Wir haben die Stimme der von Thiersteins«, antwortete der Theologe einsilbig.

»Was tut Ihr denn hier? Ihr seid ein Mann der Kirche!« Göttisheim blickte seinen Kollegen an, als wäre dieser der heilige Johannes in Person.

»Hier habt Ihr Euren Domherren«, rief Wilhelm Burri aus. Und lachte. »Hier habt Ihr Euren fünften Kieser.«

Der Gesichtsausdruck des Dekans änderte sich nicht. »Ihr seid ein Mann der Kirche. Und Ihr wollt gegen Euren Bischof arbeiten?« Göttisheims Mund blieb geöffnet.

»Ihr habt recht, Jacob«, antwortete von Müllenberg, »ich bin ein Kirchenmann. Vor allen Dingen aber bin ich ein Diener Gottes.«

Er rückte sich einen Stuhl zurecht und ließ sich nieder. Im Gegensatz zu allen anderen nahm sich der Inquisitor das Recht zu sitzen. Er war es gewohnt.

»Und als sein ergebener Diener kann und will ich nicht dabei zusehen, dass Gräueltaten geschehen im Namen des Heiligen Geistes.« Von Müllenberg suchte den Blick des Augustinermönchs und nickte ihm bestärkend zu. »Von Gundelsheim missbraucht den Menschensohn. Er missbraucht das bischöfliche Wappen.«

Mit traurigen Augen blickte er wieder zu Jacob und fuhr mit sanfterer Stimme fort: »Er zwingt mich, Verhöre mit redlichen Männern zu führen, während seine Schergen sie zu Tode foltern. Sterben sie, ohne gestanden zu haben, stellt er fest, dass Satan schon zu fest in dem physischen Körper verwurzelt war. Gestehen sie, erwartet sie der Henker. Hätte der Kardinal nicht sein Unverständnis darüber kundgetan, dass Luzifer hierzulande unverhältnismäßig aktiv zu sein scheint, wären es noch viele mehr.«

Die Stimme wurde wieder laut und fest. Von Müllenberg erklärte seine Beweggründe nicht zum ersten Mal. Das war offensichtlich.

»Und diese Vielen werden ihren armen Mitbürgern folgen, ist der Fürstbischof erst das Gericht. Das ist nicht der Wille Jesu Christi. Das kann nicht Gottes Auftrag sein.«

Wilhelm Burri klatschte in seine speckigen Hände. »Da habt Ihr Euren Domherren. Hahaha! Da habt Ihr Eure Rechnung. Fünf zu drei. Wenn alles gut geht jedenfalls.«

Paracelsus

Paracelsus warf Scheit um Scheit ins Feuer. Rasch wuchs die Flamme gen Himmel. Erleichtert atmete er auf. Bevor er das Feuer entfacht hatte, war es stockdunkel gewesen, sodass er nur hatte erkennen können, was seine Fantasie ihm vorgegaukelt hatte. Heute Nachmittag hatte es angefangen zu schneien. Der schneebedeckte Waldboden knirschte unter seinen Füßen.

Er war zu einer abgelegenen Lichtung inmitten eines der Wälder rund um Basel bestellt worden, zu Fuß gut eine Stunde vom Stadtrand entfernt. Birka, seine treue braune Stute, hatte den Weg freilich mühelos in kürzerer Zeit zurückgelegt. Das Pferd wieherte verstört. Der Versuch, sie zu beruhigen, blieb aussichtslos. Ihr Herr hatte weitaus mehr Angst als sie selbst. Nicht etwa vor der Dunkelheit des Waldes oder der Stille der Nacht, nein: Paracelsus schauderte bei dem Gedanken, was kommen sollte.

Misstrauisch beäugte er die Ledertasche zu seinen Füßen. Es war nicht schwer gewesen, den jungen Simon dazu zu bringen, ihm zu helfen. Er hatte ihn bestechen wollen, aber der Junge hatte sich mit einem anerkennenden Lächeln von Paracelsus begnügt.

Noch leichter war es gewesen, das Versteck zu erraten. Dank ihrer hasenfüßigen Kommilitonen! Sie hatten Caspar vor lauter Angst dazu genötigt, die unheilvollen Gegenstände an sich zu nehmen und zu verwahren, bis ihnen Besseres einfiele. Caspar nun hatte seit jeher nur drei Verstecke in der Domuncula: Eines eingenäht in sein Kopfkissen – für die paar Rappen, die er voller Stolz seine Ersparnisse nannte und hütete wie einen Schatz. Eines für den Beutel Schnaps für alle Fälle. Versteckt unter einer Diele neben dem Öfchen in ihrer Kammer. Und eines für die Briefe seiner Mutter. Unter der morschen Kommode. Seit Jahren waren die Verstecke die gleichen. Seit Jahren glaubte Caspar, Theo ahne nichts davon. Seit Jahren kannte der sie alle. Den Beutel Schnaps für alle Fälle hatte Theo mehrmals geleert und heimlich wieder nachgefüllt. Caspar hatte nie etwas gemerkt. Und in dem Schnapsversteck hatten die Gegenstände gelegen.

Paracelsus seufzte. Er hatte Balthazar regelrecht angefleht, er möge sich außerplanmäßig mit ihm treffen. Sonst hatte der Zauberer selbst die Termine gewählt. Immer mittwochs. Der Mittwoch sollte der begünstigte Tag sein, um bei Astarte Gehör zu finden. So hieß es. Erschienen war sie nicht.

Paracelsus hatte sich auf Balthazars Insistieren hin eine verlassene Schlachthalle angemietet. Er bekam sie für ein paar Pfennige in der Woche, dem Gestank des Todes wegen, der nicht mehr entweichen wollte, und dem getrockneten Blut an Wänden und Boden, das niemals restlos wegzuwaschen war. Die Verschwiegenheit des Vermieters kostete das Doppelte.

Dort waren sie also zusammengekommen, Woche für Woche, um das Tor der irdischen Welt aufzubrechen und einen gefallenen Engel nach dem ältesten Rätsel der Menschheit zu befragen.

Die Prozedur erschien weniger erhaben als das Ziel: Theo stolperte geradezu durch Balthazars kostbares Buch mit den Beschwörungsformeln in phönizischer Sprache. Die Buchstaben an sich als Mutter des griechischen und römischen Alphabets waren nicht das eigentliche Problem. Die Bedeutung der Schriftzeichen, so Balthazar, sollte Paracelsus nicht weiter kümmern. Astarte kannte sie, und das genügte. Ganz anders die Aussprache: Der hebräisch-phönizische Guttural wurde durch einen Glottisverschluss im Rachen gebildet. Paracelsus hätte die Physiologie sturzbetrunken mit verbundenen Augen aufmalen können, sein Kehlkopf aber wusste nichts davon. Balthazar meinte abfällig, er klinge wie ein dilettantischer Europäer, und die Göttin Astarte hätte wohl Besseres zu tun, als sich ungläubigen Ausländern zu erbarmen.

Die Frage, warum er selbst nicht einfach den Text lese und Paracelsus die Mühe und Demütigung erspare, war mit einem abfälligen Blick ignoriert worden. So endete die Spur zum höchsten Gut des Menschen bislang bei Paracelsus' unvermögendem Kehlkopf.

Ansonsten verbrachte er seine düsteren Tage damit, das Rätsel doch noch irgendwie anderweitig lösen zu können. Astaroth war ihm zuwider. Das Amulett war ihm zuwider. Balthazars unheiliges Buch war ihm zuwider, und der knochige Mann erst recht. Nur allzu gern hätte sich Theo wieder mehr der Medizin gewidmet. Er vermisste die Universität, und insbesondere vermisste er seinen besten Freund.

Er hatte sich nicht mehr in die Domuncula gewagt seit ihrem letzten Streit und nächtigte nun notgedrungen auf dem kalten Boden der Fleischershalle. Dort, in der Dunkelheit, hörte er die Seelen betteln, ihr Geheimnis endlich zu lüften. Fast konnte er an nichts anderes mehr denken. Er schlief kaum, aß wenig und unregelmäßig, vergaß oft den ganzen Tag, auch nur einen Schluck Wasser zu trinken. Fieberhaft suchte er nach des Rätsels Lösung. Er durchforstete die ältesten Bücher in den letzten Winkeln der Bibliothek. Suchte nach Übersetzungen von Sprachen, deren Namen er noch nicht einmal kannte. Bemühte die Philosophie, die Medizin und alle Religionen, die es je gegeben hatte. Die Philosophie aber blieb zu unbestimmt. Die Religionen nannten nichts Handfestes, und noch nicht einmal die Ärzte der Araber äußerten sich näher zu des Menschen Seele. Nur in einem waren sich alle einig – dass sie unsterblich war. Aber noch immer schien Balthazar und seine verfluchte Hexerei der einzige Weg zu ihr.

Theo griff nach der Ledertasche und nahm einen großen Schluck von dem Schnaps für alle Fälle. Simon war so aufgeregt gewesen, dass er mitsamt Galgenstück, verwesendem Vogel und Alraune auch den Beutel gestohlen hatte. Theo hüstelte. Das schlechte Gewissen brannte in seiner Kehle. Caspar würde toben vor Wut. Trotzdem, es half nichts. Wenn diese Dinge wirklich verflucht waren, mussten sie zerstört werden. Und in Basel gab es wohl nur einen einzigen Menschen, der wissen konnte, wie.

Theo trank noch einen Schluck und verzog sein Gesicht. Wie zuwider ihm dieser Mensch war! Der Schnaps nahm ihm die Kälte und die Angst. Der Ekel blieb. Balthazar! Theo rümpfte die Nase. Und fragte sich, ob es woanders, in Frankreich oder Spanien etwa, wohl auch nette Hexenmeister geben mochte. Von deren Anblick einem nicht übel wurde ...

Da knackte es im Unterholz. Paracelsus hielt den Atem an. Birka scheute. Ein Schatten. Zwischen den Bäumen. Das war er. Paracelsus drehte sich der Magen um.

Die Dienerin saß hinter Balthazar auf dem Ross, ihn fest umklammernd. Paracelsus hatte ein Dutzend Huren bestechen müssen, um den Namen der Frau herauszufinden: Mira.

Er wusste nicht, ob er ihr trauen sollte, wohl hatte er aber ihr Fläschchen in jener Nacht getrunken. Balthazar war ihm nicht im Traume erschienen, wie Mira es versprochen hatte. Miras Augen aber wohl. Und ihre Stimme. *»Wende ihm nicht den Rücken zu, Paracelsus«*, wiederholte sie Nacht für Nacht die Warnung in seinem Schlaf.

»Hast du alles dabei?«, fragte Balthazar gewohnt barsch. Sein Dialekt war nach wie vor nicht zuzuordnen.

»Ja«, antwortete Theo hastig. Eifrig holte er Taubnesselblätter und Holunderäste hervor.

»Weihwasser?«, fragte der Zauberer ungeduldig.

Theo hielt es dem Magier mit unruhiger Hand entgegen. Auch darum hatte er Simon gebeten, weil der ohnehin zweimal täglich eine Kirche seiner Wahl aufsuchte.

Mira stand ausdruckslos hinter Balthazar. Sie schien in einer anderen Welt zu sein.

»Und das Objekt, Bursche?«

»Es sind drei, Meister«, antwortete Theo. Er entschied sich, ob der Anrede nicht beleidigt zu sein, und packte zunächst den zerteilten Rabenkadaver aus.

»Das kostet extra, ist dir klar, oder?«, wisperte Balthazar.

Paracelsus nickte. Seine Muskeln waren hart wie Stein. Er wollte nur zurück in die Stadt. Zu den Lebenden. Und weg von ihm. *»Wende ihm nicht den Rücken zu, Paracelsus.«* Keine Zeugen außer seinem Pferd und der Dienerin. Er dachte an das arme Kaninchen und erschauerte. Er rieb sich seinen Arm. Der schmerzte immer noch.

»Binde Taubnesselblätter und Holunderäste um das Tier, zu gleichen Teilen.« Balthazar schlug das unheimliche Buch auf und suchte nach dem passenden Kapitel.

Paracelsus tat, wie ihm geheißen, und blickte unsicher zu Mira.

Sofort antwortete sie auf die unausgesprochenen Fragen. »Holunderholz extrahiert die Fremdenergie aus dem Objekt und bindet sie in seinem Inneren. Dort hat die Taubnessel Zugang und kann den Fluch neutralisieren. Die Flammen werden den Rest vernichten.«

Paracelsus nickte ihr dankbar zu. Balthazar hätte ihm das nie erklärt.

Seine Finger zitterten so sehr, dass es ihm schwerfiel, den Faden zu knoten.

»Gib ein paar Tropfen Weihwasser darüber«, befahl der Hexenmeister, ohne von dem Buch aufzublicken. Alsbald begann er, unverständliche Worte zu flüstern. Paracelsus stellten sich die Haare auf. Er ließ die Phiole mit Weihwasser fallen, sodass sich gut die Hälfte des Inhalts auf den gefrorenen Boden ergoss. Entschuldigend blickte er auf.

»Ohnehin nur christlicher Aberglaube«, beruhigte ihn Mira. »Aber es schadet auch nicht, Euren Gott hinter Euch zu wissen.« Fast hätte sie gelächelt.

Paracelsus' Stute scharrte nervös mit den Hufen. Der verstand sie nur zu gut.

»Wann soll ich es in das Feuer werfen?«, fragte er.

»Gleich«, antwortete Balthazar und sah endlich von dem Buch auf. Birka wieherte. Die Flammen spiegelten sich in Miras blauen Augen. Paracelsus konnte nicht anders, als sie anzustarren. Der Magier hielt auf die Rösser zu. Sein graues Pferd war nicht angebunden, wartete aber brav. Birka hingegen wollte offenbar fliehen. Unruhig zerrte sie an ihrem Strick und schnaubte.

Endlich löste Paracelsus seinen Blick von Miras Augen. Balthazar streichelte die Flanke seiner Stute. Zärtlich. Fast liebevoll. Paracelsus beäugte den Magier misstrauisch. Zärtlich? Liebevoll? Zu einem Tier? Nein. Das passte nicht zu Balthazar.

»Was tut Ihr?«, rief Paracelsus in die Nacht.

Balthazar antwortete nicht. Er packte Birka an ihrer Mähne. Das Pferd riss seine Augen auf. Paracelsus lief los.

»Nein!«, schrie er. Er ahnte Böses. Sein Pferd schrie mit ihm. »Du Mistkerl! Lass sie!«

Balthazar reagierte nicht. Paracelsus war fast bei ihnen. Zu spät. Balthazar zog sein Schwert. Birka blieb wie angewurzelt stehen. Die Klinge glitt mühelos durch ihren Hals. Paracelsus ward es wie im Traum. Jetzt stand er ganz still da. Balthazar war sein Albtraum. Dumpf fiel seine geliebte Stute zu Boden. Ein Meer von Blut färbte den Schnee rot. Warmer Dampf stieg auf. Es roch nach Eisen. Paracelsus erwachte wie aus einer Trance. Seine Schläfen pochten. Mira stand still.

»Du Satan!« Er stürmte auf Balthazar zu. Der war wie ein Wolf über das tote Pferd gebeugt und rief Beschwörungen zum Himmel. Seine Zunge zischte. Paracelsus riss ihn zu Boden. Balthazar tat einen tiefen Schrei. Paracelsus' Faust traf seine Wange.

»Vermaledeiter Narr!«, rief der Magier und holte aus. Dann schmeckte Paracelsus Blut. Lichtblitze erschienen vor seinen Augen. Er musste sie schließen. Der Schmerz war unbeschreiblich. Er fiel auf sein totes Pferd. Sein linkes Auge konnte er nicht mehr öffnen. Am schlimmsten aber war Birkas Körperwärme.

Paracelsus begann zu röcheln. Ihm wurde übel. Balthazar lachte ihn aus. Paracelsus stemmte sich auf alle viere. Er fühlte das Blut hinter seinem Augapfel pulsieren. Niemals hätte er sich mit dieser Ausgeburt des Bösen einlassen dürfen! Er übergab sich.

»Atme tief und langsam«, befahl ihm Balthazar ungewohnt milde. »Ich habe dich gewarnt. Opfer sind nötig. Immer.«

Paracelsus nahm alle Kraft zusammen. Angestrengt versuchte er, nicht auf dem blutigen Boden voller Erbrochenem zusammenzusacken. Seine Muskeln zitterten. Beinahe gaben seine Arme nach.

»Du hättest es mir sagen sollen, du Scheusal! Ich hätte ein anderes Tier mitgebracht.«

»Das geht dann wohl an dem Sinn eines Opfers vorbei, meinst du nicht?« Balthazar war vor ihn getreten. Paracelsus sah die schwarzen Stiefel vor seinem Gesicht. Wie er sich wünschte, er könne darauf erbrechen! Aber sein Magen war schon gänzlich entleert.

»Ruh dich aus, Junge. Ich mache den Rest.« Balthazar tauchte den verschnürten Raben in Birkas klaffende Wunde. Paracelsus tat einen Schmerzensschrei. Dieser Hund vergriff sich an seinem toten Pferd! Jetzt verließen ihn die Kräfte. Er ging zu Boden. Die Mischung aus Pferdeblut und eigenem

Erbrochenem, in der sein Gesicht nun lag, war abscheulich. Abscheulicher die Worte, die Balthazar wisperte. Der Hexer warf den Raben ins Feuer. Es zischte.

Während Balthazar die Alraune aus seinem Beutel zog, beugte sich Mira zu Paracelsus hinunter. Sanft strich sie über seinen Rücken. Der wurde sofort warm. Mira zog Paracelsus mit ihren schmalen Armen sachte hoch. Er konnte sitzen. Fassungslos starrte er auf die tote Birka.

»Mein Vater hat sie mir geschenkt, als ich Kärnten verlassen habe«, schluchzte er wie ein Kind. »Mehr habe ich nicht von ihm.«

Mira gab keine Antwort. Mit bloßen Händen strich sie Blut und Erbrochenes aus seinem Gesicht. In der Ferne hörte Paracelsus das Feuer zischen. Balthazar sprach mit dem Himmel. Oder der Hölle. Seine Stimme hallte in der Nacht. Mira nahm eine Handvoll sauberen Schnee und drückte ihn gegen Theos zugeschwollenes Auge.

»Kein großer Schaden, Paracelsus. Ihr hattet den Beistand Eures Gottes.«

Balthazar warf die Alraune ins Feuer. Sein Ross wieherte. Die Flammen fluchten. Der Magier besah geschäftig Theos Lederbeutel. Er war leer.

»Sagtest du nicht, es wären drei Objekte?«

Paracelsus starrte den Mann mit ausdruckslosen Augen an. Er war kreidebleich.

»Wo hast du das dritte?« Balthazar kam rasch näher. »Ich will nicht die ganze Nacht hier verbringen, Junge. Das Feuer wird Aufmerksamkeit erwecken. Welche ich nicht schätze.«

Paracelsus verzog sein Gesicht zu einer Fratze. Trotzig sah er zu Boden.

»Bringt es zu Ende«, flüsterte Mira, wobei sich ihre Lippen nur kaum merklich bewegten. »Sonst ist sie umsonst gestorben.«

Paracelsus schielte sie aus seinem rechten Auge traurig an. Dann nickte er und stöhnte. »Ich habe es hier.«

Paracelsus richtete sich mühsam auf. Der Wald um ihn herum wankte. Er musste sich auf Mira stützen. Widerwillig reichte er Balthazar den goldgefassten Galgensplitter. Wie sehr er dieses Monster hasste! Balthazar besah das Holz sorgsam. Theo konnte kaum aufrecht stehen.

»Von einem Galgen?«, flüsterte Balthazar. Interessiert.

Paracelsus nickte müde. »So denke ich, ja.«

Mira entfernte sich von ihnen.

Balthazar lächelte. Zufrieden. Unvermittelt steckte er das Amulett in seine Manteltasche und wandte sich ab.

»Es tut mir leid, mein junger Freund. Aber das kann ich nicht zerstören.«

»Wie bitte? Das müsst Ihr!« Paracelsus stand da wie vom Blitz getroffen. »Das ist unser Geschäft.«

»Unser Geschäft ist hinfällig. Das hier ist viel zu kostbar.« Der Magier verschnürte das Buch und band es sorgsam an den roten Gürtel. »Man kann es noch für so manches gebrauchen. Zu schade für die Flammen, Junge!«

Panik übermannte Paracelsus. Er hatte sein Pferd dafür geopfert! »Aber der Fluch! Die Domuncula!«

»Zieh doch aus!« Balthazar lachte. »Du hast doch schon eine nette Unterkunft gefunden in der Fleischershalle.«

Paracelsus suchte einen Augenblick nach den richtigen Worten, dem Magier das Offensichtliche zu erklären. »Aber ich wohne dort nicht allein. Könnt Ihr den Fluch zurücknehmen, wenn Ihr dem Galgen ... eine neue Aufgabe gebt?« Theos Stimme überschlug sich.

Wieder lachte Balthazar auf. »Nein, mein Freund. Ich fürchte, ein solches Amulett vergisst niemals seine Schuldigkeit.« Er schritt zu seinem Ross und zog den Sattel fest.

»Nein, wartet!« Die Kraft der Verzweiflung befahl Paracelsus, auf den Magier zuzugehen. Seine Beine gehorchten. »Da wohnen meine Freunde. Ich kann sie nicht ihrem Schicksal überlassen.«

Balthazar schmunzelte. »Die Ratten der Metzgershalle werden deine neuen Freunde sein. Gleichwertig.«

Balthazar setzte einen Fuß auf den Steigbügel. Wenn er das Holz mitnahm, würde Paracelsus es nie wiedersehen, das wusste er. Und Caspar bliebe verflucht. Nur der Teufel wusste, was ihm dann drohte.

Paracelsus atmete tief. Ihm ward, als würde er nur Staub und Asche atmen. Er ballte die Fäuste und presste die Zähne aufeinander. Dann stürzte er sich auf den Hexer und riss ihn zu Boden. Sein Ross wieherte. Balthazar fluchte. Paracelsus ergriff einen Stein, der sich wie von selbst in seine Faust schmiegte. »Du Scheusal«, presste er zwischen den Zähnen hervor. »Du verdammtes Scheusal!«

Er drosch auf Balthazars Kopf ein. Es war mehr ein Knacken denn ein dumpfer Aufprall. Paracelsus bemerkte es mit Verwunderung. Wie wenn man ein Ei aufschlägt, dachte er noch. Dann drehte sich die Erde. Heißer Schweiß rann über seinen Rücken. Fast wäre er ohnmächtig geworden. Balthazars Augen fixierten nur noch Ferne.

Paracelsus keuchte. Fast hätte er sich bekreuzigt. Doch er griff stattdessen in Balthazars Mantel. Hatte Angst, von einer Schlange oder Schlimmerem gebissen zu werden. Aber schon fühlte er das glatte Kalt des Goldes. Er holte das Galgenstück hervor. Balthazar stöhnte. Schwarzes Blut sickerte zu Boden. Theo würgte. Mira trat zu ihnen. Betrachtete sie von oben herab. Unbeteiligt. Theo schielte angsterfüllt zu ihr. Sie reagierte nicht. Er rappelte sich auf und hastete zum Feuer zurück. Strauchelte. Fast wäre er gefallen. Bangend sah er um sich. Sein Puls raste.

»Wende ihm nicht den Rücken zu, Paracelsus«, warnten seine Träume.

Aber Balthazar lag bewegungslos zu Boden. Nur manchmal zuckte eines seiner Glieder. Paracelsus sprach eilig ein Vaterunser. Andere Worte hatte er nicht. Hastig band er Taubnessel und Holunder fest. Dann suchten seine Augen hektisch den Boden vor der Feuerstelle ab. Wo nur war das Weihwasser geblieben? Er wollte sich umdrehen und Balthazars Mantel danach durchsuchen, da spürte er die Klinge an seinem Rücken. Er erstarrte. Mira. Was hatte er denn von ihr erwartet? Sie würde ihren Meister rächen. Er schloss die Augen. Und senkte sein Haupt.

»Gib es mir, Paracelsus.« Das Schwert schnitt sich in sein Hemd. »Gib es mir! Sofort. Oder ich töte dich.«

Paracelsus blickte auf. Fast erleichtert. Es war nicht Miras Stimme, sondern Balthazars. Paracelsus fluchte. Wie hatte sich der knochige Mann nur so schnell aufrappeln können?

»Ich muss meine Kameraden beschützen«, rief er aus und umklammerte das Holz.

»Also wirst du sterben.« Balthazars Worte waren eiskalt und dunkel. Unumstößlich. Theo hörte auf zu atmen.

Dann – ein Seufzen. Ein Stöhnen. Das Ross wieherte laut.

Der Druck der Klinge löste sich. Paracelsus fuhr herum. Balthazar verdrehte seine Augen. Das Schwert fiel in den Schnee. Aus der Kehle des Hexenmeisters kam ein Gurgeln. Er spuckte Paracelsus sein Blut ins Gesicht, ging dann zu Boden. Und gab den Blick auf Mira frei. Unbekümmert stand sie nun vor Paracelsus, den Meister zu ihren Füßen. Ruhig ruhten ihre blauen Augen auf Paracelsus. Ungläubig sah der zu Balthazar hinunter. Eine Pfütze von Blut sammelte sich unter seinem mageren Körper.

»Man muss kein Arzt sein, um zu wissen, wo das Herz ist«, stellte Mira tonlos fest. Geschäftig reinigte sie einen silbernen Dolch mit Balthazars Umhang.

Theos Speichel lief ihm sein Kinn hinunter. Er war unfähig, seinen Mund zu schließen. »Mira ...«, stammelte er fassungslos.

»Schreckliche Dinge hätte er damit angestellt«, antwortete die Frau und sah auf das Galgenstück, das Paracelsus noch immer fest umklammerte. »Zerstöre es«, befahl sie. »Sofort.«

»D-du hast ihn umgebracht«, stotterte Theo und raufte sich die Haare.

Mira öffnete wie selbstverständlich Theos Hand und nahm ihm das Holz ab. »Meinst du, er hätte gezögert, dich zu töten?« Sie bückte sich und tunkte es in Balthazars Blut. Theo musste sich abwenden.

»Das weißt du nicht«, rief er. »Wir hatten eine gemeinsame Aufgabe.«

»Eine gemeinsame Aufgabe? Du warst für ihn nichts weiter als ein beliebiger Narr. Getötet hätte er dich so oder so. Nachdem du Astarte für ihn befragt hättest.«

»Wieso sollte er?« Theo starrte sie entgeistert an. Er fror so sehr, dass es schmerzte.

»Weil geteiltes Wissen an Wert verliert. Glaubst du wirklich, er hätte dir Astaroths Amulett für die paar Goldstücke verkauft, wenn er es selbst hätte gebrauchen können?« Mira band das Buch von dem Gürtel des Toten.

»Wie meinst du das?« Jetzt wurde Paracelsus plötzlich heiß. Wut stieg in ihm auf.

»Er konnte sie nicht anrufen. Er hat es schon ein Dutzend Mal versucht, bevor du kamst. Sein Gehirn war mit zu viel dunkler Magie verdorben. Mit zu viel Niedertracht. Und Neid und Hass. Astarte ist wählerisch bei ihren Freunden. Nimmer hätte er sie locken können. Er brauchte einen Tor, der das für ihn übernimmt.«

Mira lachte auf, fast wie Balthazar es immer getan hatte. »Und du hast ihn auch noch dafür bezahlt.« Sie drückte ihm das bluttriefende Holzstück in die Hand.

»Er hätte dich ermordet. So oder so. Jetzt wirst du leben. Ich spreche die Worte für dich.«

Sie begann, in der fremden Sprache zu flüstern. Das Feuer loderte zum Himmel hinauf. Paracelsus sah angewidert auf das blutige Holz in seiner Hand. Er fand die Phiole mit Weihwasser in Balthazars Tasche. Dachte an Caspar. An Birka. Und die restlichen Kommilitonen. Er fasste sich ein

Herz. Jetzt oder nie! Eifrig beträufelte er das Holz mit der Flüssigkeit, während Miras Worte anschwollen. Immer lauter und schneller fluchte sie in die Nacht. Nein, sie war keine Dienerin. Nie gewesen.

Paracelsus hielt den Atem an. Mira gab ein Zeichen. Dann tat er einen gellenden Schrei und warf das Galgenstück ins Feuer.

Schlagartig schossen die Flammen hoch. Mira hielt schützend ihren Arm vors Gesicht. Theo bekreuzigte sich. Und plötzlich – Stille. Die Hexe schwieg. Das Zischen der Flammen verstummte. Als hätten sie mit einem Mal ihr Leben verloren. Theo hörte nur noch seinen eigenen Atem. Er blickte zu seiner toten Stute. Dann zu Mira. Und der Menschenleiche zu ihren Füßen.

Mira legte zärtlich eine Hand auf seine Schulter. »Geh nach Hause, Paracelsus. Ich kümmere mich um ihn.«

»Mira. Ich ...«

»Sprich mit niemandem ein Wort darüber.« Mira unterbrach ihn und drückte ihm Astartes Buch in die Hand.

Paracelsus aber trat einen Schritt zurück. »Nein, Mira! Nein! Ich will es nicht.«

Er hatte es satt: Er hatte Angst vor Astaroth. Und Balthazar. Und Mira. Und überhaupt allem, was mit dieser Nacht zu tun hatte. Nichts sollte ihn je wieder daran erinnern.

»Was soll ich damit?« Fast flehte er um Einsicht. »Ich kenne keine der Sprachen darin! Kann sie weder lesen noch aussprechen.«

»Dann bist du der richtige Verwahrer, scheint mir.« Mira sah ihn seelenruhig an.

Paracelsus schüttelte energisch den Kopf. »Du solltest es haben. Er war dein Meister. Dir soll es gehören.«

»Bei mir kann es nicht bleiben!«, rief sie verzweifelt. Zum allerersten Mal überhaupt schien die Fassade ihrer Gelassenheit zu bröckeln.

Paracelsus besah sich das unscheinbare Buch. Ein Schatz wurde ihm da geschenkt. Zur Hölle damit!

»Wir sollten es mit ihm in die Flammen werfen«, sagte er. »Dann ist ein für alle Mal Schluss mit diesem Wahnsinn.«

Langsam trat Mira an ihn heran, den silbernen Dolch noch in der Hand wiegend. Ihr roter Gürtel funkelte im Schein des Feuers. Paracelsus zitterte.

»Das ist das eine Buch der Göttin Astarte. Ein Heiligtum meines Volkes.« Miras Blick verfinsterte sich. »Und du willst es verbrennen?«

Er schluckte. »Dann gib es den anderen. Deinen Brüdern und Schwestern«, sagte er. Hoffnung flackerte in seinen Augen. Er musste dieses verfluchte Ding los werden. Nichts als Unglück brachte es.

»Nein.« Mira schüttelte ihren Kopf. »Du siehst doch, wie es enden kann.« Angewidert sah sie in Balthazars lebloses Gesicht und runzelte ihre Stirn. »Beschützen sollte er es, in der Ferne. Nicht benutzen. Nicht entweihen.« Sie spuckte auf die Leiche. »Seinen Eid hat er gebrochen.«

Paracelsus stöhnte tief in sich hinein. Wer war diese Frau nur? Mira suchte seinen Blick zu erhaschen. »Sie werden jemanden schicken, an seiner statt«, flüsterte sie. »Der das Buch für ihn verwahrt. Leider habe ich keine Kenntnis darüber, wer sein Nachfolger sein wird.« Mira ergriff Paracelsus' Arm. »In meinem Orden gibt es Männer, viel schlimmer noch als Balthazar. Sie dürfen es nicht bekommen.«

Mira zog ihren Ärmel über die Hand und säuberte Paracelsus' Gesicht von Balthazars Blut. »Verwahre du es, bitte«, wisperte sie. »Verstecke es, wo kein Geist danach sucht.«

Paracelsus holte Luft und wollte antworten, aber Mira ließ ihn nicht. »Nimm es, Paracelsus. Geh jetzt. Und vergiss die Schrecken dieser Nacht.«

»Und was machst du?«, fragte er besorgt.

»Ich werfe dieses Scheusal jetzt ins Feuer, wo er hingehört«, erwiderte Mira und begann, an Balthazar zu zerren.

Paracelsus legte ihr zögerlich seine Hand auf den Rücken. »Und danach?«

Mira seufzte auf. Kurz rätselte sie in den Flammen. »Warten. Ausharren. Man verlässt meine Bruderschaft nicht lebend. Niemand hat mich von meiner Aufgabe entbunden.«

»Und?« Paracelsus sah sie voll Besorgnis an. »Wird man dich entbinden, jetzt, da er nicht mehr ist?«

Mira lächelte traurig: »Das werden wir bald erfahren. Er war ein Großmeister. Sein Verschwinden wird nicht lange unbemerkt bleiben. Was dann mit mir geschieht, kannst du Astarte fragen, wenn du sie siehst.«

Caspar

Es war Weihnachten in Basel. Ein Zauber lag über der Stadt. Die Kinder rannten aufgeregt durch die schmalen Gassen und spielten mit dem frisch gefallenen Schnee. Die Kirchen und Klöster waren mit Tannengrün geschmückt. Aus den Backstuben roch es nach Zimt und Früchten. Auf dem Marktplatz war ein großer Baum aufgestellt worden, reich verziert mit Äpfeln, Nüssen und Lebkuchen, von denen die Bürger am Neujahrstage würden essen dürfen.

Der Julfriede war ausgerufen worden. Alle Streitigkeiten sollten beigelegt werden dieser Tage, die Waffen hatten zu ruhen. Also hatte von Gundelsheim am Vortag die letzten Männer in diesem Jahr hängen lassen, bis Heilig Drei König mussten die Beile der Henker nun schweigen.

Basel war guter Dinge: Die Kinder erwarteten mit Spannung die Geschenke des Abends, die Männer feierten das Ende der Fastenzeit mit reichlich gewürztem Wein, und die Hausfrauen freuten sich auf die vielen freien Stunden, weil sie so viele Christstollen, Spekulatius und Früchtekuchen vorbereitet hatten, dass sie bis Heilig Drei König nicht mehr würden kochen müssen.

Nur Caspar blies Trübsal. Den Tag über war er ziellos durch Basels Gassen geirrt, nur um nicht in der Domuncula sein zu müssen. Mittlerweile war es Abend geworden, und Caspar hatte beschlossen, nun doch ein wenig in Weihnachtsstimmung kommen zu wollen. Er fand sich in den engen Reihen des Münsters wieder, um die heilige Messe zu feiern. Ganz Basel trällerte hier eifrig seine Kirchenlieder.

Dicht an dicht gedrängt bohrten sich Schultern in Rücken und Ellenbogen in Bäuche. Das Kirchgebäude platzte aus allen Nähten. Und doch, die Schergen des Bischofs schafften es, sich durch die Menge zu drängen. Caspar wagte es nicht, sie offen anzustarren, aber aus den Augenwinkeln sah er sie sorgsam über das Kirchenschiff verteilt. Man erkannte sie auf zehn Meter Entfernung an ihren Bemühungen, unschuldig dreinzuschauen und doch niemanden aus den Augen zu lassen, der aufwieglerisch aussah. Tatsächlich trug von Gundelsheims Vorgehen Früchte: Niemand tuschelte hinter vorgehaltener Hand über Luther, ein jeder lobte so lautstark er konnte seinen Fürstbischof. Nur die Beschaulichkeit der Weihnachtsmesse litt.

Caspar vermiesten von Gundelsheims Männer vollends die Stimmung, und er kämpfte sich entnervt nach draußen. Dort tröstete ein Krippenspiel jene Bürger, die im Kirchenschiff keinen Platz mehr gefunden hatten: Die heiligen drei Könige schwangen gerade farbenfrohe Tücher umher, Maria blickte liebevoll auf ihr Jesuskind. Fast hätte sich Caspars Laune gebessert, als einer der Hirten in ein Handgemenge mit der Inquisition verwickelt wurde und einige seiner lutherischen Flugblätter fallen ließ. Josef schrie auf, der Ochse trat unruhig hin und her, der Esel wieherte despektierlich in Richtung Krippe. Maria vergaß ihren Text.

Der Hirte flüchtete in die Menge. Diese versperrte den bischöflichen Wachen den Weg. Der Julfriede war dahin. Der Aufwiegler entkam dennoch. Caspar wandte sich fluchend ab. Nichts war ihm vergönnt an diesem Abend! Er zog eine Grimasse und trat mürrisch den Heimweg an. Niemand würde auf ihn warten.

Im ersten Studienjahr hatte Caspar noch Mutter und Vater auf dem heruntergekommenen Landsitz besucht, wo die Stimmung aber recht bedrückend gewesen war. Caspar hatte sich das zunächst nicht erklären können. Dann aber hatte ihn die Mutter zum Abschied schließlich an die horrend hohe Summe für seine Immatrikulation erinnert. Und bestimmt gemeint, dass damit seine Verpflegung, auch während der Festtage, wohl zur Genüge abgegolten sei und sie zum Weihnachtsfest nicht noch ein Maul mehr stopfen könne. Von da an hatte Caspar die Universität zu Weihnachten nicht mehr verlassen.

Theo und er waren einander das gewesen, was einer Familie am nächsten kam. Außer ihnen beiden pflegte nur eine Handvoll Kommilitonen aus der Domuncula über die Feiertage zu bleiben. So waren sie alljährlich ein kleines Grüppchen in ihrer Unterkunft gewesen, das sich freudig einen fetten Gänsebraten, finanziert von Theos Einkünften auf dem Markt, schmecken ließ.

Im Hause Göttisheim feierte man das Christenfest nicht, sodass sich seit jeher Margret und Laurencz zu später Stunde noch heimlich dazugesellten. Dann aßen die Freunde Braten und Brot, bis ihre Bäuche schmerzten, spielten Karten im Kerzenschein und tranken so viel Gewürzwein, dass ein jeder zufrieden vor der Feuerstelle einschlief.

Dieses Jahr würde Caspar alleine feiern. Aus Angst vor dem Fluch war kein anderer Bewohner in der Domuncula geblieben. Der würde nun besonders schadvoll zuschlagen können. Dies nämlich war die Zeit zwischen vergangenem Mond- und neu beginnendem Sonnenjahr. Elf magische Tage und zwölf gefürchtete Rauchnächte erwarteten ihn.

Diese Zeit folgte besonderen Regeln. Die Menschen waren in Angst. Garn durfte in dieser Zeit nicht gesponnen werden, sonst würde die Spinnerin von Frau Holle heimgesucht werden, so hieß es. Das Dreschen war verboten, da sonst alles Getreide verdarb, so weit man den Schall hörte. Tiere sollten in dieser Zeit sprechen können, Orakel befragt und Träume zur Realität werden.

Caspar schauderte es. Sollten tatsächlich Dämonen in die Domuncula eingezogen sein, in den Rauchnächten würden sie sich zeigen. Simon hatte gestammelt, er wolle bis zum

Ende dieser Nächte in irgendeinem Kloster Obdach suchen. Theo war verschwunden, Margret hatte er seit Wochen nicht gesprochen und Laurencz sich bereits entschuldigt, er hatte Spätschicht bei der Wache.

So hatte die Haushälterin dem traurigen Caspar heute Vormittag anstatt des gewohnten Festbratens einen Bohneneintopf zubereitet. Der Volksglaube sagte, dass diese Mahlzeit Wohlstand im nächsten Jahr bringen würde. Caspar machte das umso trübsinniger, da er darin eine Anspielung auf ein längst fälliges Trinkgeld sah. Das er ihr nicht geben konnte. Sein Magen knurrte. Gestern hatte es zum Abschluss der Fastenzeit nur eine kleine Schüssel Brotsuppe gegeben. Auf dem Heimweg trödelte er trotzdem. Der Gedanke an eine verlassene Stube stieß ihn mehr ab, als ein wässriger Eintopf zu locken vermochte.

Neidisch blickte Caspar in die beleuchteten Fenster, malte sich glückliche Familien an reich gedeckten Tischen aus. Er machte sogar einen Umweg über den Goldenen Ochsen, ohne sich hineinzuwagen. Aber das Messingschild an der Tür erinnerte ihn an bessere Zeiten. Er schlenderte vorbei an einem Fachwerkhaus zu seiner Rechten, aus dessen Fenstern schmale Rauchschwaden quollen. Von drinnen hörte er Gebete. Es roch nach Weihrauch. Neugierig spähte Caspar in die weit geöffnete Stube hinein: Der Hausherr wollte die bösen Geister ausräuchern und für das kommende Jahr aus seinem Haus verbannen. Wie nötig das die Domuncula hätte!

Caspar hatte die theologische Bibliothek bis in den hintersten Winkel durchstöbert auf der Suche nach ihm. Astaroth. Ein Dämon der ersten Kategorie, Mann und Frau zugleich. Als Seraph einst Hüter der Zeit. Nach seiner Verbannung aus dem Himmelreich aber nun Großherzog und oberster Schatzmeister der Hölle. Er ritt auf einem Höllendrachen mit faulig-giftigem Atem. Schutz vor ihm, so hatte Caspar gelesen, bot der heilige Bartholomäus, der einst seiner Verführung widerstanden hatte. Das erklärte zumindest die Heiligenfigur in Theos Habseligkeiten. Nicht aber die Torheit, sich mit diesem Handlanger des Teufels zu befassen oder ihn gar beschwören zu wollen!

Caspar bekreuzigte sich bei dem Gedanken an dieses Ungetüm. Es half nichts. Die Angst vor Astaroth hatte ihm schon einige schlaflose Stunden bereitet und saß ihm erneut im Nacken. Die Rauchnächte gehörten den Dämonen. Nicht den Menschen. Caspar beschleunigte seinen Schritt.

»Frohe Weihnachten, Caspar.«

Der konnte nicht antworten. Mit Astaroth hatte er eher gerechnet als mit ihm. Sprachlos stand er in der Eingangstür der Domuncula und rieb sich verlegen die Hände. Vor dem großen hölzernen Tisch, gleich neben einem eifrig prasselnden Feuer saß Paracelsus. Vom Erdboden verschluckt und wieder ausgespuckt.

Auf dem Tische verteilt lagen ein riesiger geräucherter Schinken, ein frischer Laib Brot, ein ganzer Sack voll Haselnüsse und ein Fruchtkuchen, umgeben von einer Vielzahl an Tonkrügen und Lederbeuteln, vermutlich gefüllt mit Alkohol in verschiedenen Darreichungsformen.

»Schließ doch bitte die Türe, ja? Du lässt die ganzen Geister rein«, rief Theo.

Caspar schloss die Tür hinter sich, die er vor Schreck offengelassen hatte, und trat unschlüssig näher. Theo hatte weder Schinken noch Brot gekostet, beides war unberührt. Von den Getränken aber hatte er schon zur Genüge genossen. Caspar sah es deutlich in Theos feuchten Augen. Er war sturzbetrunken.

»Mit dir hätte ich am wenigsten gerechnet«, stellte Caspar verbittert fest.

»Wo hätte ich denn sonst hin sollen?« Theo sah Caspar direkt in die Augen und versuchte zu lächeln.

»Warum? Haben deine Teufel und Hexen heute Abend frei?« Caspar biss sich sofort auf die Lippen. Paracelsus seufzte. Er trank den Inhalt des Messingbechers vor ihm in einem Zug aus. Sodann nahm er einen großen Krug und füllte den seinen und einen weiteren Becher bis zum Rand.

»Bitte.«

Theo stellte den Becher demonstrativ vor einen leeren Stuhl neben ihm. Caspar trat von einem Bein aufs andere. Was war die Alternative? Stehend mit Theo streiten und dürsten? Widerwillig nahm er einen Schluck. Dann noch einen. Dann setzte er sich. Ohne Theo anzusehen.

»Willst du Fleisch?«, fragte der. »Ich hab diese in Wasser schwimmenden Bohnen den Säuen von nebenan gegeben, als Weihnachtsgeschenk.« Theo setzte ein gewinnendes Lächeln auf. Erfolglos.

»Hör zu, Paracelsus«, murmelte Caspar in sein Bier, »du kannst hier nicht nach Wochen auftauchen und so tun, als wäre alles wieder in …«

»Es ist alles wieder in Ordnung,« unterbrach ihn Theo scharf. »Ich habe die Sachen ins Feuer geworfen. Nach allen Regeln der Kunst. Das sollte den Geistern, falls sie Clauberg oder Bärenfels oder wem auch immer ihre Aufmerksamkeit geschenkt haben, genügen. Ich denke, sie befassen sich jetzt wieder mit Wichtigerem.«

Theo setzte zu einem Schmunzeln an, wagte es dann aber doch nicht. Caspar bemerkte es mit Genugtuung. So leicht würde er dieses Mal nicht davonkommen. Harsch erwiderte er: »Dann warst du es also nicht, der die Sachen vergraben hat?«

»Caspar«, Paracelsus legte seinen Kopf schief und atmete tief durch, »irgendwann reicht es. Selbst bei dir.«

Caspar trank aus. Theo füllte nach.

»Was war das für ein Ding?« Caspar räusperte sich und starrte stur geradeaus.

»Wohl tatsächlich ein Stück Holz von einem Galgen.« Theo musste aufstoßen. »Schwer zu bekommen. Es ist eine große Sünde, es abzuhauen. Wird jemand gewesen sein, der sich Ablasszahlungen leisten kann, mein Freund.«

»Nenn mich nicht so. Nach allem.« Der Zorn wallte erneut in Caspar auf. Der Messingbecher half ein wenig.

»Nur wegen dir hab ich den ganzen Ärger am Hals. Sie sagen, ich habe dich mit Hexerei gerettet. Und du verschwindest und sammelst Fingernägel und Schlangenhaut und was weiß ich für Zeugs unter deinem Bett.« Caspar schlug den Becher mit aller Kraft auf den Tisch. Er schwappte über.

»Als hätte ich dir befohlen, mich nicht verrecken zu lassen«, erwiderte Paracelsus. »Das hast du selbst entschieden, du Narr! Dein Pech, wenn du es jetzt bereust.«

»Theo, das ist doch nicht der Punkt. Und das weißt du genau.« Caspar war laut geworden. Sein Kopf war bereits gerötet. Der Becher geleert.

»Was ist denn der Punkt, Caspar?« Paracelsus lehnte sich zurück. Fast wurde er wieder gönnerhaft, riss sich aber sofort zusammen. »Dass ich mein Lager nachts mit Luzifer persönlich teile? Ich bitte dich, das weißt du besser.«

Caspar griff nach dem nächstbesten ledernen Beutel und schwieg. Schwerer Rotwein war darin. Er stieg ihm, kaum dass er ihn gekostet hatte, sofort zu Kopf.

»Nein? Was dann?« Paracelsus erfand einen imaginären Gesprächspartner direkt im Feuer. »Mal sehen … Mein junger Freund ist einfacher gestrickt, denke ich. Es geht ihm nicht um Mystik und Dämonen.« Er begann mit einer seiner Spottreden. Caspar hätte ihn am liebsten dafür geschlagen. »So einfach ist das. Seit Menschengedenken tun die Leute so, als würden sie sich um Gott und Teufel streiten, dabei geht es ja doch immer nur um das eine, stimmt's nicht, mein Junge?«

Paracelsus funkelte Caspar herausfordernd an. Besann sich eines Besseren. Und schwieg. Caspar sprach kein Wort.

Er sah zu Boden. Paracelsus raufte sein Haar. Beide tranken gleichzeitig. Jeder für sich. Theo wippte mit dem Stuhl. Caspar spielte mit einer Haselnuss. Theo seufzte. Schließlich kippte er mit dem Stuhl nach vorn und stützte sich mit beiden Armen auf den Tisch.

»Ich hab sie niemals angefasst.«

»Was?«, fragte Caspar ungläubig.

Jetzt war es Paracelsus, der zu Boden sah. »Nur feuchte Küsse und ein paar mehr oder weniger unschuldige Berührungen, das war alles.« Theo blies seine Wangen auf und prostete sich selbst zu. »Na gut, einmal hab ich sie im Unterkleid gesehen, das war aber das Äußerste!«

»Aber ihr ...« Caspar stutzte verwirrt. »Das ist doch sonst nicht deine Art.«

Paracelsus rang mit sich und schaffte es schließlich, Caspar direkt anzusehen. »Ich wollte sie nicht entehren.« Caspar suchte gründlich nach einem Hauch von Spott oder Sarkasmus in Theos Stimme. Beides fand er nicht.

»Caspar, ich wusste die ganze Zeit über, dass du in sie verschossen bist, wahrscheinlich noch bevor du Schnarchnase das selbst gemerkt hast. Aber es war mir gleich, weil ich sie selber so gern mochte. Das tut mir ehrlich leid.« Paracelsus atmete erleichtert aus. »So, jetzt hab ich's gesagt.« Er bekam Schluckauf.

»Was heißt denn mochte?«, fragte Caspar mürrisch.

»Mochte heißt ...«, Paracelsus klatschte resigniert in die Hände, »... dass sie mich verlassen hat.«

»Wie bitte?«

Caspar konnte nicht anders, als zu grinsen, und schämte sich dafür.

Theo verdrehte die Augen. Er zögerte einen Augenblick. Dann fuhr er fort: »Mit einer Münze im Schädel siehst du so manche Dinge anders, weißt du.« Er nahm noch einen Schluck. »Sofort als ich mein Krankenbett verlassen konnte, habe ich ihr einen Antrag gemacht. Sie hat Nein gesagt. Das heißt mochte.«

»Aber sie? Du?« Caspar versuchte, seine fünf Sinne zusammenzuhalten, und trank Birnenschnaps. Sein Freund, der sich lebenslang an eine Frau binden wollte? War das ein Witz? »Aber sie liebt dich doch?«

»Jaaaa ... das hab ich mir auch gedacht.« Theo lachte laut auf. »Dann aber hat mir das schöne Fräulein Göttisheim ausführlich erklärt, warum ich nie und nimmer nicht heiraten sollte.« Wieder lachte Theo in sich hinein.

»Wa ... Häh?«

»Weil ...« Paracelsus machte eine lange Pause. Dann sprach er so schnell wie irgend möglich: »... ich niemals eine Frau so sehr lieben werde wie die Medizin und deshalb jede Frau immer hintanstehen wird und ich deshalb lieber alleinbleiben sollte, jetzt und für alle Zeit. Meint Fräulein Göttisheim.«

Paracelsus trank. Caspar konnte nicht anders, als ihn mit offenem Munde anzustarren wie ein kleines Kind.

»Womit sie ja wahrscheinlich auch recht hat. Ich werde allein sterben. Und für die Medizin leben. Ende der Geschichte. Essen wir jetzt endlich diesen Schinken?«

Theo schnitt sich selbst ein großes Stück ab und warf dem regungslosen Caspar anschließend demonstrativ eine Scheibe vor seine Nase. Caspar war so hungrig, dass er es nicht einmal mehr spürte, und bekam keinen Bissen herunter.

»Äh ...«

Theo schlang das erste Stück betont heiter in sich hinein und griff sogleich nach dem nächsten.

»Iss«, befahl er mit vollem Mund. »Du hast es ihr klargemacht. Du! Da hat sie's erst begriffen. Als du mir so elegant das Metall in den Kopf gehämmert hast, ist ihr eingefallen, dass bei mir die Wissenschaft nun mal Vorrang hat vor allen weltlichen Freuden. Und das richtig so ist, weil du mir das

Leben gerettet hast. Ist doch gut, jetzt gehört sie dir, mein Freund!« Theo klopfte Caspar ermutigend auf die Schulter. »Du hast dich ja nicht der Wissenschaft verschrieben, das weiß ein jeder. Dafür sind deine Noten einfach zu schlecht. Hahaha!«

»Ich ...« Caspar starrte Theo an, als rede er in fremden Zungen.

»Natürlich willst du sie! Andernfalls verliert Laurencz so viele Wetten, dass er sie niemals wird abgelten können!« Paracelsus lachte. Caspar fühlte sich unwohl.

»Mein Bruder«, Theo klopfte ihm beherzt auf den Rücken. »Mach was draus! Dass sie quasi zeitgleich zu meinem Antrag beschlossen hat, mich zu verlassen, ist unglücklich gelaufen, aber was soll's? Wir haben uns im Guten getrennt. Alles in bester Ordnung!«

»Da ... bin ich mir nicht so sicher.« Caspar begutachtete jetzt das Stück Schinken mit wachsendem Interesse. Es war meisterlich gewürzt mit Wacholderbeeren, gebratenen Zwiebeln und Kümmel.

»Ich habe sie seit Wochen nicht gesehen. Laurencz sagt, sie macht nur das Nötigste für ihre Mutter und schließt sich dann in ihrem Zimmer ein. Laurencz wollte mit ihr sprechen, aber, du kennst ihn ja. Für ihn war das Maß voll, als sie die Geschichte des Apfeldiebes, der in den Rhein gefallen ist, nicht komisch fand.«

»Hah, die Geschichte kenn ich nicht, erzähl«, rief Paracelsus in bester Laune.

»Theo! Ich mein's ernst.«

Paracelsus knackte eine Nuss und schob sie sich zwischen die Zähne. »Ich glaube nicht, dass das mit mir zu tun hat, ehrlich. Nachdem sie mir einen Korb gegeben hat, war sie fröhlicher als jemals zuvor.« Theo lachte laut. Caspar lächelte zögernd. Endlich biss er in den Schinken. Er war köstlich.

»Du hättest sie sehen sollen.« Theo beugte sich noch mehr nach vorn. »Strahlend waren ihre Augen, und ihre Wangen leuchteten.« Wieder lachte er und gestikulierte unnütz mit den Armen.

»Und dir, Theo?« Caspar kniff die Augen zusammen. »Geht's dir gut?«

»Mir?« Paracelsus deutete übertrieben auf sich selbst und gähnte dann demonstrativ. »Ach weißt du ... Luzifer schnarcht so fürchterlich.« Lachend kniff er Caspar in den Arm. »Und sein Atem stinkt so nach Schwefel.«

Der Freund lachte und wurde dann wieder still. Theo drückte ihm rasch ein Stück frisches Brot in die Hand, aber es nützte nichts. Die Stimmung kippte erneut.

»Theo, was sind das für Sachen, da drinnen?«, fragte Caspar und warf einen Blick auf ihre Zimmertür.

»Es ist besser, wenn du nichts davon weißt«, antwortete Paracelsus und kaute betont langsam auf seinem Brot herum.

Aber Caspar wollte es nicht gut sein lassen dieses Mal. »Ich habe über ihn gelesen, Mensch! Astaroth. Er ist einer der höchsten Dämonen überhaupt.«

»Ach, du hast gelesen, ja?« Der Spott war zurück in Paracelsus' Stimme.

Genervt legte Caspar seinen Kopf schief. Theo lehnte sich zurück. Widerwillig antwortete er: »*Sie* ist eine babylonische Göttin, Schutzherrin der freien Künste und allgemeinen Wissenschaften. Und sie wurde zu Unrecht aus dem Himmel geworfen.«

Wieder lachte Paracelsus. Dass Caspar mit dem Rest sehr wohl recht hatte, behielt er für sich.

»Du hast ihn, *sie*, doch nicht ernsthaft beschworen, oder?« Er fürchtete die Antwort.

Theo lutschte genüsslich ein paar Stückchen Zwiebel von einem Lorbeerblatt. »Nein.« Er nahm einen Schluck Wein.

»Ich war zu feige.« Dann prustete er los. Caspar lachte erleichtert mit.

Nach einer Weile fragte er: »Wie kommst du nur auf solch eine Idee, Theo?«

Der sah ins Leere. Er konnte kaum mehr aufrecht sitzen. »Sie weiß alles, Caspar. Vergangenheit und Zukunft. Sie kann jedes Geheimnis lüften.« Paracelsus packte Caspar am Arm. Das Lächeln war verschwunden. »Sie kann uns sagen, wo unsere Seelen sind«, flüsterte er.

Der Griff um Caspars Arm war so fest, dass er schmerzte. Paracelsus atmete kaum. Caspar brauchte einen Moment. Gerade als er seinen Mund öffnete, um seinem Freund diesen Unsinn auszureden, wurde die Tür mit voller Wucht aufgestoßen. Caspar schrak hoch.

»Seid gegrüßt, ihr braven Christenleute!« Es war Laurencz, gut gelaunt und stimmgewaltig wie immer. »Und seht her, zu eurem heiligen Feste gebe ich euch ...« Er zog einen riesigen Schlauch aus Tierhaut hinter seinem Rücken hervor. »... das.«

Caspar wusste um den Inhalt. Im Hause Göttisheim enthielt er selbstgebrannten Zwetschgenschnaps.

»Und das!« Laurencz schob eine etwas zögerliche, aber immerhin lächelnde Margret vor sich in die Stube. Liebevoll schubste er sie in Richtung Esstisch. »Zum Weihnachtsfeste bringe ich euch Fräulein Trübsal aus ihrem Kämmerlein. Mehr oder weniger freiwillig, aber hübsch zurechtgemacht, das müsst ihr zugeben. Seid lieb zu ihr, sie war schon lange nicht mehr an der frischen Luft.«

Noch im Stehen nahm er einen Schluck aus dem Schlauch.

»Laurencz, Margret! Schön, dass ihr da seid.« Paracelsus war sichtlich erleichtert, dass das Gespräch mit Caspar wohl oder übel ein Ende genommen hatte, und rückte sofort zwei Stühle zurecht. »Du, erzähl mir sofort die Geschichte von dem Apfeldieb, die kenn ich nicht.«

»Tja …« Laurencz holte Becher und Teller für sich und seine Schwester, als wäre es sein eigenes Zuhause. »Weil man dich so schwer finden kann dieser Tage, was Bruder?« Laurencz schnitt sich ein Viertel von dem Schinken ab. »Margret hat um ihren Anteil von dem Schlauch gewettet, dass du eh nicht da bist! Also … gehört mir wohl eine Hälfte von dem guten Stück!« Zufrieden ließ Laurencz seine Kehle von dem Schnaps wärmen und kaute auf einer gesalzenen Brotrinde.

»Wisst ihr was? Weihnachten ist die beste Erfindung der Christenheit.« Er rülpste laut und stopfte sich ein großes Stück Fleisch in den Mund. »Die haben mich nach Hause geschickt. Brauchen keine Wache. Hahaha! Nichts los auf den Straßen. Es lebe der Julfriede. Hahaha! Prost.«

Die Freunde prosteten sich zu wie früher. Die Stimmung wurde heiter, wie immer, wenn Laurencz Teil der Runde war. Nur Margret war schweigsamer als gewohnt und vermied zunächst jeden Blickkontakt mit Theo. Nach einem großen Stück Fruchtkuchen und zwei Bechern Gewürzwein vergaß sie aber, betreten an ihm vorbeizusehen, und wurde zunehmend fröhlicher.

»Er wollte seine Beute retten und ist mitsamt Schuhen in den Rhein gesprungen. Die Äpfel sind ihm aber alle weggeschwommen. Wahrscheinlich bis nach Mainz, wo man sie gerade zum Abendbrot verspeist. Und dann ist er nach ein paar Metern tropfnass ans Ufer geklettert und hat gesagt, ihm ist so kalt, da lässt er sich lieber ins Loch werfen. Wenn wir ihm eine heiße Suppe geben! Hahaha!«

Lachend und schwatzend brachten die Freunde die erste Rauchnacht des Jahres hinter sich. Die Gruppe schaffte das Unmögliche und vertilgte bis auf eine Handvoll Nüsse alle Speisen und leerte die meisten Schläuche und Krüge. Weder Astaroth noch sonst ein Dämon hatte sich gezeigt. Im Morgengrauen schliefen sie Seite an Seite ein, als wären die letzten Wochen nicht passiert.

Paracelsus

Paracelsus besaß nicht mehr genug Feuerholz für eine anständige Flamme. Dafür hatte er so viele Talgkerzen und Binsenlichter entzündet, wie er in der Domuncula nur hatte stehlen können. Dennoch war es in der verlassenen Fleischerhalle eiskalt und dunkel. Das spärliche Licht reichte kaum, um eine Ecke des riesigen Bauwerks zu beleuchten. Schatten warfen Schatten ihrer selbst. Sie schienen sich zu bewegen, um das Feuer zu tänzeln.

Er wäre lieber bei Caspar in der Domuncula geblieben, aber Paracelsus konnte die magischen Rauchnächte nicht ungenutzt verstreichen lassen, nur um der Freundschaft willen.

Er zitterte. Selbst in Balthazars Gesellschaft hätte er sich wohler gefühlt. Das Ritual allein durchzuführen, glich einem Albtraum. Und doch: Er hatte keine Wahl. Der Meister war tot. Ermordet. Um seinetwillen. Und damit der Einzige, der hätte helfen können. In nächtelanger Lektüre hatte Paracelsus keinen anderen Weg zu den Seelen gefunden als sie – die Göttin der Geheimnisse. Sie war alles, was er hatte. Also musste es sein.

Theo konnte es nicht gut sein lassen. Zu weit war er schon gegangen. Fast verfluchte er sich selbst dafür. Er würde wieder an die Universität zurückkehren. Er würde Arzt werden. Das hatte er sich und Caspar versprochen. Aber zuerst musste er herausfinden, wo zur Hölle die menschliche Seele sich versteckte. Es war wie ein innerer Drang. Theo konnte ihm nicht widerstehen, so sehr er auch litt.

Er atmete tief durch und schritt auf einen spärlich gezimmerten Altar zu. Aus billigen Holzdielen schief zusammengenagelt. Aber es ging um die Symbolik, nicht um die Schönheit, hatte Balthazar einmal gemeint. Vorsichtig legte Paracelsus das kupferne Amulett darauf. Der Drudenfuß schimmerte.

»Glaubst du wirklich, er hätte dir Astaroths Amulett für die paar Goldstücke verkauft, wenn er es selbst hätte gebrauchen können?« Miras Frage hallte unendlich in seinen Gedanken nach. Manchmal dachte Paracelsus, das läge vielleicht an der Flüssigkeit, die sie ihn hatte trinken lassen. Aber er wusste es besser. Und wünschte inständig, sie wäre hier.

Fachmännisch verteilte er die Asche verbrannter Lorbeerblätter über Altar und Amulett, wie er es gelernt hatte. Alsdann gab er drei getrocknete Schlangenkörper ins Feuer, gefolgt von zwei menschlichen Fingernägeln. Ihm wurde übel von dem Anblick. Er horchte aufgeregt ins Nichts. Die Stille dieser Nacht war ohrenbetäubend laut. Er nahm ein Messer. Sah Birka vor sich. Ihr Blut im Schnee. Er kniff die Augen zusammen. Umschloss den Griff so fest wie möglich. Und schnitt sich tief in seinen Unterarm. Er wimmerte auf – und lächelte alsbald. Der Schmerzensschrei lockt Astaroth an, dachte er zufrieden.

Er ließ ein bisschen Blut in das Feuer tropfen. Wollte beten und widerstand. Nichts, was nun in dieser Halle geschehen würde, hatte etwas mit Gott zu tun. Paracelsus hoffte, der Allmächtige möge ihm verzeihen. Die Stille wuchs. Seine Atemzüge schienen so laut wie ein Pferdegespann im Trab. Er wollte sich bekreuzigen. Und tat es nicht. Astarte. Sie würde das Geheimnis lüften. Bestimmt. Und ihrer aller Leben wäre nicht mehr dasselbe. Wieder näherte er sich dem Altar. Und dem unscheinbaren Buch darauf.

Paracelsus kannte die richtige Seitenzahl. Zögerlich begann er, die Worte zu sprechen, und verhaspelte sich.

Er schielte auf die kleine Holzfigur des heiligen Bartholomäus, die er hereingeschmuggelt hatte. Einsam und verloren kauerte sie am Rande des Altars.

Paracelsus atmete durch und begann von Neuem. Draußen krachte etwas. Drinnen tanzten die Schatten weiter. Er verhaspelte sich erneut und stotterte. Paracelsus seufzte ungeduldig. Der Drudenfuß funkelte ihn herausfordernd an.

Er begann von vorn. Hatte Angst. Eine Träne lief über seine Wange. Es waren fünf Strophen. Paracelsus kannte die Bedeutung nicht. Aber er war bei der vierten angelangt. Ein kalter Luftzug ließ die Binsenlichter flackern. Die Stille wurde leise. Was wollte er sie fragen, wenn sie da war? Wie sollte er grüßen? Eine Ratte tippelte aufgeregt über den Boden. Da verlor er die Nerven. Das war das Wort. Beim dritten Wort der zwölften Zeile verhaspelte er sich immer.

»Verdammt noch mal!« Er hieb mit der Faust auf das Buch. Es starrte ihn böse an. Die Ratte erschrak. Das Feuer knarzte. Fast meinte er, Schritte zu hören, winkte aber gleich ab.

Er begann von vorn. Schriftzeichen um Schriftzeichen. Wort um Wort. Zeile für Zeile. Strophe für Strophe. Paracelsus' Stimme nahm Fahrt auf. Schwoll an. Ihr Klang veränderte sich. Sie wurde tiefer. Kam mehr aus seinem Innern, denn aus seinem Rachen. Die Flammen tanzten. Die Buchstaben glühten. ASTAROTH. Der Raum bewegte sich. Etwas im Raum bewegte sich. Strophe vier. Paracelsus roch die Asche. Spürte seine Wunde. Das dritte Wort der zwölften Zeile. Sein Inneres sprach es aus. Sträubte sich. Paracelsus las weiter. Der Raum wurde dunkler und heller zugleich. Fünfte Strophe. Am liebsten wäre er weggerannt, stand aber still. Die Ratte war verschwunden. Das Leben der Stadt bedeutungslos. Paracelsus' Seele öffnete sich. Die Schlangen zischten im Feuer. Noch zwei Zeilen. Fehlerfrei bis jetzt. Was dann? Balthazar hatte nichts erzählt. Die Schriftzeichen verschwammen vor seinen Augen. Letzte Zeile. Paracelsus konzentrierte sich. Er klang wie Balthazar. Sein Akzent. Letztes Wort. Sein Herz pochte. Er konnte nach Hause laufen, in die Domuncula. Letzte Silbe. Konnte leben. Und die Seelen nicht finden. Paracelsus verstummte. Es war gesprochen. Er duckte sich. Lauschte der Stille. Hielt den Atem an. Schloss die Augen. Nichts geschah. Einen Moment verharrte er geduckt vor dem Altar. Starrte auf das kupferne Amulett. ASTAROTH. Nichts war geschehen.

Paracelsus drehte sich um. Prüfte das Feuer. Was hatte er übersehen? Er schielte argwöhnisch hinüber zum heiligen Bartholomäus. Er wollte ihn ins Feuer werfen, als ... Da drüben! In der anderen Ecke der Halle unter einer alten Schlachtbank. Gerümpel verdeckte die Sicht. Paracelsus hatte nicht die Nerven gehabt, jemals die Halle zu säubern. Da war etwas! Jemand. Ihm stockte der Atem. Es bewegte sich. Raschelte. Ein Vorhang war angebracht worden, um den Kunden den Todeskampf ihres Einkaufs zu ersparen. Dahinter. Eine Ratte? Zu groß. Paracelsus nahm eine Talgkerze an sich. Versuchte, kein Geräusch zu machen. Er näherte sich. Es polterte. Schritt für Schritt. Paracelsus wagte nicht zu atmen.

Warum sollte sich Astaroth unter einer Schlachtbank verstecken, fragte er sich selbst.

Seine Hand zitterte. Noch ein Schritt.

»Zeigt Euch, wer immer Ihr seid!«

Keine Antwort. Noch ein Schritt. Paracelsus hatte das Messer auf dem Altar gelassen und verfluchte sich dafür. Noch ein Schritt. Etwas rumpelte gegen die Bank. Paracelsus zuckte zusammen. Die Kerze fiel zu Boden.

»Zeigt Euch, Dämon der Hölle!«

Paracelsus riss den Vorhang beiseite.

Dahinter kauerte Simon. Der Junge starrte ihn mit aufgerissenen Augen an. Paracelsus starrte zurück. Beide Burschen atmeten schwer. Paracelsus begann zu schwitzen.

»Was machst du hier?«

»Ich … bitte, bitte tu mir nichts!«

»Simon, was zur Hölle treibst du hier?«

»Bitte opfere mich nicht, Paracelsus! Es tut mir leid. Ich war so neugierig. Jeder spricht davon. Alle tuscheln. Ich wollte sehen, was an den Gerüchten dran ist. Aber ich sag kein Wort! Ich versprech's! Lass mich leben, und ich schweige wie ein Grab.« Simon kam kaum mehr zu Atem. Paracelsus streckte ihm die Hand entgegen.

»Komm schon hoch, Junge.«

Er sah dem verängstigten Knaben in die Augen.

»Atme!«

»Was?« Simon keuchte. Er musste sich auf die Schlachtbank stützen.

»Du musst atmen«, rief Paracelsus ärgerlich und sah sich nochmals in der Halle um. Außer ihnen beiden war niemand hier. Wo war sein Fehler gewesen? Hastig sammelte er seine Sachen ein. Vielleicht hatte Simon noch nicht alles gesehen.

»Paracelsus, was machst du hier?«

»Das hab ich dich gefragt, oder?« Er schlug das Buch zu und verstaute es sorgsam in seiner Ledertasche. Simon war kreidebleich. Er sah aus wie ein Küken, das gerade begreift, dass es eines Tages als Suppenhuhn endet.

»Du … du hast anders geklungen.«

Paracelsus antwortete nicht. Zornig packte er den heiligen Bartholomäus weg. Was war es gewesen? Die letzte Strophe? Die hatten Balthazar und er nie gemeinsam geübt.

»Das … das Licht war so komisch.«

Oder war es doch nur Aberglaube? Nichts als Trick und Illusion für den Jahrmarkt. Um ihm das Geld aus der Tasche zu ziehen?

»Und … und die Luft …«

Orientalische Kunststückchen für zahlungswillige Europäer.

»… sie hat gesungen …«

Scharlatanerie.

»... gemeinsam mit dir.«

Der Mensch sollte sich mit dem Irdischen begnügen. Mit Herz und Lungen und Nieren. Punkt.

»Da war ein Schatten an der Wand.«

Balthazar war dafür gestorben.

»Er hat sich bewegt, Paracelsus!«

Mira lebte dafür. Hatte dafür getötet.

»Paracelsus, er hat sich bewegt!« Simon konnte sich endlich wieder rühren und packte Paracelsus' Arm. »Er hat sich bewegt, sag ich dir!«

»Was?«, rief Paracelsus zornig.

»Der Schatten.« Simon stotterte. »Er hat sich bewegt. Ist auf dich zugekommen, während du gesprochen hast.«

»Was sagst du da? Ein Schatten?«

»Ja! Fast hätte ich geschrien. Aber ich hab mich nicht getraut, Paracelsus. Ich hab ihn jedenfalls gesehen. Da war jemand.«

»Da war etwas, Simon. Eine Ratte vielleicht. Du weißt nicht, was du gesehen hast.« Paracelsus verschnürte seine Tasche und löschte die Kerzen bis auf eine.

»Da war jemand, ich weiß es.«

Paracelsus kippte einen Eimer Wasser über das Feuer.

»Eine dunkle Halle und kleine Flammen. Da sieht man alles Mögliche, Junge.« Paracelsus ging zielstrebig zur Tür.

»Nein.« Simon blieb stehen. »Das war Astarte.«

Paracelsus drehte sich um.

»Woher weißt du davon?« Seine Stimme war harsch.

»Die Domuncula ist klein, Paracelsus. Und die Bibliothek der Universität groß.«

Die beiden Männer standen im Dunkeln. Paracelsus' Kerze beleuchtete nur Simons blaue Augen. »Da war jemand, Paracelsus. Astarte«, flüsterte er. »Und ich kann dir helfen, sie zu finden. Ich kann Feuerholz holen und Schlangen jagen und noch mal Weihwasser klauen, wenn du magst.«

Paracelsus verstand. Natürlich, das Weihwasser. Spätestens da war Simon neugierig geworden.

»Ich kann deine Kleidung waschen und deine Schuhe putzen und in der Bibliothek die richtigen Bücher ausleihen.«

Paracelsus schüttelte nur den Kopf. Alles, was er wollte, war im Goldenen Ochsen. Und hatte etwas mit Alkohol zu tun.

»Ich kann dir Essen kochen. Und die Halle sauberhalten.«

»Ich brauche keinen Diener, Simon. Danke.«

»Könnte ich aber sein. Könnte ich!« Simon sprach so aufgeregt, dass die Kerze flackerte.

»Ich schaffe das allein.« Paracelsus klammerte sich an seine Ledertasche. Nur langsam begann sein Gehirn wieder zu arbeiten.

»Offensichtlich ja nicht.«

Paracelsus ging weiter. Er musste schleunigst hier raus. Und weg von Simon. »Wahrscheinlich hast du sie vertrieben«, sprach er, ohne sich umzusehen.

»Du brauchst einen Gefährten, Paracelsus. Caspar will's doch nicht mehr sein.«

Jetzt drehte sich Paracelsus um. Sein Mund öffnete sich. Und schloss sich wieder.

»Bitte, lass mich dabei sein«, bettelte Simon.

»Du weißt doch gar nicht, worum es geht«, murmelte Paracelsus in sich hinein und dachte an Caspar.

»Doch, wohl. Du willst, was du immer wolltest.« Simon fasste seinen Mut zusammen: »Mit Utenheim. Die ganze Zeit über. Nur die Spielregeln haben sich geändert.« Er griff nach Paracelsus' Arm. »Caspar sieht das nicht, Paracelsus. Er sieht dich nicht.« Simon atmete aus. Und wieder ein. »Aber ich kann sehen«, flüsterte er. »Lass mich ein Teil deiner Arbeit sein, Paracelsus. Bitte. Ich werde dich nicht im Stich lassen, nur weil's mal unangenehm wird. Lass uns die Seelen gemeinsam finden.«

Paracelsus öffnete gerade seinen Mund, um Caspar zu verteidigen, als die Tür zur Fleischershalle mit einem Donnern aufgerissen wurde. Ein dicker Mann eilte herein, groß und muskelbepackt wie ein Bär.

Simon duckte sich. Paracelsus zuckte zusammen.

»Ihr seid von Hohenheim, stimmt's?«

Paracelsus schielte panisch zurück zu seinem Holzaltar und allem, was noch darauflag.

»Der Arzt vom Markt. Der die Leute in der Not besucht?«

»W-wer fragt das?«, stotterte Paracelsus ängstlich.

»Hört auf mit der Scharade«, antwortete der Eindringling ungeduldig. Er fühlte Paracelsus' Unbehagen wohl. »Was Ihr hier treibt oder nicht, kümmert mich nicht. Wir haben Not. Wir brauchen Euch. Schnell!«

»Nicht«, flüsterte Simon. Fast versteckte sich der Junge hinter Paracelsus. Der rührte sich nicht. Wenn der Bischof hiervon erfuhr, war es aus. Fast als könne der Mann Gedanken lesen, antwortete er ungefragt:

»Mein jüngster Knecht hat mir verraten, dass er nachts in dieser Halle Licht sieht – und so mancherlei. Er ist dumm und schweigsam, niemand sonst wird davon erfahren, nicht von meiner Zunft, das schwöre ich bei meiner Ehre.«

»Wer seid Ihr und was braucht Ihr?« Paracelsus schluckte seinen Schrecken hinunter und bemühte sich um einen geschäftigen Ton.

»Ich bin der Metzgermeister Burri. Das hier ist mein Viertel.«

Wilhelm Burri ließ seine wachen Augen zum Altar gleiten und rümpfte ein wenig die Nase, besann sich aber schnell und sah Paracelsus flehend an. »Mein Weib liegt in den Wehen. Seit drei Tagen schon. Aber das Kind kommt nicht. Die Hebammen sagen, das Kind liegt falsch. Sie bekommen es aber ums Verrecken nicht gedreht.« Burri schluchzte auf. Eine einzige, große Träne lief ihm die speckige Wange hinunter. »Wir haben nach den Ärzten geschickt, die sagen aber, das ginge sie nichts an. Wir sollen die Hebammen fragen. Aber die wissen nicht mehr weiter.« Nun war Burris Stimme nur noch ein Wimmern.

Paracelsus nickte. Fast erleichtert. Wahrlich, der Metzger hatte größere Sorgen als das Treiben in dieser Halle.

»Meine Mina ist nicht mehr jung. Ihre Kräfte gehen zur Neige. Und ohne sie – kann ich alter Trottel nicht.«

Burri hatte Paracelsus' Arm ergriffen. Der legte ihm gewohnheitsmäßig die freie Hand zum Trost auf die Schulter.

»Von Hohenheim, ich bitte Euch! Wenn Ihr der Arzt seid, von dem die Leute reden ... kommt mit mir und rettet meine Frau.«

Zum Wohnhaus der Burris war es nur ein Katzensprung. Paracelsus hatte versucht, den jungen Simon mit freundlichen und harschen Worten loszuwerden, aber vergeblich. Er lief neben den beiden Männern her wie ein kleines Hündchen, das sehr aufgeregt war.

Erst als Paracelsus ihn gebeten hatte, seine Tasche mit der medizinischen Ausrüstung zu holen, war er von seiner Seite gewichen. Paracelsus hatte immer das Nötigste gepackt für solche Fälle.

Der Wohnraum der Burris war leer und dunkel. Nur etwas Glut glomm noch dort, wo das Feuer züngeln sollte. Wilhelm Burri eilte strammen Schrittes daran vorbei direkt in die Schlafkammer.

Die kleine Stube war proppenvoll. Paracelsus brauchte einen Moment, um das Chaos vor seinen Augen zu ordnen. Überall auf dem Boden verteilt lagen schmutzige Laken und Tücher. Die Basen des Metzgers übertrafen sich gegenseitig an ziellosem Eifer. Eine betete unentwegt ihr Ave Maria. Eine zweite fächelte dem Metzgersweib frische Luft zu. Eine andere versuchte, ein plärrendes Kleinkind auf ihrem Arm zu trösten und scheiterte. Zwei weinende Mädchen saßen auf dem nackten Boden. Niemand kümmerte sich um sie.

Mina Burri selbst lag auf dem Strohbett wie ein Schlachtross: Ihre kurzen Beine waren gespreizt, ihre großen Brüste nur halb verdeckt, eine Pfütze von Urin und Blut breitete sich unter ihr aus. Das Weib bemerkte den Neuankömmling kaum. Sie war nicht mehr Herrin ihrer Sinne. Unablässig schrie und stöhnte sie. Paracelsus schoss es bis ins Mark.

Die Erschöpfung war Mina Burri anzusehen. Kalter Schweiß stand auf ihrer Stirn. Eine Hebamme betupfte sie gerade mit einem kalten Schwamm. Die zweite hielt hilflos ihre schlaffe Hand. Die Verzweiflung war ihnen ins Gesicht geschrieben. Ratlos blickte Paracelsus zu dem Zunftmeister. Der war kreidebleich, eilte zu seiner Gattin und küsste zärtlich ihre Stirn. Sie schien es kaum zu spüren.

»Seht Ihr«, flüsterte Wilhelm Burri. »So geht das schon seit Tagen. Ihre ganze Kraft hat sie verloren.«

Betreten näherte sich Paracelsus der Schwangeren. Ihm schwindelte. Und übel war ihm auch. Bei einer Geburt hatte er noch nie assistiert. Das war die Aufgabe des Weibsvolks. Zu Recht, wie er nun feststellen musste. Das war kein Bild für einen Mann.

»Soll das der Arzt sein?«, kreischte die eine Hebamme und sah kritisch auf Paracelsus' blasse Nasenspitze.

»Das ist er«, antwortete Wilhelm unsicher.

Paracelsus versuchte, sich nichts anmerken zu lassen, und beugte sich möglichst entschlossen über das Weib. Sie stöhnte zur Antwort. Paracelsus tastete ihren Bauch: Hart war er. Sonst konnte er nichts feststellen.

»Das Kind hat sich nicht gedreht«, belehrte ihn die eine Hebamme mit einem kritischen Unterton in ihrer Stimme. »Der Steiß geht voran. Ihr Becken ist zu schmal.« Zärtlich tupfte sie die Stirn des Metzgerweibes mit dem Schwamm, ganz so, als wolle sie das Gesagte wiedergutmachen.

Paracelsus blickte auf das Becken der Frau Burri. Wie diese ausladenden Kurven für irgendetwas zu schmal sein konnten, war ihm ein Rätsel. Dann besann Paracelsus sich auf die Dinge, von denen er etwas verstand. Minas Puls war schwach und raste. Ihre Augen waren geweitet vom Schmerz. Ihre Schleimhäute waren blass und trocken. Seit Tagen musste sie kaum getrunken und gegessen haben.

Milder, aber ausreichend belehrend setzte die Hebamme nach: »Ich musste das schon ein Dutzend Male erleben, Junge. Entweder die Frau oder beide.«

Paracelsus sah in ihre traurigen, grauen Augen. Einen Moment hatte er widersprechen wollen, dann nickte er.

»Es gibt Berichte, Meister«, sprach er leise zu Wilhelm Burri, »dass man das Kind aus dem Leib der Mutter schneiden kann.« Paracelsus konnte nicht anders und bekreuzigte sich. »Jedoch ... die Mütter ...«

Paracelsus biss sich auf die Lippe und senkte seinen Kopf zu Mina. Diese aber hörte ihn ohnehin nicht mehr.

»Nein!«, schrie Burri da. »Nein! Nein, sag' ich!« Der Metzgermeister ballte seine Fäuste. »Sie ist mein Weib, mein Alles. Ich lasse sie hier nicht verrecken. Niemals.«

Er packte Paracelsus am Kragen. Der schloss die Augen vor der Faust des Metzgers. »Ich habe Euch geholt, um sie zu retten. Und das werdet Ihr, verdammt noch mal! Oder Ihr lernt mein Beil kennen.«

Die Mädchen am Boden hörten auf zu weinen und starrten ihren Vater mit offenem Munde an. Die Hebamme mit dem kalten Schwamm zuckte zusammen. Die Basen standen still vor Schreck. Paracelsus nahm es gelassen. Er kannte die Verzweiflung im Angesicht des Todes. Taten folgten den Worten der Angehörigen nie.

Wie zum Beweis ließ der Metzger sofort seine Fäuste sinken und nahm stattdessen beschwörend Paracelsus' Genick. »Bitte, Doktor. Ich flehe Euch an. Lasst meine Frau heute nicht gehen. Es ist zu früh für sie. Und mich.«

Tränen sammelten sich in den Augenwinkeln des Zunftmeisters. Paracelsus blickte betroffen auf die arme Mina Burri hinab.

Ein Kind aus dem Bauch einer lebenden Mutter zu schneiden, war strengstens verboten. Und tollkühn noch dazu. Andererseits – Paracelsus hatte Berichte aus Siegershausen im Thurgau gehört. Da sollte es einem Schweinekastrator gelungen sein, sein eigenes Kind durch einen Schnitt zu entbinden, ohne dass die Frau verblutet war. Vielleicht war es möglich.

»Paracelsus, ich hab sie gefunden.«

Der junge Simon stolperte herein. Der magere Kerl schleppte schwer an Paracelsus' Tasche. Der seufzte auf. Die Hebammen blickten zu ihm. Die Basen blickten zu ihm. Die Mädchen blickten zu ihm. Und Wilhelm Burri auch. Allein sein Weib starrte schmerzverzerrt in die Ferne.

»Versprechen kann ich es Euch nicht, Meister«, flüsterte Paracelsus. »Ihr müsst mir und Gott vergeben, wenn beide – Mutter und Kind – mit dem Leben bezahlen.«

Der Zunftmeister nickte: »Versucht, was Ihr könnt. Meine Mina hätte es nicht anders entschieden.«

Paracelsus schickte zumindest die Basen und Kinder nach draußen. Gegen die Hebammen konnte er sich nicht durchsetzen, und Burri war nicht von dem Bett seiner Frau wegzubewegen. Simon störte nicht weiter.

Sogleich presste er der Mina Burri zärtlich einen Schwamm, getränkt mit den Extrakten aus Alraune, Bilsenkraut und Wasserschierling, auf Mund und Nase. Erst versuchte sie, sich dagegen zu wehren, aber die Hebammen und Burri selbst hielten ihre kurzen Arme fest und streckten ihren Kopf. Dann sog sie das Mittel fast dankbar mit jedem Atemzug ein. Ihre Muskeln erschlafften nach und nach. Ihre Augenlider wurden schwerer und schwerer. Bis sie sich ganz senkten.

Paracelsus atmete auf. Keine Schreie mehr. Zumindest das.

»Es wird bluten. Nehmt saubere Tücher und drückt fest auf die Schnitte, sobald ich es sage.« Paracelsus nickte Simon und einer der Hebammen zu. »Ihr kümmert Euch um das Kind«, befahl er der anderen Hebamme. Diese nickte pflichtbewusst. Die Zweifel waren aus ihrem Gesicht gewichen.

Paracelsus atmete durch. Er nahm sich das schärfste Skalpell, das er hatte, und setzte einen vorsichtigen Hautschnitt zwei Fingerbreit unter Mina Burris Nabel bis hin zu ihrem Schambein. Ängstlich schielte er zu dem Metzgersweib. Sie rührte sich nicht. Paracelsus vertiefte seinen Schnitt. Sorgsam durchtrennte er Minas ansehnliche Fettschürze. Wilhelm Burris Augen flackerten. Dann wankte er.

»Bring ihn nach draußen Simon, schnell!«

Simon hakte sich beim Metzger unter, doch es war ein ungleicher Kampf von ungleichen Körpern. Paracelsus sah die beiden nurmehr aus den Augenwinkeln hinaus in die Stube torkeln. Dann hörte er einen dumpfen Aufprall und das Geschrei der Basen.

»Kümmert Euch nicht darum. Das passiert immer, wenn sie dabei sein wollen«, flüsterte die eine Hebamme nun überraschend freundlich. »Wenn das Kind da ist, erwachen sie zum Leben.«

Diese Hebamme war tapfer und hartgesotten. Sie zuckte nicht mit der Wimper, sondern tupfte sorgsam Paracelsus' verschwitzte Stirn trocken. Fast fühlte der sich geehrt. Mit einer neuen Klinge durchtrennte er sorgsam das Bindegewebe und die Bauchmuskulatur der Metzgerin.

Simon war zurück. Paracelsus hielt kurz inne. Das war der leichte Teil gewesen.

»Seid ihr bereit?«, fragte er mit dunkler Stimme. Sein Kiefer war angespannt.

Mina Burri seufzte lautlos. Die Hebammen nickten. Simon schluckte mit weit aufgerissenen Augen, seine Tücher fest umklammernd.

»Gott steh uns bei«, murmelte Paracelsus. Dann versenkte er seine Klinge in die Gebärmutter der Frau, die zart rosa glänzte.

Das Blut schoss in Strömen! Simon presste mit aller Kraft dagegen. Sofort waren die Tücher tiefrot. Paracelsus schnitt weiter. Die eine Hebamme schrie. Simon musste sich aufs Bett setzen, um nicht zu fallen. Paracelsus schlug dessen unbeholfene Hände beiseite und spreizte mit beiden Händen die Wand der eröffneten Gebärmutter auseinander. Das Kind lag falsch. Jetzt sah es auch Paracelsus. Blass war es, und leblos.

Die zweite Hebamme war geistesgegenwärtig genug, nach dem Kind zu greifen. Entschlossene Hände packten den Säugling im Mutterleib. Die Hebamme zerrte das Kind heraus. Paracelsus half nach. Seine Arme waren bis zu den Ellenbogen voller Blut. Jetzt schwindelte sogar ihm.

Die Hebamme hob das Kind in die Höhe. Keinen Ton gab das Kleine von sich. Blass und reglos baumelte es vor seinen Augen. Paracelsus hielt den Atem an. Simon rührte sich nicht mehr. Die Hebamme gab dem Neugeborenen einen Klaps auf den Hintern. Die andere faltete ihre Hände. Paracelsus schloss die Augen. Simon japste nach Luft.

Da tat das Kleine einen Schrei. Es strampelte mit seinen kleinen Füßen. Dann weinte es bitterlich.

Paracelsus schossen Freudentränen in seine Augen. Das war das schönste Weinen, das er jemals gehört hatte! Die Hebamme lächelte. Simon atmete auf.

Die zweite Hebamme band mit geübter Hand die Nabelschnur ab und durchtrennte sie.

Paracelsus versuchte, sich zu konzentrieren. Der schwierigste Teil lag noch vor ihm. Ansonsten wäre das Kind schon halb verwaist. Er griff zu einer Nadel mit einer sauberen Hanffaser, die er sich schon zurechtgelegt hatte. Kaum wollte er zur ersten Naht in die Gebärmutter stechen, als die

Hebamme, die das Kind herausgeholt hatte, unwirsch seinen Arm wegstieß. Verständnislos schüttelte sie ihren Kopf.

»Der Mutterkuchen«, mahnte sie. Fast so belehrend wie zu Beginn.

Die Hebamme reichte den Säugling an die andere weiter und holte den Mutterkuchen sorgsam heraus. Paracelsus konnte nicht anders, als sie mit offenem Mund zu bestaunen, etwas beschämt.

»Paracelsus, mach«, flüsterte Simon da. Unablässig drückte er neue Tücher in Mina Burris Bauch.

Paracelsus nickte. Das Kind war wohlauf. Nur seine Mutter nicht.

Stich um Stich setzte Paracelsus nun in die blutende Gebärmutter. Simon tupfte und wischte eifrig, damit Paracelsus genügend sehen konnte. Nach getaner Arbeit war Paracelsus zufrieden. Seine Nähte hielten! Nun war es an der Hebamme zu staunen. Sie war ihm wahrlich eine Hilfe, schnitt überschüssige Fasern ab und reichte Paracelsus neuen Hanf. Schicht um Schicht schlossen sie Mina Burris Bauch.

»Es ist ein Junge!«

Als Paracelsus blutverschmiert und am Ende seiner Kräfte in die Stube trat, stand Wilhelm Burri schon wieder breitbeinig und felsenfest auf dem Boden, im einen Arm den Säugling, in der freien Hand einen Krug Bier. Fröhlich prostete er Paracelsus zu.

»Ihr habt mir einen Jungen geholt!« Er reichte das Kind zu einer der Basen weiter, um Paracelsus herzlich in die Arme zu schließen. Fast erdrückte er ihn vor Freude.

»Kommt! Nehmt Euch Bier. Und Fleisch, Würste, alles, was Ihr wollt.«

Des Metzgers Wangen waren wieder rot wie eh und je. Seine blauen Augen strahlten.

»Meister, ich … danke.« Paracelsus winkte ab.

Da erst bemerkte der Metzgermeister den ernsten Blick in seinen Augen.

»Meine Frau?«, fragte er angstvoll. Der Schrecken hatte die blauen Augen wieder. »Die Hebammen sagten ... sie sagten ... alles sei gut gegangen! Ihr wäret ein Meister mit der Naht!«

Burri schluckte. Paracelsus schüttelte seinen Kopf.

»Meister. Die Nähte halten. Dessen bin ich mir sicher. Allein ... sie hat viel Blut verloren. Sie ist geschwächt von den letzten Tagen. Nur die Zeit kann zeigen, ob sie leben wird.«

Wilhelm Burri nickte betroffen.

»Gott der Allmächtige wird es recht entscheiden. Sie ist stark und stur. Sie erträgt mehr als die meisten. Ich danke Euch von Herzen.«

Er fiel Paracelsus nochmals in die Arme, allerdings nicht mehr so freudig wie eben noch, eher hilfesuchend.

»Gebt ihr viel rotes Fleisch, wenn sie erwacht ist. Und frisches Wasser, so viel sie trinken kann.« Paracelsus kramte in seiner Tasche. »Hier habt Ihr Brennnesselessenz. Gebt ihr dreimal täglich zehn Tropfen davon.« Er räusperte sich. »Meister, eine Sache noch. Sagt es Euren Basen und den Hebammen. Keine Menschenseele darf davon erfahren, was hier heute Nacht geschehen ist. All das ist mir verboten. Selbst wenn es gut ausgeht.«

Burri nickte sofort verständig.

»Darauf habt Ihr mein Wort. Ihr habt für immer einen guten Freund in diesem Viertel. Wir schweigen still über diese Nacht und ...«, Burri sah Paracelsus direkt in die Augen, »... alle Nächte in der Fleischershalle.«

Paracelsus nickte erleichtert. Schon wandte er sich ab. Er war todmüde.

»Aber eines noch, von Hohenheim!« Der Metzger hielt ihn sachte am Arm fest. »Zu der Fleischershalle. Was immer Ihr da treibt, Junge. Lasst es bleiben.« Burri schüttelte unmerklich seinen Kopf und kniff die Augen zusammen. »Es bringt Euch Unglück.«

»Das weiß ich, Meister.«

Paracelsus lächelte traurig.

Wilhelm

Es war tiefe Nacht geworden. Eiskalt und düster. Die Glocken des Münsterturms mahnten zur Eile. Es war der Silvesterabend. Keine sterbliche Seele sollte sich heute nach Anbruch der Dämmerung auf der Straße befinden. Diese Nacht gehörte dem Bösen. Das wusste er. Wilhelm Burri hatte viel zu lange gebraucht, um eine weitere Stimme im großen Rat zu sichern für ihre Abstimmung. Stundenlang hatte er über den Bischof geschimpft und die Zeit dabei vergessen. Jetzt blickte er panisch um sich. Niemand war zu sehen. Der kalte Wind wimmerte Flüche in sein Ohr. Keine menschliche Stimme war zu hören. Er war allein. Und doch hatte er so ein Gefühl. Eine Ahnung. Seit ein paar hundert Metern.

Der Metzgermeister marschierte stramm. Sein Ohr zuckte. Da war ein Rascheln. Erneut blickte er sich um. In das Schwarz. Hexen und Dämonen würden durch die Lüfte ziehen. Heute Nacht. Ein jeder wusste das. Aber da war nichts. Nichts Lebendes oder Untotes. Nur Schatten. Und das Keuchen seiner Lungen. Dann ein Knarren irgendwo in der Ferne. Wilhelm Burri strauchelte. Sein Herz pochte. Nur Stille. Und Schweigen.

Seine Schritte wurden größer. Schneller. Das Blut pulsierte in den Adern. Er sah um sich. Da! Ein gutes Stück hinter ihm. Ein Schatten. Eine Gestalt. Zwei. Sie näherten sich.

»Wer seid Ihr? Was treibt Euch nachts auf die Straße?«

Als Antwort das Murmeln des Windes. Er beschleunigte seinen Schritt. Die Schatten ebenso. Irgendwo schrie ein

Neugeborenes. Es war nicht mehr weit. Er war schon fast am Rheinufer. Die Schatten schlossen auf. Lautlos.

War das Odin mit einem seiner Geister? Oder ein Wiedergänger? Der Metzgermeister umklammerte das hölzerne Kruzifix um seinen Hals. Die Schatten kamen näher. Jede Sekunde. Sie nahmen Gestalt an. Fast flogen sie. Die Rauchnächte forderten ihren Tribut. Er lief Richtung Ufer. Vielleicht wäre dort eine menschliche Seele, die er um Hilfe bitten konnte. Er verließ die Straße. Lief querfeldein. Er stürzte über eine Wurzel. Richtete sich auf. Sah den Boden nicht. Die Verfolger waren nun nahe, er spürte es. »Bei Jesus Christus, haltet ein, ihr Teufel!«

Wilhelm streckte ihnen sein Kreuz entgegen. Wirkungslos. Sie nahten. Ohne Worte. Ohne Erbarmen. Er lief weiter. Hörte Schritte hinter sich. Die Teufel hatten Beine und Gewicht wie er. Er suchte die Kleidung nach einer Waffe ab. Er hatte keine bei sich. Sie waren direkt hinter ihm. Er blieb stehen. Wandte sich den Verfolgern zu. Seine Muskeln schmerzten. Aber er spürte es nicht. Die Angst beschützte ihn.

»Aah!« Jetzt konnte er die Umrisse eines Gesichts erkennen. Tatsächlich, ihn verfolgten keine Dämonen, sondern Menschen aus Fleisch und Blut. In dieser unheiligen Nacht.

Beide hatten sie Helme aus Eisen. Der eine ein Schwert, der andere eine Lanze. Er hatte ein hölzernes Kruzifix und seine Muskelkraft. Der eine zog sein Schwert aus der Scheide.

»Nein!« Er raste in die Nacht davon. Er schlug Haken wie ein Hase, immer dem Fluss entgegen. Er wollte um Hilfe schreien, doch seine Lungen entbehrten die Luft nicht. Nur ein lautloses Flehen umgab ihn. Da! Da war der Fluss! Endlich. Das Metall würde zu schwer sein und die Waffen ein Hindernis. Sie würden ihm ohne sie folgen müssen. Sein rechter Fuß tauchte in das kalte Wasser. Seine Glieder wehrten sich. Die Kälte schmerzte. Doch die Angst wog schwerer.

Mit dem zweiten Fuß stapfte er ins Wasser. Bis zu den Knien.

Dann spürte er ein Brennen. In seiner linken Schulter. Ein Stoß nach vorn, ein Zug zurück. Er schmeckte Metall in seinem Mund. Ihm wurde ganz leicht. Die seichten Wellen des Flusses schwankten. Er drehte sich um. Rätselnd. Zwei Soldaten standen vor ihm. Höhnisch grinsend. Blut tropfte von der Spitze der Lanze. Er begriff nicht. Aber er wusste, der mit der Lanze war es, an dem er sich rächen musste. Er schrie laut auf. Blut und Speichel liefen über sein Kinn. Der kräftige Metzger stürzte sich auf den Verfolger. Die Lanze fiel in den Schnee. Jetzt lag er auf ihm. Presste die Daumen in seine Augen. Der Teufel quiekte und griff nach seiner Kehle. Er bekam keine Luft. Fühlte seinen Kopf platzen. Seine Hand fand einen Stein unter dem Schnee. Er hieb auf den Kopf ein. Der Griff um den Hals löste sich. Die Schläge tönten so dumpf, als wären sie einen Tagesmarsch entfernt. Er spürte Kälte. An seiner Kehle. Und dann Wärme. Überall in seinem Körper. Als wäre ihm zuvor niemals richtig warm gewesen. Irgendetwas verspritzte Blut auf seinen Gegner. Mengen davon. Er hörte ein Röcheln, das nicht von seinem Opfer kam. Vor seinen Augen schloss sich ein Vorhang. Alles wurde schwarz.

Laurencz

Die Leiche des Metzgermeisters Wilhelm Burri wurde am Morgen des Dreikönigstags im Wasser gefunden. Ein Fischer in Kleinhüningen hatte sie bei der Wiesemündung in einem seichten Wasserlauf, verfangen in allerlei Geäst, bemerkt. Seit der Silvesternacht war der Basler Bürger vermisst worden, die Kunde, dass der Zunftmeister der Metzger und Kuttler verschollen sei, war bereits in den Morgenstunden des Neujahrstages im Nachbardorf eingetroffen.

Das Wappen der Zunft, ein Widder auf rotem Grund, war deutlich sichtbar auf die Schecke des Leichnams genäht und somit der Name des Toten selbst für den Fischer nicht schwer zu benennen gewesen.

Heinz und Laurencz, die Neulinge der Stadtwache, hatte man mit einem Eselskarren losgeschickt, um den geschätzten Bürger heimzuholen. Der Fischer hatte sich geweigert, die Leiche anzufassen, also war es an den beiden, den dicken Burri aus dem Fluss zu ziehen. Langsam stapfte Laurencz auf das Ufer zu und versuchte die Nerven zu behalten. Tote hatte er schon öfter gesehen, wie jedermann. Aber noch nie eine Wasserleiche. Der Anblick sollte so grauenhaft sein, dass die beiden Jungspunde gleich nach Hause und unter die Röcke ihrer Mütter schlüpfen würden, nachdem sie sich ordentlich bepisst hätten, hatte der Kommandant gewitzelt.

Entschlossen presste Laurencz die Kiefer aufeinander und suchte mit seinen rehbraunen Augen die triste Landschaft ab. Es war ein düsterer Januartag, die Felder und Wiesen lagen grau in grau nebeneinander und warteten auf etwas

Sonnenlicht, das aber nicht kommen wollte. Ein kalter Wind pfiff über den gefrorenen Boden und heulte über die Hügel hinweg, eine dünne Schneedecke bedeckte die harte Erde. Etwas Reif hatte sich im Schilf gesammelt. Langsam schlängelte sich der Fluss durch Stein und Eis. Laurencz' Atem dampfte. Hektisch rieb er sich die Hände, um sie etwas zu wärmen.

»Bist du sicher, dass es hier ist?«, rief er zu Heinz, der sich absichtlich hatte zurückfallen lassen.

»So hat's geheißen, Mann.«

»Der Kerl hätte ihn uns zeigen sollen, verdammt«, fluchte Laurencz. Er hatte jetzt das Rheinufer erreicht, fand aber keine Leiche. Geschweige denn eine mit Widder auf rotem Grund.

»Dem war's zu kalt für diesen Spaß«, rief der Kollege und hielt sich verzweifelt einen löcherigen Wollschal vor die Nase.

»Direkt bei der Mündung also?«

»Das sagte er.«

»Hier ist aber niemand.«

Laurencz holte gerade Luft, um erneut herzhaft zu fluchen, als … Zuerst sah er die Hand. Vielmehr den schwarzen Handschuh. Dann erst den massigen Körper. Versteckt im Schilf. Als hätte der Rhein schon das Grab gewählt. Laurencz musste würgen, aber er konnte nicht anders. Langsam beugte er sich zu dem toten Burri hinunter. Alsbald kniff er die Augen zusammen. Das Bild war abscheulich. Burris Gesicht war aufgedunsen und blass, vielleicht etwas grünlich. Dümmlich milchige Augen starrten Laurencz fragend an. Leid war nicht in ihnen zu erkennen. Noch schien der Zunftmeister zu rätseln, was mit ihm geschehen war. Mit der trägen Gelassenheit der Toten. Die Einstichstelle in des Metzgermeisters linker Brust war eher unscheinbar. Der Fluss hatte die Spuren der Untat zum größten Teil weggewaschen, nur ein kleiner bräunlich-roter Saum und ein schmaler

Schlitz im Leinen der Schecke klagte die unbekannten Täter an. An seinem Halse aber klaffte eine tiefe Wunde weit auseinander, schwarz wie die Hölle selbst.

Doch damit nicht genug, nein: Der Mund des armen Burri war halb geöffnet. Ein Apfel ragte daraus hervor. Ein kleiner roter Apfel war tief in den Schlund des Opfers gesteckt worden.

»Was in aller Welt soll das denn?«, fragte Laurencz und begann, an dem Apfel zu zerren. Er bewegte sich nicht. Mitleidig besah er den armen Zunftmeister. Mit dem Apfel im Mund sah Burri aus wie ein gegrilltes Spanferkel, obgleich blasser.

»Hast du nie gehört, dass man Silvester keine Äpfel essen darf?«, krächzte Heinz beklommen und bekreuzigte sich sofort.

»Was redest du, Mann?«

Laurencz schielte zu ihm nach oben. Der Apfel war so tief in den Rachen des Opfers gesteckt worden, dass er sich unlösbar in dessen Kiefer verkeilt hatte. Das kalte Wasser hatte die Leichenstarre verlängert, Burris Muskeln waren bretthart. Sein Kiefergelenk schien aus Stein zu sein.

»Er wird doch seit Silvester vermisst, oder?«

Laurencz nickte.

»Sie wollten verhindern, dass er in den Himmel kommt«, stammelte Heinz betroffen. »Weil wir wegen eines Apfels aus dem Paradies vertrieben wurden. Adam und Eva. Wir alle. Isst man zu Silvester davon, bleibt einem die Himmelstür verschlossen.«

Heinz blickte bedauernd drein und sah dabei aus wie ein kleiner Junge, nicht wie ein kräftiger Soldat der Stadt. »Hat meine Mama gesagt. Sie haben seiner Seele ihr ewiges Leben nicht vergönnt, darum ging es denen.« In Heinz' Augenwinkel bildete sich eine Träne.

Laurencz blickte zu seinem Kameraden und hielt einen Moment inne. Diese Christen und ihre Märchen! Er schluckte. Dann griff er mit zwei Fingern in Burris Mund, entschlossener denn je. »Dann muss dieses Ding raus, bevor wir ihn der Witwe zeigen. Komm und hilf mir!«

»Das bringt nichts, Kollege. In zwei Tagen, wenn er erst im Warmen liegt, kann man ihn immer noch rausholen. Dann wird er wenigstens nicht damit begraben.« Heinz faltete seine Hände zum Gebet.

»Sag das mal der Witwe Burri! Die kriegt einen Schock für ihr Leben.« Laurencz hatte angefangen, wie wild an dem Apfel zu zerren, rutschte ab und fiel mit dem Hintern in den kalten Fluss. Ein Fluch folgte. Der Apfel löste sich keinen Deut.

Heinz stand ungeduldig da und pustete müßig heißen Atem in die gefrorenen Hände: »Wir wurden geschickt, ihn nach Hause zu holen, nicht um ihn aufzuhübschen. Das ist die Pflicht der Angehörigen, Mann.« Er fing an, auf den Zehenspitzen hin und her zu wippen.

»Ja willst du denn allen Ernstes das dem Weib und den Kindern zumuten? He?«, fragte Laurencz und deutete mit beiden Händen auf die entstellte Leiche. Der Wind schmerzte auf seiner Haut. Die Kälte nagte an seinen Fingern wie ein hungriges Tier.

»Die werden in der nächsten Zeit noch viel Schlimmeres sehen als das hier. Das ist so sicher wie das Amen in der Kirche.« Heinz spuckte unbeholfen aus.

Laurencz zerrte noch mal wie ein Wilder, hob aber damit nur die Leiche an.

»Ich friere mir hier nicht länger den Arsch ab, für die Kosmetik eines Toten, der dann besser aussieht als ich.«

Heinz trat theatralisch ins Wasser und hob die Füße der Leiche an. Ungeduldig blickte er Richtung Karren.

»Das tat er von Beginn an«, gab Laurencz zurück und zerrte weiter an dem Apfel.

»Du Hundsfott!«, rief Heinz aus. Sein Maß war voll. »Ich habe Hunger. Und ich habe Durst. Ich fahre jetzt in die

Stadt. Da habe ich noch einen Viertelbeutel Schnaps. Den werde ich auf ihn trinken. Aber ich fahre, mit oder ohne euch.«

Laurencz hielt einen Moment lang inne und betrachtete den Geschundenen. Dass ein kleiner Apfel diesem Christen sein ewiges Leben verwehren sollte, erschien ihm entschieden ungerecht.

»Warte!«, rief er. »Gib mir dein Messer.«

»Nein«, antwortete Heinz.

»Gib mir dein Messer!«, schrie Laurencz.

Heinz stöhnte zur Antwort und schnitt eine Grimasse.

Trotzdem drückte er Laurencz das Messer in die Hand. Wenn auch widerwillig.

Laurencz beugte sich nochmals hinunter zu Burri. Der kalte Wind war unerträglich geworden. Seine Nase war gefroren, seine Hände zitterten. Zuerst schnitt er dem Metzger etwas in die Lippen, er war kein Arzt wie seine Freunde und nicht geschickt. Dann aber bekam die stumpfe Klinge den gefrorenen Apfel zu fassen. Stück für Stück schnitt Laurencz den Metzger frei von dem Symbol seiner Verdammnis.

»Siehste? Siehste?«, rief er zu Heinz nach oben. »Es geht. Ha!«

Burris Mund ließ sich trotzdem nicht schließen. Er sah dümmlicher aus als zuvor. Und dennoch, Laurencz würde Mina Burri keine geschlachtete Sau, sondern die hässliche Leiche ihres dicken Mannes übergeben. Das musste genügen.

Betreten stand Laurencz wenig später in dem kalten Wohnraum der Burris und fror immer noch. Seit einer Woche hatte niemand frisches Feuerholz geschlagen, nur eine zierliche Flamme züngelte betrübt und unvermögend vor sich hin.

Die Übergabe des Leichnams war anders vonstatten gegangen, als er es sich vorgestellt hatte. Ein Mädchen von acht oder neun Jahren hatte angefangen zu weinen, ein etwas jüngeres war schreiend weggelaufen, das Kleinkind hatte den Vater stumm angestarrt – genau wie dessen Mutter. Kein Wort der Trauer war über Mina Burris Lippen gekommen, zornig hatte sie ihrem Gatten ins aufgedunsen fragende Gesicht geblickt und einen Säugling an die Brust gedrückt.

Des Metzgers Basen und die Nachbarsfrauen hatten ihn, in Ermangelung einer würdigen Alternative, im Ehebett aufgebahrt und waren gerade dabei, den Leichnam zu waschen. Stroh war zur Abwehr von Dämonen verteilt worden. Das Büßertuch wurde mit Asche bestreut. Ein Kruzifix stand am Kopf und Weihwasser an den Füßen Wilhelms, sie sollten den Verstorbenen segnen. Nur die Witwe fluchte leise vor sich hin. Groll gegen die Toten zu hegen war eine Sünde. Burris Weib war das offensichtlich gleich. Laurencz konnte sie verstehen. Elend drohte ihr und den Ihrigen.

Zwar würden sie aus der Sterbekasse der Zunft eine Rente bekommen, die Zunftlade war gut gefüllt. Noch. Aber die Zeiten waren rau. Unlängst war das Fleischumgeld eingeführt worden. Auf zwei Pfund Fleisch musste der Metzger einen Pfennig Steuern an die Stadt bezahlen. Der Zinsmeister der Stadt hatte die Preise für die Bänke letztes Jahr erst erhöht. Viele Metzgermeister kämpften um ihre Existenz.

Des Metzgers Weib hatte nun zwei Jahre Zeit, um einen geeigneten Nachfolger zu heiraten. Solange würde sie die Bank in der Schol als Erblehen halten und dort Fleisch verkaufen dürfen. Ehelichte sie niemanden bis zum Fristende, ging die Bank an die Stadt zurück und die Rentenzahlungen würden eingestellt.

Laurencz betrachtete die Frau voller Mitleid. Kaum hatte sie entbunden und das Kindbett nur – geschwächt und viel zu früh – wegen des Verschwindens ihres Gatten verlassen. Ihre Haut war fahl und ihre Haare zerzaust. Kaum konnte sie sich aufrecht halten. Allein ihr Mundwerk war stark wie eh und je.

Burri hatte sein Weib – klein gewachsen mit einem leichten Buckel – nicht wegen ihrer Schönheit geehelicht, aber oft getönt, seine Frau wäre schlau wie ein Rabe und habe ein Mundwerk wie ein sizilianischer Matrose und deshalb sei sie das beste Weib auf Erden. Dass diese Eigenschaften von anderen ebenso geschätzt werden würden, bezweifelte Laurencz aber doch.

Ein allzu üppiges Becken sollte für einen Fleischersmann wohl nicht weiter ein Bekümmernis darstellen. Die Anzahl der Freier um eine gedrungene Frau – noch dazu klug – die in einigen Jahren zu bluten aufhörte, würde sich aber wohl in Grenzen halten. Vor allem mit vier hungrigen Mäulern im Schlepptau. Burri hin, Burri her. Mit oder ohne Erblehen.

Verheiratete sich die Burri nicht neu, würde der Familie nur noch das Obdach im Gemeinschaftshaus der Zunft in der Sporengasse zusammen mit den alt gewordenen Gesellen bleiben. Was der Witwe und ihren Töchtern dann blühte, mochte sich Laurencz nicht vorstellen.

Gewiss war davon heute noch nichts zu erkennen. Allerlei Würste, Schinken und gepökeltes Fleisch war von den eifrigen Zünftlern herbeigebracht worden. Krüge voll Butter reihten sich an kleine Mehlsäcke, Fässer mit Bier und, sehr zu Laurencz' Leidwesen, Körbe voller Äpfel.

Die Zunft war mehr als ein Berufsverband. Man war eine Gemeinschaft. Die Mitglieder der Zunft lebten und organisierten sich großteils in ihrem eigenen Viertel, verteidigten ihren Teil der Stadtmauer und waren eine eigene religiöse Bruderschaft. Burri war der Zunftmeister gewesen. Eine Respektsperson. Das ganze Viertel schien sich auf dem kalten Lehmboden die Füße in den Bauch zu stehen und die mitgebrachten Leichengaben zu verzehren. Beileidsbekundungen wurden ausgesprochen und reichlich Met auf den Verstorbenen getrunken.

Laurencz wäre schon längst gegangen, seine Pflicht war getan. Aber er wollte unbedingt noch dem Kommandanten berichten, und dieser saß seit einer Stunde neben der Witwe, trank Met und hörte sich wehmütige Geschichten über den Metzgermeister an. »Und dann hat dieser alte Haudegen ihm die ganzen Würste einfach vor die Füße geworfen. Der ist darauf ausgerutscht und hat sich ordentlich den Hintern geprellt. Hahaha!« Konrad Egg von den Schneidern lachte liebevoll. Sein Kinn ragte spitz aus der Runde. »So etwas hat sich nur unser Burri getraut.«

»Wahrlich, auf seine gute Seele«, rief der Kommandant und prostete in die Runde.

»Auf seine Seele«, antworteten alle, ob sie schon lallten oder nicht. Bloß Mina Burri zischte verdrießlich.

Laurencz wunderte sich: Er selbst machte keinen Hehl daraus, ein Trunkenbold zu sein. Er trank alles, oft und gern. Aber im Dienst wäre ihm das niemals in den Sinn gekommen. Den Kommandanten so zu sehen, wunderte ihn doch. Als sein Vorgesetzter sich nochmals nachschenkte, verlor Laurencz schließlich die Geduld. Er kämpfte sich seinen Weg durch die trauernde und essende Menge. Alle wichtigen Leute waren zur Leichenwache eines Zunftmeisters gekommen. Neben seinem Kommandanten waren auch die Zunftmeister der Fischer und Schiffer, der Kürschner, der Weber, ja eigentlich jeder Handwerkszunft Basels zugegen. Ob der Wichtigkeit der Person sogar einige Gelehrte der Universität. Nur der Bürgermeister fehlte.

Als Laurencz sich zu der Runde gedrängt hatte, war das Kinn des Kommandanten schon auf dessen Brust gesackt, und die Witwe sprach mit einem mürrisch dreinblickenden Michael Frei von den Steinmetzen und einem noch verdrießlicher aussehenden Arnold zum Luft. Laurencz traute seinen Augen nicht. Der Rektor der Universität im Hause eines Metzgers? Neben einem Fleischerlehrling sitzend? Bei aller

Beliebtheit war dies wohl sehr viel Ehre für den toten Burri …

Seine Witwe stillte gerade den schmächtigen Säugling, während ihr Mundwerk seinem Ruf alle Ehre machte.

»Oh, ich glaube, dass es Euch leidtut, werter Herr zum Luft! Ich glaube sogar, dass es Euch sehr leidtut! Aber wie Ihr wissen werdet, nach all Euren Studien, macht das meinen Wilhelm nicht lebendig und speist seine Kinder nicht!« Hektisch wiegte sie den Säugling hin und her und spuckte alsdann recht unweiblich auf den Lehmboden. Sie schüttelte ihren Kopf und blickte gen Himmel.

»Herrgott, sag, was ist in dieses Mannsbild gefahren? Ein Metzger war er, versteht Ihr?«, rief sie, wieder zu zum Luft gewandt. »Sein Leben war seiner Hände Arbeit. Und nicht diese … närrischen Ideen.«

»Witwe … ich bitte Euch«, mahnte Michael Frei.

»Witwe? Ja, das bin ich nun. Dank Euch und Eurer Dummheit. Setzt diesem Trottel Flausen in den Kopf! Und jetzt ist er tot.«

»Bitte, mäßigt Euch. In dieser Runde! Um Gottes willen«, flüsterte zum Luft eindringlich.

»Was, bitteschön, wisst Ihr von Gott? Oder von echter Arbeit? Ihr mit Euren feinen Büchern! Lesen mag Euch satt machen. Mein Mann war anders, er war einer fürs Grobe. Das hat er gut gemacht. Geschlachtet und zerteilt so geschickt wie kein Zweiter. Eure Welt war nichts für ihn, und doch habt Ihr ihn dorthin mitgeschleppt. Und jetzt ist dieser fette Narr tot. Sei's drum. Meine Kinder werden ihm nicht folgen. Nicht, solange ich atme.«

»Ähm …« Laurencz trat heran. Zum Luft musterte ihn dankbar ob der Unterbrechung.

»Ja? Was wollt Ihr? Nochmals Euer Beileid bekunden? Das habt Ihr schon, denke ich. Wollt Ihr noch mehr Schnaps für Euren Kopf oder noch mehr Fleisch für Euren Bauch? Von den Toten gibt's alles umsonst, müsst Ihr wissen.«

»Ähm, ja.« Die Witwe schüchterte Laurencz ein. »Herzliches Beileid, nochmals. Kommandant, kann ich kurz mit Euch sprechen?«

»Was?« Der Offizier wurde aus einem angenehmen Tagtraum gerissen. »Ja Göttisheim, natürlich«, sprach er, rührte sich aber keinen Deut.

»Göttisheim?«, rief die Witwe bitter lachend aus. »Ihr seid Göttisheims Junge? Beim heiligen Johannes, der macht es richtig. Der Einzige mit etwas Hirn in dieser Stadt des Wahnsinns!«

Laurencz sah sie entgeistert an, ignorierte das Weib aber. Sie war nicht bei Sinnen.

»Kommandant. Bitte – vertraulich.«

Widerwillig richtete sich der Hauptmann auf und folgte Laurencz hinaus.

»Ein langes Leben wünsche ich dir, junger Göttisheim«, rief ihnen die Metzgersfrau nach. »Lange wird auch deines nicht dauern, aber vielleicht länger als so manch eines. Grüß mir deinen Vater. Der versteht's.«

»Was zum Herrgott ist denn, Gefreiter?«, fauchte der Kommandant mürrisch und rieb sich ungeduldig die Hände in dem kalten Wind draußen vor der Tür. Sein Friede war dahin. Bald würde er doppelt so viel Met brauchen, um sich wieder zu entspannen, dachte Laurencz.

Er blickte unsicher nach rechts und links, um sicherzustellen, dass sie keine Zuhörer hatten. Er wollte Burris Mörder finden, so schnell wie möglich. Das zumindest hatte diese vorlaute Witwe verdient.

»Kommandant, ich dachte, Ihr solltet etwas wissen. Als wir die Leiche auf den Karren hievten, haben wir eine Einstichstelle am Rücken gefunden. Eine schmale.« Laurencz sah erneut um sich und senkte theatralisch seine Stimme: »Und vorn auf der Brust war die gleiche. Auf selber Höhe.«

Laurencz funkelte seinen Vorgesetzten erwartungsvoll an. Dieser starrte gereizt zurück. »Und?«, brummte er gleichgültig.

»Na. Ich denke, das war eine Lanze, jedenfalls wahrscheinlich.«

Der Hauptmann zuckte nicht einmal mit der Wimper. Sehnsuchtsvoll blickte er zurück in Richtung Haus.

Als die erhoffte Antwort ausblieb, setzte Laurencz nach: »Das ist doch ein Hinweis auf die Täter, Kommandant!« Er flüsterte nicht mehr. Im Gegenteil. »Wer in der Stadt hat denn eine Lanze? Ein Handwerker unter seinem Bette gewiss nicht!«

Der Hauptmann zwinkerte nur kurz. Er schwieg. Er wollte nur zurück zum geräucherten Schinken, Laurencz sah es ihm an und wurde ärgerlich.

»Damit können wir doch die Gruppe der Verdächtigen eingrenzen, nicht wahr?« Fast hätte Laurencz seinen Vorgesetzten gepackt und geschüttelt. »Und ein Apfel steckte in seinem Mund«, fügte er trotzig hinzu.

»Ein Apfel?« Endlich stutzte der Hauptmann, stellte Laurencz zufrieden fest. Der Moment des Triumphs dauerte aber nicht lange.

Der Kommandant trat einen Schritt näher an seinen Gefreiten heran. »Jetzt hör mir mal zu, mein Junge.« Er spuckte Laurencz direkt vor seine Füße. Das musste aber keine Absicht sein, so betrunken wie er war. »Da drinnen«, der Kommandant deutete ungeschickt in Richtung Haus, »trauert eine ganze Gemeinde. Burri war wichtig für ... die. Und meine Aufgabe ist es, mich jetzt mit denen volllaufen zu lassen und ihnen zu zeigen, dass der Rat mit ihnen trauert und das Gesetz auf ihrer Seite ist. Das hält die Stadt zusammen, Junge!«

»Ja, deshalb sage ich Euch ...«

»Deshalb hältst du mich davon ab, gerade das zu tun?« Der Kommandant spuckte nochmals aus. Jetzt war es sicher

Absicht. »Dein Obst und deine Lanze interessieren mich einen Scheißdreck, hörst du? Mich interessieren die Witwe und die Zunftmeister, die bei ihr Schlange stehen. Denen muss ich auf die Schulter klopfen.«

»Aber die Täter ...«

»Die Täter«, der Kommandant trat unruhig auf den Schnee ein, als hätte nur dieser Schuld, »sollen bleiben, wo der Teufel sie nicht findet.«

»A-aber ist es nicht unsere Pflicht ...«, stammelte Laurencz unbeholfen.

»Deine Pflicht ist es, Gefreiter, Hühnerdiebe zu jagen und die Suffköpfe nach dem Wirtshaus auseinander zu ziehen, wenn du nicht gerade selber mittendrin bist. Die Mörder lass mal meine Sorge sein.«

Der Offizier blickte in die verständnislose Miene seines Untergebenen und seufzte. Er sah nun seinerseits nach links und rechts, ob sie unter sich waren, dann raunzte er Laurencz zu: »Ein toter Oberzunftmeister? Ein offener Anhänger Luthers und Zwinglis? Der bei jeder Gelegenheit über den Papst schimpft? In diesen Zeiten? Und weiß der Allmächtige, was er da mit zum Luft zu schaffen hatte!« Versöhnlich legte der Hauptmann seine Hand auf Laurencz' Schulter: »Ja, Bub, wer soll es denn gewesen sein? Wer traut sich denn so was?«

Sie sahen einander in die Augen, dann seufzte der Kommandant erneut. »Das ist zu groß für dich, Junge. Und für mich auch.« Jetzt starrte der Hauptmann zu Boden auf den Schnee. »Ich habe auch eine Frau. Die braucht mich. Es gibt Wahrheiten, die man besser nicht herausfindet.«

Er klopfte Laurencz auf die Schulter und ging wieder Richtung Haustür. »Du wirst die Sache mit dem toten Burri begraben und wieder auf deine Hühner aufpassen. Das ist ein Befehl. Du kannst mir dafür danken, wenn du deinen Stammhalter im Arm hältst.«

Jacob

Jacob Göttisheim verbrachte den Dreikönigstag in seinem Studierzimmer in der Universität. Schon im Morgengrauen war er aufgebrochen, wie üblich dieser Tage. Hier pflegte er sich stundenlang den Kopf zu zerbrechen, inmitten der Einsamkeit der kalten Wände. Nur um genauso ratlos wieder nach Hause zurückzukehren – meist nach Mitternacht – und in das Bette zu seinem geliebten Weib und in einen von wilden Träumen gestörten Schlaf zu fallen.

Er redete sich selbst ein, hier eifrig zu studieren: die Handfeste der Stadt, die Lehenseide seiner Bürger, die juristischen Tücken bei der Verpfändung von Hoheitsrechten, alle niedergeschriebenen Eventualitäten bei der Wahl des Kieserkollegiums und deren etwaige Konsequenzen. Bald würde er seinen Unterhalt als Scholar der Juristenfakultät verdienen können, dachte Jacob bei sich. Und dennoch – er belog sich selbst, wenn er sich glauben machte, hier zu sein, um mit einer juristischen Spitzfindigkeit des Bischofs Pläne durchkreuzen zu können. Zum Lufts eigener Plan hatte schon genug der Spitzfindigkeit und war dennoch absurd.

Jacob saß an seinem Schreibtisch – von früh bis spät – um sich zu verstecken. Nicht vor den Schergen des Fürstbischofs, nein. Sondern vor seinesgleichen. Hier ließ man ihn in Ruhe. Weib und Tochter fragten nicht, was ihn bedrücke, die Zünftler wagten sich nicht herein, und der enttäuschte Gesichtsausdruck zum Lufts blieb ihm erspart, wenn er nur früh genug käme und spät genug ginge, um ihn nicht auf den Fluren zu treffen.

Gerade hatte Jacob zum zigsten Male die Handfeste beiseitegelegt, ohne eine Lösung gefunden zu haben. Nichts, was darin geschrieben stand, konnte von Gundelsheim davon abhalten, sich die Gerichtsbarkeit wieder einzuverleiben. Nicht mit bewaffneten Söldnern an seiner Seite.

Resigniert wandte Jacob sich stattdessen den Belangen seiner Fakultät zu, was ihn nicht minder frustrierte. Die Kassen der medizinischen Abteilung waren leer, und der neue Herrscher Basels der Grund dafür.

Christoph von Utenheim hatte der medizinischen Fakultät seinerzeit eine ansehnliche Summe gezahlt für die heilige Suche nach der menschlichen Seele. Sofort nach seinem Rücktritt hatte von Gundelsheim diese aber gestrichen, ferner noch sämtliche weiteren Gelder für Göttisheims Abteilung. Stadt und Klerus teilten sich nämlich die Kosten für die Universität, und der Bischof hatte das Vorrecht, frei über seinen Anteil verfügen zu dürfen. Also hatte von Gundelsheim die Gelder für die medizinische Fakultät ganz einfach den Theologen zugeschrieben, mit der Begründung, es würden unter Jacobs Führung satanische Heilkünste gelehrt.

Göttisheim hatte formal widersprochen, aber bis dato keine Antwort erhalten. Natürlich. Von Gundelsheim erhoffte sich durch den Geldsegen doch noch ein paar Theologen an seiner Seite halten zu können. Dies würde zwar auf lange Sicht die Reformation kaum aufhalten, so hoffte zumindest Göttisheim. Aber ein Ende der bischöflichen Schreckensherrschaft war zunächst einmal nicht absehbar, und diese traf seine Fakultät gerade empfindlich.

Jacob ging die Zahlen wieder und wieder durch, aber das half auch nicht. Nächstes Semester würde er nur halb so viele Studenten neu immatrikulieren können wie die Jahre zuvor. Wahrscheinlich würde er sogar ein oder zwei Professoren entlassen müssen. Als hätte die Eidgenossenschaft nicht ohnehin zu wenig Ärzte!

In der Schweiz wie im Reich fehlte es an Studienplätzen, weil die Ausbildung so teuer war. Und hatten sie erst einmal ihren Doktor, nahmen die allermeisten Akademiker lieber eine gut dotierte Stelle in einem Kloster oder als Leibarzt eines reichen Adligen an, anstatt sich mit den Krankheiten des gemeinen Volkes herumzuplagen. Außer es bezahlte ein Vermögen. Kein Arzt im ganzen Lande stand einem kranken Bauern zur Seite. War weit und breit auch kein Bader zu finden, so ging man eben zu einer Hexe, was hatte man zu verlieren?

Das hatte Göttisheim dem Katholikenfürsten ebenfalls in seinem Brief geschrieben und viel damit riskiert. Aber von Gundelsheim scherte sich nicht um die Macht oder Ohnmacht irgendwelcher Kräuterfrauen, geschweige denn um die Gesundheit mittelloser Bauern und hatte auch darauf nicht geantwortet.

Der Dekan seufzte, als er die Ausgaben nochmals hochrechnete. Es ging sich einfach nicht mehr aus. Er sollte Wölflin entlassen, vor allen anderen. Der hielt am wenigsten Vorlesungen von allen, verschlief oftmals selbst diese und war meist dabei betrunken …

»Jacob!«

Göttisheim schreckte aus seinen Gedanken hoch, als die Tür aufgerissen wurde.

»Johan, was führt Euch …«

Ein blasser Johan von Müllenberg eilte herein, zu zerstreut, um anzuklopfen. Die schwarze Soutane des Domherrn raschelte.

»Burri wurde gefunden. Man hat ihn ermordet. Jetzt haben wir Gewissheit.«

»Burri? Ermordet? Nein!«

»Glaubt es ruhig. Euer Sohn hat ihn selbst aus dem Wasser gezogen. Gerade haben sie ihn zu seiner Witwe gebracht.« Von Müllenberg deutete aus dem Fenster nach draußen. »Das Metzgersviertel, ach, die ganze Stadt ist auf den Beinen.«

»Wen trifft der Verdacht?«, fragte der Dekan traurig. Erahnen konnte er es ohnehin.

Von Müllenberg seufzte leise: »Es soll eine Lanze gewesen sein, flüstert man.« Bedauernd senkte der Domherr sein Haupt. »Am Tage vor Silvester wollte er die von Waldecks von unseren Plänen überzeugen. Wir denken, es misslang.«

»Und die haben ihn prompt verraten. Gewarnt habe ich euch davor. Eindringlich gewarnt!« Göttisheim schüttelte ärgerlich seinen Kopf. Solche Torheit! »Eine Verschwörung der Bürger gegen ihren Fürsten, vor aller Augen. Und ihr dachtet im Ernst, es wird kein Blut fließen?«

Johan nickte ernst. »Ob es nun von Bärenfels war oder der Bischof selbst ... Es spielt wohl kaum mehr eine Rolle.«

Göttisheim starrte auf die Papiere vor ihm. Unwichtig waren sie allesamt. Nun sprachen die Schwerter Recht.

»Es ist so weit, Jacob. Jetzt oder nie.« Von Müllenberg trat an den Schreibtisch heran und ließ Göttisheim dabei nicht aus den Augen. »Niemand ist mehr sicher. Ihr müsst jetzt etwas unternehmen.«

»Ja, was soll ich denn unternehmen, lieber Freund?«, erwiderte der Dekan blass.

»Ihr müsst Euch unserer Sache anschließen.« Der Inquisitor beugte sich über den Schreibtisch und blickte auf den Gelehrten hinab. Dieser lehnte sich so weit zurück wie möglich.

»Mich eurer Sache anschließen? Jetzt? Da sie verloren ist?« Göttisheim stand auf. »Himmel, Johan! Der Bischof weiß Bescheid. Es ist vorbei. Ihr habt drei Zentner Leiche als Beweis.«

»Ja, er wird es wissen. Deshalb muss es umso schneller gehen jetzt. Wir brauchen jeden guten Mann. Jeden Burschen. Jedes Weib. Jede Zunge brauchen wir, wenn der große Rat einberufen wird. Und wir werden ihn einbestellen, bald. Jacob, ich flehe Euch an! Ihr könnt uns Eure Hilfe nicht versagen.«

»Glaubt Ihr denn, dass er es nun mit dem Metzger auf sich beruhen lässt? Alle wird er euch hängen!« Der Dekan trat hinter dem Tisch hervor und lief hektisch im Zimmer auf und ab.

»Er ermordet einen Zunftmeister, und Ihr wollt Euch weiter hier verstecken, als ginge Euch das alles nichts an?« Von Müllenbergs Wangen wurden rot.

»Gerade weil er ihn ermordet hat, Johan.« Leise fügte Jacob hinzu: »Bedenkt doch, er hat ihn nicht gefoltert. Er hat ihn Euch nicht übergeben. Burri hat niemanden verraten können.« Göttisheim sah betreten an dem Inquisitor vorbei. »Vielleicht weiß er nicht mehr, hatte nur Burris und keinen anderen Namen. Johan, wenn ihr jetzt aufhört, seid ihr vielleicht noch sicher.«

»Wenn wir jetzt aufhören, brennt er die Stadt nieder. Darum geht es doch, Jacob. Niemand ist mehr vor ihm sicher.«

Von Müllenberg raufte sich das graue Haar, Göttisheim tat es ihm gleich.

»Johan, ich versage meine Hilfe doch nicht, weil ich eure Motive nicht teile. Es fehlt mir nur der Glaube an die Durchführbarkeit des Unterfangens.« Der Dekan rang nach Atem. »Angenommen, ihr habt die vier von fünf Stimmen des großen Rates tatsächlich beisammen, wer ist denn lebensmüde genug, diesem Mörder die Stirn zu bieten als Bürgermeister?«

Von Müllenberg schwieg einen Moment. Etwas betreten sah er an Göttisheim vorbei und aus dem Fenster. »Jakob Meyer zum Hasen.«

»Jakob ... Was?« Göttisheims Stirn kräuselte sich. Sein Mund stand offen. »Der Geldverleiher?«

»Selbiger höchstpersönlich. Ja.«

»Der Krämersohn? Der soll Euer Held sein? Zum Hasen hat für Papst Julius in der Lombardei gekämpft, und der soll sich gegen den Bischof wenden?« Schweiß bildete sich auf Jacobs krauser Stirn. »Er ist ein gläubiger Katholik, verdammt!«

»Genau wie ich«, antwortete von Müllenberg trocken.

»Aber die Zunft der Hausgenossen steht dem Bischof doch am nächsten.« Jacob riss sich ein Haar aus vor Aufregung. »Seid Ihr sicher, dass nicht zum Hasen selbst der Verräter ist?«

»Ganz sicher, ja.«

»Die Handwerkerzünfte werden aufschreien.«

»Die Handwerkerzünfte sehen ein, dass wir mit einem Kandidaten aus ihren Reihen die Achtburger verlieren würden. Wir haben längst mit ihnen gesprochen. Ihr unterschätzt die Besonnenheit Eurer Mitbürger, Jacob.«

»Das kann doch nicht …« Göttisheim hob eines der Schriftstücke hoch, um es fallenlassen zu können. »Er ist ein Emporkömmling, Johan, nichts weiter. Versessen auf Geld und Ruhm.«

»Und dafür danke ich Gott«, antwortete von Müllenberg rasch. Er schien die Vorbehalte gegen Jakob Meyer zum Hasen sehr wohl zu kennen. »Deshalb wird er alles tun, um Bürgermeister zu werden. Und zu bleiben. Deshalb wird er der Stadt und seinen Bürgern helfen.« Der Inquisitor öffnete das Fenster. Dankbar atmete Jacob die kühle Luft. Sein Talar war durchgeschwitzt.

»Die Zünfte ergreifen die Macht, Jacob, Ihr seht es. Nach und nach. Zum Hasen ist im Gegensatz zu meinem Herrn klug genug, das zu begreifen. Deshalb wird er nicht wagen, ihre Gunst zu verspielen, wenn er der oberste Mann im Rathaus ist. Deshalb wird er zum Wohle der Stadt handeln. Deshalb wird er die Hoheitsrechte nicht hergeben. Und deshalb ist er nicht der Verräter, mein Freund. Niemand ist berechenbarer als ein ehrgeiziger Emporkömmling.«

Von Müllenberg lächelte den Dekan milde an. Der zögerte. Und überlegte. Als gäbe es eine Rechenaufgabe zu lösen.

»Ihr könnt ihn ja doch nur wählen, Johan«, seufzte Jacob schließlich. Es war ein Schachspiel. Und der letzte Zug lag immer beim Fürsten. »Ernennen muss ihn doch der Bischof selbst. Und das wird niemals geschehen.« Jacob atmete durch. »Ein Zünftler als Bürgermeister! Diese Stelle wird schon immer von den Rittern besetzt. Das ist das Vorrecht des Adels.«

»Das war das Vorrecht des Adels«, antwortete von Müllenberg standhaft. »Die Stadt braucht einen bürgerlichen Bürgermeister. Und sie wird ihn bekommen.«

»Mit von Gundelsheims Segen?« Jacob lachte bitter in sich hinein. »Niemals! Lieber wird er den neuen Rat erschlagen lassen.«

»Die Stadtwache wird ihm nicht folgen«, erwiderte der Inquisitor gelassen. »Sie steht treu zu den Zünften.«

»Ja, aber er hat doch Söldner«, ereiferte sich Jacob. Von Müllenberg schloss das Fenster. »Seine Leibgarde, besser bewaffnet als die Stadtwache! Und um die Hälfte mehr an Männern. Wollt ihr Krieg innerhalb der Stadtmauern? Hunderte werden sterben. Und den Sieg davon tragen wird doch er.«

»Gekaufte Männer kämpfen nie so gut als wahrhaft überzeugte. Wir werden siegreich sein.«

»Dann plant ihr also das Massaker schon mit ein, ja? Johan, mein Kind dient in der Wache. Und ihr spielt mit seinem Leben. Für diesen Hasen, den Geldverleiher.«

»Es geht doch nicht um zum Hasen.« Von Müllenberg bemühte sich um einen ruhigeren Ton und scheiterte. »Wir müssen die Stadt aus dem Würgegriff dieses Tyrannen befreien, Jacob! Es wird Opfer geben, das weiß ich wohl. Aber es ist der einzige Weg.«

Er packte Jacob bei den Schultern, aber der riss sich los und fuchtelte mit beiden Armen in der Luft herum. Was musste er sagen, um diesen Narren sehend zu machen?

»Die Stadtwache kann nicht siegreich sein, mein Freund! Selbst wenn alle Bauern des Bistums sich mit Heugabeln und Steinen bewaffnen und ihr jeder Frau einen Hammer in die Hand drückt, werdet ihr chancenlos sein gegen die Söldner des Bischofs. Es sind einfach zu viele. Und der Herr an ihrer Spitze skrupelloser als ein jeder von euch. Ihr bräuchtet mehr Männer, Johan. Ein Vieles mehr an Männern.«

»Wir haben aber nicht mehr Männer, Jacob.« Von Müllenberg trat so nahe an ihn heran wie irgend möglich, und packte ihn freundschaftlich beim Genick. »Jacob, wir brauchen Euch! Euren Verstand und Eure Zunge. Es ist möglich. Kämpft mit uns oder flieht. Etwas anderes gibt es nicht mehr, seit heute Morgen. Wenn Ihr in diesem Zimmer weiter auf Blätter starrt, sterbt Ihr mit Sicherheit. Schließt Euch uns an, ich bitte Euch!«

»Wenn wir mehr Männer hätten, Johan. Meinetwegen. Aber so sehe ich den Tod hunderter tapferer Männer vor mir. Ich kann das nicht unterstützen.«

Göttisheim wandte sich ab. Tränen und Schweiß vermischten sich.

Von Müllenberg nickte enttäuscht. Dann legte er dem Dekan die Hand auf die Schulter. »Jacob, wenn Ihr das wirklich so seht, müsst Ihr gehen. Nachts, wenn Euch kein Auge sehen kann! Nehmt Euer Weib und Eure Kinder. Wenn Ihr nicht kämpfen wollt, flieht!«

Der Dekan blieb allein zurück in seinem Studierzimmer und blickte auf die Bücher, ohne sie zu lesen. Zwei Kerzen brannten herunter. Die letzten Schritte hallten durch leere Flure, als die Dämmerung hereinbrach. Noch in derselben Nacht verließ Jacob Göttisheim die Stadt.

Margret

»Er wäre niemals ohne uns gegangen!« Margret schluchzte. Ihre Schultern und Brüste zitterten. Caspar bemühte sich sichtlich, sich auf ihre Schultern zu konzentrieren. Margret kümmerte es nicht. Seit Tagen war ihr Vater wie vom Erdboden verschwunden. Kein Wort des Abschieds hatte er an sie gerichtet. Allein die Drohungen Steffans hallten nachts in Margrets Ohren nach. Immer und immer wieder.

»Ihm muss etwas zugestoßen sein!« Tränen tropften in den Apfelwein vor ihr.

»Man hat nirgendwo seine Leiche gefunden«, erwiderte Paracelsus trocken.

Margret wimmerte auf. Caspar trat seinem Freund unter dem Tisch auf den Fuß. Paracelsus sah ihn verständnislos an und trat zurück.

Sie saßen wieder an ihrem gewohnten Platz im Goldenen Ochsen. Wirt und Wirtin hatten lautstark geflucht bei ihrem Eintreten und hatten die vier sofort an die frische Luft setzen wollen. Laurencz hatte sich ausschweifend gerechtfertigt. Caspar hatte sich vielmals entschuldigt für die Geschehnisse jener Nacht. Paracelsus hatte dem Wirt wortlos eine Kupfermünze unter die Nase gehalten. Damit war die Sache erledigt gewesen.

So sehr sich der Wirt des Goldenen Ochs auch mokierte, seine Einrichtung wurde regelmäßig demoliert. Hätte er allen Gästen nach einer Rauferei in seiner Gaststätte Hausverbot erteilt, säße er binnen zwei Wochen allein in der Schenke.

Zudem war Paracelsus ein mehr als trinkfreudiger und spendabler Kunde. Als er bei der ersten Runde sogleich je zwei Liter Bier, Wein und Met bestellt hatte, dazu vier Portionen Eintopf, ein großes Stück Geräuchertes und einen ganzen Laib Brot, hatte die Frau Wirtin nur ganz kurz noch mit unverhohlener Missbilligung die Narbe auf seinem Kopf beäugt und war dann losgelaufen, als hätte sie eine Hornisse in den Hintern gestochen. Beim Servieren hatte sie Margret zugeflüstert, ob denn wirklich ein Kobold mit seinen Klauen das Loch im Schädel des Wunderlings zuhielt, zog aber ohne Murren den Kopf weg, als sie Margrets verständnislosen Blick sah. Der Umsatz schien ihr wichtiger als ihre Neugierde.

»Vielleicht hat ihn einfach die Angst gepackt, nach dem, was mit Burri passiert ist«, meinte Caspar und streichelte kurz Margrets Hand zum Trost, ließ es aber mit einem flüchtigen Blick auf Paracelsus rasch bleiben. »Das wäre doch nur verständlich. Er ist auch nur ein Mensch.«

Er steckte sich einen Löffel Eintopf in den Mund. Hase mit Maronen in Rotweinsud. Er roch köstlich. Margret selbst aber brachte keinen Bissen hinunter.

»Mein Vater haut doch nicht ab ohne seine Familie! Ohne etwas zu sagen. Nicht einmal mit Mutter hat er gesprochen.«

Laurencz trank sein Bier in einem Zug aus. Er sah so unglücklich aus wie seine Schwester. Nur die Tränen fehlten.

»Vielleicht ist etwas passiert, und er musste sofort fliehen. Vielleicht waren ihm die Männer dieses verfluchten Bischofs auf den Fersen. Oder dieses Arschloch von Bärenfels selbst!«

Die Köpfe am Nachbartisch drehten sich nach Paracelsus um.

»Theo, leise! Fang nicht schon wieder Ärger an«, zischte Caspar.

»Was sag ich denn?«, fragte Theo und setzte noch ein wenig lauter nach: »Dass der Bischof ein verwunschener

Scheißhaufen ist und der Schultheiß sein missratenes Hündchen, das ihm den Hintern leckt? Das weiß doch ein jeder längst.«

Abermals wurde es still im Gastraum. Caspar kniff seine Augen zusammen. Margret sah beschämt zu Boden, musste aber lächeln. Laurencz kicherte herzlich in sich hinein.

»Theo, ich habe wirklich Angst um ihn. An der Geschichte ist doch was faul.« Jetzt war es an Margret, Paracelsus' Arm zu berühren. Ein Zucken ging durch Caspars Muskeln. Margret sah es in ihren Augenwinkeln.

»Mama weint sich die Augen aus. Kannst du nicht irgendwas herausfinden, mir zuliebe?«

Theo steckte sich ein großes Stück geräuchertes Schwein in den Mund. »Wie soll ich denn was herausfinden? Was meinst du? Soll ich lieber meinen guten Kumpel, den Bischofsschlächter besuchen oder meinen Busenfreund Meinrad von Bärenfels?«

»Nein, das habe ich nicht gemeint«, stammelte Margret und blickte betreten auf die Schüssel mit Haseneintopf vor ihr. »Du hast doch ... andere Möglichkeiten.« Jetzt sah sie direkt in Paracelsus grünlich schimmernde Augen und streichelte seine Hand. Sie wusste um ihre Macht.

»Kannst du nicht irgendein Orakel befragen, wo mein Vater ist? Oder zumindest, ob er lebt?«

Caspar verschluckte sich an einer Wacholderbeere und hustete jämmerlich. Er duckte sich ein wenig.

»Ja Weib, was für ein Orakel denn?« Margret bemerkte, wie Paracelsus Caspar nachdenklich ansah. Dieser tat gut daran, den Blick nicht zu erwidern.

»Irgendeines!« Margret schluchzte. »Oder einen Dämon, einen Teufel, oder einen Untoten! Ist mir gleich, mit wem du sprichst. Aber finde meinen Vater.« Sie gestikulierte wild in der Luft herum.

Paracelsus lächelte, aber der Zorn darunter war kaum zu verbergen: »Wie viele Untote kennen wohl die Gästebücher der Wirtshäuser in der Umgebung?«

»Theo, hör' auf. Du weißt, was ich meine.« Margrets Stimme überschlug sich. Laurencz schenkte sich Bier nach.

»Was meinst du denn, mein hübsches Kind?« Paracelsus ließ sich nicht mehr streicheln und hielt stattdessen Margrets Hand fest. Recht grob.

Margret flüsterte: »Du weißt schon ... Astarte ... Caspar sagt, sie kennt jedes Geheimnis.«

Caspar verschluckte sich erneut. Ihm fiel der Hase vom Löffel. Margret biss sich auf ihre Unterlippe. Das würde unangenehm werden.

»Was erzählst du ihr für einen Blödsinn, Mann?« Theo ließ Margrets Hand los und hieb mit der Faust auf den Tisch. Wütend funkelte er Caspar an. Der blickte schuldbewusst drein und verzog sein Gesicht.

»Kannst du nicht einmal schweigen, Junge? Zum Teufel noch mal! Das geht die Frau überhaupt nichts an.«

»Wieso geht mich was nichts an?«, empörte sich Margret. »Weil ich eine Frau bin?«

Der Wirt trat einen Schritt näher an ihren Tisch heran und schielte kritisch auf Paracelsus. Laurencz wusste wohl nicht recht, zu wem er halten sollte, und trank.

Caspar richtete sich auf. »Ich bitte dich, Theo! Das zwitschern doch die Spatzen von den Dächern, was du nachts für Sachen treibst! Das brauch ich ihr nicht zu stecken.«

»Hast du aber, du Tratschweib!« Paracelsus warf ihm eine Schinkenschwarte ins Gesicht und nahm einen großen Schluck Wein. Die Wirtin zischte im Vorbeigehen. Margret blickte schuldbewusst zu Boden.

»Was zwitschern denn die Spatzen, was ich nachts treibe?«, fragte Paracelsus dann, zu Margrets Überraschung mehr besorgt denn wütend.

Da lachte Laurencz lauthals auf: »Tja, sie wissen nichts Genaues! Das ist ja das Problem. Macht von Eschenbach ganz kirre.« Er zwinkerte Caspar zu und boxte Theo grinsend in die Flanke. »Komm schon Alter, sag's! Mir kannst du's doch erzählen. Was hat's mit diesem Astaroth auf sich?«

»Sei leise, Mann!« Paracelsus blickte nervös um sich.

»Ach, das ist nur der Dämon, den unser Freund nachts jagt, nichts Besonderes«, antwortete Caspar verbittert. Jemand am Nebentisch hüstelte.

»Psst«, machte Paracelsus.

»Kannst du ihn denn nicht fragen, Theo?«, mischte sich Margret wieder ein, »Bitte! Gebrauch diesen Firlefanz doch auch mal für was Sinnvolles.«

»Seid endlich still! Alle. Ihr benehmt euch wie kleine Kinder. Darüber spricht man nicht.« Paracelsus leerte seinen Becher.

»Zumindest nicht mit seinen besten Freunden, was? Aber mit dem jungen Simon, einem Halbstarken im Stimmbruch, tauscht sich unser Genie gerne aus. Auf Augenhöhe«, fauchte Caspar. »Pfui, Teufel, ziehst den Kleinen da mit rein.« Er warf die Schinkenschwarte zurück.

Paracelsus verdrehte die Augen. »Das hab ich dir schon tausend Mal erklärt, du Hundsfott. Ich ziehe gar niemanden irgendwo hinein …«

»Schluss jetzt«, rief Laurencz. »Fangt nicht schon wieder Streit an. Lasst uns lieber die Schönheit dieser Welt feiern!«

Er füllte vier Becher mit Met und stellte jedem einen vor die Nase.

»Margret, es ist eine ganz dumme Idee, den Teufel mit Vater zu belästigen. Er wird am Leben sein und sich ein bisschen von all dem Tumult erholen. Punkt. Sollten wir auch tun. Und Astaroth ist nichts für uns einfache Gemüter, der große Paracelsus wird es wohl wissen. Und wir sind jetzt lustig. Lustig sag' ich!«

Laurencz hob seinen Becher und prostete den Freunden zu.

Paracelsus starrte stur geradeaus. Caspar blickte mürrisch zur Seite. Margret schluchzte.

»Ach kommt schon«, rief Laurencz. »Theo freundet sich mit Luzifer an, na und wenn schon?« Er klopfte Caspar auf den Rücken. Der rührte sich nicht. »Mein Vater ist weg. Meine Schwester weint pausenlos. Bluttaten werden nicht mehr gesühnt in dieser Stadt. Ein toter Metzger und ein paar Halbwaisen kümmern niemanden mehr, und mir wurde verboten, nach den Mördern zu suchen. Wann habt ihr euch das letzte Mal aus Frust besoffen? Heute ist der richtige Abend dazu!«

Laurencz

Laurencz stand betreten auf dem Kirchhof von Sankt Martin und starrte auf einen kleinen Erdhügel unter der Traufe der Kirche. Ein einziger grüner Tannenzweig schmückte ihn. Die zögerliche Januarsonne brachte den Schnee auf dem Kirchendach zum schmelzen, Tropfen für Tropfen rieselte auf das frisch ausgehobene Grab. Ein Aberglaube der Christen, hatte ihm seine Mutter einst erklärt: Verstarb ein Säugling, noch bevor er in die Christengemeinde aufgenommen werden konnte, bestattete man den kleinen Körper unter der Traufe, um das arme Würmchen posthum doch noch taufen zu können. Wenn man es bezahlen konnte.

Gräber nahe der heiligen Mauern waren teuer. Traurig sah Laurencz zurück zu den Beinhäusern zu seiner Rechten, wo die Knochen derer übereinandergestapelt waren, die sich kein Grab hatten leisten können oder das ihrige für frische Gebeine hatten räumen müssen.

Das Grab des Wilhelm Burri sollte in der Mitte des Friedhofs liegen. Seinem Stand und Münzbeutel entsprechend. Laurencz war gespannt, was kommen würde, und sah unsicher zu Caspar neben ihm. Der jüdische Friedhof befand sich außerhalb der Stadtmauern, Laurencz hatte noch nie einer christlichen Beerdigung beigewohnt. Aber bei der Bestattung des armen Metzgermeisters, den er selbst zu seiner Witwe gekarrt hatte, hatte er dabei sein müssen.

Der Apfel im toten Mund verfolgte ihn in seinen Träumen. Die Witwe hatte gerettet, was gerettet werden konnte, und ein Leintuch um Kopf und Kiefer ihres Gatten gebunden, bis sich sein Mund endlich geschlossen hatte. Das war wichtig, damit die verstorbene Seele nicht wieder in den Körper eindringen konnte, sonst würde der Tote die Familie als Wiederkehrer heimsuchen. So sagte man.

»Wann geht es endlich los?«, nörgelte Laurencz ungeduldig. »Nehmen sich die Christen den ganzen Tag frei? Ich hab heute Nachmittag Dienst.«

»Psst …«, flüsterte Caspar gereizt. Fromm sah er auf seine Füße, die Hände andächtig gefaltet.

Zunächst hatte sich der Freund geweigert, Laurencz zu begleiten. Er war wütend auf Paracelsus gewesen und hatte seine Ruhe haben wollen. Erst als Laurencz ausführlich das Bild eines gesteinigten Juden auf einem katholischen Friedhof gezeichnet hatte, das ohne Caspars Geleitschutz nahe Zukunft werden sollte und diesen direkt in die Hölle befördern würde, hatte Caspar lachend zugestimmt. Geleitschutz war wohl nicht nötig, dachte Laurencz bei sich, die Christenheit war ganz und gar mit sich selbst beschäftigt. Niemand registrierte ihn. Das Totengeläut der Kirchenglocken erklang.

»Was soll das Gebimmel?«, fragte Laurencz mit aufrichtiger Naivität.

»Das ist kein Gebimmel«, flüsterte Caspar in ärgerlichem Tonfall zurück. »Das ist ein Gebetsruf. Du sollst den Verstorbenen mit Gebeten ehren. Macht man das bei euch nicht?« Eine alte Frau neben ihm sah Caspar tadelnd an. Er biss sich auf die Lippen.

Die Klageschwestern stimmten ein Lied an. Hübsch, wie Laurencz fand. Er summte die Melodie nach. Caspar trat ihm auf den Fuß. Ohne sein Haupt zu heben.

»Nicht«, flüsterte Caspar.

»Wieso nicht, die singen doch«, antwortete Laurencz.

»Nicht du!«

»Psst …«, fauchte die Alte.

Bald trugen die treuen Zunftbrüder die hölzerne Sargkiste ihres verstorbenen Meisters herbei. Laurencz sah sich ziellos auf dem überfüllten Friedhof um. Quasi jeder Bürger Basels, der etwas auf sich hielt, war gekommen, um Burri die letzte Ehre zu erweisen. Nur Laurencz' Vater nicht. Er blieb wie vom Erdboden verschluckt. Laurencz kaute an seinen Fingernägeln. Wie bald würde er wohl die nächste Beerdigung erleben müssen? Draußen, vor den Stadtmauern. Auf ihrem eigenen Friedhof. Er schluckte seine Angst hinunter.

»Hast du eigentlich ...?«

»Halt endlich dein Maul, Mann! Das ist hier kein Witz.«

»Psst ...«, zischte die alte Frau und hieb Caspar auf die Schulter.

»Psst! Sag' ich doch«, zischte er zurück.

Laurencz wusste wohl, dass das kein Scherz war, und ihm war auch nicht zum Lachen zumute. Hätte er sich aber auf die regungslose Witwe und die apfellose Sargkiste konzentriert, hätte er mehr schlucken müssen, als sein Magen zu fassen imstande gewesen wäre.

»Siehst du ...« Laurencz wollte Caspar gerade ein Mädchen zeigen, das versuchte, seine Haare aufzuessen, als der Priester mit dem Requiem begann. Johannes Oekolampad, der neue Leutpriester der Martinskirche, war von der Witwe bestellt worden, die Seelenmesse zu halten.

»Herr, gib ihm die ewige Ruhe, und das ewige Licht leuchte ihm.«

Zunächst hörte Laurencz nur aufgeregtes Getuschel hinter sich.

»Dir gebührt Lob, Herr, auf dem Zion, Dir erfüllt man Gelübde in Jerusalem.«

Dann traten fromme Füße auf geweihtem Boden unruhig hin und her.

»Erhöre mein Gebet; zu Dir kommt alles Fleisch.«

Laurencz wusste die Aufregung um ihn herum nicht einzuordnen. Verdutzt sah er in die Runde. Die gewohnheitsmäßig gesenkten Häupter der Christenheit blickten nun fassungslos zu ihrem Priester auf. Professor Wölflin taumelte unmerklich. Werner Gruber, der Jurist, wurde ganz blass. Steffan von Bärenfels' Kinnlade schien in das offene Grab zu fallen. Allein Mina Burri stand wie ein Fels vor dem Sarg ihres Gatten und verzog keine Miene.

Laurencz runzelte seine Stirn und boxte Caspar sanft in die Flanke. »He! Was ist denn los? Was haben die denn alle?«

Die alte Frau neben ihnen starrte ihn nur an, sagte aber nichts. Sie bekreuzigte sich stattdessen.

»Es müsste lateinisch gesprochen werden, nicht in Mundart«, flüsterte Caspar.

Das Getuschel ringsum wurde lauter. Ein greiser Mann rief Unverständliches. Der frisch ernannte Leutpriester brach den Einzugspsalm unsicher ab. Die Witwe Burri aber sah kritisch in die Menge – woraufhin diese abrupt verstummte. Dann nickte sie Oekolampad entschlossen zu.

»Herr, gib ihm die ewige Ruhe.«

»Na und?«, fragte Laurencz. »Was ist so schlimm daran?«

Caspars Wangen waren rot angelaufen. Beschämt sah er zu Boden. »Frag das mal den Heiligen Stuhl. Ich wünsche dir viel Spaß bei der Antwort.«

Steffan von Bärenfels verließ die Totenmesse.

Oekolampad räusperte sich. Er schien leicht zu wanken. Dann aber blickte er in Mina Burris weit aufgerissene Augen und holte Atem.

»Mein liebe Gemeinde. Der Papst lehrt euch, dass ihr durch fromme Taten oder euren Münzbeutel das Himmelreich erlangen möget ...«

Die Liturgie der heiligen Messe war dahin. Ein Aufschrei ging durch die Menge.

»Ich aber sage euch, dass ihr durch den Glauben allein und die Gnade Gottes den Heiligen Geist empfangen könnt!«

Viele nickten. Einer klatschte in die Hände. Witwe Burris Buckel richtete sich auf. Laurencz blickte fragend zu Caspar. Der hatte aufgehört zu atmen.

»Verräter«, rief Bürgermeister von Rotberg.

»Die katholische Kirche wahrt weder Sitte noch Moral. Sie bereichert sich schamlos an euch braven Christenmenschen und gibt Versprechen, die Gott allein einzulösen imstande ist.«

»Ketzer«, rief Professor Hartmann.

Manche stimmten ihm zu. Links hinten begann ein hektisches Handgemenge. Jemand schubste die alte Frau neben Caspar, die daraufhin lauthals fluchte. Einige wollten gehen. Doch ein Blick auf die stämmige Witwe Burri mit dem Säugling auf ihrem Arm reichte aus, und niemand traute sich.

»Vikare verrichten die Arbeit des Klerus«, der Leutpriester sprach schneller und lauter, »während die Gottesmänner in ihren Palästen residieren und sich der Sünde hingeben. Unsere Kirche braucht Erneuerung. Sie muss wiedergeboren werden in aufrechtem Glauben an unseren Herrn Jesus Christus.«

Oekolampad bekreuzigte sich. Mina Burri tat es ihm gleich. Professor Wölflin hatte einen Beutel Schnaps aus seinem Mantel gezogen und prostete ihnen fröhlich zu.

»Für diese Überzeugung musste unser frommer Bruder Burri sterben! Wurde seinem Weibe und seinen Kindern grausam entrissen, lange noch vor seiner Zeit.«

Die Witwe nickte unmerklich. Burris Basen weinten hemmungslos.

»Jawohl«, riefen einige der Metzger und ballten ihre Fäuste.

»Mann, bei euch ist wirklich was los, hä? Das ist besser als im Goldenen Ochsen.« Laurencz grinste.

Caspar erwiderte seinen Blick. Der Schrecken stand ihm ins Gesicht geschrieben: »Laurencz, begreifst du nicht? Er öffnet gerade das Tor zur Hölle. Mach dich bereit. Es kann hier bald sehr ungemütlich werden.«

»Ermordet! Von seinem eigenen Bischof. Der ihm Schutz und Trost sein sollte«, rief Oekolampad.

»Lüge! Lüge!«, schrie von Rotberg. Das allgemeine Gemurmel schwoll zu beträchtlicher Lautstärke an.

»Und unser Bürgermeister schützt seine Bürger nicht«, rief Konrad Egg, der Schneidermeister.

»Lüge!«, schrie von Rotberg.

»Und unser Rat spricht nicht mehr in ihrem Namen«, rief der Steinmetz Michael Frei. Arnold zum Luft stand etwas abseits und beobachtete das Treiben wie ein Wolf auf der Lauer.

Laurencz sah seinen Kommandanten von einem Fuß auf den anderen wippen. Er fühlte sich sichtlich unwohl in seiner Haut. Suchte an seinem Gürtel immer wieder nach einer Waffe, die er freilich auf den Friedhof nicht hatte mitbringen dürfen.

»Erhebe dich Christenheit zum reinen Glauben«, rief Oekolampad.

»Verfluchter Hurensohn«, schrie Professor Hartmann.

Und so tat ein jeder seine Meinung kund. Die Mütter nahmen ihre Kinder auf den Arm.

Dann wurde die Menge hinten am Tor plötzlich ruhig. Einen Augenblick später hörte es auch Laurencz: Das eilige Klappern von Pferdehufen. Die Leute verstummten. Aller Augen blickten zum Friedhofstor. Der Kommandant der Wache suchte nochmals seinen Gürtel ab.

Am Tor erschien Steffan von Bärenfels, mitsamt seinem Vater und vier Soldaten des Bischofs.

»Johannes Oekolampad, ich klage Euch an der Ketzerei und des Verrats an seiner Exzellenz«, rief Meinrad von Bärenfels.

Die Soldaten bahnten sich mühsam ihren Weg durch die Menge.

»Ketzerei ist der Verrat an Jesus Christus allein, dessen Lehre ich beschützen und bewahren will«, antwortete der Priester tapfer.

Laurencz schluckte. Caspar neben ihm taumelte. Mina Burri stand still.

»Verlogenes Geschwätz Satans!« Meinrad von Bärenfels' Ruf hallte von den Kirchenmauern wider. Das kleinere Mädchen der Burris fing zu weinen an. Bärenfels hielt raschen Schrittes auf den Priester zu. Dieser wich nicht zurück. Der Schultheiß zückte sein Schwert.

»Ihr werdet den heiligen Grund der Mutter Kirche nie wieder mit Eurer Teufelszunge belästigen«, fauchte des Bischofs Schultheiß. »Ich reiße sie Euch heraus. Noch heute. Ergreift ihn!«

Laurencz wünschte sich eine Waffe herbei. Caspar bekreuzigte sich. Die Witwe eilte zu ihrem Leutpriester.

»Ihr wagt es, die Beerdigung meines Mannes zu stören? Reicht Euch denn sein Leben nicht?« Mina Burri schrie aus Leibeskräften. Die Gemeinde hielt den Atem an.

»Habt Ihr ihn ermorden lassen und sprecht nun in meiner Anwesenheit von Gott und Teufel?«

Der Säugling in ihren Armen plärrte. Sie spuckte dem Schultheiß vor die Füße.

Bärenfels schäumte vor Wut: »Ergreift ihn, sage ich!«

Die Klageschwestern kreischten auf. Eine fiel in Ohnmacht. Die Soldaten zögerten. Das Mädchen eilte zu seiner Mutter.

»Tritt beiseite, Weib!«, rief einer der Soldaten.

»Schlag mich tot dafür«, schrie Burris Witwe.

Jetzt verstand Laurencz, warum dieses unförmige Weib von ihrem Gatten so geliebt worden war.

»Das wirst du nicht, Mistkerl.« Ein Zunftbruder der Metzger eilte herbei und schob seinen Mantel etwas zurück. Darunter blitzte eine Axt hervor. Ein weiterer stellte sich neben die Witwe, sein Fleischerbeil in der Hand. »Ihr werdet dieser

Familie keinen weiteren Schaden zufügen, das schwöre ich beim Heiligen Geist!«

Von Bärenfels stand da, als hätte ihn der Blitz getroffen. Die Witwe Burri übergab ihren Säugling einer der Klageschwestern, nahm dem Zunftbruder das Beil aus der Hand und hielt es in die Höhe.

»So, Schultheiß. Seid Ihr heute bereit, Christenblut auf dem Gottesanger zu vergießen? Ihr befindet Euch auf heiligem Grund! Bedenkt es wohl!«

Nun war es, als hielte sie die Predigt.

»Ihr wollt den Kirchenfrieden brechen vor den Augen der ganzen Gemeinde? Wollt eine Christin am Grab ihres Mannes abschlachten und dann einen Priester wegen Ketzerei aufhängen? Nur zu! Bei Gott, das wird Eure letzte Bluttat gewesen sein.«

Mina Burris Augen funkelten. Wahnsinn und Leidenschaft waren nicht zu unterscheiden. Die Soldaten sahen unsicher zu ihrem Herrn. Oekolampad schloss die Augen. Irgendwo wieherte ein Pferd. Des Bischofs Schultheiß trat vor das Weib, sein Langschwert fest umschlossen. Fast berührte sein Gesicht das Fleischerbeil. Sekunden zogen sich zur Ewigkeit. Eine Frau stöhnte. Zum Luft näherte sich langsam. Von Bärenfels' Gesicht zuckte. Hasserfüllt kniff er die Augen zusammen. Die Witwe zwinkerte nicht. Ein Soldat fixierte ihre Brust mit einer Lanze.

Der Schultheiß blickte auf die Fäuste der Metzger. Viele Hände umklammerten Beile unter ihren Mänteln. Entschlossen. Wütend. Bereit.

Bärenfels lächelte. Laurencz konnte es nicht deuten. Die Lippen des Schultheiß bewegten sich kaum, als er sagte: »Das letzte Wort in dieser Sache ist nicht gesprochen.« Dann wandte er sich ab. »Der Bischof wird davon erfahren.«

»Mit den besten Grüßen seiner Stadt.« Professor Wölflin hielt seinen Schnapsbeutel gen Himmel und nahm dann einen beherzten Schluck.

Die Soldaten atmeten auf. Sie folgten ihrem Schultheiß wortlos. Steffan von Bärenfels war wie angewurzelt und musste von seinem Vater geschoben werden. Die Witwe ließ das Beil sinken, nahm ihren Säugling zurück und küsste ihn. Die Zünftler klopften sich gegenseitig auf die Schultern. Zum Luft lächelte. Der Schnapsbeutel wurde herumgereicht. Johannes Oekolampad trat vor seine Gemeinde.

Der erste evangelische Gottesdienst der Stadt Basel wurde gefeiert.

Jacob

»Wo warst du, Vater?«

Margret blickte mit müden Augen zu Göttisheim auf. Sie waren gerötet. Ihre Lider geschwollen. Jacob tat es in der Seele weh.

»Wo warst du?« Margret wurde lauter.

Jacob stand traurig in dem schmalen Türrahmen zur Stube seiner Tochter und schüttelte wortlos seinen Kopf. Ein blasser Sonnenstrahl fiel herein und machte das helle Holz des Bodens glänzen.

»Keine Antwort?«

Margret erhob sich von ihrem Hocker und warf ihr Garn und die Stricknadeln unwirsch zu Boden. Göttisheim legte schuldbewusst seine Stirn in Falten. Seine Tochter pflegte den Beschäftigungen des Weibsvolks nur dann nachzukommen, wenn sie in größter Aufregung war. Stricken war sonst nicht ihr liebster Zeitvertreib.

»Nicht einmal das sind wir dir wert? Mutter und ich? Laurencz? Keine Erklärung?«

Margret trat an ihren Vater heran. Eine große Träne lief über ihre gerötete Wange. Sogar in diesem Zustand war sie wunderschön, stellte Jacob erstaunt fest.

»Keine Entschuldigung? Kein Wort der Reue?«, rief sie erbost.

Göttisheim schwieg.

Margret ließ von ihm ab, trat ans Fenster und trank hastig einen Schluck kalten Wassers.

»Die Augen haben wir uns ausgeweint. Ausgeweint, sag' ich. Sogar Laurencz. Ja, glaub es ruhig. Ich hab's gehört. Und jetzt bist du wieder da, als wäre nichts gewesen, und sprichst kein Wort.«

Sie wandte sich wieder ihrem Vater zu.

»Hattest du Angst? Bist du geflohen wie ein Hase? Und hast deine Familie dabei vergessen?«

Sie strich sich ihre Locken aus dem Gesicht.

Göttisheim schwieg.

»Wir hatten auch Angst, Vater! Jeder Bürger dieser Stadt lebt in Angst, seit Burri ermordet wurde. Aber wir bleiben und stehlen uns nicht nachts davon wie die Diebe, sondern kümmern uns um die, die wir lieben.«

Göttisheim rang nach Luft. Seine Lippen zitterten. Niemals hatte seine Tochter so mit ihm gesprochen. Er brach sein Schweigen. Deshalb.

»Ja, ich hatte Angst, Margret. Aber vergessen habe ich meine Familie nicht«, antwortete er so ruhig wie möglich.

»Wo warst du also?«, rief sie.

»Ich habe die Stadt verlassen, und jetzt bin ich zurück. Das ist alles, was du wissen musst.«

Jacob sah, wie seine Tochter ihn taxierte. Er wusste, dass er blass war und unrasiert. Die vergangenen Tage hatten an seinen Kräften gezehrt. Ein Jahrzehnt war er gealtert.

Margret ging langsam auf ihren Vater zu, blieb alsdann dicht vor ihm stehen und sah tief in seine braunen Augen.

»Feigling«, flüsterte sie.

Göttisheim traf es wie der Schlag. Er öffnete seinen Mund, schloss ihn aber wieder. Unbeholfen sah er an Margret vorbei zu ihrer Zither auf der Kommode. Jacob hatte sie ihr geschenkt, als sie noch ein kleines Mädchen gewesen war. Jetzt war sie eine Frau. Er holte Atem.

»Du bist eine hübsche, kluge und grundgütige Frau geworden, Margret.« Jetzt musste er Tränen hinunterschlucken. »Und ich bin stolz auf dich. Das sollst du wissen und nicht mehr.« Er stützte sich auf die alte Kleidertruhe und strich Margret über ihre Wange. »Pass auf deine Mutter auf, bitte. Und auf deinen Bruder. Ungeachtet seiner Muskeln braucht er jemanden, der sich um ihn kümmert, das wissen wir beide. Er ist ein Kind im Körper eines Mannes.« Göttisheim versuchte zu lächeln. Seine Lippen gefroren jedoch beim Anblick seiner Tochter. Mit einem Mal war ihre Wut verflogen. Die Angst stand ihr ins Gesicht geschrieben.

»Vater. Um Himmels willen!« Hektisch versuchte sie, in seinem Gesicht zu lesen. »Warum sprichst du so?«

Ihre Hände begannen zu zittern, als es ihr gelungen war. »Warum diese Worte?«

Göttisheim seufzte. Erschöpft nahm er auf der Kleidertruhe Platz und strich sich durch das weiße Haar. Eine Antwort blieb aus.

»Vater, warum sagst du das jetzt?« Margret kniete sich vor ihn. Ihre Stimme bebte.

Göttisheim suchte nach Worten, die es beschönigen oder abmildern konnten, fand aber keine. Er seufzte laut auf.

»Von Gundelsheim hat mich in den Palast einbestellt.«

»Was?« Margrets rote Wangen wurden blass. »Nein! Wieso? Was will er von dir?«

»Ich weiß es nicht, mein Kind.«

Margret kräuselte die Stirn. »Du warst doch gar nicht da.« Sie lächelte verzweifelt. »Ich meine, du warst der einzige Bürger der Stadt, der nicht bei dieser Beerdigung war.«

»Ich weiß, Liebes. Man hat ihn in die Ecke gedrängt. Er schlägt um sich. Er will sich aller entledigen, noch bevor der große Rat tagen kann.«

Margret richtete sich auf. Sie stemmte ihre Hände in die Hüften, wie es ihre Mutter sonst zu tun pflegte. »Vater, du darfst nicht in den Palast. Keinesfalls. Du wirst seiner Einladung nicht nachkommen.«

»Margret, ich muss.« Jacob versuchte, seine Tochter bei der Hand zu nehmen, aber sie wurde ihm entrissen. »Er hat mich nicht geladen, er hat mich einbestellt. Das ist ein Unterschied. Wenn ich nicht freiwillig zu ihm gehe, werden seine Soldaten mich holen.«

»Dann verschwindest du eben wieder, verlässt die Stadt! Wäre ja nicht das erste Mal.« Etwas Verbitterung lag noch in ihrer Stimme.

»Dann kommen seine Schergen zu euch. Und ihr müsst der Inquisition erklären, warum euer Familienoberhaupt sich bischöflichen Befehlen widersetzt. Margret, nein! Das mute ich euch nicht zu.«

»Das kann ich ihnen wohl erklären.« Margret schlug sich gegen ihre Brust. Unablässig strömten jetzt Tränen über ihre Wangen. »Weil mein Vater nicht so dumm und so kaltherzig uns gegenüber ist, sich aus freien Stücken vor eine Giftschlange zu legen, damit sie nur noch zubeißen muss, ohne sich einen Deut zu bewegen.«

»Kind! Mit freien Stücken hat das nichts zu tun.«

»Doch, hat es!« Margrets Stimme überschlug sich. »Noch bist du frei.«

»Ich habe dir erklärt, warum ...«

»Was denkst du denn, was geschehen wird?«

Jacob sah zu Boden. »Nichts Gutes, nehme ich an.«

»Diese Metzger hat er schon in den Kerker geworfen. Und die Witwe Burri. Da unten treten sie sich schon auf die Füße, munkelt man. Der Henker kommt nicht mehr nach.«

Göttisheim räusperte sich nachdenklich: »Ja, die Witwe. Ich hörte davon. Ein weiterer seiner Fehler, wie ich fürchte.«

»Und der nächste bist du.« Margret wischte sich die Tränen aus ihrem Gesicht. »Nein, das lasse ich nicht zu.«

Behutsam setzte sie sich neben ihren Vater. Sie zögerte einige Augenblicke. Dann flüsterte sie: »Ich kann das verhindern, Vater.«

Göttisheim lachte resigniert auf.

»Wie willst du das denn verhindern, Kind?«

»Ich kann … ich könnte … ich …« Sie atmete ein und aus. Dann spannte sie ihre Muskeln an. »Ich könnte Steffan von Bärenfels heiraten.«

»Was?« Fast hätte Jacob aufgelacht, aber dazu war er zu ermattet. »Wen willst du heiraten?«

Margret bohrte vor Anspannung ihre Fingernägel in ihren Handrücken. Jacob sah sie an, als wäre sie dem Wahnsinn verfallen.

»Wir waren ein Paar, Vater. Vor Jahren.«

Verlegen starrte Margret zu Boden. Unter einem Fingernagel sammelte sich Blut.

»Ein Paar?« Jacob schluckte. Ungläubig starrte er zu seiner Tochter. »Du und von Bärenfels?«

Margret nickte unmerklich, ohne ihn anzusehen.

»Du und von Bärenfels' Junge? Ohne mich zu unterrichten?« Göttisheim atmete schwer. »Wann?«

Margret drückte fester in ihre Haut.

Jacob sprang auf. »Wie?« Plötzlich riss er die Augen auf. Die Müdigkeit schien von ihm abgefallen zu sein. »Hat dich dieser Schuft etwa entehrt, Margret?« Der Dekan ballte seine Fäuste.

»Nein. Aber …« Margret lief scharlachrot an. »Wir wollten heiraten, Vater«, wisperte sie.

»Heiraten wollte er dich? Ha!« Jacob lachte auf. Es blieb ihm im Halse stecken. »Das hat er dich glauben lassen?« Göttisheim schrie aus voller Kehle. Mit einer Faust hieb er gegen die Wand. »Und dann ist ihm eingefallen, dass eine bürgerliche Jüdin es doch nicht wert ist?«

»Nein!« Margret schluchzte. »So war es nicht.« Sie fixierte ein Staubkorn am Boden. »Er liebt mich noch. Denke ich. Denkt er.«

»Denkt er? Liebe hat er dir versprochen? Margret, wie naiv kannst du denn sein? So haben wir dich nicht erzogen.«

Margret schloss ihre Augen wieder. Etwas Blut tropfte auf den Holzboden.

Göttisheim lief aufgeregt in der Kammer hin und her.

»Von Bärenfels und du? Die Knochen werde ich diesem Halunken brechen!«

»Vater!« Margret sprang auf. »Du kommst in den Kerker oder an den Galgen oder Schlimmeres. Niemandem brichst du mehr die Knochen, außer du lässt dir von mir helfen.«

Sie wischte ihren Handrücken an der Schürze ab.

»Ich gehe zu Steffan, noch heute. Dann sage ich ihm, ich werde seine Frau. Glaube mir oder nicht, es ist mir gleich. Aber du wirst es sehen.«

Margret rückte sich die Schürze zurecht und strich sich das Haar aus dem Gesicht. »Dann steht er uns zur Seite. Dir. Mit seinem Vater. Er kann den Schultheiß dazu bringen. Ich selbst kann ihn dazu bringen, das schwöre ich dir. Und dann wird dich dieser verfluchte Bischof in Ruhe lassen, ein für alle Mal.«

»Keine Schimpfwörter in diesem Haus«, mahnte Göttisheim beiläufig. Auf alles andere wusste er keine Antwort.

»Entschuldigung«, erwiderte Margret rasch. Sie griff nach seiner Hand.

»Vater. Bitte glaube mir, er wird mich heiraten. Ich kann das beenden.«

Jacob rätselte in den Augen seiner Tochter. Dann schüttelte er seinen Kopf: »Steffan von Bärenfels und meine Tochter! Wer hätte sich das denn träumen lassen.« Jacob musste lächeln, trotz allem.

»Lass mich das tun für dich. Bitte«, flüsterte Margret.

»Meine Tochter eine von Bärenfels? Ha! Wenn das dein Großvater noch erleben könnte!«

Göttisheim lachte in sich hinein. In der Tat, diese Lösung schien angenehm elegant. Der Verwandtschaft des eigenen Schultheiß schlug man selbst als Bischof nicht so gern den Kopf ab.

»Dann liebst du ihn also auch, Margret?« Jacob strahlte vor Erleichterung. Das war die Lösung, fürwahr! »Warum habt ihr so lange gewartet?«

»Das ist nicht von Belang, finde ich«, antwortete Margret kühl.

Jacob hörte gar nicht hin. Seine müden Augen funkelten. Er sah eine goldene Hochzeit vor sich, sah Hunderte von Patriziern und Adligen ihn beglückwünschen. Las den Adelstitel seiner Enkelkinder auf feinem Pergament geschrieben. Die Farbe kehrte in sein Gesicht zurück. Er packte seine Tochter bei den Schultern – und sah den Kummer in ihrem Gesicht. Jacob stutzte. »Kind? Liebst du ihn?«

Er sah Margret in Samt und Seide gekleidet und ihre Kinder speisen im Bischofspalast. Den Beginn einer Dynastie. Und sich selbst am Leben.

»Um deines Lebens willen werde ich ihn lieben«, flüsterte Margret zärtlich.

Jacob sah die traurigen Augen seiner einzigen Tochter.

»Nein, Margret! Niemals.«

Jacob sah den toten Wilhelm Burri. Sah seine Witwe im Kerker. Sah Philipp von Gundelsheim und Meinrad von Bärenfels diese Stadt ausbluten.

»Niemals werde ich zulassen, dass du dein Glück um meinetwillen opferst.« Jacob umarmte sein Kind. »Andersherum möge es gerne sein.«

Paracelsus

Paracelsus lag ermattet auf seinem schmalen Strohbett in der Domuncula. Geistesabwesend kritzelte er auf ein zerknittertes Blatt Papier:

Merkur – Sulfur – Sal Geist – Seele – Leib
Nerven – Muskeln/Fett – Bindegewebe

Paracelsus seufzte auf. Nein, so würde es nicht gehen. Er musste es besser erklären:

Merkur: Das Flüchtige, das Veränderliche, der Wandel
Sulfur: Das Brennende, das Verzehrende, reinigend
Sal: Form und Struktur, Substanz

Die Feder in Paracelsus' Hand stockte. Ungeduldig. Und verächtlich.

Merkur, Sulfur und Sal. Die drei Prinzipien. Die Grundsubstanzen eines jeden Körpers.

Seit Jahren versuchte er, ihr Wechselspiel zu erklären. Seit Jahren blieb es bei unzusammenhängenden Gedankenfetzen.

Merkur: Nervenleiden! … alle Oberflächen (präzisieren)
Intensivieren durch Vergärung oder Destillation
Quecksilber?? Dill, Fenchel …

Die Feder in Paracelsus' Hand kritzelte nun wie in Rage. Konnte er seinen Ideen keine vernünftige Form geben, würde ihm niemals jemand glauben. Zuweilen begann er zu stottern, wenn er nervös war. Also musste er es umso besser aufschreiben!

Sulfur: Fieber/Entzündungen
Brennnessel, Zimt ... (noch komplettieren!)
Sal: Tartarische Krankheiten, Krebs, vermutlich alle Abbauprozesse?
Eiche, Arnika ... (komplettieren)
teils gut löslich in Wasser – noch überprüfen!

Kamen die Prinzipien aus dem Gleichgewicht, wurde der Mensch krank. Nur ein Arkanum, das von derselben Qualität war wie die Erkrankung selbst, konnte Heilung versprechen. Und das ignorierten seine ärztlichen Kollegen völlig. Er musste es ihnen irgendwie klarmachen.

Immateriell, aber in Materie enthalten!!
Prinzipienanreicherung in der Trägersubstanz – Arkana
Besser erklären!!! Vergleich Dreifaltigkeit

Paracelsus stöhnte. Es war einfach zu umfangreich. Er hatte das alles in seinem Kopf – nur heraus wollte es nicht!

Abrupt wurde er aus seinen Gedanken gerissen, als sich die Tür öffnete. Erleichtert atmete er auf. Caspar! Er war im Morgengrauen wutentbrannt hinausgestürmt. Ganz untypisch für sein Temperament. Sie hatten sich schon wieder gestritten, wegen Astaroth und Simon, Margret, von Gundelsheim und der Welt an sich. Theo versuchte schon, versöhnlich zu lächeln, und überlegte sich einen Scherz, um das Eis zu brechen. Doch herein trat der junge Simon.

»Guten Tag, Paracelsus.«

Der sah ihn enttäuscht an. »Ach, du bist es.«

Hastig schloss Simon die Tür hinter sich und zog einen Stuhl herbei. Er war ganz aufgeregt. Schweißtropfen glänzten auf seiner Stirn.

»Sieh her«, rief er außer Atem.

Eifrig legte er einige vergilbte Pergamentseiten auf Paracelsus' Notizen. Der schenkte ihnen kaum Beachtung. Er wünschte sich, Caspar wäre hier.

»Was soll ich damit?«

»Sieh sie dir an. Das ist die Antwort. Ich hab die Antwort gefunden, Paracelsus!« Simons blaue Kinderaugen leuchteten. Er war ganz heiß. Wie im Fieber.

Theo warf gelangweilt einen kurzen Blick auf das Pergament. Die Schriftzeichen waren fremd und doch bekannt. Wie in Astartes Buch. Die schmutzigen Seiten widerten ihn an. Und diese Sprache erst!

»Das ist phönizisch, Simon. Ich kann das nicht entziffern.« Theo schloss demonstrativ die Augen. Und wartete, dass der Junge ging. Keinen Schritt war er weitergekommen mit Astartes Buch. Tag für Tag gaben die Zeichen weniger Sinn.

»Ich habe aber auch die Übersetzung«, rief Simon mit ungebrochenem Enthusiasmus. Er wehrte sich gerade gegen den Stimmbruch und scheiterte.

Simon zog einen zerknitterten Zettel, beschrieben mit seiner eigenen Handschrift, aus der Tasche. Er räusperte sich theatralisch.

»Da steht, unter anderem: ... *Er,* also Astaroth, *soll daher des nächtens seine ewig währende Pflicht als Schatzmeister und Geheimniswahrer der Hölle erfüllen, an Luzifer gebunden bis ans Ende aller Tage, durch den Blutschwur von einst. Unter Abtags jedoch sei ihr,* also Astarte, *gestattet, ihrer seraphen Abstammung Genüge zu tun und dem Menschengeschlechte als Geheimniswahrerin der irdischen Welt zu dienen. So steht sie in ewigem Zwiespalt mit ihrer selbst, in steter Zerrissenheit zwischen göttlicher und teuflischer Gefolgschaft, welche Luzifer als ihren eigentlichen Fluch auserkoren hat.*«

Simon holte Luft wie ein eifriger Schüler, der dem Lehrer seine Hausaufgaben präsentiert. Paracelsus richtete sich langsam auf.

»Das Nächste konnte ich nicht entziffern, aber dann: *An die Hölle gekettet kann sie nie ganz Teil der irdischen Welt sein und wird sich nur dem offenbaren, dessen Geist sich von dem Irdischen loslöst.*«

Simon war außer sich vor Begeisterung. »Ich hab doch gesagt, ich kann dir helfen! Siehst du?«

Stolz grinste er seinen Mentor an. Paracelsus hätte ihn am liebsten geohrfeigt dafür.

»Woher hast du das?«, fragte er mürrisch und riss die Seiten an sich. Verglich Pergament mit Notiz. Buchstabe um Buchstabe. Silbe um Silbe. Konnte das sein? War das echt?

»Aus der Universität. Witzig, was? Du würdest nicht glauben, wie ergiebig unsere Bibliothek ist, wenn man weiß, wo man suchen muss.«

Simon strahlte. Theo verzog sein Gesicht. Ihm stockte der Atem. Ein uralter phönizischer Text in der Bibliothek zu Basel? Vor seiner Nase? Die ganze Zeit über? Paracelsus schämte sich. Und tat alles, um es sich nicht anmerken zu lassen. Wie vielen zweifelhaften Gestalten hatte er bereitwillig ein Vermögen in die Hand gedrückt, für die kleinste Chance auf irgendeine Information, wahrhaftig oder erfunden? Wie viele Bücher hatte er selbst ausgeliehen, gekauft oder mitgehen lassen? Und dieser Junge fand so etwas im Bücherregal der Bibliothek?

»Und wer zur Hölle hat es dir übersetzt?« Paracelsus rang nach Fassung. Er wollte in den Goldenen Ochsen.

»Die ... diese Frau«, stotterte Simon verunsichert. Er mochte sich ein oder zwei Worte des Lobes erhofft haben. Theo konnte seine Enttäuschung sehen. Es war ihm gleich.

»Diese Hexenfrau.«

»Mira?« Theo starrte ihn mit großen Augen an. Das war nicht möglich! Fast packte ihn die Eifersucht. »Mira hat dich empfangen? Dich? Mit mir hat sie kein Wort geredet seit jener Nacht.«

»Seit welcher Nacht?«, fragte Simon neugierig.

»Unwichtig. Sprich!«

»Nun ... Sie hat mich nicht empfangen. Sie hat mich angesprochen, um genau zu sein. Hat mich beim Taubenfangen beobachtet und beim Schlangenjagen ... Sie hat gesagt, sie ist eine Bekannte von dir, da kamen wir ins Gespräch.« Simon fummelte nervös an seinem Hemd herum und wagte nicht, Paracelsus anzusehen. Vermutlich hatte er bei Miras Anblick unkeusche Gedanken gehabt. Konnte Paracelsus verstehen.

»Da kamt ihr ins Gespräch. Und weiter?«

»Sie hat mich um etwas gebeten. Die Übersetzung war so eine Art Tauschgeschäft«, antwortete Simon schüchtern.

Paracelsus' ohnehin schon gekränkter Stolz schrie geradezu auf. Die überirdische Mira bat dieses Kind um einen Gefallen? Und nicht ihn? Er lehnte sich zu Simon vor. Hob sein Kinn an. Veräppelte dieser Bub ihn etwa?

»Was wollte sie von dir, Bursche?« Paracelsus zwinkerte ungläubig. Als hätte er eine Fliege im Auge. Die juckte. Ganz tief drinnen.

»Sie ...« Simon rutschte nervös auf dem Stuhl hin und her. »Sie wollte etwas zu ihrem Schutz.«

»Zu ihrem Schutz? Von dir?« Paracelsus verschlug es die Sprache. Er war der Wunderheiler hier, verdammt!

»Ja. Etwas Christliches. Etwas Heiliges. Sie sagte, ihre Götter würden ihr nicht mehr helfen. Und sie hatte Angst. Ich war doch so oft in der Klosterkirche der Augustiner, die Mönche vertrauen mir. Der Abt kennt mich gut. Auch das wusste sie.«

»Du hast für sie etwas gestohlen? Aus einer Kirche?« Theos Mund blieb geöffnet. War er eingeschlafen und träumte?

»Du wolltest doch selbst schon mal was von mir«, rief Simon empört. »Aus einer Kirche.«

»Das war Weihwasser, nichts weiter. Was hast du gestohlen?«

»Unwichtig.« Simon verschränkte trotzig die Arme. Seine Mimik versteinerte. Plötzlich sah er viel älter aus. Seine blauen Augen, die sonst so unschuldig geleuchtet hatten, funkelten ihn nun geheimnistuerisch an. Theo kräuselte seine Stirn. Hatte er sich wirklich die ganze Nacht mit Caspar gestritten, weil dieser behauptete, er bringe einen armen Jungen vom rechten Weg ab? Paracelsus konnte weniger denn je seine Schuld an dem Ganzen erkennen.

»Verstehst du denn nicht, Paracelsus? Deshalb hat es nie funktioniert!« Simon hielt ihm seine Notizen vor die Nase. »Du hast Astarte immer nachts angerufen, nicht wahr? Da ist sie aber nun mal nicht ... verfügbar. Da zwingt man sie, in der Hölle auszuharren! Sie kann nur tagsüber die irdische Welt besuchen! So steht es geschrieben!«

Simon fuchtelte so aufgeregt mit den Blättern hin und her, dass Theo sie ihm aus der Hand schlug.

Hoffnungslos seufzte er: »Wieso hat Balthazar das dann nicht gewusst?«

»Wer ist Balthazar?«, fragte Simon.

Paracelsus blickte mit leichter Befriedigung auf ihn. »Unwichtig.«

Er dachte einen Augenblick lang nach und sah dem Schnee draußen beim Schmelzen zu. Er dachte an Caspar und dachte an Mira. Unvermittelt flüsterte er verschwörerisch: »Selbst wenn das stimmt, Simon. Wir können so etwas nicht tagsüber machen. Mitten in Basel eine Dämonin beschwören! Das fällt doch auf. Und dann hängen wir! Mit oder ohne Astarte an unserer Seite.«

Simon sah ihn nachdenklich an. Seine Nervosität schien verflogen. Seine Stimme war tief und klar. »Der große Rat tagt diese Woche. Sie wollen Neuwahlen erzwingen, heißt es.«

»Ja.« Theo seufzte. »Und wenn es ihnen gelingt, haben wir hier einen Bürgerkrieg. Gott bewahre.«

»Nein, nein, das ist doch ganz fantastisch«, rief Simon aus.

»Spinnst du, Junge?« Theo dachte an Laurencz.

»Paracelsus, wenn sich die Zünftler und die Bischofswächter gegenseitig den Schädel einschlagen, wer achtet da noch auf eine gehörnte Dämonin, die Feuer speit?« Simon lachte trocken. Paracelsus war sprachlos.

»Im Ernst«, Simon packte versöhnlich seinen Arm, »ob Neuwahlen oder nicht, aller Augen werden an diesem Tag auf das Rathaus gerichtet sein. Wahrscheinlich rennt jeder, der noch zwei Beine hat, dahin, um bloß nichts zu verpassen! Was in einer verlassenen Schlachthalle im Metzgersviertel passiert, interessiert an diesem Tag garantiert keinen. Und die Fleischer haben derzeit eh andere Probleme, wie du weißt.«

Paracelsus staunte. Wo war der tollpatschige, gottesfürchtige Junge nur geblieben? Hatte Luzifer ihn sich geholt?

»Vielleicht hast du recht. Aber ganz ehrlich. Simon, nach dem, was letztes Mal passiert ist ... bist du wirklich bereit, Astarte zu treffen?«

Paracelsus sah traurig auf die Skizze seiner drei Prinzipien. Und hoffte inständig, die Antwort wäre nein.

Jacob

Die große Halle des majestätischen Bischofspalastes hatte nichts von ihrem Schrecken eingebüßt, seit Göttisheim sie zuletzt verlassen hatte. Grauen stieg in ihm auf, mit jeder Stufe, die er die Vortreppe emporstieg. Seine Beine erwehrten sich eines jeden Schrittes. Sie würden diese Treppe wohl nicht wieder hinabsteigen, dachte Göttisheim bei sich. Und ging tapfer weiter.

Geduckt trat er in die trübsinnige Finsternis der zur Schau gestellten Macht. Sein Herz pochte in der Brust und sehnte sich nach Flucht. Er widerstand. Er musste diesem Satan jetzt in die Augen sehen. Auch wenn das sein Ende war.

Zögerlich durchquerte er den großen Saal. Jeder seiner Schritte hallte auf dem kalten Boden des Palastes wider. Die Höhe des grauen Deckengewölbes war so immens, dass sich der Dekan gefangen und schutzlos zugleich fühlte. Jacob zitterte. Er war das Kaninchen auf dem Weg zur Schlange. Zum Bischofsschlächter, wie ihn seine Stadt inzwischen nannte.

Einen Tag, dachte Jacob. Nur einen Tag mehr hätte er gebraucht! Das vor allen Dingen war ärgerlich. Für morgen war der große Rat einbestellt, und die Welt würde nicht mehr dieselbe sein. So zumindest hofften die anderen. Ihm selbst würde das nicht mehr nützen.

Die kalte Zugluft ließ ihn schaudern. Er würde sein Weib nie wiedersehen. Er spitzte seine Ohren: Stille. Nur die Fackeln an den Wänden wisperten Lieder von seinem Untergang. Seine Füße wollten umkehren. Jacob ließ sie nicht.

Großteils waren die Gemälde der Heiligen nun entfernt und durch breite Banner des geistlichen Fürsten ersetzt worden. Der rote Bischofsstab verhöhnte Jacob von den Wänden herab. Wie töricht sein Erscheinen war! Der Saal war finsterer denn je. Finsterer noch sein Herrscher.

Philipp von Gundelsheim saß regungslos auf einem goldenen Thron mit samtenen Polstern vor dem Kamin. Der Zimmermann aus Nazareth hätte geweint bei diesem Anblick.

Der Fürstbischof starrte Göttisheim schweigend an und gab seinem Untertan Zeit, das Bild auf sich wirken zu lassen. Die Statur des Fürsten war stattlich. Er war hochgewachsen und besaß ungewöhnlich wohlgeformte Muskeln für einen Mann seiner Stellung. Seine purpurrote Casula schimmerte im Schein der Fackeln. Die Bischofsmütze ruhte nicht auf seinem Haupt, aber ein massives goldenes Brustkreuz und der funkelnde Rubin des Bischofsrings zwangen dem Gegenüber Demut auf. Von Gundelsheims blutunterlaufene Augen lagen eingesunken in ihren Höhlen, bereit, Ungläubige und Christen gleichermaßen zu richten.

Das Schweigen des Bischofs verfehlte sein Ziel nicht. Angstschweiß bildete sich auf Jacobs Stirn. Ja, sein Urteil war gesprochen. Daran bestand kein Zweifel. Unwillkürlich senkte er seinen Blick und sah demütig zu Boden. Ein Bediensteter bedeutete ihm, sich niederzuknien. Der Dekan tat, wie ihm geheißen. Seine Knie waren wortlos bezwungen worden. Bereitwillig küssten seine Lippen den heiligen Ring. Ein Stuhl wurde dem Gelehrten nicht angeboten. Göttisheim sollte sich stehend verteidigen. Oder am Boden liegend.

»Du wirst diesen Ort nicht lebend verlassen«, säuselten die Fackeln in sein Ohr.

Lange Minuten war nur das Pfeifen des Windes in den verlorenen Winkeln der Halle und das Knacken des Holzes im Kamin zu hören. Die zwei Wachen hinter dem Fürsten rührten sich nicht. Der Schreiber hinter seinem Pult stand still. Der bischöfliche Teufel auf seinem Throne saß da wie ein Götze. Göttisheim rang nach Atem.

»Habt Ihr, oder habt Ihr nicht, Euch mit dem Ketzer Johannes Oekolampad, dem Verschwörer Jakob Meyer zum Hasen und dem Verräter Arnold zum Luft getroffen?«

Die tiefe Stimme des Bischofs hallte hundertfach von dem Gestein der Wände wider. Göttisheim war zur Antwort nicht fähig. Der Bischof wiederholte. Ruhig.

»Habt Ihr, oder habt Ihr nicht, Euch mit dem Ketzer Johannes Oekolampad, dem Verschwörer Jakob Meyer zum Hasen und dem Verräter Arnold zum Luft getroffen?«

Jacob hörte die Worte kaum. Nur das Säuseln des Feuers an den Wänden drang an sein Ohr: »Du wirst diesen Ort nicht lebend verlassen, du alter Narr.«

Jakob atmete schneller. Er sehnte sich inständig etwas herbei, auf das er sich hätte stützen können. Das Böse in den Wänden hatte recht. Er war des Todes. Die Gewissheit allein gab ihm Kraft. Er schloss die Augen.

»Jacob Göttisheim. Euer Fürst und Herrscher fragt Euch nun zum letzten Mal: Habt Ihr, oder habt Ihr nicht, Euch mit dem Ketzer Johannes Oekolampad, dem Verschwörer Jakob Meyer zum Hasen und dem Verräter Arnold zum Luft getroffen?«

Bei jedem seiner Worte zuckte Jacob zusammen. Jede Silbe schmerzte auf seiner Haut. Jeder Lufthauch verkündete das Urteil. Jacob fürchtete den Tod. Aber schweigend würde er ihn ganz gewiss nicht hinnehmen. Seine Schultern zogen sich unmerklich nach hinten. Sein Brustkorb öffnete sich.

»Alles Namen, gegen die Eure bischöfliche Gnaden nicht sehr viel ausrichten können, wie mir scheint.« Jacobs Blick löste sich von den seidenen Pontifikalschuhen. Er starrte unverhohlen in die schwarzen Augen seines Herren. »Der eine zu beliebt, der andere zu reich, der Dritte sein eigener Richter. Seine Exzellenz sollte besser achtgeben bei der Auswahl Ihrer Feinde.«

Der Schreiber zuckte unmerklich zusammen. Eine der Wachen öffnete verblüfft den Mund und schloss ihn nicht wieder. Die steinernen Wände keuchten. Selbst die schwarzen Augen erschraken für den Hauch eines Augenblicks, nur um im nächsten argwöhnischer denn je zu funkeln.

»Aber gegen dich, du kleiner Wurm, kann ich etwas ausrichten, nicht wahr?«, entgegnete von Gundelsheim beinahe schmeichelnd. »Am Galgen werde ich dich baumeln lassen, du ungläubige Missgeburt. Denkst du, ich weiß nicht von eurer lächerlichen Verschwörung?«

Einen Moment lang fuhr Jacob der Schrecken in die Glieder. So schnell hatte er nicht mit solch harten Worten gerechnet. Er fand die Beherrschung aber gleich wieder.

»Natürlich wisst Ihr längst davon.« Göttisheim wählte einen Ton, mit dem er sonst seine Studenten belehrte. Hätte er mit weniger als seinem Leben dafür bezahlt, hätte er es genossen. »Euer Problem ist bloß: Jeder weiß, dass Ihr es wisst, seitdem Ihr unseren seligen Wilhelm Burri abgeschlachtet habt. Ich sag es noch einmal: Ihr solltet Eure Feinde klüger wählen.«

»Dieser Hurensohn ist nicht selig! Er wird niemals in den Himmel aufsteigen.« Die Feder des Schreibers stockte kurz. Die Soldaten tauschten Blicke aus.

»Ja, die Sache mit dem Apfel. Mein Sohn berichtete mir davon. Glaubt Ihr allen Ernstes, dass Ihr durch so eine Kinderei den guten Burri in der Hölle wiederseht?«

»Mäßigt Euch, Ihr ...«

»Ketzer? Jude? Verräter? Ich weiß nicht, was Eure Augen in mir sehen, aber ich weiß, verehrte Heiligkeit, dass Ihr mit dem Mord an Burri Euer eigenes Grab geschaufelt habt.«

»Wie könnt Ihr es wagen?« Die Wangen des Bischofs erglühten vor Zorn.

Aber Jacob war nicht mehr zu bändigen. So lange hatte er sich gewünscht, Gundelsheim die Meinung sagen zu können. Jetzt hatte er nichts mehr zu verlieren.

»Wir sind hier nicht in Bern oder Zürich. Der Funke der Reformation war klein hierzulande und wurde sogleich allerorten ausgetreten, wo immer er sich niederließ. Mit dem Mord an einem geschätzten Zunftmeister aber habt Ihr den Stolz der Bürger gekränkt. Damit habt Ihr sie alle gegen Euch aufgebracht, wie ich fürchte.«

Das Nervenkostüm des Fürsten war dünn dieser Tage, diese offensichtliche Insubordination eines gemeinen Juden war zu viel für ihn.

»Ihr schreibt das nicht auf«, herrschte der Fürst seinen Diener an, welcher hinter dem Pult zusammenzuckte und das Tintenfass umwarf.

Göttisheim ignorierte ihn. »Ihr habt geglaubt, die anderen hören auf nach dieser Bluttat und ducken sich vor lauter Angst und Schrecken? Das Gegenteil ist passiert, mein Herr. Die Zünfte sind Eurer Stadt heilig, müsst Ihr wissen. Sie steht ganz kurz vor dem offenen Aufstand. Und dabei haben die Leute noch nicht einmal die Nase voll von der katholischen Kirche. Sie haben die Nase voll von Euch.«

Göttisheim holte tief Luft. Er fühlte sich befreit. Von den Wänden hallte es wider und wider.

Der Fürst richtete sich auf. Langsam. Einige Schritte ging er auf und ab und schlich sich dann langsam an Göttisheim heran wie an eine Made, die es zu zertreten galt.

»Dann wählt ihr euren kümmerlichen Rat also morgen neu? Na und? Was wird denn dabei herauskommen? Einen neuen Bürgermeister kriegt ihr trotzdem nicht. Ich werde zum Hasen nicht ernennen. Niemals.« Auch jetzt wurde von Gundelsheim nicht laut, sondern eher leiser.

Göttisheim wich nicht zurück. Keinen Millimeter.

»Ihr müsst dem Vorschlag des Rates folgen, so verlangt …«

»Gar nichts muss ich! Ich bin Euer Führer und Lehnsherr. Nur Gott bin ich verpflichtet.«

»In der Handfeste …«

»Ich uriniere auf Eure Handfeste, wenn Ihr es anders nicht verstehen wollt.« Jetzt tönte der Bischof laut.

Der Soldat zur Rechten des Bischofs biss sich die Lippe blutig.

»Ich uriniere darauf! Hört Ihr! Dieser Geldverleiher wird niemals Bürgermeister. Das ist meine Stadt. Meine!«

Jetzt bekam von Gundelsheim kaum noch Luft. Er hatte so laut geschrien, dass eine Ratte davon aufgeschreckt worden war und nun unruhig von einer Ecke zur anderen huschte.

»Ja, Eure Stadt und Euer Gott und Eure Untertanen, die Ihr foltern und schlachten könnt, wie es Euch beliebt. Die Welt ändert sich, mein Herr, Ihr könnt nicht mehr ...«

»Ich kann nicht?« Von Gundelsheim hielt auf Jacob zu und lächelte böse. Dann flüsterte er: »Wenn diese lästigen Kieser mir morgen keinen anständigen Bürgermeister präsentieren, wird Eure Stadt bluten, das schwöre ich. Meine Männer sind treu und bestens bewaffnet.«

»Die Stadtwache untersteht dem Rat und den Zünften, sie wird nicht für Euch kämpfen.« Jacob ließ sich auf das Flüstern nicht ein.

Aber der Bischof sprach bereits wieder in normaler Lautstärke und in einem Tonfall, als ob es sich um eine belanglose Abendunterhaltung handelte. »Nein. Aber meine Leibgarde schon. Sie werden alle Aufrührer aufschlitzen, wenn ich es ihnen sage, und sind zahlenmäßig überlegen. Es wird ein Gemetzel geben, stellt es Euch vor. Tagelang wird der Birsig nach Blut stinken.«

Der Wachmann zu des Bischofs Linken wurde blass. Jacob stutzte. Was war das für eine Religion, wenn so ein Mann Gott dienen durfte?

»Ist nicht auch Euer Junge in der Stadtwache?« Der Fürst beugte sich vor, sodass Speichel in Jacobs Gesicht sprühte.

Jacob gab weder Antwort noch wagte er zu atmen oder den Speichel wegzuwischen.

»Ja, das dachte ich mir. Er wird als Erster sterben, dafür sorge ich«, sagte der Bischof, und sein Tonfall troff vor Hohn.

Göttisheim stand da wie vom Blitz getroffen. Der rechte Wachmann knickte ein wenig ein im Knie. Selbst der Schreiber zögerte, die Worte niederzuschreiben.

Der Fürstbischof lachte auf, kehrte triumphierend zu seinem goldenen Thron zurück und ließ sich zufrieden nieder.

Jacob blickte betrübt zu Boden. Einen Augenblick lang rang er um Fassung. Bald aber trafen sich die Blicke der Männer erneut.

»Ihr werdet Eure Stadt nicht noch mehr ausbluten«, flüsterte Göttisheim beschwörend.

»Ich werde keinen Zünftler auf dem Bürgermeisterstuhl dulden.«

Die Stille in der Halle schmerzte in den Ohren. Die Wachen sahen einander unsicher an. Nach einer Ewigkeit hallte Göttisheims Antwort vom Deckengewölbe wider:

»Das liegt wohl nicht mehr in Eurer Macht, Euer bischöfliche Gnaden.«

Jacob rang nach Atem. Lange hatte er sich gewünscht, es diesem Teufel persönlich sagen zu dürfen, und doch scheute er sich jetzt davor, da es so weit war. Er wollte nicht sterben. Und doch sprach er es aus: »Zürich hat sein Heer losgeschickt, um uns zu Hilfe zu eilen. Das wusstet Ihr nicht, oder?«

Von Gundelsheim saß da, wie vom Schlag getroffen. »Zürich? Nein. Das kann nicht sein.«

»Sagt bloß, Euch hat kein Späher davon unterrichtet, kein Spitzel davor gewarnt? Euer Exzellenz, sie sind schon unterwegs. Sagt mir, wie kann es sein, dass diese Kunde Euer Ohr nicht erreicht hat?«

Der Bischof starrte Göttisheim ausdruckslos an, als könne er sich nicht erklären, wie eine kleine Spinne auf sein seidenes Kopfkissen gelangt war.

Jacob spürte, wie er lächelte. Um den Preis seines Lebens – das gefiel ihm.

»Weil es eine Eurer Judenlügen ist, nichts weiter.«

»Oder«, Göttisheim trat einen Schritt näher an den Thron heran, »es liegt vielleicht daran, dass Euer Blick von dem ganzen Prunk Eurer Gemäuer etwas getrübt ist und Ihr übersehen habt, dass die Reformation schon längst aus Bern hinübergeschwappt ist in die südlichen Gebiete Eures Bistums. Und diese Bauern sollen jetzt ihre Glaubensbrüder verraten? Boten schicken zum Schutz des Mannes, für dessen Thron sie hungern? Die Wahl Eurer Feinde, erinnert Ihr Euch? Ein Kirchenmann ohne Gemeinde.«

Von Gundelsheim suchte, die Sorge in seiner Stimme zu verstecken, aber es gelang ihm nicht. Aus farblosen Lippen flüsterte er: »Warum sollte Zürich Euch zu Hilfe kommen?«

Jacob hatte auf diese Frage gewartet und schmunzelte. »Weil Zwingli es sagt. Er sitzt schon fest im Sattel da drüben, das muss man sagen.«

»Huldrych Zwingli? Ihr wart in Zürich?«

»Ja. Unlängst. Eine wunderschöne Stadt! Eure Spitzel sind wohl überlastet dieser Tage?« Jacob zwinkerte seinem Bischof zu.

»Ihr habt mit diesem Ketzer geredet? Ihr seid des Todes!«

»Das sagtet Ihr bereits. Zwingli hat mich gleich empfangen. Ein humorvoller Mensch, alles in allem. Hätte ich nicht gedacht.«

»Zwingli hat keinerlei politische Macht.« Des Fürsten Stimme wurde heiser.

»Nein. Aber der Rat. Und der große Rat Zürichs macht, was Zwingli sagt. Er hat den Rückhalt des Volkes. Wir stellten schon fest, dass das nicht unwichtig ist, erinnert Ihr Euch?«

»Wieso sollte Huldrych Zwingli zum Hasen als Bürgermeister sehen wollen? Zum Hasen hat nichts übrig für seine Ketzerei.«

Jacob hob seinen Zeigefinger, wie bei einer Vorlesung: »Das will er nicht, da habt Ihr recht. Aber er hat die Reisläuferei satt, wie Ihr wisst. Vor allem anderen will er keine Söldner mehr zu den Franzosen schicken. Da käme ihm das gerade recht, meinte Zwingli. Lieber kämpfen die Zürcher Söldner für eidgenössische Brüder als für Fremde, meinte er. Wir kriegen eine Kompanie und er dafür eine gute Ausrede, meinte er. Sehr netter Mann, wirklich.«

Jacob lächelte zufrieden. Ja, es war ein Schachspiel. Und er war immer einen Zug voraus. Jetzt.

»Damit stünde Zürich nicht mehr isoliert gegen Luzern und Uri, und das reicht Zwingli dann wohl aus für seine Mühen. Zwingli hofft natürlich schon, dass er durch diese Unterstützung die Reformation hier ein wenig vorantreiben kann.«

»Das ist doch nicht möglich.« Von Gundelsheim war blass. Seine Augen schienen nun vollends in ihre Höhlen zu fallen und gänzlich darin zu verschwinden. Aber dann erinnerte er sich seiner Position und lächelte Jacob Göttisheim wölfisch an.

»Ihr langweilt mich mit Eurem Ketzer, der es offenbar nötig hat, mit einem Juden gemeinsame Sache zu machen. Dieser Zwingli ist so klein, wie Ihr es seid. Nichts weiter als Fliegen in meiner Suppe. Und deshalb werde ich Euch jetzt zerquetschen.«

Im Gegensatz zum herablassenden Ton seiner Worte sah von Gundelsheim aus wie ein verwundeter Hund. Wut und Angst flackerten in seinen bösen Augen. Jacob spürte, dass er zubeißen würde. Und doch trafen ihn die Worte wie der Schlag.

»Ich denke, dieses Gespräch reicht als Geständnis aus. Morgen werdet Ihr hängen, noch bevor Euer Hase seinen Satz machen kann. Von Müllenberg wird ... nein, ich unterschreibe Euer Todesurteil selbst.« Des Bischofs Lippen formten ein letztes triumphierendes Lächeln.

»Schreiber! Bereitet das Dokument für unseren werten Jacob Göttisheim vor, noch heute! Dann ist der Rechtsstaatlichkeit Genüge getan, meint Ihr nicht auch?«

Von Gundelsheim hatte seine Stimmgewalt wiedergefunden. Der Schreiber schluckte einen Kloß im Hals hinunter.

»Sehr wohl, Euer Exzellenz«, antwortete Göttisheim. Er missgönnte dem Tyrannen seine Tränen. »Aber die Truppen Zürichs werden morgen rechtzeitig eintreffen, das verspreche ich Euch. Ihr könnt es nicht mehr verhindern. Jakob Meyer zum Hasen wird Bürgermeister der Stadt Basel sein, und Ihr werdet untergehen.«

»Ihr sterbt, Göttisheim! Morgen.« Der Fürstbischof ignorierte das Gesagte und ließ sich zurück in die Kissen fallen. Der Hund leckte seine Wunden.

Von Gundelsheim gab das Handzeichen: »Wachen! Führt ihn ab!«

Der Wachmann zur Rechten packte Göttisheim recht grob am Arm, der Linke schob ihn umständlich vor sich her mit seiner Lanze. Einmal noch wandte sich Jacob seinem Widersacher zu: »Aber meine Kinder werden in Freiheit leben.«

Die Drei verließen den großen Saal und hielten über den Innenhof auf ein Nebengebäude zu, von wo aus eine schmale Treppe zu den Kerkern führte. Göttisheim hatte gewusst, was kommen würde, und doch übermannte ihn jetzt die Panik. Die kalte Winterluft verhöhnte ihn. War es das wert gewesen? Wog das Schicksal dieser Stadt mehr als sein eigenes Leben? »*Flieht!*«, hallte von Müllenbergs Wort in seinen Gedanken nach. Zum ersten Mal verstand er es.

»Nein!« Jacobs Herz pochte. Seine Stimme überschlug sich. »Bitte nicht! In Gottes Namen!« Beim Anblick der dunklen Treppe scheute Jacob zurück wie ein Tier. Alle seine Muskeln zitterten. Dort unten gab es kein Tageslicht. Nur Schmerz und Angst und Selbstvorwürfe. Ein Narr war er! Die Fackeln riefen es ihm nach. Er hätte sich beim Fürstbischof demütigst entschuldigen sollen, gern auch kniend. Alles hätte er tun sollen, seinem Gott entsagen und seinen Namen ablegen. Nichts schien grausamer, als nur einen Schritt auf diese Treppe tun zu müssen.

»Bitte nicht. Ich flehe euch an!«

Die Wachen gaben keine Antwort. Der Griff um Jacobs Arm wurde fester. Verzweifelt versuchte sich der Dekan von ihm zu lösen. Aber der Soldat war zu stark.

Der eine schob, der andere zog ihn nach unten. Jacob schwindelte. Dort unten begann die Hölle.

»Bitte! Wollt ihr wirklich zu dem Bischofsschlächter stehen?«, schrie Jacob. Der Wachmann von hinten boxte ihm in die Rippen zur Antwort. Der andere aber sah über seine Schulter. Zu seinem Kollegen. Fragend. Zögernd. Jacob erkannte es ganz deutlich. Die Saat.

»Alle will er töten. Die ganze Stadt! Hörtet ihr es nicht?«, keuchte Göttisheim heiser.

Der Blick des Wachmanns vor ihm veränderte sich ein wenig, und doch tat er den nächsten Schritt.

Jacob ließ sich zusammensacken. »Habt ihr keine Brüder? Keine Schwestern oder Mütter? Seid ihr keine Bürger dieser Stadt?« Jacobs Stimme war nurmehr ein Krächzen. Aber er würde nicht schweigen. Nicht bis die letzte Stufe genommen war.

Dann, endlich, blieb der vordere Wachmann stehen. Der hintere zuckte mit den Schultern. Sekunden der Stille. Jacob atmete schwer.

»Dieser Wahnsinnige will jeden umbringen, Mann«, flüsterte der eine. »Mit dem Alten ist es nicht getan. Kannst du dir vorstellen, was hier morgen los ist, wenn es stimmt, was der sagt?«

»Ich hab wohl Familie hier in der Stadt, und der will sie abschlachten wie Vieh«, tuschelte der andere unsicher.

»He, Alter!« Jacob wurde nochmals in die Flanke geboxt, aber diesmal sanfter. »Stimmt es, was du gesagt hast? Schickt Zürich wirklich Truppen?«

Jacob stöhnte: »Ja. Zu welchem Gott ihr auch immer betet, ich schwöre es bei meinem, es ist die Wahrheit.«

»Dann sind wir morgen tot, Mann«, sagte der Hintere erschrocken. »Gegen die Truppen Zürichs und die Stadtwache kommen wir nie und nimmer an.«

»Ihr müsst ja nicht kämpfen.« Göttisheim nahm seine letzte Kraft zusammen. Er witterte seine Chance. Von Müllenberg hatte recht gehabt. Seine Zunge war schon immer Gold wert gewesen. »Ihr müsst nicht für diesen Wahnsinnigen zu den Waffen greifen. Ab morgen kann euch eure Stadt beschützen! Und eure Familien.«

Er keuchte. Die drei Männer sahen sich unschlüssig an.

Dann packte der hintere der beiden Wachmänner Jacob am Kragen und sah ihm direkt ins Gesicht. »Ihr seid also wirklich ein Freund von Huldrych Zwingli?«

»Ja«, antwortete Jacob unsicher. Das konnte gut oder schlecht sein dieser Tage.

Der Wachmann legte seinen Kopf schief. »Meine Mutter kommt aus Glarus. Hab ihn dort mal predigen gehört. Ein guter Mann.« Der Vordere nickte eifrig: »Will das Fasten abschaffen. Das gefällt mir.«

Der nächste Schritt nach unten – blieb aus. Die Wachen verharrten. Jacob verharrte. Die beiden Soldaten sahen abwechselnd einander und dann Göttisheim an. Man überlegte. Jacob suchte verzweifelt nach weiteren Argumenten. Aber vor Erschöpfung fiel ihm nichts mehr ein. Er hielt die Luft an.

»Könnt Ihr uns versprechen, dass das morgen hier alles vorbei ist?«, fragte der Wachmann neben Jacob.

Göttisheim blickte zu ihm hoch. Ein Junge war er, nicht älter als höchstens fünfzehn Jahre. Die Angst war ihm ins Gesicht geschrieben, er wollte weder töten noch sterben.

Göttisheim schüttelte wortlos seinen Kopf. Und senkte traurig seinen Blick.

Unvermittelt packte da der hintere Wachmann seinen Kameraden bei der Schulter. Und hielt ihn zurück.

»Sei's drum. Lauft!«

Göttisheim setzte das Herz aus. Das Blut verbrannte in seinen Adern. Ungläubig starrte er den Wächter an.

»Lauft, sag ich!« Er zog Jacob eine Stufe nach oben. »Glarus ist hübsch, ich hab noch Familie dort. Urs, du kannst mitkommen, wenn du magst. Kräftige Arme braucht man überall.«

Göttisheim taumelte. Er war der Ohnmacht nahe. Der untere Wächter gab ihm einen Schubs. »Dann lass uns nach Glarus abhauen, Mann, wo die Welt noch in Ordnung und der Wein noch süß ist.« Der Junge lachte. Dann legte er seinen Arm um Göttisheim. »Keiner weiß, was da drinnen besprochen wurde, alter Mann. Bis morgen merkt es Gundelsheim nicht. Und wenn Ihr recht habt, hat er dann schon andere Sorgen. Ihr schafft es raus. Lauft so schnell Ihr könnt. Lauft!«

Jacob

Über Jahrhunderte hinweg war die Ernennung der ehrenwerten Häupter der Ratsherren eine prunkvolle Feier der Stadt Basel gewesen. In der Nacht des Samstags vor dem Johannisfest pflegten Bürgermeister und Räte in Eintracht beim Bischof, ihrem Herrn, zur Tafel geladen zu werden. Sie brachten diesem den Ehrenwein der Stadt dar, während die Gerichtsamtsleute auf eigens gelieferten Pferden mit weißen Stäben im Hof für den kommenden Tag zur Wahl luden und die Wachtknechte in allen Gassen Basels stolz die Ratswahl auf dem Münsterplatz verkündeten. Dieses Jahr war die Feier entfallen, in gegenseitigem Einvernehmen. Der Fürstbischof hatte es abgelehnt, dem Rat zuzuprosten, und der hatte nicht mit ihm speisen wollen.

Der Rat tagte heute zur Unzeit im Kapitelsaal des Augustinerklosters. Statt dass die Junisonne die reichhaltig verzierte Kirchenkunst in atemberaubendes Gold hüllte, empfing die Ratsherren eiskalte Februarluft. Der Morgen war noch dunkel. Und bitterkalt.

Zum Luft hatte es tatsächlich gewagt: Sie hatten sich zusammengefunden, um dem kleinen Rat mitsamt Bürgermeister an seiner Spitze ihr Misstrauen auszusprechen und die Wahl vorzuziehen. Vier von fünf Stimmen brauchte es. Das war Wilhelm Burris Rechnung gewesen. Für diese Zahlen war er gestorben.

Jacob selbst hatte nachts noch sein Pferd gesattelt, um zu fliehen. Dann hatte er sich aber eines Besseren besonnen. Heute zählte jede Stimme. Er konnte die seine dem großen

Rat nicht verwehren. Heimlich und mit einer weiten Kapuze war er noch vor Beginn der Dämmerung zum Augustinerkloster geschlichen, um nicht doch noch einem Schergen des Bischofs in die Hände zu fallen. Ab jetzt war es gleich. Viele Leben standen auf dem Spiel. Jacob war nur eines davon.

Ein blasser Rudolf von Rotberg tapste in die Mitte der Versammlung. Er grüßte niemanden. Blickte nicht auf. Kleinlaut las der amtierende Bürgermeister von einer großen Pergamentrolle ab: »Werte Bürger der Stadt Basel, Ihr wurdet an diesem Tage in die heilige Halle bestellt, um eindeutig und zweifelsfrei feststellen zu können, ob der kleine Rat und«, Rotberg räusperte sich, fast hätte Göttisheim Mitleid gehabt, »und sein Bürgermeister nach wie vor das Vertrauen ihrer Stadt genießen«, von Rotberg zögerte kurz, »oder dieses Privileg nicht länger innehaben.«

Er atmete auf. Seine Pflicht war getan. Jetzt übernahm der Stadtschreiber als Protokollführer. Scheu sah von Rotberg in die Runde. Schickte sich an, zu seinem Platz zu gehen. Hielt inne. »Ich möchte …«

»Was Ihr möchtet, wissen wir«, rief Michael Frei von den Steinmetzen.

»Ich möchte und darf anmerken …«

Rufe des Missfallens wurden laut. Die Zeit für Diskussionen war vorüber.

»Ich darf anmerken, dass ich diese Stadt und seine Exzellenz immer gut beraten habe. Und geholfen habe, so gut ich es verstand.«

»Eure Stadt habt Ihr nicht verstanden«, rief Konrad Egg, der Schneidermeister. Sein spitzes Kinn ragte empört in die Höhe.

Professor Wölflin neben Jacob klatschte in die Hände. Ganz leicht roch er nach Schnaps.

»Ruhe jetzt, Konrad«, sprach Arnold zum Luft. Die Falten auf seiner Stirn tanzten aufgeregt. »Die Abstimmung allein wird zeigen, ob er gut gedient hat.«

Betreten schlich von Rotberg zu seinem Platz. Der Stadtschreiber trat hervor. Zum Luft beruhigte die hitzigen Gemüter mit nur einem einzigen Blick in die Menge. Göttisheim bewunderte die Präsenz dieses Mannes.

»Die Abstimmung geschieht durch das gesprochene Wort. Ich selbst werde die Stimmen notieren. Vorsorglich möchte ich euch darauf hinweisen, dass durch ›Ja‹ oder ›Nein‹ alleinig zu antworten ist und sämtliche Begründungen hier nun weder erwünscht noch angebracht sind«, verkündete der Stadtschreiber. »Der Schultheiß, Meinrad von Bärenfels, lässt sich für den heutigen Tag entschuldigen ...«

»Weil er derweilen unsere Galgenstricke knotet«, rief einer empört dazwischen.

Der Stadtschreiber blickte kritisch in die Runde und sprach schneller. »Er hat seine Stimme heute morgen abgegeben. Meinrad von Bärenfels stimmt mit Nein.«

Ein Grölen ging durch die Reihen. Zum Luft blickte um sich und senkte die Arme, um zu beschwichtigen. Der Stadtschreiber öffnete ein Buch, in dem die Mitglieder des großen Rates niedergeschrieben waren.

»Werner Gruber, möget Ihr bitte hervortreten.«

Der Jurist erhob sich.

»Ist es Euer Wunsch, am heutigen Tage der Stadt einen neuen Rat zu geben?«

»Ja.«

Niemand jubelte. Niemand grölte. Niemand atmete. Jacob Göttisheim blickte hoch zum finsteren Rippengewölbe und schloss die Augen, während der Stadtschreiber Mitglied um Mitglied befragte. Nach den ersten zwei Dutzend hörte Jacob auf mitzuzählen. Es lag in Gottes Hand. Wenn nicht vier von fünf zustimmten, würden viele Bürger heute sterben: Arnold zum Luft, Jakob Meyer zum Hasen, Michael Frei und er selbst auf jeden Fall.

Wenn vier von fünf zustimmten wahrscheinlich noch viele mehr ... Jacob dachte an die beiden jungen Wachmänner, die ihm noch einen Tag länger auf Erden gewährt hatten. Ob sie bereits nach Glarus aufgebrochen waren? Ein Vermögen hätte er gegeben, wäre Laurencz bei ihnen.

»Karl von Waldeck. Ist es Euer Wunsch, am heutigen Tage der Stadt einen neuen Rat zu geben?«

»Nein.«

Ein Raunen ging durch die Menge. Wilhelm Burri hatte ihn damals zu überzeugen versucht. Alle Zünftler wussten das. Hatte er ihn an den Bischof verraten? Sie alle?

»Verdammter Mistkerl!«, rief einer.

»An der Stadtmauer sollst du hängen« ein anderer.

Arnold zum Luft hob eine Hand. Plötzlich herrschte wieder Totenstille. Ein jeder sprach mit seinem Schöpfer.

Paracelsus

Die Glocken des Augustinerklosters begannen zu läuten. Paracelsus blinzelte neben Simon aus den großen Fenstern der Fleischershalle und sah einen düsteren Tag anbrechen. Schon mit den ersten Sonnenstrahlen waren sie zum Metzgersviertel aufgebrochen, um bloß keine Zeit zu verlieren. Auf dem kargen Steinboden sitzend hatten sie etwas gepökeltes Fleisch gefrühstückt und auf die dringend nötige Ablenkung der Basler Bürger gewartet.

»Sie haben angefangen«, rief Simon aus.

»Dann sollten wir es ihnen gleichtun«, antwortete Paracelsus kühl.

»Verhänge du die Fenster«, wies er Simon an. »Selbst wenn sie untertags angerufen werden kann, möchte ich bezweifeln, dass die Schatzmeisterin der Hölle Tageslicht schätzt. Und auf neugierige Blicke von draußen können wir auch gut und gern verzichten, scheint mir.«

Paracelsus entfachte Binsenlichter auf dem schlecht gezimmerten Altar und streute die Lorbeerblätter darauf, wie gehabt.

Er erschauerte bei dem Gedanken daran, was beim letzten Mal geschehen war, und versuchte sich zu beruhigen: Gar nichts war geschehen! Auf seinen Ruf geantwortet hatte nur ein Knabe. Ein sehr penetranter noch dazu. Keine Dämonin. Keine Geheimnishüterin. Heute würde der Ausgang ein anderer sein, das schwor sich Paracelsus. Er biss die Zähne zusammen und schürte das Feuer. Und doch, im Stillen wünschte er sich gleichzeitig, er würde wiederum scheitern.

Astarte niemals erblicken müssen. Dann würde er schlichtweg sein Studium beenden. Ein normaler Mediziner werden, ein guter Arzt. Und zufrieden damit leben.

Die Halle verdunkelte sich. Simon hatte die Fenster mit dicken Leinenbahnen verhangen. Sofort änderte sich die Stimmung. Theo bekam Gänsehaut. Hokuspokus. Das war es. Nicht mehr.

Er seufzte ängstlich und warf Schlangen und Fingernägel ins Feuer. Die Flammen zischten bereitwillig. Sie gehorchten. Dann nahm Paracelsus das Messer zur Hand. Er blickte auf die Wunde an seinem Unterarm. Fast war sie verheilt. Er kniff die Augen zusammen und schnitt sich tief in sein Fleisch. Es wurde leichter. Mal ums Mal. Simon schrie auf. Paracelsus stöhnte leise. Und ließ sein Blut ins Feuer tropfen.

»Nun?«, fragte Simon atemlos und schielte zu dem Altar. Er starrte auf das Amulett. Es funkelte.

»Du sollst nicht so lange daraufstarren! Das ist gefährlich.« Paracelsus ohrfeigte Simon ganz sachte.

»Weshalb?«, fragte der begierig.

»Ja, woher soll ich denn das wissen? Mach's einfach nicht, in Ordnung?«

»Jawohl, Meister.«

»Und nenn' mich nicht Meister, um Himmels willen.«

Theo mochte den Kleinen nicht sonderlich.

»Jawohl. Fangen wir an?«

Simon war ungeduldig. Aufgeregt. Entflammt. Keine Spur von Demut oder Zweifel oder Angst war an ihm zu erkennen. Theo beneidete ihn. War das die Naivität der Jugend? Oder etwas anderes?

»Nein, zunächst …« Paracelsus griff nach seiner Tasche und zog etwas heraus. »Hier, nimm.«

Simon starrte auf die dargebotene Hand. »Atropa?«, fragte er misstrauisch. »Was soll ich damit?« Er kniff seine Augen zusammen.

»Du sollst sie essen«, sagte Paracelsus.

Simon leckte sich unsicher die Lippen. Seine Wangen röteten sich. Da! Da war die Angst. Paracelsus seufzte erleichtert auf. Simon war also doch ein Mensch aus Fleisch und Blut.

»Was soll ich? Essen? Das?« Simons erschrockene Augen suchten eine Antwort in Paracelsus' Gesicht. Eine andere. Er stammelte: »Paracelsus. Tollkirschen ... die ... das ist Gift.«

»Alle Dinge sind Gift, Simon. Allein die Dosis macht's!« Paracelsus lachte. »Warst du noch nie in einem Wirtshaus?« Er versuchte, sich selbst Mut zuzusprechen. »Wir werden nur ganz wenig davon essen.«

Theo schloss die Augen, hielt sich die Nase zu und schluckte eine der Beeren hinunter. Sie waren pechschwarz. Simon sah ihn mit offenem Munde an.

»Ja, aber ...«

»Verstehst du denn nicht?« Paracelsus schluckte noch zwei Beeren. »Du hast mich selbst darauf gebracht. *An die Hölle gekettet kann sie nie ganz Teil der irdischen Welt sein und wird sich nur dem offenbaren, dessen Geist sich von dem Irdischen loslöst.*« Paracelsus rülpste. »Also entweder muss man im Inbegriff sein zu sterben, damit sie einem erscheint, was ich ehrlich gesagt nicht möchte, oder – das hier.« Paracelsus drückte Simon zwei Beeren in die Hand.

»Du willst uns vergiften dafür? Kann ich nicht bitte einfach ein paar Krüge Bier trinken? Oder Schnaps?«, bettelte Simon.

Theo lachte: »Ja, bei dir würde das vielleicht sogar ausreichen.«

Simon lächelte schüchtern und schluckte die Früchte tapfer hinunter. Paracelsus klopfte ihm zufrieden auf die Schulter.

»Ich habe mich noch gar nicht für das Schriftstück bedankt. Das war wirklich gut, Junge.«

Simon winkte ab. Aber er lächelte stolz in sich hinein.

»Also dann.« Paracelsus schluckte noch eine Beere und näherte sich vorsichtig dem Altar. Balthazars Buch schien auf ihn zu warten. Auf ihn zu lauern. Simon folgte ihm. Halb geduckt. Das Holz knackte im Feuer. Weißlicher Rauch stieg auf. Paracelsus rieb sich die Hände. Simon schluckte. Paracelsus öffnete das Buch und suchte den heiligen Bartholomäus. Er hatte ihn in der Domuncula gelassen. Nun, es ließ sich jetzt nicht ändern. Er würde ihn hoffentlich trotzdem beschützen. Simon zitterte. Das Amulett glühte.

Paracelsus begann zu lesen. Erste Strophe, erste Zeile, erstes Wort. Die Schriftzeichen tanzten. Schimmerten. In bunten Farben. Verspotteten ihren Meister, der keiner war. Und mit ihm seine ganze Welt. Paracelsus las weiter. Phönizisch. Seine Stimme war ihm fremd. Simon hielt den Atem an. Zweiter Vers. Theo wurde schwindelig. Die Tollkirschen begannen zu wirken. Der Altar wankte. Strophe um Strophe.

Simon stöhnte und schloss die Augen. Er lächelte. Als sänge man ihm ein Kinderlied. Theos Knie versagten. Er stützte sich auf den Altar. Brach dennoch ein. Wind pfiff durch die Ecken. Simon kicherte. Berauscht. Es klang weit entfernt. Das Feuer prasselte. Die Wände bewegten sich. Kamen näher.

Theo lauschte: Geflüster aus den Ecken. Hilflos sah er um sich. Wilde Hunde tanzten in den Flammen. Und paarten sich in der Luft. Paracelsus sah Mira nackt um das Feuer tanzen. Flammen züngelten um ihre festen Schenkel und ihre perfekten Brüste. Er wollte sie packen. Sie an sich ziehen. Er wollte ihr Becken. Er griff nach ihr, doch da war sie verschwunden.

Die Hunde heulten. Das Geflüster wurde lauter. Simon lachte Tränen. Sein Gesicht war glühend rot. Das Amulett begann zu singen, in einhundert fremden Sprachen. Kindskopfgroße Krähen flogen durch die Luft. Margret küsste Theo zärtlich. Ihre vollen Lippen. Warm und feucht. Theo strahlte. Die Zeit verlor ihre Bedeutung. Der Raum löste sich auf. Im Nichts. In ihm. Er selbst löste sich auf. War nicht Paracelsus und nicht Theo. Er war gar nichts mehr. Das war die Göttin der Wahrheit.

Jacob

Professor Wölflin boxte Jacob in seine Flanke und riss ihn so aus seinen Gedanken. Seine Augen waren vor Spannung aufgerissen. Im Kapitelsaal des Augustinerklosters war es mucksmäuschenstill.

»Jetzt hat er's.«

»Endlich«, flüsterte Göttisheim nervös. Wie auf Hornissen sitzend hatte er ausgeharrt.

Der Stadtschreiber war eine Ewigkeit still und versteinert über seine Notizen gebeugt gewesen und hatte die Stimmen ausgezählt, jetzt holte er Luft.

Die Ratsherren hielten ihren Atem an. Ein jeder beugte sich vor. Für alle ging es um alles. Etwas in Werner Grubers Lungen quietschte. Ein Stuhl knarzte. Jemand ließ etwas fallen. Es schepperte. Arnold zum Luft saß da wie ein Mehlsack. Jacob biss sich die Unterlippe wund.

Mit lauter Stimme, die doch brach, verkündete der Stadtschreiber: »Es ist der Wille der Stadt Basel, heute einen neuen Rat zu bekommen.«

»Verräter! Ihr vergeht Euch an Eurem Herrn und Gott selbst. Ihr werdet in der Hölle schmoren«, rief einer. Doch niemand hörte ihn. Michael Frei sprang von seinem Stuhl auf und schrie unverständliche Laute. Werner Gruber und Konrad Egg fielen sich gegenseitig in die Arme. Die Meister der Handwerkszünfte schlugen sich immer wieder gegen die eigene Brust. Einer ohrfeigte jemanden vor lauter Übermut. Der antwortete nur mit einem Lachen. Professor Wölflin trank erleichtert aus seinem Beutel. Arnold zum Luft lächelte milde. Einer warf seinen Stuhl in die Runde. Rudolf von Rotberg sackte in sich zusammen. Von Mühlenheim fing an zu weinen. Jacob atmete Luft aus, die er vor Wochen eingeatmet hatte.

»Ehrwürdige Ratsherren! Ehrwürdige Ratsherren! So kommt doch bitte zur Vernunft!« Der Stadtschreiber versuchte unbeholfen, sich Gehör zu verschaffen. »Ruhe, bitte. Ruhe!«

Arnold zum Luft erhob sich und zog Jakob Meyer zum Hasen mit sich nach oben. Mahnend blickte er in die Menge. Welche sofort verstummte. Aller Augen waren auf zum Hasen gerichtet. Die Ratsherren verstanden zum Lufts unausgesprochene Botschaft wohl. Der steilste Teil des Weges lag noch vor ihnen. Wenn der Bischof zum Hasen nicht zum Bürgermeister ernannte, wäre alles vergebens.

»Wir pausieren nun für fünfzehn Minuten. Ein Bote möge bitteschön seine Exzellenz informieren«, sprach der Stadtschreiber erleichtert. »Und dann ernennen wir die Kieser.«

Caspar

»Der alte Rat ist abgewählt. Der alte Rat ist abgewählt. Bürger Basels! Bürger Basels! Heute bekommt ihr einen neuen Rat.«

Der dicke Wachtknecht zog lärmend durch die Gassen, angekündigt von einer gusseisernen Glocke, die er vor sich her schwang. Die ganze Stadt hörte seinen Ruf. Gerade war er bei der Domuncula angekommen.

Margret sah von ihren Stickereien auf zu einem unruhigen Caspar ihr gegenüber.

»Es ist vollbracht! Gott segne diese Stadt.« Sie lächelte hoffnungsvoll.

»Nichts ist vollbracht, Margret! Wenn sie zum Hasen nicht in das Rathaus bekommen, sind wir genauso weit wie vorher. Schlimmer dran, wie ich meine. Seine bischöfliche Gnaden wird sich wohl rächen wollen«, antwortete Caspar mürrisch. Er ließ seinen düsteren Blick durch die leere Domuncula schweifen. Sie waren allein. Wohin Paracelsus verschwunden war, wusste nur Luzifer persönlich, und die anderen Kameraden waren schon im Morgengrauen zum Münsterplatz aufgebrochen, um bei dem Spektakel in vorderster Reihe dabei sein zu können.

»Aber das war der erste Schritt.« Margret runzelte ihre Stirn. »In eine neue Zeit. Freust du dich denn nicht darüber, Caspar? Was hast du?«

»Nichts habe ich«, blaffte Caspar und legte sein Astronomiebuch unwirsch beiseite. Er sah gehetzt um sich. »Ich wünschte nur, ich müsste hier nicht herumhocken.«

»Nicht hier mit mir?«, fragte Margret herausfordernd. Sie lächelte. Ihre weißen Zähne strahlten.

»Hör auf! An deiner Gesellschaft liegt es nicht, das weißt du wohl. Ich meine nur, ich müsste da draußen sein. Etwas unternehmen!«

»Was willst du denn unternehmen, Caspar?«

»Ich bin ein Mann. Ich kann kämpfen für meine Stadt, auch wenn Laurencz mir das nicht zutraut.« Übellaunig verschränkte er seine Arme.

Margret ging um den Tisch herum und nahm neben Caspar Platz. Sie ergriff seine Hand.

»Natürlich traut er dir das zu. Er hat dich beauftragt, auf seine geliebte Schwester aufzupassen. Ist das kein Vertrauensbeweis?«

Margrets Hand war warm und weich. Caspar entspannte sich sofort. Das ärgerte ihn umso mehr.

»Er hat gesagt, ich solle beim Weibsvolk bleiben und mich nicht auf den Straßen blicken lassen.«

Margret lachte. »Das hat er nicht, Caspar.« Sie strich ihm zärtlich eine Locke aus der Stirn. »Mein Bruder und mein Vater waren sich beide einig, dass es heute auf den Straßen nicht sicher ist. Und ich glaube ihnen. Wir warten hier. Gemeinsam. Bis es vorüber ist.« Margret streichelte kurz seine Wange, brach dann aber unsicher ab. Caspar versuchte, es zu ignorieren.

»Und wo sind dann die anderen? Denen ist es nicht zu gefährlich.«

»Alles Narren«, schimpfte Margret. »Wollen sie von Bärenfels mit ihren Büchern bewerfen, wenn er den Befehl gibt, sie zu erstechen? Zum Hasen mit Nadel und Faden zusammenflicken, wenn er ihn gevierteilt hat? Du weißt nicht, was dieser Tag bringt, Caspar. Und du kannst die Geschicke dieser Stadt heute nicht beeinflussen. Lass das mal meines Vaters Sorge sein. Und kümmere dich lieber um seine Tochter.«

Kurz drückte sie sich an ihn. Ihr Körper war fest und weich gleichermaßen. Sie duftete nach Rosenblüten. Rotbraune Locken fielen über eine grüne Seidenbluse, nur hastig verschnürt. Ihre Brüste wippten unmerklich, wenn sie aufgeregt sprach und schnell atmen musste. Diese rehbraunen Augen mussten davon wissen. Und taten doch, als wären sie nicht schuldig.

Caspar wagte nicht, ihre Haut dort zu berühren. Und konnte kaum mehr widerstehen. Noch immer hielt sie seine Hand. Sie wurde feucht. Caspar sah peinlich berührt zu Boden. Zog die Hand zurück. Margret lächelte befangen. Caspars Herz pochte in seiner Brust. Ihre Haut war aus Samt.

»Soll ich dir die Zither spielen?«, fragte sie bemüht beiläufig.

»Nein«, raunzte Caspar ärgerlich. Viele Dinge sollte sie tun. Die Zither spielen gehörte nicht dazu. Dieses Weib machte ihn rasend!

Margret holte sich einen Becher Wasser und lief unschlüssig im Zimmer auf und ab.

»Wieso bist du so wütend auf mich, Caspar?«

Sie musste die Antwort kennen.

Caspar polterte mit seinem Stuhl zurück: »Mir reicht's! Ich gehe jetzt zum Münsterplatz.«

»Nein, das wirst du nicht!« Margret versperrte ihm den Weg. Ihr Brustkorb spannte sich an. Sie umgriff ihre Hüften mit den Händen. Umgrenzte, was der Rock verbarg. »Du wirst nicht dein Leben gefährden, nur weil du … nicht bei mir sein willst.« Eine milde Röte breitete sich über ihren Wangen aus.

»Mein Leben gefährden? Das ist ja wohl übertrieben. Lass mich durch! Ich ertrage deine Stimme nicht mehr.«

»Nein!«, rief Margret aus. »Mein Vater tritt gerade dem Bischofsmörder gegenüber, obwohl er in seinem Kerker sitzen sollte. Mein Bruder will den ersten bürgerlichen Bürgermeister der Stadt mit seinem Schwert beschützen, gegen einhundert bischöfliche Söldner. Theo macht wahrscheinlich gerade einen Spaziergang in der Hölle. Ich will dich nicht auch noch verlieren.«

»Theo?« Caspar funkelte sie zornig an. »Wie schön, dass du ihn erwähnst. Er kann sich alles leisten, was? Sich von dir abwenden. Sich nächtelang nicht blicken lassen. Sich mit Luzifer vermählen. Doch gleichwohl sind deine Gedanken immer bei ihm, nicht war?«

»Was soll das denn heißen? Was ist dein Vorwurf? Natürlich denke ich an ihn.« Margret versperrte die Tür nicht mehr. Sie ging zum Fenster und starrte hinaus.

»Natürlich, wie auch nicht.« Caspar lachte trocken auf. »Er ist ein verdammtes Genie.«

»Und du rettest Menschenleben, indem du ihnen Münzen ins Hirn schlägst. Hör' doch endlich auf, dich mit ihm messen zu wollen. Diese Kinderei zwischen euch!«

»Du bist die Kinderei, Weib! Nur du!« Caspar schrie aus voller Kehle. Lauter als der Wachtknecht draußen. Margret zuckte zusammen. Caspar kam näher. Sie duckte sich, als würde sie einen Schlag erwarten. Caspar atmete heftig. Seine Lippen waren feucht. Margret wich zurück. Caspar folgte. Margret schloss die Augen. Ihre Brüste hoben sich mit jedem Atemzug. Caspar drückte sie sanft gegen die Wand. Margret stöhnte auf.

»Was ist mit dir und Paracelsus?«, flüsterte er. Hilflos.

Margret senkte ihren Kopf. Heiße Tränen flossen. »Ich werde ihn immer lieben, Caspar«, hauchte sie. Dann sah sie ihm direkt in die Augen: »Aber er ist nicht mein Mann.«

Laurencz

Die Wahl des Bürgermeisters nahte. Das Prozedere das gleiche seit Jahrzehnten. Und doch war alles anders.

Wo sonst ein feierlicher Zug von Ratsherren von den Mädchen Blüten zugeworfen bekam, wurde am heutigen Tage eine Schar nervöser Männer von der Stadtwache eskortiert. Die übliche Kapelle am Kopf des Zuges war durch Soldaten ersetzt worden. Der Jubel der Menge auf dem Münsterplatz war durch angespanntes Schweigen erstickt. Seine Exzellenz war bereits mit dem Schultheiß vom Bischofshof her eingeritten und harrte auf einem steinernen Thron vor der Nordwand des Münsters aus. Teure Teppiche schmückten den Platz zu seinen Füßen. Doch in der Luft, sonst süßlich gesättigt vom Geruch der Lindenblüten, lag heute nur der Tod.

Hinter des Bischofs Thron waren Hunderte von Söldnern und Soldaten seiner Leibgarde aufmarschiert, ordentlich in Reih und Glied. Gen Süden hin, vor der Menschenmenge, stand ihnen eine besorgt dreinblickende Stadtwache gegenüber.

Laurencz kratzte sich nervös an der Nase. Er hatte darauf bestanden, in der ersten Reihe zu stehen, um seinen Vater schützen zu können. Heinz war nicht von seiner Seite gewichen, wie gewohnt. Der Kommandant stand ein paar Mann weiter, und doch war es Laurencz, als könne er ihn Zähneknirschen hören.

Heinz kaute unablässig auf seiner Wange herum und klopfte Laurencz immer wieder auf die Schulter. Laurencz wusste nicht, was das sollte. Er wippte abwechselnd auf beiden Füßen zur Antwort.

»Die sind viel mehr als wir«, flüsterte Heinz betreten und sah Laurencz verstört an.

»Das sehe ich selbst, Mann!«

»Wir sollten die Schwerter fallen lassen und abhauen«, flüsterte Heinz ängstlich. »Die metzeln uns nieder.«

»Und unsere Stadt verrecken lassen?«, erwiderte Laurencz streng. Heinz rührte sich nicht. Er hatte es ohnehin nicht ernst gemeint.

Die halbe Stadt war um den Münsterplatz versammelt. Und doch hörte man eine einzelne schwarze Katze miauen. So still war es hier nur nach dem großen Erdbeben gewesen. Wortlos fanden sich die Ratsherren auf dem Münsterplatz ein.

»Verräter«, schrie jemand aus der Menge.

»Ketzer«, antwortete ein Zweiter.

Heinz wich die Farbe aus dem Gesicht. »Wo zum Teufel bleiben die Zürcher nur?«

»Sie sollten längst da sein.« Laurencz schluckte und schielte zu den Söldnern des Bischofs hinüber.

»Vielleicht lassen sie sie nicht das Stadttor passieren. Dann sind wir geliefert«, murmelte Heinz panisch.

»Da stehen unsere Leute«, gab Laurencz gereizt zurück. Seine Lippen bewegten sich kaum. »Die versperren ihnen niemals den Weg.« Das zumindest hoffte er.

Ein Vogel flog vorbei. Ein Kind weinte.

Der Bischof hieß die Herren nicht willkommen. Sein Schultheiß schwieg eisern.

Irgendjemand hustete.

Der Stadtschreiber, bald am Ende seiner Kräfte, kämpfte sich nach vorn und nahm seinen Platz neben dem Fürsten ein. Mit heiserer Stimme verlas er den Freiheitsbrief der Stadt und alsdann die Handfeste.

Laurencz sah seinen Vater, der sich tunlichst hinter den anderen Herren verborgen hielt. Und doch spähte er immer wieder zum Fürsten. Laurencz bemerkte seinen besorgten Blick. Am liebsten hätte er den alten Herrn huckepack über die Stadtmauer getragen.

Da stolperte ein gebrochener Rudolf von Rotberg vor den steinernen Bischofsthron, bekreuzigte sich zitternd, küsste hastig den Bischofsring und übergab seinem Herrn beschämt die Liste der ernannten Kieser. Von Gundelsheim würdigte ihn keines Blickes. Ein Hund bellte. Die Menge hielt den Atem an. Der Stadtschreiber verlas:

»Die zwei Ritter seien: Heinrich von Mühlenheim und Karl von Waldeck.«

Der Fürstbischof lächelte zufrieden. Die Adeligen traten ergeben vor ihren Herren.

»Die zwei Zünftler seien: Michael Frei von den Steinmetzen und Konrad Egg von den Schneidern.«

Des Bischofs Miene änderte sich nicht. Auch er kannte die Rechnung. Sein Vater hatte es Laurencz geduldig erklärt: Bei Gleichstand galt des Bischofs Wille. Die Zünftler spielten keine Rolle.

»Die zwei Domherren seien: Gustav von Luden und Johan von Müllenberg.«

Der Bischof nickte seinen Domherren siegessicher zu.

»Die zwei Achtburger seien: Arnold zum Luft und Jacob Göttisheim.«

Laurencz atmete zischend ein. Sein Vater trat aus der Menge hervor und ging langsam auf von Gundelsheim zu. Zum Luft klopfte ihm ermutigend auf die Schulter. Laurencz ballte seine Fäuste. Sein Mund war trocken. Das Lächeln des Fürsten gefror. Jacob kam vor seinem Lehnsherrn zum Stehen. Der blickte um sich. Zu den Söldnern. Laurencz zuckte zusammen. Zum Luft keuchte.

»Ihr solltet tot sein«, schrie von Gundelsheim erbost. Und durchbrach die Stille. Basel spitzte seine Ohren.

»Wie Ihr seht ...«, antwortete Göttisheim und bemühte sich um Gelassenheit. Dennoch zitterte er wie Espenlaub.

Laurencz tat einen Schritt nach vorn. Heinz zog ihn zurück.

»Ich habe Euch gestern verhaften lassen«, donnerte von Gundelsheim ihm entgegen.

»Und heute wähle ich meinen Bürgermeister, Exzellenz.«

Der Gottesmann schnaubte wutentbrannt. »Schlagt diesem Verbrecher den Kopf ab«, befahl er. Unschlüssig regten sich zwei seiner Leibgardisten. Der Schultheiß zögerte.

»Nein«, rief Michael Frei und versuchte, den Leibgardisten den Weg abzuschneiden.

»Er ist ein gewählter Kieser«, empörte sich Konrad Egg.

Arnold zum Luft trat vor Göttisheim. Laurencz zückte sein Schwert.

Da teilte sich die Menge auf dem Münsterplatz mit einem Mal. Ein Gemurmel entstand. Schwoll an. Wurde lauter. Stiefel donnerten auf das Pflaster des Münsterplatzes. Im Gleichschritt. Weiß-blaue Banner streckten sich stolz zum Himmel empor. Laurencz hatte niemals schönere Farben gesehen. Er hörte seinen Kommandanten aufatmen.

»Die Zürcher!«, rief Heinz erleichtert aus.

»Gott sei Dank«, antwortete Laurencz. »Keine Minute zu früh.« Sein Schwert behielt er in der Hand.

Am Westende des Münsterplatzes kamen die Zürcher zum stehen. Angestrengt starrten sie ins Leere. Noch.

Von Gundelsheims Blick ließ von Jacob ab und richtete sich auf die fremden Soldaten.

»Das ist eine Kriegserklärung«, donnerte der Fürstbischof ihnen zu. »Gegen meine Stadt.«

»Das ist nicht Eure Stadt.« Jacob hatte den Schock überwunden. Laurencz war unglaublich stolz auf ihn. »Darum geht es ja! Der große Rat der Stadt hat unsere Zürcher Freunde lediglich eingeladen, bei der Wahl unseres neuen

Bürgermeisters anwesend zu sein. Zürich ist mit den Baslern. Und nicht gegen sie.«

Laurencz' Vater hatte sich zu dem Münsterplatz gewandt. Er sprach zu den Bürgern. Nicht zum Bischof.

Der Fürstbischof fixierte Jacob mit finsteren Augen. Dann blickte er zu den Leibgardisten. Die waren erstarrt.

Von Gundelsheim erhob seine Hand. Sah zu seinem Schultheiß. Von Bärenfels schüttelte den Kopf. Energisch. Von Gundelsheim zögerte. Blickte zum blau-weißen Banner der Zürcher. Und ließ die Hand sinken.

Angestrengt zischte er durch die zusammengebissenen Zähne: »Ihr seid des Todes, Göttisheim.«

»So sei es«, antwortete Jacob. Der Angstschweiß stand ihm auf der Stirn. »Sofern mein neuer Bürgermeister mich für schuldig befindet.«

Paracelsus

Simon zerrte an Paracelsus und versuchte, ihn nach oben zu ziehen. Der hatte sich vor das Feuer gekauert und weigerte sich. Er wollte hier unten bleiben. Und der Ewigkeit lauschen.

»Komm hoch, Paracelsus!«

Theo schüttelte seinen Kopf.

Simon fluchte. »Du musst es noch einmal versuchen.« Er hielt ihm einen Beutel mit Wasser hin. Theo trank ihn in einem Zuge aus.

»Paracelsus, du musst! Sonst war alles umsonst.«

Theo schluckte. Ihm war speiübel. »Allein die Dosis macht's, Simon.« Er keuchte. »Tollkirsche zu dosieren ist freilich unmöglich, fürchte ich.«

Da packte Simon ihn endgültig. Schritt für Schritt führte er ihn zum Altar zurück.

»Du schaffst das, Paracelsus. Wer, wenn nicht du?«

Theo musste sich mit beiden Händen auf den Altar stützen. Das kümmerliche Tischchen trug sein Gewicht kaum. Er wankte. Simon stützte ihn.

Paracelsus kicherte. Simon schimpfte. Paracelsus riss sich zusammen. Erste Strophe, erste Zeile, erstes Wort. Balthazars Worte. Miras Stimme. Paracelsus sprach sie aus. Der hebräisch-phönizische Guttural. Theos Kehlkopf wusste, was zu tun war. Zweite Strophe. Er speichelte. Konzentrierte sich. Schwer wog die Luft um sie herum. Und immer schwerer. Das Amulett fing an zu singen. Paracelsus' Melodie. Gemeinsam sangen sie. In Eintracht. ASTAROTH. Die Flammen fluchten. Die Schlangen weinten. Die Fingernägel erzählten die Geschichte ihrer Besitzer.

Der Raum verdunkelte sich. Paracelsus wurde von Simon getragen. Ein Rascheln war zu hören. Aus allen Ecken der Halle zugleich. Etwas erwachte. Paracelsus fühlte es in sich.

Dritte Strophe. Simon flüsterte zu sich selbst. Etwas rief Paracelsus' Namen. Den Namen seiner Mutter. Rief ihn zu sich. Die Tollkirsche nahm jede Angst. Er kannte die Welt der Lebenden. Er war bereit, sie zu verlassen. Simon breitete seine Arme aus, als würde er erleuchtet.

Vierte Strophe. Etwas wuchs hinter ihnen heran. Richtete sich auf. Spähte. Paracelsus spürte es. Sein Rücken sah es. Die Beine trugen ihn nicht mehr. Er schwebte. Der Altar schwebte. Die Welt schwebte. Im Nichts.

Das dritte Wort der zwölften Zeile. Theos Glottis verschloss sich prompt in seinem Rachen. Etwas Lebendes war hier. Neben ihnen beiden. Wartete auf sie. Auf das Ende des Gedichts. Machte sich bereit. Lauerte. Theo fühlte es.

Fünfte Strophe. Paracelsus' Mund formte die Laute. Sie war das Böse. Sie war die Wahrheit. Seine Augenlider wurden schwer. Die Worte wurden langsam. Die Zeit wehrte sich. Seine Zunge ermattete. Kurz verlor er das Bewusstsein.

»Nein!«, schrie Simon. Er rüttelte ihn.

Paracelsus Mund sprach weiter. Er selbst hatte es ihm nicht befohlen. Etwas kam näher. Schlich hinter ihn. Berührte fast seine Haut. Es war riesig. Es war finster. Die Weisheit selbst. Das Grauen.

Paracelsus stürzte zu Boden. Er hörte Balthazar sprechen. Hörte Mira weinen. Sah Simon am Altar stehen und erblickte graue Schuppen. Wartend auf das Ende des Gedichts. Ein Drache aus der Hölle. Friedlich ausharrend, auf dem kalten Hallenboden. Sein Atem stank nach verbranntem Blut. Theo würgte. Er sah zu Simon, der den Vers zu Ende sprach.

»Nein. Simon. Nicht!«, flüsterte Paracelsus. Simon wollte ihn nicht hören. Seine Lider fielen. Die Welt wurde schwarz.

Mira küsste ihn. Ihre Lippen waren blutig. Paracelsus öffnete die Augen. Der Drache war erstarrt. Seine Herrin hatte ihn gefunden. Eine Frau. Hässlich wie die Nacht und schön wie ihr Friede. Nackte, weiße Haut. Nicht lebend und nicht tot. Theo wagte nicht, zu zwinkern. Wollte fliehen, unfähig sich zu bewegen. Er war nicht der Herr seines Körpers. Sie war es.

Die nackte Frau auf ihrem Drachen. Sie grinste Paracelsus an. Sie war nicht wütend. Ihre Augen leuchteten. Smaragdgrün. Sie sah seine Sünden. Blickte in sein Herz. Theos Angst war zu groß, um empfunden zu werden. Ihre Haare waren scharlachrot. Geschwungene Hörner krönten ihr Haupt. Eine schwarze Schlange umschmeichelte ihre Brüste. Und ihr Geschlecht. Sie wartete. Ruhig. Auf das Ende des Liedes. Wartete auf physische Kraft. Und dann? Was würde sie tun? Welchen Befehl dem Drachen geben?

Doch. Sie war zornig. Sie war die Wahrheit, die nicht gehört werden wollte.

»Simon, nicht«, stöhnte Paracelsus verzweifelt und kroch zu dem Altar. Unfähig, sich aufzurichten. Viele Männer hatte sie kriechen lassen. In vielen tausend Jahren. Astarte schwieg. Wie grausam mochte ihre Stimme sein? Wie tödlich ihr Befehl? Paracelsus streckte seine Hand aus, um Simon zu warnen. Er erwischte ihn am Bein.

Simon zuckte zusammen. Ihre Blicke trafen sich. Noch sprachen Simons Lippen. Paracelsus konnte nicht warnen. Sein Mund kannte keine Worte mehr. Paracelsus sah um sich. Nach hinten. Zu ihr. Simons Augen folgten. Langsam. Seine Pupillen weiteten sich. Seine Lippen erstarrten. Simon schrie auf.

Die fünfte Strophe blieb unvollendet.

Jacob

Das Kieserkollegium am Münsterplatz trat vor seinen Fürsten. Jacob war völlig ermattet. Nun sollte sich zeigen, wie irrsinnig ihr Fürst tatsächlich war.

»Ich uriniere auf Eure Handfeste«, hallte es in Jacobs Ohren wider. Blut würde fließen, sollte er seine Worte wahr machen.

Schweigend übergab Arnold zum Luft dem amtierenden Bürgermeister das Pergament. Der ohnehin schon ausgemergelte Rudolf von Rotberg kämpfte mit der Ohnmacht. Ein Häufchen Elend kniete sich vor den Bischof. Minuten vergingen, ohne dass er imstande war zu sprechen. Ein Soldat der Stadtwache musste lachen. Von Bärenfels spielte mit dem Knauf seines Schwerts. Jacob hatte Mitleid.

»Sprich!«, fauchte der Bischof.

Von Rotberg schluckte und schüttelte den Kopf. Wasser sammelte sich in seinen Augen.

»Eure Stadt bittet seine Exzellenz, als künftigen Bürgermeister …«

Von Rotberg brach ab. Schielte zu der Hundertschaft an Soldaten hinter dem Bischof.

»Sprich, oder ich schlag' dir in diesem Moment den Kopf ab!«, murrte Meinrad von Bärenfels ungehalten.

Von Rotberg schwitzte. Jacob tat es ihm gleich.

»… als künftigen Bürgermeister Jakob Meyer zum Hasen zu ernennen.« Rudolf von Rotberg duckte sich und schlug die Hände über dem Kopf zusammen.

Die Menge schrie auf. Viele wagten nicht zu jubeln. Einige taten es doch. Des Bischofs Söldner zuckten zusammen. Meinrad von Bärenfels blinzelte. Die Soldaten der Stadtwache umklammerten ihre Schwerter. Jacob wagte nicht, sich zu bewegen.

Seine Exzellenz zeigte keinerlei Reaktion. Ausdruckslos fixierte er die Ritter. Dann die Domherren. Er rätselte in jedem einzelnen Gesicht, als versuche er darin zu lesen, wer der Verräter war.

Basel hielt den Atem an. Jacobs Nerven hielten es kaum noch aus. Arnold zum Luft trat vor den bischöflichen Thron. Niemals waren seine Falten tiefer gewesen. Er klopfte von Rotberg sachte auf den Rücken: »Geht«, flüsterte er wohlwollend.

Ungläubig schielte der scheidende Bürgermeister zu ihm nach oben und lief sodann dankbar in die Menschenmenge, in welcher er verschwand.

»Eure Stadt bittet seine Exzellenz, als künftigen Bürgermeister Jakob Meyer zum Hasen zu ernennen.« Zum Luft sah von Gundelsheim direkt in die Augen.

»Das werde ich nicht.« Von Gundelsheim lehnte sich zurück.

»Ihr seid verpflichtet, durch die Handfeste der Stadt und das Gesetz des Kaisers!«

»Niemals«, flüsterte von Gundelsheim und schielte Jacob böse an. Instinktiv suchte Jacobs Blick seinen Sohn.

»Solltet Ihr Euch weigern, zeigt Ihr Eurer Stadt, dass Ihr Euch nicht an ihre und die Gesetze des Kaisers gebunden fühlt.« Zum Luft machte eine kurze Pause. Er musste schlucken. Jacob kannte die Worte schon und biss die Zähne aufeinander. »Und dann fühlt sich Eure Stadt nicht länger gebunden an Euch.«

Jacob seufzte auf. Eine Frau stöhnte. Die Menge raunte. Das Mädchen, das neben dem Stadtschreiber wartete, um den neuen Bürgermeister mit einem Blumenkranz zu krönen, wurde hektisch zu seiner Mutter gerufen.

»Ihr sprecht nicht für diese Stadt«, rief der Fürstbischof.

»Ich spreche im Namen meines Bürgermeisters, Jakob Meyer zum Hasen.«

Zum Luft senkte seinen Kopf, ließ von Gundelsheim jedoch nicht aus den Augen. Regungslos thronte dieser. Zum Luft sprach lauter. Ein jeder sollte es hören.

»Wenn Ihr auf die Gesetze Eurer Stadt und des Reiches urinieren möchtet ...« Jacob kniff seine Augen zusammen. Er selbst hatte seinem Rektor von Gundelsheims unsäglichen Worten berichtet. »... wird sich diese Stadt von Eurer bischöflichen Hoheitsgewalt lossagen.«

Das war zum Lufts Schlachtruf gewesen.

Die Zürcher Kompanie schien näher zu treten, obgleich sie stillstand. Die Stadtwache spannte ihre Muskeln an. Jacob war der Ohnmacht nahe. Meinrad von Bärenfels trat zu seinem Fürsten. Von Gundelsheims Wangen schienen sich grünlich zu verfärben.

»Ich bin diese Stadt!«, schrie er.

Zum Luft nickte und wandte sich ab.

»Die Stadt Basel ernennt Jakob Meyer zum Hasen von der Zunft der Hausgenossen zu ihrem neuen Bürgermeister«, verkündete er der Menschenmenge.

Von Gundelsheim sprang von seinem Throne auf. Schaum schien sich vor seinem Mund zu bilden.

»Ergreift ihn!«, bellte er.

Seine Soldaten blickten unschlüssig zwischen der Stadtwache und den Zürchern hin und her.

»Ergreift ihn, hab' ich gesagt!«

Caspar

Schweigend hatten Margret und Caspar den Vormittag in der Domuncula ausgeharrt. Keiner von beiden hatte mehr ein Wort gesprochen. Einmal hatte Margret zu ihrer Zither gegriffen, Caspar hatte sie ihr weggenommen. Seither starrte er mürrisch aus dem Fenster. Margret stand vor der Feuerstelle und kaute an ihren Fingernägeln.

»Wir haben einen neuen Bürgermeister! Hört, ihr braven Leute! Euer Bürgermeister sei fortan Jakob Meyer zum Hasen. Die Kieser haben einen Bürgermeister ausgerufen!« Die Worte des Wachtknechts hallten durch die Gassen.

»Jakob Meyer«, rief Margret aus. »Caspar, hast du das gehört? Sie haben es geschafft.« Sie strahlte und rannte auf Caspar zu. »Wir sind gerettet!«

»Wieso die Kieser?«, entgegnete Caspar ernst. »Die Kieser dürfen überhaupt keinen Bürgermeister ausrufen.«

Margret hörte ihn nicht. Erleichtert fiel sie ihm in die Arme. Küsste seine Wange. Ließ sich zurückfallen und lachte herzhaft. »Mein Vater hat es geschafft!«

»Irgendetwas muss vorgefallen sein. Die Kieser haben nicht das Privileg ...«

Sie küsste die andere Wange. »Wir sind gerettet.« Küsste Caspars Lippen.

»Die Kieser können nicht ...«

Sie öffnete ihren Mund.

»Das dürfen ...«

Suchte Caspars Zunge.

Caspar vergaß seine Worte. Er vergaß die Welt. Das Leben hüpfte durch seine Glieder. Ihre Lippen umschlossen die seinen. Ihr Mund war heiß. Ihre Zungen fanden einander. Caspar sog ihren Duft ein. Sog sie ein. Erwiderte ihren Kuss. Umfasste sie so fest wie möglich. Drückte ihren Busen an sich. Wollte sie nie wieder hergeben. Caspar war im Paradies.

»Caspar, es ist geschehen.« Theo stürzte herein. Margret und Caspar wichen sofort auseinander. Paracelsus bemerkte es nicht.

»Es ist geschehen, Caspar. Du hattest so recht.« Theo sah schrecklich aus: Speichel lief über sein Kinn. Die Hände zitterten. Seine Wangen glühten.

»Was ist geschehen?«, fragte Caspar entgeistert. »Was in aller Welt ist los mit dir?«

»Sie ist erschienen! Wir haben sie angerufen.« Theo lehnte sich gegen die Wand. Er war nicht imstande, frei zu stehen.

»Wer ist erschienen?«, fragte Margret besorgt.

Caspar fühlte die Hitze auf Theos Stirn. Fühlte sein Herz in der Brust rasen. Sah in seine geweiteten Pupillen.

»Wasser. Bitte. Gebt mir Wasser.« Simon stolperte herein. Margret reichte ihm sofort welches. Simon trank einen ganzen Krug aus.

»Setz dich!« Caspar zog Theo zu Boden.

»Sie ist erschienen, Caspar. Astarte! Ich habe sie gesehen.«

»Siehst du mich eigentlich scharf, Bruder?« Caspar blickte besorgt auf Theos Pupillen.

»Sie war da, mit einem Drachen.«

»Mit einem was …?«, rief Margret und füllte den Krug nach.

»Hast du die Hitze?«, fragte Caspar, bemüht sachlich.

»Hunde! Hunde waren in den Flammen. Und eine Schlange, sie hatte eine Schlange. Und Krähen in der Luft. Und …«

»Trink.« Caspar hielt ihm einen Becher Wasser vor die Lippen. Theo war zu aufgeregt.

»Ich brauche Wasser«, jammerte Simon. Er hatte sich in die Mitte des Zimmers gelegt und streckte alle viere von sich.

»Die Flammen haben gesprochen. Und da war Mira.«

»Was hast du genommen?«, fragte Caspar.

»Sie hat getanzt. Nackt.«

»Welche Arznei, Paracelsus!«

»Sie hätte uns alle verschlungen. Sie will uns nicht helfen. Du hattest so recht!« Theo hielt Caspar fest am Arm und sah ihn beschwörend an. Margret huschte nervös zwischen Simon und den beiden hin und her.

»Ja das hatte ich«, antwortete Caspar. »Aber jetzt sprichst du im Wahn.«

»Nein, nein, nein! Das tue ich nicht.« Theo versuchte, sich aufzurichten, und scheiterte. »Ich weiß, was ich gesehen habe.«

»Theo. Du bist Arzt, der beste Arzt, den ich kenne. Also hör mir jetzt zu und glaube mir: Du bist vergiftet. Das Gift spricht aus dir.«

»Ja! Nein!« Theo riss Caspar zu sich hinunter. »Ich weiß. Mira war nicht da. Das weiß ich. Aber Astarte. Astarte war da. Mit ihrer Schlange. Simon hat sie auch gesehen.«

Caspar versuchte ruhig zu bleiben. »Sag mir bitte, was du genommen hast, und wie viel davon.«

»Ja, das stimmt.« Eine heisere Stimme ertönte: »Astarte war da! Sie hatte rote Haare und grüne Augen. Sie hat uns verfolgt durch die Halle. Wollte nicht verschwinden, wollte uns nicht gehen lassen.« Simon stöhnte.

»Tollkirsche«, sprach Paracelsus.

»Tollkirsche?« Caspar sah ihn tadelnd an. »Du hast dem Jungen Tollkirsche gegeben? Bist du noch bei Trost, Paracelsus?«

Caspar richtete sich auf und trat zu Margret. »Kühle ihre Körper. Und gib ihnen zu trinken. Gib acht, dass sie nicht aufstehen. Sie könnten stürzen. Ich setze Wasser auf.«

Caspar durchwühlte seine Sachen. Theo wollte immer wieder aufstehen. Margret hielt ihn zurück.

»Margret, bitte, ich muss ... Balthazar will sein Buch zurück.«

»Baltha ... wer?« Margret legte ihm einen kalten Lappen auf die Stirn. »Theo, wo bist du da bloß hineingeraten?« Sie stützte ihn, so gut sie konnte. Simon schnaufte angestrengt, ohne die Augen zu öffnen.

Caspar hatte gefunden, was er gesucht hatte, und machte sich auf Richtung Küche. Margret sah ihn fragend an.

»Birkenrinde«, erklärte er. »Der Tee soll die Vergiftung mildern.«

»Die Seelen wollen fliegen, nicht gefunden werden«, säuselte Theo. Er erzählte sich selbst seine Geschichte. Hastig murmelte er Wort für Wort. Unterbrochen von phönizischen Lauten, die Simon eifrig nachahmte.

Caspar bückte sich zu Theo und flößte ihm etwas Tee ein.

»Caspar, sie war da. Bitte glaub mir.«

»Später, Theo«, antwortete er beruhigend.

»Nein, nein. Du hattest recht. Ich werde es vernichten, alles. Den Altar, die Schlangenkörper, das Buch, alles.«

»Was ... ein Altar? Mann! Was hast du getan?« Caspar starrte ihn erschrocken an und gab ihm Tee.

»Simon hat es auch gesehen«, gluckste Paracelsus.

»Theo, ihr habt euch vergiftet. Ihr habt halluziniert. Was du gesehen hast, war nur ein Traum.«

»Ja, die läufigen Hunde vielleicht. Das weiß ich.« Paracelsus hustete. »Aber sie nicht. Sie nicht, Caspar. Simon hat sie auch gesehen. Halluzinationen teilt man sich nicht.« Theos

Verstand schien sich etwas aufzuklaren. Fast schluckte er wieder seinen Speichel hinunter.

»I-ich w-werde alles fortschaffen«, stotterte er. »Zerstören. Die Seelen wollen nicht gefunden werden. Ich möchte Astarte nie wiedersehen.«

Laurencz

Philipp von Gundelsheim baute sich vor seinen Soldaten auf. »Befolgt jetzt die Befehle Eures Herren und tötet diesen Verräter.« Er deutete auf den Rektor der Universität.

Die Söldner zögerten einen weiteren Augenblick. Laurencz folgte ihrem Blick zu Arnold zum Luft. Seine Knie zitterten. Das war der Moment. Sein Leben lang hatte er darauf gewartet. Er schluckte seine Angst hinunter. Er gehörte zur Stadtwache Basels, ausgebildet, seine Bürger zu beschützen. Mit einem tiefen Schrei preschte er vor. Riss zum Luft hinter sich. Heinz folgte ihm gewohnheitsmäßig. Von ihrem Kommandanten war ein lautes Glucksen zu hören. Jacob schrie auf. Zum Luft stürzte. Laurencz strauchelte. Ein Schwert raste auf sein Gesicht nieder. Laurencz schloss die Augen. Ein Schild kam von rechts. Es war Heinz. Metall prallte auf Metall. Der Gegner fluchte. Laurencz rappelte sich auf und nickte Heinz dankbar zu. Der keuchte. Er wehrte ein Schwert mit dem seinen ab, und auch Laurencz musste einen neuen Hieb seines Gegners abwehren. Der Fürstbischof fluchte vor der Nordwand seiner Kirche. Jacob musste von den Zünftlern festgehalten werden. Laurencz stöhnte. Sein Gegner brüllte. Um sie herum wurde es lauter. Chaos brach aus. Zu seiner linken fiel ein Kamerad quiekend zu Boden. Warmes Blut spritzte in Laurencz' Gesicht. Er roch Eisen. Drüben bei den Zürchern hörte er Geschrei. Sie stürmten los. Stärkten ihre Flanke. Ihre Reihen schlossen sich.

Vor Laurencz wurde ein Leibgardist erstochen. Sein Blut rann vor die bischöflichen Füße. Zum Luft wurde nach hinten gerissen. Die Menschenmenge geriet in Panik. Die Starken trampelten die Schwachen nieder. Die Bewaffneten drängten nach vorn, um ihrer Stadtwache zu helfen. Die Frauen suchten ihre Kinder nach hinten zu bringen. Jeder stieß gegen jeden. Schrille Schreie hallten hinauf zum Februarhimmel.

Laurencz war blind und taub. Er sah Eisen und Fleisch und Blut. Er wurde schwächer. Seine Arme gaben nach. Sein Gegner holte aus. Flinker dieses Mal. Laurencz' eigenes Schild fiel zu Boden. Krachend schlug es auf. Das lange Schwert war über ihm. Er konnte seines kaum mehr greifen. Versuchte zu parieren. Brauchte Zeit. Wich aus.

»Haltet ein!« Meinrad von Bärenfels schwang sich auf sein Ross. Bewegungen erstarrten.

Laurencz' Gegner atmete schwer. Seine Arme zitterten. Er holte aus. Laurencz griff sein Schwert fester. Konnte es kaum noch anheben.

Laurencz' Kommandant sah zu dem Schultheiß hoch.

»Halt, Männer! Halt!«, stimmte dieser mit ein.

Köpfe drehten sich. Lungen keuchten. Angriffe wurden abgebrochen. Der Münsterplatz gefror in Eis.

»Haltet ein!«, rief von Bärenfels erneut. »Im Namen Basels.«

Das Schwert vor Laurencz schwebte in der Luft.

»Was tut Ihr?«, hörte Laurencz den Bischof in die Stille fragen. »Ihr seid mein Diener.«

Von Bärenfels ritt zu dem Fürsten hinüber und parierte sein Ross vor ihm. Er blickte auf ihn herab. »Und als Euer Diener sage ich Euch, dass Ihr das nicht überleben werdet!«

Laurencz lauschte angestrengt jedem ihrer Worte. Sein Gegner stand noch vor ihm. Ihre Blicke trafen sich.

»Ich gab Euch den Befehl …«, rief von Gundelsheim seinen Söldnern zu. Von Bärenfels unterbrach ihn sofort. »Nicht heute, Exzellenz!« Seine Stimme hatte die größere Gewalt.

Der Schultheiß stieg vom Pferde ab. Er trat zu seinem Fürsten. Versuchte, untertänig zu klingen. Es gelang ihm kaum. Laurencz spitzte die Ohren: »Ihr könnt diese Schlacht nicht gewinnen, mein Fürst. Ihr werdet getötet. Oder Ihr verliert die Stadt«, flüsterte er. Beschwörend ergriff er den Arm seines Herrschers. Der blickte ihn an wie ein verängstigter Hund. »Seid weise, mein Herr! Andere Tage werden kommen. Andere Schlachten. Aber heute – fügt Euch!«

»Nein, das kann ich nicht«, wimmerte von Gundelsheim beinahe unhörbar.

Von Bärenfels packte fester zu. Es musste den Bischof schmerzen, doch dieser beschwerte sich nicht.

»Ihr könnt Euch rächen. Wir werden uns rächen! Ein andermal.«

Laurencz erschrak. Er schluckte Blut.

»Sie müssen hängen, dafür«, wisperte von Gundelsheim.

»Ja, mein Fürst. Das werden sie. Ich schwöre es Euch! Aber heute gebt ihnen, was sie wollen. Sonst seid Ihr verloren.«

Stille. Lauter denn je. Von Gundelsheims Augen flackerten in ihren Höhlen. Seine Lippen zitterten. Ein Soldat ließ vor Aufregung seine Lanze fallen. Krachend fiel sie zu Boden. Der Bischof zuckte zusammen.

»Eure Exzellenz.« Meinrad von Bärenfels schob seinen Fürsten zurück auf den steinernen Thron. Von Gundelsheim ließ sich führen. Nahm Platz. Und holte Atem. »Ich ernenne Jakob Meyer zum Hasen zum neuen Bürgermeister meiner Stadt.«

Der Jubel hallte nach weit außerhalb der Stadtmauer.

Laurencz suchte seinen Vater in der Menge. Der starrte auf die blutigen Leiber am Boden und dann zu seinem Fürstbischof. Dessen schwarze Augen waren auf ihn gerichtet.

Margret

Margret fächerte Paracelsus und Simon abwechselnd Luft mit ihren bloßen Handflächen zu. Seit geraumer Zeit hatten sie keinen Ton mehr von sich gegeben. Beide lagen schlafend auf dem Boden. Caspar saß neben ihr, seine linke Hand auf ihrem Rücken, seine rechte einen Krug mit Bier umklammernd. Margret fühlte seine Hand zärtlich über ihren Rücken streicheln. Angenehme Schauer löste das aus. Sie hatte Gänsehaut. Nicht von der Kälte. Margrets Herz hüpfte vor Freude. Es vibrierte in ihren Fingerspitzen. Gerade rätselte sie, ob Caspars Augen eigentlich schon immer so strahlend blau geleuchtet hatten …

Donnernd wurde da die Tür zur Domuncula aufgerissen. Sie krachte gegen die Wand. Margret schrak hoch.

»Der erste bürgerliche Bürgermeister der Stadt Basel wurde gewählt, liebe Leute!«

»Laurencz!« Sofort sprang sie auf und eilte zu ihrem Zwillingsbruder. Laurencz stand da in voller Rüstung, sein Gesicht war blutverschmiert. »Das ist nicht mein Blut«, antwortete er ungefragt auf ihren besorgten Blick.

Margret wurde trotzdem speiübel von dem Anblick.

»Na dann«, murmelte Caspar angetrunken und prostete ihm zu.

»Um Gottes willen«, rief Margret. Erleichtert fiel sie Laurencz um den Hals. Tausend Tode war sie gestorben, heute.

»Ist Vater am Leben?« Margret klammerte sich bangend an den starken Arm ihres Bruders.

»Ihm geht es gut. Nur seine Nerven machen ihm zu schaffen. Ich hab ihn nach Hause zu Mutter gebracht. Und hier?« Laurencz rümpfte die Nase. »Was stinkt denn hier so? Der Münsterplatz riecht besser, und da wurde wirklich was geboten heut'.«

»Simon hat sich übergeben«, antwortete Caspar und trank sein Bier leer. Er zuckte mit den Schultern. »Theo hat ihn und sich selbst vergiftet. Um mit dem Teufel reden zu können.« Er knallte den Krug neben sich auf den Boden. »Der wollte aber nicht so gerne.« Caspar rülpste.

Margret sah angewidert auf Simon herab. Unmengen hatte sie aufgewischt!

»Ach so, ja.« Laurencz stutzte. »Ich wollte eigentlich vorschlagen, dass wir heute Abend in den Goldenen Ochsen gehen und dieses bedeutsame Ereignis feiern. Und meine Heldentaten. Meine Heldentaten! Aber das ist wohl ungünstig heute, wie es scheint.«

Margret hörte die Enttäuschung in seiner Stimme.

»Doch, doch.« Caspar lallte. »Wir feiern heut'! Paracelsus hat herausgefunden, dass mit Luzifer nicht gut Kirschen essen ist, das ist doch was!«

»Caspar!«, rief Margret. Sie sah ihn tadelnd an. Trotzdem musste sie lächeln. Irgendwie war er noch niedlicher, wenn er getrunken hatte.

»Wir gehen mit, Laurencz« Caspar versuchte aufzustehen, besann sich aber eines Besseren.

»Gut.« Laurencz zögerte irritiert. »Ich muss noch eine Wachschicht übernehmen, dann hole ich euch ab, sofern ihr wieder gehen könnt.«

»Eine Wachschicht?«, fragte Margret empört. »Heute? Hast du denn nicht genug getan für das bisschen Sold?«

»Eid ist Eid, meine liebe Schwester. Der Kommandant sagt, er braucht ein jedes Schwert jetzt. Hat Angst vor Unruhen. Die Gemüter sind erhitzt, meinte er. Werden sich irgendwo entladen.«

Margret schüttelte verständnislos ihren Kopf.

»Gut!« Theo erstand von den Toten auf. Mit einem Satz erhob er sich. Fast stand er gerade. »Ich hab auch noch was zu erledigen.« Caspar verdrehte die Augen. »Mach du deine Schicht. Ich bringe derweilen mein Leben in Ordnung. Und dann treffen wir uns im Goldenen Ochsen! Und feiern deine Heldentaten.«

Laurencz

Heinz und Laurencz patrouillierten durch die dunkle Stadt. Die schweren Rüstungen hatten sie erleichtert abgelegt und sich leidlich das Blut von Gesicht und Händen gewaschen. Das musste genügen. Ihre Schwerter hatten sie bei sich behalten.

»Von wegen Unruhen«, murrte Heinz. »Nichts ist los in diesem Nest heut Abend!« Er sah sich um. »Keine Menschenseele auf den Straßen. Wir hätten uns ebenso gut besaufen können.«

»Mach ich auch noch. Darauf kannst du einen lassen«, antwortete Laurencz fröhlich. Er horchte in die Stille. »Die braven Bürgersleut' sind zu ihren Weibern ins Bett gekrochen und danken ihrem Schöpfer, dass sie mit dem Leben davongekommen sind. Ihnen fehlt die Muse für Krawalle, wie es scheint.«

Im Gleichschritt marschierten die beiden Kameraden durch die Kälte. Sie waren noch immer die Neulinge der Wache, weshalb sie der Tradition gemäß nur die schlechteren Viertel mit ihrer Anwesenheit beglücken durften. Heute Nacht hieß das für Laurencz und Heinz das Fleischerviertel. Laurencz sah dem schwarzen Birsig bei seinem Versuch zu, die Abfälle sämtlichen Getiers, ob geschlachtet oder anderweitig verendet, wegzuschaffen. Zu klein der Fluss. Zu viel an Gedärm.

»Ohne dein Schild spülte er gerade meinen gespaltenen Schädel fort, mein Freund«, meinte Laurencz, ohne den Kameraden anzusehen.

»Und ohne dein Schwert meine durchlöcherte Brust«, entgegnete Heinz und klopfte ihm auf die Schulter. Nachdenklich fügte er hinzu: »Ein Leben lang werde ich das aber nicht machen wollen, weißt du.«

»Ach komm«, entgegnete Laurencz. »In zehn Jahren bist du der Kommandant und kämpfst nur noch mit deinen üppigen Mahlzeiten, während deine Füße vor dem Kamin geröstet werden.« Er lachte und streckte die Arme zum Himmel. »Unsere Zukunft ist rosig, mein Freund. Rosig, sag' ich! Der reichste Geldverleiher der Stadt, unser brandneuer Herr Bürgermeister, schuldet uns seinen goldenen Arsch! Das weiß er genau.« Laurencz tänzelte und drehte sich um die eigene Achse.

Heinz lachte. »Dann hoffe ich nur, dass sein Arsch ein gutes Gedächtnis hat, Bruder!«

»Und ich zähle auf deines, wenn du Kommandant bist, und sie mich wegen Trunkenheit hochnehmen, Mann.«

»Abgemacht.« Heinz schlug in Laurencz' ausgestreckte Hand.

Sie überquerten den Birsig und passierten die große School. Selbst nachts war der Gestank beißend.

»Du hast schon recht, Mann. Klar wird zum Hasen was springen lassen, die nächsten Wochen«, sinnierte Heinz fröhlicher. »Vielleicht ein paar Liter Schnaps.«

Laurencz verlangsamte seinen Schritt. Er kräuselte seine Stirn.

»Dazu einen saftigen Braten für uns alle.« Heinz leckte sich die Lippen.

Laurencz blieb stehen. Lauschte. In die Dunkelheit.

»Vielleicht einen schönen reifen Käse noch dazu.«

»Was ist da drüben?«, flüsterte Laurencz. Etwas stellte ihm die Nackenhaare auf.

»Und ein paar Weiber zur Gesellschaft.« Heinz grinste. »Die Schönen mit der dunklen Haut.«

»Was ist da drüben?« Laurencz deutete zu der schäbigen Taverne gegenüber. Der Abschaum Basels kaufte sich dort seine Huren. Die Wachmänner mieden diesen Ort, zumindest im Dienst. Die Tür war weit geöffnet.

»Der singende Erwin?«, antwortete Heinz endlich. »Was soll sein damit?«

»Die Tür steht auf, bei dieser Kälte?«, fragte Laurencz misstrauisch. »Und es ist so still. Sollten sie drinnen nicht feiern?«

Sonst pflegte stets eine Handvoll Betrunkener draußen herumzugrölen. Von drinnen hörte man wildes Geschrei, Gelächter und Musik. Jetzt aber – nichts.

»Wird nichts sein, Mann. Komm weiter. Unsere Schicht ist fast zu Ende«, sagte Heinz.

»Nein. Wir müssen nach dem Rechten sehen. Da stimmt was nicht.« Laurencz lief über die Straße.

»Laurencz, nicht! Komm schon, Mann«, jammerte Heinz. »Mein Pensum an Abenteuer ist für heute wahrlich gedeckt. Lass uns ...«

Laurencz fing an zu rennen. Zückte sein Schwert. Am Eingang der Taverne blieb er wie versteinert stehen. Ein paar Fledermäuse schreckten auf und flatterten davon. Ein Hund jaulte.

Laurencz hielt die Luft an. Er hörte ein Wimmern, ein Gurgeln, sonst nichts. Nur Stille. Das Blut gefror ihm in den Adern.

»Was ist hier passiert, Mann?«, flüsterte er.

Laurencz versuchte, sich in der demolierten Schenke zurechtzufinden: Tische waren umgeworfen. Stühle zertrümmert. Krüge und Becher lagen in Scherben. Der Kessel über der Feuerstelle war umgekippt. Sein Inhalt nährte den schmutzigen Boden.

Das Wimmern kam aus dem Mund einer blutbesudelten Hure. Ihre Kleidung war ihr vom Leibe gerissen. Nackt wiegte sie den leblosen Wirt in ihren Armen. Den singenden

Erwin. Seine eigene Axt steckte noch in seinem Schädel. Laurencz übergab sich.

Ein Mann mit einem Holzbein lehnte in einer Ecke und stöhnte. Eine Frau zitterte. Schwarzes Blut sickerte aus einer faustgroßen Wunde in ihrem Bauch. Die Gedärme lagen frei. Der Rest war geflohen.

»Was ist hier bloß geschehen?«, flüsterte Heinz, der jetzt hinter Laurencz auftauchte.

Da blickte die wimmernde Hure hoch. Sie sprach nicht. Aber – ganz langsam – löste sie die Hand vom Halse ihres Wirtes und deutete stumm zur Treppe.

Wie auf ein Zeichen ertönte oben ein gellender Schrei. Laurencz preschte hinauf. Heinz wollte ihn halten. Um eine Fingerbreite verfehlte ihn seine Hand.

Laurencz nahm je drei Stufen mit einem Schritt. Ein zweiter Schrei zerriss die Luft. Laurencz keuchte. Tür für Tür riss er auf. Er roch Pisse und Sperma. Rümpfte die Nase. Fluchte. Sah Ratten. Sah Stroh. Und Dunkelheit.

Da: Ein Schlag, ein Kreischen! Von hinten links. Laurencz stolperte über einen leblosen Körper. Hechtete auf die letzte Tür zu und riss sie auf. Mit dem Schwert voran trat er in das Zimmer. Vor sich erblickte er eine halb nackte Frau. Blutend. Verängstigt. Wunderschön. Aber dann fuhr eine Klinge auf ihn zu, wie aus dem Nichts.

»Heinz!« Laurencz parierte den Hieb und wunderte sich im selben Moment. Er hatte keinen Schwerthieb abgewehrt, sondern einen Säbel!

Ein Fremdling. Flink war er! Und geschickt. Er schlug nach ihm. Verfehlte seine Brust um Haaresbreite. Laurencz sprang. Wich aus. Krachte zu Boden. Drehte sich. Automatisch. Trat mit dem Fuß. Hielt sein Schwert nach oben. Laurencz sah den Angreifer nicht. Er schrie.

»Lass ihn fallen! Oder ich stech dich tot.« Es war Heinz.

Laurencz blinzelte. Stille. Dann fiel neben ihm der Säbel krachend zu Boden.

Laurencz konnte sich aufrappeln. Er blickte in schwarze, zornige Augen. Filzige Locken rahmten sie. Der Fremde trug ein merkwürdiges schwarzes Gewand, das fast wie eine Soutane aussah, und einen roten Gürtel hatte. Er roch nach Rauch und Gewürzen.

»Was willst du hier, Mann?«, rief Heinz aus. Er drückte das Schwert in seinen Rücken. »Wer bist du?«

Der Mann lachte bloß.

Drüben am Boden stöhnte die Frau leise auf. Laurencz stolperte zu ihr. Ihr Bauch war blau verfärbt von Schlägen. Eine klaffende Wunde am Arm blutete. Zornig blickte Laurencz zu dem Fremdling. Der grinste. Laurencz kniete sich zu der Frau. Ihr Atem rasselte.

»Geht es, Weib?«, flüsterte er unbeholfen. Die Frau wimmerte zur Antwort.

Laurencz suchte, dem Weib aufzuhelfen, aber es misslang. Tiefblaue Augen funkelten zu ihm nach oben. Sie waren wundervoll.

»Ihr braucht Hilfe, Weib«, sprach Laurencz zärtlich und ergriff ihre Hand. »Ich bringe Euch ins Spital des Klosters.« Unsicher sah er zu Heinz auf. Er band dem Angreifer gerade die Hände zusammen. Der wehrte sich nicht. Laurencz zog seinen Mantel aus und legte ihn über sie. Ihre Brüste waren perfekt.

»Kein Spital«, ächzte die Geschundene.

»Der beste Arzt der Stadt ist ein Freund von mir. Ich werde nach ihm schicken lassen. Ihr werdet bald wieder gesund.« Laurencz hatte noch niemals so ein reizendes Weib gesehen.

»Kein Spital«, flüsterte die Schönheit erneut.

»Und ob, Weib!«, rief Heinz. Er schien nicht mehr in der Stimmung für Diskussionen. »Laurencz, du bringst sie jetzt ins Spital«, befahl er. »Da gibt es nichts zu reden. Und ich übergebe den da den Männern des Bischofs.«

»Nein!«, schrie die Frau. »Das dürft Ihr nicht.«

Niemand nahm von ihr Notiz. Nur der Fremdling starrte auf sie hinab.

»Dem Bischof willst du ihn übergeben?«, fragte Laurencz verwundert. »Nach allem, was heute geschehen ist?«

Sein Kollege stutzte: »Ja, sieh dich doch hier mal um! Ich bitte dich, Laurencz.« Heinz' Blick schweifte flüchtig durch den finsteren Raum. »Sieh dir diese Sauerei doch an!«

Seine Hand schwang durch die Luft. »Egal was heute geschehen sein mag, die Stadtwache ist noch immer an Verträge gebunden. Wir sind verpflichtet, mit dem Bischof zusammenzuarbeiten, wenn ... Teufelei im Spiel ist.«

Der Fremde lachte wiederum auf.

Die Frau biss sich auf die Lippen. »Nein, ich bitte Euch!«

Rätselnd kniff Laurencz seine Augen zusammen und beäugte den Gefangenen. Hätte er einen Hexenmeister zeichnen müssen, würde er so aussehen. Dann betrachtete er das düstere Zimmer: Erkannte ein schwarzes Pentagramm am Fenster. Ein menschlicher Totenkopf lachte ihn von der Kommode her aus. Laurencz wandte sich angewidert ab.

Der Gefangene schmunzelte und wurde prompt von Heinz ins Kreuz getreten. »Ihr seid ein Fall für die Inquisition«, sagte er, ergriff den Gefesselten grob und verließ das Zimmer. »Haltet durch! Ich schicke euch Hilfe!«

»Keine Angst.« Laurencz streichelte der Frau über ihr Haar. Sie zitterte. Laurencz' Hand war sofort blutig. »Ich bleibe bei Euch. Hilfe wird eintreffen.«

Die Frau wisperte. Laurencz musste sich dicht zu ihr beugen, um sie zu verstehen. »Wenn Ihr diesen Mann der Inquisition übergebt, wird ein anderer mehr Eurer Sorge bedürfen als ich.«

Laurencz hörte gar nicht hin. Abwesend zupfte er Haar für Haar aus ihrem Gesicht. »Was meint Ihr?«, fragte er beiläufig.

»Paracelsus.«

»Paracelsus?« Laurencz traf es wie der Schlag. »Ihr kennt Theo?«

Die Frau richtete sich keuchend auf. Sie hustete. Blut lief über ihre Stirn.

»Ihn wollte er hier finden.« Ihre Stimme kehrte zurück. Laurencz' Mantel fiel zu Boden.

Er schüttelte seinen Kopf. Das ergab überhaupt keinen Sinn. »Warum sollte er denn hier nach Theo suchen? Was könnte er von ihm wollen?«

Die Frau spuckte Blut aus. »Er muss etwas zurückholen, das in seinen Besitz gelangt ist. Sie werden nicht ruhen, bis sie es haben.« Sie bedeckte ihre Blöße nicht. Laurencz war es unangenehm. Er konnte nicht wegsehen. »Ich habe getan, was ich konnte, um ihn zu schützen. Aber die Huren unten hatten seinen Namen schon genannt. Allein seinen Aufenthaltsort wussten sie nicht.« Sie atmete angestrengt. »Sobald dein Kamerad ihn der Inquisition übergeben hat, wird er Paracelsus' Namen nennen. Deshalb hat er sich festnehmen lassen. Im Kerker des Bischofs ist Paracelsus ein leichtes Opfer für sie. Andere werden kommen. Sie werden ihn sich holen.«

»Wer ist denn ›sie‹?« Laurencz wurde zornig. Welches Hirn sollte das begreifen!

»Ihr müsst gehen.« Die Frau hustete wieder. Ihr ganzer Leib schüttelte sich. »Ihr müsst ihn warnen! Wenn nicht der Orden, so klopft heute Nacht die Inquisition an seine Türe.«

Caspar

Caspars Hand glitt über Margrets Haut. Sie war warm und weich. Nur ihre Lippen waren weicher. Zufrieden kauerte sie in seinem Arm. Margret atmete tief und regelmäßig unter seinen Händen. Ihr Schlüsselbein hob und senkte sich unmerklich. Sie schien die Schrecken des Tages vergessen zu haben. Er verlor sich in ihren rehbraunen Augen. Küsste ihren Hals. Küsste ihre Wangen. Befühlte interessiert ihre perfekten Zähne. Spielte mit ihren roten Locken. Allein ihre Brüste zu berühren, wagte er nicht. Er streichelte stattdessen ihre Schultern.

Margret kicherte. Gierig sog er ihren Duft ein: Es war Rose und Aprikose und …

»Theo! Ist er hier?« Laurencz stürmte in den Gemeinschaftsraum der Domuncula. Sein verblüffter Blick verharrte einen Moment lang auf den beiden.

»Wo ist Theo?«

Caspar ließ Margret verlegen los. Und fluchte in sich hinein. »Fort. Seine Liebelei mit Satan beenden. Ich weiß nicht, wo er steckt.«

»Wie siehst du denn schon wieder aus, um Himmels willen?« Margret erhob sich und lief zu ihrem Bruder. Besorgt starrte sie auf Laurencz' blutige Hände und Kleidung. Caspar sah ihr sehnsuchtsvoll nach. Es war kalt an seiner Brust, wo gerade noch ihr Leib gewesen war.

»Das ist nicht mein Blut«, antwortete Laurencz barsch.

»Das sagtest du heute schon einmal, Bruder. Du solltest dem Ärger lieber aus dem Weg gehen, anstatt ihn zu suchen.« Margret rümpfte angewidert die Nase und brachte eine Schüssel Wasser herbei.

»Lass das, Margret. Mir geht es gut. Es ist Theo, um den ich mich sorge.«

»Keiner weiß, wo er hin ist«, antwortete Margret und tauchte Laurencz' Hände in das Wasser. »Er ist hinausgelaufen wie von Sinnen. Wir konnten ihn nicht halten. Mit dem jungen Simon ist er fort.«

»Dann weiß ich es«, rief Laurencz und zog seine Hände zurück. »Wir müssen zu ihm!«

»Woher willst du denn wissen, wo sie sich herumtreiben?«, fragte Caspar. »Monatelang hat er ein Geheimnis darum gemacht.«

Widerwillig stand Caspar auf. Flüchtig strich er über Margrets Rücken.

»Ich weiß es«, stotterte Laurencz. »Da war ein Hexer. Und eine Frau ... Sie hat mir seinen Unterschlupf genannt. Sie ... Egal, ich erzähl's euch dort. Doch bitte kommt jetzt, rasch!«

Laurencz ging in die Speisekammer. Nahm einen Laib Brot, einen Rest Schinken und ein Viertel Käse.

»Spinnst du? Das sind die Vorräte von allen. Die gehören uns nicht allein«, rief Caspar.

Aber Laurencz beachtete ihn nicht. »Ist er zu Pferde unterwegs?«, fragte er ernst.

»Ich glaube nicht, dass er hätte reiten können, in seinem Zustand«, sprach Caspar. »Laurencz, was soll ...«

Endlich hatte er dieses Weib für sich. Und jetzt ging es wieder nur um Theo.

»Egal, wir geben ihm die unseren. Kommt!«

»Was ist denn nur passiert?«, fragte Margret ängstlich. Sie nahm Caspars Hand. Es tröstete ihn kaum.

»Ich erkläre es euch später. Er braucht unsere Hilfe. Kommt!«

Paracelsus

Paracelsus schürte freudig das Feuer. Es prasselte. Bald sollte Astaroth Geschichte sein. Er rieb sich zufrieden die Hände. Sodann ließ er Unmengen an Lorbeerblättern in die Flammen rieseln. Er lachte. Tanzte um das Feuer. Warf seine Skizzen in die Flammen. Verneigte sich davor. Dann seine Notizblätter. Übte den Hofknicks. Übergab dem Feuer alles: Gewürze, Schlangenhäute, Taubenflügel, Fingernägel, gesammelte Hautschuppen. Die Flammen zischten.

Augenblicklich fühlte sich Theo befreit. Eine tonnenschwere Last fiel von seinen Schultern! Gern hätte er tief eingeatmet, doch das Feuer war zu groß und der Rauch zu dicht.

Er wütete in der großen Fleischerhalle, als wäre er noch im Rausch. Das war er mitnichten. Er sah klar. Morgen würde er zur Martinskirche gehen und die Beichte ablegen. Um Vergebung bitten. Und zur Christenheit zurückkehren. Wie er sich auf das Leben freute!

Simon kauerte geistesabwesend in einer Ecke. Und schmollte. Theo warf ein dickes Buch ins Feuer. Simon zuckte zusammen.

»Paracelsus, hältst du das wirklich für weise?«

»Der Weisheit letzter Schluss«, antwortete Theo und vernichtete einige Ölfläschchen. Ein Vermögen hatte er dafür bezahlt.

»Ernsthaft? Alles? Du hast einen Schatz zusammengetragen!« Simon weinte fast.

»Ich habe meinen Sarg gebaut, das weiß ich jetzt.« Paracelsus öffnete eine Dose und kippte die Asche darin in die Flammen.

»Das ist doch alles wertvoll! Nützlich für dich oder für uns! Oh Gott!« Simon raufte sich die blonden Haare und schüttelte seinen Kopf.

»Mir hat es nicht genützt und wird es auch nicht nützen! Du hast doch gesehen, was dabei herauskommt. Bist geflohen vor ihr wie ein Hase.«

»Ja!« Simon riss sich ein Büschel Haare aus. Vor Aufregung. »Ich hab Angst bekommen. Ein Moment der Schwäche. Aber jetzt ... Wir sind doch schon so weit. Wir waren ihr so nah, Paracelsus.« Simon trat zum Feuer und suchte Theos Nähe. »Sie wird es uns verraten. Wir sind so kurz davor, das Geheimnis der Seelen zu lüften.«

»Es will aber nicht gelüftet werden.« Theo entfernte sich von ihm. »Keine menschliche Hand soll den Schleier des Irdischen heben. Hast du das nicht verstanden?« Er goss Weihwasser in die Flammen. »Fandest du, sie war uns freundlich gesonnen?« Theo schnaubte. »Wohl kaum. Niemals hätte sie es uns erzählt.«

Simon antwortete nicht. Mürrisch verschränkte er die Arme vor seiner Brust. Paracelsus zerlegte seinen wackeligen Altar. Jetzt war er nur noch ein Haufen Bretter.

»So!« Theo klatschte in die Hände. Er sah sich zufrieden in der leeren Halle um. Das dürfte es gewesen sein.

Außer ...

»Theo!« Laurencz lief durch die weite Halle auf ihn zu. Margret und Caspar konnten ihm kaum folgen. »Gott sei Dank, da bist du ja!«

»Laurencz! Was macht ihr denn hier? Wie ...« Paracelsus sah unsicher ins Feuer. Er fühlte sich ertappt. Dennoch, besser jetzt als noch vor einer Stunde, dachte er mit einem beschämten Blick auf Margret. »Wie habt ihr mich gefunden?«

»Die Hexe! Du kennst sie. Sie hat es mir verraten«, rief Laurencz atemlos.

An seiner Seite erklang ein schriller Schrei: »Was brennt da in den Flammen?«, rief Margret. »Sind das Schlangen?«

»Ganze Bücher«, antwortete Caspar ungläubig.

Paracelsus beachtete sie nicht. »Es muss Mira gewesen sein.« Er eilte auf Laurencz zu. »Dunkles Haar, dunkle, blaue Augen?«

Laurencz nickte.

»Was hat sie dir noch gesagt?«

»Dass du fliehen musst. Noch heute. Sie wurde angegriffen. Von einem Mann. Wir haben ihn verhaftet und der Inquisition übergeben.« Laurencz ergriff Theos Arm. Er flüsterte bedeutungsschwanger: »Er wird deinen Namen nennen.«

Caspar lief derweilen ungläubig die Fleischerhalle ab. Theo scheute seinen Blick.

»Angegriffen? Von welchem Mann? Geht es ihr gut?«, fragte Theo.

Simon verkroch sich wieder in seine Ecke.

»Sie ist verletzt. Ich weiß nicht, wer er war. Ein Fremder«, antwortete Laurencz.

»Mit einem roten Gürtel?«, rief Theo. Ihm schauderte vor der Antwort.

»Ja.« Laurencz sah ihn überrascht an. »Woher weißt du das?«

Caspar trat zu ihnen an die Feuerstelle heran, hielt sich aber im Hintergrund. Mürrisch lauschte er dem Gespräch. Theo drehte ihm den Rücken zu.

»Beim Allmächtigen.« Theo bekreuzigte sich. Zum ersten Mal seit Monaten meinte er es ernst damit.

»Theo, die Frau sagt, sie werden kommen. Und vor ihnen ...«

»Der Bischof«, vollendete Paracelsus seinen Satz. Laurencz nickte: »Ja. Im Kerker wärst du in der Falle, meint sie. Du stirbst.«

Paracelsus nickte: »So oder so.« Er wurde blass.

Margret wandte sich endlich von den Flammen ab und trat zu ihnen. »Könnt ihr mir bitte erklären, was los ist?«

»Das musst du nicht wissen, Weib«, sprach Paracelsus hastig. Caspar lachte beleidigt auf.

»Doch! Wohl!« Margret stemmte die Arme in ihre Hüften. »Offensichtlich hast du ein Problem, damit geht es uns alle an.«

Caspars Gelächter wurde irre.

»Wir haben jetzt nicht die Zeit für Erklärungen, fürchte ich«, antwortete Laurencz und berührte beschwichtigend die Schulter seiner Schwester.

Caspar schnaubte.

»Wie ernst ist es?«, Margret nahm Theos Arm.

»Wie ernst es ist?«, donnerte es von hinten, »Wie ernst es ist?« Caspar kam mit großen Schritten auf sie zu. »Gar nicht, meine Schöne, gar nicht ernst. Dieser Narr hat sich selbst bloß die Inquisition auf den Hals gehetzt. Nichts weiter.«

Seine Stimme troff vor Ironie, und er trat zwischen Margret und Theo. Er stieß ihre Hand zur Seite.

»Und deshalb haut er jetzt ab, dieser Hundsfott!« Caspar spuckte aus. Dann wandte er sich an Theo. »Und lässt uns hier alleine mit Bärenfels und dem Bischof. Wahrlich – deine Probleme gehen uns alle an!«

»Caspar, ich ...« Theo fehlten die Worte.

Jener funkelte ihn wütend an. Caspars Fäuste waren geballt. Sein Gesicht vom Zorn verzerrt.

»Du!«, schrie Caspar seine Enttäuschung heraus. Margret zuckte zusammen. Simon verschwand im Schatten.

»Du! Führst uns Monate an der Nase herum, lässt dich nächtelang nicht blicken, scheißt auf uns und alles, benimmst dich wie ein Arschloch, frisst Gift in dich hinein, kommst endlich wieder zur Vernunft, und jetzt willst du einfach so verschwinden?«

Speichel lief über Caspars Kinn.

»Nein sag' ich!« Er trat nach Paracelsus. »Du wirst nicht gehen! Das wirst du nicht! Du Missgeburt! Du Höllenbrut! Du Sohn einer Hure! Bleibst! Bei mir!«

Caspar starrte. Theo starrte zurück. Laurencz seufzte. Margret schluckte. Caspar atmete aus. Paracelsus nicht. Eine Träne lief über Caspars Wange. Laurencz blickte zu Boden. Caspar sah zur Seite. Theo zog Caspar zu sich heran. Dieser stieß ihn weg. Margret schlug die Hände vors Gesicht. Paracelsus umklammerte Caspar. Der wehrte sich. Caspar schlug auf Theo ein. Der schlug nicht zurück. Caspar schrie. Paracelsus schwieg. Caspar fiel ihm in die Arme: »Du bleibst bei mir, hab ich gesagt!« Caspar schluchzte. »Wo du hingehörst.«

Caspar zitterte. Theo weinte. Keiner löste die Umarmung.

Laurencz nahm seine Schwester bei der Hand. »Wir machen draußen die Pferde parat!«

Theo räusperte sich und ließ Caspar los. Schulter an Schulter standen sie da. Stützten sich gegenseitig. Und taten es doch nicht. Betreten sah Paracelsus in die Flammen. All die Jahre.

»Es tut mir leid, Caspar«, flüsterte er. »Es ist alles meine Schuld.«

»Nicht deine Schuld, Theo.« Caspar weinte jetzt bitterlich. »Der Blitz ist auch nicht Schuld am Feuer, das er legt. Du bist … eine Naturgewalt.« Caspar lachte. Tränen rannen über seine Lippen.

»Du bist mein Bruder«, sagte Theo. »Das wirst du immer sein.« Er wischte sich die Tränen aus dem Gesicht und kramte in seinem Beutel. Er schniefte. Dann griff er nach Caspars Hand.

»Hier. Ich hatte ihn immer bei mir. Jeden Tag. Nun sollst du ihn haben.«

»Theo ... Was?« Caspar öffnete ungläubig seine Hand. Ein kleiner Ring mit einem funkelnden Smaragd lag darauf.

»Es ist der Ehering meiner Mutter gewesen. Mehr ist mir nicht von ihr geblieben.« Theo klopfte Caspar auf die Schulter. »Jetzt gehört er dir, mein Freund.«

Paracelsus wandte sich ab. Er ging in Richtung Tür. »Schenk ihn ihr.«

»Theo«, Caspar schüttelte seinen Kopf, »nein, das ist zu viel.«

Theo lächelte. Aber er blickte nicht zurück. »Bei allem, was du in den Jahren mit mir erdulden musstest? Es ist entschieden. Er gehört an ihren Finger. Und du wirst ihn anstecken.«

»Nimm unsere Pferde. Du wirst froh sein um ein zweites. Du hast Wasser und etwas Verpflegung.« Laurencz band die Pferde los und drückte dann einen kleinen Lederbeutel in Theos Hand.

»Hier, bitte. Es ist nicht viel – mein Sold ist eine Frechheit, und Caspar ist quasi ein Bettler, der lesen kann – aber es ist alles, was wir auftreiben konnten auf die Schnelle!«

»Laurencz, das kann ich nicht annehmen.« Paracelsus winkte ab.

»Doch, das wirst du«, rief Margret. »Du wirst es brauchen.«

»Aber ...«, Paracelsus verdrehte die Augen, »Caspar nagt doch jetzt schon am Hungertuch.« Er versuchte zu lächeln.

»Wenn du erst mal weg bist, kann ich meine Heilkünste wunderbar vermarkten. Keine Konkurrenz mehr, weit und breit. Sorg dich nicht«, scherzte Caspar, der mittlerweile auch aus der Halle gekommen war. Er schluckte eine Träne hinunter.

Theo band den Beutel an seinen Gürtel. Und blickte in die klare Nacht hinaus.

»Also dann.« Er fiel Laurencz in die Arme. »Lebe wohl, mein Bruder! Hab tausend Dank für heut' und immer.«

Paracelsus strich dem Pferd über seine Mähne. Es schnaubte.

»Fräulein Göttisheim.« Er nickte Margret hastig zu. Sie zu umarmen würde er nicht überstehen. »Pass auf deinen Bruder auf. Und sei glücklich, jeden Tag.«

Margret weinte so sehr, dass sie zitterte.

»Wohin willst du jetzt, Theo?«, fragte sie.

Paracelsus klopfte Laurencz' Stute vor sich zweimal in die Flanke. »Die Gute und ich werden wohl oder übel die Alpen besteigen, fürchte ich.« Theo schürzte die Lippen. Fast konnte er wieder lachen.

»Spinnst du?«, fragte Laurencz todernst.

»Das kannst du nicht«, rief Margret aus.

Paracelsus zog den Sattel des Pferdes fest. »Doch, doch. Ich und die dicke Bella hier, wir können das sehr wohl. Der Gotthard erwartet uns.« Theo lachte.

»Du kannst nicht im Winter den Gotthard überqueren, du Verrückter!« Diesmal war es Caspar.

Paracelsus pustete Luft aus seinen Wangen. »Ich habe schon Schlimmeres getan, wie du weißt. Aber die Schergen des Bischofs wagen es bestimmt nicht, oder?«

Das Leben kehrte in Theos Wangen zurück.

»Was willst du denn dann tun, jenseits der Alpen?«, fragte Laurencz fassungslos. Er hätte mit Bern als Reiseziel gerechnet.

»Na, was werde ich schon tun? Medizin studieren, was sonst.« Paracelsus zwinkerte den dreien bemüht fröhlich zu. »Ferrara soll eine ausgezeichnete medizinische Fakultät haben, wie man hört. Wiege der Gelehrten! Und Schmiede der neuen Welt.« Er bemühte sich sehr, Optimismus vorzutäuschen. »Dagegen kann Basel nicht anstinken.«

Margret, Caspar und Laurencz sahen sich unschlüssig an. Einen Moment lang sprach keiner ein Wort. Endlich winkte Laurencz ab. »Ach, Gott ist den Narren gewogen.«

»Das ist deine Antwort? Wirklich?«, rief Margret entsetzt.

»Den Verrückten passiert nie was.« Laurencz zuckte mit den Schultern.

Margret wandte sich an Caspar: »So tu doch was!«

»Wann konnte ich ihn denn jemals von etwas abhalten, Weib?« Caspar schüttelte seinen Kopf. »Ich seh's wie Laurencz: Theo ist zu verrückt für die Hölle. Würd den ganzen Laden aufmischen. Der Teufel will ihn einfach nicht!«

Paracelsus lachte. Ein letztes Mal fiel er seinem Bruder in die Arme. »Wir sehen uns wieder, Caspar. Eines Tages. Das verspreche ich dir.«

»Schwöre es, Bruder«, flüsterte Caspar. »Schwöre mir, dass du am Leben bleibst. Anders kann ich nicht.«

»Ich kehre zurück. Wenn die Zeit gekommen ist.«

Caspar nickte traurig. Paracelsus riss sich los und schwang sich auf Laurencz' Stute. Bella wieherte.

»Warte! Ich komme mit.« Simon kam aus der Halle herausgerannt. »Wenn du einen Weggefährten möchtest.« Er streifte Caspars Blick im Vorbeigehen. Der verdrehte die Augen.

»Noch ein Irrer.« Laurencz schnalzte mit der Zunge.

Margret schüttelte nur resigniert ihren Kopf.

Theo lächelte belehrend: »Junge, wir sind auf der Flucht vor irgendwelchen Hexenmeistern und der Inquisition. Zwischen den Fronten sozusagen. Und niemand da draußen hat uns lieb. Bist du sicher, dass du das möchtest?«

Simon sprang, ohne zu überlegen, auf das hintere Pferd und starrte Paracelsus herausfordernd an. Er sah aus wie ein Hundewelpe, der bloß nicht zurückgelassen werden wollte.

»Können wir dann, Meister?«

Caspar biss sich in die Unterlippe.

»Nenn mich nicht so«, murmelte Paracelsus. Er errötete, weil Caspar in der Nähe war.

Theo haderte mit sich. Er sah in Caspars tadelndes Gesicht. Und dann in Simons abenteuerlustige Augen. Ein Flehen lag darin. Und grenzenlose Bewunderung.

»Wenn du wirklich meinst, Kleiner. Allein soll es ja recht einsam sein, auf den Alpenpässen.«

Caspar seufzte auf. Simon jubelte.

Paracelsus holte tief Luft. »Ich werde euch schreiben. Passt aufeinander auf. Es sind gefährliche Zeiten.«

Paracelsus trat sanft in die Flanken des Pferdes. Der Geschmack in seinem Mund war bitter.

Caspar

Caspar blickte zurück zur hell erleuchteten Fleischershalle: Das Feuer darin brannte noch wild. Die letzten Erinnerungen an diese Nacht würden mit ihm verlöschen. So hoffte er wenigstens.

»Also, Goldener Ochse?«, fragte Laurencz und klatschte in die Hände. Margret und Caspar sahen ihn ungläubig an.

»Jetzt?«, fragte Margret schluchzend. »Nach alldem?«

»Gerade jetzt«, rief Laurencz aus und hieb Caspar ermutigend gegen die Brust.

»Bruder, ich muss wirklich schlafen«, antwortete der ermattet.

Laurencz verdrehte theatralisch die Augen. Caspar klopfte ihm auf die Schulter zum Trost.

»Lass uns nach Hause gehen, Bruder. Bevor der Morgen kommt.«

Margret nahm ihn bei der Hand und flüsterte: »Ich komme mit dir heute Nacht. Ich kann dich jetzt nicht alleinlassen.« Sie sah ihn zärtlich an.

Caspar stutzte. Wie war das denn zu verstehen? War das eine Prüfung Gottes?

»Was? Nein!«, protestierte Laurencz sofort. »Dann gehe ich mit.«

»Laurencz, ich kann in Theos Bett schlafen. Keine Sorge«, erwiderte Margret.

Caspar fluchte in sich hinein. Er hätte die Prüfung nicht bestanden.

»Nein, Schwester!«, antwortete Laurencz und hakte sich bei ihr unter. »Bei Theo war ich viel zu lange untätig. Diesmal werde ich besser auf dich aufpassen, versprochen. Ihr bekommt mich nicht mehr von eurer Seite.«

Laurencz lachte. Caspar errötete. Margret sah beschämt zu Boden. Zu dritt bahnten sie sich ihren Weg durch die eisige Nacht. Caspar dachte an Margrets Becken. Und was hätte werden können, heute Nacht.

Schweigend trafen sie bei der Domuncula ein.

»Also willst du wirklich auf dem Boden schlafen, anstatt in deinem Bette? Nur um die Anstandsdame zu spielen?« Caspar lachte und kletterte über das Gartentor.

»Wo denkst du hin, Bruder?«, antwortete Laurencz und half Margret hinüber. »Ich schlafe in deinem Bett, und du schläfst auf dem Boden.« Er hatte seine Heiterkeit wiedergefunden. »Wenn du die Nacht mit meiner Schwester verbringen möchtest.«

Caspar öffnete leise die Tür und schlich seufzend durch den Gemeinschaftsraum, Margret und Laurencz im Schlepptau. Das würde eine harte Nacht werden. Ob Laurencz vor ihm einschliefe? Alles roch nach Margrets wunderbarem Haar. Noch schmeckte er ihre Lippen auf den seinen. Er könnte zu ihr in Theos Bett schleichen. Vielleicht. Ob sie ihm eine Ohrfeige gäbe? Wahrscheinlich. Caspar wollte es riskieren.

Plötzlich blieb er stehen. Etwas stimmte nicht. Die Tür zu ihrer Kammer stand offen.

»Haben wir die Türe offen gelassen?«, flüsterte er zu Laurencz.

Der schüttelte seinen Kopf und zog Margret hinter sich. Drinnen raschelte etwas. Sie waren nicht allein.

»Wer ist da?«, fragte Caspar unsicher.

Niemand antwortete. Laurencz ergriff seinen Schwertknauf und trat gegen die Tür, sodass sie aufschwang.

»Oh«, machte er, nachdem er ins Zimmer gesehen hatte. Er hob die Hände und nickte Caspar zu. Der lugte vorsichtig in die Stube.

Dort herrschte ein heilloses Durcheinander. Die Truhen waren leergeräumt. Die Kommoden aufgerissen. Der Tisch war umgeworfen. Das Stroh der Betten war zerpflückt und über den Boden verteilt. Caspars Studiennotizen waren achtlos darauf geworfen. Die Kiste mit den Heilpflanzen hatte man ausgeräumt. Seine anatomischen Skizzen waren im Zimmer verstreut.

Drei bischöfliche Schergen besahen gerade, was unter Paracelsus' Bett versteckt war. Caspar stockte der Atem. Er riss die Augen auf. Das hatte er vergessen!

»Seid Ihr Theophrastus von Hohenheim?«, donnerte es Caspar entgegen.

Margret drängte sich in das Zimmer und ergriff sofort seinen Arm: »Was tut Ihr hier? Ihr habt kein Recht dazu.«

Laurencz trat breitbeinig vor sie. »Kameraden. Ich bin ein Mitglied der Stadtwache. Ich bitte Euch ...«

»Schweig, Nachtwächter!«, rief der Größte von den dreien. Er hatte eine lange Narbe im Gesicht. Sein Atem stank nach Fisch. Die zwei anderen traten an seine Seite und bauten sich vor Caspar auf. Auch sie überragten ihn um mindestens einen halben Kopf. Laurencz streichelte unschlüssig seinen Schwertknauf. Die Schergen bemerkten es wohl.

»Wer seid Ihr?«, fauchte der eine Caspar an.

»Caspar von Eschenbach, Herr. Aber ich ...«

»Ist das Eure Stube?«

»Ja, aber ...« Caspar sah hilfesuchend zu Laurencz. Der erwiderte ratlos seinen Blick. Margret boxte ihm sachte in die Flanke.

»Freunde, wir können das doch ...« Laurencz durfte nicht aussprechen.

»Kennt Ihr diese Schriften und Texte?« Caspar wurde eine von Theos Pergamentrollen unter die Nase gehalten.

»Ich, ja, aber ich ...«

Margret blickte warnend zu Caspar. Der räusperte sich: »Ich habe sie noch nie gesehen.«

»Sie lagern unter Eurem Bette!« Des Bischofs Mann warf ein altes, dickes Buch missbilligend auf das Bett neben ihm. Nichts Gutes konnte darin geschrieben stehen.

»Das ist nicht sein Bett«, rief Margret panisch. »Das ist ...« Sie unterbrach sich. Ihre Hände verkrampften sich.

»Wir sind doch alle im Dienste der Stadt«, versuchte es Laurencz erneut. »Ich bin mir sicher, dass wir das alles klären können, bei einem kühlen Bier oder ...«

»Euer Studienkamerad Theophrastus von Hohenheim ist heute Nacht der Hexerei bezichtigt worden.«

Laurencz war Luft. Margret wurde ignoriert. Der Bischofsmann beschäftigte sich nur mit Caspar. Er funkelte ihn böse an.

»Von einem unbescholtenen Bürger, nehme ich an?«, rief Laurencz empört.

Der Bischofsmann sprach unbeirrt weiter:

»Euer eigenes Zimmer ist gefüllt mit satanischen Gegenständen.« Er hielt Caspar den knöchernen Fuchskopf anklagend vor sein Gesicht. Nägel waren hineingeschlagen. Warum auch immer.

»Seit Langem munkelt man, Ihr selbst habt von Hohenheim mit schwarzer Magie zurück ins Leben gerufen.«

»Lüge! Ich war selbst dabei«, schrie Margret und biss sich auf die Lippen.

Caspar war zu einer Antwort nicht fähig. Das Blut entwich aus seinem Kopf. Er sah all die Gegenstände unter Paracelsus' Bett ausgebreitet vor ihm. Sie pflasterten seinen Weg zum Galgen.

»Caspar von Eschenbach.« Der Wachmann ergriff Caspars Arm. »Im Namen seiner bischöflichen Exzellenz nehme ich Euch in Gewahrsam. Der Ketzerei wegen.«

Da schrie Laurencz auf. Er zog sein Schwert.

»Nein«, heulte Margret und klammerte sich an seinen Arm.

Die Bischofsmänner ergriffen ihre Waffen.

»Nein, ich bitte Euch! Ich habe kein Unrecht getan, die Kirche nie verraten!« Caspar schrie aus Leibeskräften, wehrte sich aber nicht.

»Erzähl das mal deinem Henker, Hundsfott!« Die Bischofsmänner lachten.

»Was willst du jetzt tun, Nachtwächter?«, rief der Anführer der Gruppe. Er zwinkerte Laurencz zu.

»Dir deinen Schädel spalten!« Laurencz holte aus.

»Um Himmels willen!«, rief Margret und stürzte sich vor ihn.

»Laurencz, nicht!« schrie Caspar. »Die töten euch!«

Laurencz schielte zu ihm.

»Die schlitzen deine Schwester auf. Und mich gleich mit«, warnte Caspar verzweifelt. »So hilfst du nicht.«

Laurencz starrte ihn mit bleichem Gesicht an. Er ließ sein Schwert sinken. Caspar atmete auf.

»Wusst ich's doch!« Der Bischofsmann lachte. »Stadtwache, alles Feiglinge!« Die zwei anderen grölten und zwangen Caspar hinaus.

»Ich tue alles, was ich kann!«, rief Laurencz ihm nach. »Alles, hörst du? Ich schwöre dir, ich hol dich da raus. Denk daran, und halte durch!«

Caspar wurde abgeführt.

Simon

»Wir hätten warten sollen, Paracelsus, wie ein jeder sonst«, rief Simon und blickte zweifelnd zum Himmel.

»Die Arme des Bischofs reichen weit, mein Freund. Jede Stunde des Zögerns spielt ihm in die Hände«, erwiderte Paracelsus auf dem Ross vor ihm. »Das Wetter wird halten.«

Er hustete. Er war schon ganz heiser. Dauernd plärrte Paracelsus gegen den Wind an, um ihn zu beruhigen. Vergebens, das Wetter würde kippen. Das wussten sie beide. Die Frage war lediglich, wann.

»Dort oben erwarten uns die Wegelagerer«, warnte Simon, »Oder Schlimmeres!«

Paracelsus lachte nur: »Für Wegelagerer ist es im Winter in den Alpen ein allzu mageres Brot, Junge! Und Schlimmeres habe ich wahrlich schon gesehen.«

Simon verzog sein Gesicht. Ihre Flucht leitete der Wahnsinn. Hätte Paracelsus die Inquisition nicht so sehr gefürchtet, niemals hätte sein Meister diesen Weg eingeschlagen. Ein Bergmassiv trennte sie vom goldenen Süden Europas, vom Duft der Eukalyptusbäume, Magnolien und Azaleen. Vor ihnen lagen Eis und Kälte.

Paracelsus hatte für ihre Flucht den Gotthardpass gewählt. Und dieser wollte nicht kampflos bezwungen werden. Benannt nach dem heiligen Godehard von Hildesheim hatte er seit Anbeginn der Zeit das Leben unzähliger Menschen gefordert. Seine Schönheit verzückte die Überlebenden allein. Geburtsort von vier großen Alpenflüssen, Wasser- und Wetterscheide zugleich. Das Herz Europas. Das nasse Grab. Das konnte der Gotthard für sie werden.

Im Morgengrauen hatten die beiden Göschenen verlassen, unter lautem Protest von Simon und allein. Keine Reisegruppe, kein Händler, kein Bergführer hatte sich ihnen anschließen wollen. Die Einheimischen ahnten den Wetterumschwung. Die Bauern fühlten es. Sie warnten. Paracelsus hatte nicht hören wollen.

Wo sich im Sommer eifrige Handelskarawanen stauten und Scharen von Säumern sich den Weg hinauf und hinab drängten, voll beladen mit Wachs, Büchern oder Gewürzen, fanden Paracelsus und Simon jetzt nur Luft und Leere. Einsamkeit. Angst. Und Tod.

»Wir werden ihn bezwingen, Simon«, rief Paracelsus und drehte sich abermals zu ihm um. Ständig versuchte er, ihn aufzuheitern. »Denk an italienische Weiber. Denk an italienischen Wein. So kurz sind wir davor.«

Sie waren gut vorangekommen bis jetzt. Die erste Nacht hindurch waren sie ohne Rast geritten und hatten nur angehalten, um die Pferde zu tränken – aus Angst vor den bischöflichen Schergen und dem Dämon, der Mira angegriffen hatte.

Dann hatten sie sich lediglich erlaubt zu ruhen, wenn ihre Glieder zu sehr geschmerzt oder die Pferde einer Pause bedurft hatten.

Paracelsus hatte sich von den breiten Handelsstraßen fernhalten wollen, um nicht von unliebsamen Augen erblickt zu werden. Teils hatten sie sich zu Fuß durch die Wälder gekämpft, teils waren sie querfeldein geritten. Hatten auf dem bloßen Boden geschlafen, mit ihren Mänteln als Bettdecke und ihren Armen allein als Kopfkissen. So hatten sie Luzern und den Vierwaldstättersee passiert und waren sodann dem Tal der wilden Reuss gefolgt. Immer weiter, ohne Rast. Immer in Richtung Gebirge.

Schließlich waren sie zum Fuße des Gotthardmassivs vorgedrungen. In Göschenen hatten sie noch so viel Ausrüstung und Verpflegung erstanden, wie die Rösser zu tragen vermochten und Laurencz' Münzbeutel es zugelassen hatte. Mit den ersten Sonnenstrahlen hatten sie nun den Teufelsstein passiert. Seitdem war ihnen keine Menschenseele mehr begegnet.

Nun folgte Simon zitternd seinem Meister auf einem schwächelnden Ross und sah verängstigt um sich. Ein enger Treppenpfad, mit Blut und Schweiß in den Felsen gehauen, führte steil zum Himmel empor. Senkrecht abfallende Granitwände schienen alles in ein trübes Grau zu hüllen. Es spukte in den Winkeln. Geister schienen durch die Nebelschwaden zu schweben. Sie tanzten in den Lüften. Simon blickte verunsichert zu Paracelsus.

»Dort sollen wir hinauf? Wirklich, Paracelsus?« Kaum konnte er die Zügel halten.

Der nickte. »Das oder die Bestie, die Mira angegriffen hat. Such's dir aus.«

Astaroth wäre begeistert gewesen bei diesem Anblick, dachte Simon bei sich. Nichts war hier – außer Fels und Eis und Wolken. Er hörte Schreie. Ein Wispern. Seltsame Rufe, die nicht von Mensch oder Tier kamen. Er spürte, wie ihm das Blut aus dem Gesicht wich. Sein Meister spielte noch immer den Tapferen.

»Und einen anderen Weg gibt es nicht?«, jammerte Simon. Er war den Tränen nahe. Die Pferde waren unruhig. Simon konnte sich nur mühsam im Sattel halten.

»Wir müssen die Schlucht überqueren, bevor das Wetter umschlägt.« Paracelsus' Stimme drang immer leiser an sein Ohr. Der Berg toste. »Was für Luzifer gut genug ist, sollte uns wohl genügen.« Paracelsus versuchte zu lächeln. Das Resultat war eine ängstliche Grimasse.

Simon schluckte. Vor ihnen lag die Teufelsbrücke. Paracelsus hatte gestern Nacht davon gesprochen. Der Legende nach hatten die Urner jahrelang versucht, über die Schöllenenschlucht eine Brücke zu bauen. Mal aufs Mal waren sie gescheitert. Bis sie den Teufel selbst darum gebeten hatten, um den Preis der ersten Seele, die sie überqueren sollte.

»Die Urner aber trieben als Ersten einen Geißbock über die Brücke. Betrogen war der Teufel um die Menschenseele«, hatte Paracelsus geendet, »und erwartet sie noch heute.«

Simon zuckte zusammen, als ein greller Vogelschrei von den Gipfeln hallte.

»Paracelsus, warte!«, rief der Junge. Vergebens. Sein Meister hörte ihn nicht mehr. Die Reuss grollte zu ihren Füßen. Meter um Meter gewann ihr Lärmen an Macht.

»Das ist wahrlich der Irrgarten des Teufels«, rief Paracelsus. Simon hinter ihm hörte ihn kaum mehr. Er fiel zurück. Sein Pferd strauchelte. Er musste es nach oben zwingen. Sein Atem gefror vor seinem Munde. Die Luft würde dünner und kühler. Er fror. Das Pferd keuchte schwer. Es scheute vor dem Unbekannten.

»Paracelsus!« Simon war bald außer Atem. Die Natur wurde unruhig. Erzürnte sich. »Bei Gott! Wir müssen umkehren.«

»Nein«, rief Paracelsus. »Hinter uns wartet der Tod.« Laurencz' Stute Bella wieherte nervös auf, als verstünde sie jedes Wort. Ihr Atem dampfte.

»Der Tod liegt vor uns, Meister«, schrie Simon. »Glaube mir.«

Der Wind verschluckte seine Worte. Der Sturm kam.

Langsam kämpfte er sich hinauf. Kurve um Kurve. Der Abgrund wurde steiler und der Weg schmaler, mit jedem Schritt, den sein Pferd tat.

Das Wetter kippte. Der Schneesturm kam. Bald konnte Simon vor seinen Augen nichts mehr erkennen. Nicht mehr unterscheiden, was Weg war und was Abgrund. Er sah nicht. Hörte nicht. Spürte nur die Angst des Tieres, auf dem er saß. Es stolperte den Weg hinauf.

»Wir müssen die Pferde führen«, rief Paracelsus nach hinten.

Sie stiegen ab und führten ihre Pferde am Zügel. Simons riss unwillig daran. Doch er zog es hinter sich her, Schritt für Schritt. Das Tal wurde enger. Der Himmel verschwand. Nur Stein.

»Da ist sie«, rief Paracelsus.

Die Teufelsschlucht. Sie hatten sie erreicht.

Eiserne Ketten waren in den Felsen gehauen. Schmale Bretter baumelten an ihnen hinunter. Schaukelten im Wind. Ein Geländer gab es nicht. Simon schluckte. Öffnete seinen Mund. Seine Lippen bebten. Wohl wahr, das war das Werk des Teufels.

»Mir scheint, Luzifer wird seine Seele heute wohl bekommen«, murmelte Simon mürrisch, als er neben Paracelsus stand.

»Vermutlich, ja«, erwiderte der und lachte resigniert. »Dann lass mich dein Geißbock sein, Simon.«

»Nein!«, wollte Simon rufen. Es blieb ihm im Halse stecken. Nein, er konnte nicht voran.

Paracelsus tat vorsichtig einen Schritt nach vorn. Schlitterte. Balancierte. Rutschte aus und fiel. Erhob sich. Schlitterte erneut. Und ging auf alle viere. Die Brücke schaukelte im Sturm. Die Eisenketten quietschten. Die Reuss lärmte. Der Berg grollte. Bella schrie und riss den Kopf nach hinten. Fast hätte sie Paracelsus in den Abgrund gerissen.

»Mein Gott!«, rief Simon. »Das ist Astaroths Rache an uns.« Er konnte nicht hinsehen. Und zwang sich doch.

Paracelsus kroch weiter. Die Bretter waren kaum breiter als das Pferd, das ihm folgte. Seine Hände erreichten die Brücke. Eine Eisschicht bedeckte sie. Der Schnee gab keinen Halt. Paracelsus rutschte weg. Simon schrie auf. Paracelsus prüfte die Stabilität. Unsicher sah er jetzt zu Simon nach hinten. Er fand keinen Halt. Konnte sein Pferd nicht führen auf allen vieren.

»Komm zurück, Paracelsus! Wir bleiben bis zum Frühling im Tal. Niemand vermutet uns dort.« Simon schrie aus Leibeskräften. Er trat von einem Bein aufs andere. Das Donnern der Wassermassen erstickte jedes Wort. Unnachgiebig prallten sie gegen den Stein in der Tiefe.

Paracelsus aber blickte unablässig nach vorn. Er drückte sich gegen die Bretter und kroch weiter.

»Komm zurück.« Simon wimmerte.

Sein Meister überquerte die Schlucht. Langsam. Handbreite für Handbreite. Bella rutschte über das Eis. Simon schloss die Augen. Der Lärm des Flusses war ohrenbetäubend. Hinter ihm stürzte ein großer Felsbrocken tosend in den Abgrund. Fürwahr, das war des Teufels Handschrift.

»Simon, Simon!« Er hörte es kaum. Aber er wusste, nun musste er die Augen öffnen.

Paracelsus winkte angestrengt schnaufend von der anderen Seite der Schlucht. Er war immer noch auf seinen Knien. Bella taumelte etwas abseits und sah verstört zur Brücke.

»Simon! Komm! Es ist leichter als es aussieht.« Paracelsus versuchte zu lächeln. Er war kein guter Lügner.

Simons Glieder fingen an zu kribbeln. Er atmete schnell. Wollte nach Hause. Zu seinen Büchern und einer Feuerstelle.

»Simon, du kannst es schaffen. Es sind nur ein paar Meter zur anderen Seite. Ein paar Meter! Nur eine Schlucht ist es nach Italien, nach Ferrara, in die Freiheit.«

Simon pustete seine Wangen auf. Schlug sich gegen seine Stirn. Stapfte in den eisigen Boden. Was hätte Caspar jetzt getan? Simon schloss die Augen. Er hatte gebettelt, ihm folgen zu dürfen. Diesem einen. Paracelsus.

»Ich komme zu dir, Meister.«

Simon ließ sich nieder, auf alle viere. Er kroch los. Versuchte angestrengt, das Pferd zu führen. Kämpfte mit seinem

Tier. Immer wieder verloren die Hufe ihren Halt. Der Sturm wurde schlimmer. Simon schielte in den Abgrund. Den Sturz würde er nicht überleben. Er schloss die Augen. Und kroch weiter. Hörte Astartes Gelächter. Niemand entkam der Herrin der Zeit. Das war ihre Stunde. Die Muskeln des Rosses waren starr vor Angst. Simon verlor die Zügel. Versuchte, sie zu erhaschen.

»Nein!«, rief er aus.

Er richtete sich auf. Machte einen Satz. Fast ...

»Simon, nicht!«, schrie Paracelsus. Er beugte sich nach vorn. »Nicht Junge, lass es!«

Die Warnung kam zu spät. Simons Pferd scheute. Er bekam die Zügel nicht zu fassen. Ein Bein rutschte weg. Simon stöhnte. Warf sich auf den Boden. Verlor gleichwohl seinen Halt. Rutschte ab. Hing halb über der Brücke. Das Pferd rannte los. Donnerte über die Bretter. Die Hufe verfehlten Simon knapp. Sein Pferd suchte Schutz bei seinem Artgenossen.

»Simon! Halte dich!«

Paracelsus hechtete bäuchlings auf die Brücke. Er robbte nach vorn.

»Simon!« Paracelsus hakte sich mit den Füßen unter den Brettern ein und verkeilte sich quer über der Brücke.

»Nimm meine Hand, Junge.«, sagte er.

»Dann rutsche ich ab!«

Alles wurde heiß und hell.

»Nimm meine Hand.«

Simon sah nur noch weißen Schnee.

»Ich kann nicht!«

Simons Hände glitten nach unten. Millimeter für Millimeter. Er versuchte, sich festzukrallen. Fand im Eis keinen Halt.

»Ich falle, Paracelsus!«

Er suchte Paracelsus' Augen. Die Toten riefen ihn.

»Wirst du nicht. Gib sie mir.«

Sein Gewicht zog ihn in den Abgrund. Simon schüttelte seinen Kopf.

»Mach Junge!«, schrie Paracelsus. »Jetzt!«

Simon schloss seine Augen. Atmete durch. Er hörte Astaroth mit ihm sprechen. Er würde sein neuer Meister sein. In der Hölle. Simon sah zum Himmel. Ein letztes Mal. Dann streckte er eine Hand in die Luft. Für den Bruchteil einer Sekunde. Das reichte Paracelsus. Er zerrte. Stemmte sich gegen Simons Gewicht.

Der schrie dem Schicksal entgegen.

Die Urner hatten den Teufel bezwungen. Dasselbe wollte auch er vollbringen.

Seine Arme schmerzten. Seine Hand gab nach. Simon wippte ein Bein nach oben. Verfehlte die Brücke. Paracelsus zog. Keuchte. Simon versuchte es erneut. Bekam eisigen Boden zu fassen. Zog das andere Bein nach. Der Arm hielt – Simon war gerettet.

Die Männer schnauften. Das Grollen der Reuss erschien ihnen nurmehr wie ein leises Rauschen. Bäuchlings rutschten sie über die Brücke zu den ausharrenden Rössern. Auf festem Grund drehte Simon sich auf den Rücken und lächelte.

Sein Meister hatte den Teufel selbst betrogen.

Caspar

Caspar hockte auf dem kalten Steinboden. Sein Kopf war zwischen den Knien geborgen. So lungerte er stundenlang. Dann wechselte er seine Lage. Um danach wieder zu hocken.

Sein Verlies war nicht hoch genug, um stehen zu können. Nicht breit genug, um im Wahn auf und ab zu laufen. Die Wände aber waren hart genug, um sich den Kopf daran blutig zu schlagen. Caspar hatte es versucht, das konnte gut gelingen. Danach bekam man aber viel mehr Durst und trotzdem nicht mehr Wasser. Deshalb vertrieb er sich damit nur selten seine Zeit. Das war den Sonntagen vorbehalten. Als hätte Caspar noch gewusst, wann Sonntag war. Oder Tag.

Ein einziger Wassertropfen bildete sich oben an der Decke und tropfte nach Minuten hinunter. Immer wieder. Und aufs Neue. Platsch. Platsch. Mittlerweile schüttelte sich Caspar vor Zorn bei dem Geräusch. Die Regelmäßigkeit! Die Regelmäßigkeit war das Gemeine daran. Platsch. Und die Stille drumherum. Kein Geräusch drang in das Kalt seines Kerkers herein. Platsch. Kein Tageslicht. Es gab kein Fenster. Stets war es Nacht.

In der Tür zu seiner Zelle war ein Loch ausgespart, eiserne Gitterstäbe durchzogen es. Caspar dankte Gott dafür. Irgendwo auf der anderen Seite musste sich ein Fenster befinden. Manchmal war es nur dunkel statt stockdunkel. Manchmal konnte er den grünen Smaragd des Ringes erkennen, den Paracelsus ihm geschenkt hatte. Caspar hatte ihn vor den Wachen in seinem Mund versteckt. Er hielt ihn fest in seiner Hand. Wie lange schon, das wusste er nicht. Platsch. Man brachte ihm Wasser und verschimmelte oder ungenießbare Nahrung. Vermutlich einmal täglich. Vielleicht seltener. Platsch. Caspar aß sie. Er wollte leben. Platsch.

Die Wärter sprachen nie mit ihm. Antworteten nicht. Sahen ihn nicht an. Er war ein Tier im Käfig. Platsch. Wieder und wieder sagte sich Caspar die Gedichte auf, die er kannte. Allesamt. Krankheiten. Ihre Entstehung. Ihre Heilung. Die Elemente. Die Säfte. Die Sternzeichen. Die Planeten.

Luft. Feuer. Erde. Wasser. Blut. Gelbgalle. Schwarzgalle. Weißschleim. Herz. Leber. Milz. Gehirn. Waage, Wassermann, Zwilling, Jupiter. Löwe, Widder, Schütze, Mars. Jungfrau, Steinbock, Stier, Saturn. Krebs, Fisch, Skorpion, Mond.

Die Bibel. Die Namen seiner Kommilitonen. Manchmal vergaß er schon den seinen. Platsch.

Ein Häufchen Stroh lag in der Ecke. Vorgesehen für seine Exkremente. Das war die Einrichtung, ansonsten war die Zelle völlig leer. Platsch. Manchmal kam einer und reichte ihm einen Eimer mit Wasser und eine Schaufel. Dann durfte er seine Fäkalien entfernen. Platsch. Dennoch war der Gestank beißend. Miasmen. Schädliche Dämpfe. Sie drangen durch die Poren der Haut und zerstörten das Gleichgewicht der Säfte. Sein Gleichgewicht. Seinen Verstand! Platsch.

Sie hatten ihn nicht in den Kerker des Bischofspalasts geworfen, wo er eigentlich hingehört hätte als Ketzer. Caspar hatte sich lange den Grund überlegt, als er noch bei klarem Verstand gewesen war. Wahrscheinlich war der bischöfliche Kerker überfüllt nach dem Putsch im Rathaus. Stattdessen war er im Fledermausturm des Rheintores untergebracht worden. Reserviert für schwere Vergehen. Ging es nur um Diebstahl oder Ehebruch, bekam man ein Fenster. Caspar hatte keines. Er hatte seinen Wassertropfen. Caspar war ein Ketzer. Paracelsus war ein Ketzer und hatte seinen schändlichen Kram in ihrer Bude gelassen. Caspar presste den Ring gegen seine Handinnenfläche, bis es schmerzte. Dass ihre Freundschaft Ärger mit sich bringen würde, war Caspar vom ersten Tage an bewusst gewesen. Er hatte ihn in Kauf genommen. Für die Gesellschaft dieses Genius'. Dieses Hurensohnes! Das hier war zu viel. Zu hoch der Preis für diesen Ring.

Sei's drum, dachte sich Caspars geschundener Verstand. Er würde ihn niemals wiedersehen. Er brauchte sich nicht mehr mit ihm zu streiten. Der Tod würde ihre Freundschaft beenden. Paracelsus würde in einer eisigen Schlucht in den Alpen verenden. Und er selbst würde der Folter erliegen oder geköpft werden. Punkt. Das war das Ende der Geschichte.

Wie gern hätte er sein Studium beendet! Ein guter Arzt wäre er geworden. Wie gerne hätte er einer Frau beigelegen, nur ein Mal. Margret beigelegen. Eine Familie gegründet. Platsch. Nichts von alldem würde geschehen. Platsch.

Caspar wusste nicht, wie lange er hier schon eingesperrt war. Es mochten Wochen sein. Monate? Er hatte sein Zeitgefühl verloren. Die Stimmen in seinem Kopf kannten keine Zeit. Platsch.

Noch nicht ein Mal war er verhört worden. Seine Anklage war ihm nicht genannt worden. Was nicht störte, nicht Caspar und nicht die Stimmen in seinem Kopf. Auch nicht den Wassertropfen. Platsch. Caspar kannte die Anklage ohnehin. Dennoch: Er hatte zwar keine Erfahrungen mit den Praktiken der Inquisition, aber sollten sie nicht ein Geständnis erzwingen? Ihn der Teufelsanbetung überführen? Wo blieb seine Folter? Fast wünschte er sie sich herbei. Dann würde ein Mensch mit ihm sprechen. Platsch. Dann hätte er Licht. Und Schmerzen. Und würde gestehen. Wie ein jeder. Von Hohenheims Sündenbock. Er würde sterben dürfen. Platsch.

Oder war das hier seine Folter? Camera silens. Die weiße Folter. Sich auf ewig fragen zu müssen, wie es wohl gewesen wäre, in Margret einzudringen, und sie doch nie wieder zu berühren? Herrgott! Nur ein einziges Mal hätte er gern diese prallen Brüste angefasst. Platsch. Oder ihre strammen Schenkel. Platsch. Hätte er sie nie geküsst, würde er es nun nicht so schmerzlich vermissen. Vielleicht konnte er Margret noch den Ring zuwerfen, bevor man ihm den Kopf abschlug? Dann würde sie ihn die paar Wochen tragen, bis ein anderer Mann um ihre Schönheit warb. Und sie ihn vergessen würde.

Caspar war selbst schuld, hatte seine Chance verstreichen lassen. Als die Tollkirschen Theo schlafend gemacht hatten, hätte er das Zimmer ausräumen sollen und alles vernichten. Stattdessen hatte er sich betrunken. Bei Margret sitzen wollen. Ihren Rücken streicheln. Die Gefahr vergessen. Platsch.

Die Stille war unerträglich. Der Wassertropfen fast sein Freund. Ob ihn Laurencz holen würde? Er hatte es ihm versprochen. War bei der Wache. Ein Wächter der Stadt, nicht des Bischofs. Caspar schüttelte seinen Kopf. Im Geiste. Für die dunklen Wände machte es keinen Unterschied, ob er es tatsächlich tat. Laurencz würde niemals Zugang erhalten. Der einzige Mensch, der überhaupt imstande war, für das hier eine Lösung zu ersinnen, erfror gerade auf einem Gebirgspass. Platsch. Das war das Ende. Der Wassertropfen flüsterte es ihm zu. Er würde ihn niemals belügen. Platsch.

Margret

»Zum Hasen hat die Bilderstürmer wieder freigelassen!«

Laurencz betrat mit bemüht guter Laune die Kammer seiner Schwester.

Margret hatte sie verdunkelt. Es war düster und stickig. Wann sie sie zuletzt verlassen hatte, sie wusste es nicht mehr.

»Was willst du, Laurencz?« Margret schnitt eine müde Grimasse. Sie kauerte auf ihrem Bette. Wippte hin und her. Blickte nicht auf.

»Die Männer, die ins Augustinerkloster eingedrungen sind, er hat sie freigelassen.« Laurencz strahlte.

»Wovon sprichst du?« Margret schloss die Augen. Seine Stimme war ihr zu viel.

»Wir haben sie verhaftet, auf Befehl des Rates. Dann hat zum Luft mit dem Bürgermeister gesprochen, und jetzt hat er sie freigelassen. Die Stadt feiert da draußen auf den Straßen. Da!« Laurencz deutete auf die verhangenen Fenster. »Du kannst sie nicht sehen, aber da draußen ist noch eine Welt.«

»Ich weiß nichts von alldem.« Margret seufzte. Sie hatte Kopfschmerzen. Und kalt war ihr auch.

»Ein bewaffneter Mob von dreißig Männern demoliert ein Kloster, und du weißt nichts davon, Schwesterchen?« Laurencz öffnete die hölzernen Fensterläden und schob die gegerbte Tierhaut zurück. Frischluft drang in das Zimmer. Das Sonnenlicht traf Margret wie der Schlag.

»Ah, sieh an! Die Welt!«, rief Laurencz.

Margret vergrub ihr Gesicht: »Sie kümmert mich nicht mehr.«

»Na hör mal!« Laurencz wollte sie hochziehen, aber Margret wich zurück. »Du verpasst das Zeitgeschehen. Aufregend ist das da draußen, aufregend, Schwester!«

Tränen liefen über ihre Wangen. Was Margret sehr überraschte. Seit Tagen hatte sie keine mehr gehabt.

»Das interessiert mich nicht, Laurencz.« Jetzt sah sie ihren Bruder an. Laurencz schien verlegen.

»Wir läuten hier gerade ein neues Zeitalter ein, und dich interessiert das nicht?« Er versuchte zu schmunzeln. »Gar nicht?«

»Nicht im Mindesten.« Margret starrte zu Boden. Das Gespräch war ihr zuwider. Und das da – auf der anderen Seite des Fensters – auch.

»Margret, bitte.« Laurencz beugte sich zu ihr hinunter. »Du musst hier raus. Musst an die frische Luft. Spazieren. Reden. Essen.« Unbeholfen hielt er ihr einen runden Apfel vor die Nase. Margret winkte ab. Seit Wochen hatte sie nichts Nennenswertes zu sich genommen. Zaundürr war sie geworden.

»Ein Apfel?« Ein Flehen lag in Laurencz' Frage. »Wenigstens?«

»Ich will nichts essen, Laurencz.« Margret schluchzte. »Und ich will deine Geschichten nicht hören. Das Einzige, was ich möchte, ist Caspar in Sicherheit wissen.« Just in diesem Moment fielen ihre Wangen noch etwas weiter ein.

»Ich bin doch dran, Margret!« Laurencz sprang wieder auf. »Was soll ich denn machen? Sie lassen mich nicht zu ihm.«

»Du bist bei der Stadtwache, und er sitzt in eurem Gefängnis. Wie schwer kann das denn sein?« Jetzt kehrte ein Hauch von Leben in Margrets Glieder zurück. Wenigstens das.

»Der Fürst hat den Fledermausturm für sich beansprucht. Das habe ich dir doch schon berichtet! Ich sauf schon jede Nacht mit seinen Wachen. Die schlucken so viel runter, dass mir bald der Schädel platzt.«

Margret zitterte vor Wut. »Du suchst dir neue Gesellschaft fürs Wirtshaus, jetzt wo Theo und Caspar fort sind, und erzählst mir allen Ernstes, du kämpfst für irgendjemanden?« Sie schmiss den Apfel nach ihm. »Du verkommener Narr!« Es tat gut, jemanden zu beschimpfen. Schlagartig fühlte sie sich etwas weniger elend.

»Ich versuche, mich mit ihnen anzufreunden, Weib! Auf offiziellem Weg komm ich nie zu Eschenbach. Als ihr Saufkumpan vielleicht schon. Das ist der Plan.«

»Das ist überhaupt kein Plan, Laurencz! Das ist gar nichts. Wäre Paracelsus hier, würde er sich mit bloßen Händen durch die Mauern graben für Caspar.« Margrets Stimme überschlug sich. »Den hast du auch verjagt, und jetzt sind alle fort!«

»Ich habe ...« Nun lag der Zorn auf Laurencz' Seite. »Ich habe ihm zur Flucht verholfen. Sonst könnten sie sich das Kittchen teilen. Wäre dir das lieber, Weib?«

»Sein Todesurteil hast du unterschrieben. Er schafft es niemals über das Gebirge.« Margret schrie, so laut sie konnte. Seit Wochen steckten die Worte in ihrem Rachen.

»Und ich bin daran schuld? Dass dieser Mensch verrückt ist?« Laurencz war tief getroffen. Vorwurfsvoll starrte er seine Schwester an.

Diese stand auf und strich trotzig ihren Rock glatt. »Also gehe ich eben selbst zum Schultheiß, wenn sonst schon niemand etwas unternimmt.«

»Wieso zur Hölle sollte der ihm helfen, Schwester?«, fragte Laurencz entgeistert. »Du hast deinen Verstand verloren.«

»Dann rede ich mit seinem Sohn.« Margret band sich ihr Haar zurück. Es war zerzaust. Sie fühlte sich wie ein Gespenst in einem viel zu weitem Kleid. Dennoch – für Steffan sollte es wohl genügen.

»Ja, klar.« Laurencz lachte mürrisch. »Steffan von Bärenfels wird sich beide Beine ausreißen, um deinen Liebhaber aus dem Verlies zu holen.«

Margret atmete schnell. Die Verzweiflung stand ihr ins Gesicht geschrieben. Sie war der Schatten ihrer selbst. »Dann geh ich zu seiner Schwester. Anna und ich waren innig befreundet. Sie wird mich nicht vergessen haben.«

»Anna? Ein Weib?« Laurencz schnalzte mit der Zunge. »Wie soll ein Weib den Fürstbischof umstimmen?« Margret öffnete ihren Mund und holte Luft, sprach aber nicht.

»Selbst wenn sie die Beine für ihn breitmacht, wird es nichts ändern.«

Die Ohrfeige war schallend. »Sprich nicht so von ihr, du Schuft!«

Laurencz zuckte nicht einmal.

Margret konnte sich kaum mehr auf den Beinen halten. Ihr Körper sackte in sich selbst zusammen. »Laurencz, wie soll es jemals wieder gut werden?« Jetzt fiel sie ihrem Bruder in die Arme. Der musste sie stützen.

»Ich weiß es nicht, Schwester. Ich weiß es nicht. Aber ich hole ihn aus dieser Zelle raus. Ich verspreche es dir. Ich weiß noch nicht, wie. Aber ich finde einen Weg.«

Behutsam strich er über ihr Haar. Küsste ihr Haupt. Sie kuschelte sich an seinen starken Arm. Fast wurde es ein bisschen besser. »Margret, du musst jetzt stark sein.« Er drückte seine Stirn gegen die ihrige. »Du musst essen und endlich diese Kammer verlassen. Und du wirst weder zum Fürstbischof noch zur Familie des Schultheiß gehen und dich in Gefahr bringen, ja?« Laurencz blickte liebevoll auf seine Zwillingsschwester herab. »Wenn ich dich jetzt auch noch verliere, hänge ich mich auf.«

Paracelsus

Theo und Simon hatten völlig entkräftet Andermatt erreicht. Die Dorfbewohner hatten sie unentgeltlich aufgenommen. Sie nahmen dafür doppelt so viele Münzen von den offensichtlich wohlhabenden Reisenden. Von denen wurden alle Kosten dankbar akzeptiert. Nach der Teufelsbrücke neigten die Menschen dazu, auf weltliche Dinge nicht mehr so viel Wert zu legen wie zuvor. Jedenfalls zwei Nächte später noch. Der Handel blühte. Ein greiser Mann hatte sich ihrer erbarmt und ihnen zwei selbstgeschnitzte Holzstöcke geschenkt, mit denen sie unter der dicken Schneedecke den Weg ertasten sollten.

Heute Morgen waren sie gut gestärkt aufgebrochen und gebrauchten sie wohl. Der schmale Steg um den Chilchberg herum lag schon hinter ihnen, nun schlängelten sich die Serpentinen des Weges auf einer breiteren Fläche. Theo stocherte unermüdlich vor seinen Füßen im Boden herum. Er konnte nur erahnen, ob sie noch auf dem Saumpfad waren oder ihn längst verlassen hatten. Es war ihm einerlei, solange der Stock nur festen Boden berührte. Er traute diesem Gebirge nicht.

Nur langsam kamen sie im Tiefschnee voran. Er war unberührt ob der fehlenden Passanten und machte ihnen zu schaffen. Theo tat sein Bestes, den Boden für die Pferde zu glätten, dennoch sanken die schmalen Hufe regelmäßig im Tiefschnee ein und waren nur mit größter Kraft wieder zu befreien. Dennoch. Er war bester Laune. Das Urserental mit seinen glatt geschliffenen Hängen lag vor ihnen. Nichts auf dem Pass war mehr nach Satan benannt. Es war herrlich!

Frischer Wind umspielte die Bergkämme. Das majestätische Eis glänzte stolz im Sonnenschein. Licht und Schatten tanzten miteinander. Das Glück war wieder auf ihrer Seite. Nicht mehr lange, und sie würden die Passhöhe erreicht haben. Dann lag ein neues Leben vor ihnen. Ohne Gundelsheim und ohne Rotgürtler.

»Siehst du, Simon? Gott liebt uns«, rief Paracelsus nach hinten und blinzelte lächelnd in den strahlenden Sonnenschein.

»Und der Teufel auch«, antwortete Simon mürrisch.

Paracelsus hörte nicht hin. Er atmete die frische, kühle Bergluft und fühlte, wie das Leben seine Lungen durchströmte. Das Wetter hatte aufgeklart, ein blauer Himmel grüßte sie.

»Tanti autem montes, tanti scopuli, tam crebra et continuata dorsa, tanta cacumina atque fastigia, tantae magnitudes ubique insurgunt.«

Simon beäugte ihn skeptisch. »Ich dachte, du hasst Latein?«

Paracelsus lachte. »Egal. Bruni hätte es nicht besser treffen können, findest du nicht?«

Simon schüttelte gleichgültig seinen Kopf.

Der Abhang lag gut zwei Meter von ihnen entfernt. Das reichte aus, um ein wenig zu entspannen. So fing Simon aber – zu Paracelsus' Leidwesen – wieder an zu reden. Er erzählte von seiner fast besessen frommen Mutter und seinem jähzornigen Vater. Wie seine Mutter im Kindbett verblutet war und sein Vater daraufhin das Neugeborene ertränkt hatte. Wie sehr Simon für die beiden Seelen gebetet hatte. Wie viel sein Vater daraufhin getrunken hatte und wie hart seine Schläge gewesen waren. Wie man ihn gezwungen hatte, Medizin zu studieren, obwohl er viel lieber einem

Kloster beigetreten wäre. Und weshalb er jetzt ganz froh über sein Schicksal war. Nämlich Paracelsus' wegen.

Der seufzte. Es hätte so schön sein können hier draußen. Ohne die vielen Worte.

»Auf dem Bergkamm soll es ein Hospiz geben«, rief Paracelsus nach hinten und versuchte, das Thema zu wechseln, bevor ihn Simon wieder »Meister« nannte. »Eigentlich gedacht für Rompilger. Aber dich nehmen sie dort auch, wenn du ihnen von deinem ursprünglichen Lebensentwurf erzählst. Für jedes Vaterunser bekommst du dort einen Vierteliter süßen Wein und eine geschmalzte Suppe, mein Freund.«

»So viel, wie ich in den letzten Tagen gebetet habe, darf ich ihre Vorratskammern auffressen, glaube ich«, scherzte Simon zur Antwort.

»Ich glaube, dass sie dort dem Heiligen Godehard auch eine Kapelle hingestellt haben. Mit Mailänder Geld erbaut. Dann kannst du deinem Schöpfer noch in Ruhe danken, bevor dich das zügellose Leben ereilt.«

»Was für ein Leben? Wieso zügellos?«, rief Simon von hinten.

Theo lachte. »Ich habe Geschichten über Ferrara gehört, Junge«, er pfiff zweimal laut in die Luft, »das kannst du dir nicht vorstellen. Südländische Weiber, Bäche voller Wein, Musik und Tanz. Die können feiern, auf der anderen Seite dieses Felsens. Herrlich wird das, sag ich dir!«

Simon stutzte und fing wieder an, ein wenig zu stottern: »A-aber w-wir werden doch studieren, oder?« Betreten griff er an seinen Bauch. »Und forschen?«

Paracelsus blickte kurz zurück und betrachtete Simon argwöhnisch. Irgendetwas an seinem Gesichtsausdruck stimmte nicht. Er konnte es nicht zuordnen. »Ja mein Junge. Forschen werden wir auch.« Seine Stimme wurde streng. »Aber nur in universitären Gemäuern und mit der Billigung ...«

Theo erschrak. Er unterbrach sich. Zunächst wusste er nicht, warum. Sah unschlüssig um sich. Er fühlte etwas. Etwas Unbestimmtes. Vages. Nicht zu fassen.

»Was hast du, Meister?«

Eine Bewegung. In der Erde. Über ihnen. Um sie herum.

»Nichts«, flüsterte er und legte den Zeigefinger auf seine Lippen. Simon schwieg. Theo lauschte.

Ein Rauschen. Ein Donnern. Leise. Ein Grollen.

»Heiliger Vater, bitte nicht«, flüsterte er.

Als würde das uralte Gestein in sich zusammenfallen.

Er riss seinen Kopf hoch. Der Himmel war weiß und schwarz zur gleichen Zeit. Das Pferd wieherte. Stapfte auf den Boden auf.

Es ging schnell.

»Lauf!«

Paracelsus schrie.

Der Berg kam.

»Simon! Lauf!«

Paracelsus selbst rannte, so schnell es der Tiefschnee zuließ. Er zog Bella mit sich. Sah zurück zu seinem Begleiter. Dieser blieb wie angewurzelt stehen.

»Simon, lauf! Lauf um dein Leben!«

Der Himmel fiel. Wie gelähmt stand Simon da, bis ihn die Schneemassen erfassten und fortrissen. Ihn begruben in schwarzem Schnee.

»Simon!« Bella riss sich los. Der Luftdruck schmetterte Paracelsus zu Boden.

Stille. Die Lawine war zum Stehen gekommen. Noch vor dem Abgrund.

Theo keuchte. Er richtete sich auf. Von Simon keine Spur.

»Simon! Wo bist du?« Die Berge wiederholten seine Schreie.

Theo suchte den Schneekegel mit seinen Blicken ab. Hektisch. Zwecklos. Alles eins. Kein Hinweis auf das Leben darin.

»Simon!«

Theo rannte los. Kämpfte sich durch die Schneemassen. Fing an zu graben. Wahllos. Fand nichts. Ging ein paar Schritte weiter. Suchte dort.

»Simon! Schrei!«

Er buddelte im Schnee wie ein Tier. Konnte nicht mehr denken. Ziellos. Nichts.

»Simon! Schrei!«

Er sah Caspar vor sich. Von ihm zurückgelassen. Margrets Tränen. Simon tot. Die Panik übermannte Theo. Sein Gesicht war glühend heiß. Kopflos lief er auf und ab. Immer schneller. Lief im Kreis.

Dann – blieb er stehen. Hielt inne. Mahnte sich zur Ruhe. Die Luft in Simons Lungen. Überlegte. Holte seinen Stock. Erforschte den Kegel. Kalkuliert. Kühl. Widerstand der Hektik. Die Luft in Simons Lungen. Stocherte. Meter um Meter. In immer gleichen Abständen. Arbeitete sich vor. Effizient. Kein Widerstand. Emotionslos. Nichts. Sorgfältig. Durchkämmte den nächsten Abschnitt. Die Luft in Simons Lungen. Der Stock traf auf Widerstand. Es konnte nichts sein. Und alles. Theo fing zu scharren an. Grub sich vor mit bloßen Händen. Die Luft in Simons Lungen. Immer tiefer in den Schnee. Er hatte kein Werkzeug, aber fühlte, wie ihm Krallen wuchsen. Immerhin war es Pulverschnee. Er kam schnell voran. Und stieß auf Haare, einen Kopf. Ein Gesicht!

»Simon!«

Die Luft in Simons Lungen. Er entfernte den Schnee von Nase und Mund. Hielt seine Handfläche davor. Simon atmete!

Sein Schädel blutete leicht. Eine Platzwunde, nicht mehr. Theo scharrte weiter. Dann zog er. Stemmte sich gegen den Schnee. Simon hustete. Rang nach Luft. Und war frei.

»Simon!« Theo schlug gegen seine Wange. »Simon! Hörst du?«

»Ja, Meister«, stammelte er. Der Junge zitterte am ganzen Körper.

»Gott sei's gedankt!« Theo lächelte. »Bist du verletzt?«

»Es geht, glaube ich.« Simon keuchte. Eines seiner Augen öffnete sich einen Spalt. Sein Gesicht war schmerzverzerrt. Er griff nach seinem linken Arm. Blut rann über eine Wange.

»Wir müssen dich trocken kriegen. Sonst erfrierst du noch.« Theo fing an, an ihm zu zerren. Simon blickte zu ihm auf: »Wie denn, Paracelsus?« Verzweiflung lag in seiner Stimme. Seine Wangen schienen blau.

»Zieh alles aus, bis auf deine Unterkleidung. Hier! Nimm meinen Mantel!« Theo schlüpfte heraus.

»Den brauchst du selbst«, wimmerte Simon. Paracelsus kannte das von den Kranken: Simon gab sich auf.

»Gar nichts brauche ich! Komm!« Paracelsus richtete den Gefährten auf und wollte ihn aus seiner Kleidung schälen. Simon aber schrie herzzerreißend auf, als er seinen linken Arm anhob.

»Ist er gebrochen, Paracelsus?« Nur der Schock hielt Simons Tränen noch zurück. Das Unglück machte den Jungen wieder zum Kind.

Paracelsus tastete. Sehen konnte er nichts unter dem dicken Stoff. Aber ahnen. Fühlen. Er kannte die Anatomie. Mitleidig sah er Simon an. Dessen Lippen waren blau.

»Das wird jetzt wehtun, fürchte ich.«

Simon konnte weder fragen noch protestieren, so schnell ging es. Paracelsus verlor kein Wort. Sofort packte er den Arm. Stellte ihn in die Gerade. Stützte sich mit einem Bein an Simons Rumpf ab. Zog so fest er konnte!

Simon schrie in den Berg hinein. Sein Echo flehte um Mitleid. Doch da war es schon geschehen. Die Schulter war wieder eingerenkt. Simon schwieg. Prompt. Verblüfft sah er Paracelsus an.

»Wie hast du? Du bist kein Wundarzt. Woher weißt du das?«

»Jetzt zieh die nassen Sachen aus.«

»Ich hab noch ein Hemd in meinem Rucksack«, murmelte Simon.

»Und dein Rucksack ist wo?«, erwiderte Paracelsus trocken. Simon sah betreten zu der Lawine zurück. Langsam begann er zu begreifen.

»Ich muss ihn verloren haben.« Bangend legte er die Hand auf seinen Bauch. Paracelsus würdigte ihn keiner Antwort. Simon zog seinen Mantel und Wams aus. Das Unterkleid behielt er an.

Theo half ihm in seinen Mantel und stützte ihn. »Nein! Nein!« Jetzt schrie Simon wie am Spieß. »Mein Fuß, Paracelsus!« Simon fing zu weinen an und bückte sich, um seinen Stiefel auszuziehen.

»Lass das sein«, sagte Paracelsus und schlug ihm auf seine Hand. »Der Fuß schwillt sofort an, und dann kommst du nicht wieder hinein.« Er befühlte den Knöchel durch den Stiefel hindurch.

Simon stöhnte. »Aber wenn er gebrochen ist?«

»Wird es dann besser, wenn du barfuß durch den Schnee musst?«, raunzte Paracelsus. »Im Übrigen ist er nicht gebrochen.«

»Das kannst du nicht wissen. Er tut so weh«, schrie Simon.

»Halt dein Maul und reiß dich zusammen, wenn du leben willst.«

Paracelsus war gereizt. Mons tremolar. Der zitternde Berg, so hatten ihn die Römer genannt. Sie würden ihn nicht überleben. Bella war fort. Nimmermehr würden sie sie einholen. Simons Ross lag unter der Lawine begraben. Und mit den Tieren war all ihr Proviant und die ganze Ausrüstung dahin.

Simon sah sich benommen um. Er zitterte am ganzen Körper.

»Wo sind die Rösser?«

»Meines hat die Flucht ergriffen. Und deines … « Theo deutete traurig auf den Lawinenkegel. »Wir verlieren kostbare Zeit, wenn wir es finden und bergen wollen.« Ernst blickte er zu Simon. »Und die hast du nicht, Junge.«

»Aber ich kann nicht laufen.« Simons Stimme überschlug sich. »Ich schaffe es niemals dort hinauf!«

Paracelsus zögerte. Sah in das triste Weiß. Schätzte ihre Chancen ab. Nebel zog auf. Es wurde kühler. Nein. Vermutlich nicht. Das würde ihr Ende sein.

»Die Scheitelhöhe ist nicht weit, Simon. Das schaffen wir. Ich stütze dich.«

Paracelsus hakte Simon unter. Er tat mühsame Schritte. Er wollte leben. Sie mussten diesen Pass hinauf, bevor die Nacht kam. Theo stöhnte unter der Last zweier Körper. Mit der freien Hand stocherte er besorgt mit dem Stock im Schnee. Keine Seele konnte wissen, was darunterlag. Ein anderes Pferd? Ein anderer Simon? Eine Felsspalte oder die Hölle. Der Nebel verdichtete sich. Kalter Wind pfiff über die Bergkämme. Theo schleppte und zerrte an Simon. Der kam kaum voran. Tränen sammelten sich in seinen Augen. Sie würden es nicht schaffen.

»Du hättest mich liegen lassen sollen und dem Ross nachjagen. Dann hätte wenigstens einer von uns überlebt.« Simon keuchte. Er war kaum mehr bei Bewusstsein.

Theo trat vor den Kameraden und drückte die Stirn gegen die seine. »Simon, hör mir zu. Wir überleben das. Die Kapelle. Das Hospiz. Erinnerst du dich? Es kann nicht weit sein. Wir sind bald oben auf dem Urserenberg. Dann kann ich dich verarzten, und du wirst genesen.«

Simon nickte abwesend. Theo zog ihn weiter mit sich. Sein Rücken schmerzte. Er fror fürchterlich ohne den Mantel. Der Sturmwind trieb unerbittlich Nebelschwaden vor sich her. Paracelsus kniff die Augen zusammen. Er konnte kaum mehr drei Meter sehen. Wo die Sonne wohl war? Wie viel Zeit blieb ihnen bis zur düsteren Nacht? Bei Gott, sie waren des Todes!

Schritt um Schritt kämpfte sich Theo hinauf. Sie beide.

»Komm Junge. Bald hast du's geschafft«, flüsterte er aufmunternd.

Simon seufzte apathisch. Er hatte die ganze Zeit nicht aufgehört zu zittern. »Du weißt doch gar nicht, wo du entlangläufst, Theo.«

Paracelsus sah den Jungen überrascht an. Noch nie hatte er ihn bei seinem richtigen Vornamen angesprochen.

»Doch. Natürlich.« Paracelsus deutete geradeaus. Die Wahl war willkürlich getroffen. »Dort entlang.«

Simon lachte auf. »Ja? Wirklich? Und das weißt du woher?«

Theo stutzte. Bewusstlos wäre Simon ihm lieber gewesen. Sie hatten die Scheitelhöhe erreicht. Überall nur Schnee. Die Landschaft verriet nichts über die Lage ihres Zieles. Der Weg war nicht auszumachen. Und alles hier war gleich. Theo blickte panisch von Ost nach West. Oder andersherum.

»Siehst du den Weg?« Simon heulte. »Siehst du Berggipfel? Ein Tal? Irgendetwas? Weißt du, wo Süden ist? Zeig mir Mailand, Theo! Ferrara! Airolo! Weißt du, wo es liegt?« Der Knabe hörte auf zu weinen. Er hatte keine Kraft dafür.

Theo blickte um sich. Nein. Er hatte vollends die Orientierung verloren. Hier waren nur Nebel und Wind und sein Holzstock. Der Wind! Er war von Nordwest gekommen. Hatte er gedreht? Nein, dachte Paracelsus. Hatte er nicht.

»Wir müssen dort entlang, sag ich dir. Du musst mir vertrauen.« Theo zeigte in die Richtung, in der er Süden vermutete, und schluckte die Tränen hinunter, die kommen wollten. Simon setzte mit dem gesunden Fuß auf dem Boden auf. Die Worte hatten ausgereicht. Simon glaubte seinem Meister. Er schleppte sich wieder voran.

Beide schwiegen sie. Es wurde kälter und kälter. Düster.

Theo erkannte – gar nichts mehr. Nur einen ratlosen Stock vor seinen Augen. Vermutlich gab es dieses verfluchte Hospiz überhaupt nicht, und man erzählte nur tollkühnen Wanderern davon, um ihre Nerven zu stärken!

Vor Paracelsus' Augen flackerte es. Seine Kräfte waren aufgezehrt. Die Nacht würde kommen. Er hielt inne. Legte Simon sachte im Schnee ab. Verschnaufte. Drehte sich um seine eigene Achse. Sie mochten gerade nach Süden laufen. Norden konnte es genauso gut sein. Theo hätte es nicht sagen können. Kein Gipfel verriet ihm den Weg. Nebel und Schnee folgten keiner Richtung. Ihm wurde schwindelig. Seine Hände waren taub. Er spürte nichts mehr. Simon stöhnte. Das war ihr Grab. Sie würden den Gotthardpass nicht überleben. Nicht begraben werden. Keine Beichte ablegen. Paracelsus starrte auf den leblosen Simon zu Boden. Weiß Gott, er hätte Vieles zu beichten gehabt!

Theo hätte sich am liebsten hingesetzt und auf den Tod gewartet. Auf seinen Frieden. Seine Knie gaben nach. Er wollte schlafen. In süße Träume fallen. Paracelsus tat einen kümmerlichen Laut. Nein! Etwas war noch da. Paracelsus fühlte es. Ein nicht zu brechender Wille. Mit tauben Armen zog er Simon wieder hoch. Theo schulterte den regungslosen Körper. Sie würden hier sterben. Das war es also gewesen. Aber vorher würde er noch so viele Schritte tun, wie er nur konnte! Das war seine Sühne. Vor Gott.

Ziellos stapfte er voran. Ließ den Stock liegen. Ließ sein Leben zurück und alles. Einsamkeit bekam eine neue Bedeutung. Das Hospiz. Süßwein. Heiße Suppe. Die Totenkapelle. Irgendwo.

Paracelsus blinzelte. Schwindel übermannte ihn. Nebel. Da war sie. Eine Frau. Im Schnee. Mira. In makelloser Schönheit. Wissend. Wie immer. Ihre blauen Augen strahlten Theo an. Dieser schloss die seinigen. Atmete durch. Wollte nicht verrückt werden. Öffnete sie. Und sah – Astarte. Grüne Augen funkelten. Rote Locken verdeckten ihre Brüste kaum. Nackt stand sie da im kalten Schnee. Ihr Geschlecht forderte Paracelsus heraus. Ihre Haut war alabasterfarben. Die Schlange umschmeichelte ihre Hüften. Paracelsus öffnete die Lippen. Und konnte nicht sprechen. Er rieb sich die Augen. Astartes Gesicht war ohne Ausdruck. Paracelsus schrie nach ihr. Sie antwortete nicht. Drehte sich wortlos. Leichtfüßig schritt sie voran. Sah sich nicht um. Rote Locken durchdrangen die Nebelschwaden. Sie hielt nach links. Paracelsus folgte. Er war im Wahn. Wusste, dass er den Verstand verlor. Wunderte sich ob der Gewissheit. Folgte der Frau. Ihren nackten Kurven. Perfekt geformt. Keine Spuren im Schnee.

»Astarte!«, rief Paracelsus. Simon zuckte. Der Wind beruhigte sich. Alles war still. Die Nacht brach herein. Theo sah seine Füße nicht mehr. Keinen Boden. Keinen Nebel. Nicht einmal sich selbst. Aber er sah das rote Haar. Die Frau ging nicht zu schnell und nicht zu langsam. Paracelsus konnte nicht zu ihr aufschließen. Konnte nicht zurückfallen.

»Astarte.« Ein Lächeln erschien auf seinen Lippen. Bald würde er das Bewusstsein verlieren. Paracelsus fühlte es. Er schloss die Augen. Auch dann sah er sie. Sie leitete. Sie führte. Er empfand keine Kälte mehr. Alles wurde wohlig warm. Es gab keinen Hunger und keinen Schmerz. Das also war Sterben.

»Sie führt uns zum Höllentor«, flüsterte Paracelsus zu sich selbst. Seine Stimme war ganz ruhig. Gelassen. Zufrieden. Die Gewissheit war so schön.

Dann aber schrak er auf. Zuckte zusammen. Sie hatten die Hölle nicht verdient! Plötzlich fühlte er wieder Schmerz. Und Kälte. Paracelsus wehrte sich dagegen. Es war so schön gewesen! Er krümmte sich. Spannte seine Muskeln an. Er war nicht bereit. Theo kämpfte mit sich selbst. Er gewann! Und riss die Augen auf. Da war sie! Theo fiel auf die Knie. Die Totenkapelle! Die Totenkapelle des heiligen Godehard! Seitlich davon erwartete sie das Hospiz.

Caspar

Es war eine große Halle mit gemauertem Gratgewölbe, in die man Caspar gebracht hatte. Das ersehnte Tageslicht war ihm verwehrt geblieben, aber der Raum war mit Fackeln ausreichend beleuchtet. Caspar musste seine Augen zusammenkneifen. Sie brannten. Er war das Licht nicht mehr gewohnt. In Ketten gelegt saß er vor einem steinernen Tisch. Steinern, damit das Blut leichter abzuwaschen war, summten die Stimmen in seinem Kopf. Der Tisch stand mitnichten in der Mitte des Raumes.

Man gab Caspar allzu viel Zeit, sich umzusehen. Mittig stand eine Streckbank. An der Winde waren schon frische Seile befestigt. Für ihn. Caspar musste würgen bei ihrem Anblick. Man würde ihm die Sehnen von den Knochen trennen. Auf der Streckbank lag eine Walze mit Eisendornen darauf. Ein paar zurückgebliebene Hautfetzen erzählten eine traurige Geschichte. Wie sehr Caspar wünschte, er hätte die Juristerei studiert. Dann hätte er sich das alles weniger exakt vorstellen können. Neben der Streckbank war ein Pfahl aufgebaut. Dort fesselte man die Verbrecher, um sie auszupeitschen. Auf einem Tischchen daneben waren Ruten und Riemen in unterschiedlicher Größe sorgsam aufgereiht. Ebenso allerlei Zangen, Messer, eine Würgeschraube, eine Mundsperre. Caspar schwindelte es. Er wollte zurück zu seinem Wassertropfen. Seile und Haken hingen von der Decke. Man konnte die Schreie der Opfer noch hören. Ein Haufen Reisig lag in einer Ecke. Ja. Feuer würde schmerzen. Caspar schluckte. Die Angst übermannte ihn. Alles würde er gestehen!

Der Scharfrichter war schon eingetreten und säuberte liebevoll einen eisernen Gegenstand, den Caspar nicht zuordnen konnte. Und er wollte seine Funktion auch gar nicht erfragen, denn er fürchtete die Antwort zu sehr.

Der Schreiber stand ungeduldig in der Ecke. Niemand durfte beginnen. Der Inquisitor fehlte. Caspar atmete tief ein und aus. Im Vergleich zu seinem Verlies war die Luft frühlingshaft frisch. War der Frühling bereits zurück? Oder war es schon wieder Winter? Caspar wusste es nicht. Die silberne Wappenfahne mit dem roten Bischofsstabe starrte ihn böse an. Wäre er doch bloß ein Dieb! Oder ein Mörder vielleicht. Dann unterstünde er der städtischen Gerichtsbarkeit und all das bliebe ihm erspart.

Jemand betrat den Raum. Der Scharfrichter stand sofort still und nahm die Hände hinter seinen Rücken. Der Schreiber tunkte seine Feder in das Tintenfass. Der Mann, der den Saal betreten hatte, war groß gewachsen. Er setzte sich Caspar wortlos gegenüber. Seelenruhig sortierte er seine Unterlagen. Seine schwarze Soutane war weit gebunden. Dennoch bemerkte Caspar, wie dünn er war. Er kannte ihn nicht. Er stellte sich ihm auch nicht vor. Caspar wagte nicht, zu atmen. Immer wieder wanderte sein Blick zur Streckbank.

Der Mann breitete eines von Paracelsus' Büchern und einige seiner Notizen auf dem Tisch aus. Caspar versuchte, sich zu konzentrieren. Er fixierte die Streckbank. Schweigend schob ihm der Mann eine Tuschezeichnung zu. Es zeigte eine gehörnte, nackte Frau mit einer Schlange auf dem Arm. Rauch schien hinter ihr aufzusteigen.

»Was zeigt dieses Bildnis?« Die Stimme des Mannes war ruhig. Caspar bekam Gänsehaut.

»Ich weiß es nicht, Herr.« Erst jetzt bemerkte Caspar, wie heiser seine Stimme war. Er räusperte sich mehrmals. Lange Zeit hatte er zu niemandem gesprochen.

»Was zeigt dieses Bildnis?«, wiederholte der Mann geduldig.

»Ich weiß es nicht.« Caspar versuchte zu gestikulieren und bemerkte, dass er gefesselt war. Seine Ketten klirrten.

»Beschreibt es.«

Caspar sah den Mann überrascht an. Braune Augen erwiderten emotionslos seinen Blick.

»Ich ... Herr?«

»Was seht Ihr?«

Caspar wurde heiß. Seine Füße wollten sich bewegen. Und konnten nicht.

»Eine ... Frauengestalt. Mit einer Schlange.«

»Und?«

»Rauch, denke ich. Hinter ihr.«

»Und?« Die Stimme änderte sich nicht.

»Ich ...«

Der Scharfrichter schnalzte mit der Zunge.

»Ist sie ein Mensch, was meint Ihr?«, setzte der Mann gelassen nach.

»Ich weiß es nicht, Herr. Ich habe es nicht gezeichnet«, rief Caspar. Sein Atem wurde schneller.

»Was ziert ihren Kopf?«

»Das ... erkenne ich nicht.«

»Was ziert ihren Kopf?« Die Stimme änderte sich nicht. Caspar verfiel der Panik. Sollte er es aussprechen? Sollte er es abstreiten? Hinauszögern? Was war die beste Taktik?

»Was ziert ihren Kopf?«

Caspar sah zu Boden. Eine Träne formte sich in seinem Augenwinkel. Sein Herz raste.

»Es sind Hörner, Herr.«

»Es sind Hörner.« Der Mann nickte. »Sie ist eine Teufelin.«

»Ich habe dieses Bild noch nie gesehen, Herr!«, rief Caspar. Seine Wangen röteten sich.

»Man hat es in Eurer Kammer gefunden.«

War das eine Frage? Sollte Caspar antworten? Abstreiten? Die Streckbank lachte ihn aus. Der Mann machte eine Pause. Der Scharfrichter trat von einem Bein aufs andere.

»Man hat es in Eurer Kammer gefunden«, wiederholte der Inquisitor seelenruhig.

»Ja, ich weiß!«, rief Caspar.

Der Inquisitor blickte auf. »Woher wisst Ihr das, wenn Ihr behauptet, es noch nie gesehen zu haben?«

»Na ...« Caspar schüttelte seinen Kopf. Es fiel ihm schwer, seine Gedanken zu ordnen. Zu lange war er mit ihnen allein gewesen. »Na, deshalb bin ich doch hier, oder?«

»Weswegen denkt Ihr, seid Ihr hier?«

»Ich ... Wegen Teufelsanbetung? Ketzerei?«

Der Scharfrichter lachte. Caspar biss sich auf die Lippen. Es war ein Fehler gewesen, die Worte auszusprechen. Der funktionierende Teil seines Gehirns hatte ihm warnend zugeschrien, noch bevor die letzte Silbe gesprochen war. Der Schreiber zeichnete es sorgsam auf. In den Augen des Mannes gegenüber lag keine Befriedigung.

»Weswegen meint Ihr, seid Ihr der Teufelsanbetung angeklagt?« Die Stimme änderte sich nicht.

»Na weil Ihr das in meiner Kammer gefunden habt, Herr.« Caspars Ketten rasselten. Er hatte so lange nicht aufrecht gesessen, dass seine Rückenmuskulatur schon angestrengt war.

»Also«, sprach der Mann. Und wartete.

»Aber ich weiß doch, Ihr wisst doch, alle wissen, dass man das in meiner Kammer gefunden hat! Und ich deshalb inhaftiert bin.«

Caspar versuchte inständig, sich zu beruhigen. Man sollte einen Menschen nicht anbrüllen, der einen ... da hineinstecken konnte. Caspars Augen bemerkten einen eisernen Kasten an der Wand. Spieße ragten daraus hervor. Er zitterte.

Der Mann reichte ihm einen Becher Wasser. Caspar sah ihn fragend an. Der Mann nickte. Er nahm selbst einen

Schluck und hielt ihn dann Caspar wieder an den Mund. Der trank den Becher leer.

»Wenn es unstrittig ist, wie, meint Ihr, lautet dann das Urteil?«

»Ich … sterbe doch sowieso, ich bitte Euch.«

Der Scharfrichter kicherte. Caspar beging vermutlich jeden Fehler, den man machen konnte als angeklagter Ketzer. Andererseits, konnte man denn etwas richtig machen?

Caspar holte Luft. »Diese Dinge gehören mir nicht. Waren nie in meinem Besitz.«

»Wie gelangten sie dann in Eure Kammer?«, fragte der Inquisitor tonlos.

»Pa…« Caspar hustete. So weit würde es nicht kommen. Nicht in diesem Leben. »Sie gehören mir nicht.«

»Dann wurden sie Euch untergeschoben?« Die Hand des Schreibers pausierte den Bruchteil einer Sekunde.

»Ja.« Caspar nickte. Der Mann schwieg. Die braunen Augen blickten ihn bedächtig an. Was führte dieser Mann im Schilde? Worauf zielte er ab? Er sortierte die Unterlagen erneut.

»Ecclesia abhorret a sanguine.«

Die Kirche schreckt vor dem Blute zurück.

Es war seelenruhig gesprochen, und doch schmetterte es ihm entgegen. Die Silbermünze in Theos Kopf. Caspar erstarrte. Sein Herz hämmerte in der Brust, so gut es noch konnte.

»Es war kein chirurgischer Eingriff in dem Sinne«, murmelte er. Eine Träne tropfte auf den steinernen Tisch.

»In welchem Sinne denn?« Der Mann beugte sich unmerklich zu Caspar vor. Fast freundschaftlich. »Ihr habt Hand an das Innere eines Menschen gelegt. Das ist den Christenärzten ausdrücklich verboten«, flüsterte er. Jetzt lag ein Ton in seiner Stimme. Undefinierbar. Caspar starrte in die braunen Augen. Die Gesichtszüge waren fein. Hatte er diesen Mann nicht doch schon einmal gesehen? In der Universität vielleicht?

»Das war ...«, stammelte er. Er suchte sich die Haare zu raufen, aber die Ketten hinderten ihn. Der Scharfrichter stöhnte ungeduldig auf.

»Ich musste etwas tun, sonst wäre er gestorben.« Caspar sah den Inquisitor flehend an. Das Gesicht gegenüber zeigte keine Reaktion.

»Wir sprechen ein andermal, was Ihr getan habt und weshalb.«

Der Schreiber sah verwirrt von seinem Pult auf. Der Scharfrichter kräuselte die Stirn. Caspar blickte hinüber zu der Streckbank. Dann in das Gesicht des Inquisitors. Was ging hier vor? Welches teuflische Spiel trieb man mit ihm? Wieso ... wurde er nicht gefoltert? Sparte man es sich auf? Des Vergnügens wegen?

»Warum ...?« Es war zu spät. Der Inquisitor sortierte hastig seine Unterlagen und schritt geschäftig Richtung Ausgang. Auf Caspar wartete sein Tropfen.

Paracelsus

Die Disentiner Mönche des Gotthardhospizes waren fromm und hilfsbereit. Nur die Tapfersten unter ihnen hatten sich bereit erklärt, auf der Passhöhe zu überwintern und nicht in das komfortablere Kloster zurückzukehren. Nur wenige Reisende hatten sie gesehen in den letzten Monaten, also waren sie den beiden Männern, die sie halb tot vor ihrem Tore aufgefunden hatten, nur allzu eifrig zu Hilfe geeilt.

Behutsam hatten sie sie aufgewärmt, mit schmutzigen Decken und heißen Steinen. Hatten ihnen warme Brühe und Tee eingeflößt, wann immer einer von ihnen das Bewusstsein kurzzeitig erlangt hatte. Hatten den heiligen Benedikt angerufen am Krankenbett und um Heilung gebetet.

Es hatte Wirkung gezeigt. Bei Paracelsus zumindest. Heute hatte er zum ersten Mal für längere Zeit sein Bewusstsein wiedererlangt. Mürrisch und blass lag er jetzt da und beobachtete den Mönch, der sich über Simon gebeugt hatte, argwöhnisch.

Simon war dem Fieber anheimgefallen. Sein Körper glühte und zitterte, zitterte und glühte im Wechsel. Die Gesichtsfarbe des Jungen reichte von purpurrot bis zu schneeweiß. Ununterbrochen wimmerte und stöhnte er – oder sprach unchristliche Worte über Astaroth. Der Mönch tat so, als würde er es nicht hören. Dennoch schielte er immer wieder misstrauisch zu Paracelsus hinüber. Der gab sich nicht die Mühe, beschämt wegzusehen.

Der Mönch hatte Simon gerade mit Weihwasser besprengt, wie man es mit den Sterbenden machte. Paracelsus war zu schwach, um auf seiner Unterlippe zu kauen. Der Mönch weihte das Olivenöl. Stumm protestierte Paracelsus. Nur mit seinem Blick.

Der Mönch betupfte Simons Augen mit dem heiligen Öl. »Per istam sanctam unctionem et suam piissimam misericordiam indulgeat tibi Dominus quidquid per visum deliquisti. Amen.«

Gerade wollte er zu Mund und Ohren kommen.

»Lasst das bleiben. Es gibt noch Hoffnung für den Jungen.«

Der Mönch sah auf.

Alle Muskeln seines Körpers taten ihm weh. Dennoch quälte sich Paracelsus aus dem Bett. Sofort schwindelte ihm. Fast wäre er gestürzt.

Der Mönch sah ihn entschuldigend an. »Keine menschliche Seele hält diesen Temperaturen stand«, rechtfertigte er sich. »Die Krankensalbung ist das Einzige, was wir noch für den Jungen tun können. Offenbar braucht er dringend die Vergebung seiner Sünden.« Etwas vorwurfsvoll blickte er zu Simon hinab. Aber nicht sehr.

Mühsam machte Paracelsus die paar Schritte zu Simons Bett. Er taumelte.

»Ihr müsst ihn besser kühlen. Dieser jämmerliche Lappen wird nicht ausreichen.«

Paracelsus war so schwach, dass er kaum stehen konnte. Er musste sich aufs Krankenbett seines Gefährten stützen, trotzdem warf er das feuchte Tuch missfällig von der Stirn des Freundes. Allein seine Stimme hatte ihre Kraft nicht verloren. »Holt Schnee von draußen. Wickelt ihn in sauberes Leinen. Und dann bedeckt seine Beine damit.«

Der Mönch antwortete nicht. Paracelsus sah ihn nicht an. Allein auf den Kranken waren seine Augen gerichtet. Wieder und wieder umrundete er das Lager des Sterbenden. Befühlte Bauch und Kopf. Hörte auf die Brust. Tastete das Herz.

»Ich brauche Zwiebel und Knoblauch. Und Kamillenöl. Und Mohn oder Baldrian. Mistel. Bringt mir sauberes Wasser. Zwei Schalen. Und eine Pinzette.«

Paracelsus hob Simons gesalbte Augenlider und starrte in dessen Pupillen. Geschäftig sah er auf. Er war zu vertieft in seine Arbeit, um die ausbleibende Reaktion des Mönches zu bemerken.

»Habt Ihr Wasserdorst oder Holunderblüten?«

Der Mönch rührte sich nicht.

»Disteln? Oder Weißdorn?«

Jetzt sahen sich die beiden Männer einen Moment lang schweigend an. Das Gesicht des Mönchs war unschlüssig. Paracelsus' Augen fordernd. Sie kämpften um die Hoheitsgewalt in der Frage Simon. Der Mönch zuckte. Paracelsus seufzte. Ungeduldig. Der Mönch stutzte. Dann senkte er seinen Blick. Und eilte aus dem Zimmer.

Eine halbe Stunde später assistierten sechs umtriebige Mönche ihrem neuen Arzt. Sie hatten wohl schon Mediziner gesehen in ihrem Kloster. Aber die hatten ihre Kranken nur besehen. Nichts weiter. Theos Aktionismus war ihnen völlig fremd. Und steckte an.

Die Apotheke des Hospizes war nicht so schlecht bestückt, wie Paracelsus zunächst angenommen hatte. Die Mönche brachten Lavendel herbei, damit Simon ruhiger schlafen möge.

Auch fanden sich getrocknete Blätter der Kapuzinerkresse, aus denen man für Simon einen Tee kochte. Paracelsus flößte ihn löffelweise ein. Die Hälfte lief wieder aus Simons Mund heraus.

Das Zimmer wurde in Weihrauch gehüllt, um ihm die Atmung zu erleichtern. Die Geistlichkeit übertraf sich selbst an Eifer. Unablässig wurden Tücher gewechselt, Frischluft zugefächert und Paracelsus warmes Bier gebracht. Seine Bewegungen wurden neugierig beäugt. Einige Mönche machten sich sorgsam Notizen. Jeder brachte Paracelsus irgendwelche Kräuter, die er noch hatte finden können, und fragte nach dem Nutzen. Auch die Vorratskammer der Küche wurde geplündert.

Paracelsus stellte eine Paste aus Zwiebel, Knoblauch und Honig her, um Simons Knöchel zu heilen. Er hatte recht behalten, gebrochen war er nicht. Dann reinigte er die Platzwunde am Schädel und rieb die lädierte Schulter ein. Die Mönche kühlten derweil den Körper des Jungen mit Wickeln von Schnee. Simon stöhnte. Paracelsus horchte immer wieder auf die Brust.

Die Mönche hatten viel Freude an der Krankenpflege, jetzt, da man ihnen schier unbegrenzte Möglichkeiten aufzeigte! Paracelsus' Tun hatte diese Wirkung oft. Nur ganz selten hielt einer inne zum Gebet.

Paracelsus legte ein geöltes Tuch auf Simons Stirn. Dann atmete er durch.

»Nun liegt es bei ihm«, sprach er. Ein Stuhl wurde gebracht.

»Und was machen wir?«, fragte ein sehr junger Mönch erwartungsvoll. Er war sprungbereit.

»Jetzt warten wir«, antwortete Paracelsus ruhig und vergrub den Kopf in seinen Händen.

»Warten?« Einer ließ ungläubig einen Tintenklecks auf die Notizen tropfen.

»Warten«, antwortete Paracelsus. »Jesus Christus ist der größte Arzt.«

Bewegungen froren ein. Emsigkeit wurde hinuntergeschluckt. Enttäuscht sahen die Mönche um sich. Unschlüssig.

Dann zitterte eine Hand. Zwei tuschelten miteinander. Einer wurde nach vorne geschubst. Jemand räusperte sich. Paracelsus' Schulter wurde schüchtern angetippt: »Es juckt so. Als sei es verflucht. Seit einer Woche schon.«

Er sah auf. Ein Mönch mit weißem Haar und grauen Augen blickte ihn traurig an. Er streckte Paracelsus seinen Arm vor die Nase. Der Ausschlag war nässend und roch.

Jacob

Die große Aula der Universität war mit Sonnenlicht und Leben gefüllt. Seit ihrer Gründung zog die erste Universität der jungen Eidgenossenschaft Wissbegierige, Philosophen und Gelehrte geradezu magisch an. Seitdem sich in ganz Europa wie ein Lauffeuer die Kunde verbreitet hatte, dass hier, in dieser beschaulichen Stadt, das Bürgertum den Adel in die Knie gezwungen hatte, erfreute sie sich aber ungeahnten Zulaufs. Eifrige Studierende liefen mit ihren Mappen hin und her, diskutierten, debattierten, scherzten. Planten Revolutionen in ihren Heimatländern. Verwarfen diese. Und planten erneut.

Ja, so sollte es sein, dachte Jacob bei sich. Diesen akademischen Geist hatte er seiner Heimatstadt immer gewünscht. Allein – die Euphorie war auf Treibsand gebaut. Der Fürstbischof war der Herrscher Basels. Noch jedenfalls.

Gedankenversunken nahm Jacob die breite Steintreppe nach oben, durchquerte die schmalen Flure Richtung Nordflügel und klopfte schließlich an des Rektors Tür.

»Ah Göttisheim, mein Lieber, tretet ein!«, Arnold zum Luft saß lächelnd hinter seinem geräumigen Schreibtisch. »Ihr seid zu früh, denke ich.«

Jacob sah betreten zu Johannes Oekolampad und Meinrad von Bärenfels, die vor dem Rektor Platz genommen hatten und Becher mit Rotwein leerten.

»So scheint es«, antwortete Jacob fragend. »Was ist der Grund dieses Treffens?« Göttisheim schielte unverhohlen auf von Bärenfels.

Zum Luft klatschte fröhlich in die Hände. »Wir planen die Geschicke unserer Stadt, Eurer Heimat.«

Göttisheims Mimik änderte sich nicht. »Die Geschicke meiner Heimat? Mit ihm?« Er deutete auf den bischöflichen Schultheiß. Eine goldene Kappe zierte dessen Glatze. Missbilligung mischte sich zu Unverständnis.

»Sehr wohl«, rief zum Luft und strahlte. Oekolampad sah peinlich berührt zu Boden. »Mein lieber Freund Meinrad hat sich unserer Sache verschrieben. Er will mit uns für den neuen Glauben kämpfen.«

»Euer lieber Freund?« Göttisheims Stimme überschlug sich. »Der Schlächter? Der Handlanger des Tyrannen?«

Zum Lufts Lächeln verlor an Glanz. Oekolampad bedeutete Jacob zu schweigen.

Von Bärenfels räusperte sich. »Mir fehlte es an Mut, werter Dekan. Nicht jeder Mann ist mit Eurer Kühnheit gesegnet.« Er starrte Jacob an und nahm einen Schluck Wein. »Jetzt aber, mit unserem neuen Bürgermeister, habe ich die Kraft gefunden, meinen Glauben frei zu bekennen.« Ein leichtes Lächeln umspielte die dunklen Lippen.

»Das ist doch …« Jacob raufte sich die Haare. »Arnold, das kann nicht Euer Ernst sein!« Er trat zum Fenster. Ein Platz war ihm ohnehin nicht angeboten worden.

»Ihr könnt doch den Worten dieser Natter keinen Glauben schenken. Ihm schwimmen die Felle weg, das ist es! Bei erster Gelegenheit steckt sein Dolch in Eurem Rücken.« Göttisheim zitterte vor Wut.

»Er hat das Massaker verhindert am Münsterplatz«, sprach Johannes Oekolampad ruhig. »Er hat Hunderten ihr Leben gerettet.«

»Und das seine. Sein verkommenes Leben. Das ist die Triebfeder für sein Handeln, nur er selbst.« Waren denn alle hier verrückt und blind geworden?

»Meinrad von Bärenfels ist ein hoch angesehener Bürger Basels. Und ein überzeugter Reformer unserer heiligen Kirche. Selbstverständlich glaube ich seinen Worten.« Zum Luft nickte von Bärenfels anerkennend zu. Der lächelte zurück.

»Von allem ist er überzeugt, das seine Macht erhält!« Jacob schnaubte.

Von Bärenfels erhob sich schließlich.

»Geschätzter Jacob …«

»Nennt mich nicht so, mit Eurer falschen Zunge.«

»Werter Dekan Göttisheim«, von Bärenfels tat einen Schritt an Jacob heran. Sein reich bestickter Tasselmantel war mit edlem Pelz gefüttert. Eine funkelnde Goldkette zierte seine Brust. »In einem habt Ihr recht: Ein Streit mit einem Mann, der eine ganze Kompanie fremder Soldaten mit nur wenigen Worten mobilisieren kann, lockt mich wenig.« Von Bärenfels legte seinen Kopf schief und zwinkerte Jacob schmeichelnd zu. Dessen Muskeln blieben starr. »Sagt mir, mit welcher Tat könnte ich Euer Vertrauen erwerben?« Leise fügte er hinzu: »Ich kann Euch nützen.«

Von Bärenfels ließ Jacob nicht aus den Augen. Göttisheim dachte unwillkürlich an Eva, die Schlange, und den Apfel. Er wollte den Apfel haben. Die Schlange ließ ihn die Worte aussprechen. »Von Eschenbach«, flüsterte er.

Von Bärenfels kicherte in sich hinein. »Ah ja. Euer Zögling im Kerker. Es muss Euer Herz brechen.« Er holte Atem. »Und das Eurer Tochter«, setzte er genüsslich nach.

»So ist es«, antwortete Jacob trocken. »Nebenbei sollte es unseren Schultheiß und einen hoch angesehenen Bürger Basels«, Jacobs tadelnder Blick traf zum Luft, »interessieren, dass ein unschuldiger guter Junge in seinem Kerker sitzt.«

»In meinem Kerker?« Von Bärenfels Lächeln wurde breiter. »Was gäbe ich darum, wenn es so wäre.« Theatralisch breitete er die Arme aus. »Doch genau genommen ist es der bischöfliche Kerker, wie ich fürchte. Und der liegt außerhalb meiner Macht.«

»Er hat nichts Unrechtes getan«, rief Göttisheim sofort.

»Man hat satanische Schriften in seiner Kammer gefunden, wie ich hörte.«

»Das sind nicht ...« Jacob unterbrach sich.

»Ja?« Von Bärenfels hob interessiert seinen Kopf. »Wessen sind es denn? Ist etwa ein anderer Student Eurer Fakultät vom rechten Wege abgekommen? Unter Eurer Obhut?«

Jacob sah deutlich, wie sehr es ihn amüsierte. Er hasste ihn dafür. »Lasst ihn frei, ich bitte Euch.«

»Wir sprechen hier von Ketzerei, Dekan.« Von Bärenfels umkreiste Jacob wie eine Katze die Maus. »Dessen Verfolgung ureigenstes bischöfliches Recht ist. Ich fürchte, nicht einmal Euer Freund Huldrych Zwingli wird von Gundelsheim dies absprechen wollen.«

»Er ist unschuldig, und Ihr wisst das wohl.« Jacobs Kiefer war so angespannt, dass er kaum imstande war zu sprechen.

»Was ich weiß, ist, dass er Hand an einen Patienten gelegt hat in einer Weise, die ihm durch päpstliches Dekret untersagt ist. Bestreitet Ihr das auch?«

»Er hat ihm das Leben gerettet«, entgegnete Jacob trocken.

»Und was ist daraus geworden?« Bärenfels bemühte sich um ein trauriges Gesicht. Eine groteske Maske kam zum Vorschein. »So gern ich den Kummer Eurer Tochter mildern wollte. Ich kann ihn nicht entlassen. Das ist mir nicht möglich. Jacob, mein lieber ...«

»Nennt mich nicht ...«

»Aber ...« Von Bärenfels' Mine änderte sich. Er erhob seine Stimme. »... Es wird Euch erfreuen zu hören, dass ich für Euren Zögling bereits getan habe, was ich vermag.«

Jacob blickte unsicher auf. Er hing an Bärenfels' Lippen. Der genoss es sichtlich.

»Ich habe dem Jungen einen Inquisitor nach Eurem Geschmack zugeteilt, denke ich.« Von Bärenfels machte eine lange Pause. Wie sehr ihn diese kleinen Spielchen freuten. »Johan von Müllenberg.«

Der Schultheiß ließ seine Worte wirken. Jacob atmete tief durch. Er gönnte es ihm nicht, erleichtert zu sein. Und war es doch. Von Bärenfels trat an seine Seite und flüsterte in Jacobs Ohr: »Und nun überlegt Euch gut, ob Ihr mein Freundschaftsangebot nicht doch annehmen möchtet. Um die Zuteilung der Inquisitoren kümmere ich mich. Ich kann sie nach Belieben ändern.« Von Bärenfels lächelte höhnisch. Dann wandte er sich rasch ab. »Heute gibt es noch eine Menge zu erledigen. Meine Stadt braucht mich. Folgt mir!«, rief er Oekolampad zu, der sofort gehorchte. Jacob blieb mit zum Luft zurück.

»Jetzt ist es seine Stadt«, sprach Göttisheim trübsinnig. »Ihr vertraut diesem verlogenen Mistkerl doch nicht wirklich?«

»Vertrauen? Von Bärenfels? Wo denkt Ihr hin, Jacob.« Zum Luft bedeutete ihm, sich zu setzen, und wollte ihm Wein einschenken. Göttisheim winkte ab. Es entsprach nicht seiner Stimmung.

»Aber wir brauchen ihn. Seine Worte finden Zugang zum bischöflichen Ohr.«

Der Rektor ließ sich auf seinen Sessel zurückfallen und nahm einen Schluck aus seinem Becher. Die Falten auf seinem Gesicht schienen sich zu entspannen.

»Von Gundelsheim wollte seine Truppen losschicken und jeden Zünftler dieser Stadt meucheln lassen. Von Bärenfels hat es ihm ausgeredet. Dann wollte von Gundelsheim Euch, mich und alle Ratsherren auf einem einzigen großen Scheiterhaufen verbrennen lassen. Von Bärenfels hat ihm abgeraten. Der Bischof ist im Wahn! Wir brauchen jemanden in seinen Reihen, der ihn zur Vernunft bringt.« Zum Luft nahm einen weiteren Schluck. »Oder uns informiert, wenn dies nicht mehr möglich ist. Er ist ein verwundetes Tier. Unberechenbar und mit vielen bewaffneten Männern hinter sich.«

»Und Meinrad von Bärenfels soll Euch schützen? Ihr legt Eure Kehle an die Klinge dieses Teufels? Er ahnt den Untergang des Bischofs und ändert plötzlich seinen Glauben?« Göttisheim schüttelte sich angewidert. »Alles Lüge. Seine Macht will er behalten!« Er fluchte.

Zum Luft atmete durch: »Ihr seht das falsch, mein Freund. Er will seine Macht behalten, ändert seinen Glauben und macht den Bischof untergehen. So ist die Reihenfolge richtig! Und dann ist unsere Stadt frei.« Zum Luft schwang seine Arme durch die Luft, als entließe er ein Vögelchen. Er beugte sich zu Jacob vor: »Hört. Der Bischof wollte Krieg. Von Bärenfels hat ihn zu Zugeständnissen überredet stattdessen. Sogar mehr Gelder für die Universität hat er versprochen.« Zum Luft lächelte. »Deshalb habe ich Euch eigentlich einbestellt. Die Gelder für Eure Fakultät werden umgehend wieder erhöht. Ist das nicht wundervoll, Jacob?« Zum Luft zwinkerte ihm aufmunternd zu.

»Die Gelder? Ihr glaubt wirklich, es ginge mir noch um eine Handvoll Münzen?«

Zum Luft beäugte einen bischöflichen Brief, der vor ihm lag. »Es sind wohl mehr als nur ein paar Münzen. Ihr müsst niemanden entlassen, Jacob. Das sind doch gute Neuigkeiten.« Zum Lufts Tonlage war bemüht hoch.

»Dafür teilt Ihr Euer Bett mit einem Mörder!«

»Ihr vergesst Euch, Dekan!« Zum Luft erhob sich und baute sich vor Göttisheim auf. Besann sich aber eines Besseren. Versöhnlich fügte er hinzu: »Er rät ihm zur Aussöhnung, Jacob.«

»Was im Sinne des Bischofs ist.« Göttisheim hieb mit der Faust auf den Tisch. »Er ist sein Diener! Wird es immer sein! Seht Ihr das denn nicht?«

Zum Luft senkte seinen Kopf. Er bewahrte die Ruhe. »Von Bärenfels' Zunge ist der Garant für unser Leben. Der Fürst ist verwirrt und ängstlich. Jemand muss ihn führen, bis wir ihn stürzen können. Bärenfels' Motivation kümmert mich nicht.« Zum Luft sah Jacob beschwörend an. »Er allein hat ihn davon überzeugt, dass von Müllenberg nicht der Verräter unter den Kiesern war. Und rettete damit das Leben Eures Freundes und Eures hoffnungsvollen Studenten gleichermaßen. Mit einem anderen Inquisitor wäre sein Scheiterhaufen schon verglüht.«

»Und dafür lässt er Heinrich von Mühlenheim oder Karl von Waldeck hängen? Wie es ihm beliebt?« Jacob schüttelte den Kopf. »Einen Sündenbock wird es wohl geben. Das kann nicht rechtens sein, Arnold.«

Zufrieden erwiderte dieser: »Beides keine Freunde der Reformation.«

Jacob starrte ihn fassungslos an. »Das ist von Müllenberg auch nicht. Nicht zum Hasen. Nicht ich. Sind wir die Nächsten, die Ihr aufhängt?« Seine Stimme war entsetzt und traurig zugleich. »Wenn wir Euch nicht mehr nützen können?«

»Jacob«, zum Luft drückte seine Hand, »ich schätze Euch sehr, das wisst Ihr. Mir geht es um die Freiheit unserer Stadt. Um den Fortschritt. Um die neue Zeit. Zweifelt nicht an meinen Motiven, ich bitte Euch.«

»Wo ist zum Hasen dann?« Jacob sah sich mürrisch um. »Er hat eine neue Zeit eingeleitet und ist nicht dabei, wenn Ihr mit diesem Verbrecher die Geschicke Basels besprecht?«

Zum Luft sah verlegen an Jacob vorbei. »Er hat für die Reformation wenig übrig, wie Ihr wisst. Ich kann ihn nicht immer ins Bild setzen«, murmelte er bitter.

»Könnt Ihr nicht? Er ist Euer Bürgermeister! Ihr wolltet ihn unbedingt haben!«

»Es gab keine große Auswahl an geeigneten Kandidaten, das dürfte Euch bewusst sein.«

»Und jetzt ist unser Bürgermeister Eure Marionette, anstatt die des Bischofs. Bravo!« Göttisheim klatschte in die Hände.

»Und das ist Euch nicht lieber so?«, rief zum Luft empört. Er rang um seine Beherrschung. »Wir müssen uns der bischöflichen Tyrannei entledigen, das ist das vorrangige Ziel.« Jetzt blickte zum Luft zornig drein. »Er hat eine

Schlacht verloren, Jacob. Nicht den Krieg. Er ist verwundet. Eine Schramme im Bischofsstab. Nichts weiter. Wir aber müssen sein Joch abwerfen für die Bürger dieser Stadt.«

»Und kaufen uns Meinrad von Bärenfels dafür ein? Vom Regen in die Traufe heißt es doch, nicht?« Jacob stand auf. Traurig blickte er zu seinem Rektor. Wie sehr er ihn bewundert hatte!

»Wessen Handlanger er ist, bleibt einerlei. Einen echten Bürgermeister. Den hätte Basel gebraucht. Einen gewählten Regenten dieser Stadt. Das wäre der Fortschritt gewesen. Die neue Zeit. Eure Motive kenne ich nicht.«

Paracelsus

Ins Hospiz der Disentiner Mönche auf dem Gotthardpass kehrte das Leben zurück, in die Glaubensbrüder, Paracelsus und Simon gleichermaßen. Bis auf einen alten Weinhändler, den die Mönche vor Jahren gesund gepflegt hatten und der dann beschlossen hatte, dass er zu alt und zu müde war, um sich wieder auf den Heimweg zu machen, war der große Krankensaal leer.

Alles drehte sich nur um Simon. Liebevoll wurde er umsorgt. Paracelsus visitierte ihn stündlich und verbrachte die restliche Zeit mit den Sorgen und Wehwehchen der Mönche. Wie lange hatten die auf so eine Gelegenheit gewartet. Paracelsus stach Furunkel auf und massierte verhärtete Muskeln. Er empfahl Kümmel gegen Blähungen und Petersilie zum Treiben des Harns. Er stellte Tinkturen und Salben gegen Rheuma her und gab Tropfen gegen Husten. Er beruhigte bei panisch bemerkten Veränderungen der Intimregion und riss verfaulte Zähne aus dem Mund. Einem greisen Mönch schälte er eine anale Fistel aus und stach ihm anschließend den Star. Der segnete Paracelsus daraufhin den ganzen Nachmittag lang.

Simons Zustand verbesserte sich Tag für Tag. Bald konnte er selbst Suppe essen. Dann verlangte er nach Brot. Zeitgleich mit Simons sinkendem Fieber erwärmten sich die Lüfte. Der Frühling nahte. Der Berg verlor an Schrecken, und damit kamen auch die ersten Reisenden. Paracelsus ärgerte sich anfangs über den Verlust ihrer Privatsphäre, durfte aber bald feststellen, dass – wenn auch keiner schwer verletzt oder bedürftig war – die meisten ärztlichen Beistand suchten.

Paracelsus lauschte den ausführlichen Schilderungen vom Beginn eines jeden Gebrechens und beantwortete geduldig alle langen Fragen. Er beschnitt schiefe Zehennägel und zog längstens eingewachsene Holzsplitter. Theo fand es herrlich. Seit er seinen Stand auf dem Wochenmarkt aufgegeben hatte, hatte er nicht mehr so viel praktiziert.

Mit der Zeit sah auch Simon aufmerksam zu und stellte Fragen, obschon er noch zu schwach war, sein Krankenlager zu verlassen.

Anfangs hatte er abgelehnt, aber die meisten Patienten bestanden darauf, etwas in Paracelsus' leeren Lederbeutel geben zu dürfen. Ihm war das nicht ganz unrecht. Völlig mittellos hatte er nur ungern Ferrara erreichen wollen. Er brauchte Geld für ihre Immatrikulation. Und das nicht zu knapp.

»Woher seid Ihr eigentlich?«, fragte Bruder Daniel eines Tages bei einem Teller mit reichlich Pökelfleisch. Theo durfte mittlerweile bei den Mönchen speisen. Er war ein geschätztes Mitglied ihrer Gemeinschaft geworden.

»Wie ist Euer Nachname, Doktor Theophrastus?«

Paracelsus schüttelte nur seinen Kopf. Und schwieg. Bruder Daniel nickte verständig. Jeder, der im Winter die Alpen überquerte, lief vor etwas davon. Das musste dem Mönch wohl klar sein. Das Hospiz schützte die Namenlosen. Nachdenklich nahm der Mönch von dem verdünnten Wein.

»Doktor Theophrastus, schnell! Ein Verwundeter!« Bruder Niklaus und Bruder Gerhard stürmten in die Stube. Sie waren außer Atem.

»Es muss ein Bär gewesen sein. Wir haben ihn entkleidet und gebettet. Das Wasser kocht. Ihr habt saubere Tücher, Messer, Nadel und Faden. Wir haben ihm Mohn gegeben, gegen die Schmerzen. Und Arnika für … ich weiß auch nicht.« Bruder Niklaus strahlte Theo stolz an. Der nickte ihm anerkennend zu. Niklaus war der eifrigste seiner neuen Schüler.

Dann folgte er den beiden in den Krankensaal. Bruder Daniel kam mit, um zu assistieren. Als sie den Krankensaal erreichten, war der Patient bewusstlos. Er war Südländer.

»Habt Ihr ihn noch bei Bewusstsein gesehen?«, fragte Paracelsus und beäugte den Patienten fachmännisch.

Bruder Gerhard nickte. »Ich hab ihn stöhnend auf dem Weg gefunden. Muss sich noch fünfzig Meter weitergeschleppt haben. Die Blutspur war …« Gerhard schluckte und wurde blass. »… Sie war lang.«

Es waren zwei große Wunden und viele kleinere. Sicher von der Tatze eines Bären. Theo fragte sich beeindruckt, wie dem Mann die Flucht gelungen war. Er hatte einen großen Bluterguss an der linken Schulter, wahrscheinlich von einem Sturz. Auf seinem Rumpf klaffte eine tiefe Wunde. Sie blutete stark. Die Krallen des Tieres waren deutlich zu erkennen. Dann war noch eine an seinem rechten Oberarm. Übel zwar, aber das Blut sickerte nur leicht. Dafür war sie stark verschmutzt.

»Drück darauf, so fest du kannst!«, rief Paracelsus zu Niklaus, der schon mit einer Schüssel Wasser in der Hand parat stand, und wies ihm die Stelle.

»Die hier musst du nicht reinigen«, sagte Paracelsus und wies auf die Wunde am Rumpf. »Das macht das Blut von selbst. Die andere kannst du später auswaschen.« Paracelsus nahm Nadel und Faden zur Hand. »Daniel, Ihr drückt bitte hier. Bruder Gerhard, Ihr haltet ihn fest. Nur falls Euer Mohn nicht wirkt.«

Die Wunden zu nähen, war nicht leicht. Sie bluteten so stark, dass Paracelsus kaum das Fleisch erkennen, geschweige denn greifen konnte. Immer wieder rutschte die Pinzette ab. Der Patient stöhnte. Manchmal zuckte er. Aber Bruder Daniel war stärker. Im Augenblick zumindest, sonst sicher nicht, denn der Patient war muskelbepackt.

Oberflächliche Nähte reichten kaum aus. Die Wunden waren so tief, dass Paracelsus im Fleisch selbst arbeiten musste. Naht um Naht arbeitete er sich von der Brust zum Bauch hinunter. Simon staunte vom entfernten Krankenbett aus. Der Fremde atmete schwer. Ein alter Mönch eilte herbei und fächerte dem Verletzten Luft zu. Paracelsus winkte ab. Es war das Blut, das fehlte, nicht die Luft.

»Betet lieber Bruder, das wird mehr Wirkung zeitigen.«

Niklaus fing an zu würgen ob des Geruchs. Er wurde entlassen. Der Alte übernahm seine Stelle, ohne das Gebet zu unterbrechen. Zweimal war ihnen der Faden ausgegangen. Nach Stunden hatte Paracelsus den Reisenden zusammengenäht.

»Ich hoffe, die Fäden waren sauber.« Paracelsus sah Bruder Gerhard kritisch an. Der nickte etwas unschlüssig. Und schloss die Hände zum Gebet. Paracelsus trug eine dicke Schicht selbstgemischter Salbe auf die Wunden und kühlte die Stirn des Bewusstlosen.

»Morgen sehen wir weiter«, sprach er. Die Mönche nickten. Keiner war in Aufregung verfallen. Sie waren eingespielt mittlerweile. Und so gesund wie nie zuvor.

Am nächsten Tage in den Morgenstunden visitierte Paracelsus seinen neuen Patienten. Bruder Niklaus begleitete ihn, um ihm zur Hand zu gehen. Sein Ausfallen gestern war ihm wohl peinlich, und er wollte es durch Fleiß wieder wettmachen.

»Wir müssen die Verbände wechseln. Jetzt und heute Nachmittag nochmals«, wies ihn Paracelsus an.

Er begutachtete die Augen des Bewusstlosen. Prüfte die Kraft seiner Atmung. Besah sorgenvoll die blassen Schleimhäute.

»Er hat viel Blut verloren. Es wird wohl auf Messers Schneide stehen.« Immerhin, die Wunden eiterten nicht. Einige Professoren hatten Theo das Gegenteil gelehrt, aber er wertete das als gutes Zeichen. Die Erfahrung schimpfte seine Lehrer Unrecht.

Gerade wollte er sich über die Brust des Mannes beugen, um seinem Herzschlag zu lauschen, als sein Blick auf etwas in der Ecke fiel, das dort auf dem Boden lag.

Theo horchte. Das Herz schlug schnell. Und leise. Aber regelmäßig, immerhin.

Er kniff die Augen zusammen. Was war das da? Ihm lief ein Schauer über den Rücken. Er wusste nicht wieso.

»Was habt Ihr, Doktor Theophrastus?«, fragte Bruder Niklaus. Er hatte Angst, wieder etwas falsch gemacht zu haben.

Paracelsus spähte zu Simons Bett. Der schlief noch tief und fest. Paracelsus verließ das Krankenbett. Seine Hände wurden feucht. Er ahnte Böses. Vorsichtig hob er das Bündel auf, das dort auf dem Boden gelegen hatte.

»Bei Gott dem Herrn«, rief er aus. Seine Nackenhaare stellten sich auf. Es war ein schwarzer Umhang. Ein roter Gürtel hing lose hinunter. Er bekam Gänsehaut. Das war kein Zufall.

»Was ist das, Niklaus?«, fragte er mit heiserer Stimme, obgleich er die Antwort kannte.

»Seine Sachen. Wir haben sie aufgeschnitten in der Eile«, erwiderte der Mönch und lief rot an.

»Ja.« Paracelsus nickte ihm geistesabwesend zu. »Das war schon richtig so.«

»Eigentlich verstauen wir die Habseligkeiten unter den Betten der Reisenden, damit keine Unordnung entsteht. Das ging wohl unter in dem gestrigen Tumult«, versuchte sich Niklaus zu rechtfertigen.

»Ja. Das ist gut«, stammelte Theo. »Aus welcher Richtung kam der Mann denn?« Er bemühte sich, beiläufig zu klingen. Es mochte nicht gelingen.

»Was?«, fragte Niklaus überrascht.

»Von Norden oder Süden her?« Paracelsus konnte seinen Blick nicht von dem aufgeschnittenen Gürtel abwenden. Mechanisch fuhr seine Hand in die Tasche des Umhangs. Er fühlte ein großes Messer. Paracelsus konnte bloß ahnen, was in dem Leib des Bären stecken mochte.

»Ich ... ich weiß nicht. Das lässt sich schlecht sagen, Theophrastus. Er ist vor einem Bären geflohen!« Niklaus war verwirrt. Er schien auf eine Erklärung für die Frage zu warten, aber Theo schwieg. Abwesend starrte er aus dem breiten Fenster. Die Sonne strahlte durch die gegerbte Tierhaut herein.

»Ich muss jetzt zum Gebet«, murmelte Niklaus. »Ich komme später für die Verbände.«

Theo antwortete nicht. Er blieb allein zurück und beobachtete die flache Atmung seines Patienten. Wie hatten sie ihn bloß gefunden? So schnell. Oder war es doch nur Zufall? War der rote Gürtel schlichtweg Mode? Jenseits der Alpen? Unwahrscheinlich, dachte Paracelsus. Vor allem wegen des riesigen Messers in der Tasche. Für ihn selbst war es bestimmt gewesen, wäre nicht der Bär gekommen. Er legte dem Fremden seine Hand auf die Stirn. Leichtes Fieber plagte ihn. Theo hatte Angst vor diesem Mann.

»Du solltest ihn sterben lassen.«

Theo schrak hoch und fuhr herum. Hinter ihm stand Simon. Zum ersten Mal seit Wochen hatte er sein Krankenbett verlassen. Dürr stand er da. Bewegungslos.

»Was redest du denn da?« Theo schüttelte den Kopf und wandte sich wieder dem Fremden zu. Er tränkte ein Tuch in Eiswasser und legte es auf seine Stirn.

»Sterben lassen sollst du ihn!« Simon trat näher. »Sie haben uns gefunden, weiß Gott wie. Wir müssen aufbrechen. Ich bin ausreichend bei Kräften. Bring ihn um oder lass ihn hier verrecken.«

Theo blickte zu ihm auf. Hatte der Junge das wirklich gerade gesagt? Nichts Kindliches war mehr in seinem Gesicht zu erkennen.

»Er ist gekommen, um uns zu holen. Und jetzt rettest du ihn?«

»Das weißt du nicht, Simon«, murmelte Paracelsus und tat so, als beschäftige er sich mit dem bewusstlosen Körper.

»Ja, was denn sonst?« Simon lehnte sich gegen das Bett des Fremden. »Sieh ihn dir an! Ein kräftiger Südländer mit rotem Gürtel und schwarzem Umhang. Sie haben ihn geschickt, um dich zu töten.«

»Sie wissen noch nicht einmal meinen Namen. Miras Rotgürtler wird nur noch mit der Inquisition geredet haben, und sonst mit keinem. Nimmermehr!«

»Vielleicht ist er's ja! Vielleicht ist er entkommen!«

»Niemand entkommt der Inquisition«, fauchte Paracelsus.

»Gut. Dann wird er seinen Freund suchen. Wird nach Basel weiterreisen. Wird fragen. Einmal haben sie deinen Namen schon genannt. Wieso soll es jetzt anders ausgehen?« Simon mit seinen großen Augen und den eingefallenen Wangen sah jetzt wahrlich aus wie ein Besessener. »Vielleicht findet er ja Mira nicht und kommt stattdessen auf Caspar oder Margret? Sie waren alle in deiner Halle zu Besuch. Abschlachten wird er deine Freunde!«

Die Ohrfeige war schallend. Simon fiel fast zu Boden. Theo tat es beinahe leid. Aber nur beinahe.

»Er ist mein Patient. Und ich pflege meine Patienten nicht im Stich zu lassen.«

Simon taumelte davon wie ein geprügelter Hund. Paracelsus wechselte die Verbände selbst. Besser, er war bei dem Fremden, wenn Simon zurückkehrte.

Der Rotgürtler schlug seine Augen auf. Dankbar sah er zu Paracelsus auf.

Caspar

Es war dieselbe Halle wie neulich. Caspar hätte nicht einmal unter Folter benennen können, wie lange sein letztes Verhör schon zurücklag. Ihm und seinem Wassertropfen kam es wie eine Ewigkeit vor. Caspar hätte die inquisitorischen Gespräche eigentlich in höherer Frequenz erwartet. Pausen machten doch gar keinen Sinn, wenn man den Angeklagten unter Druck setzen wollte. Oder eben gerade?

Caspar jedenfalls fühlte sich mürbe. Seine Muskeln fühlten sich mürbe. Ein Teil seines Gehirns befahl ihm, sofort zu Luzifer zu beten. Jetzt. Vor dem Inquisitor. Nur um nicht mehr in diese dunkle Zelle zu müssen.

Die Folterinstrumente erstrahlten in bekanntem Glanze. Unbenutzt. Warum sie die Kirche besaß, wenn sie doch nicht gebraucht wurden, war Caspar ein Rätsel. Zur Abschreckung vielleicht? Die Streckbank verneinte. Der Scharfrichter ließ seine Fingergelenke knacken.

Der Inquisitor trat ein. Er war noch dünner geworden. Fast ausgemergelt sah er aus. Konnten grausame Menschen leiden?

Wortlos breitete er die Unterlagen aus. Sorgsam. Mitsamt den Notizen des letzten Verhörs. Wieder musste Caspar auf die Tuschezeichnung blicken. Er wusste, wer das war. Astarte. Dieses verwunschene Biest! Sollte er dem Inquisitor erzählen, dass Theo sie für die Göttin der Weisheit gehalten hatte? Sie hatte Hörner! Selbst jetzt ärgerte es Caspar noch. Sie hatte Hörner! Und Theo hatte sie trotzdem nicht für eine Teufelin gehalten. Wie dumm er manchmal war.

»Ihr habt ausgesagt, dass sämtliches Material auf diesem Tische niemals in Eurem Besitz war, ist das korrekt?« Wiederum – die Stimme war höflich und ruhig.

»Ich …« Caspar blickte um sich. Der Schreiber wartete. Der Scharfrichter zeigte die fauligen Zähne. Caspar musste die Augen zusammenkneifen. Alles blendete. Er konnte den Mann vor ihm kaum erkennen. Seine Muskeln zuckten. Was hatte er letztes Mal gesagt? Was hatte er abgestritten? Oder gestanden? Warum war er hier?

»Ihr behauptet, Ihr hättet dieses Hexenwerk noch nie zuvor gesehen, ist das richtig, Angeklagter?«, fragte der Mann. Geduldig.

»Ich …« Ein Surren in Caspars Kopf. Es wurde lauter. Worüber hatten sie gesprochen?

»Ich weiß es nicht, Herr.« Caspar blinzelte.

»Ihr wisst es nicht?« Die tonlose Stimme machte eine Pause. Der Inquisitor sah Caspar lange an.

»Ihr wisst nicht, ob Ihr Euch der Teufelsanbetung schuldig gemacht habt?«

Caspars Schultern zuckten. Er sackte zusammen. Gleich fiel er vom Stuhl. Wovor hatte ihn sein Wassertropfen gewarnt? Was hatte er berichten sollen?

Der Inquisitor schluckte. »Caspar von Eschenbach. Habt Ihr je dem Beelzebub gedient oder mit ihm gesprochen?«

»Nein.« Caspar stöhnte. Er hatte solchen Hunger.

Der Inquisitor seufzte auf. Es klang fast erleichtert, aber das musste ihn täuschen.

»Und Ihr bestreitet weiterhin, Euch vorsätzlich in einer Euch verbotenen Weise am menschlichen Körper vergangen zu haben?«

Caspar sah auf seine Füße. Er fühlte sie kaum mehr. Der Mann sprach wohl mit ihm. Was wollte er wissen? Und warum?

»Habt Ihr jemals den kirchlichen Geboten nach Papst Alexander III. zuwidergehandelt?« Der Inquisitor sah zu dem Schreiber hinüber. Caspar verlor das Gleichgewicht. Er krachte auf den Boden. Der Scharfrichter rührte sich nicht. Barsch gab ihm der Inquisitor da ein Zeichen. Sofort eilte der Carnifex herbei und hievte Caspar auf den Stuhl zurück.

»Ihr habt niemals ein Gebot der Christenheit gebrochen und Jesus Christus zu keiner Zeit abgeschworen?« Der Inquisitor fixierte Caspars Blick. Leere Augen starrten zurück. Unmerklich schüttelte der Domherr seinen Kopf.

»Nein«, wimmerte Caspar fragend. Er wusste nicht mehr, was er sprach.

Der Inquisitor atmete durch. Behutsam verstaute er die Tuschezeichnung unter den restlichen Notizen. Caspar wusste nicht, warum. Aber augenblicklich beruhigten sich seine Nerven ein wenig.

»Warum bringt Ihr mich nicht einfach um?«, jammerte er. Er war am Ende seiner Kräfte. Der Inquisitor nickte verständig.

»Eure bischöfliche Exzellenz legt größten Wert auf einen sauberen Prozess. Unsere Aufgabe ist es auch, die Unschuldigen zu schützen.« Der Inquisitor lächelte freundlich. Caspar war irritiert. »Wir bräuchten schon ein Geständnis, um die Zweifel an Eurer Schuld zu beseitigen.«

Der Schreiber seufzte. Der Scharfrichter stöhnte. Caspar öffnete bereitwillig seinen Mund.

»Um Himmels willen!« Der Inquisitor zuckte zusammen. Erschrocken sah er Caspar an. »Überlegt Euch gut, was Ihr hier sagen wollt.«

Der Schreiber notierte jedes Wort. Der Inquisitor biss sich auf die Lippen. Caspar holte Luft. Bei Gott, er würde gestehen. Jetzt. Dann war es endlich vorbei.

Der Inquisitor kam ihm zuvor: »Ansonsten müsst Ihr mir glaubwürdig versichern, dass dies«, der Inquisitor deutete auf den Tisch, »alleinig der Besitz von Theophrastus von Hohenheim ist und Ihr von dessen Existenz nicht das Geringste ahntet, bevor die bischöflichen Diener in Eure gemeinsame Kammer eingetreten waren. Ferner gesteht Ihr mir vor Gott, Eurem Herrn, dass er Euch durch Hexerei dazu gebracht hat, mit einem Werkzeuge seinen Kopf zu bearbeiten und Ihr daher nicht freien Willens wart.«

Der Inquisitor sah Caspar beschwörend an. Der Scharfrichter scharrte mit seinen Füßen wie ein zorniger Ochse. Caspar blickte verwundert drein. Was war der Zweck dieser Scharade?

»Leider ist Theophrastus von Hohenheim als flüchtig zu betrachten. Wir haben keine Spur von diesem Manne.« Der Inquisitor suchte Caspars Augen zu binden, und Caspar schaute erstaunt in dessen milden Blick. »Deshalb entzieht er sich derzeit dem heiligen bischöflichen Arm und der Gerechtigkeit seiner Exzellenz. Ein etwaiges Urteil könnte demnach nicht vollstreckt werden.«

Der Inquisitor hob auffordernd die Augenbrauen.

Caspar konnte nicht denken. Er verstand nichts.

»Caspar von Eschenbach, ich frage Euch noch einmal.« Der Mann da sprach langsam mit ihm. Wie mit einem Narren.

»Ist Theophrastus von Hohenheim ein Satanist und hat Euch verhext und Ihr seid als treuer Diener Jesu Christi allein Eurer Gutgläubigkeit erlegen?«

Der Inquisitor hielt den Atem an. Der Schreiber sah verdutzt drein. Der Scharfrichter schnaubte vor Wut.

Caspar begriff endlich. Ein Wort, und er wäre frei.

»Nein.«

Das konnte er nicht.

Fast wimmerte sein Gegenüber auf.

»Ich bin ein treuer Diener Jesu Christi. Aber Theophrastus von Hohenheim ist weder Satanist noch Hexer, und sein einziges Bestreben ist die Medizin.«

Theo selbst hätte ihn niemals verraten. Und Caspar wollte ihm endlich ebenbürtig sein. Wenn er auch sterben musste.

Paracelsus

»Habt Ihr Bruder Daniel gesehen?«

Ein aufgeregter Niklaus stürmte in den Speiseraum der Mönche. Theo löffelte gerade seelenruhig seinen mittäglichen Eintopf. Wurzelgemüse aus dem Süden. Ohne Fleisch. Unbeteiligt sah er auf.

»Nein. Warum?«

»Er ist verschwunden! Wir können ihn nirgends finden!«, rief der Mönch.

»Vielleicht ist er wandern?«, antwortete Theo und stopfte sich einen weiteren Löffel in den Mund.

»Nein, Ihr versteht nicht. Er hat das Morgengebet verpasst. Das passiert nie. Er ist auch nicht beim Frühstück erschienen.«

Paracelsus legte den Löffel beiseite. »Wo habt ihr gesucht?«

»Na, im Gebäude. In der Kapelle, in der Sust, im Stall. Nirgends eine Spur. Die anderen durchkämmen gerade die Umgebung.« Niklaus bekreuzigte sich. Er schluchzte. »Er ist der Beste von uns. Er liegt bestimmt in einer Schlucht. Oder zerfetzt von einer Bestie auf dem Saumweg. Bei Gott! Das hat er nicht verdient.«

»Wieso sollte er auf den Saumweg gehen, anstatt zum Morgengebet?«, fragte Theo rätselnd. Ihm verging der Appetit.

»Genau, das ist es ja. Theophrastus, ihm muss etwas zugestoßen sein!«

Paracelsus ließ den Löffel in die Suppe fallen und stand auf.

»Ich helfe Euch bei der Suche. Packt Arzneien und Verbandsmaterial zusammen«, sagte er, »nur für alle Fälle.«

Bruder Niklaus nickte erleichtert. »Ich danke Euch, Theophrastus. Auf Euch ist Verlass.«

»Paracelsus, wir müssen gehen.« Ein atemloser Simon platzte herein. »Sofort!« Sein Gesicht war blasser denn je, aber er war wieder gut auf den Beinen.

»Ich weiß, wegen Bruder Daniel. Wir machen uns gerade auf den Weg.« Theo wollte sich an Simon vorbeidrängen, aber dieser versperrte ihm die Tür.

»Was? Nein! Wir suchen keinen Mönch. Wir müssen aufbrechen, jetzt. Und diesen verfluchten Pass endlich hinter uns bringen.«

Paracelsus sah ihn verärgert an. Er hasste Hysterie. »Warum bist du denn so aufgeregt, Junge?«

»Weil ...« Simon biss sich auf die Lippen und starrte Bruder Niklaus an. Der verstand sofort. Die Mönche lebten von ihrer Diskretion.

»Ich packe die Arzneien zusammen«, murmelte er und zog sich taktvoll zurück.

»Was ist denn nun?«, raunzte Theo genervt.

»Der Rotgürtler!«, flüsterte Simon.

»Sein Name ist Magnus«, verbesserte Paracelsus mürrisch.

Simon starrte ihn an. Und schüttelte entgeistert den Kopf.

»Ach, du bist schon bekannt mit ihm? Und das soll mich jetzt beruhigen?« Simons Wangen färbten sich rot. »Er sitzt und isst. Am Bettrand. Ich hab's eben gesehen. Er kommt zu Kräften.«

Paracelsus lächelte stolz. Simon biss die Zähne zusammen. Er deutete auf etwas Schreckliches in der Luft. Paracelsus zuckte nicht mit der Wimper. Simon packte seinen Meister beim Arm.

»Verstehst du denn nicht? Er ist ein Bulle von einem Mann! In zwei Tagen wird er laufen können. Fragen stellen, schnüffeln. Und dann erwischt er uns.«

»Du weißt doch gar nicht, ob er uns sucht.« Theo entzog ihm seinen Arm. Simon griff nach seinen Schultern. Panik flackerte in seinen Augen.

»Und ob!« Simon raufte sich die Haare. »Er hat einen Bären abgeschlachtet, mit bloßen Händen. Und wir sind die Nächsten. Du siehst es nur nicht, weil du ihn zusammengenäht hast. Weil er dein Patient ist. Du es nicht sehen willst!« Simon ergriff Theos Nacken. »Bitte Paracelsus! Wir sind hier nicht mehr sicher. Wir müssen weg. Ich bin bei Kräften.« Zum Beweis schlug er sich fest gegen die eigene Brust. Beschwörend fügte er hinzu: »Erinnerst du dich? Ferrara? Die Weiber? Der Wein? Medizin studieren? Das wolltest du eigentlich, bevor du dem Kloster beigetreten bist.«

Paracelsus seufzte. Ja, er hatte sich so auf die italienischen Weiber gefreut. Und auf den Wein.

»Ich bin dem Kloster nicht beigetreten. Aber selbst wenn ich wollte, Simon. Unsere Abreise wird warten müssen. Bruder Daniel wird vermisst. So lange können wir hier nicht weg. Er braucht vielleicht einen Arzt, wenn sie ihn finden.«

Simon trat gegen einen Stuhl. Aus Frust.

»Herrgott, du bist doch gar kein Arzt.« Simon gestikulierte wild. »Jedenfalls noch nicht, weil du dein Studium nicht beendet hast. Weil du nicht in Ferrara warst.« Simons Stimme war tief, voll und bestimmt. Der Stimmbruch war vorüber. »Gar nichts bist du, Paracelsus!«

Das hatte gesessen. Theo schwieg. Der Stolz. Das war seine Achillesferse. Simon biss sich auf die Lippen.

»Dabei könntest du so Vieles sein. Der größte Arzt aller Zeiten.« Vorsichtig berührte Simon Theos Schulter. Seine Hand wurde nicht weggestoßen. »Wenn du nur ein Arzt wärst«, wisperte Simon.

»Gut, Simon.« Paracelsus nickte gedankenversunken. »Du hast recht. Wir brechen auf. Sobald wie möglich. Aber zunächst muss ich wissen, ob es Bruder Daniel gut geht.«

Simon stöhnte. Er schloss die Augen. Dann starrte er Löcher in die Luft. Formte Worte, die nicht kamen. Endlich flüsterte er:

»Ich weiß, was mit ihm ist.«

»Mit Bruder Daniel? Was? Sag schon«, rief Theo.

»Wir haben lange gesprochen gestern. Er rang mit sich.« Simon machte eine Pause. Zögerte.

»Was denn?«, herrschte ihn Paracelsus an.

»Er will aus dem Kloster austreten. Medizin studieren.« Simon lächelte. »Er will Arzt werden wie du.«

»Ja, aber ... Er ist so fromm!« Theo stutzte. Durchaus, Daniel war begeistert bei der Sache gewesen am Krankenbett. Aber deshalb sein ganzes Leben umkrempeln? Aus einer Laune heraus? Das passte doch gar nicht zu einem Mönch.

»Wieso bespricht er das dann mit dir und nicht mit mir? Was kannst du ihm dabei helfen?«

»Er ... er ...« Simon stammelte. »Er hatte Angst, dass du ihn auslachst. Ihn nicht für gut genug hältst.« Simon blickte zu Boden. »Dein Talent kann die Leute verschrecken, weißt du? Ich habe ihm gesagt, dass es mir genauso geht. Dass er sicher ein guter Arzt werden kann.«

Theo schluckte. Ja, das würde Bruder Daniel wohl werden. Er war schlau und gründlich. »Wir müssen es den anderen sagen. Sie sind in größter Sorge.«

Simon versperrte ihm den Weg. »Nein! Lass!«, rief er.

Paracelsus sah ihn fragend an.

»Gib ihm noch Zeit für seine Entscheidung. Er wollte heute Morgen zu seinem Herrgott beten und seine Erlaubnis einholen. Allein. Das ist alles. Deshalb war er nicht beim Morgengebet. Er wird wohlauf zurückkehren und seine Entscheidung mitteilen. So oder so! Aber ich könnte mir denken, dass die Mönche das lieber unter sich besprechen. Ohne

Fremde. Es ist besser, wenn wir dann schon weg sind.« Simon zwinkerte Theo aufmunternd zu. »Wer weiß, vielleicht sehen wir ihn ja in Ferrara wieder. Aber lass es die Mönche von ihm selbst hören. Das haben sie verdient.«

Theo nickte. Ja – so war es wohl. Wie froh er war ob dieser Erklärung. Erleichtert lachte er Simon an.

»Du hast gut mit ihm gesprochen, Junge. Er wird ein fabelhafter Arzt werden.« Paracelsus klopfte ihm auf die Schulter. »Vielleicht hat diese Lawine ja doch ihr Gutes gehabt. Für Bruder Daniel.«

Simon antwortete geschäftig: »Ich habe die Mönche schon gebeten, uns Proviant zu packen. Ausrüstung wollen sie uns auch schenken. Und sogar ein Pferd! Lass uns gehen, Paracelsus. Ferrara wartet auf uns.«

Jacob

Seit Philipp von Gundelsheims Herrschaft begonnen hatte, war es bewährte Übung der Basler Bürgerschaft, sich auf dem Münsterplatze einzufinden und der ein oder anderen Hinrichtung beizuwohnen. Ganz im pragmatisch-bürgerlichen Geiste versuchte man zumindest, sich nicht daran zu stören. Dem Spektakel beizuwohnen war eine formale Respektsbekundung gegenüber dem armen Schwein da vorn und seinen Angehörigen. Man hatte angefangen, die Zeit sinnvoll zu nutzen und seinen Geschäften nachzugehen, wenn der Platz schon nicht dem Markttreiben zur Verfügung stand. Man tauschte, handelte, feilschte und informierte sich ausführlich über die Neuigkeiten des Tages. Dann hielt man die eine Minute inne, während es geschah. Oftmals versuchte ein Gaukler sein Glück und staubte ein paar Rappen ab. Mädchen verkauften Strohblumen, Äpfel oder Eier. Die Burschen suchten hübsche Frauen zu beeindrucken. Und die edlen Damen stellten ihre Kleider zur Schau.

Aber nicht heute. Kein Gaukler hatte sich hierher gewagt. Adlige Damen suchte man vergebens. Auf dem Münsterplatz war es mucksmäuschenstill.

Der Henker hatte den Galgen für Mina Burri aufgefahren. Das Herz Basels war getroffen. Kein Kind spielte in der Menge, und auch den zukünftigen Waisen hatte man ihre Anwesenheit erspart. Die Basen des toten Zunftmeisters wimmerten leise vor sich hin. Die Metzger hatten sich in vorderster Reihe postiert. Alle. Sie waren aufmarschiert.

Eine Handvoll bischöflicher Schergen stand ihnen verängstigt gegenüber. Jacob blickte um sich. Unter vielen Metzgerskutten blitzten Beile hervor. Dessen aber nicht genug: Die Bader hatten ihre Klingen in der Hand, die Schmiede ihre Eisen, die Bauern hatten Heugabeln und Schaufeln mitgebracht. Eine Frau umklammerte entschlossen einen Besen. Andere hatten sich mit Steinen bewaffnet. Basel war bereit.

»Lasst uns etwas weiter nach hinten gehen«, flüsterte Arnold zum Luft. Die Sonnenstrahlen tanzten auf den dunklen Falten seiner Stirn.

»Das ist wahrlich weise«, antwortete Jacob.

Die beiden Herren zogen sich unauffällig zurück. Fanden ihren Platz neben einem blinden Bettler. Es würde krachen heute.

»Erasmus von Rotterdam ist diese Woche abgereist, habt Ihr's gehört?«, fragte zum Luft im Plauderton. Seine Anspannung konnte er dennoch nicht verbergen.

»Er ist überzeugter Katholik«, antwortete Jacob und deutete zu Johannes Oekolampad ganz vorne »Der da lässt die Heiligenbilder von seinem eigenen Altar reißen. Was sollte Erasmus hier noch halten?«

Unvermittelt erstarrte die Menge jetzt. Die Luft änderte sich. Selbst der blinde Mann neben ihnen hielt den Atem an. Er spürte es. Die Witwe Burri wurde auf den Platz gezerrt. Diese Frau hatte ihren Leutpriester, den Kirchenfrieden und den Leichnam ihres Gatten mit einem Beil vor ihrer Brust verteidigt. Nun war sie gebrochen. Ihr Anblick war grauenhaft: Das Gesicht zertrümmert. Der Körper geschunden. Die Füße blutig. Unfähig, allein zu gehen. Ihr graues Kleid war schwarz von Kot und Blut. Basel stöhnte auf. Johannes Oekolampad sank demonstrativ vor des Bischofs Schergen auf die Knie und betete.

»Ein kluger Schachzug für einen Priester«, sprach zum Luft anerkennend.

»Klüger noch von Eurem Schultheiß, sich heute hier nicht blicken zu lassen«, antwortete Jacob.

Der Gerichtsschreiber verlas das Urteil: »Dieses Weib hat sich des Aufbegehrens gegen die bischöfliche Justiz schuldig gemacht. Gestern hat sie sich – im Beisein von Zeugen – zur Hexerei bekannt. Mina Burri, als Hexe sollst du hängen. Möge der Allmächtige sich deiner Seele erbarmen.«

Oekolampad bekreuzigte sich. Die Menge tat es ihm gleich.

»Habt Ihr gehört, der Priester hat sich ein Weib genommen«, rief zum Luft hinter vorgehaltener Hand.

»Und wenn schon«, antwortete Jacob und sah den Rektor schulterzuckend an. »Viele Eurer Kleriker haben Weib und Kind.«

»Heimlich, ja. Aber er ist den Bund der Ehe eingegangen.« Zum Luft lachte. »Er hat während der Trauungszeremonie den Apostel Paulus zitiert. Nur um den Bischof zu ärgern. Von Gundelsheim soll getobt haben!«

»Dennoch wagt er sich nicht an ihn heran«, antwortete Jacob. »Und er wäre gut beraten gewesen, es mit Mina Burri ebenso zu handhaben.« Jacob Göttisheim sah besorgt um sich. Basels Fäuste waren geballt. »Ein weiterer Fehler dieses Narren. Er lernt nicht dazu, wie mir scheint.«

»Von Bärenfels hat ihm dazu geraten, wohl aus derselben Überlegung heraus.«

Jacob sah seinen Rektor ungläubig an. Dieser schmunzelte. »So schaufelt von Gundelsheim sich selbst das Grab. Ich habe doch gesagt, dass Bärenfels uns hilft.«

Göttisheim schnappte nach Luft. »Arnold, das ist diabolisch«, murmelte er betroffen. »Ihr lasst diese arme Frau hängen, um den Bischof zu Fall zu bringen?«

»Meinrad von Bärenfels hat ihm dazu geraten, sagte ich.«

»Und Ihr billigt dieses Vorgehen?«, rief der Dekan empört.

Zum Luft wandte sich von Jacob ab und sah nach vorn. »Die Stadt wird sich ihrer Kinder annehmen, sollte die Zunft ihre Pflicht vergessen.«

Die Metzgersfrau wurde von zwei Soldaten auf einen Schemel gehoben. Kaum mehr konnte sie stehen. Halb Basel sah zu ihr nach oben. Niemand erwartete noch ein Wort der Mina Burri. Sie war halb tot gefoltert. Ein Auge hatte man ihr ausgebrannt. Im anderen aber bäumte sich ein störrisches Leben wieder auf. Ein tapferer Körper sammelte seine letzte Kraft zusammen. Sie schnaufte tief. Versuchte unbeholfen, ihre Lippen zu bewegen. Dann holte sie Atem und schrie mit donnernder Stimme: »Ich sterbe für die Wiedergeburt meiner Kirche!«

Ein Raunen ging durch die Menge. Die Seele Basels war berührt. Oekolampad segnete sie theatralisch. Die Weiber weinten. Die Männer fluchten. Zum Luft lächelte unmerklich. Der Henker legte das Seil um der Witwe Hals. Er blickte zu von Bärenfels' Stellvertreter. Dessen Nicken war angsterfüllt. Die Äxte der Zünftler blitzten in der Frühlingssonne. Der Henker trat gegen den Schemel. Er kippte. Der Frauenkörper fiel unter seinem eigenen Gewicht. Das Seil spannte. Die Witwe gluckste. Die Frauen schrien. Es war nicht recht geknotet. Das Genick brach nicht. Kein schneller Tod. Der Körper zuckte. Mina Burri röchelte. Die Menschen wandten sich ab. Jacob zwang sich hinzusehen. Arnold zum Luft tat es ihm gleich. Mina Burris Gesicht verfärbte sich. Ein guter Henker hätte ihr Leid mit dem Schwert beendet. Mina Burris stand regungslos daneben. Ihre Glieder erschlafften. Es war geschehen. Eine Sekunde der Stille. Basel atmete nicht. Duckte sich stattdessen zum Sprung.

»Sie war eine gute Frau und das Weib eines guten Mannes. Der wahre Hexer ist der Bischof!«, rief einer aus der Menge. Die Soldaten versuchten, das Schandmaul zu finden, aber es war unmöglich.

»Hängt den Bischofsteufel! Hängt von Gundelsheim!«

»Befreit die Stadt! Rächt Mina und Wilhelm!«

Zu viele Mäuler.

Arnold zum Luft atmete erleichtert auf. »Wie lange ich darauf hingearbeitet habe, Göttisheim.« Der schielte ihn angewidert an, aber zum Luft schien es nicht zu bemerken. »Basel wird sich endlich befreien.« Er klopfte seinem Dekan versöhnlich auf die Schulter. »Es sind seltsame Zeiten, in denen wir leben, mein Freund. Ein Hase wird zum Bürgermeister. Und ein Fürstbischof stolpert über eine Metzgerfamilie.«

Der erste Stein wurde geworfen.

Paracelsus

In Ferrara war es ein herrlicher Frühlingsmorgen. Zufrieden sog Theo die warme Luft ein. Sie roch nach Backwaren, Gewürzen und Honig. An seine Ohren drang das geschäftige Hämmern der Handwerker und das laute Lachen südländischer Schönheiten. Kinder spielten im Sonnenschein. Die Tiere wärmten ihr Fell. Die Kunden belächelten die Versuche der Händler, sie übers Ohr zu hauen. Auf den belebten Gassen wurde lautstark debattiert, gescherzt und gefeilscht. Die Türme des Castello Estente wachten über alles und jeden.

Das Leben hier erschien Theo wie ein Traum. Seit Gründung der Universität Ende des letzten Jahrhunderts war der Hof der Este zu einem der bedeutendsten Europas avanciert. Philosophen, Künstler und Gelehrte aus aller Welt scharten sich bereitwillig um den mächtigen Herzog Alfonso und seine bezaubernde Gemahlin, Lukrezia Borgia. Die schöne Papsttochter inspirierte die Dichter. Sie finanzierte die Maler und die Bildhauerei und versorgte das Volk mit Klatsch und Tratsch.

Auf den Plätzen wurde musiziert, auf den Straßen über die Werke der Antike diskutiert. Der neue Zeitgeist – hier durchströmte er die Adern der Menschen. Pulsierte, trieb an. Während man in Basel daran verzweifelte, dass der Birsig den Kot der Tiere nicht mehr fortspülen wollte und die Gerber die Luft verpesteten, war man hier auf dem Weg zum uomo universale und zitierte in jeder Lebenslage Leonardo da Vinci.

So weit Paracelsus' Sicht der Dinge. Was auch daran liegen mochte, dass er schon zum Frühstück schweren Rotwein zu sich nahm. Die Knechte, Huren und Bettler hätten vermutlich anderes berichtet, hätte man sie gefragt.

»Ich möchte einmal im Leben Lukrezia Borgias Brüste sehen«, rief Simon unvermittelt aus.

Theo lachte auf. Der Junge wurde zum Mann.

»Das soll mein Ziel sein, Paracelsus. Das und der Doktortitel.« Selbstbewusst streckte er seine Nase in die Luft.

»Ich weiß nicht, ob ihr Ehemann und ihre Untertanen das gutheißen würden, Simon«, antwortete Theo schmunzelnd.

»Sie müssen es ja nicht erfahren, Mann! Lebenslustig soll sie sein. Da wird sie mich schon gebrauchen können.« Simon lachte unbeschwert.

»Ja, so lebenslustig, dass sie abwechselnd mit ihrem Vater und ihrem Bruder schläft«, erwiderte Paracelsus.

Simon echauffierte sich: »Alles üble Nachrede!«

»Ihr letzter Ehemann ist aber zweifelsohne mausetot«, entgegnete Theo. Er sah um sich und senkte vorsichtshalber die Stimme. »Sie soll ihn erdrosselt haben. Einen guten Geschmack hast du, mein Freund.«

»Das war ihr Bruder«, rief Simon und räusperte sich schnell, als ein Wachmann vorbeikam. »Der soll das getan haben«, fügte er leise hinzu. Verträumt sah er in die Ferne. »Jedenfalls ist sie wunderschön. Sie würde mich schon gernhaben, das sag ich dir.«

Paracelsus ließ dem Jungen seine Fantasien und begutachtete lieber die filigranen Rosetten und Arkaden der Cattedrale San Giorgio. Nebenan lag der Palast des Erzbischofs. Theo schauderte es. Die Geschichte würde sich nicht wiederholen, versprach er sich selbst. Keinesfalls würde er Zwist beginnen.

»Noch zwei Semester, Simon. Nurmehr zwei Semester, dann legen sie mir den roten Talar an.« Theo pfiff ein fröhliches Lied. »Dann bin ich frei, Junge! Kann praktizieren und unterrichten, wo ich will.«

Ein zuckersüßes kleines Mädchen mit blauen Schleifen im Haar stolperte vor Theo. Er half ihr auf.

»Und ich muss mir nie wieder das Geschwätz dümmlicher Professoren ohne Verstand und Skrupel anhören.«

Theo lachte. Simon scheuchte ein paar Tauben auf. Gutgelaunt schlenderten sie über die belebte Piazza. Sie waren auf dem Weg zur Università di Ferrara. Heute sollte der Tag ihrer Immatrikulation gekommen sein. Endlich. Der kalte Winter in Basel mit all seinen Schrecken verblasste. Die Erinnerung an Astaroth verblasste. Das hier war Theos Neubeginn.

Weit war ihr Weg hierher gewesen, wenn auch nicht mehr so beschwerlich. Über Airolo, Bellinzona und Como hatten sie Mailand erreicht, wo Paracelsus seine ärztlichen Dienste auf dem Markt zur Verfügung gestellt hatte, um ihren Lederbeutel wieder auffüllen zu können.

Die Gebrechen der Lombardei unterschieden sich nicht im Geringsten von den eidgenössischen, hatte Paracelsus erleichtert feststellen dürfen. Sein Italienisch war noch etwas lückenhaft, aber Worte wie »Angst« und »Schmerz« folgten einer Universalsprache. Paracelsus hatte verstanden. Recht überstürzt waren sie wieder aufgebrochen, weil Simon einen roten Gürtel erspäht hatte und in Panik verfallen war. Theo war sich sicher gewesen, dass es nur ein greiser Dachdecker gewesen war, hatte aber die geistige Gesundheit seines Gefährten nicht strapazieren wollen. Über Cremona und Mantua waren sie dem Wasserlauf des Pos gefolgt und schließlich an ihrem lange erträumten Ziel angekommen: Ferrara.

Die Universität war viel kleiner als die Basels, aber dafür älter und berühmter. Paracelsus beglückwünschte sich selbst. Was für Kopernikus gut genug war, sollte ihm wohl genügen. Hier hatte Niccolò Leoniceno erstmals die Syphilis beschrieben und wetterte seit Jahren gegen die galenische Medizin. Wie gern Theo mit ihm gemeinsam wettern würde!

Die beiden bogen gerade nach Osten hin ab, um zur Universität zu gelangen, als vor ihnen eine Menschenmenge zusammenlief. Theo ballte sofort seine Fäuste. Diesen Anblick kannte er noch von den bischöflichen Hinrichtungen zu Basel. Die Katzen liefen davon. Ein Pferd trat aus.

»Komm, los!«, rief Theo und drängte sich durch die Menge. Am östlichen Ende des Platzes, direkt vor den Gemüseständen, blieb er stehen. Schwer atmend trat Simon neben ihn.

Eine junge Frau lag dort am Boden. Sie war von zierlicher Statur, in lachsfarbene Seide gehüllt. Ihr Haarnetz war mit Muscheln besetzt. Ihre kleinen Brüste ragten aus einem perfekten Dekolleté hervor. Ein jeder starrte auf sie hinab.

»Lasst mich durch«, rief Theo. »Sono … un dottore!«

Die Menge teilte sich sofort. Paracelsus kniete sich neben die Frau. Ihre Pupillen waren geweitet. Sie starrte ins Leere.

»Signora«, rief Theo besorgt. Er stützte ihren Kopf. »Signora, ascoltami?«

Nahestehende Frauen rümpften angewidert ihre Nase und konnten doch nicht wegsehen. Die Dame speichelte und zuckte. Ihr Nacken war nach hinten gekrümmt. Ihr Rücken durchgedrückt. Ihre Arme und Beine schüttelten sich. Die Hände hatte sie zusammengekrampft. Ihre Fingernägel schnitten in die Handflächen.

»Gebt mir einen Stock.« Theo sah in die Menge. »Oder einen breiten Gürtel, sonst beißt sie sich noch die Zunge ab.«

Rätselnd sahen die Bürger sich gegenseitig an. Ein jeder versuchte, die Worte zu übersetzen. Man tuschelte. Unschlüssig.

»Geht das auch?«, antwortete schließlich ein eifriger Schuhmacher aus München. »Maestro?« Er hielt Theo einen breiten Lederriemen hin.

Paracelsus nickte und steckte ihn der Frau zwischen die Zähne. Sofort biss sie zu. Schaum bildete sich vor ihrem Mund. Ein Mädchen lief grün an und wandte sich ab.

Die Menschenmenge um sie herum wuchs an. Der Vormittag wurde zum Spektakel. Der ausländische Arzt und die schöne Frau. Die Männer glotzten. Die Weiber stöhnten. Kleid und Unterkleid der Frau waren nach oben gerutscht. Man konnte die nackten Beine sehen. Die Frau entleerte sich. Eine Pfütze bildete sich unter ihr.

»Sie ist vom Teufel besessen«, rief ein Mann mit weit aufgerissenen Augen aus. Er deutete mit dem Zeigefinger zwischen ihre Beine.

»Nein, nein«, widersprach die Frau neben ihm, »Gott selbst spricht zu ihr. Er hat sie erwählt.« Sie bekreuzigte sich.

Tadelnd schielte Paracelsus zu ihnen nach oben. Was hätte da Vinci darauf nur geantwortet?

»Sie hat den großen Anfall«, belehrte er die beiden streng. »Es ist die Mondkrankheit, an der sie leidet. Ihr Sulfur brennt.«

Langsam löste Theo eine Hand von ihrem Kiefer und legte sie sanft auf ihre Stirn.

»Alles wird gut, Teuerste. Ich verspreche es Euch«, flüsterte er ihr zu.

Da krümmte sich ihr ganzer Körper. Wahrlich, wie vom Teufel besessen! Ihr Oberkörper bäumte sich auf – und erschlaffte. Ein Raunen ging durch die Menge. Die Menschen hielten die gefalteten Hände vors Gesicht. Der Mund der Frau öffnete sich. Der Lederriemen fiel zu Boden. Ihre Glieder ruhten still.

Paracelsus lächelte zu ihr hinab. Leere Augen erwiderten benommen seinen Blick.

»Bei Gott, er hat sie geheilt«, rief der Schuhmacher und klatschte in die Hände.

»Das ist ein Wunder«, kreischte ein Marktweib. »Ein Wunder ist geschehen!«

Junge Mädchen fingen an zu beten. Männer starrten ehrfurchtsvoll auf Paracelsus. Simon lächelte in sich hinein.

»Dottore«, rief einer und warf vor Freude seinen Hut in die Luft, »Ihr habt sie geheilt!«

»Ich ... wisst Ihr ...« Theo schüttelte seinen Kopf. Der große Anfall ging meist so schnell, wie er gekommen war. Sie hätte ohnehin aufgehört zu zucken, mit oder ohne ihn. Simon rempelte ihn sachte an. Paracelsus sah zu ihm auf. Las in seinen Augen. Er lächelte. Und schwieg.

»Wisst Ihr, wer das ist, dottore?«, rief ein Kaufmann, sehr elegant gekleidet. Bunte Federn zierten seinen Hut und Silberknöpfe seinen Wanst. Ein einziger davon konnte ihre Immatrikulation finanzieren, dachte Theo.

Der Kaufmann legte ihm eine Hand auf seine Schulter. »Das ist das Kammermädchen der Herzogin.«

Simon lachte laut auf.

»Wahrlich«, fuhr der Edelmann fort, »Ihr habt der Familie Este heute große Dienste erwiesen.« Er nickte Theo anerkennend zu. Der wusste nicht, wie ihm geschah. Simon strahlte. »Wie ist Euer Name, mein Sohn?«

»Theophr ...« Theo unterbrach sich. Von Gundelsheim suchte nach ihm. Der Bischofsschlächter. Von Kerker und Folter trennte ihn nur ein Gebirge.

»Mein Name ist Paracelsus«, antwortete er stolz.

Jacob

Auf dem Münsterplatz zu Basel wurde es immer unruhiger. Die Menge kam in Bewegung. Keiner griff zu seiner Waffe. Noch. Man schubste. Drängte, fluchte und schimpfte. Jacob Göttisheim duckte sich. Zum Luft wich einen Schritt zurück. Steine hagelten auf die Bediensteten des Bischofs nieder. Einer traf den Gerichtsschreiber am Kopf. Eine Handvoll Soldaten eilten herbei zu seinem Schutz. Zitternd hielten sie ihre Schilde in die Luft. Darunter wurden verunsicherte Blicke ausgetauscht. Es wurde getuschelt. Kein Kopf wagte sich hervor. Von Bärenfels' Handlanger schwieg unentschlossen. Er tippelte von einem Bein aufs andere und flüchtete sich hinter die Soldaten.

Langsam kam die Menge näher. Schritt um Schritt. Basel war geeint. Das Volk war in der Überzahl. Der Kommandant der Stadtwache hatte sich geweigert, seine Männer heute zum Münsterplatz zu schicken. Zum Hasen hatte es gebilligt.

»Tod dem Bischofsschlächter!«, tönte es. »Hängt Gundelsheim neben Mina Burri!«

Die Männer des Bischofs wichen zurück. Panisch sahen sie die Nordwand des Münsters hinter sich nahen. Heugabeln und Schaufeln wurden gen Himmel gehoben. Niemand holte aus. Die bischöflichen Schwerter wurden umklammert. Keiner zückte eines. Zum Luft schloss die Augen.

»Mörder!«, schrie eine Frau.

»Ketzer!«, antwortete der Stadtschreiber.

Ein Knecht der Burris preschte aus der Menge hervor.

»Schneidet die Witwe los«, rief er.

Der Henker erstarrte. Er umklammerte sein Beil. Das Metall blitzte in der Sonne. Der Junge rannte geradewegs auf ihn zu. Der Zorn flackerte in seinen Augen. Er griff an seinen Gürtel! Der Blick des Henkers glitt panisch hin und her. Der Knecht hielt weiter auf ihn zu. Der Henker holte tief Luft und schleuderte seine Axt. Sie spaltete die Brust des Knechtes. Der junge Körper fiel. Donnerte auf das Pflaster. Die Menge erzitterte. Erstarrte. Die Rufe verstummten, aber nur einen Moment.

»Kämpft! Jetzt! Für unsere Stadt!«, rief ein dicker Metzger mit den Armen eines Bären. »Rächt den Jungen! Rächt die Burris!«

Das war der Funke, der gefehlt hatte. Das Feuer entbrannte. Die Zünftler heulten auf vor Zorn. Die Menge brüllte. Zum Luft öffnete die Augen.

Ein paar junge Männer rissen den Henker zu Boden und prügelten besinnungslos auf ihn ein. Die Massen drängten schreiend nach vorn. Schilde fielen zu Boden. Lücken im Schildwall wurden frei. Mit Alltagswerkzeugen stachen Städter und Bauern der Umgegend auf die Soldaten ein. Die Bürger entrissen dem Fahnenträger das Bischofswappen. Mit Fäusten, Holz und Eisen hieben sie auf die Gefolgschaft des Fürsten ein.

»Für die Burris«, schrie man wieder und wieder. Der Stadtschreiber wurde niedergetrampelt, der Galgen umgeworfen. Der stellvertretende Schultheiß wurde von einer Mistgabel aufgespießt. Die Schwerter der Soldaten trafen ein Dutzend Bauern. Hunderte rückten nach. Fackeln wurden entzündet. Aufgebrachte Fäuste polterten gegen die verschlossenen Tore des Münsters.

»Bei Gott«, murmelte Jacob. Zum Luft packte ihn und zog ihn in eine angrenzende Gasse.

»War das Euer Bestreben?«, schrie Göttisheim. »Mord und Totschlag innerhalb der Stadtmauern?«

»Kein Sieg wird ohne Schmerzen errungen«, antwortete sein Rektor. »Ich muss zum Rathaus, Jacob. Jemand muss zum Hasens katholisches Gewissen in Schach halten. Sonst erleben wir heute noch Bürgerkrieg. Geht nach Hause, mein Freund. Versperrt Eure Türen. Und verlasst Euer Haus nicht, bevor das zerrissene Bischofsbanner im Rhein ertrinkt.«

Laurencz

Ein gut gelaunter Laurencz betrat das Quartier der Stadtwache. Er hatte bis in die Morgenstunden mit Caspars Kerkermeister gezecht und war noch etwas angetrunken. Fröhlich trällerte er ein Lied vor sich hin.

»Wo bleibst du, Mann!« Heinz eilte ihm entgegen, in voller Montur: bewaffnet, schwerfällig und klirrend.

»Ich bin eine Viertelstunde zu früh«, maulte Laurencz. »Wieso trägst du deine Rüstung?«

»Frag nicht, zieh lieber schnell die deine an, und dann komm.«

Laurencz blickte um sich und begutachtete das Treiben im Quartier. Wo sonst kurz vor Schichtwechsel noch gemütlich Karten gespielt oder Würfel geworfen wurden, herrschte jetzt helle Aufregung. Dreißig seiner Kameraden liefen scheinbar ziellos hin und her. Alle schrien durcheinander.

»Was ist denn bloß los?«, fragte Laurencz ungläubig. Sein Kopf begann zu schmerzen.

Jeder hechtete nach herrenlosen Waffen. Ein Handgemenge um die zu knappen Helme war entstanden. Einer riss seinem Kameraden ein Schild aus der Hand. Beat, ein Tier von einem Manne, nahm einem kleineren Wachmann seinen Dolch ab. Die Stadtwache hatte sich in ein Wespennest verwandelt.

»Herrgott noch eins!« Heinz schlug Laurencz auf den Hinterkopf. »Kriegst du denn gar nichts mit? Der Teufel ist hier los. Was hast du den ganzen Tag getrieben?«

»Geschlafen«, murmelte Laurencz und kratzte sich am Hinterkopf. Heinz zog ihn in eine ruhigere Ecke.

»Hör zu. Es ist so weit. Die Reformation hat Basel erreicht. Es hat Krawalle gegeben. Die Kapläne haben sich vor lauter Angst im Münster eingeschlossen. Hunderte von Aufständischen haben sich in der Barfüßerkirche verschanzt. Sie wollen nur noch reformierte Geistliche auf den Kanzeln sehen und fordern den Rücktritt von einem Dutzend Ratsherren, weil sie alten Glaubens sind.«

»Die sind doch gerade erst gewählt!« Laurencz lachte ungläubig. Ein leichter Schlag auf seinen Kopf folgte.

»Darum geht es nicht, du Trottel.« Heinz begann zu flüstern: »Die haben das Zeughaus am Petersplatz besetzt und sich dort bewaffnet. Laurencz, es ist ernst. Sie haben jetzt Handrohre und Arkebusen.« Heinz blickte unglücklich auf das Schwert an seinem Gürtel. »Und was haben wir?«

Laurencz prustete los. »Ein Bauer mit einer Arkebuse! Wird wohl kaum wissen, wie man damit umgeht, was? Können ja noch nicht einmal wir.«

Heinz packte ihn beim Genick, als wolle er den Spaßvogel damit aus ihm herauspressen. »Hör auf mit deinem dummen Gerede!« Er rüttelte ihn. »Artillerie, Laurencz! Sie haben Artillerie auf dem Kornmarkt in Stellung gebracht. Kanonenläufe zeigen auf das Rathaus, bis zum Hasen die Forderungen erfüllt. Was er mitnichten vorhat. Verstehst du jetzt? Basel ist im Krieg!«

Laurencz stutzte. »Und auf welcher Seite stehen wir?«

»Das weiß ich auch nicht. Niemand weiß das.« Heinz war den Tränen nahe. Seine Stimme war heiser. »Der Kommandant hat gesagt, wir sollen den Frieden wahren und die Unschuldigen beschützen. Jetzt komm.«

Paracelsus

»Ein Buchdrucker! Der Mann mit dem Federhut ist ein Buchdrucker.« Simon schnalzte anerkennend mit der Zunge. »Du hast mit einem waschechten Buchdrucker Freundschaft geschlossen, einem reichen noch dazu. Bei Gott, der wird dir noch dein Kräuterbuch drucken, Paracelsus!« Simon klopfte ihm auf die Schulter. Theo winkte ab.

»Und das Kammermädchen der Herzogin hast du gerettet, bevor du dich überhaupt an der Universität eingeschrieben hast. Hahaha!« Simon lachte. »Paracelsus, du bist wahrlich ein Genie!«

»Ach, hör auf, Junge. Ich hab sie mitnichten gerettet, das weißt du ganz genau. Nur ihren Kopf hab ich gehalten. Das ist wirklich kein Meisterwerk.«

»Aber die Leute denken es, Paracelsus. Darauf allein kommt's an. Reich sollen wir werden und berühmt.«

Theo hörte kaum hin. Simons Geschwätz war ihm einerlei. Er wollte unbeschadet sein Studium abschließen, das allein war von Interesse.

Modrige Luft stieg ihm in die Nase, als er die universitären Gemäuer betrat. Theo ignorierte es. Dafür war es angenehm kühl und ruhig. Er nickte den dunklen Wänden zu. Hier war er richtig. Er spürte es.

Es war nicht allzu schwer, das Büro des Pedells in den verwinkelten Korridoren zu finden. Der sollte sie empfangen. Nicht der Rektor. Nicht der Dekan. Warum auch? Niemand kannte Paracelsus hier. Er war nur einer von vielen ausländischen Studenten. Keine Berühmtheit. Noch nicht.

»Habt Ihr ein Empfehlungsschreiben der Universität zu Basel?« Der Pedell war ein kleiner Mann mittleren Alters mit dicken Wangen und nicht besonders freundlich. Er blickte nicht von seinen Unterlagen auf.

Theo räusperte sich. »Nein, signore. Unsere Abreise erfolgte ... überstürzt.«

Der Pedell fluchte leise auf italienisch, ließ es dann aber dabei bewenden.

Es war nicht unüblich, dass Studenten ihre Universität wechselten und dann ohne irgendwelche Nachweise dastanden. Meist ging es um Frauengeschichten.

»Es wird zu Beginn auf Vertrauensbasis gehen. Aber die Nachweise der Universität sind zwingend, meine Herren. Ansonsten müsstet ihr nochmals von vorn beginnen, mit den freien Künsten.«

»Die freien Künste? Musik?« Simon lachte. »Wisst Ihr denn nicht, mit wem Ihr da redet?«

Der Pedell sah Simon kritisch an. Er antwortete nicht. Vermutlich hatte er die Hälfte nicht verstanden. Zum Glück, dachte Theo und trat Simon auf den Fuß.

»Sehr wohl, signore«, antwortete Theo artig. Er wusste sich wohl zu benehmen, wenn er es für angebracht hielt. Nachdenklich biss er sich auf die Lippen. Wie sollte er bloß das Empfehlungsschreiben fälschen?

»Wenn ihr euch hier eintragen möchtet«, sprach der Pedell tonlos und hielt ihnen ein dickes Buch vor die Nase.

Paracelsus griff eifrig zur Feder. Wie lange hatte er darauf gewartet. Sein Leben würde endlich wieder beginnen. *Theophr ...* Theo zögerte. Dachte an von Gundelsheim und seine Henker. *Paracelsus* schrieb er in das Buch.

»No, no, signore!«, schimpfte der Pedell sofort, als er die Seite gegenzeichnen wollte. Aufgeregt fuchtelte er mit seinem Finger durch die Luft: »No! Das ist kein Name. Ihr müsst Euch mit einem richtigen Namen einschreiben, nicht mit – Fantasieworten.«

Die Mine des Pedells verfinsterte sich weiter.

»Das ist wohl ein Name«, entgegnete Simon und schob schmollend sein Kinn vor. »Seiner nämlich.«

»Hört zu, signore. Das ist mein lateinischer Name. Einen anderen«, Theo wurde kleinlaut, »habe ich nicht mehr.«

»Das ist doch hier kein Spiel!« Der dicke Pedell erhob sich schwerfällig. »Paracelsus! Kein Mensch heißt so. Entweder Ihr achtet unsere Universität genug, um Euch mit Eurem Geburtsnamen hier zu melden. Oder Ihr werdet hier nicht studieren, mein Herr!« Der Pedell war außer Atem. Die feuchte Luft machte ihm sichtlich zu schaffen. Und sein Übergewicht auch. Er öffnete die Tür, um sie hinauszujagen – herein trat aber ein herzoglicher Bediensteter.

»Scusa«, er verbeugte sich rasch, »man hat mir gesagt, ich könne Paracelsus hier finden. Ist das so?«

»Sehr wohl, Herr«, antwortete Theo sofort. »Das ist mein Name.«

Simon grinste dem Pedell ins Gesicht. Der schnaubte auf.

»Der Hof braucht Euch, signore.« Der Dienstbote dienerte erneut. Dem Pedell fiel die Kinnlade hinunter. »Es geht um den herzoglichen Mundschenk. Der Hofarzt ist ... unpässlich.« Er räusperte sich. Seine Wangen wurden rot. Er sah zu Boden. »Der Doktor liegt sturzbetrunken im Puff und kann sich nicht auf seinen eigenen Beinen halten. Man erzählte mir, Ihr seid ein Wunderheiler. Ist dem so?«

»Ich ...« Theo kräuselte seine Nase.

»Ja, das ist er wohl. Hat mich selbst zusammengeflickt«, unterbrach ihn Simon schnell. »Mich und einen Südländer, der vom Bären halb tot gebissen worden war.«

»Dann kommt mit mir zum Palast.« Der Diener sah ihn flehend an.

»Unsinn ist das«, murrte der Pedell. »Der da«, er deutete auf Theo, »ist weder Wunderheiler noch Arzt.« Er deutete auf das Buch vor ihm. »Der ist gerade mal ein Medizinstudent, wenn überhaupt.« Der Pedell fing an zu schwitzen.

»Aber Maria erzählte mir …«, setzte der Bote an.

»Maria?«, fragte Paracelsus dazwischen.

»Das Kammermädchen«, jubelte Simon und klatschte in die Hände.

»Paracelsus, könnt Ihr nicht so tun, als wäret Ihr ein richtiger Arzt, ich bitte Euch!« Betreten sah der Dienstbote zu Boden. »Wir haben heute Abend Gesellschaft. Der Mundschenk hat noch so viel zu tun. Wenn ich ohne einen Arzt zurückkehre, ist der Teufel los!«

»Was fehlt ihm denn?«, fragte Theo unschlüssig. So viel Glück wie heute Vormittag würde er nicht zweimal haben.

»Er hat«, der Bote errötete noch mehr, »schrecklichen Durchfall.« Er begann zu flüstern. »Wie Wasser. Seit der Nacht schon. Seine Nerven sind wahrlich gereizt. Und der Herzog erwartet Gäste.«

Der Diener sah gestresst in die Runde.

»Macht ihn gesund, und es wird morgen schon egal sein, was Ihr noch heute wart und was nicht«, flüsterte der Bedienstete. »Die Feier heute Abend muss ein Erfolg werden. Ich bitte Euch im Namen des Herzogs, heilt den Mundschenk.«

Paracelsus zuckte mit den Schultern. Durchfall war für ihn ein Kinderspiel. Der Pedell murrte. Simon feixte. Er setzte seinen Namen unter den von Paracelsus in das Immatrikulationsverzeichnis und drückte dem Pedell sodann die Feder in die Hand. Der nickte seufzend und zeichnete gegen. Paracelsus war immatrikuliert.

Theophrastus von Hohenheim hatte aufgehört zu existieren.

Laurencz

Laurencz hatte weder Rüstung noch Helm bekommen. Das Einzige, was er noch hatte ergattern können, waren ein durchlöchertes Schild und ein stumpfes Schwert. Auf Heinz' besorgten Blick hin streckte er beide Fäuste in die Luft. »Die kann mir niemand nehmen, Kamerad.« Heinz musste lachen. Trotz allem.

Seite an Seite liefen sie in die abendliche Stadt hinaus. Auf den kleineren Gassen war es totenstill. Keine Menschenseele kreuzte ihren Weg. Fenster waren verbarrikadiert. Türen verriegelt. Hühner und Kinder eingesperrt. Sogar die Ratten waren geflüchtet. Deshalb war er wohl nichtsahnend geblieben, dachte Laurencz bei sich. Er hatte die breiten Gassen gemieden, aus Scham, weil er noch ein wenig getorkelt war.

Als sie aber auf eine Zubringerstraße zum Marktplatz gelangten, änderte sich das Bild sofort. Ein bischöflicher Wachmann lag tot auf dem Pflaster. Seine Gehirnmasse war um den Kopf herum verteilt. Zig Schläge hatten seinen Schädel bersten lassen. Ein Tuchladen vor ihnen war aufgebrochen und geplündert. Der Händler lag blutend davor und rührte sich nicht. Schreie drangen von überall her. Es roch nach Rauch und Blut. Weiter hinten brannte ein Holzhaus nieder. Der Besitzer und seine Nachbarn versuchten verzweifelt, es zu löschen und eine Feuersbrunst zu verhindern. Ein Bauer mit einer Armbrust in der Hand lief auf Heinz und Laurencz zu. Sah sie unschlüssig an. Und lief weiter. Kaum konnte er die Waffe tragen. Nicht einmal eine Kuh in einer Armlänge Entfernung hätte er damit getroffen, dachte Laurencz. Dennoch war der Anblick beunruhigend.

»Also, solange niemand was anderes sagt, sind wir auf der Seite mit den Kanonen, nicht?«, stammelte Laurencz ratlos.

»Wir bleiben jedenfalls beisammen«, rief Heinz. »Hörst du? Wir geben aufeinander acht.«

Laurencz nickte ihm zu. Heinz klopfte auf seine Schulter. Wie immer zu Beginn einer Schicht.

Sie bogen um die nächste Ecke. Da warfen eifrige Bürger gerade Kruzifixe und Marienbilder in ein großes Feuer. Alte Weiber tanzten wie in Trance darum. Jubelrufe ertönten.

»Wie sollen wir da die Ordnung wahren?«, fragte Laurencz resigniert. »Wenn wir noch nicht einmal wissen, auf welcher Seite wir stehen?«

Jemand mit einer Eisenstange in der Hand baute sich vor dem Feuer auf und sah die beiden grimmig an. Heinz hob beschwichtigend beide Hände.

»Ich würd sagen, solange keiner umgebracht wird, ist das Ordnung genug für heute Abend.«

Raschen Schrittes passierten sie. Eine Frau zertrümmerte die Statue des heiligen Josefs am Straßenrand. Von Osten her knallte es. Schreie folgten. Ein durchgegangenes Pferd raste an ihnen vorbei.

»He, ihr zwei!« Beat tauchte vor ihnen auf. Er und ein weiterer Kamerad stützten einen dritten in ihrer Mitte. Es war Rolf. Er war bewusstlos. Sein Hemd blutig.

»Könnt ihr mir sagen, was das soll? Alle verrückt geworden! Haben uns angegriffen, ein paar Schiffbauer. Einfach so«, berichtete Beat.

»Das ist nur wegen dieser beschissenen Uniform, sag ich euch!«, jammerte der andere. Laurencz hatte seinen Namen vergessen. »Die können uns nicht von den Wachen des Bischofs unterscheiden. Dreschen auf alles ein, was ein Wappen trägt.« Ängstlich blickte er um sich. »Rolf wird's nicht schaffen, das steht fest.«

»Das weißt du nicht.« Laurencz zupfte an Rolfs Hemd. »Ich kenne den besten ...« Er unterbrach sich. Die besten Ärzte dieser Stadt waren nicht mehr verfügbar. »Das kannst du nicht wissen.«

»Sieh ihn dir doch an, Mensch!«

Rolf stöhnte. Beat blickte verstört um sich. »Das sind unsere Leute, Mann! Wir sollten ihnen helfen. Stattdessen laufen wir ziellos durch die Straßen und warten darauf, bis zum Hasen seinen Arsch hochkriegt. Und müssen uns zum Dank abstechen lassen!«

»Sie sind schon in der Rittergasse«, flüsterte sein Partner besorgt. »Haben dort Sankt Ulrich verwüstet. Dann haben sie Kurs auf Sankt Alban genommen. Wenn wir uns nicht bald auf ihre Seite schlagen, schlachten die uns alle ab.«

»Wir können nicht einfach tun, was uns gefällt«, antwortete Laurencz ernst. Er starrte auf den reglosen Rolf. »Wir sind die Stadtwache.«

»Und unsere Stadt will den Wandel. Wir sollten Gundelsheims Arsch rösten, wie er es verdient hat«, rief Beat. Rolf rutschte aus seinem Griff und stürzte zu Boden. Er ließ ihn liegen. »Ziehen wir diese verdammte Uniform aus und helfen unseren Brüdern und Schwestern, wenn der Bürgermeister schon nicht den Mumm hat, uns den Befehl dazu zu geben.«

Laurencz beugte sich über Rolf. Er hatte aufgehört zu atmen. Unschlüssig sah er zu Heinz.

»Kommt ihr mit?«, rief Beat. Er riss sich den Helm vom Kopf und kickte ihn auf das Pflaster. »Brennen wir den Bischofspalast nieder!«

Heinz zuckte mit den Schultern. Laurencz starrte fassungslos auf die Leiche. Wie sehr er Gundelsheim verabscheute! Caspar hatte er ins Gefängnis geworfen, Theo vertrieben. Allzu gern hätte sich Laurencz gerächt. Langsam schüttelte er seinen Kopf.

»Wir bekommen unsere Befehle vom kleinen Rat und seinem Bürgermeister«, antwortete er.

Beat verdrehte die Augen. Er seufzte laut auf. »Dann hoffe ich, ihr steht auf der richtigen Seite, wenn wir uns heute Nacht begegnen.« Beat verschwand mit seinem Kameraden in der Dämmerung.

Caspar

Caspar hockte in gewohnter Manier in seiner Zelle. Eigentlich schien alles wie immer. Die Dunkelheit bohrte sich in seine Augen und die Kälte in seine Glieder. Seine Gedanken kreisten um sich selbst, und der Ring in seiner Hand verspottete den Plan einer glücklichen Zukunft. Und doch – etwas war anders. Ferne Schreie übertönten das vertraute Geräusch des Wassertropfens. Immer wieder zuckte Caspar zusammen, wenn ein seltsames Donnern erklang. War das Artilleriefeuer? Bombardierte von Gundelsheim den Fledermausturm, um alle unliebsamen Seelen mit einem Streich auszulöschen? Caspars verwirrter Verstand schaffte es immerhin noch, entschieden zu verneinen. Zu wenig Donner. Zu viel der Hoffnung. Wenn er doch nur endlich sterben dürfte.

Er war nicht mehr zum Verhör geladen worden. Und die Wachen, die sich mehr oder minder um ihn kümmerten, scherten sich einen Dreck um sein Geständnis, wie überzeugend es auch sein mochte. Immer wieder hatte Caspar sich selbst Ketzer oder Teufel genannt. Niemand hatte ihm zugehört.

Einige Tage hatte er versucht, nicht mehr zu trinken und zu essen, aber sein Körper war zu schwach gewesen, um zu widerstehen. Dann hatte ihn sein Tropfen getröstet. Und nun wurde auch dessen Gesang unterbrochen von diesem verfluchten Krach. Wieder ein Donnern, von Osten oder Westen, Caspar vermochte es nicht mehr zu unterscheiden. Hatte der Kaiser der Eidgenossenschaft den Krieg erklärt, um sie abermals zu unterjochen? Hatte Paracelsus mit seinen Teufeln ein Heer um sich geschart, um zu ihm zurückzukehren? Ihn zu retten? Der Tropfen schwieg, er wusste es nicht.

Plötzlich störte etwas anderes ihre Zweisamkeit, Caspar kannte das Geräusch. Der schwere metallene Schlüssel kratzte in dem Schloss. Drehte sich langsam. Die Riegel gaben polternd den Weg frei. Die schwere Holztür wurde aufgezogen. Sie knarzte. Caspar freute sich auf frisches Stroh und einen Becher Wasser. Herein kam eine dunkle Gestalt mit einer Fackel in der Hand. Kein Stroh. Kein Wasser. Nicht einmal verschimmeltes Brot. Caspar war enttäuscht.

»Caspar!« Die Gestalt stürzte auf ihn zu. Dann lächelte sie. »Du bist es. Ich hab doch gesagt, ich hol' dich hier raus.«

Wer mochte das sein? Caspar blinzelte. Der Inquisitor? Theo? Astaroth persönlich? Der Tropfen zögerte. Er hatte keinen von denen je gesehen. Caspar rieb sich die Augen. Hatte sein Verstand schließlich doch aufgegeben? Halluzinierte er? Der Tropfen verneinte.

»Was …?«, gab Caspar heiser von sich. Seine Stimme war belegt. Lange hatte er nur mit dem Tropfen gesprochen, und dafür brauchte er keine Worte.

»Komm hoch.« Wer auch immer die Gestalt war, sie streckte ihm eine Hand entgegen. »Es war nicht leicht, dich zu finden. Gundelsheim hat dich gut versteckt, Junge.«

Caspar wollte sich aufrichten. Hastig ergriff er den Arm und fiel gleichwohl zu Boden.

»Erzähl meiner Schwester bitte nicht, dass ich dich fallen gelassen habe.« Die Gestalt lachte und stützte ihn mit aller Kraft. Sie bugsierte Caspar auf den Gang. Der Luftzug dort erschlug ihn fast. Zum ersten Mal seit Langem konnte er aufrecht stehen. Hätte er aufrecht stehen können, aber er musste sich anlehnen.

Caspar zwinkerte unbeholfen in das Licht der Fackel. »Laurencz?« Er traute seinen Augen nicht und befingerte das Gesicht des Freundes ungläubig. Unwirsch wurden seine Hände beiseitegestoßen.

»Ja, ja. Glaub es ruhig. Trink!« Er reichte ihm einen Beutel Wasser. Caspar trank ihn in einem Zuge aus. Dann übergab er sich.

»Gut gemacht, Junge! Die Ratten freuen sich.«

Wieder erklang ein Donnern. Laurencz – oder der Teufel, der sich für ihn ausgab – blickte nervös um sich.

»Wir müssen uns beeilen, Bruder! Kannst du laufen?«

»Ich glaube schon«, antwortete Caspar und machte einen Schritt. Sofort gaben seine Beine nach.

»Du musst laufen, Caspar, um dein Leben! Du musst hier weg. Ich kann dich nicht begleiten.«

»W-was ist p-passiert?«, stotterte Caspar und versuchte es erneut. Ein Schritt gelang ihm. Dann ein zweiter.

»Deine Kirchengemeinde reformiert sich heute Nacht, mein Guter. Und mit ihr die ganze Stadt.« Laurencz reichte ihm einen zweiten Beutel. Es war Wein.

»Die Zunftmeister verhandeln recht angestrengt mit den Ratsherren. Letztere sind etwas im Nachteil, scheint mir, weil sie im Rathaus eingesperrt sind und nicht hinauskönnen, ohne dass man ihnen den Schädel wegschießt. Hunderte Bürger haben Wachtfeuer auf dem Kornmarkt entzündet und starren zu den Räten hinauf. Bis auf die Zähne bewaffnet mit allem, was sie aus den Zeughäusern entwendet haben. Ordentlich was los! Hätte ich den Christen nicht zugetraut, Mann!«

Caspar nahm einen Schluck Wein und spuckte ihn sofort aus. Laurencz trank den halben Beutel leer. Bei Gott, er war es wirklich!

»Zum Hasen weiß nicht mehr, wo ihm der Kopf steht. Er will am katholischen Glauben festhalten. Zum Luft redet pausenlos auf ihn ein. Die Handwerkerzünfte drehen durch. Sie haben die Stadttore verschlossen. Niemand kann mehr rein oder raus. Wütende Christen, das sag' ich dir.« Laurencz spuckte aus und sah besorgt über seine Schulter. »In Sankt Peter haben sie alle Gemälde mit Kalk überdeckt. Gerade ist die Predigerkirche dran. Du musst sofort nach Hause, Caspar. Das weitet sich immer mehr aus.«

Laurencz führte ihn durch die dunklen Gänge. Caspar hangelte sich eine gewundene Treppe nach unten. Immer wieder blickte er zurück. Er hätte sich gern noch von seinem Tropfen verabschiedet, fürchtete aber Laurencz' Spott. Der Tropfen würde wohl verstehen. Alles hatte er verstanden, immer.

»Und die Donnerschläge?«, fragte Caspar. Langsam begann sein Verstand wieder zu arbeiten. Er wunderte sich selbst darüber.

»Das sind die Altgläubigen in Kleinbasel. Ein Schmied namens Jeuchdenhammer – oder so ähnlich – soll dort die Führung übernommen haben. Die Reformer wollten in die Theodorskirche eindringen. Sie haben sie mit Gewalt vertrieben und ihre Bombarden aufgefahren.«

Laurencz zerrte Caspar ins Freie. Das Licht des Nachthimmels stach in seinen Augen. Caspar weinte.

»Da! Schau!« Laurencz deutete in Richtung Rheinbrücke. »Sie bauen die Gehpartie ab, damit keiner mehr rüberkommt! Ich muss mich beeilen.«

Eine Gruppe halb verhungerter Männer taumelte zu ihnen ins Freie. Es war Heinz mit den restlichen Inhaftierten.

»Wieso beeilen?«, stöhnte Caspar. Hier draußen war es nicht annähernd so kalt wie in seiner Zelle.

»Von Gundelsheim hat sich da rübergerettet. Wir sollen ihm bei seiner Flucht helfen. Das ist der Kompromiss.«

»Was für ein Kompromiss?«, fragte Caspar. Eigentlich wollte er sich nur hinlegen und für immer die Augen schließen. Aber etwas in ihm konnte nicht aufhören zu fragen.

»Zum Hasen hat zugestimmt, dass alle bischöflichen Gefangenen, auch du, mein Freund, sofort freigelassen werden, und dafür lassen sie den Bischof ziehen.«

Caspar blinzelte in das allzeit heitere Gesicht des Kameraden. Also halluzinierte er doch. »Und du willst jetzt den Bischofsschlächter retten? Da drüben? Im Kanonenfeuer?«

»Das muss ich, Junge.« Laurencz sah Caspar tief in die Augen. »Ich bin dem kleinen Rat verpflichtet, Bruder. Ich hab's geschworen.«

Der Schalk war kurz aus Laurencz' freundlichen Augen verschwunden. Blitzte aber schnell wieder hervor. »Außerdem wird da drüben viel mehr geboten, als auf dem Kornmarkt. Da stehen alle nur in der Kälte herum und warten darauf, was oben beschlossen wird. Nichts für mich, Bruder, ich brauch den Trubel.« Laurencz lächelte. Heinz trat an sie heran.

»Jetzt geh, Caspar. Du musst es in die Domuncula schaffen. Ob Reformer oder Katholik, die Universität ist jedem Basler heilig. Dort werden sie nicht eindringen. Halte dich von den großen Gassen fern. Benutze nur die Seitenstraßen. Und duck' dich.« Laurencz besah Caspars eigenwillige Körperhaltung. »Aber das brauche ich dir wohl nicht zu sagen.« Laurencz lachte.

»Danke, Bruder«, flüsterte Caspar und umarmte ihn innig.

»Ja, ja. Du bist der erste normale Mann, für den sich meine Schwester interessiert. Ich kann dich doch nicht verrecken lassen.« Laurencz schubste ihn sachte von sich weg. »Jetzt lauf, mein Freund! Wir sehen uns morgen im Goldenen Ochsen. Und alles wird viel besser sein, als es heute noch war.«

Caspar stolperte in die Nacht davon.

Laurencz

Laurencz sah Caspar einen Augenblick lang besorgt nach. Der Kleine würde es schon schaffen, dachte er bei sich. Er war zwar schmächtig, aber zäh. Sie hingegen? Ängstlich blickte er zu Heinz neben sich. Auf der anderen Seite der Brücke kämpfte man erbittert um welchen Glauben auch immer. Sie mussten in das Kanonenfeuer, um den Bischof zu retten. So war ihr Befehl. Heinz klopfte auf seine Schulter. Wie immer. Ernst nickte Laurencz ihm zu und lief los. Auf die Rheinbrücke in Richtung Kleinbasel.

Das Adrenalin in seinen Adern hatte Laurencz blind werden lassen. Er hatte schon bald das Käppelijoch erreicht, als er unvermittelt stehen blieb. Wo war Heinz? Er sah nach links und rechts. Nichts. Laurencz war allein auf der Brücke. Heinz war nicht an seiner Seite, wie sonst immer. Er drehte sich um. Sah seinen Kameraden vor dem Rheintor stehen. Regungslos.

»Jetzt komm schon, Mann! Das Leben wartet nicht auf uns«, rief Laurencz aus und winkte seinem Kameraden zu.

Heinz trat zögerlich ein paar Schritte heran. Wortlos blickte er zu ihm herüber. Neigte entschuldigend seinen Kopf. Zuckte mit den Schultern.

»Komm, Heinz«, rief Laurencz und fuchtelte mit seinen Armen in der Luft. »Komm hier rüber. Die Luft ist besser in Kleinbasel.«

Laurencz lächelte. Immer noch. Obschon er es längst wusste. Allein glauben mochte er es nicht.

Heinz schüttelte seinen Kopf.

»Nein, Laurencz. Da geh ich nicht hin.«

»Was sagst du denn da, Mann?« Das Lächeln verschwand aus Laurencz' Gesicht. Endlich. Er sah um sich. Die Nacht war dunkel. Drüben donnerte es schon wieder. Schreie ertönten. »Wir sind Kollegen, wir beide, du und ich. Wir geben aufeinander acht.«

»Es tut mir leid, mein Freund.« Heinz schrie gegen das Kanonenfeuer an. »Aber ich riskiere nicht mein Leben für das eines Tyrannen.«

»Aber wir sind doch Soldaten der Stadtwache, verdammt!«, rief Laurencz zu ihm hinüber. »Wir haben geschworen, dem kleinen Rat zu dienen.«

Eine kleine Träne bildete sich in dem immer frohen Gesicht. Zwei Frauen liefen panisch an Laurencz vorbei. Die Kinder in ihren Armen plärrten.

»Komm stattdessen mit mir, Laurencz.« Heinz deutete Richtung Rathaus. »Zum Kornmarkt. Lass uns das Wachtfeuer mit unseren Brüdern und Schwestern teilen.« Heinz' Stimme überschlug sich. »Wir müssen nicht alles mit uns machen lassen, Beat hat schon recht.«

»Ich kann nicht«, antwortete Laurencz unglücklich. »Ich habe es dem Bürgermeister versprochen.«

Es platschte. Etwas fiel in den Rhein. Oder jemand.

»Der würde doch auch nicht für dich sterben, Mann!«

»Lass mich nicht alleine, Heinz!« Laurencz stampfte mit einem Fuß auf dem Boden auf. »Ich habe Angst.«

»Dann komm mit mir und lass mit diesem Tyrannen geschehen, was will.« Heinz breitete seine Arme aus.

Laurencz rührte sich nicht. Heinz harrte aus. Die Freunde starrten einander an. Die Brücke trennte sie. Und vieles mehr.

Laurencz deutete traurig in Richtung Kleinbasel. Rauchschwaden zogen dort zum Himmel auf. »Das ist mein Weg, Bruder.«

»Diesen einen wirst du ohne mich gehen müssen, mein Freund. Gott schütze dich.«

Heinz drehte sich um und lief in Richtung Kornmarkt. Laurencz sah ihm einen Augenblick lang nach. Das war die erste Schicht überhaupt, die er ohne ihn zu Ende bringen würde.

Caspar

Caspar schleppte sich durch die schicksalshafte Nacht. Die frische Luft brannte in seinen Lungen, seine Glieder ächzten bei den ungewohnten Bewegungen. Manchmal verlor er das Gleichgewicht und stolperte. Gern wäre er liegen geblieben. Aber dann hörte er Krach und Geschrei, roch Rauch oder sah Laurencz' Gesicht vor sich. Zu betrübt wäre dieser, wenn er ihm seine Rettung mit dem Tode vergalt. Hin und wieder zog ein Haufen bewaffneter Bürger vorbei, welcher Seite auch immer ihr Zorn galt. Sie interessierten sich aber nicht für einen halb verhungerten Mann in Lumpen. Ganz so, wie sich niemand für einen verprügelten Hund interessiert. Caspars Gestank schützte ihn zusätzlich. Das wusste er.

Das Rathaus lag zu seiner Linken. Die Martinskirche geradeaus. Caspar bog nach rechts ab. Er schlängelte sich durch die kleinsten Gässchen Richtung Universität. Der Tropfen wies ihm den Weg. Er hatte ihn nicht verlassen.

Einmal traf er auf ein kleines Mädchen mit blondem Haar, acht oder zehn Jahre alt vielleicht. Es irrte ganz allein durch die Gasse. Caspar war zu ihr gestolpert und hatte ihr seine Hilfe anbieten wollen. Sie aber war schreiend davongelaufen. Das verstand der Tropfen gut. Es war nicht weit. Selbst wenn er die letzten Meter hätte kriechen müssen, wäre es möglich gewesen.

Das stets verschlossene Gartentor stand sperrangelweit offen. Zum Glück. Niemals hätte er darüberklettern können. Caspar wunderte sich eine Sekunde lang. Der Tropfen winkte ab. Nichts war normal in dieser Nacht. Basel hatte sich selbst den Krieg erklärt. Caspar taumelte durch den kleinen Garten. Schritt für Schritt. Kraftlos öffnete er die Tür.

Der Gemeinschaftsraum war leer. Caspar stutzte. Er konnte sich Frantz und die anderen nur schwerlich hinter dem Schaft einer Arkebuse vorstellen. Vielleicht waren sie geflohen, zu ihren Familien aufs Land. Bis es hinter den Büchern wieder sicher war. Bis keine Patienten mehr auf den Straßen lagen, denen sie nicht hätten helfen können. Mutmaßte der Tropfen. Caspar wünschte es den anderen wohl.

Immerhin, ein kleines Feuer brannte noch. Essbares fand Caspar nicht. Er hätte es ohnehin wieder erbrochen, tröstete ihn der Tropfen. Caspar schleppte sich in ihre Kammer. Seine Kammer. Paracelsus war fort. Er würde so sonderlich wie irgend möglich sein, um seinen Nachfolger zu vertreiben, das schwor er. Caspar konnte sehr sonderlich sein. Nun mehr denn je.

Außer den beiden Strohbetten war die Kammer völlig leer. Die Inquisition hatte alles als Beweis beschlagnahmt. Das Bett reichte. Caspar war fest davon überzeugt gewesen, dass das Nächste, worauf er sich betten würde, das Schafott sein sollte. Niemals war er so dankbar für das Kratzen der Strohhalme in seinem Genick gewesen. Tief atmete er durch. Und schlief sofort ein.

»Caspar!«

Er öffnete die Augen. Eine Gestalt mit einer Kerze in der Hand war über sein Gesicht gebeugt. Sofort dachte er an Theo. Doch die Stimme war zu lieblich.

»Bei Gott, es ist die Wahrheit.« Die Kerze wurde auf den Boden gestellt, Caspar hingebungsvoll umarmt. Die Gestalt roch nach Rosen. Und Zauber. Eine heiße Träne lief über Caspars Wange, die nicht die seine war.

»Am Kornmarkt hat man erzählt, sie ließen die Gefangenen frei. Da bin ich sofort hierher gerannt.« Caspar hörte ein Schluchzen. »Und da bist du. Bei Gott. Da bist du.«

Caspar blinzelte einige Male. Er hatte von diesem Gesicht geträumt. Tag und Nacht und Nacht und Tag. Hatte es seinem Tropfen beschrieben – wieder und wieder und wieder.

Er blickte in runde, rehbraune Augen. Margret versuchte zu lächeln und weinte gleichwohl. Immer wieder küsste sie sein Gesicht. Drückte sich an ihn. Weinte. Wischte sich die Tränen von ihren roten Wangen. Und tränkte sie erneut.

Irgendwann verließ Margret das Zimmer. Caspar fielen die Augen zu. Von einem beruhigend gesummten Kinderlied wurde er geweckt. Margret schälte ihn aus seinen Lumpen. Caspar ließ es geschehen. Warmes Wasser tropfte nun auf seine Haut. Zuerst wusch Margret sein Gesicht mit einem weichen Schwamm. Zärtlich waren die Kreise, die sie damit zog. Niemals war eine Berührung schöner gewesen. Dann säuberte sie behutsam seine Arme und Beine. Seine Brust, seinen Bauch, sein Geschlecht. Urplötzlich war Caspar hellwach. Margret richtete sich auf. Ernst blickte sie zu ihm hinunter. Wortlos löste sie ihren Zopf. Caspar staunte. Er hatte diese Locken niemals offen gesehen. Sie glänzten im Kerzenschein.

Margret schnürte ihr Mieder auf. Löste ihren Gürtel. Caspar schluckte. Jeder Gedanke an den Tropfen war fortgespült. Margret öffnete ihre vollen Lippen. Feucht waren sie. Sie knöpfte ihre Bluse auf. Wärme drang in das Zimmer. Die Schreie draußen entschlichen in eine andere Welt. Margret stieg aus ihrem Rock. Caspar stockte der Atem.

Er hatte anderes behauptet. Aber noch nie eine Frau nackt gesehen. Das Leben kehrte in ihn zurück. In seine Augen zunächst. Margret war dünn geworden, ihre Brüste jedoch prall und weich wie gewohnt. Caspar bestaunte sie mit offenem Munde. Ein krauser Wald zeichnete sich zwischen ihren Schenkeln ab. Er war braun. So hatte ihn sich Caspar vorgestellt. Kaum konnte er atmen.

Margret streichelte sich langsam über ihren Bauch und lächelte. Sie nahm ihre rechte Brust in die Hand. Drückte sie sanft. Mehr Leben. Es kehrte zu Caspar zurück. An anderer Stelle. Niemals hätte er zu hoffen gewagt. Margret beugte sich über ihn. Ihre Zunge drang sanft in Caspars Mund. Massierte die seine. Feucht und heiß. Ihre Küsse wanderten über Caspars Körper. Nach unten. Das war alle Qual wert gewesen. Dafür hatte er überlebt. Margret streichelte sein Haar. Sie bewegte sich auf ihm wie eine Katze. Ergriff sein Geschlecht. Caspar stöhnte auf. Dass der Unterschied so immens sein konnte, wenn eine Frau das tat. Margret spreizte die Beine. Setzte sich auf ihn.

Niemals hätte er sich so etwas träumen lassen! Zaghaft strich er über ihre Schenkel. Heiß waren sie und fest. Caspar zögerte. Dann griff er nach Margrets Brust. Saugte an ihr. Das war der Himmel! Margret rieb sich an ihm. Keiner von beiden sprach ein Wort. Manchmal trafen sich ihre Blicke. Aber Caspar wich aus. Er konnte ihr nicht noch näher sein. Sonst löste er sich auf. Caspar biss in die Brustwarze. Margret schrie. Es war kein schlimmer Schrei. Das fühlte Caspar. Seine Hände glitten über ihren Rücken. Wie geschmeidig er war!

Margret holte Luft. Caspar erstickte fast. Dann packte sie sein Glied. Es schmerzte! Caspar stöhnte. Er betete, dass sie nie mehr losließ. Ihre Schamlippen kreisten einige Male um seine Eichel. Feucht waren sie. Und allerliebst. Alles in Caspar zuckte zusammen. Sie sank auf ihn hernieder. Die Welt war warm. Caspar geborgen. Margrets Augen funkelten. Er sah sie nicht. Konnte nur die wippenden Brustwarzen vor sich sehen. Margret drückte ihr Becken durch. Erhöhte den Druck. Caspars Hände umschlossen ihren Hintern. Fühlten etwas Schweiß. Drückten sie nach vorn. Margret stöhnte. Caspar stöhnte. Das Zimmer drehte sich. Tausend Bienen flogen nach unten. Zu ihr. Es gab nur sie. Nichts anderes zählte auf Gottes weiter Welt.

Caspar sog ihren Duft ein. Er hatte sich verändert. Keine Rosen mehr. Fast feindselig roch sie. Und doch köstlich. Caspar holte Luft. Etwas in ihm bäumte sich auf. Er spannte sein Becken an. Schneller. Margret tat es ihm gleich. Schneller. Sie stützte ihre Arme auf seine Schultern. Und immer schneller. Caspars Mund war weit geöffnet. Er konnte nicht mehr schlucken. Ein Schweißtropfen perlte in Margrets Bauchnabel. Ihr Busch streichelte ihn. Schneller. Und dann. Explodierte die Welt. Caspar stöhnte auf. Tausend Lichter in ihm entflammten und verloschen sofort. Caspar schrie. Er musste seine Augen schließen. Das war nicht von dieser Welt! Margret erzitterte. Caspar spürte Blitze durch ihren Körper rasen. Sie hob ihr Haupt wie zum Gebet. Heilig war sie und doch nicht fromm. Sie ließ sich auf ihn fallen.

Er ergriff ihren Nacken. Würde ihn nie wieder loslassen. Ihr Schweiß vermischte sich. Caspar erschlaffte. Alle Muskeln seines Körpers. So schwer war er noch nie gewesen. Selig. Sterne tanzten durch sein Gehirn. Margret lächelte. Schwer atmete sie auf seiner Brust. Sie waren eins. Und unzertrennlich.

Laurencz

Laurencz hatte es schließlich geschafft, sich bis zur Theodorskirche vorzukämpfen. Die Kleinbasler am Brückenkopf hatten ihn passieren lassen nach endlosen Beteuerungen, dass er auf ihrer Seite stand. Laurencz' Lächeln war zu aufrichtig gewesen, um ihm nicht zu glauben.

Vor dem Kirchtor sammelte sich alles: der ganze Hass und alles Misstrauen, geboren aus von Gundelsheims Herrschaft. Das Gerücht, der Fürst selbst habe sich in die Kirche geflüchtet, zog die Massen magisch an und erhitzte die Gemüter. Schneider kämpften gegen Bauern. Gerber gegen Fischer. Bäcker gegen Metzger. Weber gegen Schuhmacher. Mägde gegen Knechte. Basel mit sich selbst.

Laurencz fand sich neben Jörg Jeuchdenhammer wieder, dem Schmied, dem neuen Anführer der Katholiken. Warum auch immer.

»Wir müssen seine Exzellenz hier wegschaffen. Lange können wir die Kirche nicht mehr halten«, rief er ihm entgegen.

»Dann stimmt es wirklich? Von Gundelsheim ist hier?«, antwortete Laurencz keuchend. Er hatte versucht, eine Bauersfrau abzuschütteln, ohne sie zu verletzen. Dafür hatte sie ihm in sein Ohr gebissen.

»Ja! Aber so wie's aussieht, nicht mehr lange«, rief der muskulöse Schmied und schützte sich vor dem Stock eines kleinen Jungen.

Laurencz nickte. Die Reformer waren in der Überzahl. Nur wussten sie oft nicht, wer zu ihnen gehörte, und prügelten gegenseitig auf sich ein.

»Sie haben die Brücke genommen. Bald werden noch viel mehr hier sein.« Jeuchdenhammer schwitzte. Der Vater des Jungen half dem Kleinen jetzt. Schlag auf Schlag wehrte Jeuchdenhammer ab. Laurencz tat es ihm gleich. Sein Schwert war stumpf. Und dennoch benutzte er es nicht. Er schützte sich mit dem löchrigen Schild und hieb mit Faust oder Schwertknauf.

Immerhin – noch feuerte keiner Handrohr oder Arkebuse ab. Niemand konnte sie so recht bedienen. Und bei dem Tumult war es ohnehin kaum möglich. Eine Frau drosch mit einem Rechen auf Laurencz' Schild ein. Sie schrie wie von Sinnen. Laurencz griff nach dem Rechen. Ein Zerren entstand. Die dürre Frau war stark. Sie spuckte Laurencz ins Gesicht. Dieser wischte sich angewidert die Augen. Er schleuderte die Frau so sachte als möglich zu Boden, griff sich blitzschnell den Rechen und warf ihn weg. Die Frau sah ihm verdutzt nach. Ihre Waffe war unerreichbar. Sie schrie. Mit ihren knochigen Fäusten hieb sie auf Laurencz ein. Heinz hätte ihr ein Bein gestellt und es hätte sich erledigt gehabt, aber er war nicht da. Plötzlich verstummte die Alte. Sie sah verwundert drein. Ihr Atem stockte. Jeuchdenhammer zog einen Dolch aus ihrer Brust. Die Frau sackte zusammen.

»Uns fehlt die Zeit für solches Amüsement. Bald kommen andere. Mit mehr als Hausrat. Lasst uns zum Bischof!«

Laurencz nickte. Er war blass. Das konnte nicht rechtens sein! Für welchen Gott auch immer.

Sie kämpften sich den Weg zum Kirchtor frei. Ein Pfeil traf Laurencz' Arm. Ein Mückenstich, nichts weiter. Er brach das Holz bei der Spitze ab. Caspar würde ihn entfernen, später. Sein Leibarzt war zurück. Jeuchdenhammer hämmerte ein Klopfzeichen an die Pforte. Eine Fackel wurde nach ihnen geworfen. Jeuchdenhammer duckte sich und zog Laurencz mit hinunter. Laurencz sah in der Ferne eine brennende Lunte. Ein Handrohr, wirklich? Die Kugel konnte treffen, wen sie wollte, Feind oder Freund. Zu zielen war schier unmöglich in diesem Gemenge. Ein Irrsinn war dieser Glaubenskrieg! Er war der einzige Jude inmitten der toll gewordenen Christenheit. Er sah einige der Bischofssoldaten in ihren Reihen kämpfen. Keinen einzigen aber seiner Kameraden. Nicht ein Soldat der Stadtwache war dem Ruf des Bürgermeisters gefolgt. Außer Laurencz. Der Jude. Das war blanker Hohn!

Die Bleikugeln schlugen bei der Kirchenmauer ein. Der Knall war ohrenbetäubend.

Endlich öffnete sich die Kirchentür. Einen Spalt. Jeuchdenhammer zwängte sich hinein. Laurencz robbte gebückt nach. Fast hätte die schwere Tür seinen Leib zerquetscht, so schnell wurde sie wieder geschlossen.

In der Kirche war es ruhig. Der Tumult draußen erschien wie von einer anderen Welt. Priester beteten. Kerzen waren entzündet worden. Es roch nach Weihrauch und Heiligkeit. Neben dem Altar war – fast vollzählig – das Basler Domkapitel versammelt. Dompropst, Domdechant und Domkustos, allesamt auf ihren heiligen Knien. Etwas abseits – Philipp von Gundelsheim. Der Bischofsschlächter. Er kniete nicht. Betete nicht. Thronte auf einem breiten Stuhl, der mit grünem Samt bezogen war.

Sein weißes Chorhemd und die purpurrote Casula hatten nicht an Glanz verloren. Rubine glitzerten im Schein der Kerzen. Ihren Besitzer aber hätte Laurencz ohne seine Mitra nicht mehr wiedererkannt. Philipp von Gundelsheim war zu einem Schatten seiner selbst geworden. Die Gestalt war dürr. Seine Haltung gebrochen. Fahle Augen lagen in eingefallenen Wangen. Die Lippen waren blass. Und fest verschlossen. Der uneingeschränkte Herrscher Basels sprach kein Wort.

Jeuchdenhammer eilte zu seinem Herren und fiel auf die Knie: »Herr, Ihr müsst fliehen, sofort! Wir können die Kirche nicht mehr halten.«

Von Gundelsheim betrachtete ihn wie aus weiter Ferne.

»Kommt, Euer Gnaden! Ihr müsst in die Nacht hinaus. Die Kirche ist verloren«, rief Jeuchdenhammer wieder. Von Gundelsheim starrte ihn mit glasigen Augen an. Schließlich flüsterte er: »Verloren ist diese verfluchte Stadt allein. Der Teufel wird sie holen. Alle.«

Jeuchdenhammer sah seinen Bischof einen Moment lang zweifelnd an, als überlege er, ob er hier richtig sei. Dann schüttelte er entschlossen seinen Kopf. »Aber zunächst müsst Ihr fliehen! Wir sind nicht weit vom Ufer entfernt. Ein Boot wartet. Wenn Ihr erst den Fluss erreicht habt, seid Ihr in Sicherheit. So Euch Gott helfe.« Jeuchdenhammer bekreuzigte sich.

»Wohin sollte sich ein Mann Gottes flüchten, wenn Satan die Erde erobert?«, fragte von Gundelsheim tonlos. Kein Feuer erhellte mehr seine Augen. Er erlag dem gekränkten Stolz des Despoten.

»Fahrt flussabwärts, solange das Boot Euch trägt. Und dann über Land zu Eurem Sitz nach Pruntrut. Dort ist man noch rechten Glaubens. Kein Ketzer wird Euch dort bedrohen.«

Jeuchdenhammer küsste den Bischofsring.

Es donnerte gegen das Kirchentor. Noch waren es Fäuste und Arkebusen. Schwereres Geschütz würde kommen. Laurencz verlor langsam die Geduld. Mischte sich aber nicht ein.

»Eure Exzellenz, ich flehe Euch an, Ihr müsst gehen!« Jeuchdenhammer küsste seine Füße. Die Herren des Domkapitels sahen ihm verängstigt zu.

»Das ist meine Stadt! Und ich werde sie regieren.«

»Aber vielleicht doch besser aus der Ferne, fürs Erste.« Der Dompropst trat zu seinem Herrn. »Die Zeit für Verhandlungen wird kommen, Eure bischöfliche Exzellenz.«

Etwas krachte gegen das Kirchentor. Von Gundelsheim blickte verängstigt um sich.

»Aber nicht heute Nacht, wie ich fürchte«, sprach der Propst weiter.

»Diese Ketzer!«, schrie von Gundelsheim. »Hängen werde ich sie, alle!«

Jetzt trat Laurencz vor den Bischof. Er hatte genug. »Euer Exzellenz, ich zähle hier drei Soldaten Eurer Leibgarde. Wo der Rest ist, weiß der Teufel. Hasenfüßig über die Stadtmauer gesprungen oder tot auf den Straßen, nehme ich an. Hunderte Bürger überqueren gerade diese Brücke.«

»Alles Ketzer!«, rief der Bischof.

»Das mag sein, Euer Gnaden. Und deshalb werden sie Euer heiliges Haupt heute Nacht in den Rhein werfen, wenn Ihr Euren Hintern nicht sofort von dem Samt trennt, auf dem er sitzt.«

Das Domkapitel hielt den Atem an. Die bischöflichen Schergen traten auf Laurencz zu. Sie zückten ihre Waffen.

Jeuchdenhammer streckte seine Hand in die Höhe. Diesen Befehl verstanden sie. Wer auch immer ihn gab. Und hielten inne.

»Nehmt den Hinterausgang«, befahl Jeuchdenhammer ihnen. »Geleitet seine Exzellenz und das Domkapitel zum Boote. Es sind nur einige Meter. Wenn Gott es will, ist es zu schaffen. Ich bleibe und verteidige meine Kirche.«

Der Bischof starrte zum Altar und dem Kruzifix in seiner Mitte. Dann nickte er resigniert.

Es waren drei Bischofssoldaten und ein Jude, die die Heiligkeit Basels durch die Nacht eskortierten. Sie schlichen. Versteckten sich vor den Untertanen. Die Aufregung hatte die

Gemüter verwirrt. Den Hintereingang hatten die Basler vergessen.

Die alten Herren kamen nur langsam voran. Und die reich verzierten Roben waren nicht dienlich dabei.

»Wer soll denn nur rudern?«, fragte der Domscholaster bangend. Laurencz hätte ihm fast auf den geweihten Kopf geschlagen dafür. Stattdessen begnügte er sich mit einem leisen: »Psst!«

Laurencz wusste nicht, ob es an der Frage gelegen hatte. Oder schlicht ein Zufall war. Aber in dem Moment raste eine hochgewachsene Gestalt auf sie zu – das Schwert in den Nachthimmel gestreckt. Das Domkapitel geriet in Panik. Geweihte Füße traten aufeinander. Die Roben raschelten. Der Bischof fiel ein wenig zurück. Laurencz blieb an seiner Seite und überlegte, ob er seinen Untergebenen tatsächlich den Vortritt ließ. Verwarf den Gedanken aber rasch. Er war schlicht der Langsamste mit seinen seidenen Schuhen.

Die Bischofsschergen liefen schreiend auf die Gestalt zu. Laurencz wich dem Bischof nicht von der Seite. Von Gundelsheim sah besorgt zurück. Einem Bischofssoldaten wurde der Kopf abgetrennt. Dem zweiten der Bauch durchbohrt. Er heulte auf. Der dritte hielt stand. Die Geistlichkeit erreichte ein kleines Ruderboot. Genug Platz für die alten Leiber. Soutane um Soutane huschte in die nasse Enge des Bootes. Man versuchte zu beten und traute sich nicht recht. Der Kantor ergriff ein Ruder und fing unbeholfen an zu paddeln. Der Dechant entriss es ihm und deutete auf von Gundelsheim. Seine Exzellenz war noch am Ufer.

Der Bischofssoldat hielt sich wacker, aber die Hiebe des Angreifers kamen schnell und unnachgiebig. Lange konnte es nicht gut gehen. Laurencz wollte ihm zu Hilfe eilen. Von Gundelsheim aber ergriff seinen Arm. »Lasst mich nicht schutzlos zurück, ich bitte Euch! Ich bin ein alter Mann und unbewaffnet!«

Laurencz zögerte. Der Bischof. Das hatte er versprochen. Der Soldat schrie auf. Er stolperte. Und fiel. Von Gundelsheim zuckte zusammen. Sofort rannte die Gestalt auf sie beide zu.

Laurencz hielt sein Schild über des Bischofs Haupt. Zog ihn hinter sich. Er hob sein stumpfes Schwert. Es war so weit: Er würde sein Versprechen halten. Er war die Stadtwache Basels.

Die messerscharfe Klinge des Angreifers funkelte im Mondschein. Und dann war er so nah, dass Laurencz sein Gesicht sah. Es war Beat. Die Stadtwache Basels. Und er holte aus. Laurencz parierte. Beat war gut einen Kopf größer als er selbst. Der fluchte. Wollte den Bischof treffen. Laurencz konterte. Beschützte den Fürsten.

Ihre Blicke trafen sich. Die Welt verstummte. Das Schild hielt. Beat holte zum Schlag aus. Laurencz würde nicht mehr lange standhalten. Das wusste er. Und der Bischof. Und Beat. Das Schwert krachte mit aller Kraft auf ihn hernieder. Ein zweites Mal. Wurde gehoben. Verharrte in der Luft. Beat zwinkerte. Laurencz starrte zu ihm hoch. Schon war er geduckt.

»Gib ihn mir!«, schrie Beat.

»Das kann ich nicht!« Laurencz keuchte.

»Gib ihn mir, verdammt noch mal!«

Von Gundelsheim hielt den Atem an. Das Domkapitel im Boot bekreuzigte sich.

»Gib mir diesen Teufel, Laurencz! Hast du vergessen, was er uns angetan hat? Herrgott noch eins!« Beat spuckte aus. Niemand rührte sich.

Beat ließ sein Schwert sinken.

»Stecht zu!«, brüllte von Gundelsheim.

Laurencz reagierte nicht.

»Halt dein Maul, Schlächter!«, rief Beat aus.

Schwer atmend sahen sich die Kameraden an. Laurencz senkte sein Schwert, hielt das Schild aber weiterhin fest umklammert vor den Bischof.

»Tötet ihn!«, schrie von Gundelsheim erneut.

Die beiden Männer rührten sich nicht. Keiner zwinkerte.

»Ihr Juden und eure Sturheit«, fluchte Beat.

Laurencz lächelte milde. Beat winkte zornig ab. Und machte kehrt.

Das Domkapitel im Boot stimmte ein Ave Maria an. Mittlerweile waren alle zugestiegen außer seine Exzellenz. Gundelsheims Lungen rasselten. Laurencz spürte seinen fahlen Atem im Genick. Er blickte Beat nach. Blut war dicker als Wasser, fürwahr. Sie waren Brüder bei der Stadtwache.

»Ihr seid doch Jacob Göttisheims Spross, nicht wahr?«, fragte von Gundelsheim zornig.

»Jawohl«, antwortete Laurencz beiläufig, ohne den Blick von Beat abzuwenden. Nie hätte er ihm ein Haar gekrümmt! Wie schön doch die Freundschaft war.

Da hörte Laurencz das Domkapitel schreien. Das Ave Maria verstummte abrupt. Einer der Greise sprang auf. Das Boot wankte und schlug Wellen. Laurencz spürte ein Zucken. Dann juckte es unter seiner Haut. Pochte. Schwoll an. Er blickte zum Nachthimmel. Laurencz sank auf seine Knie. Dann fiel er. Der Boden war seltsam weich. Warum auch immer.

Von Gundelsheim war über ihn gebeugt und lachte. In den Händen hielt er seinen goldenen Dolch.

Laurencz lag röchelnd auf der warmen Erde und sah das Boot der Geistlichkeit in der Ferne verschwinden. Kein geweihtes Haupt war aus dem Boot gestiegen. Er bekam schlecht Luft. Fragte sich, warum. Und verwarf den Gedanken wieder. Es war ihm gleich. Alles war ihm gleich. Er bemerkte, dass er in einer Pfütze aus Blut lag. Fast wäre ihm eingefallen, wessen Blut das war. Dann aber dachte er wieder über Wichtigeres nach. Seine Gedanken schweiften in die Ferne. In die Nähe. Überallhin. Friedlich waren sie. Und tröstend.

Alles wurde warm. Und leicht. Und schön.

Alles war gut.

Laurencz schloss die Augen. Sein Atem wurde flach.

Paracelsus

»Hab ich's doch gesagt! Gesagt hab ich's, immer!«

Ein rotbäckiger Paracelsus sprang im Zimmer umher. Er rüttelte aufgebracht an Kommode und Bett, und doch lachte er bis über beide Ohren. Es war schwer auszumachen, ob er nun glücklich oder zornig war.

»Aderlass, um das Gleichgewicht der Säfte wiederherzustellen! So ein Unsinn!«

Paracelsus trank einen Schluck Grappa, um sich zu beruhigen. Er brannte.

»Gesagt hab ich, dass das ein Haufen Scheiße ist, und Spinner haben sie mich genannt dafür. Einmal haben sie mich aus dem Hörsaal geworfen. Weißt du noch, Simon?«

Er nahm noch einen Schluck.

»Und jetzt sagt Professor Leoniceno das auch. Wer hätt's gedacht. Hahaha!«

Simon kräuselte seine Stirn. Theo trank.

»Das muss ich gleich Caspar schreiben. Wissen soll der Junge. Dass ich recht habe. Hierzulande!«

Paracelsus schnappte sich Tinte und Feder und hockte sich an den Schreibtisch. Simons Mine verdüsterte sich. Wie immer, wenn Caspars Name fiel. Theo störte sich kaum daran.

»Nun ja. Die gängige Lehrmeinung scheint mir das diesseits der Alpen aber auch nicht, Paracelsus. Leoniceno steht mit seinen Ansichten wohl ziemlich allein da, fürchte ich.«

Theo sah gereizt auf. »Zu zweit«, er sah Simon belehrend an, »stehen wir da.«

Paracelsus begann, einen seiner Briefe zu kritzeln. Simon murrte still in sich hinein. Und schmollte in dem Strohbett gegenüber. Wie immer, wenn er Caspar schrieb.

Paracelsus hatte beschlossen, dass sich eine Studentenunterkunft für jemanden, der den Hof der Este von innen gesehen hatte, nicht schickte. Und er konnte sich noch gut an die Streitereien in der Domuncula erinnern. Deshalb hatte er sich und Simon in einem kleinen, aber sauberen Wirtshaus im Universitätsviertel einquartiert. Er würde es schon bezahlen können irgendwann. Fürs Erste hatte sich die Wirtin mit den Geschichten über den herzöglichen Mundschenk und seinen Dünnpfiff begnügt. Tränen hatte sie gelacht und die zwei Fremden nach oben gewunken. Die Münzen waren bislang ausgeblieben, weshalb auch der Wandschmuck demonstrativ abgenommen worden war und sich Simon und Paracelsus ein Zimmer teilen mussten. Was nur störte, wenn Theo sich über Margret hinwegtrösten wollte und Damenbesuch hatte. Hinausgeworfen hatte die signora die beiden Fremden aber noch nicht. Ihre Gastzimmer standen ohnehin halb leer. Und sie spekulierte wohl auf ihre herzoglichen Kontakte.

»Hier schaff ich's, Simon.« Paracelsus hatte nicht aufgehört, die Feder zu führen, während er sprach. »Hier werden sie mich zum besten Arzt überhaupt ausbilden. Das sag ich dir.«

Paracelsus lachte. Und biss in seine Faust.

Simon kaute an seinen Nägeln. Dann räusperte er sich. Vorsichtig. »Dann soll es das jetzt gewesen sein, Paracelsus? Wirklich?«

»Was meinst du, Junge?« Theo hörte gar nicht hin. Er schrieb gerade noch ein paar Zeilen an Laurencz.

»Du willst es dabei belassen?« Simons Stimme änderte sich etwas. Ein Zischen kam dazu. »Und ein ganz normaler Arzt werden?«

Theo erstarrte augenblicklich. Er hörte auf zu schreiben.

Langsam glitt Simon vom Bett und trat näher an ihn heran. Fast wie eine Schlange. Leise zog er sich einen Stuhl zurecht.

Theo seufzte lautlos: »Ich weiß nicht, wovon du sprichst, Junge.«

Simon beugte sich zu seinem Herrn. Ganz sachte. Fuhr sich durch sein engelsgleiches Haar. Seine Hände zitterten.

»Ich meine nur. Es gab Zeiten, da hattest du anderes im Sinn. Mehr.« Fast flüsterte Simon. »Größeres.«

Theo wandte sich von seinem Brief ab und blickte hoch zu Simon. Theo trank Grappa, viel davon.

»Paracelsus.« Simon holte tief Luft. Ihm stockte der Atem. »Ich habe noch ein Geschenk für dich.« Schon zitterten seine Lippen vor Aufregung. Theo konnte es nicht recht werten. »Dafür, dass du mich durchfütterst und mein Leben gerettet hast und all das.«

»Ja?« Theo lächelte und verschränkte die Arme hinter seinem Kopf. »Ruhm und Wein und Weiber? Etwas anderes möchte ich nicht von der Welt.«

»Ruhm vielleicht«, flüsterte Simon. Er biss sich erwartungsvoll auf die Lippen. Theo spitzte die Ohren. Er konnte Simons Aufregung fühlen. »Hast du dir schon mal überlegt, was jetzt kommt, Paracelsus?«

»Was soll denn jetzt kommen, Junge?«, fragte Theo und gähnte. Es war ein langer Tag gewesen. Aber er merkte auf.

»Na ja.« Simon zögerte. »Wir haben genug Gestein zwischen dich und Gundelsheim gebracht, finde ich. Die Rotgürtler wissen nichts von dir. Wir sind in Sicherheit. Ausreichend sicher.«

»Na und? Ist doch gut«, entgegnete Theo gelangweilt. »Wir werden sehen, was kommt. Wer weiß, vielleicht bin ich in fünf Jahren der Hofarzt der Este! Das wäre dann genug des Ruhms, finde ich.« Er knabberte an einem Hühnerbein, das noch auf dem Schreibtisch gelegen hatte. Simon rümpfte angewidert die Nase.

»Findest du, ja? Genug?« Simon kam noch näher an ihn heran. »So willst du dein Leben fristen?«, fragte er gespielt heiter. »Tagsüber Abführmittel mischen und dich nachts besaufen und Dirnen besteigen?«

»Wer ist da eine Dirne? Francesca sicher nicht.« Theo lachte. Es blieb ihm im Halse stecken. Eine seltsame Wendung nahm dieses Gespräch.

»Im Ernst, Paracelsus. Für immer?« Simon senkte seine Stimme. Es war nurmehr ein Flüstern: »Soll es wirklich bei Muskeln und Haut und Knochen bleiben? Dein Ziel war ein anderes.«

Jedes Wort schien mit Bedacht gewählt. Theo wurde übel.

»Mein Ziel?« Sein Herz schlug schneller. Er hatte längst verstanden.

»Die Seelen.«

Simon wisperte. Legte ihm sachte eine Hand auf die Schulter. Freundschaftlich. Behutsam.

Theo sah ihn nur noch verschwommen. Der Grappa tat seine Wirkung.

»Unsere Seelen wolltest du finden. Weißt du nicht mehr? Wie sehr wir gekämpft haben dafür?«

Theo stöhnte auf. Astaroth.

Simon zog etwas aus seinem Mantel. Es war klein, unscheinbar, in Pergament gehüllt.

»Ich habe es für dich gerettet, Meister.«

Paracelsus' Augen weiteten sich. Da war es. Es war ihm gefolgt. Er hatte gewusst, was es war, noch bevor Simon es hervorgeholt hatte. Der funkelte ihn an.

»Wie hast du?« Theo rieb sich die Schläfen. Plötzlich schmerzte sein Kopf. Und sein Unterarm. Seine Hände zitterten. Lange hatte er nicht mehr daran gedacht. Und gleichwohl war es niemals weg gewesen.

Simon duckte sich. Unmerklich.

»Ich hab's mir um den Bauch gebunden. Den ganzen Weg über die Alpen. Ich war mit ihm im Schnee begraben. Hab damit geschlafen. Hab darauf achtgegeben und es gehütet wie einen Schatz.«

Stolz blickte Simon darauf. Fast zärtlich.

»Ich wollte es verbrennen, Junge! Das weißt du genau.« Theo stotterte. Noch immer lag es in Simons Hand. Astaroths Buch. Paracelsus starrte es mit offenem Munde an. Er rieb sich die Narben an seinem Arm. So viele Opfer. So viel Leid.

»Und dann hast du es vergessen ... wollen, Meister.« Simon hob die Augenbrauen und schlug Theos Kragen mit nur einem Zeigefinger zurück.

Theo lief scharlachrot an.

»Um es zu bewahren. So wie das hier.«

Hervor blitzte Astaroths Amulett. Theo fluchte. Er fühlte sich ertappt.

»Nein, du verstehst das nicht.« Theo raufte sich das Haar. Tränen sammelten sich in seinen Augen. Er hatte es sich vor der Teufelsbrücke um den Hals gebunden. Aus lauter Angst. Und es nie wieder abgenommen. Nachts brannte es auf seiner Brust.

»Ich verstehe alles, Meister«, flüsterte Simon.

Ehrfürchtig starrte er auf das Amulett um Theos Hals. Rote Narben hatten sich darunter gebildet. Bis heute hatte Theo keine Ahnung, wie es damals in der Fleischershalle in seinem Hosensack verbleiben konnte.

»Ich habe es vergessen, wirklich.« Theo weinte fast.

»Natürlich, Paracelsus«, flüsterte Simon nachsichtig. »Du hast Astaroths Buch vergessen. Wofür sie Mira überfallen und uns gejagt haben.«

Simon legte es seinem Meister behutsam auf den Schoß. Paracelsus fühlte seine Wärme. Angestrengt sah er daran vorbei.

»Den größten Schatz südlich der Alpen.« Simon sprach langsam. »Den Schlüssel zu einer anderen Welt. Die Antwort auf deine Fragen. Einfach vergessen wollen.« Simon zwinkerte Theo zu. »Du wusstest, ich würde es dir bringen«, flüsterte er. »Wenn du es zurücklässt.«

Theo schüttelte den Kopf. Ihm schwindelte.

»Damit wir sie wieder suchen können. Gemeinsam.«

»Nein, Simon, du irrst dich.« Theo schlug sich gegen seinen Schädel. Jetzt ruhten seine Augen auf dem Buch. »Das wollte ich nicht.«

»Damit es nicht bei Muskeln, Haut und Knochen bleibt.«

»Nein, Simon. So war das nicht.«

»Weil wir mehr sind. Wir alle. Und du kannst es beweisen.«

»Nein, Simon.«

»Mit ihr.«

»Nein!«

Simon nickte nur. Stumm.

»Nein. Du irrst, Simon.«

Der starrte seinen Meister an.

»Das möchte ich nicht mehr«, sprach Theo.

»Nichts willst du mehr«, antwortete Simon sanft.

»Nein.«

»Und das weißt du wohl.« Simons Stimme wurde schärfer.

»Nein!«

»Nichts Geringeres würde dir jemals genügen!«

»Nein«, flüsterte Theo und ergriff Astaroths Buch.

Danke an:

Eliane Wurzer, Christiane Bauer und Elke Hittinger für die gute Betreuung und ihr Vertrauen in eine Erstlingsautorin.

Ulla Mothes für ihr engagiertes Lektorat.

Michael Fehrenschild und seinen Glauben an dieses Buch.

Götte Optik für die großzügige Unterstützung.

Veronica und Antonia, die Fans der ersten Stunde.

Inel für die letzten siebzehn Jahre.

Christine für mehr, als ich aufschreiben könnte.

Ein ganz herzliches Dankeschön an Felix, ohne dessen Zutun der Roman nicht veröffentlicht worden wäre.

Teil 2 der Paracelus-Reihe

Eva-Isabel Schmid

Paracelsus – Die Fragen der Toten

Historischer Roman

Piper Taschenbuch
ISBN 978-3-492-50421-8

Der junge Paracelsus ist endlich Arzt beider Arzneien. Eines aber lässt ihm keine Ruhe: Er will die menschliche Seele finden. Verfolgt vom uralten Zauberorden des roten Gürtels begibt er sich auf Wanderschaft – quer durch Europa. Immer mit dem Ziel, das Geheimnis doch noch zu lüften. Als er sich schließlich zurück in seine Heimat wagt, kommt es im pestverseuchten Basel plötzlich zu einer Reihe mysteriöser Todesfälle. Eine verzweifelte Suche nach dem Mörder beginnt.

PIPER